本书为清华大学自主科研计划项目"句法学与汉语诗歌句法分析"（2015 THZWJC15）、清华大学亚洲研究中心项目"汉语诗歌词汇研究"（2014 年 B 类 B3）、国家社科基金项目"魏晋南北朝至唐代诗歌词语演变研究"（16B2W048）成果

谢思炜 著

汉语诗歌的词汇与句法

中华书局

图书在版编目(CIP)数据

汉语诗歌的词汇与句法/谢思炜著. —北京:中华书局,2025.5.—
ISBN 978-7-101-16817-4

Ⅰ. I207.22

中国国家版本馆 CIP 数据核字第 202447X12A 号

书　　名　汉语诗歌的词汇与句法
著　　者　谢思炜
责任编辑　李碧玉
装帧设计　刘　丽
责任印制　韩馨雨
出版发行　中华书局
　　　　　(北京市丰台区太平桥西里 38 号　100073)
　　　　　http://www.zhbc.com.cn
　　　　　E-mail:zhbc@zhbc.com.cn
印　　刷　三河市中晟雅豪印务有限公司
版　　次　2025 年 5 月第 1 版
　　　　　2025 年 5 月第 1 次印刷
规　　格　开本/920×1250 毫米　1/32
　　　　　印张 24　插页 2　字数 556 千字
印　　数　1-3000 册
国际书号　ISBN 978-7-101-16817-4
定　　价　118.00 元

目 录

下 编

前　言

收入本书上、下编的文章,分别讨论了汉代以后五言诗和七言诗中的词汇和句法问题。它们属于汉语词汇学和句法学的研究范畴,只是讨论对象为诗歌这一特殊文体。有一些问题是诗歌特有的,在传统诗学中也较少涉及或未曾充分展开。下面先谈词汇方面。

前人对诗歌词语多有采录和释义。古人有专门收录诗文词藻的大型韵书,清编《佩文韵府》即是其代表。近代张相《诗词曲语辞汇释》等著作,突破旧训诂学界限,专门训释"性质泰半通俗,非雅诂旧义所能赅"之诗词曲特殊语辞(主要为虚词)①。目前诗歌词汇研究的重点,还是在难词、生僻词和特殊语辞方面。随着汉语词汇学的发展,专书词汇调查这种工作方式也被应用于诗歌文献。作为先秦最重要典籍的《诗经》一书,已有若干种词汇研究专著②。

最近三十年,随着计算机语料库的建设,出现了语料库语言

---

① 张相:《诗词曲语辞汇释·叙言》,上海:中华书局 1954 年(1953 年初版),第 1 页。

② 如周法高:《中国古代语法·构词编》,台北:中研院历史语言研究所 1962 年;向熹:《〈诗经〉里的复音词》,《语言学论丛》(北京大学中文系)第 6 辑(1980 年);向熹:《诗经语言研究》,成都:四川人民出版社 1987 年;朱广祁:《诗经双音词论稿》,郑州:河南人民出版社 1985 年。

学(corpus linguistics),对词汇研究尤为重视。它利用计算机技术提供的便利,直接从语料库的大量文本中寻找各种语言证据,研究的重点因此放在词汇和词汇语法上,而不再是内省式的、原有语言学理论所关注的纯句法①。词汇学(lexis)从过去在语言学中低于语法和句法的地位,上升到语言学研究的首要地位。人们认识到,词汇学与语法是分不开的。词汇学的研究重点也从纵向的单词个体的研究,转为横向的词汇之间的同现与搭配研究。它提供的证据还被广泛应用于区分不同文体、不同风格的写作,乃至运用于对作家个性特征的辨识②。在诗歌词汇研究方面的成功范例,有 Thisted 和 Efron 两位英国统计学家采用词汇统计方法,对1985 年新发现的一首九行诗是否出于莎士比亚之手所做的分析③。中国学者也尝试采用文体测量学(stylometry,或译写作风格学)方法,通过对词汇、语法结构进行频次统计分析,调查作品字频熵,来说明唐诗通俗程度等问题④。目前,已建成的汉语大型古籍数据库种类繁多,文献覆盖范围广泛,为包括诗歌文献在内的古代文献研究、语言研究提供了极大便利。其中有专门应用于汉语诗歌研究的"古诗计算机辅助研究系统"⑤,此外还有一些研制

① 参见黄昌宁、李涓子:《语料库语言学》,北京:商务印书馆 2002 年,第 18 页。
② 参见王建新:《计算机语料库的建设与应用》,北京:清华大学出版社 2005年,第 10 页。
③ 参见黄文璋:《莎士比亚新诗真伪之鉴定》,《中国统计》1999 年第 7 期。
④ 参见张景祥等:《唐诗字频熵分析与通俗性定级》,《科技资讯》2009 年第 6期;并参考张京楣:《基于统计方法的文本风格分析研究》,山东大学博士学位论文 2012 年。
⑤ 北京大学计算语言研究所开发,参见《"古诗计算机辅助研究系统及应用"鉴定意见》,《语言文字应用》2000 年第 2 期。另参见俞士汶、胡俊峰:《唐宋诗之词汇自动分析及应用》,《语言暨语言学》(台北中研院)第四卷第三期(2003 年 7 月)。

中的或仅供内部使用的类似性质的诗歌语料库。当然,这些数据库也有文本选择、数据格式、文字准确率等方面的问题,有待进一步标准化、规范化①。

　　在学术研究中,无论何种新方法的采用,都既要考虑到方法的可行性,又要关注采用该方法所选择的研究题目的学术意义和价值,最好是能够发掘出那些迫切需要提供说明、但传统方法又无法应付的研究课题。笔者最初设定的工作目标是:对魏晋至唐代诗歌词汇系统的发展演变进行描述。但在工作中立刻遇到一个难题,也是计算机中文处理的首要问题:如何划分词?② 对古汉语来说,难点尤其表现在如何确定双音复合词。目前尚无针对古汉语的自动分词软件,无法实现对包括诗歌文本在内的古汉语文本的自动分词(此外还有如何区分同形词的问题)。尽管已有一些语料库据称进行了分词和词性标注,并提供了字频、词频统计,但其中仍有不少问题有待说明,在其基础上展开进一步研究的成果并不理想。在目前情况下,笔者尚无法在保证数据采集的有效性和准确率的前提下,采用计算机方法对这一时期的所有诗歌作品进行调查,因条件和能力所限很难达到预期设想。因此不得不适当缩小调查范围,选择一些相对小的样本进行调查,以便使用人工方法也可以完成对数据的有效采集和分析。事实上,目前计算机语言学所采用的句型统计、词汇搭配、词义

---

① 参见李明杰、俞优优:《中文古籍数字化的主体构成及协作机制初探》,《图书与情报》2010 年第 1 期;屈菡:《古籍数字化将走向规范化》,《中国文化报》2012 年 5 月 23 日;高娟、刘家真:《中国大陆地区古籍数字化问题及对策》,《中国图书馆学报》2013 年第 4 期。

② 参见刘开瑛:《中文文本自动分词和标注》:"由于中文中'词'的定义含糊,歧义切分字段和未登录词辨识困难,造成自动切分困难重重。"北京:商务印书馆 2000 年,第 4 页。十几年后,这一问题仍未从根本上解决。随着人工智能的发展,这一问题也许会在不久的将来会迎刃而解。

排歧模型方法等,虽已在自然语言处理、机器翻译、词典编纂以及语言教学等领域里应用,但在比较精细的词汇和语法研究方面尚有不足。如何将其应用于与本书课题有关的研究中,还须进一步探索和尝试。

除了这方面的困难还有待克服外,在其他方面,本书的各项工作都依赖于已建成的各种古籍数据库,几乎在每一步骤中都使用了计算机词汇研究中最重要、也是最有效的方式——逐词检索①。这些工作如果放到三四十年前,几乎是无法想象的。在此基础上,主要借鉴语料库语言学的工作方法,本书尝试对以下一些课题进行探讨:

考察几种早期五言诗作品的词语使用情况,对上世纪学者讨论中的主要结论加以印证,采用的则是以前无法采用的全面的词语调查方式,从而补充了一些有力证据,提供了若干新的线索;

调查《文选》五言诗和唐诗样本中的词语使用情况,对诗歌中高频词的分布、常用词的沿袭更替等情况进行描述;

追溯调查样本中诗歌所使用的复音词的源出时代和文献,提供不同时期产生的各类词语在诗歌中使用频次的统计;

通过调查发现,在诗歌文体中除了使用来源广泛的各类词语外,还有一些诗歌特有、历代沿用的词语,由此在魏晋以后文人诗歌中形成了区别于社会语言和其他文体语言的诗歌词汇系统。其中有一些专门适用于诗歌的"诗语",历代文人并且通过"造语"形式不断为其补充新词;

一些实验性的诗歌作品(如韩愈诗)的语言实验,主要是在词汇层面上进行,即通过大量的"造语"改变语言常规。其中也有个别波

---

① 里奇(Leech)指出,"以计算机为基础进行的最简单、最有用和最普遍的工具就是逐词索引"。典型的范例就有词汇学研究。参见黄昌宁、李涓子:《语料库语言学》,第 105 页。

及语法层面的变动个例,但很难被大家认可。

当然,受调查样本和工作方式的限制,仅只以上几方面的工作还远不足以完成对这一时期诗歌词汇系统的全面描述。仿照语言学界已有的成果,对诗歌词汇的调查也应一个诗人一个诗人、一部文献一部文献地进行下去。在对更多样本的调查中,也许还会不断发现一些有意义的问题。不过,本书的有限调查也证实,某些词汇学问题,如常用词的使用、高频词的分布,较小样本与较大样本的调查结果基本一致,选样式调查也可以在很大程度上说明问题。

另一方面,我们必须承认,与语法、语音等情况不同,词汇问题有词汇问题的特点。曾有学者指出:"汉语的词汇系统及其发展变化,是一个很复杂的问题。目前,我们还没有可能对汉语的词汇系统及其发展变化作出明确的阐述,因为到目前为止,我们对汉语历史词汇的了解还很不深入;今后,当我们的研究工作有了较大的进展以后,要来阐述汉语的词汇系统及其变化也不是一件容易的事,因为词汇系统远比语音系统、语法系统复杂。"[1]这番话还是在未参考语料库语言学工作方法的情况下说的。从语料库建设的前景来看,在理论上完全有可能做到将文献中曾经使用过的词语(及其用法)全部罗列出来。但即便做到这一步,人们恐怕也无法发现或制定出一种类似于语音系统、语法系统那样的词汇系统。原因不仅仅是一种语言的词汇总数大得惊人,更为明显可见的是,词汇系统本身不是音素、音位性的,也不是句法性的。如果将语言比喻为一个社会,那么音素、音位约略相当于性别、种属、阶层等分类,语法相当于法律、风俗等社会组织原则,而词汇就像是所有单个人或家族的集合。它只有构词规则以及词语之间的关联,没有其他整体的结构性规则。其中固然可能构成某种树状的或网状的结构,但每个(组)词的词义、义位都是

---

[1]　蒋绍愚:《古汉语词汇纲要》,北京:商务印书馆 2005 年,第 267 页。

具体的,像词汇表那样罗列的。因此,对词汇历史的完整呈现,大概也只能是辞典式的。我们或许只能再就其中一些突出方面做概要式的描述。

下面再来谈句法方面。现代意义上的汉语诗歌句法研究,比词汇研究开展得还要早,而且一开始就奠定了主要格局。代表作即是王力《汉语诗律学》的句法部分。只是此后缺少接续之作,对王著持批评或不屑态度者有之,但很少有人想另起炉灶。如有学者指出的:"除了在唐诗词语的研究方面出现了一些高水平的研究专著以外,其他方面似乎在《汉语诗律学》以后没有出现过有影响的学术专著……关于唐诗语言的研究却显得相当冷落。"①推究其原因,一方面可能是因为真正属于诗歌的句法学特殊问题确实不多,我们也很少听说有针对其他语言诗歌的语法、句法研究,一般也只是在文体学(而不是语法学)中辟出一章来讲诗歌(这种现象说明,相比于其他语言,汉语诗歌已经很特殊了);另一方面也可能是因为有不少诗学研究者,对从语法角度研究诗歌颇为不屑。他们所理解的"句法"仍是传统诗法意义上的,所以总是想把这个话题重新拉回到旧诗话语境中。

如语料库语言学所证实的,词汇学与语法是分不开的。汉语的构词法与句法规则在很多方面是相互重合一致的。汉语五、七言诗的一句,一般包含三个语法层面:单字,作为单音词;两字组合;句子。其中两字组合可以是复合词,也可以是词组、短语;有时可以被判断为词,也可以被判断为短语或分句。这正是汉语词法与句法高度重合带来的结果。由于汉语单字之间的组合有较大的自由空间,诗句中的单字(无论是否置于两字组合中)还可能与剩馀几字构成各种关联,从而更多地影响到整句的句法。古人所说的"句法",往往就是指在一句诗里如何安排这种组合和关联,取得新颖惊耸的效果。不过,

_____

① 蒋绍愚:《唐诗语言研究》前言,北京:语文出版社 2008 年,第 3—4 页。

这种单字、两字组合的自由度和灵活性有时被夸大和片面引申,被学者拿来作为汉语诗歌"语法灵活""不合语法"甚至"反语法"的证据。类似的证据其实普遍存在于汉语的各种话语形式中,曾一度被外国学者用来论证汉语"没有语法范畴",后来又被认为是汉语善于描绘和表现"具体事物"、因而是诗歌"最好媒介"的原因。

20世纪语法学的发展,对在印欧语言基础上形成的主谓结构句法观提出修正,也推进了对汉语自身特点的认识。在此背景下,我们对汉语诗歌句法的认识比起《汉语诗律学》时代,也理应有所推进。为此,本书参考过去几十年来语言学界有关汉语话题结构、以单字为中心的汉语语法系统和音系系统、汉语歧义句、汉语诗歌特殊句式等方面的研究成果,就这些问题在五、七言诗中的具体表现展开讨论。同时进行的一项主要工作就是,采用一套新设计的句式分类系统,对调查样本中的全部诗句(有将近 10 000 句)逐一进行句法分析和归类(在此项调查中,只进行选样式调查显然已足够),希望用一种更能体现现代语法观并尽可能全面的句式分类,来容纳现有的和可能的各种诗句(方便随后其他各种诗歌文本对号入座),并且对包含上述灵活组合的各种诗句给出清晰的语法上的解释。

在句式分类基础上,调查还提供了诗歌中各种句式使用频次的统计。结果证明,诗歌中最常使用的一些句式,也是汉语其他话语形式中最主要的句式,只不过这些句式被填入了五言或七言的形式。这说明,诗人并不能在一般语法之外,采用某种特殊的诗歌语法写作。但除此之外,在五言和七言诗中(也可能是由于这种形式限制),也确实形成了一些具有诗歌特点的句法形式;特别适合诗歌的语境,一旦采用就带来诗歌的效果。

进行这项工作的必要性在于:只有用这种方式,才能确认汉语诗歌是否存在"不合语法"甚至"反语法"的情况。结果表明,诗歌具有与口语类似的灵活性,因此容许使用某些特殊句式,但这些句式同样是合于语法的。在所检查的诗句中,有打破诗歌字节的例外,但没有一例不合语法的例外。我们知道,不合语法的病句通常出自外语初学者或水平不高的母语写作者。中国古代没有发展出语法学,但并不妨碍人们凭借母语使用者的直觉,正确依照汉语的语法要求写作。而事实上,人所乐道的汉语诗歌的"不合语法",有时是指诗歌的不合常情、不讲逻辑(与语法不是一回事),有时则是指汉语本身(不是诗歌)缺少印欧语言的语法形态标志、与主谓结构句式不合等等特点而已。我们当然无法保证所有诗人的作品都语无瑕疵,但正像我们自己在写作中一旦出现病句多少会有所察觉并设法改正,要想在传世作品中找出足够多的病句也并非易事。

如果能够证明汉语诗歌中并不存在系统的、有意识的违反语法的现象,那么以此作为论证基础来讨论汉语诗歌的审美特点和艺术追求,自然也就站不住脚了。汉语诗歌的审美特征当然不是一个简单的问题,它与汉语本身的特点确实有一定关联。从语法等方面比较不同语言的异同,对诗歌语言研究来说也是题中应有之义。但首先,对语言包括诗歌语言问题的讨论,应当置于现代语言学的视野之内,尽可能借鉴并采用现代语言学的方法、概念,对分属于修辞、语法、词汇不同领域的问题进行明确的分类处理,而不能满足于仍停留在旧诗话粗具条理的评点水平上,或在一个笼统的"审美"或其他概念之下将各种问题混为一谈;在这方面没有任何理由借口汉语的"特殊",而对现代学术观念加以排斥。

其次,对不同语言诗歌特点的认知,如果全部归结到语言形态和语法的差别之上,那显然太过简单。而且仅仅着眼于语法形态标志及主谓句法结构等方面,也会使我们忽视语言的其他方面。例如,汉语还有另一个更明显、更重要的特点,就是句子结构简单;尤其是在从句层级上,没有印欧语言中那种动辄使用由关系词导出从句的情况。正是由这个特点决定,汉语各种文体都喜欢使用短句。这也是五言、七言这种短句形式的诗体得以成立的重要前提。但也正是这一点限制了汉语诗歌，使其停滞于五、七言的短句形式，更长句式的诗体始终没有发展起来。这大概也是简单的诗、单纯的诗在汉语诗歌中占据多数的原因之一，而这种情况显然也影响到了诗歌内容的丰富和思想的深邃。如果这种说法能成立，那我们可能也找到了一条由语言特点到诗歌句式、再到诗歌内容及审美特征的连通管道。

以上各项工作开始于2012年。对笔者来说，这是一个新的学习和尝试的过程。其中遇到的主要困难，就是自己的外语水平以及计算机知识差距太大，在进行样本调查、讨论各个问题时受到很多限制，也可能忽略了某些重要方面，还有很多问题有待深入发掘，或从新的方面、采用更有效的方法进行更细致的处理。在工作进行中，先后获得国家社科基金"魏晋南北朝至唐代诗歌词语演变研究"和清华大学自主科研项目"句法学与汉语诗歌句法分析"的立项支持，在前期还得到清华大学亚洲研究中心"汉语诗歌词汇研究"项目的支持。其中一些专题调查在先期发表时，得到有关学术刊物和审稿专家的批评指正，在此一并表示由衷感谢！真诚期待学界同仁和读者不吝赐教，就以上各方面问题提出批评，进行更深入的探讨。

上　编

《古诗十九首》词语考论

  《古诗十九首》每首 8 句至 20 句不等,共 254 句 1 270 字。五言诗自产生至后世,其基本句型即是上二下三①,其中的三字节一般可再切分为一二或二一字节。在《古诗十九首》中,除"上东门""王子乔"等个别三字词外,三字节一般也可切分为两个词汇单位。这样,全部十九首诗一共可切分出约 760 个左右的字节或词汇单位,其中二字节与一字节的比例约为 2∶1。切分出的一字节无疑都是单音词。但在《古诗十九首》中,三字节有时是两个单音形容词用"且"或"已"字连接,如:

    阻且长、清且浅、高且长、萋已绿、率已厉

或两个单音名词用"与"字连接,如:

    宛与洛、纨与素、丘与坟

这种形式自然可以切分为三个单音词,但也可能是一个并列式双音词为适应三字节而插入一个虚词,如"清浅""宛洛""纨素""丘

---

① 《古诗十九首》中只有"出郭门直视"一句是上三下二。

坟"，都是可以成词的。还有一些三字节，如：

> 安可知、日已远、日已缓、忽已晚、勿复道、忽复易、永不
> 寤、日以疏、日以亲

都是单音动词或形容词前用了不止一字的虚词（副词或连词）或状语成分，最简单的办法当然是把它们都切分成单音词，但是否合理很难确定。以上这些三字节格式在后代五言诗（主要是古体）中仍有保留，但不像在《古诗十九首》时代这样多见。这是五言诗在早期发展中为变两字为三字节而采取的一种敷衍方法。

二字节中除了有很多双音词（包括单纯词和复合词）外，也有一些是两个单字的线性连接，没有成词可能（还有一些在两可之间），如：

> 与君、相去、各在、思君、昔为、今为、上与、上有、谁能、昔
> 我、弃我、伤彼、将随、君亮、将以、思为、下有、难可、亮无（良
> 无）、焉能、上言、下言、遗我

线性连接当然都应切分为单音词，但其中也有一些是有沿承的，可以在前代文献中找到用例，可以视为当时使用较普遍的一种习惯性词语组合。

由于汉语双音词与词组的分界本来就比较模糊，此外还存在上述某些习惯性组合，所以尽管只有254句760多个字节，但要给出一个精确的双音词和单音词的统计数据却并不容易。本文从这十九首诗中提取出的双音词为252个，依不同判断标准这一数字会有出入。以下的考察将包括大部分双音词，还包括上述一些

习用组合,以及一些化自前人的句子,或与乐府、汉诗、建安诗相似度很高的句子,乃至某些单音词的使用。

　　自唐代《文选》李善注以来,《古诗十九首》中的一些疑难问题和关键词语一再被提出来讨论。有关其产生时代及作者问题的争议,实际上都与对其中所用词语的考察有关。如李善注即称其"辞兼东都,非尽是(枚)乘",近代学者对其中"促织""蟾兔"等词语的产生时代也有考察①。近人注本,如朱自清《古诗十九首释》、隋树森《古诗十九首集释》等②,在词语解释上亦多有发明。近年还出现一些专门从词语角度考察《古诗十九首》的论文③。自20世纪90年代以来,已有多种大型古籍数据库(语料库)问世,使今人有可能运用语料库语言学的工作方法,尝试此前难以从事的穷尽性词语调查,对文本中的全部词语逐一考察其来源及在某一时代的使用情况,充分发掘、利用其中所包含的信息,而这些信息均是考察这组作品产生时代、确定其在五言诗系统中所处地位的内在证据。

一、《古诗十九首》中源自先秦文献的词语

　　《古诗十九首》中有相当数量源自《诗经》《楚辞》等先秦文献

---

① 见陆侃如、冯沅君:《中国诗史》中册,北京:作家出版社1956年,第278页。
② 朱自清:《古诗十九首释》,收入《古诗歌笺释三种》,上海:上海古籍出版社1981年。隋树森:《古诗十九首集释》,上海:中华书局1936年;北京:中华书局1955年。
③ 黄震云、韩宏韬:《〈古诗十九首〉引〈诗〉考论》,《诗经研究丛刊》第10辑(2006年);木斋:《从语汇语句角度考量古诗十九首与建安诗歌》,《山西大学学报》2009年第1期,又收入作者《古诗十九首与建安诗歌研究》(题作"从语汇角度考量十九首与建安诗歌的关系"),北京:人民出版社2009年。

的词语或词组、句子，前人多已指出。据本文统计，其中源自《诗经》的词语（词组、句子）共 44 个，使用频次为 53 次（见附表 1）。仅"凛凛岁云暮"一首诗中就有多达 8 个用例。其中除一些名物词、叠音和联绵形容词以及某些习惯用法未必是有意用《诗》，翻用《诗经》成句的即有"道路阻且长"（《蒹葭》"道阻且长"）、"南箕北有斗"（《大东》"维南有箕""维北有斗"）、"携手同车归"（《北风》"携手同车""携手同归"）、"路远莫致之"（《竹竿》"远莫致之"）、"泣涕零如雨"（《燕燕》"泣涕如雨"，《东山》"零雨其濛"）。此外，"昔我""不成章""驾言迈""颜如玉""锦衾""同袍""巧笑""旋归"等词语，也都一望而知来自《诗经》。"晨风怀苦心，蟋蟀伤局促"二句，则直用《诗经》二篇名，隐括其篇意（详后述）。十九首所使用的《诗经》中的某些词语，到汉代已成为古雅的词汇，例如"泣涕"一词，在汉诗甚至建安诗人作品中都极少用，而改用"泪下"等说法，十九首用此无疑为其增添了一种书卷气。

　　十九首中源自《楚辞》（不含汉代作品）的词语计有 20 个，使用频次为 23 次（见附表 2）。这些词语主要涉及《离骚》及《九歌》《九章》的部分篇章，其中如"涉江""采芙蓉""芳草""蕙兰"等词语，都是《楚辞》的特征性用语。在先秦文献中，《诗经》《楚辞》被十九首采用的词语数量居首，足以证明这两大经典在中国诗歌词汇系统中的重要地位。十九首使用《诗经》词语的频次又明显超出于《楚辞》，除了说明《诗经》作为经学传授在汉代的巨大影响外，还可能反映了早期五言诗写作往往直接脱胎或取资于四言诗的事实。除上述翻用《诗经》成句的例子外，十九首中还有"同心而离居"（张衡《怨诗》"同心离居"），都是以四言诗为蓝本仅增添或调整一字而成。化用《楚辞》成句则较少，在十九首中仅有"荡子行不归"（《招隐士》"王孙游兮不归"）一例，还不是很典型。

以上这些源自《诗经》《楚辞》的用语，分散于十九首各篇，而不同于另一组疑问很大的苏李诗，在某几篇中忽然出现"钟子歌南音，仲尼叹归与；……身无四凶罪，何为天一隅"这样集中用典的情况。这种词汇用语上的一致性，是《古诗十九首》内在整体性的一种证明。

除《诗经》《楚辞》外，《古诗十九首》还使用了源自先秦其他文献的词语共计96个（108频次）。其中源自《庄子》的词语最多，达18个。这部分文献由其性质所决定，其中保留至汉代的词汇有大量已成为常用词或日常用语。但也有相当数量的用例，可以看出作者是有意引用文献的字面或成语。如"馨香盈怀袖"两用《左传》（桓六"所谓馨香无谗慝也"，成十七"琼瑰盈吾怀乎"），"人生天地间"用《庄子》（《知北游》"人生天地之间若白驹之过隙"），"客从远方来""上有弦歌声"隐用《论语》（《学而》"有朋自远方来"，《阳货》"闻弦歌之声"），"荣名以为宝"用《礼记》（《檀弓》"仁亲以为宝"，《儒行》"忠信以为宝"）。描写时令，则多用《月令》，如"促织鸣东壁"（"蟋蟀居壁"）、"凉风率已厉"（"孟秋之月……凉风至"）、"孟冬寒气至"（"季秋之月……寒气总至"）。"枉驾惠前绥"，甚至使用了一个在诗歌中极少见的仪式性描写（《昏义》"出御妇车，而婿授绥，御轮三周"）。"去者日以疏，生者日以亲"，则来自《吕氏春秋》（《孟冬纪》"死者弥久，生者弥疏"）。

以上引用先秦文献的情况，除了证实这组诗的作者具有良好的文化教养外，在语言运用上还表现出一种在汉诗中少有的纯熟自如。汉代四言诗也大量套用《诗经》成句，使用其中词汇，但表现出的是一种明显的模拟和风格上的僵化。而十九首的词语运用则显得十分自然，不经提示往往不易察觉是在化用前人语意。这可能是因为十九首同时还受到汉乐府等作品影响，使用了大量生活化的日常词语,并不是刻意模拟《诗经》等前代作品。

另外需要指出的是,十九首所使用的《诗经》《楚辞》词语,有些也见于汉诗、苏李诗和建安诗人作品,如"良人""女萝""芳草"。其中尤以叠音形容词和联绵形容词为多,如"萧萧""悠悠""郁郁""磊磊""逶迤""慷慨"。还有一些词汇同时又见于汉乐府作品,如"贱妾""松柏""鸳鸯""佳人""青青""皎皎""戚戚""冉冉",可以判断为更接近于生活用语。其他较为特殊的词语,如"巧笑""驾言""令德""被服",则在汉诗和建安诗中都只有个别用例。其使用还可能暗示了苏李诗、建安诗与十九首之间的关联。唯有张衡《四愁诗》"路远莫致倚逍遥",与十九首同样翻用《诗经》成句,恐非偶合。十九首中另有"同心而离居"也翻用张诗,似可证实其间存在因袭关系。

二、《古诗十九首》中的汉代词语

《古诗十九首》的产生时代有西汉、东汉和建安三说,立说根据无非其中所涉及的历法、避讳、地理等问题,以及所使用的各类词语。因此,考察其中汉代词语的使用情况,对解释相关争议无疑更具重要意义。根据调查,十九首所使用的先秦文献之外的新词语,几乎都可以从其他汉代文献中找到佐证,而不像一些著名的伪托作品如《胡笳十八拍》,其中难免掺入一些后代语词。这说明十九首直到被萧统收入《文选》时,并未遭到改窜或大幅修润;当然也说明它并不像有些论者所说,其主要词汇与两汉无涉,而只与苏李诗和建安诗人作品相关近似①。

────────────

① 木斋《从语汇角度考量十九首与建安诗歌的关系》举出以下 12 个用语,认为皆为曹植首次使用,又见于《古诗十九首》和苏李诗:服食、苦辛、中(转下页)

　　本文从十九首中提取的可与西汉文献互证的词语（词组、句子）为 65 个（见附表 4），可与东汉文献互证的词语为 66 个（见附表 5）。十九首中只有一首诗（其十四"去者日以疏"）不包含东汉时期才出现的词语，而这首诗并非主张十九首产生于西汉的立说依据。词语是确定作品产生时代的硬证据，可确认的作品中词语产生的时代下限，就是该作品产生的时间上限。在前人讨论已涉及的东汉时代的词语之外，本文通过全面调查又补充了一些证据。其中有一些是东汉时期才使用的一般性词汇，如：

　　　　会面、餐饭、宴会、苦辛、终老、迢迢、机杼、苦（程度副词）、结束、生年、爱惜、梦想、枉驾、重闱、书札、相思、识察、床帷

还有一些是在东汉文人作品中出现的词语，如：

（接上页）州、俯观、被服、纨与素、杞梁妻、双阙、荡子、行不归、越鸟、胡马（曹植作"代马"）。见《古诗十九首与建安诗歌研究》，第 157 页。但根据调查，"服食"见于《汉书·郊祀志》，又见于《论衡·道虚》；"苦辛"见于《说文》皋字；"中州"（不见于十九首）见于司马相如《大人赋》，又见于《汉书·天文志》；"被服"见于《离骚》，又见于《史记·五宗世家》；"纨素"见于《盐铁论·散不足》，又见于班婕妤《自悼赋》《后汉书·杨震传》，中间加"与"字是为调节字数；"杞梁之妻"见于《孟子·告子》，事又见于《说苑·善说》，《琴操》有《芑梁妻歌》；"双阙"见于李尤《阙铭》《后汉书·侯览传》、张超《灵帝河间旧庐碑》《张公神碑》；"荡子"见于《相和歌辞·鸡鸣》《乌生》；"胡马"见于《汉书·匈奴传》，又见于《吴越春秋》（"代马"与"胡马"亦不能视为一词）；"行不归"（应切分为"行/不归"）源于《招隐士》"王孙游兮不归"；"俯观"（不见于十九首）则出于《易·系辞》"俯则观法于地"。唯"越鸟"一词，除十九首外，仅见于曹植诗文。此外，"素手""逸响"二词，除见于十九首外，又见于曹植诗赋。

有馀哀、旧乡、遗迹、山陂、奇树、放情、驰情、沉吟、广路、凛凛、愁思

此外,还有一些在东汉时期才出现的句式。如:

弃捐勿复道。(一)

赵壹《刺世疾邪赋》鲁生歌:"勿复空驰驱。""勿复"连用,表禁止意愿,此时首见。

不惜歌者苦,但伤知音稀。(五)

《后汉书·窦融传》与隗嚣书:"岂不惜乎?"班昭《女诫》:"但伤诸女,方当适人。"《孟子·离娄》赵岐注:"但伤此名。""不惜"表示不在意,"但伤"犹言唯伤,均此时首见。

客行虽云乐,不如早旋归。(十九)

班固《典引》:"虽云优慎。"《风俗通义序》:"虽云浮浅。""虽云"作为连词,表示退一步说,亦此时首见。
有几个词语尤其值得注意:

相去复几许。(十)

《三国志·夏侯尚传》注引《魏氏春秋》:"君有其几许。"魏明帝《与陈王植手诏》:"今者食几许米。"均为口语。三国吴支谦译

《须摩提女经》:"汝今责几许财宝。"《菩萨本缘经》:"计是白象价直几许。"所译经有多例。

　　眄睐以适意。(十六)

康僧铠译《无量寿经》:"眄睐细色。"此外无见。据《出三藏记集》,支谦译经约在黄武元年(222)至建兴(252—253)年间,《无量寿经》约魏嘉平四年(252)在洛阳译出①。佛经翻译语言更接近口语,而口语词汇的记录时间往往晚于其开始流行的时间。以上两词应是东汉末年开始流行的口语词汇。

　　晨风怀苦心,蟋蟀伤局促。(十二)

傅毅《舞赋》:"嘉《关雎》之不淫兮,哀《蟋蟀》之局促。"两用《诗经》篇名,此诗亦同。《诗·蟋蟀》序:"刺晋僖公也。俭不中礼。"《晨风》诗:"未见君子,忧心钦钦。如何如何,忘我实多。"《文选》李善注十九首,引《晨风》诗释"怀苦心"之意。李善注《舞赋》谓:"古诗曰:'蟋蟀伤局促。' 小见之貌。"似以《舞赋》袭古诗。实际情况应反过来,是十九首作者袭用《舞赋》。《文心雕龙·明诗》曾谓古诗"孤竹一篇,则傅毅之词"。现据十九首各诗用语来看,傅毅和张衡是被十九首作者确实引据过的两位东汉作家。

---

① 参任继愈主编:《中国佛教史》第一卷,北京:中国社会科学出版社1981年,第168、481页。

三、《古诗十九首》的特有词汇

那么,《古诗十九首》是否有自己特有的词汇呢? 答案是有的。一种情况是为变二字为三字而粘连或缩合某些词语,如:

> 天一涯(天涯)、不顾返(不顾、不返)、放情志(放情)、罗裳衣(罗衣、裳衣)、故里间(故里、里间)、爱惜费(爱惜、惜费)、与等期(与期)、沾裳衣(沾衣、沾裳)

除了这种情况,十九首中还有为数不多的首见或仅见的词语。以下均予列出:

> 越鸟巢南枝。(一)

"越鸟"此外又见于曹植《朔风诗》"愿随越鸟,翻飞南翔"。传苏武《报李陵书》亦有"岱马越鸟,能不依依"。《汉纪·武帝纪》载"南越献驯象、能言鸟",《西京杂记》卷四亦载闽越王献高帝"白鹇、黑鹇各一双",可见汉代多有与越鸟有关的传说。

> 娥娥红粉妆。(二)

"红粉妆"有缩合痕迹,后代多用"红妆",亦偶有用"红粉"。

> 长衢罗夹巷。(三)

"夹巷"仅见。《周礼·乡士》"夹道而跸"夹为动词,此词则已衍为定中式。

> 弹筝奋逸响。(四)

"逸响"首见,又见于曹植《九咏》"乘逸响兮执电鞭",张协《七命》"追逸响于八风"等。

> 含意俱未申。(四)

"含意"应为动宾结构,同一时期仅见。

> 奄忽若飙尘。(四)

"飙尘"仅见,后代偶有用者皆袭用此诗。

> 先据要路津。(四)

"要路津"仅见,后代衍出"要路""要津"二词。汉代多用"要道"一词,然用于"至德要道"之抽象义。

> 交疏结绮窗。(五)

"交疏"仅见,"绮窗"首见。然"疏"亦可称"绮"(《后汉书·梁冀传》"窗牖皆有绮疏青琐"),"窗"亦可称"交"(《说文》"牖,穿壁以木为交窗也"),实为互文。

纤纤擢素手。（十）

"素手"此外又见于曹植《芙蓉赋》"擢素手于罗袖"，及《美女篇》"攘袖见素手"。

所遇无故物，焉得不速老。（十一）

"故物"首见，后代多用。"速老"盖仿自《礼记·檀弓》"死欲速朽"，其含意和词形则仅见于此诗。《世说新语·文学》载王孝伯问其弟王睹："古诗中何句为最？"睹思未答，孝伯咏"所遇无故物，焉得不速老"，认为此句为佳。

当户理清曲。（十二）

"清曲"同一时期仅见，汉代多言"清歌"。此盖因押韵而变言。

衔泥巢君屋。（十二）

"衔泥"首见，晋以后多见于诗文。

下有陈死人，杳杳即长暮。（十三）

《文选》李善注引《庄子》"人而无人道，是之谓陈人也"，郭象注："陈，久也。"《庄子》原文与此诗意无关。"陈死人"如释为久死之人，则构词较勉强。颇疑"陈死"即"阵死"，指作战而死者。"长暮"指死后，其义不难领悟，陆机后来用"大暮"（《大暮赋》），而此词亦罕用。

> 良人惟古欢。（十六）

"古欢"仅见,构词亦较生硬,其义盖同于"旧欢"。《文选》李善注谓:"良人念昔之欢爱。"五臣周翰注:"思我旧欢初合之日。"除有意仿《选》诗的明清诗人,后代亦无再用者。

以上这些特有或仅见的词语,一种可能是来自当时的社会用语,但未被其他文献记载;另一种可能则属于诗歌中的临时构词。这种临时构词如果是有意为之,而且在其他形式方面符合词的定义,即是所谓造词(coinage)①。以上"越鸟""逸响""飙尘""绮窗""素手""故物""清曲"等词,或可归入造词;而"红粉""夹巷""要路""衔泥"等词语,则有可能截取自当时的自然语言。

四、《古诗十九首》与汉乐府、苏李诗

《古诗十九首》中有若干词语、句式、句意乃至篇章主旨,亦见于汉乐府、苏李诗和其他汉诗作品,被认为具有较高的相似度。它们之间的沿承和影响关系,对于考察五言诗早期历史尤其具有重要意义。此外,因钟嵘《诗品》曾谓"'去者日以疏'四十五首,虽多哀怨,颇为总杂,旧疑是建安中曹王所制",古诗是否出于建安诗人尤其是曹植其人,也成为议论的话题。本文依照郭茂倩《乐府诗集》和逯钦立《先秦汉魏晋南北朝诗》汉诗部分的分类,在汉乐府中主要采鼓吹曲辞、相和歌辞、杂曲歌辞三类(其馀郊庙歌

---

① 关于造词的定义,详另文《汉语造词与诗歌新语》。

辞与十九首关系不大,杂歌谣辞因多见于《汉书》《后汉书》,故并入一般文献),汉诗除有主名者外,另列苏李诗和其他古诗①,将十九首中所有可与它们对比的部分一并列出(见附表6)。

从词汇角度来看,在各组作品之间可资对比的,一是某些常用词的使用,再有就是一些特征性词汇。在汉乐府与十九首的对比中,值得注意的首先是常用词中的称谓系统词汇——“君”,其用例包括“与君”(2)、“思君”(2);另作为单音词出现3次。“君”在汉乐府中是女性对恋人的称呼,最早可溯源至《九歌·湘君》:“隐思君兮陫侧。”汉乐府中《鼓吹曲辞·有所思》“相思与君绝”,《上邪》“我欲与君相知”,“与君”已替代了《诗经》中的“与子”。“君”作为第二人称,原只限于当面称君主,大概在战国后期逐渐泛及尊者②。在诗歌系统中,汉乐府明确以“君”作为女性对男子的称呼,而绝无相反之例③。汉诗作品如秦嘉夫妇赠答诗,也严守此分别。《古诗为焦仲卿妻作》中妻称夫为“君”,也与此相符。十九首中“行行重行行”等篇,也有释为思“友朋”者。但据用词系统

①　乐府诗中有若干有主名而事迹不可考者,如辛延年《羽林郎》、宋子侯《董娇饶》,又有归属有疑问者,如蔡邕《饮马长城窟行》,或疑为后人伪托者,如班婕妤《怨歌行》,均依《乐府诗集》仍归入乐府诗类别。唯《古诗为焦仲卿妻作》,据诗题及本事,应属古诗,其用词则与汉乐府、十九首等都有不同,姑暂依《乐府诗集》仍入《杂曲歌辞》。

②　据笔者调查,《左传》中除个别例外,当面称“君”者均限于君主。《论语》一书情况相同。《庄子》中仅有《外物》鲋鱼对庄周言“君岂有斗升之水而活我哉”一例非指君主,但出现于非现实的寓言故事中。《战国策》中“君”用于非君主例子较多。《史记·高祖本纪》老父相刘邦谓“君相贵不可言”。

③　《楚辞》中《九歌》《九章》诸篇亦多有称“君”之例,但性别较为模糊,后人理解亦有分歧。移尊者之称作为女对男之称,应是一种惯例。类似的例子有:六朝时女子称男子为“卿”“郎”,《金瓶梅》中潘金莲称西门庆“达达”。

来看,诸篇皆出以女子口吻无疑①。

特征性词汇是在主题、题材相同情况下使用的一批相同或相似的词汇,因主题或题材不同而使用不同词汇则无比较意义。汉乐府与十九首在表现夫妻或恋人关系题材中采用了大体相同的词汇系统,所用词语有"别离""荡子""倡家""所思""遗谁(遗君)""贱妾""佳人""(长)相思""怀袖""一心""区区""双鸳鸯""合欢被(扇)"等。

十九首与汉乐府共通的另一重要主题即是"为乐"。其中"生年不满百"一首可视为对《相和歌辞·西门行》的重写,前人已多有讨论。唯朱彝尊称其"裁翦长短句作五言,移易其前后,杂糅置十九首中……要之皆出《文选》楼中诸学士之手"②,其说实难成立。正如有论者谓秦嘉夫妇赠答诗为徐陵编《玉台新咏》时伪造,亦出于臆测。后人托名伪作而要想在用词上不露出马脚,是很难办到的。在这一主题下,十九首与汉乐府使用的相同词语有"斗酒""欢乐""年命""朝露""轗轲""为乐""作乐""及时""昼短""夜长""秉烛游""满百(年)""千岁忧""忧愁"等。与此主题相关联的还有长生(神仙)主题,不再赘述。

上述主题及其用语,有的可以追溯至西汉诗,如广陵王刘胥《歌》中的"为乐亟",但十九首与汉乐府的关系显然更为直接。在上述主题下十九首使用的超出于汉乐府的词语,除了前面列举的源自《诗经》《楚辞》等先秦文献或与汉代作家有关的词语外,还有

---

① 《相和歌辞·艳歌行》中出现一例以"卿"称"夫婿":"语卿且勿眄。"但其主语应是诗中流宕他乡的兄弟。在《古诗为焦仲卿妻作》中,"卿"与"君"相对,成为夫对妻的称呼,极为特殊。

② 朱彝尊:《曝书亭集》卷五二《书玉台新咏后》,《四部丛刊初编》本,上海:涵芬楼,第410页。

"娥娥""梦想""遥相睎""结不解""思为双飞燕""人生忽如寄"等。

　　下面来看与十九首常常放在一起讨论而同样充满疑问的苏李诗。《文选》《古文苑》所载李陵、苏武诗,被附会为李陵、苏武赠别之作。逯钦立考其为古代别诗之杂汇,除个别篇章外,大部分均为游子离别、思乡、自伤之作①。这些诗中并未出现汉乐府和十九首中的夫妻或情人相思相恋情节,诗中人物(男性)之间以"君"相称只有一例"愿君崇令德",诗意是表示思念,并非当面相称;在多数情况下尤其是当面,则以"子"相称("送子以贱躯""念子怅悠悠""与子结绸缪"等多例)。这种情况与十九首中女称男为"君"恰好互为补充。这种称谓区别可能与汉代语言的社会使用情况不尽相合②,但却构成了汉诗自有的称谓系统词汇③。这一点可以作为苏李诗与十九首大体产生于同一历史阶段的证据之一。

　　但有证据显示,苏李诗的写作曾受到十九首的影响。两组诗

---

①　逯钦立:《汉诗别录》,收入所著:《汉魏六朝文学论集》,西安:陕西人民出版社 1984 年,第 8 页。其中唯"结发为夫妻"一首写夫妻之情,《文选》题苏武诗,梁武帝《代苏属国妇》反拟之,则以其篇为苏武赠诗,《艺文类聚》卷二九引作苏武别李陵诗。逯钦立以为妄改李陵集不善作伪之所致。

②　以《后汉书》为例,其中男性之间以"子"、以"君"相称的例子均有。如《刘盆子传》"子努力还战",《敬王睦传》"子危我哉",《皇后纪》"君若能相辅,则厚",《张步传》"君前见攻之甚乎"。但总的来看,称"君"比称"子"更显敬重。

③　《鼓吹曲辞·战城南》"腐肉安能去子逃""思子良臣",称男子为"子"。《玉台新咏》古诗"悲与亲友别"中"赠子以自爱""念子弃我去",亦应是男性之间的称谓。四言诗朱穆《与刘伯宗绝交诗》"与子异域",亦同。在秦嘉《赠妇诗》中,为了与妻称夫为"君"相区别,则夫称妻为"子"(或"尔")。苏李诗中"结发为夫妻"一首,则未出现"子"的称呼。

中有一句完全相同,十九首(五):"一弹再三叹,慷慨有馀哀。"苏
李诗:"丝竹厉清声,慷慨有馀哀。"又如"风波一失所,各在天一
隅""良友远别离,各在天一方",十九首有"相去万馀里,各在天一
涯",明显是因字节需要,将"天涯"(《论衡·率性》"源从天涯")
一词扩展为三字。张华《鹪鹩赋》有"大鹏弥乎天隅",其出在后。
苏李诗当是借用十九首成句,因押韵而改言"一隅"或"一方",
"一隅"亦是旧词(《论语·述而》"举一隅")。不过,《汉书·西域
传》乌孙公主细君歌已有"吾家嫁我兮天一方",据此似不能排除
由"天一方"变言而为"天一涯"的可能。但就十九首整体来看,类
似的由二字词衍为三字已成为一种惯例。此外,徐幹《室思诗》有
"念与君生别,各在天一方",明显是从十九首"与君生别离……各
在天一涯"压缩而来。以此为佐证,也可见苏李诗是仿十九首
而来。

五、《古诗十九首》与建安诗

　　近年有论者通过对所谓植甄私情的钩深索隐,而将十九首中
若干作品归于曹植名下,引起诸多讨论,并有五言诗成立史须改
写之说①。十九首与建安诗人尤其是曹植的关系,俨然成为一个
重要问题。清代叶燮《原诗》称:"建安、黄初之诗,因于苏李与十
九首者也。然十九首止自言其情,建安、黄初之诗乃有献酬、纪
行、颂德诸体,遂开后世种种应酬等类,则因而实为创。此变之始
也。"②这是从内容角度对建安诗与十九首关系的说明。明代谢榛

---

① 参袁济喜:《说诗者不以文害辞不以辞害志——木斋先生〈古诗十九首〉主要
　　作者为曹植说商兑》,《中国文化研究》2013 年第 4 期。
② 叶燮:《原诗》卷一内篇上,北京:人民文学出版社 1979 年,第 4 页。

《四溟诗话》谓:"《古诗十九首》,平平道出,且无用工字面,若秀才对朋友说家常话,略不作意。……及登甲科,学说官话,便作腔子,昂然非复在家之时。若陈思王'游鱼潜绿水,翔鸟薄天飞''始出严霜结,今来白露晞'是也。此作平仄妥帖,声调铿锵,诵之不免腔子出焉。魏晋诗家常话与官话相半,迨齐梁,开口俱是官话。官话使力,家常话省力。官话勉然,家常话自然。"①这是从语言角度对建安诗与十九首关系的说明。以上两说都据阅读经验为说,在前人意见中有相当代表性。

仅凭阅读经验不免粗疏,例如谢榛就完全忽略了十九首化用《诗经》等文献的情况。但根据全面的词语调查,本文认为,将十九首归于建安诗人特别是曹植名下之说是不能成立的。理由不止一端。

首先,《古诗十九首》与建安诗人的关系是一对多的关系,也就是说,诸多建安诗人的作品中都留下了阅读、翻用十九首作品的痕迹。以下列出曹植以外诸诗人之例(十九首/建安诗):

行行重行行、相去日已远/行行日已远(《苦寒行》)

无为守贫贱/守穷者贫贱(《善哉行》)

戚戚何所迫/戚戚欲何念;四时更变化/四时更逝去(《秋胡行》)

沉吟聊踯躅/但为君故,沉吟至今(《短歌行》)

服食求神仙,多为药所误/痛哉世人,见欺神仙(《善哉行》。以上曹操)

与君为新婚/与君媾新欢(《猛虎行》)

① 谢榛:《四溟诗话》卷三,丁福保辑:《历代诗话续编》,北京:中华书局1983年,第1178页。

思君令人老/忧令人老(《短歌行》)

识曲听其真/知音识曲(《秋胡行》)

人生忽如寄/人生如寄(《善哉行》)

亮无晨风翼/愿为晨风鸟(《清河作》)

出户独彷徨/披衣起彷徨;三五明月满/三五正纵横(《杂诗》)

引领还入房/徒引领兮入房(《寡妇诗》)

思君令人老/忧来思君不敢忘;泪下沾裳衣/不觉泪下沾衣裳;明月何皎皎,照我罗床帏/明月皎皎照我床;迢迢牵牛星,皎皎河汉女/牵牛织女遥相望;泣涕零如雨/涕零雨面毁容颜(《燕歌行》。以上曹丕)

驱车策驽马/方轨策良马(《诗》)

白露沾野草/白露沾衣襟;忧愁不能寐/独夜不能寐(《七哀诗》)

悠悠涉长道/悠悠涉荒路;出郭门直视,但见丘与坟/四望无烟火,但见林与丘;凉风率已厉/凉风厉秋节;愁思当告谁/此愁当告谁(《从军诗》。以上王粲)

贱妾亦何为/贱妾何能久自全(陈琳《饮马长城窟行》)

东城高且长/暾暾高且悬(《赠徐幹》)

蟋蟀伤局促/民生甚局促(《诗》)

岁月忽已晚/岁月忽已殚;缘以结不解/望慕结不解(《赠五官中郎将》。以上刘桢)

与君为新婚/与君结新婚;会面安可知/会合安可知;愿为双鸿鹄/愿为双黄鹄(《于清河见挽船士新婚与妻别》)

相去日已远、思君令人老/君去日已远,郁结令人老;斗酒相娱乐,聊厚不为薄/既厚不为薄,想君时见思;人生天地

间,忽如远行客/人生一世间,忽若暮春草;仰观众星列/仰观三星连(《室思诗》。以上徐幹)

出郭门直视,但见丘与坟/出圹望故乡,但见蒿与莱(《七哀诗》)

揽衣起徘徊/揽衣起踯躅(《杂诗》)

辘轳长苦辛/流落恒苦辛;泪下沾裳衣/泪下沾裳衣(《诗》。以上阮瑀)

戚戚何所迫/戚戚怀不乐(《斗鸡诗》)

音响一何悲/音响一何哀(《侍五官中郎将建章台集诗》。以上应玚)

盛衰各有时/时运有盛衰(繁钦《诗》)

十九首中"相去日已远""思君令人老""与君为新婚"等句,都有不止一人套用。曹丕袭用十九首成句,与曹植几乎不相上下。这种情况只能解释为曹氏父子和七子等人对十九首都十分熟悉,而且后者对他们来说具有一种范本意义,所以他们才会十分自然地翻用其中的诗句。如果十九首中有部分作品被归于曹植名下,那就只能得出曹操、曹丕、王粲等人都在翻用曹植之作的结论。从人物关系、写作时间来看,这种推论岂能成立?

那么,是否有可能以上相似诗句是十九首在模仿曹氏父子等人作品(从而也就可以说曹植作为其作者在模仿其父兄或他人之作)?这种可能性也是不存在的。明显可见,以十九首与诸多模仿之作相比对,前者是范本,而后者是摹本。而且十九首分别被诸人模仿,构成与诸人的一对多关系。曹丕、曹植等人都是分别与十九首有对应关系,而无法与他人构成一对多的关系。以下几个例子更可以看出其间的衍生痕迹:

　　道路阻且长(一)/山川阻且远(曹植《送应氏》)

前者来自《诗经》"路阻且长",而后者由此变化为"阻且远"。

　　斗酒相娱乐,聊厚不为薄(三)/既厚不为薄,想君时见思
　　(徐幹《室思诗》)

前者言酒之厚薄,典出《庄子·胠箧》"鲁酒薄而邯郸围",又见
《淮南子·缪称训》,许慎注:"鲁与赵俱朝楚,献酒于楚,鲁酒薄而
赵酒厚。楚之主酒吏求酒于赵,不与。楚吏怒以赵所献酒献于楚
王,易鲁薄酒,楚王以为赵酒薄而围邯郸。"后者言厚薄与酒无关,
由具体衍为抽象。曹植《乐府》"金樽玉杯,不能使薄酒更厚",则
仍用此典。

　　著以长相思,缘以结不解(十八)/望慕结不解,贻尔新诗
　　文(刘桢《赠五官中郎将》)

《说文》:"缔,结不解也。"十九首用此,是指在合欢被上缘以此不
解之结(缔),寓意不分离。刘桢诗则脱离实物,明显从前者衍出。
　　建安诗还有一个与十九首明显不同之处,即上文所说的称谓
系统词汇。十九首和汉诗均以"君"作为女子对男子的称呼,而建
安诗不再严守这种区别,既以"君"作为女对男之称,又以之作为
男子之间的相互称谓。如曹操《短歌行》:"但为君故,沉吟至今。"
曹丕《大墙上蒿行》:"适君身体所服,何不恣君口腹所尝。"王粲
诗:"吉日简清时,从君出西园。"刘桢《赠五官中郎将》:"过彼丰
沛都,与君共翱翔。"曹植《赠王粲》:"谁令君多念,自使怀百忧。"

当然,建安诗人多有拟乐府之作,所以以"君"作为女对男之称的情况仍占多数。同时,建安诗仍保留了以"子"作为男性之间的称谓,但不常用,而且多见于四言诗。这种情况应与当时社会语言实际使用情况更为吻合,建安诗人在不自觉中放弃了汉诗自有的称谓系统词汇。

此外,还有一个旁证可以说明十九首在建安诗人眼中很可能已属"古"人之作。《三国志·王粲传》裴注引《魏略》载曹丕《与吴质书》称:"古人思秉烛夜游,良有以也。"《文选》亦载此书,李善注:"古诗曰:昼短苦夜长,何不秉烛游。秉或作炳。"以为曹丕是用十九首之语。这两句诗又见于《相和歌辞·西门行》,当然也可以说曹丕所指是后者。不过要说明的是,《西门行》和十九首就是这句话的最早出处,这种观念也是那时才有的。古礼禁夜游。《周礼·秋官·司寤氏》:"禁宵行者、夜游者。"贾公彦疏引《礼记·曲礼》"男女夜行以烛",谓指宫内,而《周礼》"禁夜游者"是"禁其无故游者"。汉人多夜饮,而仍禁夜行(有名的事例如李广被霸陵尉呵止"今将军尚不得夜行")。《后汉书·梁冀传》载冀与妻孙寿"游观第内,多从倡伎,鸣钟吹管,酣讴竟路,或连继日夜,以骋娱恣"。《济南安王康传》载何敞疏谏康:"今数游诸第,晨夜无节。"可见秉烛夜游是东汉时期才有的一种放纵行为。但十九首称"古诗",曹丕称"古人",又十九首中"古欢"指旧欢,可知当时人用"古"字并非如后人想象的那样久远①。

钟嵘《诗品》虽有古诗出于"曹王"的疑似传言,但自《诗品》及刘勰《文心雕龙》直至后世,一致将十九首与建安诗作为五言诗

---

① 他例如《后汉书·桓谭传》:"古人有言曰:天下皆知取之为取,而莫知与之为取。"出《说苑·谈丛》。《马融传》:"古人有言:左手据天下之图,右手刎其喉,愚夫不为。"出《淮南子·泰族训》。此东汉人称西汉人为古人。

成立中先后不同阶段的作品,谢榛、叶燮则明确认为二者之间有
直接相继关系。这些不仅依据传说、而且依据阅读经验得出的判
断,不能轻易否定。十九首与以曹植为代表的建安诗在题材类别
上有所不同,在语言风格上也有明显差异。除了谢榛所指出的曹
植诗有意使用对偶的现象外,从词语使用来看另一明显不同之处
是,以曹植为代表,建安诗人开始大量使用藻饰性词汇。《诗品》
评陆机"其源出于陈思,才高词赡,举体华美","词赡"指词藻的丰
富,主要就是指藻饰性词汇,由曹植至陆机这种华美趋势愈来愈
明显。根据调查,在曹植诗中至少出现了以下这些藻饰性词语:

> 豹螭、长筵、池塘、春鸠、飞栋、飞猱、孤兽、皓腕、荒畴、金
> 羁、空闺、令颜、流飙、绿池、罗袂、名讴、鸣俦、匹侣、奇舞、翘
> 思、青楼、柔条、神飙、索群、翔鸟、阳景、玉除、圆景、朱华、
> 丰膳

以上这些词语都首见于曹植诗("丰膳"又见于曹丕诗),可以判断
为属诗人造语。此外还有以下一些并列、状中、动宾结构词语,也
首见于曹植诗:

> 驰光、独栖、飞盖、揽弓、攘袖、销落、潇湘、勇剽、衔草
> ("衔草"又见于曹丕诗)

造语自《诗经》以来历代都有,如前所述,十九首中也有少量
造语,但藻饰性不明显。其中"越鸟""素手"二词被曹植诗袭用
("逸响"另见于曹植《九咏》),而上述曹植作品中这类性质的藻
饰性造语则不见于十九首。这是十九首不可能出于曹植之手的

内在证据。曹植诗中的这些造语,更接近于汉赋中出于装饰目的的造语。从词藻的丰富和创新来看,自汉以后赋总是领先于诗一步。曹植在建安诗人中最为杰出,除了诗歌题材更为丰富外,还在于语言表达上更富于层次,更为华美,而其主要手段就是大量使用这类藻饰性的造语,并由此开启了晋宋以后诗歌语言愈趋彩丽繁缛、诗人竞造新词的风气。谢榛所谓家常话与官话之别,可从以上用词不同中得到具体证实。

　　综合以上词语调查结果,一方面,十九首中有一大批东汉时期产生的词语,有个别三国时期文献才记录的口语词,有袭用傅毅、张衡两位东汉作家的明显证据;另一方面,十九首与诸多建安诗人构成一对多的关系,是后者模仿袭用的对象,十九首的称谓系统词汇同于汉诗而建安诗与它们不同,建安诗人尤其是曹植还开始大量使用藻饰性造语。由此来看,《古诗十九首》的产生时代应在张衡(78—139)之后,建安之前。在 20 世纪 20 年代开始的讨论中多数学者所持意见,认为十九首比建安略先一期,为"东汉安、顺、桓、灵间作品"①,或进一步确认在桓帝时期②,是可以凭信的。

原载《中山大学学报》2015 年第 5 期(有删节),
收入本书时补全并有修订

---

① 梁启超:《中国之美文及其历史》,上海:中华书局 1936 年初版;《梁启超古典文学论著》,上海:上海书店出版社 2013 年,第 117 页。

② 参李炳海:《古诗十九首写作年代考》,《东北师大学报》1987 年第 1 期。

附表1:《古诗十九首》中源自《诗经》的词语

篇序	词语	《诗经》
一	道路阻且长	《蒹葭》:道阻且长
一	不顾返	《角弓》:不顾其后 (《庄子·盗跖》:不返其本)
一、十七	北风	《北风》:北风其凉
二、三	青青	《淇奥》:绿竹青青 《苕之华》:其叶青青
二、十、十九	皎皎	《白驹》:皎皎白驹
三	戚戚	《行苇》:戚戚兄弟
四	令德	《蓼萧》:令德寿岂
四	无为	《板》:无为夸毗
六	采之	《关雎》:左右采之
六	忧伤	《羔裘》:我心忧伤
六、十三	浩浩	《雨无正》:浩浩昊天
七	白露	《蒹葭》:白露为霜
七	玄鸟	《玄鸟》
七	不念	《谷风》:不念昔者
七	昔我	《采薇》:昔我往矣
七	南箕北有斗	《大东》:维南有箕/维北有斗
七	携手	《北风》:携手同车/携手同归 《有女同车》
十六	携手同车归	
七	牵牛	《大东》:睆彼牵牛
十	牵牛星	
八	新婚	《谷风》:宴尔新婚

篇序	词语	《诗经》
八	女萝	《頍弁》:茑与女萝
八、十一	悠悠	《子衿》:悠悠我心
九	路远莫致之	《竹竿》:远莫致之
十	不成章	《大东》:不成报章
十	泣涕零如雨	《燕燕》:泣涕如雨 《定之方中》:灵雨既零 《东山》:零雨其濛
十一	驾言迈	《泉水》:还车言迈/驾言出游
十一	焉得	《伯兮》:焉得谖草
十一	长寿考	《终南》:寿考不忘 《信南山》:寿考万年
十二	逶迤	《羔羊》:委蛇委蛇
十二	蟋蟀	《蟋蟀》
十二	颜如玉	《野有死麕》:有女如玉 《汾沮洳》:彼其之子美如玉
十二、十六	晨风	《晨风》:鴥彼晨风
十三、十四	萧萧	《车攻》:萧萧马鸣
十三、十四	松柏	《天保》:如松柏之茂
十六	岁云暮	《小明》:岁聿云暮
十六	锦衾	《葛生》:锦衾烂兮
十六	同袍	《无衣》:与子同袍
十六	独宿	《东山》:敦彼独宿
十六	良人	《绸缪》:见此良人
十六	巧笑	《硕人》:巧笑倩兮
十八	鸳鸯	《鸳鸯》

篇序	词语	《诗经》
十九	不能寐	《柏舟》:耿耿不寐
十九	旋归	《采蘩》:薄言还归 《扬之水》:曷月予还归哉 《黄鸟》:言旋言归

附表 2:《古诗十九首》中源自《楚辞》的词语

篇次	词语	《楚辞》
一	蔽白日	《国殇》:旌蔽日兮敌若云 《怀沙》:白日出之悠悠
一、八	思君	《湘君》:隐思君兮陫侧 《九辩》:专思君兮不可化
三	磊磊	《山鬼》:石磊磊兮葛蔓蔓
二、三	郁郁	《涉江》:惨郁郁而不通兮 《哀郢》:心郁郁之忧思兮
五	慷慨	《哀郢》:好夫人之忼慨 《九辩》:好夫人之慷慨
六	涉江	《涉江》
六	采芙蓉	《云中君》:采薜荔兮水中,搴芙蓉兮木末
六	芳草	《离骚》:何所独无芳草兮
七	明月皎夜光	《天问》:夜光何德(王逸注:夜光谓月)
七	良无	《九辩》:谅无怨于天下兮
十六	亮无	
八	冉冉	《离骚》:老冉冉其将至
八	泰山阿	《山鬼》:若有人兮山之阿
八	蕙兰花	《东皇太一》:蕙肴蒸兮兰藉

续表

篇次	词语	《楚辞》
八	将随	《卜居》:将随驽马之迹乎
九	折其荣	《离骚》:折若木以拂日兮 《山鬼》:折芳馨兮遗所思
九	将以	《湘君》:将以遗兮下女
十二	佳人	《湘夫人》:闻佳人兮召予
十二、十三	被服	《离骚》:浇身被服强圉兮
十三	杳杳	《涉江》:瞭杳杳而薄天

附表3:《古诗十九首》中见于先秦其他典籍的词语

篇次	词语	先秦文献
六	离居	《书·盘庚》:荡析离居
七	玉衡	《书·舜典》:在璇玑玉衡
十七	一心	《书·盘庚》:永肩一心
十八	心尚尔	《书·多方》:迪简在王庭,尚尔事
三	娱心意	《易·明夷·象》:获心意也
四	妙入神	《易·系辞》:精义入神
六	同心	《易·系辞》:二人同心
十	终日	《易·乾》:君子终日乾乾
十一	盛衰	《易·杂卦》:盛衰之始也
十四	来者	《易·说卦》:数往者顺,知来者逆
十五	当及时	《易·乾》:欲及时也
十七	仰观	《易·系辞》:仰以观于天文
一	道路	《左传》成十二:道路无壅
四、十一、十三	人生	《左传》成二:人生实难

续表

篇次	词语	先秦文献
五	愿为	《左传》昭二一：愿为鹳
五	无乃	《左传》隐三：无乃不可乎
八	贱妾	《左传》宣三：郑文公有贱妾曰燕姞
九	此物	《左传》宣十五：谓此物也夫
九	馨香盈怀袖	《左传》桓六：所谓馨香，无谗慝也／成十七：琼瑰盈吾怀乎
十一	茫茫	《左传》襄四：芒芒禹迹
十二	四时	《左传》昭元：分为四时
十三	黄泉下	《左传》隐元：不及黄泉，无相见也
十六	焉能	《左传》闵二：余焉能战
十八	文彩	《老子》五三章：服文彩，带利剑
五	弦歌声	《论语·阳货》：闻弦歌之声
七、十七	众星	《论语·为政》：众星共之
十七、十八	远方来	《论语·学而》：有朋自远方来
一	岁月	《庄子·应帝王》：期以岁月旬日
一	巢南枝	《庄子·逍遥游》：鹪鹩巢于深林，不过一枝
一、五	浮云	《庄子·说剑》：上抉浮云
三	人生天地间	《庄子·知北游》：人生天地之间，若白驹之过隙
三	聊厚不为薄	《庄子·胠箧》：鲁酒薄而邯郸围
四	识曲听其真	《庄子·齐物论》：无益损乎其真
四	唱高言	《庄子·天地》：高言不止于众人之心
五	歌者	《庄子·山木》：今之歌者
五、十九	徘徊	《庄子·盗跖》：与道徘徊

篇次	词语	先秦文献
六	在远道	《庄子·天道》:远道而来
八	轩车	《庄子·让王》:轩车不容巷
八	执高节	《庄子·让王》:高节戾行
十一	百草	《庄子·庚桑楚》:春气发而百草生
十一	四顾	《庄子·养生主》:为之四顾
十一	随物化	《庄子·天道》:其死也物化
十五	愚者	《庄子·列御寇》:愚者恃其所见
十六	愿得	《庄子·说剑》:愿得试之
十八	以胶投漆中	《庄子·骈拇》:附离不以胶漆
五	高楼	《墨子·修身》:城内为高楼
三	远行客	《孟子·公孙丑》:予将有远行
四	欢乐	《孟子·梁惠王》:民欢乐之
五	双鸿鹄	《孟子·告子》:以为有鸿鹄将至
五	杞梁妻	《孟子·告子》:杞梁之妻善哭
十六、十九	引领	《孟子·梁惠王》:天下之民皆引领而望之矣
二、十	纤纤	《荀子·大略》:祸之所由生也,生自纤纤也
三	驽马	《荀子·劝学》:驽马十驾
七	盘石固	《荀子·富国》:国安于盘石
七、十九	明月	《荀子·解蔽》:明月而宵行
八	夫妇会有宜	《荀子·礼器》:阴阳之分,夫妇之位
九	发华滋	《荀子·王制》:草木荣华滋硕
十二	聊踟蹰	《荀子·礼论》:踟蹰焉,踟蹰焉

篇次	词语	先秦文献
十四	去者	《荀子·法行》:欲去者不止
一	衣带	《仪礼·丧服》:衣带
二	当窗牖	《仪礼·士丧礼》:当牖北面
三	冠带	《礼记·月令》:冠带有常
四	守贫贱	《礼记·曲礼》:贫贱而知好礼
七、十七	孟冬	《礼记·月令》:孟冬之月
七	促织鸣东壁	《礼记·月令》:蟋蟀居壁
八	过时	《礼记·曾子问》:过时不祭
十一	东风	《礼记·月令》:东风解冻
十一	荣名以为宝	《礼记·檀弓》:仁亲以为宝/《儒行》:忠信以为宝
十六	凉风	《礼记·月令》:孟秋之月……凉风至
十六	惠前绥	《礼记·昏义》:出御妇车,而婿授绥,御轮三周
十七	孟冬寒气至	《礼记·月令》:季秋之月……寒气总至
三	游戏	《韩非子·难三》:游戏饮食之言
三	何所迫	《韩非子·亡征》:侮所迫之国
三、十三	驱车	《韩非子·外储说左上》:驱车往犯
四	新声	《韩非子·十过》:闻鼓新声而说之
五	清商	《韩非子·十过》:清商固最悲乎
六	虚名	《韩非子·外储说右下》:虚名不以借人
十二	怀苦心	《韩非子·解老》:苦心伤神
十三	年命如朝露	《韩非子·大体》:法如朝露
十三	万岁	《韩非子·显学》:千秋万岁

篇次	词语	先秦文献
十六	以适意	《韩非子·奸劫弑臣》:适当世明主之意
七	时节	《管子·幼官》:五和时节
一	弃捐	《战国策·秦五》:弃捐在外
十七	抱区区	《战国策·齐四》:今君有区区之薛
三	自相索	《吕氏春秋·慎大览》:以心与人相索
七	高举	《吕氏春秋·恃君览》:诗曰……将欲踏之,必高举之
八(2)	兔丝	《吕氏春秋·季秋纪》:人或谓兔丝无根
十四	直视	《吕氏春秋·孝行览》:弗敢直视
十四	去者日以疏,生者日以亲	《吕氏春秋·孟冬纪》:死者弥久,生者弥疏
十五	与等期	《吕氏春秋·慎行论》:盗不与期
十五	待来兹	《吕氏春秋·士容论》:来兹美麦
十六	不须臾	《吕氏春秋·慎大览》:日中不须臾
三	策驽马	《晏子春秋·内篇杂上》:策驷马
四	弹筝	李斯《谏逐客书》:弹筝搏髀
六	兰泽	宋玉《神女赋》:沐兰泽
七	别经时	李斯《绎山刻石》:经时不久

附表4:《古诗十九首》中见于西汉文献的词语

篇次	词语	西汉文献
一、十八	万馀里	《汉书·西南夷传》:地东西万馀里
一	胡马	《汉书·匈奴传》:胡马不窥于长城
一	努力	《汉书·翟方进传》:努力为诸生学问

续表

篇次	词语	西汉文献
一	浮云蔽白日	《新语·慎微》:邪臣之蔽贤,犹浮云之障日月也
一、十六	游子	《史记·高祖本纪》:游子悲故乡
二	昔为…今为	《汉书·五行志》成帝时谣:故为人所羡,今为人所怜
二	荡子行不归	《招隐士》:王孙游兮不归
三	涧中石	《易林·乾之谦》:山险难登,涧中多石
三	斗酒	杨恽《报孙会宗书》:斗酒自劳
三	相娱乐	《史记·廉颇蔺相如传》:以相娱乐
三	王侯	《汉书》安世房中歌:王侯秉德
三	第宅	《汉书·宣帝纪》:徙民起第宅
三	两宫	《汉书·邹阳传》:幸于两宫
四	所愿	《九叹·逢纷》:河水淫淫,情所愿兮
四、十一	奄忽	《汉书·严延年传》:奄忽如神
四	先据	《史记·廉颇蔺相如传》:先据北山上者胜
四	轗轲	《七谏·怨世》:然埳坷而留滞
五	随风发	司马相如《子虚赋》:随风澹淡
五	知音稀	《淮南子·修务训》李奇事、师旷事①
五	奋翅	《易林·随之小畜》:奋翅鼓翼(多例)
五	高飞	《汉书·张良传》高祖歌:鸿鹄高飞

① "知音"注家或引《列子》伯牙、子期事,在汉代以后。当引《淮南子·修务训》:"邯郸师有出新曲者,托之李奇,诸人皆争学之。后知其非也,而皆弃其曲。此未始知音者也。""昔晋平公令官为钟,钟成而示师旷。师旷曰:'钟音不调。'平公曰:'寡人以示工,工皆以为调。而以为不调,何也?'师旷曰:'使后世无知音者则已,若有知音者,必知钟之不调。'故师旷之欲善调钟也,以为后之有知音者也。"后一事又见《吕氏春秋·仲冬纪》。

篇次	词语	西汉文献
六	还顾	《史记·外戚世家》褚补:夫人还顾
六	长路	《易林·丰之巽》:惊于长路,畏惧啄口
七	历历	《九叹·惜贤》:览芒阃之蠢蠢(王逸注:蠢蠢犹历历)
七	野草	司马相如《喻巴蜀榆》:膏液润野草而不辞 刘向《七言》:结构野草起屋庐
七	同门友	刘歆《移太常博士》:党同门
七	振六翮	《淮南子·兵略训》:飞鸟之有六翮
七	负轭	《淮南子·人间训》:负轭而浮之河
八	孤生竹	刘安《屏风赋》:孤生陋弱
八	结根	扬雄《蜀都赋》:结根才业
八	来何迟	《汉书·外戚传》李夫人歌:何姗姗其来迟
八	扬光辉	《汉书·李寻传》:入太微帝廷扬光辉
八	不采	《汉书·盖宽饶传》:山有猛兽,藜藿为之不采
十	札札	《史记·律书》:乙者,言万物生轧轧也
十	脉脉	《汉书·东方朔传》:跂跂脉脉
十一	回车	《淮南子·人间训》:回车而避之
十一	立身苦不早	《孝经》:立身行道/终于立身
十一	荣名	《淮南子·修务训》:生有荣名
十二	自相属	《史记·封禅书》:相属于道
十二	回风	《尔雅·释天》:回风为飘
十二	动地	司马相如《子虚赋》:殷天动地
十二	秋草	《七谏·初放》:秋草荣其将实兮
十二	岁暮	《汉书·刘向传》:年衰岁暮

续表

篇次	词语	西汉文献
十二	荡涤	《史记·乐书》:荡涤邪秽
十二	燕赵多佳人	班婕妤《捣素赋》:燕姜含兰而未吐,赵女抽簧而绝声 《三辅黄图》三:武帝求仙,起明光宫,发燕赵美女二千人充之
十二	弦急	《韩诗外传》:治国者譬若乎张琴然,大弦急则小弦绝矣
十三	上东门	《汉书·贾谊传》:洛阳上东门
十三	遥望	贾谊《旱云赋》:遥望白云之蓬勃兮
十三	千载永不寤	《汉书·杨王孙传》:千载之后,棺椁朽腐 《淮南子·诠言训》:终身不寤
十三	年命	《汉书·刑法志》:不得终其年命
十三	相送	《史记·齐世家》:诸侯相送不出境
十三	服食	《汉书·郊祀志》:世有仙人,服食不终之药
十三	求神仙	《史记·封禅书》:东巡海上,考神仙之属
十三	纨与素	《盐铁论·散不足》:纨素之价倍缣
十三、十四	白杨	扬雄《羽猎赋》:先置乎白杨之南①
十四	古墓犁为田	《史记·淮南衡山王传》:坏人冢以为田
十四	里闾	《汉书·张敞传》:吏坐里闾
十六	蝼蛄	《淮南子·时则训》:蝼蝈鸣
十七	惨慄	《九怀·蓄英》:感余志兮惨慄
十八	一端绮	《盐铁论·力耕》:夫中国一端之缦,得匈奴累金之物

---

① 白杨,观名。但当取名自树木。

篇次	词语	西汉文献
十八	缘以	《史记·平准书》:以白鹿皮方尺,缘以藻缋,为皮币
十八	结不解	《易林·坤之晋》:椒洁累累,缔结难解 《说文》:缔,结不解也
十八	别离	《汉书·元帝纪》:亲戚别离
十九	忧愁	《淮南子·修务训》:心知忧愁劳苦
十九	独彷徨	《史记·楚世家》:灵王于是独彷徨山中

附表5:《古诗十九首》中见于东汉文献的词语

篇次	词语	东汉文献
一	行行重行行	《吴越春秋》十:行行各努力
一	天一涯	《论衡·率性》:源从天涯
一	会面	孔融《遗张纮书》:无缘会面
一(2)、十、十八	相去	《费凤别碑诗》:相去三千里
一	岁月忽已晚	《九叹·怨思》王逸注:恐年岁已晚
一	勿复道	赵壹《刺世疾邪赋》鲁生歌:勿复空驰驱
一	加餐饭	《后汉书·任延传》:慰勉孝子,就餐饭之 《东观汉记·汝郁传》:强为餐饭
二	娥娥	《郭辅碑歌》:娥娥三妃 《广雅》:娥娥,容也
三	宛与洛	王逸《荔支赋》:宛洛少年,邯郸游士 《后汉书·隗嚣传》:下蜀汉,定宛洛
三	洛中	《后汉书·第五伦传》:自是洛中无复权戚 《符融传》:洛中士大夫好事者
三	遥相望	《释名》:日在东,月在西,遥相望也

篇次	词语	东汉文献
三	双阙百馀尺	《神异经》:左右有阙而立,其高百尺 《后汉书·灵帝纪》:起四百尺观 李尤《阙铭》:双阙巍巍 张超《灵帝河间旧庐碑》:树中天之双阙
四	良宴会	《后汉书·赵憙传》:帝延集内戚讌会,欢甚 曹植《王仲宣诔》:感昔宴会
四	齐心	臧洪《酸枣盟辞》:齐心一力 《三国志·陈留王纪》:亦齐心响应
四	长苦辛	《说文》皋:言皋人蹙鼻苦辛之忧
五	交疏结绮窗	《后汉书·梁冀传》:窗牖皆有绮疏青琐 《说文》牖:穿壁以木为交窗也/窻:房室之疏也 张衡《西京赋》:交绮豁以疏寮 夏侯惠《景福殿赋》:若乃仰观绮窗
五	阿阁三重阶	李善注引《尚书中候》:昔黄帝轩辕,凤皇巢阿阁 《后汉书·马援传》:帝亲御阿阁 《世说新语·言语》注引《文士传》:作三重阁,列坐宾客
五	有馀哀	蔡邕《琴赋》:一弹三欷,凄有馀哀 《胡硕碑》:没有馀哀
五	不惜	《后汉书·窦融传》与隗嚣书:岂不惜乎
五	但伤	班昭《女诫》:但伤诸女,方当适人 《孟子·离娄》赵岐注:但伤此名
五	中曲正徘徊	蔡邕《女训》:凡鼓小曲,五终则止。大曲,三终则止。无数变曲,无多少。尊者之听未厌,不敢早止。若顾望视他,则曲终而后止,亦无中曲而息也。
六	望旧乡	张衡《思玄赋》:临旧乡之暗蔼 《大司农鲍德诔》:惟帝旧乡

篇次	词语	东汉文献
六	终老	《论衡·无形》:终老至死
七	促织	李善注引《春秋考异邮》:立秋趣织鸣/宋均曰:趣织,蟋蟀也 《淮南子·时则训》注:趣织也
七	如遗迹	班固《窦将军北征颂》:顾卫霍之遗迹 仲长统《见志诗》:飞鸟遗迹
七	复何益	《三国志·陆凯传》:复何益焉
八	会有宜	陈琳《檄吴将校部曲文》:去就之道,各有宜也
八	隔山陂	张衡《思玄赋》:托山陂以孤魂
八	含英	冯衍《显志赋》:百卉含英 班固《西都赋》:流耀含英
九	庭中	班固《西都赋》:左右庭中
九	奇树	张衡《东京赋》:奇树珍果 《三辅黄图》四:奇树异草
十	迢迢	毌丘俭《承露盘赋》:邈迢迢以秀峙 《管氏指蒙》:索探其迢迢来历
十	河汉女	《汉书·萧何传》:语曰天汉/注孟康曰:言地之有汉,若天之有河汉 班固《西都赋》:左牵牛而右织女,似云汉之无涯
十	弄机杼	《后汉书·王丹传》:此缣出自机杼
十	复几许	《三国志·夏侯尚传》注引《魏氏春秋》:君有其几许 魏明帝《与陈王植手诏》:今者食几许米 支谦译《须摩提女经》:汝今责几许财宝(多例)
十一	苦不早	孔融《临终诗》:器漏苦不密
十一	人生非金石	《论衡·道虚》:此真人也,与金石同 李尤《武功歌》:身非金石,名俱灭焉

篇次	词语	东汉文献
十二	蟋蟀伤局促	傅毅《舞赋》:哀《蟋蟀》之局促 《史记·魏其武安侯传》:局趣效辕下驹
十二	放情志	《潜夫论·德化》:身处污而放情 桓范《世要论·节欲》:奢者放情
十二	何为自结束	《后汉书·东夷传》:其男衣皆横幅结束相连 《释名》:挈,结也;结,束也
十二	罗裳衣	傅毅《舞赋》:罗衣从风
十二	弦急知柱促	马融《长笛赋》:若絙瑟促柱 侯瑾《筝赋》:于是急弦促柱,变调改曲
十二	驰情	冯衍《说邓禹书》:驰情乎玄妙之中
十二	沉吟	《九思·遭厄》:意欲兮沉吟
十二	思为	张衡《同声歌》:思为莞簟/思为苑蒻席
十三	郭北墓	《白虎通·崩薨》:葬于城郭外何? 死生别处……所以于北方何? 就阴也 《文选·咏怀》注引应劭《风俗通》:葬于郭北,北首,求诸幽之道
十三	夹广路	班固《西都赋》:披三条之广路
十三	浩浩阴阳移	《礼记·礼运》郑玄注:天有运移之期,阴阳之节也 《后汉纪·顺帝纪》:言行动天地,举措移阴阳
十五	生年不满百	《论衡·气寿》:命不可以不满百 《后汉书·陈龟传》:生年死日/《吕布传》:生年以来
十五	秉烛游	曹丕《与吴质书》:古人思秉烛夜游,良有以也
十五	爱惜费	《诗·烝民》笺:爱,惜也 《东观汉记·邓训传》:羌胡爱惜

篇次	词语	东汉文献
十五	王子乔	《论衡·道虚》:王子乔之辈 《潜夫论·志氏姓》:太子晋……传称王子乔 《后汉书·方术传·王乔》:或云此即古仙人王子乔也 蔡邕《王子乔碑》
十六	凛凛	蔡邕《月令问答》:危险凛凛 丁廙妻《寡妇赋》:寒凛凛而弥切
十六	锦衾遗洛浦	张衡《思玄赋》:召洛浦之宓妃
十六	梦想	《太平经·癸九》:梦想失其形
十六	枉驾	《后汉纪·桓帝纪》:枉驾自屈 《献帝纪》:将军且枉驾顾之
十六	重闱	《三国志·贺邵传》:潜处重闱之内
十六	昈眜	康僧铠译《无量寿经》:昈眜细色
十七	蟾兔缺	《论衡·说日》:月中有兔蟾蜍 张衡《灵宪》:姮娥遂托身于月,是为蟾蟾
十七	一书札	《后汉书·刘盆子传》:乃书札为符 《三国志·谯周传》:精研六经,尤善书札
十七	长相思	张芝《与府君书》:相思无违 臧洪《答陈琳书》:隔阔相思
十七	不识察	《孟子·离娄》赵岐注:察,识也 《繁阳令杨君碑》:莫能识察
十九	罗床帏(帏)	《后汉纪·章帝纪》:床帏充实 王逸《机妇赋》:揽床帏
十九	虽云	班固《典引》:虽云优慎 《风俗通义序》:虽云浮浅
十九	愁思	王逸《楚辞章句》:中心愁思
十九	泪下沾裳衣	张衡《四愁诗》:侧身西望涕沾裳

附表6:《古诗十九首》与汉乐府、汉诗、建安诗

十九首	汉乐府	汉诗	建安诗
一、 行行重行行	《陇西行》:行行重行行 《古步出夏门行》:行行复行行	苏李诗:行行且自割	曹操《苦寒行》:行行日已远
与君生别离 八、 与君为新婚	《有所思》:相思与君绝 《上邪》:我欲与君相知 《东门行》:贱妾与君共餔糜		刘桢《赠五官中郎将》:与君共翱翔 徐幹《室思诗》:念与君生别 徐幹《于清河见挽船士新婚与妻别》:与君结新婚,宿昔当别离 曹丕《猛虎行》:与君媾新欢 曹睿《种瓜篇》:与君新为婚
一、 各在天一涯		苏李诗:各在天一隅	徐幹《室思诗》:各在天一方 曹植《升天行》:布叶盖天涯 曹植《桂之树行》:流芳布天涯
会面安可知			徐幹《于清河见挽船士新婚与妻别》:会合安可知
道路阻且长			曹植《送应氏》:山川阻且远
胡马依北风		苏李诗:胡马失其群	
相去万馀里 相去日已远		苏李诗:相去悠且长/相远日已长	曹操《苦寒行》:行行日已远 徐幹《室思诗》:君去已日远
浮云蔽白日	《古诗为焦仲卿妻作》:络绎如浮云 《古八变歌》:浮云多暮色	息夫躬《绝命辞》:浮云为我阴 秦嘉《赠妇诗》:浮云起高山	曹植《杂诗》:浮云翳日光 何晏《言志诗》:浮云翳白日

十九首	汉乐府	汉诗	建安诗
		孔融《临终诗》:浮云翳白日 苏李诗:仰视浮云驰/浮云日千里	
思君令人老		徐淑《答秦嘉诗》:思君兮感结	徐幹《室思诗》:思君如流水/郁结令人老 繁钦《定情诗》:思君即幽房 曹丕《燕歌行》:忧来思君不敢忘 曹丕《寡妇诗》:守长夜兮思君 曹丕《短歌行》:忧令人老 曹植《怨诗行》:思君剧于饥 曹植《灵芝篇》:念之令人老 曹植《杂诗》:沉忧令人老
岁月忽已晚		韦孟《讽谏诗》:岁月其徂	刘桢《赠五官中郎将》:岁月忽已殚 徐幹《于清河见挽船士新婚与妻别》:但惜岁月驰 曹丕《善哉行》:岁月如驰 曹植《灵芝篇》:岁月不安居
弃捐勿复道,努力加餐饭	《有所思》:勿复相思 班婕妤《怨歌行》:弃捐箧笥中 《妇病行》:弃置勿复道 《长歌行》:少壮不努力 蔡邕《饮马长城	赵壹《鲁生歌》:勿复空驰驱 苏李诗:努力崇明德/努力爱春华/愿子长努力	甄皇后《塘上行》:弃捐素所爱

十九首	汉乐府	汉诗	建安诗
	窟行》：上有加餐食 《古诗为焦仲卿妻作》：勿复重纷纭/勿复怨鬼神		
二、 青青河畔草 三、 青青陵上柏	《长歌行》：青青园中葵 蔡邕《饮马长城窟行》：青青河边草	《古诗》：青青陵中草	刘桢《诗》：青青女萝草 曹丕《见挽船士兄弟辞别》：青青野田草
二、 盈盈楼上女	《陌上桑》：照我秦氏楼/秦氏有好女/盈盈公府步 《陇西行》：盈盈府中趋		曹植《美女篇》：青楼临大路 曹植《七哀诗》：明月照高楼/上有愁思妇
纤纤出素手	《古诗为焦仲卿妻作》：纤纤作细步	《古两头纤纤诗》：两头纤纤月初生	
昔为倡家女，今为荡子妇	《东光》：诸军游荡子 《鸡鸣》：荡子何所之/作使邯郸倡	苏李诗：昔为鸳与鸯，今为参与辰	曹丕《善哉行》：齐倡发东舞 曹丕《大墙上蒿行》：舞赵倡 曹植《七哀诗》：言是宕子妻 曹植《怨诗行》：自云宕子妻
荡子行不归			曹植《送应氏》：游子久不归
三、 人生天地间，忽如远行客	《艳歌行》：远行不如归		徐幹《室思诗》：人生一世间，忽若暮春草 曹操《度关山》：天地间人为贵 曹操《苦寒行》：远行多所怀

续表

十九首	汉乐府	汉诗	建安诗
			曹丕《大墙上蒿行》:忽如飞鸟栖枯枝 应场《侍五官中郎将建章台集》:远行蒙霜雪 曹植《送应氏》:天地若终极,人命若朝霜 曹植《杂诗》:悠悠远行客 曹植《白马篇》:视死忽如归
斗酒相娱乐,聊厚不为薄	《白头吟》:今日斗酒会		徐幹《室思诗》:既厚不为薄,想君时见思 曹植《乐府》:金樽玉杯,不能使薄酒更厚 应璩《百一诗》:斗酒当为乐
驱车策驽马	《长歌行》:驱车出北门		曹丕《于玄武陂作》:驱车出西城 曹丕《于明津作》:驱车出北门 曹植《孟冬篇》:驱车布肉鱼 曹植《驱车篇》:驱车掸驽马 王粲《诗》:方轨策良马 曹丕《善哉行》:策我良马 曹丕《大墙上蒿行》:策肥马良
长衢罗夹巷		秦嘉《诗》:振策陟长衢	
王侯多第宅	《安世房中歌》:王侯秉德		曹丕《艳歌何尝行》:往来王侯长者游
两宫遥相望			曹丕《燕歌行》:牵牛织女遥相望

续表

十九首	汉乐府	汉诗	建安诗
双阙百馀尺			繁钦《槐树诗》:列在双阙涯 曹植《五游咏》:双阙曜朱光
			《仙人篇》:双阙万丈馀 《杂诗》:飞观百馀尺
极宴娱心意	《古诗为焦仲卿妻作》:以此下心意		曹操《步出夏门行》:心意怀游豫 陈琳《饮马长城窟行》:慊慊心意关 曹丕《芙蓉池作》:遨游快心意
戚戚何所迫	《满歌行》:戚戚多思虑		曹操《秋胡行》:戚戚欲何念 曹操《步出夏门行》:戚戚多悲 应场《斗鸡诗》:戚戚怀不乐 曹植《游仙诗》:戚戚少欢娱
四、 今日良宴会	《善哉行》:今日相乐 《西门行》:今日不作乐,当待何时 《艳歌何尝行》:今日乐相乐 《白头吟》:今日斗酒会		王粲《公宴诗》:今日不极欢 曹丕《大墙上蒿行》:今日乐不可忘 曹植《怨歌行》:今日乐相乐
欢乐难俱陈	《满歌行》:为当欢乐/但当欢乐自娱 《鸡鸣歌》:曲终漏尽严具陈	秦嘉《赠妇诗》:欢乐苦不足 苏李诗:莫忘欢乐时/欢乐殊未央	刘桢《公宴诗》:欢乐犹未央
令德唱高言		苏李诗:愿君崇令德	刘桢《赠五官中郎将》:勉哉修令德

续表

十九首	汉乐府	汉诗	建安诗
识曲听其真			曹丕《秋胡行》:知音识曲
齐心同所愿	《满歌行》:惟念古人,逊位躬耕,遂我所愿		王粲《从军诗》:所愿获无违
人生寄一世	辛延年《羽林郎》:一世良所无	广陵王胥《歌》:人生要死,何为苦心 秦嘉《赠妇诗》:人生譬朝露 苏李诗:人生一世间/人生有何常/人生自有命	徐幹《室思诗》:人生一世间 曹植《薤露行》:人居一世间
奄忽若飙尘		苏李诗:奄忽互相逾	
无为守贫贱	《古诗为焦仲卿妻作》:贫贱有此女	郦炎《诗》:贫贱无人录	曹操《善哉行》:守穷者贫贱 曹丕《上留田行》:贫贱亦何伤 曹植《赠徐幹》:贫贱诚足怜 应璩《百一诗》:无为待来兹
轗轲长苦辛	《满歌行》:轗轲人间 《古诗为焦仲卿妻作》:伶俜萦苦辛		陈琳《诗》:轗轲固宜然 杜挚《赠毌丘俭》:坎轲多辛酸 阮瑀《诗》:流落恒苦辛 曹植《圣皇篇》:皇母怀苦辛 曹植《赠白马王彪》:能不怀苦辛/苦辛何虑思
五、西北有高楼	《淮南王》:百尺高楼与天连	苏李诗:明月照高楼	曹丕《黎阳作》:中有高楼亭亭 曹植《七哀诗》:明月照高楼

十九首	汉乐府	汉诗	建安诗
上有弦歌声	《鸡鸣》:上有双樽酒	苏李诗:幸有弦歌曲	
音响一何悲	《蒿里》:鬼伯一何相催促 《陌上桑》:使君一何愚	马援《武溪深》:滔滔五溪一何深 郦炎《诗》:兰荣一何晚	应场《公宴诗》:音响一何哀
谁能为此曲,无乃杞梁妻		《琴操·芑梁妻歌》	曹植《赠白马王彪》:无乃儿女仁 曹植《精微篇》:杞妻哭死夫,梁山为之倾
清商随风发	《古歌》:弹瑟为清商 《古诗为焦仲卿妻作》:婀娜随风转	《古诗五首》:长条随风舒 苏李诗:欲展清商曲/随风闻我堂/亲人随风散	曹丕《燕歌行》:援琴鸣弦发清商 曹植《正会诗》:咀嚼清商 刘桢《赠五官中郎将》:素叶随风起 曹丕《黎阳作》:千骑随风靡 曹植《浮萍篇》:随风东西流 曹植《美女篇》:轻裾随风还
一弹再三叹,慷慨有馀哀	《上留田行》:回车问啼儿,慷慨不可止	苏李诗:悲意何慷慨/丝竹厉清声,慷慨有馀哀	曹操《短歌行》:慨当以慷 陈琳《诗》:慷慨咏坟经 曹丕《于谯作》:慷慨时激扬 曹植《七哀诗》:悲叹有馀哀
不惜歌者苦	《羽林郎》:不惜红罗裂		
愿为双鸣鹤(黄鹄),奋翅起高飞	《雉子班》:知得雉子高飞止,黄鹄飞之以千里 《乌生》:黄鹄摩天极高飞	徐淑《答秦嘉诗》:恨无分羽翼,高飞分相追 《古诗》:愿为双黄鹄,高飞还故乡	徐干《于清河见挽船士新婚与妻别》:愿为双黄鹄 曹丕《清河作》:愿为晨风鸟 曹植《芙蓉池诗》:南阳栖双鹄

十九首	汉乐府	汉诗	建安诗
		苏李诗：愿为双黄鹄，送子俱远飞	
六、兰泽多芳草		郦炎《诗》：哀哉二芳草	陈琳《诗》：芳草纤红荣 曹植《朔风诗》：子好芳草
采之将遗谁，所思在远道	《有所思》：有所思，乃在大海南，何用问遗君 《巫山高》：远道之人心思归蔡邕 《饮马长城窟行》：绵绵思远道/所思在远道	张衡《四愁诗》：我所思兮在太山 《古诗五首》：褰裳望所思/长叹念所思	曹丕《秋胡行》：所思在庭 曹植《离友诗》：寻永归兮赠所思 曹植《杂诗》：佳人在远道
还顾望旧乡			蔡琰《悲愤诗》：还顾貌冥冥
长路漫浩浩			曹植《赠白马王彪》：收泪即长路
同心而离居		张衡《怨诗》：同心离居	王粲《赠士孙文始》：同心离事 曹植《赠白马王彪》：亲爱在离居
忧伤以终老	《古诗为焦仲卿妻作》：终老不复娶		曹丕《至广陵于马上作》：悠悠多忧伤
七、明月皎夜光	班婕妤《怨歌行》：团团似明月	秦嘉《赠妇诗》：皎皎明月 苏李诗：烛烛晨明月/明月照高楼	刘桢《赠五官中郎将》：明月照缇幕 阮瑀《诗》：明月未收光 曹丕《燕歌行》：明月皎皎照我床 曹丕《杂诗》：仰看明月光 曹植《七哀诗》：明月照高楼

十九首	汉乐府	汉诗	建安诗
众星何历历	《陇西行》:天上何所有,历历种白榆	苏李诗:亲人随风散,历历如流星	
白露沾野草		苏李诗:鹿鸣思野草	王粲《从军诗》:草露沾我衣 王粲《七哀诗》:白露沾衣襟
时节忽复易			曹植《赠白马王彪》:存者忽复过 徐幹《室思诗》:惨惨时节尽
秋蝉鸣树间			曹睿《步出夏门行》:悲彼秋蝉
玄鸟逝安适		苏李诗:玄鸟夜过庭	
高举振六翮		孔融《离合作郡姓名字诗》:六翮将奋	曹植《游仙诗》:意欲奋六翮
弃我如遗迹		《古诗五首》:念子弃我去	曹植《灵芝篇》:弃我何其早 王粲《赠文叔良》:先民遗迹
南箕北有斗	《艳歌》:南斗工鼓瑟,北斗吹笙竽		
八、 冉冉孤生竹, 结根泰山阿	《陌上桑》:冉冉府中趋 《董逃行》:年命冉冉我遒	郦炎《诗》:哀哉二芳草,不植太山阿 苏李诗:结根在所固	曹操《却东西门行》:冉冉老将至 曹植《美女篇》:柔条纷冉冉 曹睿《种瓜篇》:冉冉自逾垣
兔丝附女萝 兔丝生有时 夫妇会有宜	《古咄唶歌》:荣华各有时	苏李诗:弦望自有时	曹睿《种瓜篇》:兔丝无根株

十九首	汉乐府	汉诗	建安诗
悠悠隔山陂		徐淑《答秦嘉诗》:悠悠兮离别 苏李诗:念子怅悠悠	曹操《短歌行》:悠悠我心 曹丕《至广陵于马上作》:悠悠多忧伤
思君令人老,轩车来何迟		孔融《杂诗》:孤坟在西北,常念君来迟	
君亮执高节			徐幹《室思诗》:诚心亮不遂 曹植《赠徐幹》:亮怀璠玙美 曹植《杂诗》:国仇亮不塞
贱妾亦何为	《东门行》:贱妾与君共餔糜 《古诗为焦仲卿妻作》:贱妾留空房	张衡《同声歌》:贱妾职所当	陈琳《饮马长城窟行》:贱妾何能久自全 曹丕《燕歌行》:贱妾茕茕守空房 曹丕《上留田行》:贫贱亦何伤 曹植《精微篇》:多男亦何为
九、 庭中有奇树,绿叶发华滋		蔡邕《翠鸟诗》:绿叶含丹荣	陈琳《诗》:嘉木凋绿叶 曹植《弃妇诗》:绿叶摇缥青
馨香盈怀袖	宋子侯《董娇饶》:安得久馨香	《古诗三首》:馨香易销歇 苏李诗:因风动馨香	
此物何足贡(贵)		苏李诗:夷齐何足慕	曹丕《善哉行》:荣华何足为
十、 迢迢牵牛星,皎皎河汉女			曹丕《燕歌行》:牵牛织女遥相望

续表

十九首	汉乐府	汉诗	建安诗
札札弄机杼			曹植《杂诗》:明晨秉机杼
泣涕零如雨	《古诗为焦仲卿妻作》:零泪应声落		曹丕《燕歌行》:涕零雨面毁容颜
十一、 回车驾言迈			陈琳《诗》:驾言从友生 曹植《鰕䱇篇》:驾言登五岳
悠悠涉长道	《天马歌》:涉流沙兮四夷服		王粲《从军诗》:悠悠涉荒路 阮瑀《诗》:涉路险且夷 应玚《别诗》:悠悠涉千里
东风摇百草			曹操《步出夏门行》:百草丰茂 曹植《艳歌行》:百草滋植舒兰芳
盛衰各有时			繁钦《诗》:时运有盛衰
立身苦不早	《善哉行》:戚日苦多	秦嘉《赠妇诗》:欢会常苦晚/欢乐苦不足 孔融《临终诗》:器漏苦不密	曹操《短歌行》:去日苦多 曹丕《大墙上蒿行》:为乐常苦迟
人生非金石,岂能长寿考	《西门行》:人寿非金石,年命安可期	李尤《武功歌》:身非金石,名俱灭焉	曹植《赠白马王彪》:自顾非金石 曹操《秋胡行》:庶以寿考 曹植《大魏篇》:陛下长寿考 曹植《精微篇》:圣皇长寿考
十二、 东城高且长	《巫山高》:高以大		刘桢《赠徐幹》:皦皦高且悬 曹丕《临高台》:临台行高高以轩
回风动地起			曹植《杂诗》:悲风动地起 《吁嗟篇》:卒遇回风起

十九首	汉乐府	汉诗	建安诗
秋草萋已绿			徐幹《于清河见挽船士新婚与妻别》:凉风动秋草 曹睿《燕歌行》:秋草卷叶摧枝茎
四时更变化	《古诗为焦仲卿妻作》:徐徐更谓之		曹操《秋胡行》:四时更逝去 曹丕《大墙上蒿行》:四时舍我驱驰
岁暮一何速		苏李诗:但恐年岁暮	
晨风怀苦心		广陵王胥《歌》:人生要死,何为苦心	曹丕《善哉行》:君子多苦心
蟋蟀伤局促			刘桢《诗》:民生甚局促
何为自结束	宋子侯《董娇饶》:何为见损伤		
燕赵多佳人	《君马黄》:佳人归以北 《圣人出》:佳人来		曹丕《秋胡行》:朝与佳人期 曹植《美女篇》:佳人慕高义 曹植《杂诗》:南国有佳人
被服罗裳衣			曹植《名都篇》:被服丽且鲜 曹植《闺情诗》:被服纤罗 阮瑀《诗》:泪下沾裳衣 曹植《浮萍篇》:发箧造裳衣
沉吟聊踯躅	《古诗为焦仲卿妻作》:踯躅青骢马	秦嘉《赠妇诗》:中驾正踯躅	曹操《短歌行》:但为君故,沉吟至今 阮瑀《诗》:揽衣起踯躅 繁钦《定情诗》:踯躅长叹息
思为双飞燕		张衡《同声歌》:思为莞簟/思为苑蒻席	

续表

十九首	汉乐府	汉诗	建安诗
十三、遥望郭北墓	《董逃行》：遥望五岳端 《满歌行》：遥望极辰 《梁甫吟》：遥望荡阴里	《古诗三首》：遥望是君家 《古诗》：遥望江南路	曹植《送应氏》：步登北邙
白杨何萧萧，松柏夹广路	《平陵东》：平陵东松柏桐 《古诗焦仲卿妻作》：东西植松柏	《古诗五首》：上枝似松柏 《古诗三首》：松柏冢累累	甄皇后《塘上行》：树木何萧萧 刘桢《赠从弟》：松柏有本性 刘桢《赠五官中郎将》：广路扬埃尘 曹操《苦寒行》：虎豹夹路啼 曹丕《陌上桑》：荫松柏 曹植《诗》：松柏森兮成行
潜寐黄泉下	《豫章行》：下根通黄泉 《孤儿行》：不如早去，下从地下黄泉 《古诗为焦仲卿妻作》：黄泉共为友/吾独向黄泉/黄泉下相见	广陵王胥《歌》：黄泉下兮幽深 苏李诗：白骨归黄泉	
年命如朝露	《董逃行》：年命冉冉我遒 《西门行》：年命安可期 《长歌行》：朝露待日晞	秦嘉《赠妇诗》：人生譬朝露	陈琳《诗》：年命将西倾 应璩《百一诗》：年命在桑榆 曹操《短歌行》：譬如朝露，去日苦多 曹植《赠白马王彪》：去若朝露晞
人生忽如寄			曹丕《善哉行》：人生如寄 曹植《仙人篇》：人生如寄居 曹植《浮萍篇》：人生忽若寓

十九首	汉乐府	汉诗	建安诗
万岁更相送	《上之回》：千秋万岁乐无极 《上陵》：延寿千万岁 《艳歌何尝行》：延年万岁期 《白头吟》：延年万岁期		曹操《秋胡行》：万岁为期 曹植《大魏篇》：群臣咸称万岁
服食求神仙，多为药所误	《董逃行》：服此药可得神仙 《陇西行》：卒得神仙道，上与天相扶		曹操《气出倡》：神仙之道 曹操《善哉行》：痛哉世人，见欺神仙 曹丕《芙蓉池作》：谁能得神仙
被服纨与素	《古诗为焦仲卿妻作》：腰若流纨素		繁钦《定情诗》：纨素三条裙 曹植《浮萍篇》：裁缝纨与素
十四、 去者日以疏，生者日以亲		苏李诗：恩情日以新	
出郭门直视	《鸡鸣》：后出郭门王（望）	广陵王胥《歌》：蒿里召兮郭门阅	阮瑀《驾出北郭门行》
但见丘与坟	《董逃行》：但见芝草，叶落纷纷 《古董逃行》：零落下归山丘 《相逢行》：但见双鸳鸯 《梁甫吟》：里中有三坟，累累正相似	孔融《杂诗》：孤坟在西北，常念君来迟。褰裳上墟丘，但见蒿与薇	王粲《从军诗》：但见林与丘 阮瑀《七哀诗》：但见蒿与莱 曹操《精列》：会稽以坟丘 曹植《野田黄雀行》：零落归丘山
古墓犁为田	《古步出夏门行》：市朝易人，千载墓平		

续表

十九首	汉乐府	汉诗	建安诗
松柏摧为薪	《箜篌谣》:不见山巅树,摧抚下为薪		
白杨多悲风,萧萧愁杀人	《芳树》:妒人之子愁杀人 《古歌》:秋风萧萧愁杀人	秦嘉《赠妇诗》:悲风激山谷 苏李诗:远望悲风至	阮瑀《杂诗》:临川多悲风 曹丕《燕歌行》:悲风清厉秋气寒 甄皇后《塘上行》:边地多悲风 曹植《浮萍篇》:悲风来入怀 曹植《野田黄雀行》:高台多悲风
欲归道无因	《悲歌》:欲归家无人		曹植《赠王粲》:欲归忘故道
十五、生年不满百,常怀千岁忧	《西门行》:人生不满百,常怀千岁忧		曹植《游仙》:人生不满百
昼短苦夜长,何不秉烛游	《西门行》:昼短苦夜长,何不秉烛游		
为乐当及时,何能待来兹	《陇西行》:为乐甚独殊 《西门行》:今日不作乐,当待何时?逮为乐,逮为乐,当及时。何能愁怫郁,当复待来兹 《满歌行》:为乐未几时	广陵王胥《歌》:出入无憀为乐呕	应璩《百一诗》:斗酒当为乐,无为待来兹 陈琳《饮马长城窟行》:何能怫郁筑长城
愚者爱惜费,但为后世嗤	《西门行》:贪财爱惜费,但为后世嗤		

十九首	汉乐府	汉诗	建安诗
仙人王子乔，难可与等期	《上陵》：仙人下来饮，延寿千万岁 《善哉行》：仙人王乔，奉药一丸 《王子乔》：王子乔，参驾白鹿云中遨 《西门行》：自非仙人王子乔，计会寿命难与期		
十六、凉风率已厉			王粲《公宴诗》：凉风撤蒸暑 王粲《从军诗》：凉风厉秋节 刘桢《赠五官中郎将》：凉风吹沙砾 繁钦《定情诗》：远望凉风至
游子寒无衣	《妇病行》：抱时无衣 《古艳歌》：苦寒无衣		曹植《赠丁仪》：焉念无衣客
同袍与我违		徐淑《答秦嘉》：情敬兮有违	曹植《朔风诗》：昔我同袍 曹植《赠白马王彪》：天命与我违
独宿累长夜		秦嘉《赠妇诗》：长夜不能眠，伏枕独展转 苏李诗：严父潜长夜	刘桢《赠五官中郎将》：长夜忘归来 徐幹《室思诗》：长夜何绵绵 阮瑀《七哀诗》：漫漫长夜台 曹植《三良诗》：长夜何冥冥
梦想见容辉		徐淑《答秦嘉诗》：梦想兮容辉 孔融《六言诗》：梦想曹公归来	

十九首	汉乐府	汉诗	建安诗
良人惟古欢			曹植《种葛篇》:往古皆欢遇,我独困于今
愿得常巧笑	《白头吟》:愿得一心人		曹植《送应氏》:愿得展嬿婉 曹丕《善哉行》:妍姿巧笑
携手同车归			曹植《妾薄命行》:携玉手喜同车
亮无晨风翼		苏李诗:晨风动乔木/晨风鸣北林/晨风为我悲	曹丕《清河作》:愿为晨风鸟
引领遥相睎			曹植《赠白马王彪》:引领情内伤
十七、 仰观众星列		苏李诗:仰瞻天汉湄	徐幹《室思诗》:仰观三星连 曹植《远游篇》:俯仰观洪波
三五明月满			曹丕《杂诗》:三五正纵横
客从远方来,遗我一书札	《上陵》:问客从何来 蔡邕《饮马长城窟行》:客从远方来,遗我双鲤鱼		曹丕《善哉行》:有客从南来
上言长相思,下言久离别	《有所思》:勿复相思,相思与君绝 《艳歌何尝行》:念与君离别 蔡邕《饮马长城窟行》:上有加餐食,下有长相忆	秦嘉《赠妇诗》:念当远离别 徐淑《答秦嘉诗》:悠悠兮离别 苏李诗:各言长相思/死当长相思/离别在须臾	徐幹《室思诗》:徙倚徒相思 曹植《赠白马王彪》:相思无终极
置书怀袖中	班婕妤《怨歌行》:出入君怀袖		

十九首	汉乐府	汉诗	建安诗
一心抱区区	《白头吟》:愿得一心人 《羽林郎》:私爱徒区区 《古诗为焦仲卿妻作》:何乃太区区/感君区区怀		繁钦《定情诗》:何以致区区
十八、故人心尚尔	《古诗为焦仲卿妻作》:知是故人来	《古诗五首》:新人虽言好,未若故人姝	刘桢《赠五官中郎将》:不复见故人 曹丕《诗》:眼中无故人 曹植《怨诗行》:心中念故人
文彩双鸳鸯,裁为合欢被	《鸡鸣》:池中双鸳鸯 《相逢行》:但见双鸳鸯 班婕妤《怨歌行》:裁为合欢扇 《古诗为焦仲卿妻作》:中有双飞鸟,自名为鸳鸯 辛延年《羽林郎》:广袖合欢襦	《古绝句》:南山一桂树,上有双鸳鸯 苏李诗:昔为鸳与鸯	曹丕《短歌行》:鸳鸯交颈 曹植《豫章行》:鸳鸯自朋亲 曹植《赠王粲》:中有孤鸳鸯
缘以结不解			刘桢《赠五官中郎将》:望慕结不解
以胶投漆中		孔融《临终诗》:浸渍解胶漆	曹植《乐府》:胶漆至坚,浸之则离
十九、明月何皎皎,照我罗床帏	《长歌行》:皎皎云间星 《陌上桑》:照我秦氏楼 《满歌行》:星汉照我	秦嘉《赠妇诗》:皎皎明月	曹丕《燕歌行》:明月皎皎照我床

十九首	汉乐府	汉诗	建安诗
忧愁不能寐	《西门行》:可用解忧愁		王粲《七哀诗》:独夜不能寐
揽衣起徘徊	《满歌行》:揽衣起瞻夜 《妇病行》:徘徊空舍中 《艳歌何尝行》:六里一徘徊 《古诗为焦仲卿妻作》:五里一徘徊/徘徊顾树下	徐淑《答秦嘉诗》:伫立兮徘徊/徘徊蹊路侧 苏李诗:黄鹄一远别,千里顾徘徊	刘桢《诗》:揽衣出巷去 阮瑀《杂诗》:揽衣起踯躅 曹植《赠王粲》:揽衣起西游 曹植《杂诗》:揽衣出中闺
客行虽云乐	《巾舞歌》:客行度四州		阮瑀《诗》:客行易感悴 曹植《情诗》:眇眇客行士
不如早旋归	《古诗为焦仲卿妻作》:不久当还归		曹睿《善哉行》:愿君速节早旋归
出户独彷徨	《古诗为焦仲卿妻作》:寡妇起彷徨	苏李诗:彷徨不能归	徐幹《室思诗》:蹀履起出户 曹丕《燕歌行》:披衣出户步东西 曹丕《杂诗》:披衣起彷徨
愁思当告谁	《古诗为焦仲卿妻作》:愁思出门啼	秦嘉《赠妇诗》:愁思难为数	王粲《从军诗》:此愁当告谁 曹植《赠王粲》:端坐苦愁思 曹植《七哀诗》:上有愁思妇
引领还入房			曹丕《寡妇诗》:徒引领兮入房 曹植《弃妇诗》:踟蹰还入房
泪下沾裳衣	《妇病行》:不知泪下一何翩翩 《孤儿行》:孤儿泪下如雨 《艳歌何尝行》:泪下不自知 《巫山高》:泣下沾衣	张衡《四愁诗》:侧身西望涕沾裳 徐淑《答秦嘉诗》:泪下兮沾衣 《古诗三首》:泪落沾我衣 苏李诗:泪下不可挥/不觉泪沾裳/不觉泪沾衣	阮瑀《诗》:泪下沾裳衣 曹丕《燕歌行》:不觉泪下沾衣裳

李陵苏武诗词语考论

一、李陵苏武诗篇目厘定

《文选》所收李陵、苏武诗七首（李陵《与苏武诗三首》、苏武《诗四首》），《古文苑》另收十首（李陵《录别诗》八首，其中"凤凰鸣高冈"仅四句，"红尘蔽天地"仅二句，原注"阙"，非完篇；苏武《答诗》一首，《别李陵》一首），逯钦立又辑两首各四句①。此外，《古文苑》载孔融《杂诗》二首（"岩岩钟山首""远送新行客"），逯钦立以前首"幸托不肖躯"二句《文选》李善注数引皆作李陵诗，又《文镜秘府论》南卷"论文意"引或曰"少卿以伤别为宗"，而后首适为伤子之作，谓是此《杂诗》二首唐时出于李集之显证。因《古文苑》卷中李陵、孔融前后相次，亦易有窜乱②。逯先生并考此李陵、苏武诗出于梁时新出之《李陵集》，为古代别诗之杂汇，故所编《先秦汉魏晋南北朝诗》收入以上诸篇，统题为"李陵录别诗二十

---

① 据《北堂书钞》及《文选》陆机诗注辑"清凉伊夜没"二句、"招摇西北驰"二句，以畴、流同韵作一首；据《文选》曹植诗、石崇诗注辑"严父潜长夜"二句、"行行且自割"二句，以堂、伤同韵作一首。逯钦立又据《文选》陆机《演连珠》注辑"许由不洗耳"二句，谓与"红尘蔽天地"二句或为同篇残文。

② 逯钦立：《汉诗别录》，收入《汉魏六朝文学论集》，西安：陕西人民出版社1984年，第3页以下。

一首"①。

逯先生所辑与前人所言"苏李诗"之出入,主要在辑入孔融《杂诗》二首。笔者认为其证据并不充分。首先,今所见《四部丛刊》景宋本《古文苑》卷八李陵苏武诗,与孔融诗确实前后相次,但次序是李陵《录别诗》,苏武《答诗》《别李陵》,然后是孔融《临终诗》《离合作郡姓名字诗》《六言诗三首》及《杂诗二首》。如果发生窜乱,也应是最前的《临终诗》或全部作品窜入,而不应仅是《杂诗二首》窜入。李善注虽数引均作李陵诗,但仅限"幸托不肖躯,且当猛虎步"二句,很可能是李善注本身的错误。《文镜秘府论》所引"或曰"原文作"少卿以伤别为宗,文体未备,意悲词切"②,并无异文。此"或曰"实见于皎然《诗议》,只是《诗议》今本无"以伤别为宗文体未备"九字。所以这段话并无涉及《杂诗》二首中伤子之意之处。但逯辑《先秦汉魏晋南北朝诗》汉诗卷中引这段话却改为"少卿以伤子为宗,文体未备",或为笔误(《汉诗别录》引文并不误),实不可据。

其次,李陵、苏武诗为别诗之杂汇,虽有场景之别,但均是泛咏离情别绪,无特定个人经历。《杂诗》二首却明显是抒写个人经历和感慨,前人也均以孔融心怀愤懑、托之嬉笑讥骂释其前首③。所以,梁时新出《李陵集》诸诗无论出于谁手、辑自何人,都不应包含这两篇作品。因此,本文认为,所谓苏李诗仍只有十九首,且其中有四首非完篇,共计236句1 180字。

---

① 逯钦立:《先秦汉魏晋南北朝诗》汉诗卷十二,北京:中华书局1983年,第336页以下。

② 王利器校注:《文镜秘府论校注》南卷"论文意",北京:中国社会科学出版社1983年,第311页。

③ 可参见方东树《昭昧詹言》卷二、文廷式《纯常子枝语》卷十四所论。

二、李陵苏武诗中的东汉以后词语

除辑入孔融《杂诗》二首仍需商榷外，迄今对苏李诗的考察，以逯钦立《汉诗别录》最为全面、深入，结论亦较稳妥。该文根据对诗中出现的"中州""清言""山海""日南"等词语的考察，确认该组作品为东汉末年士人因避乱大批赴交州背景下所作。本文将尝试对这组诗所用词语做更为全面的考察，尤其是其中与汉诗、汉乐府、古诗、建安诗互见的各种表达方式，为确认这组诗在早期五言诗发展中所处地位提供一些说明。

根据调查，这组诗中包含大量东汉以后才产生的词语和表达方式。以下一并列出：

良时不再至。（《后汉书·臧宫传》：福不再来，时或易失。曹丕《丹霞蔽日行》：华不再繁。曹植《野田黄雀行》：盛时不再来。）

离别在须臾。（《相和歌辞·艳歌何尝行》：念与君离别。秦嘉《赠妇诗》：念当远离别。《古诗十九首》：与君生别离。下言久离别。）

各在天一隅。各在天一方。何为天一隅。（《古诗十九首》：各在天一涯。徐幹《室思诗》：各在天一方。）

长当从此别。去去从此辞。（朱穆《与刘伯宗绝交诗》：永从此诀。古诗：故人从此去。曹植《赠白马王彪》：援笔从此辞。）

欲因晨风发。晨风动乔木。（班固《咏史》：晨风扬激声。曹植《蝉赋》：晨风冽其过庭。）

送子以贱躯。(《羽林郎》:何论轻贱躯。徐幹《室思诗》:贱躯焉足保。)

嘉会难再遇。(《相和歌辞·怨诗行》:嘉宾难再遇。吴质《答魏太子笺》:游宴之欢,难可再遇。)

念子怅悠悠。念子不得归。(《古诗五首》:念子弃我去。阮侃《答嵇康》:念子安能忘。)

远望悲风至。(秦嘉《赠妇诗》:悲风激深谷。《古诗十九首》:白杨多悲风。)

对酒不能酬。(《后汉书·祭遵传》:对酒设乐。曹操《短歌行》:对酒当歌。)

何以慰我愁。(繁钦《定情诗》:何以慰别离。刘桢《赠五官中郎将》:步趾慰我身。)

悢悢不能辞。(《广雅》:悢悢、凄凄、哀哀,悲也。嵇康《与山巨源绝交书》:顾此悢悢。)

行人难久留。(王粲《七哀诗》:何为久留兹。曹丕《艳歌何尝行》:殊不久留。曹丕《杂诗》:安得久留滞。)

各言长相思。死当长相思。(《古诗十九首》:上言长相思。著以长相思。)

弦望自有时。(阮籍《咏怀》:穷达自有时。)

皓首以为期。(赵岐《孟子题辞》:眷我皓首。《后汉书·宦者传》:功成皓首。)

结交亦相因。(曹植《薤露行》:阴阳转相因。)

况我连枝树,与子同一身。(《古上留田行》:三荆同一根生。又"三萍离不结"句,逯钦立校亦应作"三荆"。)

昔者常相近,邈若胡与秦。(傅玄《苦相篇》:昔为形与影,今为胡与秦。)

恩情日以新。(《费凤别碑诗》:中表之恩情。班婕妤《怨歌行》:恩情中道绝。《古诗十九首》:来者日以亲。)

我有一樽酒。(《相和歌辞·鸡鸣》:上有双樽酒。《古诗为焦仲卿妻作》:我有亲父兄。王粲《从军诗》:我有素餐责。)

愿子留斟酌。愿子长努力。(阮侃《答嵇康》:愿子荡忧虑。)

黄鹄一远别。(秦嘉《重报妻书》:兼叙远别。)

千里顾徘徊。(《相和歌辞·艳歌何尝行》:五里一反顾,六里一徘徊。《古诗为焦仲卿妻作》:五里一徘徊。曹丕《临高台》:五里一顾,六里徘徊。)

思心常依依。依依恋明世。(《后汉纪·孝章纪》:中心依依。《九思·悼乱》:志恋恋兮依依。《古诗为焦仲卿妻作》:二情同依依。)

幸有弦歌曲。(《古诗十九首》:上有弦歌声。曹丕《善哉行》:弦歌感人肠。曹丕《于谯作》:弦歌奏新曲。)

可以喻中怀。怆恨切中怀。(闵鸿《羽扇赋》:咸惨毒于中怀。郤正《释讥》:肆中怀以告誓。)

泠泠一何悲。(《古诗十九首》:音响一何悲。)

丝竹厉清声。(秦嘉《赠妇诗》:素琴有清声。曹丕《燕歌行》:悲风清厉秋气寒。曹丕《夏日诗》:弦歌随风厉。)

慷慨有馀哀。(蔡邕《琴赋》:一弹三欷,凄有馀哀。蔡邕《胡硕碑》:没有馀哀。《古诗十九首》:慷慨有馀哀。曹植《七哀诗》:悲叹有馀哀。)

长歌正激烈。(《相和歌辞·长歌行》。曹丕《大墙上蒿行》:女娥长歌。)

中心怆以摧。(《费凤别碑》:肝摧意悲。《后汉书·五行志》董逃歌：心摧伤董逃。《古诗为焦仲卿妻作》：阿母大悲摧。阮瑀诗：我心摧已伤。）

念子不得归。（《琴操·梁山操》：旬月不得归。曹植《情诗》：遥役不得归。）

泪下不可挥。（《相和歌辞·妇病行》：不知泪下，一何翩翩。《相和歌辞·孤儿行》：孤儿泪下如雨。徐淑《答秦嘉诗》：泪下兮沾衣。王粲《从军诗》：泪下不可收。王粲诗：涕泣不可挥。）

愿为双黄鹄。（《舞曲歌辞·淮南王》：愿化双黄鹄，还故乡。古诗：愿为双黄鹄，高飞还故乡。徐幹《于清河见挽船士新婚与妻别》：愿为双黄鹄，比翼戏清池。）

送子俱远飞。（《三国志·崔琰传》注引《魏略》鱼豢曰：鸟能远飞。）

结发为夫妻。（《古诗为焦仲卿妻作》：结发同枕席。陈琳《饮马长城窟行》：结发行事君。曹植《种葛篇》：与君初婚时，结发恩义深。）

欢娱在今夕。（班固《东都赋》：万方之欢娱。曹丕《孟津诗》：高会构欢娱。）

去去从此辞。（《相和歌辞·西门行》：游行去去如云除。《满歌行》：去去自无他。蔡琰《悲愤诗》：去去割情恋。曹操《秋胡行》：去去不可追。）

相见未有期。（《相和歌辞·艳歌何尝行》：若生当相见。《古诗为焦仲卿妻作》：相见常日稀。徐幹《室思诗》：良会未有期。）

握手一长叹。（《古诗为焦仲卿妻作》：长叹空房中。《古诗五首》：长叹念所思。曹操《苦寒行》：延颈长叹息。刘桢

《公宴诗》:投翰长叹息。刘桢《赠五官中郎将》:感慨以长叹。)

泪为生别滋。(《相和歌辞·艳歌何尝行》:忧来生别离。《芑梁妻歌》:悲莫悲兮生别离。《古诗十九首》:与君生别离。徐幹《室思诗》:念与君生别。)

生当复来归。(《相和歌辞·艳歌何尝行》:若生当相见。阮瑀诗:季冬乃来归。阮籍《咏怀》:驱马复来归。)

烛烛晨明月。(陈琳《大暑赋》:譬炎火之烛烛。)

馥馥我兰芳。(蔡邕《太尉杨赐碑》:馥馥芬芬。《太尉杨秉碑》:与之同兰芳。杨修《节游赋》:芳馥馥以播馨。嵇康《四言诗》:馥馥蕙芳。)

芬馨良夜发。(《后汉书·祭遵传》:良夜乃罢。)

俯观江汉流。(孔融《临终诗》:涓涓江汉流。)

相去悠且长。(《费凤别碑诗》:相去三千里。《古诗十九首》:相去万馀里。相去日已远。相去复几许。道路阻且长。东城高且长。刘桢《赠徐幹》:谁谓相去远。《相和歌辞·怨诗行》:天道悠且长。曹植《怨歌行》:此曲悲且长。)

欢乐殊未央。(《相和歌辞·怨诗行》:人间乐未央。刘桢《公宴诗》:欢乐犹未央。刘桢《赠五官中郎将》:欢悦诚未央。曹丕《大墙上蒿行》:乐未央。曹植《正会诗》:乐哉未央。)

愿君崇令德。(《华阳国志》国人讽巴郡太守:愿君奉诏。曹睿《善哉行》:愿君速节早旋归。)

欲寄一言去。(《相和歌辞·孤儿行》:愿欲寄尺书。曹丕《燕歌行》:寄书浮云往不还。曹丕《秋胡行》:寄言飞鸟。阮籍《咏怀》:寄言谢友生。寄言东飞鸟。《古诗五首》:愿听歌一言。)

　　因风附轻翼。(桓麟《七说》:弹轻翼于高冥。傅毅《七激》:仰殚轻翼。曹植《离缴雁赋》:挂微躯之轻翼兮。)

　　以遗心蕴蒸。(《古诗十九首》:将以遗所思。应璩《与广川长岑文瑜书》:处凉台而有郁蒸之烦。)

　　鸟辞路悠长。(《琴操·怨旷思惟歌》:道里悠长。曹丕《离居赋》:历终夜之悠长。)

　　烁烁三星列。(王该《日烛》:映光蕊之烁烁。)

　　拳拳月初生。(《古两头纤纤诗》:两头纤纤月初生。《后汉书·舆服志》:若月初生。)

　　寒凉应节至。(《论衡·是应》:寒凉食物。郑众《婚礼谒文赞》:寒凉守节。《琴操·引声歌》:寒凉固回。《后汉书·郎𫖮传》:立春前后温气应节者。曹丕《让禅令》:风雨应节。徐幹《齐都赋》:应节往来。)

　　蟋蟀夜悲鸣。(徐幹《于清河见挽船士新婚与妻别》:蟋蟀鸣相随。曹植《感婚赋》:蛰虫出兮悲鸣。曹植《登台赋》:听百鸟之悲鸣。曹植《三良诗》:黄鸟为悲鸣。曹植《弃妇诗》:拊翼以悲鸣。杜挚《笳赋》:蟋蟀悲鸣。)

　　晨风动乔木。(王粲《鹦鹉赋》:听乔木之悲风。)

　　百里无人声。(蔡琰《悲愤诗》:出门无人声。)

　　虎豹步前庭。(蔡邕《伤故栗赋》:于灵宇之前庭。刘桢《赠五官中郎将》:白露涂前庭。曹丕《感物赋》:植诸蔗于前庭。曹植《弃妇诗》:石榴植前庭。)

　　远处天一隅。(《三国志·胡综传》:远处河朔。)

　　苦困独零丁。(《易林·家人之豫》:民苦困极。崔寔《政论》:零丁耗减。《相和歌辞·满歌行》:零丁荼毒。李密《陈情表》:零丁孤苦。)

亲人随风散。(《后汉书·皇后纪》:亲人不识之。王粲《赠蔡子笃》:风流云散。)

历历如流星。(《古诗十九首》:众星何历历。)

愿得萱草枝。(《相和歌辞·白头吟》:愿得一心人。《古诗十九首》:愿得常巧笑。曹操《气出倡》:愿得神之人。)

以解饥渴情。以解长渴饥。(曹植《谏伐辽东表》:促耕不解其饥。应玚《侍五官中郎将建章台集诗》:以副饥渴怀。王廙《洛都赋》:解渴疗饥。)

寂寂君子坐。(秦嘉《赠妇诗》:寂寂独居。《古诗为焦仲卿妻作》:寂寂人定初。徐幹《情诗》:顾瞻空寂寂。曹植《释愁文》:寂寂长夜。)

清言振东序。(阮籍《清思赋》:清言窃其如兰兮。)

列席无高唱。(嵇康《五言诗》:高唱谁当和。陆机《演连珠》:绝节高唱。)

悲意何慷慨。(《大明度经》:菩萨为之生大悲意。《维摩经》:有大悲意不望其报。《前世三转经》:便有悲意。《佛说鹿母经》:悲意不自胜。)

清歌正激扬。(傅毅《七激》:荣期清歌。张衡《思玄赋》:并咏诗而清歌。曹丕《答繁钦书》:清歌莫善于宋腊。曹植《洛神赋》:女娲清歌。曹植《七启》:抗皓手而清歌。)

长哀发华屋。(曹植《杂诗》:过庭长哀吟。)

四坐莫不伤。(《古诗五首》:四坐莫不欢。)

熠燿东南飞。(《古诗为焦仲卿妻作》:孔雀东南飞。阮籍《咏怀》:黄鸟东南飞。)

愿言所相思。(《鼓吹曲辞·有所思》:相思与君绝。徐幹《室思诗》:徙倚徒相思。曹植《赠白马王彪》:相思无终极。)

明月照高楼。(《古诗十九首》:西北有高楼。曹植《七哀诗》:明月照高楼。)

思得琼树枝。(《后汉书·和帝纪》:思得忠良之士。《后汉书·东平王苍传》:思得还休。《离骚》张揖注:琼树生昆仑西流沙滨。)

尔行西南游。(王粲《赠文叔良》:尔行孔邈。)

辕马顾悲鸣。(蔡邕《琴赋》:辕马蹀足以悲鸣。)

相远日已长。(《古诗十九首》:相去日已远,衣带日已缓。曹操《苦寒行》:行行日已远。徐幹《室思诗》:君去日已远。)

远望云中路。(边让《章华台赋》:飞响轶于云中。《相和歌辞·王子乔》:参驾白鹿云中遨。应场《侍五官中郎将建章台集诗》:朝雁鸣云中。)

万里遥相思。(《古诗十九首》:两宫遥相望。引领遥相睎。《古诗为焦仲卿妻作》:怅然遥相望。曹丕《燕歌行》:牵牛织女遥相望。)

何益心独伤。(《古诗十九首》:虚名复何益。)

阳鸟归飞云。(闵鸿《与刘子雅书》:归飞者如云。)

蛟龙乐潜居。(郭泰《答友劝仕进》:盖盘桓潜居之时。麋元《讥许由》:潜居默静。)

人生一世间。(《古诗十九首》:人生天地间。人生寄一世。徐幹《室思诗》:人生一世间。曹植《赠白马王彪》:人生处一世。)

不如及清时。(《后汉书·应劭传》:以清时释其私憾。曹操《清时令》。王粲诗:吉日简清时。)

童童孤生柳。(高诱《淮南子叙》:一尺缯,好童童。《三国志·先主传》:童童如小车盖。《古诗十九首》:冉冉孤生竹。)

寄根河水泥。(张衡《思玄赋》:桑末寄夫根生兮。繁钦《生茨诗》:寄根膏壤隈。曹植《七哀诗》:妾若浊水泥。)

连翩游客子。(李尤《平乐观赋》:连翩九仞。张衡《舞赋》:连翩骆驿。曹植《白马篇》:连翩西北驰。曹植《杂诗》:类此游客子。)

于冬服凉衣。(《方言》"袴繀谓之裈"郭璞注:今又呼为凉衣也。)

去家千里馀。(曹植《杂诗》:去家千馀里。)

寒夜立清庭。(繁钦《愁思赋》:处寒夜而怀愁。)

仰瞻天汉湄。(《后汉纪·顺帝纪》:能仰瞻俯察。蔡邕《汝南周巨胜碑》:君仰瞻天象。王粲《为潘文则作思亲诗》:仰瞻归云。)

忧心常惨戚。(蔡邕《童幼胡根碑》:哀惨戚以流涕兮。《三国志·吕蒙传》:为之惨戚。)

瑶光游何速。(《古诗十九首》:岁暮一何速。)

行愿支何迟。(《一切流摄经》:三缚结毕尽,一者身结,二者疑结,三者行愿结。《无量寿经》:具诸菩萨无量行愿。)

仰视云间星。(《古咄唶歌》:谁当仰视之。《相和歌辞·长歌行》:皎皎云间星。曹丕《于明津作》:皎皎云间星。)

忽若割长帷。(王粲《从军诗》:忽若俯拾遗。徐幹《室思诗》:忽若暮春草。陆机《云赋》:长帷虹绕。)

依依恋明世。(《后汉书·杜笃传》明世论。曹丕《典论》:莫不恭慎于明世。)

怆怆难久怀。（曹丕《寡妇诗》：愁何可兮久怀。）

一凫独南翔。（曹丕《燕歌行》：群燕辞归雁南翔。曹丕《杂诗》：孤雁独南翔。曹植《朔风诗》：愿随越鸟，翻飞南翔。）

一别如秦胡。（秦嘉《赠妇诗》：一别怀万恨。王粲《赠蔡子笃》：一别如雨。曹植《叙愁赋》：悲一别之异乡。）

会见何讵央。（《后汉书·东平宪王苍传》：每会见，踧踖无所措置。《古诗五首》：道远会见难。《相和歌辞·长安有狭斜行》：调弦讵未央。）

怆恨切中怀。（班彪《北征赋》：游子悲其故乡心怆恨。《三国志·臧洪传》：其为怆恨，可为心哉。）

不觉泪沾裳。（徐淑《答秦嘉诗》：泪下兮沾衣。《鼓吹曲辞·巫山高》：泣下沾衣。《古诗十九首》：泪下沾裳衣。《古诗三首》：泪落沾我衣。阮瑀诗：泪下沾裳衣。曹丕《燕歌行》：不觉泪下沾衣裳。）

红尘蔽天地。（班固《西都赋》：红尘四合。应璩《与侍郎曹长思书》：红尘蔽于机榻。）

白日何冥冥。（王粲《杂诗》：白日忽已冥。曹植《三良诗》：长夜何冥冥。）

招摇西北驰。（曹植《野田黄雀行》：光景驰西流。陆机《梁甫吟》：招摇东北指。）

天汉东南流。（曹丕《燕歌行》：星汉西流夜未央。曹丕《杂诗》：天汉回西流。）

行行且自割。（《后汉书·乐恢传》：上以义自割，下以谦自引。《三国志·姜维传》：抑情自割。）

无令五内伤。（张衡《髑髅赋》：五内皆还。袁氏《答曹公夫人卞氏书》：五内伤裂。《司空孔扶碑》：五内惨恻。蔡琰

《悲愤诗》:见此崩五内。应玚《别诗》:五内怀伤忧。)

以上共有 123 句(联)次使用了东汉以后出现的词语和表达方式,占全部诗句的一半以上。此外,还有一些表达方式源于《诗经》等文献,但也是汉末建安诗人所喜用的,如:

执手野踟蹰。(《诗·遵大路》:执子之手。《静女》:搔首踟蹰。/《古诗为焦仲卿妻作》:执手分道去。曹植《赠白马王彪》:执手将何时。揽辔止踟蹰。《羽林郎》:翠盖空踟蹰。《陌上桑》:五马立踟蹰。蔡琰《悲愤诗》:马为立踟蹰。阮瑀《驾出北郭门行》:下车步踟蹰。)

念子怅悠悠。(《诗·子衿》:悠悠我心。/徐淑《答秦嘉诗》:悠悠兮离别。《古诗十九首》:悠悠隔山陂。悠悠涉长道。曹操《短歌行》:悠悠我心。)

与子结绸缪。(《诗·无衣》:与子同袍。《绸缪》。/朱穆《与刘伯宗绝交诗》:与子异域。徐幹《答刘桢》:与子别无几。张衡《同声歌》:绸缪主中馈。)

携手上河梁。(《诗·北风》:携手同行。/《古诗十九首》:不念携手好。携手同车归。郭遐周《赠嵇康》:携手游空房。)

鹿鸣思野草,可以喻嘉宾。(《诗·鹿鸣》。/曹操《短歌行》:呦呦鹿鸣,食野之苹。我有嘉宾,鼓瑟吹笙。曹植《大魏篇》:君臣歌鹿鸣。应璩《百一诗》:鹿鸣吐野华。)

有鸟西南飞。(《诗·菀柳》:有鸟高飞。/《琴操·思亲操》:有鸟翔兮高飞。应玚《报赵淑丽》:有鸟孤栖。曹植《弃妇诗》:有鸟飞来集。)

烁烁三星列。(《诗·苕之华》:三星在罶。/刘桢《瓜赋》:三星在隅。徐干《室思诗》:仰观三星连。阮瑀诗:上观心与房,三星守故次。)

愿得萱草枝。(《诗·伯兮》:焉得谖草,言树之背。/徐淑《答夫秦嘉书》:于是咏萱草之喻。应玚《报庞惠恭书》:虽萱草树背。)

寂寂君子坐。(《诗·车邻》:既见君子,并坐鼓瑟。/王粲《车渠碗赋》:侍君子之宴坐。王粲《公宴诗》:高会君子堂,并坐荫华榱。)

晨风鸣北林。(《诗·晨风》:鴥彼晨风,郁彼北林。/《古诗十九首》:晨风怀苦心。亮无晨风翼。应玚《报赵淑丽》:有鸟孤栖,哀鸣北林。曹丕《善哉行》:飞鸟翻翔舞,悲鸣集北林。曹丕《清河作》:愿为晨风鸟,双飞翔北林。)

褰裳路踟蹰。(《诗·褰裳》:褰裳涉溱。/《古诗五首》:褰裳望所思。曹植《门有万里客》:褰裳起从之。)

送子淇水阳。(《诗·氓》:送子涉淇。《竹竿》:淇水在右。/《琴操·思归引》:流及于淇兮。襄楷《女诫》:《诗》云泉源在左,淇水在右……明当许嫁。)

引用其他文献的例子,如:

身无四凶罪,何为天一隅。

用《左传》文公十八年流四凶族事。此典东汉士人屡用,如《后汉纪·章帝纪》郑弘上书:"愿陛下为尧舜之君,诛四凶之罪。"《后汉书·杨震传》上疏:"唐虞俊乂在官,四凶流放。"《傅燮传》上疏:

"虞舜升朝,先除四凶。"皆言当时中官内宠。

三、几个词语的讨论

以上调查结果表明,这组诗的作者与《古诗十九首》作者、秦嘉等东汉诗人以及建安诗人具有大体相同的教育背景,所运用的词语属于同一诗歌词汇系统,所以在他们作品中有如此之多的相同词语和彼此相近的表达方式出现。这些词语中既有来自然语言的一般词汇,也有产生自文人笔下的诗文用语和表达方式。如此大量的使用东汉时期文献中才出现的词语,说明这组诗绝不可能产生于东汉以前。而在东汉这一时段中那些可以确认的最晚出的、处于时段下限的词语,便为这组作品划出了一个产生时间的上限。

需要提出讨论的首先是两个见于佛经翻译的词语:"悲意""行愿"。支谦译《大明度经》和《维摩经》中有"大悲意",其译经约在吴黄武至建兴中(222—253)。此后,西晋竺法护译《鹿母经》、法炬译《前世三转经》中又有"悲意"一词。苏李诗"悲意何慷慨",有可能是"大悲意"的缩略,但也可能是文人写作中自然形成的词语。

相比之下,"行愿"是一个佛教意味更为明显的概念。安世高译《流摄经》中已有此词,其译经约在东汉桓、灵之间。此后,康僧铠译《无量寿经》亦有此词,其译经在魏嘉平年间(249—254)。"瑶光游何速,行愿支何迟",叹时光流逝,一事无成,极有可能受到佛经翻译的影响。

李陵苏武诗中有多处用典,其中有两处用三荆之典,最值得注意:"况我连枝树,与子同一身。"又:"三萍离不结,思心独屏营。"逯钦立校:"三萍"亦应作"三荆"。《文选》卷二八陆机《豫章行》胡刻本李善注引《古上留田行》:"出是上独西门,三荆同一根生。一荆断绝不长,兄弟有两三人,小弟块摧独贫。"①《乐府诗集》卷三八《相和歌辞·瑟调曲》引崔豹《古今注》(亦见今本《古今注》卷中):"上留田,地名也。人有父母死,不字其孤弟者,邻人为其弟作悲歌,以风其兄。故曰上留田。"又引《乐府广题》:"盖汉世人也。"下引古辞则为另一首:"里中有啼儿,似类亲父子。回车问啼儿,慷慨不可止。"此后言及此典的即是陆机《豫章行》:"三荆欢同株,四鸟悲异林。"再后记述兄弟欲分家,见三荆同株而叹,见《艺文类聚》卷八九引周景式《孝子传》。此后,《续齐谐记》载此为京兆田真兄弟事。

以上文献可见此故事在民间流传的大体过程。《古上留田行》据风格看,应是汉代乐府作品,但晚见于唐人所引,《乐府广题》等不载,故《乐府诗集》亦不收。据文本演变来看,可能较早的《上留田行》辞未包含三荆传说,后来才有引用此传说的另一歌辞。此后,直到陆机《豫章行》,才有文人采用此传说。同样引用此说的李陵苏武诗,产生时间不应提前过久。

此外,还有一句诗特别值得注意:"辕马顾悲鸣。"蔡邕《琴赋》:"辕马蹀足以悲鸣。"宋玉《九辩》有:"鹍鸡啁哳而悲鸣。"李陵苏武诗又言:"蟋蟀夜悲鸣。"建安文人用以言马,如曹植《愁霖赋》:"马踯躅以悲鸣。"《九愁赋》:"仰御骧以悲鸣。"也有用以言虫,如曹植《感婚赋》:"蛰虫出兮悲鸣。"或言禽鸟,如曹丕《善哉行》:"飞鸟翻翔舞,悲鸣集北林。"曹植《登台赋》:"听百鸟之悲鸣。"

---

① 李善注《文选》,北京:中华书局影印 1977 年,第 395 页。

与截自自然语言的词汇不同,文人写作中出现的这种语句相似,不大可能是偶然巧合,苏李诗当是化用《琴赋》之句。而且苏李诗与蔡邕文章相似者非止一处,另一例为:"丝竹厉清声,慷慨有馀哀。"《古诗十九首》有句相同:"一弹再三叹,慷慨有馀哀。"蔡邕《琴赋》则谓:"一弹三欷,凄有馀哀。"又《胡硕碑》:"生荣未容,没有馀哀。"苏李诗套用十九首成句当无问题,但十九首句与《琴赋》孰先孰后尚不好遽断。不过,有以上两例,断苏李诗出于蔡邕之后当无问题。

四、李陵苏武诗的阅读记录

除了为作品产生时代划出上限外,对其产生的时间下限也应设法予以确认,办法就是找出有关它的阅读记录。逯钦立已指出最早提及这组诗的是颜延之《庭诰》:"逮李陵众作,总杂不类,元是假托,非尽陵制。"但这只是这组诗冒以李陵之名的最早记录,而作品产生时间应远早于此。不同于《古诗十九首》早有陆机的《拟行行重行行》等十二首仿作,苏李诗晚到梁代才有梁武帝的反拟之作《代苏属国妇》。但从建安以后的一些诗句中,还是可以发现某些模拟苏李诗的蛛丝马迹。这些类似诗句中最重要的,即是阮籍的作品。如以下所列(李陵苏武诗/阮籍诗):

> 对酒不能酬。/《咏怀》:对酒不能言。
> 独有盈觞酒。/《咏怀》:独有延年术。
> 弦望自有时。/《咏怀》:穷达自有时。
> 欢娱在今夕,嬿婉及良时。/《清思赋》:愿申爱于今夕
> 兮。岂徒嬿婉情。《咏怀》:嬿婉同衣裳。

去去从此辞，行役在战场。/《咏怀》：吾将从此逝。驱车
远行役。效命争战场。

生当复来归。/《咏怀》：驱马复来归。

欲寄一言去。/《咏怀》：寄言谢友生。寄言东飞鸟。

意欲从鸟逝。/《咏怀》：吾将从此逝。

清言振东序。/《清思赋》：清言窃其如兰兮。

晨风鸣北林。/《咏怀》：翔鸟鸣北林。

何益心独伤。/《咏怀》：忧思独伤心。

但恐年岁暮。/《咏怀》：但恐须臾间。但恐日月倾。

闻子不可见。/《咏怀》：可闻不可见。

但恨生日希。/《咏怀》：但恨处非位。

这些相似诗句不止于使用同一词语，而且还包含相似句式和词语
组合，还有一些诗意的类似。因此，其中有某种模仿沿袭的成分
当无疑义。其中"清言"一词，逯钦立以为与清谈所指相同。汉末
著名的清谈之士有荀爽、孔伷、焦和、许靖等，见于《三国志》裴注
引《魏略》等书。而"清言"一词两见于苏李诗和阮籍赋，含意似较
宽泛，阮籍当是袭用者。阮籍《咏怀》组诗主题有与李陵苏武诗相
通之处，故亦多用其语意。

在阮籍之后，西晋诗人也有袭用李陵苏武诗之例，如：

昔者常相近，邈若胡与秦。/傅玄《苦相篇》：昔为形与
影，今为胡与秦。

塞耳不能听。/傅玄《放歌行》：塞耳不忍闻。

但恨生日希。/傅玄《秋胡行》：人言生日短。

三萍（荆）离不结。/陆机《豫章行》：三荆欢同株。

　　　　招摇西北驰。/陆机《梁甫吟》：招摇东北指。

这几例的袭用痕迹都十分明显。根据以上调查，可以初步将李陵苏武诗的写作下限定于魏正始之前。

五、李陵苏武诗与建安诗人

　　逯钦立将这组诗的产生时间定于汉末大乱之际，也就是建安时期。这组诗与建安诗人作品之间也有某些类似成分，但究竟是分别与某一共同来源作品关联，还是二者直接相互关联，还有待推敲。例如建安诗人多有模拟汉乐府之作，并直接采用其中的语句和词汇，苏李诗中同样也有一些句子源自乐府，汉乐府即是这两类作品的共同来源。但此外，如"明月照高楼""人生一世间"等句，在建安诗人作品中有完全相同的句子，二者之间则存在直接借用的关系。

　　除了少量直接借用的句子外，还有一些相似度较高的句子，如以下二例（李陵苏武诗/建安诗及其他）：

　　　　天汉东南流。/曹丕《燕歌行》：星汉西流夜未央。曹丕《杂诗》：天汉回西流。
　　　　不觉泪沾裳。/《鼓吹曲辞·巫山高》：泣下沾衣。徐淑《答秦嘉诗》：泪下兮沾衣。《古诗十九首》：泪下沾裳衣。《古诗三首》：泪落沾我衣。阮瑀诗：泪下沾裳衣。曹丕《燕歌行》：不觉泪下沾衣裳。

第一例"天汉流"意象，苏李诗仅存二联四句："清凉伊夜没，微风动单帷";"招摇西北驰,天汉东南流。"应是写秋季(农历九月)星空,斗柄指向西偏北。这时银河的走向实际是东北—西南,但为了与上文避重,所以诗中换言东南。曹丕的《燕歌行》和《杂诗二首》也是写秋季,但写的是后半夜(夜未央)。这时银河已完全转为东西走向。按照一般方位概念,人们是将银河走向视为由北向南(或由东向西)的。"天汉东南流"实际突出的是南流,符合这个基本概念。曹丕诗则写到一夜中的变化,强调的是银河走向的回转。相比而言,曹丕诗的描写要更复杂一些。

第二例"泪沾裳"意象,可以将汉乐府《巫山高》"泣下沾衣"视为其共同来源,然后有诸人诗中的几种变化。其他诸人诗都只包含两个要素,而曹丕《燕歌行》是将泪下、不觉、沾(衣)裳这三个要素组织到一起。由于"不觉"这一要素仅出现于苏李诗中,将其视为对苏李诗的扩展,应是比较合理的。

以上这两例都与曹丕有关。据此似可认定,曹丕作品中已有袭用苏李诗的证据。这样,我们可以把这组诗的产生时代确定为介于蔡邕(133—192,创作时间约在160年以后)与曹丕(187—226,创作时间约在208年以后)之间,魏黄初之前,与逯钦立所确认的时代是吻合的。

六、李陵苏武诗的特有词语

在确认了这组诗的产生时代后,我们还可以根据调查,确认首见于这组诗的一些词语:

> 长歌正激烈。
> 寒冬十二月。

嘉会难两遇。

烁烁三星列。

清言振东序。

寒夜立清庭。

忽若割长帷。

微风动单帱。

以上共 8 个词语,其他与建安诗人互见的词语均未计入。其中
"激烈""寒冬"二词,成为后代的常用词。这一调查结果也表明,
在早期文人诗作中,使用造语是一种普遍现象。

原载《汉语言文学研究》(河南大学)2016 年

第 4 期,收入本书时有修订

《古诗为焦仲卿妻作》词语考论

《古诗为焦仲卿妻作》全诗共 358 句,1 790 字。除大部分为偶数上下句外,还有少量三句一段,在五言诗中也属罕见。这样一首不仅篇幅长度空前,而且就叙事形式和语言表现来说也几无嗣响的作品,究竟是在何种情况下写作完成的,至今仍有许多疑团。从词语角度来看,该诗最值得注意之处,即是它使用了大量不见于其他诗歌作品的词语。其词汇系统既不同于汉乐府诗,也不同于魏晋文人五言诗。在有关该诗产生时代的讨论中,前人也多从词语方面入手。但在大型古籍数据库建立之前,人们无法对诗歌或其他古典文本所使用的词语进行穷尽式的调查,因此有些判断难免不够周全或有误判。本文试图通过对该诗词语的全面调查,对其独特的词汇系统加以描述,并对与其产生时代相关的一些问题提出补充说明。

一、《古诗为焦仲卿妻作》不属于乐府诗系统

"古诗为焦仲卿妻作"最早以此为题,被徐陵在南朝梁时编入《玉台新咏》。其后,《艺文类聚》卷三二"闺情"引"古诗",有"后汉焦仲卿妻刘氏为姑所遣时人伤之作诗曰"句,下引"孔雀东南飞"等 24 句。宋郭茂倩编《乐府诗集》,将此诗收入"杂曲歌辞",

题作"焦仲卿妻古辞"。再后,元左克明《古乐府》、明冯惟讷《古诗纪》、梅鼎祚《古乐苑》以及大部分近人著述,皆承其说,将此诗归入乐府①。然据《玉台新咏》和《艺文类聚》,此诗实属古诗,而非乐府。唐吴兢《乐府古题要解》所列"乐府杂题"诸题中亦无此诗。

　　所谓"杂曲歌辞",为郭茂倩所设类别。其解题谓:"杂曲者,历代有之,或心志之所存,或情思之所感……兼收备载,故总谓之杂曲。……或因意命题,或学古叙事,其辞具在,故不复备论。"②然其中所收,在吴兢《乐府古题要解》中多属"乐府杂题",上述解题之语亦似抄撮吴兢。但因郭氏将"乐府杂题"之名移属"新乐府辞"下,改收唐人创题,故而另立"杂曲歌辞"一名。《宋书·乐志》有"吴哥杂曲",《晋书·乐志》袭之。《通典》卷一四二"乐"引北魏孝武帝时太乐令崔九龙言,"今古杂曲,随调举之,将五百曲",其中"或雅或郑,至于谣俗、四夷杂歌,但记其声折而已,不能知其本意"③。崔九龙所论,本指乐府"七声""七调"之曲,所谓"杂曲"实际是诸乐府曲调的统称。但郭茂倩设此类别,却用来收那些不明其曲调归属的歌辞,甚乃阑入《古诗为焦仲卿妻作》等与乐府无关的作品,实属泛滥无当。

　　所谓"古诗",除在汉晋时期是指先秦之《诗》外④,在萧统编

---

① 近人萧涤非《汉魏六朝乐府文学史》将此诗列入"东汉文人乐府",并指出:"汉末无名氏之杰作《孔雀东南飞》,其作者虽失名,然要必出于文人(但非一人)之手,如辛延年、宋子侯之流,则绝无可疑。"北京:人民文学出版社1984年(1935年初版),第112页。王绪霞《是乐府民歌,还是文人古诗?——〈孔雀东南飞〉辨难》(《河南师范大学学报》1993年第2期)申其说,明确肯定该诗非乐府诗。

② 郭茂倩:《乐府诗集》卷六一,北京:中华书局1979年,第885页。

③ 杜佑:《通典》卷一四二,北京:中华书局1988年,第3614页。

④ 班固《两都赋序》:"或曰赋者,古《诗》之流也。"

辑《文选》时代,则是指建安以前的五言诗,又专指无特定题目并无主名(或主名可疑)的汉代五言诗作品。钟嵘《诗品》提到有"陆机所拟十四首",又"其外'去者日以疏'四十五首"①。今《文选》所见"古诗一十九首"、《玉台新咏》所收"古诗八首"(三首与十九首重),均应在其中。这些作品或曾冒以他名,如十九首中有九首在《玉台新咏》中题为"枚乘杂诗"。钟嵘称"'去者日以疏'四十五首……旧疑是建安中曹王所制",则亦曾冒建安作者之名。又《文选》所收李陵苏武诗,据逯钦立考证,所据为梁时新出之《李陵集》,实为古代别诗之杂汇②,亦应属同类性质之作。《玉台新咏》题《古诗为焦仲卿妻作》为"古诗",并编于卷一其他汉代作品之后,是对其作品性质的一种清楚判定。就诗题来看,此诗原来当同于十九首等,并无题目,故称"古诗","为焦仲卿妻作"当是后人(或为徐陵)为编集需要所加。《乐府诗集》在收入此诗时改题"焦仲卿妻",灭去"古诗"之迹,说明郭茂倩其实清楚知道古诗与乐府本来是两个不互涵的概念。至《古诗纪》又改回原题,而仍属乐府之下,遂将二者完全混为一谈。

从诗作本身来看,同列于乐府杂题之下的其他作品至少还保有作为歌辞写作的些许痕迹。而像《古诗为焦仲卿妻作》这样的长篇,根本无法想象它有入乐或被当作歌辞写作的可能。今人或过信《乐府诗集》,而称此诗"曾被长期传唱",不能不说是对中国音乐和讲唱艺术发展的基本史实视而不见。据此可论断,这首诗根本不属于乐府系统作品,与汉乐府及其仿作的产生机制完全不同。建安以后文人多有拟乐府之作,但并未有拟"焦仲卿妻"之

---

① 陈延杰注:《诗品注》卷上,北京:人民文学出版社1980年,第17页。
② 逯钦立:《汉诗别录》,收入《汉魏六朝文学论集》,西安:陕西人民出版社1984年,第3页以下。

作,也使此诗真正成为中国诗歌史上的绝唱。

当然,由于产生于汉末时代,这首诗也不能说与汉乐府毫无关系,丝毫未受其影响。《太平御览》卷八二六资产部"织"引《古艳歌》:"孔雀东飞,苦寒无衣。为君作妻,中心恻悲。夜夜织作,不得下机。三日载匹,尚言吾迟。"逯钦立认为《古诗为焦仲卿妻作》即继承此歌①。无疑,此歌提供了一个基本的题材框架,长诗的起兴部分和织作情节均沿袭此歌。但故事却是另一真实事件,即诗前小序所述。除此歌外,"孔雀东南飞,五里一徘徊"二句亦出自古乐府《双白鹄》(又作《艳歌何尝行》,亦见《玉台新咏》卷一):"飞来双白鹄,乃从西北来。……五里一反顾,六里一徘徊。""贱妾留空房"句,则化用歌中"妾当守空房"。又"东家有贤女,自名秦罗敷"句(共两见),则移用了《日出东南隅行》(又作《陌上桑》《艳歌罗敷行》)"秦氏有好女,自名为罗敷"之人物。但除这几处之外,这首长诗中再无与汉乐府作品近似的句子。令人深感意外的是,这首曾被一致认为属于乐府诗的作品,其与乐府诗的相似程度,就诗句比例来说甚至低于《古诗十九首》、李陵苏武诗乃至很多建安诗人的作品。之所以如此,笔者认为原因有二:第一,此诗的题材和情节内容完全超出于乐府诗的固有内容,因而必须使用不同于乐府诗的词语、意象;第二,此诗的叙事内容远较其他汉魏作品复杂,必须采用很多不同于乐府诗及其他文人诗的句子结构,因而影响到其中大量单音词、双音词的使用及搭配。所以这首诗的词汇系统既不同于汉乐府,也不同于其他文人五言诗。

---

① 逯钦立辑:《先秦汉魏晋南北朝诗》汉诗卷十,北京:中华书局1983年,第292页。

二、《古诗为焦仲卿妻作》与其他诗文互见的词语

　　除了与汉乐府作品缺少相似度之外,与《古诗十九首》等作品不同的是,此诗也几乎不采用《诗经》等经典中的词语,更无袭用其他文人诗文用语的痕迹。诗中也有一些涉及诗书礼仪或使用某些成语的句子,如:

> 十六学诗书。
> 本自无教训。
> 十六知礼仪。
> 既欲结大义。
> 否泰如天地。
> 命如南山石,四体康且直。

　　但这些说法都是民间熟悉的,应已进入了一般生活语言。例如"四体康且直",似出自《尚书·洪范》"平康正直"。但《易林·泰之解》(又见于《贲之履》《渐之复》《巽之困》《涣之解》)有:"平康正直,以绥大福。"可见是东汉时期的一般祝福语。此外如"执手分道去",也可以说是源自《诗经·遵大路》"执子之手",但到汉代已是一种常见用语。

　　在其他词语方面,此诗所使用的叠音词和联绵词有部分可上溯至先秦文献:

> 窈窕世无双。窈窕艳城郭。/《诗经·关雎》:窈窕淑女。

儿今日冥冥。/《庄子·在宥》：窈窈冥冥。

郁郁登郡门。/《庄子·庚桑楚》：孰哉郁郁乎。

五里一徘徊。/《庄子·盗跖》：与道徘徊。

何乃太区区。感君区区怀。/《商君书·修权》：君臣区区然。

踯躅青骢马。/《荀子·礼论》：踯躅焉。

也有部分见于汉赋作品：

勿复重纷纭。/枚乘《七发》：纷纭玄绿。

葳蕤自生光。/司马相如《子虚赋》：错翡翠之葳蕤。

隐隐何甸甸。/司马相如《上林赋》：湛湛隐隐。扬雄《蜀都赋》：隐隐轸轸。《琴操·辟历》：隐隐阗阗。

婀娜随风转。/王褒《洞箫赋》：阿那腲腇者。

晻晻日欲冥。/刘向《九叹》：意晻晻而日颓。

还有与汉诗作品互见的：

纤纤作细步。/《古诗十九首》：纤纤出素手。

徐徐更谓之。/《相和歌辞·长安有狭斜行》：丈人且徐徐。

彼意常依依。/李陵诗：思心常依依。

寡妇起彷徨。/《古诗十九首》：出户独彷徨。

叠音词和联绵词一般有口语来源，像"窈窕""冥冥""郁郁""区区""徘徊"等词，在汉乐府中都有使用。因此除通过书面文献传承外,它们还可能在口语中长期流传。

还有一些在东汉以后文献中出现的联绵词,如:

> 络绎如浮云。/马融《长笛赋》:繁缛络绎。
> 摧藏马悲哀。/《琴操·怨旷思维歌》:身体摧藏。阮籍《咏怀》:羽翼自摧藏。
> 伶俜萦苦辛。/潘岳《寡妇赋》:少伶俜而偏孤。

其中"伶俜"一词似最晚见。然慧琳《一切经音义》卷十七引《三苍》:"伶俜,犹联翩也,孤独之貌也。"则亦渊源有自。

在此诗所使用的偏正式词语中,与文人诗赋互见的只有以下几例:

> 红罗复斗帐。/班婕妤《自悼赋》:感帷裳兮发红罗。
> 绿碧青丝绳。/张衡《南都赋》:绿碧紫英。
> 举身赴青池。/司马相如《子虚赋》:有涌泉清池。
> 寒风摧树木。/李陵诗:寒风吹我骨。
> 严霜结庭兰。/李陵诗:晨起践严霜。

此外,可以在较晚文献中找到用例的有二例:

> 纤纤作细步。/《正法念处经》卷三三:细步徐行。
> 新妇起严妆。/《搜神后记》卷十一:婢子严妆。

又有"庭兰""野里"二词,仅见于此诗,应是临时性词语组合。此外,"绣腰襦""青丝绳""绣夹裙""玳瑁光""明月珰""青雀白鹄

舫""龙子幡""青骢马""金镂鞍""琉璃榻"等名物性词语,在诗中
用来铺陈渲染,在汉代作品中只有《日出东南隅行》《羽林郎》二诗
中有类似描写。

　　以上叠音词、联绵词和修饰性偏正式词语,都是用于描摹形
容、较能体现诗赋写作特点的词汇。其他一般词汇,在诗歌中使
用和在其他文献中使用没有明显区别。以下只列出其中一些与
其他诗文作品互见的例子:

　　　　心中常苦悲。/《易林·比之随》:过时不归,雌雄苦悲。
甄皇后《塘上行》:独愁常苦悲。
　　　　相见常自稀。/《相和歌辞·艳歌何尝行》:若生当相见。
李陵诗:相见未有期。
　　　　举动自专诸。/阮瑀《驾出北郭门行》:举动鞭捶施。
　　　　哽咽不能语。/马融《围棋赋》:所对哽咽。曹植《释愁
文》:临餐困于哽咽。
　　　　逼迫有阿母。/蔡邕《黄钺铭》:叛羌逼迫。蔡琰《悲愤
诗》:逼迫迁旧邦。王粲诗:邂逅见逼迫。
　　　　以此下心意。/《古诗十九首》:极宴娱心意。
　　　　伶俜萦苦辛。/《古诗十九首》:辗轲长苦辛。曹植《赠白
马王彪》:能不怀苦辛。
　　　　不堪母驱使。/曹植《大魏篇》:神明为驱使。
　　　　结誓不别离。/《相和歌辞·艳歌何尝行》:忧来生别离。
《古诗十九首》:与君生别离。
　　　　心中大欢喜。/《相和歌辞·董逃行》:莫不欢喜。蔡琰
《悲愤诗》:闻之常欢喜。
　　　　左手持刀尺,右手执绫罗。/郭泰机《答傅咸》:衣工秉刀

尺。张华《轻薄篇》:婢妾蹈绫罗。

愁思出门啼。/秦嘉《赠妇诗》:愁思难为数。《古诗十九首》:愁思当告谁。

长叹空房中。/李陵诗:握手一长叹。

枝枝相覆盖,叶叶相交通。/曹植《艳歌行》:枝枝自相植,叶叶自相当。

中有双飞鸟。/《古诗十九首》:思为双飞燕。

以上几种情况相加计 43 句,只占全诗 358 句的约八分之一弱,足以说明此诗的词汇系统与汉诗、汉乐府乃至魏晋诗歌有较大差异。

三、《古诗为焦仲卿妻作》的句式与单音词的使用

就总体而言,五言诗时代双音词较四言诗有大幅增加。但由叙事特点所决定,在《古诗为焦仲卿妻作》中有部分句子仍是以单音词为主。这些句子可分为三种情况:

一种情况是联合短语或两个分句合为一个紧缩复句,如:

徒留无所施。

遣去慎莫留。

人贱物亦鄙。

因求假暂归。

君尔妾亦然。

戒之慎勿忘。

这样,一句五言中便包含两个主谓或动宾结构,双音词将不敷分配。

另一种情况是兼语式和连动式,如:

> 不久望君来。
> 不图子自归。
> 寻遣丞请还。
> 汝可去应之。

其中也至少有两个动词成分。

还有一种情况是在动词前用了两字以上的状语、副词或助词成分,如:

> 便可速遣之。
> 今若遣此妇,终老不复取。
> 何敢助妇语。
> 会不相从许。
> 我自不驱卿。
> 卿但暂还家,吾今且报府。
> 于今无会因。
> 誓不相隔卿。
> 吾今且赴府。
> 君既若见录。
> 恐不忍我意,逆以煎我怀。
> 恐此事非奇。
> 不可便相许。
> 自君别我后。

果不如先愿,又非君所详。

以我应他人。

君还何所望。

令母在后单。

《古诗十九首》和李陵苏武诗也有类似情况。这是早期五言诗用以调节字数的方法之一。不过,所有这些两字或三字组合作状语或副词,都有其他文献中的用例(详下节),所以并非诗人的任意安排,而是直接借用日常语言和口语中的表达方式。

以上这几种情况都是因叙事或对话的需要,吸取日常语言中的表达方式,从而造成句意的繁复或语势的缓急。在同一时期的非叙事作品中,则很难见到这样丰富的句式变化。据本文统计,此诗中有双音词和多音词 324 个(不含数量词和专有名词),使用频次为 441 次,平均每句出现 1.23 次;有单音词 344 个,使用频次为 817 次,平均每句出现 2.28 次,单音词的使用频次接近于双音和多音词的两倍。不过,由于一个双音节词就占有两个音节,所以二者所占音节数相差不多。

四、《古诗为焦仲卿妻作》中不见于其他诗歌的词语

根据对《先秦汉魏晋南北朝诗》的检索结果,在此诗用于对话和叙事的大量词语和表达方式中,有很多在这一时期的其他诗歌中从不或几乎不使用。它们应是来自当时的口语词汇和其他社会语词。以下分类列出它们与其他文献互见的情况(已见于先秦文献的词语除外;也包含个别无其他文献用例的词):

(一)称谓词

便可白公姥。(三见)/《易林·大畜之随》:妯娌公姥,毁益乱赖。

堂上启阿母。(十八见)/《史记·扁鹊仓公列传》:故济北王阿母。

我自不驱卿。(六见)/《后汉书·皇后纪》:弘农王谓姬曰:卿王者妃,势不复为吏民妻。

阿兄得闻之。/《摩诃僧祇律》三:展转作俗人相唤阿翁阿母阿兄阿弟。

举言谓新妇。(十见)/《后汉书·何进传》:当与新妇俱归私门。

却与小姑别。(三见)/《荆楚岁时记》:小姑可出。

岂合令郎君。(二见)/《后汉书·南蛮西南夷传》:郎君仪貌类我府君。

老姥岂敢言。/《搜神记》二十:一老姥独不食。

谢家事夫婿。/《懊恼三处经》:一者知夫婿意。《相和歌辞·艳歌行》:夫婿从门来。

举言谓阿妹。

渠会永无缘。/《三国志·赵达传》:女婿昨来,必是渠所窃①。

阿母谓阿女。(两见)

君既为府吏。(十七见)/《史记·吕后本纪》:郎中府吏。

---

① 梅祖麟认为,"渠"是南方的方言词,可能在上古以前就有"渠"字,保存在南方方言里,到魏晋时代才有文字记录。见《关于近代汉语指代词》,收入《梅祖麟语言学论文集》,北京:商务印书馆 2000 年,第 93 页。

《汉书·朱博传》:御史府吏。《汉书·原涉传》:归为府吏。

府君得闻之。(三见)/《后汉纪·孝灵纪》:府君不希孔圣之明训。《后汉书·刘平传》:愿以身代府君。

下官奉使命。/《汉书·贾谊传》:下官不职。

(二)虚词组合

相见常自稀。/《论衡·四讳》:欲使人常自洁清。《兜调经》:饭食常自饱满。

便可白公姥。(三见)/《后汉书·岑彭传》:两城若下,便可将兵南击蜀虏。

幸复得此妇。/《太平经》七一:今幸复与神人相睹。

始尔未为久。/《搜神记》十六:始尔别甚怅恨。

伏惟启阿母。/《汉书·杨恽传》:伏惟圣主之恩。《后汉书·皇后纪》:伏惟皇太后膺大圣之姿。

会不相从许。/《太平经》六七:会不得久聚也。何逊《行经孙氏陵》:金凫会不飞。

我自不驱卿。/《赖吒和罗经》:我自问王。《子夜变歌》:我自未尝见。

仍更被驱遣。/《无上秘要》十五:仍更寄形。

好自相扶将。/郭璞《山海经图赞》:好自跳扑。《杂阿含经》二五:好自严饰。

那得自任专。/《列女传》八:不如此帝那得之。

登即相许和。/《三国志·崔琰传》注引《续汉书》:登时收融及褒送狱。《魏书·夏侯道迁传》:登即擒斩。

莫令事不举。/《三国志·陆抗传》:莫令人见也。

便复在旦夕。/《后汉书·马严传》:便复迁徙。刘桢《赠五官中郎将》:便复为别辞。①

(三)单音动词

三日断五匹。/《后汉书·列女传》:今若断斯织也。

便可白公姥(三见)。/《史记·滑稽列传》:烦三老为入白之。

堂上启阿母。(二见)/《后汉书·臧洪传》:主簿启内厨米三斗。

槌床便大怒。/《方言》:自关而西谓之槌。

(四)多音动词性词语(并列、动宾、状动、动补等)

及时相遣归。/《汉书·元帝纪》:士卒遣归。

共事三二年。/《后汉书·朱穆传》:旦夕共事。

举动自专诸。(二见)/《史记·周本纪》:不敢自专。《汉书·鲍宣传》:不得自专快意。

吾意久怀忿。/《论衡·死伪》:不为大恶怀忿。

汝岂得自由。/《后汉书·皇后纪》:兄弟权要,威福自由。(多例)

便可速遣之。/《文选》范晔《宦者传论》李善注引《新

---

① 以上有多例是以"自""复"作为虚词组合中的副词词尾(后缀),有关研究可参见刘瑞明:《〈世说新语〉中的词尾"自"和"复"》,《中国语文》1989 年第 3 期;刘瑞明:《关于"自"的再讨论》,《中国语文》1994 年第 6 期;蒋宗许:《再说词尾"自"和"复"》,《中国语文》1994 年第 6 期。

序》：必速遣之。

遣去慎莫留。/《汉书·陈汤传》：与饮盟遣去。

小子无所畏。/《汉书·刑法志》：民无所畏。

举言谓新妇。（二见）/《太平经》九七：今愚生举言不中。《如来三昧经》：皆举言佛说。

还必相迎取。/《汉书·西域传》：入汉迎取少主。

进心敢自专。/《太平经》一一〇：常日夜进心念笃。

昼夜勤作息。/《搜神记》五：念人家妇女作息不倦。

谓言无罪过。（二见）/《弊魔试目连经》：各相谓言。曹丕《典论》：谓言将军法非也。

仍更被驱遣。（二见）/《搜神记》十六：梦人驱遣。《摩诃僧祇律》一：而今驱遣，不能令去。

时时为安慰。/《后汉书·袁安传》：以安慰之。

小姑始扶床。/《杂阿含经》三七：扶床欲起。

勤心养公姥。/《汉书·孔光传》：勤心虚己。《后汉书·郎顗传》：勤心锐思。

好自相扶将。（二见）/《太平经》一一〇：唯蒙扶将，使得视息。

嬉戏莫相忘。/《淮南子·泰族训》：嬉戏害人也。

誓不相隔卿。/《后汉书·皇后纪》：姬誓不许。杜笃《首阳山赋》：誓不步于其乡。

誓天不相负。/《太平经》一一〇：各不相负。《后汉书·臧洪传》：何相负若是。

君既若见录。/扬雄《太玄》六：三岁见录。《三国志·荀彧传》注引《魏氏春秋》：吾以微功见录。

盘石无转移。/《史记·孟子荀卿列传》：五德转移。

阿母大拊掌。/《后汉书·左慈传》:操大拊掌笑。

十七遣汝嫁。/《汉书·景帝纪》:遣公主嫁匈奴单于。

府吏见丁宁。/《汉书·谷永传》:以丁宁陛下。《后汉书·郎𫖮传》:惟陛下丁宁再三。

幸可广问讯。/《说苑·建本》:问讯之道。

不可便相许。/《世说新语·识鉴》:未以方岳相许。

承籍有宦官。/孙楚《为石仲容与孙皓书》:公孙渊承籍父兄。

主簿通语言。/《汉书·灌夫传》:受淮南王金,与语言。

怅然心中烦。/司马相如《难蜀父老》:心烦于虑。

作计何不量。(二见)/《三国志·田豫传》:为胡作计,不利官者。

兰芝仰头答。(二见)/《吴越春秋》五:圣乃仰头向天而言。

处分适兄意。/《三国志·鲁肃传》注引《吴书》:曾不能明道处分。

言谈大有缘。/《三国志·法正传》:愿共戴奉,而未有缘。

交语速装束。/《太平经》六七:莫肯与其交语。《三国志·庞统传》:并使装束。

赍钱三百万。/《论衡·量知》:俱赍钱百。《后汉书·杨震传》:故吏赍钱百万遗之。

因求假暂归。/《后汉书·蔡邕传》:以暂归见漏。

蹑履相逢迎。/《史记·项羽本纪》:逢迎楚军。

果不如先愿。/《孟子·尽心》赵岐注:人不能皆如其愿也。

贺卿得高迁。/《蜀郡属国辛通达李仲曾造桥碑》:我君高迁。

执手分道去。/《汉书·傅介子传》:五将军分道出。

生人作死别。/《阿那律八念经》:道意不贪生,亦无乐死别。

千万不复全。/《史记·秦始皇本纪》:鱼烂不可复全。

勿复怨鬼神。/《太平经》一一〇:无怨鬼神,见善白善,见恶白恶。

仕宦于台阁。/《史记·平准书》:市井子孙亦不得仕宦为吏。

转头向户里。/《世说新语·忿狷》:良久转头问左右。

举身赴青池。/《史记·梁孝王世家》褚补:跪席举身。

仰头相向鸣。/《潜夫论·交际》:恩情相向。

行人驻足听。/《九辩》王逸注:民无驻足,窜岩穴也。

(五)名词性词语

儿已薄禄相。/《潜夫论·相列》:夫骨法为禄相表,气色为吉凶候。《太平经》一一〇:天禀人命,禄相当直。

女行无偏斜。/《白虎通·嫁娶》:女行亏缺,而去其国。

往昔初阳岁。/《艺文类聚》一引《易通卦验》:冬至初阳。王廙《春可乐》:春可乐兮,乐孟春之初阳。

谢家来贵门。(二见)/曹植《封二子为公谢恩章》:天时运幸,得生贵门。

供养卒大恩。/《汉书·苏武传》:幸蒙大恩。《太平经》一〇二:蒙皇天大恩。

生小出野里。/《长阿含经》五:我等与尊,生小知旧。

受母钱帛多。/《汉书·韩延寿传》:取官钱帛。

念母劳家里。/《佛本行集经》三二:将至家里。

性行暴如雷。/《论衡·累害》:故循性行以俟累害者。张衡《思玄赋》:旌性行以制佩兮。

进退无颜仪。/《淮南子·缪称训》:小快害道,斯颜害仪。

便言多令才。/《三国志·吴主夫人传》注引《后汉书》:明达有令才。

自可断来信。/《日知录》三二:凡言信者,皆谓使人……此语起于东汉以下。

阿母白媒人。(五见)/《离骚》王逸注:又恐媒人弱钝。

不嫁义郎体。/蔡邕《太尉乔公碑》:征拜义郎司徒长史。

理实如兄言。/《后汉书·朱浮传》:小违理实。

交广市鲑珍。/《搜神记》十五:架上有白米饭,几种鲑。《集韵》鲑:吴人谓鱼菜总称。

手巾掩口啼。/《三国志·武帝纪》注引《傅子》:自佩小鞶囊,以盛手巾细物。

因求假暂归。/《后汉书·陆康传》:吏士有先受休假者。

举手拍马鞍。/《后汉书·陈龟传》:居人首系马鞍。

便作旦夕间。(二见)/《史记·刺客列传》:可以旦夕得甘毳以养亲。

汝是大家子。/《汉书·严延年传》:宁负二千石,无负豪大家。《后汉书·梁鸿传》:依大家皋伯通。

仕宦于台阁。/《后汉纪·孝和纪》:为尚书郎,在台阁十余年。《后汉书·仲长统传》:虽置三公,事归台阁。注:台阁谓尚书也。

新妇入青庐。/《世说新语·假谲》：魏武少时,尝与袁绍好为游侠。观人新婚,因潜入主人园中,夜叫呼云有偷儿贼。青庐中人皆出观。

寂寂人定初。/《后汉书·来歙传》：臣夜人定后,为何人所贼伤。

夜夜达五更。/《三国志·吴范传》：至五更,中果得之。

(六)形容词及其他

女行无偏斜。/郭璞《葬书》：角目偏斜。

可怜体无比。/《汉书·卫青霍去病传》：尊贵无比。

蒲苇纫如丝。/《古今注》：水杨,蒲杨也,枝劲细纫。

举手长劳劳。/《诗·渐渐之石》笺：邦域又劳劳广阔。萧绎《送西归内人》：今日劳劳长别人。

怅然心中烦。(二见)/《淮南子·原道训》：怅然若有所亡也。

诺诺复尔尔。/《长阿含十报法经》：难定两法,不当尔尔。

良吉三十日。/《十诵律》九：生来良吉。

卿当日胜贵。/马融《樗蒲赋》：胜贵欢悦,负者沉悴。

恨恨那可论。/嵇康《与吕长悌绝交书》：临别恨恨。

故作不良计。/《论衡·卜筮》：疑则谓世未治,惑则谓占不良。

作计乃尔立。/《三国志·郭嘉传》注引《傅子》：人心乃尔。应璩诗：借问乃尔为。

寂寂人定初。/曹植《释愁文》：寂寂长夜。

　　　　事事四五通。/《周礼·鼓人》郑玄注:《司马法》曰昏鼓
　　四通为大鼕。

以上共六类词语,数量及使用频次都明显超出于前述与其他诗赋作品互见的词语。由于是以这些词语为材料写成,这首诗自然呈现出与其他作品不同的面貌。其中有相当一部分词语具有口语词的特征,称谓词、单音动词及虚词组合尤为明显。"阿母""府吏""新妇"等称谓词的使用频次很高,是因叙事中反复交待人物所致。其他动词性词语的数量较多,也是诗中叙事情节曲折、人物行为多样、变化丰富的表现,这些词语因此派上用场。

　　但不难发现,上述词语中也有一些属于较正式的社会和官场用语。例如"仕宦于台阁",《后汉书·仲长统传》注:"台阁谓尚书也。"事实上亦泛指中央机构。如《东观汉记》卷十六蒋叠:"为太仆,久在台阁。"焦仲卿为府吏,并非仕宦台阁。诗中用此,就如写兰芝"足下蹑丝履,头上玳瑁光"一样,是民间作品采用的一种夸张语言。

　　再如"白"和"启"两个单音动词,都有告知之义。但"白"是汉代出现的口语词①,无上下之别,而"启"是下禀上的正式用语。"便可白公姥"和"堂上启阿母"等句,清楚地显示出这种语气的区别。

　　又如"伏惟启阿母","伏惟"是章奏用语,《汉书》《后汉书》中多见。但除了用于对君主外,在蔡邕、曹植文集和《三国志》中,还

————————

① 按,"白"当是口语记音,与"白"的本义或"明白"义无关。《释名·释采帛》:"白,启也,如冰启时色也。"当属附会。今北方方言中的"掰"(瞎掰、掰扯)、"白乎",四川方言中的"摆",疑与此义有关。《红楼梦》第五十四回:"老祖宗喝一口润润嗓子再掰谎,这一回就叫作掰谎记。"

有大量用例用于对殿下、明公、将军等其他尊者。据此诗,则在民间也有使用。诗中有意采用这一表达方式,颇能显示母子二人之间的森严气氛。

尤其值得注意的是称谓词"卿"的使用。在汉代,"卿"是对公卿大夫和有身份人的称呼,后来在男性之间是比"君"更显亲密的称谓。如《世说新语·方正》:"王太尉不与庾子嵩交,庾卿之不置。王曰:'君不得为尔。'庾曰:'卿自君我,我自卿卿。'"但在男性与女性之间,同书《惑溺》则有"妇人卿婿,于礼为不敬"之说。男子以"卿"称配偶,在文献中只有《后汉书·皇后纪》弘农王谓唐姬"卿王者妃,势不复为吏民妻",及《世说新语·贤媛》许允谓妻"妇有四德,卿有其几",及《假谲》诸葛恢谓妻"厌何预卿事"三例。在诗歌作品中,秦嘉《赠妇诗》以"子"称呼妻,可以作为对比。而在此诗中,焦称妻为"卿",妻称夫为"君",分派十分严明。妻称夫为"君",与汉乐府、汉诗等一致;但以"卿"作为相对称呼,则为此诗仅有。这种称谓词的使用,可能是汉代家庭礼法习俗的反映,但因文献中(尤其是诗歌中)丈夫称呼妻子的记录极少,所以尚无法确证。但此诗的安排,无疑表现出作者在措词上的谨严,也与诗中夫妻相互敬重的关系极为吻合。

由以上这些词语来看,尽管此诗使用与文人诗文互见的词语不多,但作者仍可能是一个有良好教育背景、大概与诗中主人公身份近似的人物。只是其写作并未循汉魏以后文人诗歌形成的一套路数,没有采用文人诗歌习惯采用的词语和表达方式。这既是由该诗所特有的叙事内容所决定的,也显示出作者在措词上自有其考虑和追求。

五、《古诗为焦仲卿妻作》中的东汉三国元素

从以上词语调查情况来看,该诗所使用的绝大部分词语都可以在东汉三国时期文献中找到印证。有少数词语在稍后文献中有用例,可以解释为口语词和某些社会词语的记录晚于其开始使用的时期。《古诗为焦仲卿妻作》小序称"汉末建安中",徐陵因此将此诗附入汉代作品。但自 20 世纪 20 年代以来,学者根据对其中某些词语、事项的考察,提出该诗产生于南朝之说①。胡适对此提出修正意见,认为其产生在建安以后不远,但"流传在民间……其间自然经过了无数民众的增减修削"②。

此后,徐复在 50 年代著文,列举"兰家女""胜贵""尔尔""登即""不堪""逼迫""启""作计""处分""承籍""恨恨""公姥""新妇""阿母""卿""小子""郎君"等词语,认为均是晋代通行词语,

---

① 张为骐:《〈孔雀东南飞〉年代祛疑》《〈孔雀东南飞〉年代的讨论》,载《国学月刊》第 2 卷第 11、12 期;陆侃如:《〈孔雀东南飞〉考证》,载《时事新报·学灯》1925 年 5 月 7、8 日,收入《陆侃如古典文学论文集》,上海:上海古籍出版社 1987 年,第 544 页。

② 胡适:《跋张为骐论〈孔雀东南飞〉》,载《现代评论》第 7 卷第 165 期,收入《胡适古典文学研究论集》,上海:上海古籍出版社 1988 年,第 352 页。对一些质疑词语,胡适等人已有所辨说。《三国志·吕岱传》载岱延康元年(220)为交州刺史,表分海南三郡为交州,海东四郡为广州;《孙皓传》天纪三年(279),郭马"攻杀广州都督虞授,马自号都督交广二州诸军事",是交广连称由来已久,非止黄武五年(226)分置的短暂时期。"青庐""龙子幡"非始于南北朝,可参看古直:《汉诗研究:焦仲卿妻诗辨证》,见北京大学中国文学史教研室选注:《两汉文学史参考资料》,北京:中华书局 1962 年,第 568 页。

因此将该诗写作年代定为东晋①。该文对许多词语的考释颇具胜义，但限于当时条件，无法进行更大范围的词语检索。而根据以上调查，"胜贵""逼迫""作计""处分""启""公姥""卿""郎君"等词语，都已见于东汉或三国时期文献。"不堪""小子"早见于先秦时期。该文释"尔尔"为"应辞"，释"承籍"为"承藉"，"恨恨"为"悢悢"，引《列子》注释"兰家女"为某家之女等，均自成一说，但也有较大争议。

　　以上调查结果证明，此诗是用东汉三国时期流行的词语写成的，尚无一例词语可判断为东晋以后才出现。不能仅仅根据其中某些事项、词语沿用至东晋南朝，或在三国以后才有文献记录，便断言此诗晚出。除这些词语外，本文在调查中发现，此诗还包含了其他一些东汉三国时期的元素。例如诗中写婚仪，府君议亲，媒人还告，男方"视历复阅书，便利此月内，六合正相应。良吉三十日，今已二十七"，三日后即要成婚。婚礼的这种安排省去了纳

---

① 徐复：《从语言上推测〈孔雀东南飞〉一诗的写定年代》，《学术月刊》1958年第2期。该文此外还举出此诗中的被动句"被"字、系动词"是"字、词头字"阿"、词尾字"子"等，认为均是晋代的语言现象。但根据后来的研究，这些语言现象多可上溯至汉代甚至战国末期。例如系词"是"在两汉甚至战国末期就已出现，见郭锡良：《关于系词"是"产生时代和来源论争的几点认识》，收入《汉语史论集》，北京：商务印书馆1997年，第106页；"是"字判断句在东汉已走向成熟，见唐钰明：《中古"是"字判断句述要》，《中国语文》1992年第5期。汉代"被"字句有很大发展，而此诗中"仍更被驱遣""同是被迫逼"，"被"字与动词之间没有插入关系词（施事者），属被字句的早期形式。参见唐钰明：《汉魏六朝被动式略论》等，《中国语文》1987年第3期。朱茂汉《名词前缀"阿"和"老"的形成和发展》认为，缀词"阿"是从具有哺育义的"阿母"发展而来，到汉末已十分普遍，见《安徽师范大学学报》1983年第4期。陈宝勤《试论汉语词头"阿"的产生与发展》认为西汉时期词头"阿"字即已萌芽，见《古汉语研究》2004年第1期。此诗"连珠子"是以名词加"子"字，还保留有词汇意义，这种用法出现很早，可追溯至先秦时期。

采、请期等环节,所行当为拜时之婚。《通典》卷五九"拜时妇三日妇轻重议":

> 按礼经,婚嫁无拜时、三日之文。自后汉魏晋以来,或为拜时之妇,或为三日之婚。……拜时之妇,礼经不载。自东汉魏晋及于东晋,咸有此事。按其仪,或时属艰虞,岁遇良吉,急于嫁娶,权为此制。以纱縠幪女氏之首,而夫氏发之,因拜舅姑,便成妇道。六礼悉舍,合卺复乖。骤政教之大方,成容易之弊法。王肃、钟毓、陈群、山涛、张华、蔡谟,皆当时知礼达识者,何谓不非之邪? 岂时俗久行,因循且便,或彼众我寡,议论莫从者乎? 宋齐以后,斯制遂息。①

拜时可称简易结婚②。尽管诗中写迎娶不惜铺陈,但三日即成婚,明显是急于嫁娶。盖当时习俗如此,所以众人不以为非。

又诗云:

> 不嫁义郎体,其往欲何云。

按,"义郎"当同于"议郎"。《北堂书钞》卷五六引《汉官仪》云:"议郎、郎中,秦官也。议郎秩比六百石,特征贤良方正、敦朴有道,第公府掾、试博士者,拜郎中也。"③《通典》卷二九"三署郎官叙":"汉中郎将分掌三署郎,有议郎、中郎、皆比六百石。侍郎、比四

---

① 《通典》卷五九,北京:中华书局 1988 年,第 1681 页。

② 参见陈鹏:《中国婚姻史稿》,北京:中华书局 1990 年,第 275 页。

③ 《北堂书钞》卷五六"议郎",北京:中国书店影印 1989 年,第 181 页。

百石。郎中,比三百石。凡四等,皆秦官,无员,多至千人。"①然文献亦有作"义郎"者。蔡邕《太尉乔公碑》:"迁汉阳太守,征拜义郎、司徒长史。"《华阳国志》卷四牂柯郡:"会公孙述据三蜀,大姓龙、傅、尹、董氏与功曹谢暹保郡,闻汉世祖在河北,乃远使使由番禺江出,奉贡汉朝。世祖嘉之,号为'义郎'。"《华阳国志》的作者似乎对"义郎"之称的来源、含意已不太清楚。后人更有误会者,如《蜀中广记》卷三七谓唐在贵州设遵义县,乃取意于此②。《晋书·职官志》谓:"给事中,秦官也。所加或大夫、博士、议郎。"《世说新语》《晋书》记事亦有提及"议郎",但多为晋初事或追溯魏、吴时事。此诗之"义郎",当是东汉三国时期民间对中高层官员的一种美称,后代则不复有此称。

又此诗称"府吏",汉代官府之吏皆可称府吏。郡国可称郡府③,故焦仲卿仕于庐江郡,而称庐江府小吏。但晋代这一称呼已少用④,而仍用郡吏、县吏。南北朝诸史中"府吏"一词也极少见,且限于中央府署及王府吏。盖"府吏"之称较模糊,用以称人似较为尊敬(焦仲卿的任职层级就不清楚)。但这一称谓却未能延续,可能是因吏的地位所限,后代不再有尊敬之义。与之对比,"府君"之称却保留下来,成为对官员的一般美称。

以上几项,均是东汉三国时期流行的习俗或称谓。晋时虽或有遗留,但未必仍在民间通行。宋齐以后更为少见,而近于绝迹。其他如"禄相"一词,也是东汉后期流行的说法,见于《潜夫论》、

---

① 《通典》卷二九,第 805 页。

② 参刘琳校注:《华阳国志校注》卷四,成都:巴蜀书社 1984 年,第 380 页。

③ 郡国称郡府,见《汉书·酷吏传·咸宣》颜师古注等。

④ 《世说新语》《搜神记》无见。《晋书·康帝纪》:"诏琅邪国及府吏进位各有差。"《石季龙载记》:"乃使离奏夺诸公府吏。"指诸公侯吏兵。

《楚辞》王逸注,《太平经》多见,后代则极少见①。剩下唯一支持此诗作于南朝的证据,就是清吴兆宜注"合葬华山傍",谓当是取《古今乐录》所载宋少帝时《华山畿》歌,指南徐华山畿。胡适的反驳意见认为,华山应是庐江的小地名。近年学者多认为:"这些情况很难完全排除有后人在流传过程中增入别的民歌或文人创作中辞句使之益臻丰富的可能。出现这一情况并不改变原诗出现于汉末前后的事实。"②

　　据《古今乐录》,华山畿在丹徒,汉属丹阳郡,与庐江不同郡,且有长江之阻。其在丹徒何地,唐宋地志无明确记载③,后代传说也有不同④。要之,也是不知名小山。这样一首晚出作品中所提及的不知名小山,并不具有经典性⑤。该传说的情节也极简略,在

---

① 《大智度论》卷七三:"问其吉凶、男女禄相、寿命长短。"《魏书·徒何段就六眷传》:"愿使主君之智慧禄相尽移入我腹中。"

② 曹道衡:《关于乐府民歌的产生和写定》,《文史知识》1994 年第 9 期。章培恒则认为《艺文类聚》所载 24 句是此诗的早期文本,其他主要部分完成于魏晋至南朝。见《关于〈古诗为焦仲卿妻作〉的形成过程与写作年代》,《复旦学报》2005 年第 1 期。其立论还有待商榷。根据对词语使用情况的考察,本文认为此诗由多人反复增改完成的可能性不大,而是一气呵成的作品,当然不排除有少数句子经后人改动的可能性。故事中某些被认为不合情理之处,如兰芝被遣后又被人争求娶,其实是民间作品中喜用的夸张反衬手法。

③ 《太平寰宇记》卷九十昇州江宁县:"《丹阳记》云:建康有淮,源出华山,流入江。……《舆地志》:淮水发源于华山,在丹阳湖姑孰之界。"此华山较近于丹徒,但《丹阳记》《舆地志》均未言其与《华山畿》有关。

④ 至顺《镇江志》卷七山水丹徒县:"华山在县东六十三里,或以为花山,非。《润州类集补遗》载《华山畿》曲,云华山即今花山。观《古今乐录》所载《华山畿》事谓:南徐士子,自华山畿往云阳。以地里考之,花山在州东北,云阳在州西南。华山神庙在两者之间,去云阳为近。则知华山畿即今神庙之华山,非花山明矣。"

⑤ 民间作品中出现地理错乱现象也并非不可能,因此也不排除此诗中的华山畿就是移用西岳华山之名。

很长时间内并无人提及。其事下及徐陵编《玉台新咏》不过一百来年，《古诗为焦仲卿妻作》的读者或润色者有何理由一定要移用其中不具经典意义的情节呢？据此来看，吴兆宜注实不足据。

今按庐江境内名山，唯有霍山。汉武帝移南岳于此，有岳神庙，在庐江灊县①。五岳神为汉以来官方祭拜之神，民间传说又一向有岳神能主人生死之说。东岳泰山为人死魂灵所归，嵩岳神传说亦能利害生死于人②。据此，殉情夫妇求合葬于南岳神侧，也属故事的合理结局。此诗在早期流传中是否有可能因某种原因将霍山移改为华山，而《华山畿》情节反而是袭用此诗呢？姑录此聊备一说。

原载《甘肃社会科学》2015 年第 4 期（有删节），收入本书时补全并有修订

---

① 参《风俗通义》卷十、《尔雅·释山》郭璞注。
② 见《宋高僧传》卷十九《嵩岳闲居寺元珪传》。

魏晋南北朝至唐代诗歌词语的演变

——以《文选》五言诗、《唐诗三百首》为调查对象

本文选取《文选》五言诗、《唐诗三百首》为调查样本,同时参考其他文献数据资料,对魏晋南北朝至唐代诗歌词语的演变情况进行考察。《文选》卷十九后半诗甲"补亡"至卷三十一诗庚"杂拟下",共收诗443首①。本文考察其中建安以后的五言诗。这一时期的五言诗作品共计367首,含6 984句34 922字(其中陆机《猛虎行》两句六言)。《唐诗三百首》为清乾隆间孙洙所编,后人间有增补。本文所据为喻守真《唐诗三百首详析》,共收诗317首,包括五古46首,568行2 840字;七古(含七言乐府)44首,1 173行8 125字;五律80首,640行3 200字;七律51首,408行2 856字;五绝36首,144行720字;七绝60首,240行1 680字:总计为3 173行19 421字②。

本文从《文选》五言诗中共提取词项9 744个,使用频次共计23 134次。其中单音词1 873个,使用频次11 887次;两字以上词

---

① 以《四部丛刊》影印宋建州刊本《六臣注文选》为底本,对该本的明显误字有校改,但未使用其他版本进行全面校勘。对底本的异体字,本文进行了适当合并。
② 喻守真:《唐诗三百首详析》,北京:中华书局1985年。

项 7 871 个,使用频次 11 247 次①。后者包括一般词汇和各种专门词汇(人名、地名、机构、建筑等),也包括成语、典故和一些习用的词语组合。习用组合包括实词类的定中、并列、动宾、状动、主谓、动补式组合。其中前两种基本视同成词,所取最宽,动宾式次之,其他三种数量较少。除此之外,还包括一些虚词类的两字组合。所谓习用,既指有前代用例或多次出现,也指在此后时代有承袭乃至最终成词。个别不合构词法、无成词可能的字串,如时间词与代词、语气词与代词的连接("昔我""伊余"),也因有承袭性而收入。此一时期特有的连词连接的形容词三字组合("清且悲"),单音形容词与叠音词、联绵词的组合("郁苍苍""郁岧峣"),亦作为单独词项计入。

　　本文从《唐诗三百首》中共提取词项 5 451 个,使用频次共计 15 293 次。其中单音词 1 744 个,使用频次 10 350 次;两字以上词项 3 707 个,使用频次 4 943 次。截取原则同上。

　　本文对同形词和一个词所包含的不同独立义项均予区分,如:之$_1$,动词;之$_2$,代词;之$_3$,助词。见$_1$,看见;见$_2$,见(xiàn)于;见$_3$,被动式。周$_1$,专名;周$_2$,动词、形容词。

一、单音词

　　首先来看单音词,本节的讨论主要限于实词类。以下是对《文选》五言诗中实词三大词类中单音词所占比例的统计②:

---

① 两字以上词项包含一些书面成语,其中有可分解的单音词,又另计入单音词和单音词使用频次。

② 单音动词有一部分兼有形容词以及介词、副词等用法,单音形容词也有不少兼有动词以及副词用法,而且多为高频词(本身包含不同义项的(转下页)

表1:《文选》五言诗实词

	动词及动词组合		形容词		名词类(含代词等)	
	词	频次	词	频次	词	频次
总　数	2943	9760	730	1670	5697	9900
单音词	1230	7200	201	1050	572	2900
%	41.8	73.8	27.5	62.9	10	29.3

由统计可见,不只是虚词,实词中的单音词无论在数量上还是在
使用频次上也占有很大比例。在这三大词类中,动词单音词的数
量和使用频次占比最高,说明这一时期双音动词及动词组合数量
偏少,被多次使用的更少。形容词的总数较少,但由于有较多数
量的联绵词和叠音词,所以单音词的数量和使用频次占比与动词
相比有所降低。名词由于有大量数+名、代+名、名+方、定中式
名词及专有名词,因此单音词所占比例明显低于前两类词。但无
论哪一类词,单音词的使用频次都远高于非单音词。例如动词单
音词的平均使用频次为 5.85,而非单音词为 1.49;名词单音词的
平均使用频次为 5.07,非单音词只有 1.37。

　　以下考察这三大词类中使用频次在前 10%—15% 的高频词,
以样本一——《文选》五言诗,与样本二——《唐诗三百首》,和样

(接上页)不在此列,如:"好"有美好、喜好二义,"易"有容易、变易二义)。动
　　词、形容词又都有名词用法。本文按词类分别统计的原则是,一个词兼有不
　　同词类则分别计入每一词类。因此,各词类单音词相加,大于单音词总数。
　　但在统计使用频次时,为简便计,将兼有动词、形容词用法的均归入其中一
　　类计。对某些形容词兼有副词用法的,也归入形容词计。名词兼有动词、形
　　容词用法的,一般都归入名词计,但在进行语法分析时某些情况属于两可。
　　因此每一词类的词频统计,都有 50—100 次的上下浮动区间。

本三——北京大学开发的"古诗计算机研究辅助系统"唐诗部分①,作比较:

表 2-1:单音动词

	《文选》五言诗		《唐诗三百首》		古诗系统	
	词	频次	词	频次	词	频次
1	无	179	来	136	无	7620
2	有	134	无	98	来	6874
3	非	83	有	83	有	6681
4	在	64	见	78	送	5466
5	出	62	去	59	在	5416
6	游	61	如	58	见	5209
7	起	59	欲	58	行	4979
8	怀	57	归	57	归	4974
9	发	57	在	53	寄	4894
10	望	54	入	46	去	4679
11	可	54	生	46	如	4545

① 该系统包括由 481 万字的唐诗、160 万字的宋名家诗以及 300 万字的宋词所组成的语料库。有关报道见《"古诗计算机辅助研究系统及应用"鉴定意见》,《语言文字应用》2000 年第 2 期。另参见俞士汶、胡俊峰:《唐宋诗之词汇自动分析及应用》,《语言暨语言学》(台北"中研院")第 4 卷第 3 期(2003 年 7 月)。以下利用的是该系统的唐诗部分,共有 46 297 条字词,其中单音词 7 258 个,并有词频统计(其中有一部分异形、异体字应合并)。但该系统采用计算机语言处理方法,在统计中没有区分汉语的同形词和同一词的不同义项及不同兼类。本文在使用其统计数据时,只好舍弃了其中一些两者或三者均为高频词的字,如:之(之₁,代词;之₂,助词;之₃,动词)、为(为₁,介词;为₂,系动词);而对另外一些字词,则暂时将其归入使用频次较高的某一义项或词类。

续表

	《文选》五言诗		《唐诗三百首》		古诗系统	
	词	频次	词	频次	词	频次
12	入	51	飞	45	入	4450
13	如	51	开	43	别	4203
14	来	49	行	40	生	4090
15	归	45	闻	39	作	3936
16	若	45	出	38	出	3728
17	悲	44	是	38	同	3698
18	临	43	尽	37	下	3681
19	见	40	问	36	尽	3542
20	去	39	下	36	和	3495
21	鸣	39	知	35	开	3491
22	登	38	为	34	是	3437
23	结	38	落	32	满	3426
24	能	37	望	32	向	3243
25	生	35	向	31	过	3234
26	欲	35	到	30	还	3197
27	同	34	成	28	望	3075
28	成	33	回	27	欲	3023
29	从	32	作	27	题	2959
30	言	32	得	26	知	2951
31	愿	32	别	25	闻	2915
32	飞	31	看	25	思	2889
33	知	31	满	25	飞	2808
34	照	27			赠	2790
					看	2736

表 2-2：单音形容词

	《文选》五言诗		《唐诗三百首》		古诗系统	
	词	频次	词	频次	词	频次
1	多	78	难	38	长	4482
2	远	57	多	35	空	4333
3	难	45	长	31	多	4316
4	久	39	远	28	新	3672
5	常	34	深	26	远	3475
6	长	26	寒	23	寒	2964
7	易	24	新	22	高	2890
8	正	21	近	21	深	2870
9	深	19	高	16	清	2700
10	空	19	旧	16	香	2641
11	穷	19	明	16	闲	2620
12	美	18	古	15	晚	2602
13	重	16	静	15	老	2595
14	欢	15	晚	15	明	2582
15	轻	14	遥	15	难	2371
16	好	14	久	14	白	2312
17	阴	13	老	14	红	2281
18	早	12	早	13	旧	2159
19	哀	12	重	13	好	2015
20	高	12	好	12	近	1884
21	旷	11	空	12	轻	1872
22	清	11	常	11	少	1776
23	晚	11	轻	11	静	1745

续表

	《文选》五言诗		《唐诗三百首》		古诗系统	
	词	频次	词	频次	词	频次
24	永	11	稀	11	大	1708
25	近	10	暗	10	古	1700
26	明	10	冷	10	小	1548
27	平	10	闲	10	久	1527
28	直	9	亲	9	绿	1518
29	疲	8	迟	8	青	1459
30	急	8	大	8	暗	1458
31	少	8	平	8	常	1433
32	遥	8			平	1398
					早	1303

表 2-3：单音名词

	《文选》五言诗		《唐诗三百首》		古诗系统	
	词	频次	词	频次	词	频次
1	我	103	人	87	人	8661
2	此	82	夜	73	山	6019
3	何	80	君(代词)	68	时	5732
4	谁	55	时	57	日	4748
5	时	46	此	53	春	4711
6	思	44	客	53	花	4683
7	心	43	声	47	夜	4542
8	情	41	月	46	月	4197
9	昔	41	我	45	君	4102

续表

	《文选》五言诗		《唐诗三百首》		古诗系统	
	词	频次	词	频次	词	频次
10	彼	34	山	43	心	4095
11	人	33	水	40	秋	4083
12	今	33	何	38	水	3940
13	君(代词)	32	今	35	风	3775
14	子	26	日(日子)	35	天	3708
15	其	24	花	34	云	3691
16	朝	24	风	33	道	3586
17	之(代词)	24	天	33	客	3510
18	吾	23	春	32	诗	3347
19	兹	23	谁	30	我	3235
20	道	21	江	30	事	3155
21	山	20	酒	30	何	3084
22	风	20	马	30	此	2857
23	客	20	泪	29	今	2704
24	路	19	年	29	路	2669
25	日(日子)	19	地	26	声	2570
26	事	17	情	26	江	2549
27	云	16	身	25	雪	2489
28	光	16	门	24	酒	2464
29	理	16	云	24	子	2452
30	夜	15	城	23	树	2402
31	士	14	意	22	地	2361
32	余	14	路	20	寺	2358

续表

	《文选》五言诗		《唐诗三百首》		古诗系统	
	词	频次	词	频次	词	频次
33	林	13	日（太阳）	20	身	2339
34	身	12	事	19	雨	2217
35	物	12	影	19	年	2160
36	意	12	暮	17	石	2132
37	志	12	鸟	17	公	2122
38	声	12	手	17	意	2111
39	恩	11	昔	17	梦	2041
40	景	11	昨	17	情	2009
41	水	11	秋	15	家	1943
42	途	11	曲	15	色	1919
43	晨	11	树	15	金	1917
44	年	11	雁	15	谁	1917
			衣	15	门	1906

从以上比较中可以看出,尽管样本二的总字数仅有样本三的约
1/248,但二者中高频单音词的分布却基本一致,前 10%—15%的
高频词基本重合(在样本三中只有形容词中的多个颜色词排序有
所提前)①。这说明,这部分基本词在这一时期文人诗歌的任何文
本中使用情况都是大体一致的。即使样本大小相差悬殊,也不影
响对这一基本情况的判断。

　　一般认为,诗歌样本相比于其他文体的样本,高频词的分布

---

① 高频词百分比以样本一、二为基准。样本三由于基数远远扩大(单音词有
7 258 个),这部分高频词约在其前 3%—5%内。

应有所不同。那么,在不同时期的诗歌样本中,高频词的分布是否有变化呢? 样本一与样本二、三对比的结果表明,在这两个相连接时期的诗歌文本中,基本词的使用所发生的变化并不大。其中形容词的变化尤其小。如果将采样再扩大一些,则几乎没有变化。在某一区间内(如前 10%—15%),某些词在不同样本中的排序会有一定变化,而这是由样本本身的偶然性造成的①。在样本二中新出现的单音形容词数量极少,只有"匀""生(生熟)""涩";在样本三中又增加的有"妥""呆""糙""胖""歪"等。

与形容词相比,动词在这两个时期的样本中发生了一定变化。变化之一是,动词"是"的使用频次明显提高:在样本一中只有一次作系动词使用,而在样本二、三中却成为动词中的高频词(此外"是"有时仍作指示代词用)。这说明,汉语"是"字句在这一时期的明显增加也反映在诗歌文本中。此外,动词"看"在样本一中只出现两次("仰看"在曹丕、谢灵运诗中各一例),而在样本二、三中却成为高频词。表示存在状态的"无""有"两个词,在三个样本中都属于使用频次最高的词("有"还有其他比较复杂的用法);而表示否定判断的"非",在后两个样本中使用频次却有所下降(在样本三中为 2 433 次)。原因有可能是,由其所表示的否定义,又进一步被副词"不"的组合形式瓜分走。

动词的另一明显变化是,在样本二、三中,新增加了一批样本一中没有的动词(样本三增加更多)。在样本二中新增加的有:

拨、貌、白(告知)、迸、裹、惹、啼、撑、掀、捣、撼、叫、浣、

---

① 相比之下,大样本(如样本三)比小样本更具有代表性,反映了在更大范围内该文体的词语使用情况。但样本三无法区分同形词以及某一词的不同义项和不同词类,影响到对该样本的使用。

悸、拣、溅、掘、拦、劈、拢、抹、捻、啮、怕、认、吮、剜、煮、字（育）

在样本三中又增加有：

爬、揉、喂（餧、餵）、挨、炒、戳、慌、揪、靠、塌、舔、咋、扯、吵、剁、喊、哄、砍、瞌、捆、刨

这些词中有相当一部分是口语词。有的产生时代很早，如"白"出现于汉代，在《古诗为焦仲卿妻作》中已有使用，但直到唐代，才开始进入文人诗歌。其中有些词，在后代也成为使用频次很高的常用词。在样本三中，有不少词已进入单音词使用频次的前20%—30%。

名词类词语中值得注意的，首先是"半实半虚"的代词。"吾""余""尔""彼""其""兹""之""斯"等人称代词和指示代词，在样本二、三中使用频次明显下降，而新增加了"他（它、佗）""你"两个人称代词。此外，"身""己"在样本二、三中，也可以用来作为第一人称指代。这些变化首先发生在接近口语的创作中。例如"你"，主要见于寒山拾得诗，晚唐其他诗人偶有使用。在三个样本中，唯有"我"（人称代词）、"谁"（疑问代词）、"此"（指示代词）三个词，始终保持极高的使用频次。其中后两个词几乎无可替代①。"我"在可选择的第一人称代词中则始终稳居首位。在第二人称代词中，自汉以后"君"便上升为首位，取代了早期文献中的"子"。在样本二、三中，后者作为人称代词使用频次更明显下

————————

① 指示代词"这（者）"在唐五代已经出现。但"此"可单独用于宾格，"这"则只在很少情况下可以这样用。另外，诗歌有字节限制，"这"在组词时远不如"此"自然方便，所以即便现代人写作旧体诗，也很少用"这"字。

降。此外,我们看到,"人"在样本二、三中高居名词类首位,在很多情况下实际上是取代了直接的人称指代(包括第二、第三人称,甚至第一人称)。这种情况在样本一中还很少出现,只有陆机《长安有狭邪行》"矩步岂逮人"约略近似。

其他名词类高频词的分布,所反映的是诗歌的基本叙述要求(例如时间季节词和一些主要的空间概念,被用于满足基本的时空场景设置),以及各种常见题材所包含的各类事物,需要与复合词结合起来考察。不过总体上可以说,单音词中的高频词同时也是组合形式较多的复合词的中心成分。这部分词在样本一和样本二、三之间,并没有像代词那样有比较明显的变化。稍可注意的是,"春""秋"两个季节词使用进一步增多,可能表明这一时期诗歌的季节感更为增强。此外某些词使用频次的变化,直接受到某种历史地理因素的影响。例如"雪",在样本一中很少出现,单音词、复合词合计共出现 16 次;在样本二中,却出现了 33 次;在样本三中,合计为 4 863 次,与"雨"(6 530 次)大体相当。这显然是由于样本一中南方作品较多,南朝诗人即便提到雪,也大多是想象之词。与之类似,"冰"在样本一中也只出现 13 次。除江淹两首《杂体诗》拟古外,全部为建安和西晋诗人作品。

随着诗歌题材的扩展,涉及事物的丰富,名词类词语也必然不断有所变化和增加。在样本一和样本二、三之间,可以看出在这方面的一些变化。例如"寺"在样本一中几乎没有出现(仅有"朝寺""北寺"各一例),而在样本二、尤其是样本三中,则成为常见词。又如"酒",尽管早就在生活中扮演重要角色,但在样本一中,单音词、复合词合计,一共提到 22 次;而在样本二中出现了 62 次,在样本三中则合计达到 5 421 次,在饮食类中远超其他,在生活用品类中也高居前两位（“马”共出现 5 491 次）。人称陶渊明“篇篇有酒”，但如果与后人相比，只能甘拜下风。

以下是样本一与样本二相对比，只在其中一个样本中出现的名词类词语（单音词或作为复合词语素）。在样本一中出现而在样本二中未出现：

邦、飙、镳、岑、仇、雠、储、茨、淙、牒、厄、蜂、黻、冈、规、珪、翰、翮、衡、货、籍、痾、窟、筈、缆、礼、醴、镰、练、霖、舻、侣、律、湄、縻、模、墓、辔、妻、圻、砌、阡、愆、区、渠、趣、衽、蕊、汭、善、觞、绅、寿、束、私、汜、桐、荼、蝟、牺、弦、犠、霰、像、榭、岫、绪、萱、浔、欄、徭、荑、闉、藻、则、责、兆、辙、榛、轸、卮、沚、衷、装

在样本二中出现而在样本一中未出现：

伴、鬓、茶、钗、程、螭、貙、厨、祠、胆、店、钿、额、梗、更（五更）、姑、贾（商贾）、过（过失）、函、禾、合（盒）、痕、彗、屐、鞿、妓、茧、箭、蛟、脚、鹫、窠、蝌、蜡、郎、垒、莲、铃、翎、篆、鹭、明（明天）、眸、奴、醅、坡、犬、僧、纱、舍、麝、梭、坛、铁、瓦、尾、味、翁、乌、藓、线、性、须（胡须）、婿、鸦、牙、砚、莺、萤、院、斋、毡、瘴、针、砧、阵、帚、筋、馔、字、眦、祚

由于样本二作品数量偏少，有很多诗歌题材未能涵括，因此样本一中一些比较常见的词语也未能在其中出现。但与样本三对照就可发现，其中大部分词语并非罕见。不过，也有个别词在样本三中也难得一见，如“筈”（2），可以视为到唐代已

成为死词①。另有一些词在样本三中仅出现十来次,如"阘"(10)、"黻"(14)、"糜"(15)、"荼"(15)、"沚"(16),也属于在当时较少进入诗歌的生僻词。

在样本二中出现而在样本一中未出现的词,则可能包括两种情况:一种情况与上一种情况类似,即因样本的偶然性未能包括某些常见词语;另一种情况则确实是这部分词语在《文选》作品时期未进入文人诗歌,到唐以后才进入诗歌。

为了证明这一点,我们将调查范围扩大,用逯钦立编《先秦汉魏晋南北朝诗》(排除其中谣谚民歌部分)进行复核,结果在上述样本一中未出现的词语,在该书魏晋南北朝部分同样未见或极少见的只有:

　　　荼(2)、貙(1)、店(北周1)、合(0)、痕(2)、彗(1)、屐(1)、羇(1)、窠(3)、蝌(0)、翎(0)、明(0)、奴(3)、醅(0)、坡(1)、线(2)、须(2)、鸦(2)、砚(2)、院(4)、瘴(1)、眦(皆2)

这一结果足以将以上两种不同情况区别开来,说明这一时期只有这些词语很少进入文人诗歌。

不过,这部分词语又包含各种情况,还须进一步细分。其中有的词语本来就是生僻词。如"貙",见于《说文》《尔雅》,但无论在唐以前还是在唐以后,都很少出现于诗歌。"羇羁"早见于《楚辞》,但"羇"亦属生僻词,在样本三中也只出现5次。另外,彗星是特殊天象,所以在一般情况下诗歌很少言及。

还有一些词语虽属常见词,如"奴",但在当时不是诗歌题材

---

① 陆机《为顾彦先赠妇二首》:"离合非有常,譬彼弦与筈。"李善注引刘熙《释名》:"矢末曰筈。"

关注的对象,自然很少出现。"郎"是汉以后通用的称呼,在谣谚民歌中很常见,但一般文人诗歌却避免使用(孙绰《碧玉歌》"感郎千金意"、王献之《桃叶歌》"感郎独采我"等,显系模仿民歌,为《文选》编者不取)。"科斗"早见于《庄子》,先秦古文字亦称"科斗文字",其后亦写作"蝌蚪",但在诗歌中出现却晚得多。南方瘴气,已见于《后汉书·马援传》叙事。但可能到唐代文人贬谪多有经历,诗中才屡有言及。还有某些常用词,则可能在字形写定上经过转换。如"坡",《说文》:"坡,阪也。"段玉裁注谓"坡、陂二字音义皆同"。唐以前通用"陂"字。

另外一些词语涉及的对象,应是很晚才出现或获得定名。例如"茶",除了与"荼"相混及作地名(荼陵,《汉书》颜师古注音弋奢反,又丈加反)外,真正作为种植物和饮品名,应是在唐代。此前六朝时期,多用"茗"字。"醅",是所谓"未沛之酒"(沈自南《艺林汇考》引《酒尔雅》),见于庾信《春赋》。其后屡见于唐人诗。翎羽之"翎",也可能到唐代才出现(见《说文新附》)。研墨之"砚",乃引申之义(见《说文》段注),也因此很晚才进入诗歌。

有些俗语词,则产生以后经过较长时间才被诗歌采用。如店肆之"店",见于《世说新语》和佛经,而为庾信《山斋》诗首次采用。"漆合"见于《梁书》,而"合"字直到唐代才入诗。"明"表示明天,则仅有唐诗用例。

除以上各种情况外,诗歌中的用语变化,还可能反映了诗歌意象的演变。例如"鸦",与"乌"同类,或细分为二。早期诗只言"乌",乐府有"乌夜啼",后来才渐及"鸦"。杜甫诗自注曾两引何逊诗"昏鸦"句。鸦的早期字形是"雅"。《说文》:"雅,楚乌也。"但笔者怀疑,诗歌中后来出现的"鸦"来自俗语词,与早期文献中的"雅"无关。这个意象反而是近俗的。

　　庭院之义，早期多言"庭"，其后乃言"院"，出现"松院""幽院""深院""小院""竹院""僧院""禅院"等各种组合。如果从语义上分析，"院"本义为"周垣"（《玉篇》），本身含有"围以院墙"之义。"庭"则不含有这一意象。因此，即使是深院、小院等最常见意象，也未必可以用"庭"来代替。又如线缕之"线"，早期可能因诗歌描写限制，很少提及。但后来被诗歌引入后，形成了"红线""短线""引线""一线""如线"等诸多意象，均无法用其他词代替。由此来看，诗歌中的名词类词语，不只在复合词层面上，在单音词层面上就已显示出与意象形成有关的某种演变线索。

　　样本三由于样本量大，比样本二多出 5 000 多个单音词（但其中一些异形、异体字应合并）。其中除了一定数量的动词和其他各类词语外，大部分都属于名词类。在全部单音词中，约有 3 000个左右出现频次在 10 次以下，有 1 000 个左右只出现一次。这些低频词多数是生僻词或较生僻的词。但也有一些是口语词或俗语词，在当时很少被文人诗歌采用。如诗用"糕"字，是一有名公案①，在样本三中亦只出现一次。以下所列是其中一些词：

　　　　螂（蜋，螳螂）（8）、阀（门阀、阀阅）（5）、笆（笆篱）（3）、眵（1）、豉（盐豉）（2）、胳（1）、褙（1）、鸹（鸹鸹）（2）、罐（1）、棍（1）、锅（4）、踝（1）、蛆（5）、嗓（1）、痰（5）、腿（1）、臀（2）、阁（阁奴）（2）、蛹（2）、崽（1）

---

① 韦绚《刘宾客嘉话录》引刘禹锡语："缘明日是重阳，欲押一糕字，寻思六经竟未见有糕字，不敢为之。"宋祁《景文集》卷二四《九日食糕》："刘郎不敢题糕字，虚负诗中一世豪。"洪亮吉《北江诗话》卷三："惟《说文》不收此字，徐铉《新附》始有之。然诗人所用字，岂能尽出《说文》耶？"

不难看出,这些词语中有一部分是诗歌不宜言、通常加以回避的,如"蛆""痰""臀""阉";另外一些则是俗语词,如"褂""棍""锅""踩""腿""崽"。其中有一些在近代、现代汉语中成为常用词。除这两种情况外,其他的则是大量单纯的生僻词,有源于早期文献的,也有历代社会生活中积累的。

二、多音词

与单音词不同,两字以上词项大部分可以根据文献追溯其产生时代。以下是对《文选》五言诗中两字以上词语产生时代的调查结果统计①:

表 3:词语源出时代

	词项/频次	%②
先秦	2506/4535	40.3
汉	2128/2957	26.3
魏西晋	1472/1804	16
东晋宋	1129/1218	10.8
齐梁	395/404	3.6

---

① 由于晋的时间跨度较大,而晋宋之际又是诗人荟萃的时期,本文将魏与西晋划分为一个时期,东晋与宋划分为一个时期。不确定或无必要确定产生时代的词语,主要是一些数量词及某些名词加方位词的随机组合。三字组合中有少量复合词加附加成分的也不重复统计。单音词中只有个别专名和新出现的口语词,可以追溯其产生时代。
② 在两字以上词语 11 247 次使用频次中所占百分比。

　　这些词语中也有很大一部分是一般词汇,在早期文献中可能同时见于多部文献,在汉代以后也见于诗赋以外的其他各类文献,在其他社会场合广泛应用。但其中也有一部分词语,可以确切追溯出其所源出的文献。汉以后的词语也可能追溯到某个作家的诗文创作。对这些词语的追溯,既包含前人所谓用典(语典和事典),也有一些只是一般性地沿用前人或前代文献中所使用的词语。由于其中有很多词语后来成为常用词语,所以有时很难把它们与一般词汇相区别。在所谓用典中,又包括直接使用原文和根据原文调整衍生新词形两种情况。对后一种情况,由于分别涉及两个时代,有时会出现重复统计。

　　在以上统计中,先秦时期产生词语的使用频次,明显高于汉以后各时期。这似乎表明,尽管汉以后是复音词大量涌现的时期,但早期出现的复音词往往也是更基本和常用的①,对汉语书面语的影响尤为长久。这一点在属于书面语典雅形式的文人五言诗中,可能表现得更为明显。

　　以下是对这些可追溯词语所源出的先秦和汉代重要典籍情况的统计:

---

① 对复音词的统计,分为词语数与文献词次两种方式。对先秦不同文献的统计结果,复音词占词语数的 20% 至 40% 不等。个别对词次的统计,复音词所占比例在 20% 以下。参见伍宗文:《先秦汉语复音词研究》,成都:巴蜀书社 2001 年;管燮初:《〈左传〉句法研究》,合肥:安徽教育出版社 1994 年等。周俊勋《中古汉语词汇研究纲要》认为,与上古文献相比,中古文献中复音词的比例普遍提高 10 个百分点左右。成都:巴蜀书社 2009 年,第 17 页。根据本文统计,两字以上词语组合占五言诗总词次的 48.6%。在这部分词语中,先秦时期产生的词语又占约 40%。当然,本文的划分范围较一般复音词要宽。

表4：词语源出文献——先秦汉

	词项/频次	%
尚书	76/77	0.68
周易	124/164	1.46
诗经	473/989	8.79
左传	233/373	3.32
国语	40/55	0.49
论语	89/156	1.39
孟子	71/100	0.89
老子	40/67	0.6
庄子	229/336	2.99
墨子	25/44	0.39
荀子	67/130	1.16
韩非子	92/138	1.23
周礼	37/43	0.38
仪礼	21/35	0.31
礼记	119/169	1.5
楚辞①	310/604	5.36
战国策	73/124	1.1
吕氏春秋	69/112	0.99
淮南子	139/187	1.66
史记	291/395	3.51
汉书	247/341	3.03

---

① 含汉代作品。本文对《楚辞》作品的界定，以王逸《楚辞章句》为准。

续表

	词项/频次	%
后汉书①	161/192	1.71
汉赋②	350/544	4.82
汉诗	72/135	1.2
乐府	31/57	0.51

由统计结果可见,五言诗的词语来源十分广泛,说明诗歌同其他文体一样,除基本词汇外,也需要采用其他各种一般词汇。作为仅有的几种周代文献,早期汉语的各类词汇几乎都要追溯到《诗经》《左传》等文献中。因此,在包括诗歌在内的书面语中,可以看到它们的长久影响。此外,《左传》《史记》《汉书》等史籍篇幅长,提供的各类社会生活用语数量巨大,因此在上述统计中数据均位于前列。

当然,除用典的情况之外,以上所谓词语源出都未必是唯一的。大部分只能说是提供了该词语的最早或较早用例。词语溯源无疑从根本上受到文献存世情况的限制。一般社会用语的使用范围各有不同,而得以在文献中记录的机会并不均衡。除可能追溯到的源出外,还有大量文献用例应当属于互见。例如与五言诗写作时间有重合的《三国志》(在很大程度上也包括《后汉书》)、《世说新语》,以及《易林》、《太平经》、佛经翻译等,其中的词语用例基本应视为与五言诗互见。当然,这种情况也从客观上说明了这些词语所分布的文献范围或社会应用范围之广。

---

① 除论赞部分,均视为汉代语料。因为其中大部分词语亦见于《前汉纪》《后汉纪》《东观汉记》等,有些又与《三国志》互见。

② 含宋玉赋。

然而,除了一般社会用语外,诗歌毕竟还有自己习惯使用的一些词汇和表达方式。正是由于这一原因,由上述统计可见,就篇幅字数而言远逊于《左传》等史籍的《诗经》《楚辞》两大诗歌经典,其词语为五言诗所承袭的数量却远超出于其他典籍。无可否认,这一事实也从词语运用方面具体证实了《诗》《骚》传统对五言诗的强烈影响。除了用典之外,这部分诗歌用语同样属于对前代经典具有明显沿承关系的情况,其中有相当一部分可以追溯并确定其单一源头①。不仅如此,其他一般词汇进入诗歌基本上是随机的(视诗歌所涉及的题材或叙述的需要而定),而这部分词语却被历代汉语诗歌所继承,而且往往只在诗歌或诗赋、诗词写作中应用,成为诗的词汇。

仅次于《诗经》《楚辞》,五言诗词语的另一重要来源即是汉赋作品。本文在调查中共涉及到 35 位作家的 70 馀篇作品。犹如在题材、结构、描写手法等方面那样,自汉以后,赋在词语运用上也总是领先于五、七言诗一步。诗人往往从赋作中获取灵感,同时也有意识地袭用其词汇。

相比之下,尽管汉诗与后代诗歌的关系更为密切,建安以后文人直接受到《古诗十九首》等作品的影响,但由于汉诗整体数量偏少,成就有限,所以对诗歌词语的贡献也较小。另外,汉乐府在诗体和题材上对五言诗影响很大,《文选》中甚至有一卷多专收文人拟乐府,但除因乐府诗数量有限外,文人拟作及《文选》编者在语言选择上也有一定标准,所以袭用其词语数量也十分有限。

这部分为五言诗所继承、并主要在诗歌中应用的词语,都包含哪些呢?根据调查,本文将它们区分为以下几类:一、汉语的特

---

① 当然,在《诗经》的统计数据中也包含一些周代的一般词汇,并不全部属于诗歌用语。

殊形容词,即其中的联绵词和叠音词;二、复合词中的修饰性名词;三、其他形式的复合词。

(一)联绵词和叠音词

首先来看联绵词和叠音词。学者统计《诗经》的联绵词约有90—100个,其中形容词20馀个;叠音词约350馀个,绝大部分为形容词①。《楚辞》联绵词的统计出入较大,多者达300馀个,其中有200多个形容词;叠音词有100馀个,绝大部分为形容词②。在本文调查中,《文选》五言诗使用的源自《诗经》的联绵词有26个,其中形容词16个:

参差(9)、踟蹰、窈窕(6)、绸缪、黾俛(4)、流离、婉娈、逶迤、展转(3)、威迟(2)、差驰、崔嵬、涟漪、滂沱、缱绻、嬿婉

叠音词49个:

---

① 向熹《〈诗经〉语文论集》统计《诗经》的单纯复音词98个,重言词353个。成都:四川民族出版社2002年,第39、44页。郭锡良《先秦汉语构词法的发展》统计《诗经》中全部叠音词为353个,并认为全部是形容词。见《第一届国际先秦汉语语法研讨会论文集》,长沙:岳麓书社1994年。李海霞《〈诗经〉和〈楚辞〉连绵词的比较》统计《诗经》的连绵词90个,其中形容词27个。《浙江大学学报》1999年第3期。贾爱媛《〈诗经〉〈楚辞〉连绵词考论》统计《诗经》的连绵词102个(包括异形词)。《青海师范大学学报》2011年第3期。
② 李海霞《〈诗经〉和〈楚辞〉连绵词的比较》统计《楚辞》(不含汉代作品)的连绵词116个,其中形容词70个。有"逍遥""蟋蟀""委蛇""参差""崔嵬""优游""婆娑""踟蹰"8个词与《诗经》重见。贾爱媛《〈诗经〉〈楚辞〉连绵词考论》统计《楚辞》的连绵词336个,其中形容词222个。胡良《〈楚辞〉叠音构词探析》统计《楚辞》的叠音词109个,其中形容词占87%。《成都大学学报》2010年第4期。

翩翩、悠悠(12)、皎皎、戚戚(8)、凄凄、灼灼(7)、靡靡(6)、蔼蔼、粲粲、亹亹(5)、济济、烈烈、依依(4)、嗷嗷、赫赫、眷眷、离离(3)、苍苍、迟迟、峨峨、霏霏、高高、暾暾、磷磷、茫茫、明明、骎骎、茕茕、习习、湛湛(2)、草草、膴膴、耿耿、煌煌、嘈嘈、活活、泛泛、莫莫、泥泥、祁祁、悄悄、肃肃、萧萧、夭夭、摇摇、奕奕、翼翼、嘤嘤、振振

源自《楚辞》的联绵词34个,其中形容词28个:

徘徊(19)、慷慨(忼慨)(15)、仿佛、萧条(7)、徙倚(5)、惆怅、寥廓、萧瑟(4)、潺湲(3)、缤纷、蹉跎、葳蕤(2)、婵媛、超遥、忉怛、泛滥、垝垣、倥偬、陆离、崎倾、阡眠、容裔、宛转、威夷、杳冥、夷犹、邅回、周章

叠音词有18个:

泠泠、漫漫(4)、眇眇(3)、翻翻、萋萋、冉冉、杳杳(2)、暧暧、淡淡、忽忽、回回、囧囧、浏浏、袅袅、搣搣、涂涂、婉婉、总总

汉赋中的新造联绵词约有150馀个①,在本文调查中五言诗使用的有22个:

---

① 郭珑《〈文选·赋〉联绵词研究》列"汉魏晋南北朝新造联绵词"共225个,另"沿用旧词,音形变化"者74个。成都:巴蜀书社2006年,第196页以下。本文从中检出汉赋中新造联绵词158个。

联翩(连翩)(5)、恻怆、荏苒(3)、岑崟、玲珑、岖嵚(2)、嵬岩、巑岏、怳惚、连绵、崚嶒、靡迤、穹隆、飒沓、檀栾、汍澜、龌龊、翕赩、泱漭、妖冶、猗靡、郁律①

汉赋的新产叠音词缺少统计数字②,在本文调查中五言诗使用的有9个:

亭亭(4)、苕苕(3)、仟仟(阡阡)(2)、皅皅、嘈嘈、斐斐、辉辉、藉藉、森森

当然,联绵词和叠音词也有来自其他文献的,如:

穆穆(尚书);巍巍(2)、切切(《论语》);绵绵(2)、恢恢(《老子》);逍遥(12)、郁郁(4)、噭噭、扰扰(3)、踌躇、从容、冥冥(2)(《庄子》);憔悴(4)、郁陶(3)、昭昭(2)(《孟子》);踯躅(8)(《荀子》);扶疏(《韩非子》);寥寥(2)(《吕氏春秋》);落落(2)(《晏子春秋》);蒙笼(3)(《淮南子》);萧索(《史记》);垒垒(《汉书》)

---

① “怳惚”“玲珑”,郭珑列入“沿用旧词,音形变化”之“意义引申,音形有改变”;“妖冶”,列入“沿用旧词,音形变化”之“义未引申,音形有改变”;“连绵”“荏苒”“檀栾”“汍澜”,未收。

② 唐子恒《汉大赋联绵词研究》统计汉大赋30篇中的联绵词(含叠音词)有740多个,异形词均分列,亦未区分汉代新见词。《山东大学学报》2002年第1期。根据上文统计,汉赋使用的联绵词约270个左右(包括沿用旧词、音形不变及音形有变约120个,据郭珑统计),再去掉可能的沿用的旧叠音词,新产叠音词在200到300个之间。

　　叠音词在《诗经》之前就见于《尚书》、金文,《诗经》《楚辞》中的联绵词也应有口语来源。但这两类词在进入书面语后,主要应用范围就是诗歌和其他韵文。汉赋新产联绵词则有相当一部分是衍生的①。叠音词应区分同字叠用(或称叠词、重叠式)与不可拆分的单纯词两种情况,后者与联绵词性质相同②。但即便是前一种情况,也以形容词最为常见。

　　由以上调查可见,早期文献中的联绵词和叠音词并没有全部沿用下来,楚辞、汉赋对《诗经》,五言诗对前三者,都只沿袭了其中一小部分。汉赋中的新产联绵词极少是原生式,而是为满足铺排渲染的需要以各种形式衍生的。随着赋体的衰落和文学风气的变化,这些词也很少有人再用,成为死词。

　　早期文献中的联绵词、叠音词为什么被大量淘汰？很可能是由于这些用于描写某种状态的词涵义比较模糊,和很多口语词汇一样,随着时间推移很容易被人遗忘。它们要能够存留下来,至少需要满足两个条件:1. 它所描写的状态反复被人提及;2. 只有该词最适宜描写这种状态。无论哪一条,都必须通过诗文作品体现出来。在此过程中,五言诗创作无疑是一个关键阶段。在五言诗中出现的这部分联绵词、叠音词,大部分被以后的汉语书面语所继承(当然,还有一些其他来源的),其他的则大多被淘汰③。

---

① 郭珑将联绵词的产生形式分为原生单纯式、同义词合成式、单音词衍音式、模拟自然声音式、叠音词音转式等几种。见《〈文选·赋〉联绵词研究》,第116页以下。

② 参见赵克勤:《古代汉语词汇学》,北京:商务印书馆1994年,第54页以下。叠音词也有音近义同和音变后产生多种写法的情况。参见王云路:《中古汉语词汇史》,北京:商务印书馆2010年,第468页以下。

③ 贾爱媛《〈诗经〉〈楚辞〉连绵词考论》统计《现代汉语词典》收录《诗经》连绵词22个,《楚辞》连绵词50个。其中有很大一部分与上文所列重合。

魏晋以后仍有新的联绵词、叠音词产生，但数量明显减少，有一些只停留在口语状态。在本文调查中出现的这一时期的新词有：

迢递（6）、缅邈（绵邈）（4）、寂历、空濛、辽亮、霖沥、蔼晻、冥濛、苕亭、威纡、衍漾（演漾）

析析（3）、寂寂、溅溅、娟娟、猎猎、鳞鳞、胧胧、棠棠、翳翳、皛皛、燮燮、星星

经过淘汰，其中有一部分也在汉语中保留下来。

以下是《文选》五言诗与《唐诗三百首》、"古诗计算机研究辅助系统"唐诗部分三个样本中联绵词和叠音词使用频次的对比：

表5：联绵词、叠音词

	《文选》五言诗		《唐诗三百首》		古诗系统	
	词	频次	词	频次	词	频次
1	徘徊	19	茫茫	7	惆怅	773
2	慷慨	14	纷纷	5	悠悠	748
3	翩翩	12	阑干	5	裴回（徘徊）	485
4	逍遥	12	苍苍	4	参差	427
5	悠悠	11	苍茫	4	苍苍	377
6	参差	9	冥冥	4	萧萧	354
7	皎皎	9	凄凄	4	萧条	344
8	戚戚	8	萧条	4	殷勤	343
9	仿佛	7	萧萧	4	纷纷	329
10	飘飘	7	悠悠	4	茫茫	304
11	凄凄	7	惨淡	3	依依	262

	《文选》五言诗		《唐诗三百首》		古诗系统	
	词	频次	词	频次	词	频次
12	肃肃	7	惆怅	3	迢迢	226
13	萧条	7	蹉跎	3	憔悴	223
14	踯躅	7	寥落	3	逍遥	218
15	灼灼	7	玲珑	3	漠漠	210
16	靡靡	6	漠漠	3	迢递	198
17	蔼蔼	5	徘徊	3	潺湲	179
18	粲粲	5	萋萋	3	蹉跎	175
19	苍苍	5	迢递	3	翩翩	160
20	踟蹰	5	迢迢	3	婵娟	152
21	连翩	5	殷勤	3	迟迟	147
22	迢递	5	参差	2	从容	145
23	亹亹	5	迟迟	2	凄凄	143
24	徙倚	5	踌躇	2	阑干	142
25	窈窕	5	崔嵬	2	逶迤	140
26	萧瑟	4	依依	2	苍茫	139
27	缠绵	4	峥嵘	2	冥冥	138
28	惆怅	4	漫漫	1	氤氲	135
29	绸缪	4	窈窕	1	宛转	135
30	翻飞	4	婵娟	1	次第	132
31	济济	4	潺湲	1	萋萋	125
32	寥廓	4	宛转	1	寥落	123
33	烈烈	4	萧瑟	1	霏霏	122
34	漫漫	4	霏霏	1	须臾	122

续表

	《文选》五言诗		《唐诗三百首》		古诗系统	
	词	频次	词	频次	词	频次
35	黾俛	4	逍遥	1	漫漫	119
36	契阔	4	杳杳	1	飘飘	119
37	亭亭	4	逶迤	1	玲珑	117
38	依依	4	烂熳	1	杳杳	115

以上样本一与样本二、三之间,联绵词、叠音词使用频次的排序有一定变化,但幅度不大。样本二作品数量偏少,所以有些词没有出现。联绵词、叠音词的使用,与作品描写的状态有密切关系。例如建安诗人尤喜用慷慨一词,就是当时诗人精神气质的一种表现。但在样本二中这个词却没有出现,在样本三中也只出现59次。因此,在上述样本中某些词出现频次较高,说明了某种状态在当时经常出现于诗人笔下。不过,凡是被魏晋南北朝文人诗歌所接受的联绵词、叠音词,基本上也被唐代诗人所继承,没有像前一时期的联绵词、叠音词那样被大幅淘汰。

(二)修饰性名词

与经过淘汰、保持数量相对稳定的联绵词、叠音词不同,另一类修饰性名词则始终处在增长之中。这类修饰性名词即是双音复合词中的定中式偏正词语,其中又包括名+名、形+名、数+名、动+名等结构①。在《文选》五言诗中出现的,有源自《诗经》的:

---

① 参见程湘清:《先秦双音词研究》,见程湘清主编:《先秦汉语研究》,济南:山东教育出版社1992年,第99页;《〈论衡〉复音词研究》,见程湘清主编:《两汉汉语研究》,济南:山东教育出版社1992年,第311页。

清风(13)、白露(8)、美人(6)、晨风(4)、苍天、苍蝇(4)、
朝阳、蛾眉、嘉宾、金罍、绿竹(3)……

也有源自《楚辞》的：

白日(23)、佳人(15)、凝霜、忧思(7)、严霜、飞泉、秋草
(5)、春草、流波、朱颜(4)、归鸟、回飙、佳期、江皋、旧乡、绿叶
(3)……

以及源自汉赋的：

长路、重阴(5)、飞阁、清晖、朝云(4)、浮景、惊风、清夜、
通波、玉阶(3)……

还有出自魏晋以后时期的：

清响、夕阴(4)、寸心、芳荪、飞甍(3)……

当然,这类词语也有很多源自诗歌文献之外的其他文献,如"明
月"(《荀子》)等。

　　在一般词汇的名＋名偏正词语中,两个语素之间的语义关系
有表状貌质地("铜器")、性质用途("酒樽")、领属("王法")、类
属("蝗虫")、时间方位("西方""上古")等[1]。在诗歌词语中,较
常见的除表质地("金罍")外,又有用比喻义的("蛾眉"),或在表

---

[1] 参见程湘清:《〈论衡〉复音词研究》,见《两汉汉语研究》,第306页以下。

质地中用比喻义（“玉阶”）。此外，诗歌特别喜欢用时间、季节、天象词和某些大的类属概念与具体物象组成名＋名结构。例如由“春”字构成的词语：

先　秦　春草（4）、春风（3）、春服、春酒、春气、春日
汉　　　春华（4）、春节、春物、春游
魏西晋　春粲、春芳、春荣、春鸠、春林、春酝、春渚
东晋宋　春岸、春蚕、春江
齐　梁　春带、春縠、春光、春色、春塘、春秀、春洲

又如“云（雲）”字构成的词语：

先　秦　云梯、云旗、云旆
汉　　　云螭、云台、云幄、云霄
魏西晋　云端（2）、云根、云冠、云崖
东晋宋　云峰（3）、云锦、云路、云罗、云骑、云阙、云潭
齐　梁　云陛、云装

其中有些词语另有来源，如“春服”（《论语》）、“云梯”（《墨子》）。其他大部分都是在诗歌或诗赋写作中有意构造的，而且不难想象，它们还可以衍生出更多的系列词汇。其他时间、季节、天象词也往往如此。

在“春”字限定词语中，有些是说明季节的，如“春风”“春气”“春日”；有些可能是用季节表示分类的，如“春酒”“春蚕”；但也有一些究其实质，季节词是属于全诗或上下文的，并非只用来限定中心词，二者的结合带有随机性，如“春林”“春江”“春渚”“春

塘""春洲";有时也可能导致语义概念比较模糊,如"春带"。而有时中心词属于比较宽泛的类属概念,语义重心就转到限定词上,如"春华""春物""春光""春色"等皆是。

在"云"字限定词语中,"云梯""云旗""云锦"勉强可以看作是一种分类。其他情况下,"云"字的用法类同形容词①。有些带有写实性质,如"云霄""云峰",而更多的则是夸张的或用比喻义。也有语义重心转到"云"字上的,如"云端""云根"。可见这些词语都带有一定的文学描写性质,不同于一般的概念分类或单纯的时空设置。

在形+名偏正词语中,最常充当修饰词的当然还是一些基本形容词,如各种性质、状态、颜色形容词。但即便是这些基本词,由于其结合对象的特殊和灵活,也往往并非简单的概念说明,而具有某种独特意味。例如使用广泛的"白日"一词,在英语中就没有类似 white sun 这样的说法。它的出现可能确实是出于汉语双音构词的需要,但也为基本词增添了新的东西。类似的后代又有"红日""赤日"等新的构词,显然各有自己的不同意味。它们也因此不能等同于基本词,也不能相互替代。

与上述"春"字、"云"字限定词系列形成对照,时间、季节、天象词以及山、水等物象词也可以作为中心语接受很多词的限定或修饰:

先　秦　暮春(5)、青春(3)、阳春(3)、孟春、仲春

---

① 朱德熙《现代汉语语法研究》指出:"在现代汉语里,最宜于修饰名词的不是形容词,而是名词。这是汉语的一个显著的特点。"北京:商务印书馆1980年,第15页。程湘清认为这一特点是从古汉语继承下来的。五言诗中的大量修饰性名词是一个典型例证。

汉　　　　三春

魏西晋　　芳春(2)、九春(2)、往春

先　秦　　白云(8)、浮云(6)、青云(4)、朝云、玄云(3)、
　　　　　密云

汉　　　　庆云(4)、归云、黄云、清云、山云、阴云(2)、飞
　　　　　云、屯云

魏西晋　　轻云、流云(2)、曾云、崇云、繁云、倾云、天云、
　　　　　纤云、鲜云、行云、油云

东晋宋　　雕云、孤云、寒云、夕云

齐　梁　　碧云、愁云、还云

　　除此之外,尤其值得注意的是,被用来作修饰词的还有一些情态性的形容词,即它们不是单纯说明对象的性质、状态,而是带有一定的主观情态或情调。有些情态词诗人特别喜用,因而不断衍生,构成一个系列。例如"清"字系列:

先　秦　　清风(13)、清波、清气、清源(3)、清水、清渊

汉　　　　清尘、清晖(4)、清晨、清池、清歌、清夜(3)、清
　　　　　光、清露、清云(2)、清氛、清景、清论、清泉、清
　　　　　时、清宴、清音

魏西晋　　清响(4)、清川(3)、清渠(2)、清唱、清朝、清
　　　　　弹、清防、清轨、清辉、清机、清琴、清谈、清听、
　　　　　清湍、清弦、清颜

东晋宋　　清阴、清醑、清泚(2)、清埃、清晔、清闺、清昊、
　　　　　清辞、清氿、清华、清穹、清秋、清容、清义、清制

　　齐　梁　清泚、清徽、清卮

在此系列中,"清风"(《诗经》)、"清水"(《庄子》)产生较早。"清水"当是用其原始义(水的清浊),还是一种较纯粹的客观状态。当被移用到"清风"时,情况已有所改变。此后用以形容各种景物、器物、人事乃至抽象事物,都具有了"清"的特定情调。

　　与之相匹配,还有"幽"字系列:

　　先　秦　幽兰(3)、幽谷、幽居、幽人(2)、幽草
　　汉　　　幽闳(2)、幽门、幽室、幽薮、幽崖
　　魏西晋　幽房、幽户、幽荒、幽镜、幽途、幽岫、幽渚
　　东晋宋　幽客、幽律、幽幔、幽期、幽石、幽叟、幽蕴、幽
　　　　　　　賾、幽衷、幽姿
　　齐　梁　幽蹊、幽响

其中的早期用例如"幽谷"(《诗经》)、"幽人"(《周易》)、"幽兰"(《楚辞》)等,已兼用于形容物象和人。"幽"有暗、深等涵义,但不像暗、深那样有一定的客观标准,比起"清"字来情绪性更为明显。

　　又如"孤"字系列:

　　汉　　　孤魂、孤鸟(2)
　　魏西晋　孤兽(4)、孤雁(2)、孤鸿、孤景、孤客、孤妾、
　　　　　　　孤禽
　　东晋宋　孤游(3)、孤光、孤绩、孤屿、孤云、孤舟
　　齐　梁　孤蓬、孤灯、孤筠、孤猿

"孤"是表数量的,似乎可以用于任何可计数的对象。但在单纯表示数量的情况下,肯定不会选用"孤"字。与"清""幽"系列相比,它的历史较短,派生词也要少一些,说明对它的使用经过了一个选择过程。对这些词的选择和偏好,无疑显示出古典诗歌的一种审美倾向。

以下是《文选》五言诗中这几个情态词与其他形容词使用频次的统计:

表6:形容词使用频次(单音词/复合词)

词	频次(单/复)	词	频次(单/复)	词	频次(单/复)
清	11/129	幽	2/49	孤	3/33
长	26/105	高	12/109	远	57/57
明	10/80	白	3/68	难	45/15
轻	14/41	平	10/44	哀	12/34
久	39/6	深	19/25	永	11/26
凉	4/32	美	18/16	大	3/29
绿	1/30	遥	8/18	闲	6/14
小	3/15	晚	11/6	新	4/13
早	12/4	静	7/8	衰	4/11
近	10/4	茂	5/8	盛	5/7
富	4/7	短	3/7	浅	5/3
贫	3/3	暖	3/2		

其中"清"的单音词/复合词使用频次合计,高居所有形容词之首。"幽""孤"两字的使用频次,也高于很多常用词。这应是文人诗中独有的现象。

在数+名偏正词语中,数量词表示的概念有实指与非实指之别。非实指有的是遍指，如"四海""四溟""四遐""四坐"；也有的是代指，如"百"年代指人生；或极言，如"百""千""万"所构成的很多词语。实指中有一种是强调，例如"寸心"，既非夸张，亦非比喻，但也不是医学式的单纯记述，而是在强调心止方寸中暗含了某种对比，以凸显心为主宰的意义。类似的还有"尺书""尺璧""寸阴""寸禄""斗储"等词。

　　动＋名偏正词语在早期文献中就已出现①，但对其构成还应进一步细分。一种形式如"乞人""陪臣""渔夫"，用来表示某种身份、职务，可以说从一开始就是定中结构。另一种形式则是将主谓结构转换为定中结构：表示运动义的动词所修饰的名词即是动作的主体，说明此主体处在运动中，或天生具有此能力特征②。有时也用于建筑等非移动物体，说明具有某种态势。例如"飞"字构成的词语：

先　秦　飞鸟(7)、飞泉(5)、飞鸿(4)、飞蓬、飞雪

汉　　　飞阁(4)、飞梁(2)、飞观、飞鸢、飞云

魏西晋　飞尘、飞雨(2)、飞陛、飞飙、飞岑、飞栋、飞蛾、飞锋、飞鹤、飞藿、飞茎、飞甍、飞猱、飞荣、飞轩、飞宇

东晋宋　飞霞(2)

齐　梁　飞光

从早期文献的"飞鸟"(《周易》)、"飞蓬"(《诗经》)开始，"飞"字

---

① 参见程湘清：《先秦双音词研究》，见《先秦汉语研究》，第100页。

② 此外也有表示动作的时间、途径、动机等，如"归"字构成的"归年""归路""归愿"，与此不同，鉴别方法就是看其能否转换为主谓结构。

被运用到诸多对象之上,证明这种结构也有很强的组词能力。它由于包含了动态信息,用一个词替代一个短句,显得比形容词定中结构更有意蕴;而且这种构词形式很适宜在诗句中充当主语等句子成分,在有字数限制的诗歌中更容易组句。这可能是它被诗歌采用较多的原因。但由于这类动词有的兼有不及物、及物(或使动)两种用法,有时可能与动宾结构混淆,而出现歧义,如"飞尘""飞雪"以及下文的"行舟"等。又如:

> 乱流趋正绝,孤屿媚中川。(谢灵运《登江中孤屿》)

按照后代语例,"乱流"似应视为定中结构。但据李善注:"《尔雅》曰:水正绝流曰乱。"则应视为动宾结构。诗人到底如何构思,一时难以判断。

除"飞"字外,又有"落"字系列词语:

> 先　秦　落英(2)
> 魏西晋　落叶(3)、落晖
> 东晋宋　落日(3)、落景、落雪

与之相对的"升"字,则只有一个用例:

> 落日隐櫩楹,升月照帘栊。(谢惠连《七月七日夜咏牛女》)

看来是为与"落日"对偶而派生来的。植物的下落可能更为人熟知,所以叶落、花落最早转换为"落英""落叶",其后很久才衍生出"落日"(在《诗经》中是用"日之夕矣"表示)。但同样的用法用到

"升"字上却不成功,也没有派生出"升日"等说法。看来诗人们是在拿不同字不断尝试,其中只有某些字较有活力,可以接受这种格式。

另一个派生词较多的是"归"字:

先　秦　归鸟(3)
汉　　　归雁、归云(2)、归风
魏西晋　归鸿(2)、归士、归斾
东晋宋　归舟(2)、归潮、归华、归客、归流、归仆、归人、
　　　　归轸
齐　梁　归鞅

还有"行"字:

先　秦　行舟
魏西晋　行云、行轮
东晋宋　行子(2)、行盖、行光、行晖、行舻、行月

除了这几字的系列外,在《文选》五言诗中出现的类似组合还有:

奔鲸、奔龙、度云、来鸿、离鸿、离鸟、离兽、咆虎、鸣鹤、栖鸟、栖凤、去子、思妇、思鸟、停暑、傍景、往篇、翔鸟、兴王、游鳞、走兽

等等。其中"思"字较为特殊,是表示心理活动的。能够进入这种

构词形式的动词大致限于这些,主要是因为有可能与动宾结构混淆,所以及物动词基本被排除①。

以上这几类修饰性名词中汉以后产生的,有很多来自文人诗文,有相当一部分甚至可以追溯到最初使用者,应属于文人诗文中的造语。

唐代诗人除继续沿用上述魏晋南北朝文人诗歌中的各类词语组合外,又有一些新的创造和扩展。如"孤"字系列,唐代诗人新创的有:

孤壁、孤帆、孤琴、孤棹

"清""幽""飞""归"等字,可能前代组合已十分丰富,唐人补充不多。不过,他们又进一步扩展其他系列,如"寒"字系列:

寒空、寒梅、寒磬、寒鸦、寒雨、寒砧(南朝诗人已有"寒禽""寒光""寒灯""寒江")

又如"烟"字系列:

烟鸟、烟涛、烟月、烟渚(南朝诗人已有"烟树""烟花""烟波""烟水")

---

① 恰好在一部有关汉语句法学的书中见到举例:汉语只能说"大雁飞",不能说"飞大雁"。这说明这种构词只适用于双音词,不能扩展到其他结构。现代汉语仍在使用的这类双音词,几乎都来自古代。但现代汉语也依此构造出了"飞机""飞船"等新词,只是除"飞"字外,很少见到其他用例。

还有介于动词与形容词之间的"残"字：

　　残旗、残宵、残雪、残阳、残夜、残萤、残云、残钟（庾信已有"残月"）

　　上述"寒""烟""残"等字都有化实为虚、虚实相间之妙："寒空""寒雨"较实，而"寒磬""寒砧"较虚；"残宵""残夜"较实，而"残萤""残钟"较虚。所谓虚，是由于修饰语并非表示物象本身的形貌质地或属性，而是为物象补充背景和联想。"寒梅"、"寒鸦"似实，但"寒"字本身却是着意强调某一性质，使梅、鸦显得不一般。"残雪""残阳""残云"亦似实，但"残"字却突出一种状态，极富意味。"烟"字单用是实，但用于修饰其他词，则产生了一种特殊的间隔效果。

　　以上各词的组合产生了各种不同效果，都是在汉语构词法许可范围内组成，并起到调动人的感官和联想的作用，同时也显示出文人诗歌特有的趣味。

　　（三）其他形式的复合词

　　除了定中式修饰性名词外，《文选》五言诗中还有其他各种形式的复合词，包括并列式、状中式、动宾式、主谓式等。以下所列是魏晋以后出现的这几类词语：

【魏西晋】

并列式：波澜、锄犁、畴陇、川陆、床寝、刀尺、馆宅、河岫、衡轨、纮纲、辒轩、郊畿、阶檐、襟怀、寮寀、桹轩、霖沥、霖潦、累愚、路丘、鸾骖、蔓葛、末垂、情累、情虑、匹侣、軿轩、裳袂、声听、诗文、童竖、薇蕨、帷衽、隰坰、瑶璠、茵帱、音徽、音息、垣间、原畴、云日、榛棘（名词）；安愈、丑老、纯约、豁达、狡捷、静寂、绮丽、峭蒨、流易、隆炽、荣耀、散漫、神奥、舒慢、恬旷、痛酷、险涩、凶残、休贞、朽钝、虚恬、暄浊、萦曲、勇剽、悠邈、饫饶、浊清（形容词）；藏育、沉迷、乘蹑、宠珍、抽萦、徂迁、迫及、凋枯、顿擗、夺移、烦促、俯临、顾闻、欢好、欢怨、毁撤、羁束、矜骄、眷恋、离分、垦发、陵辱、迫束、侵诬、商榷、殊隔、填委、推斥、颓毁、往返、望慕、啸叹、殉没、因依、吟叹、追攀（动词）

状中式：纷扰、纷绕、交横、情愿、往驶、闲游、伫眄

动宾式：顿辔、放神、俯身、改辙、挥笔、挥金、矫手、揽弓、弥天、攘袖、收泪、挺辔、衔恩、掩泪、菅生

主谓式：年迈

动补式：想似、销落

【东晋宋】

并列式：鞍甲、薜萝、宾仆、疢痗、城肆、氛昏、氛慝、枌梓、风徽、凫鹄、垢氛、菰蒲、节候、葵堇、兰茗、澜澳、廊肆、帘栊、琳珪、陵阙、陵薮、龙蠖、朋好、朋知、篇翰、蘋萍、蒲稗、衾枕、亲串、圣仙、裳服、术阡、松杞、台馆、徒侣、隈隩、弦吹、形音、萧蕣、墟圃、崖崿、崖巘、炎烟、榴楹、巇崿、蕙英、音尘、音容、瀛壖、园县、园苙、原薄（名词）；迟暮、稠叠、葱芊、脆促、短弱、丰颖、炯介、蒙密、眇默、明艳、明远、冥寂、末暮、疲薾、疲弱、平蔚、凄紧、凄戚、清浅、森蔼、屯平、微远、险艰、辛

勤、喧嚣、夭伐、夭枉、贞脆、拙疾、拙讷(形容词);奔
峭、崩奔、采甄、惭沮、驰张、徂谢、登顿、雕焕、飞浮、
飞舞、洄沿、嗟称、窥临、暌携、攀翻、沦薄、沦惑、沦
飘、沦误、沦踬、仳别、起伏、迁斥、扫荡、申写、升长、
衰兴、图令、颓侵、消毁、啸傲、兴乱、兴没、休瀚、休
憩、淹薄、厌歆、倚薄、盈歇、赠问、斋祭、招要(动词)

状中式:板缠、悲吒、沉痛、沉饮、笃顾、飞奔、辉映、流缀、偃曝

动宾式:崩波、飞步、分手、赏心

主谓式:埃郁、尘纷、心赏

动补式:襄开、爱似

【齐梁】

并列式:镳驾、骖镳、朝夜、风烟、歌赋、冠珮、鹔鹴、昏凤、剑
玺、旌棨、山峤、山嶂、岩峦、缨珮、珠玑、组练(名词);
愁辛、荡漾、洞澈、氛杂、浮惰、浮贱、孤圆、寂动、悁
劳、轻肥、晒旷、疏芜、摇漾、萦薄、愉逸、昭洒(形容
词);卜揆、感忾、讲阅、谋选、抟飞、遗转、霑沐(动词)

动宾式:驰晖、留影、蓄意、骛望

在以上所列词语中,并列式占了大多数。在本文调查中,五言诗
所使用的状中式双音结构也要明显少于定中式①。双音动宾结构

---

① 程湘清指出先秦时期偏正式主要构成名词,在《论衡》中名词仍居多数,动
词、形容词也开始较多出现。见《〈论衡〉复音词研究》,《两汉汉语研究》第
311 页。董秀芳《词汇化:汉语双音词的衍生和发展》根据苑春法等人的统计
推算,在偏正复合词中定中式约占 83%,而状中式只占约 17%。北京:商务
印书馆 2011 年,第 144 页。

在诗中当然很常见,但如果是诗歌中的早期用例,几乎无法判定其是否成词①。主谓式复合词被认为是最不能产的②。在五言诗中,两字主谓结构本身作句子成分的也很少。动补式更为少见,这与其他文献调查结果不完全一致③。除了动补式词语形成较晚、在接近口语的文献中可能更多见之外,本文认为五言诗的句式限制了它的使用。因为动补式在多数情况下要求带宾语,而在五言诗中双音动词带单字宾语的极少见,由于三字节的限制更不可能带双音节宾语。

上述词语中除并列式名词中有一部分可能来自社会词语外,其他词语大都首见于文人诗赋。因此和前述修饰性名词一样,也属于文人作者的造语。其中绝大部分的词义都不难理解,但也有个别比较生硬或令人费解的。例如:

崩波、崩奔、沦踬、板缠(谢灵运),埃郁(颜延之),骛望(江淹)

与修饰性名词相比,并列式词语,尤其是动词、形容词,更容易被社会语言采纳。它们因此也成为中古汉语双音新词的重要来源

---

① 董秀芳认为动宾式双音词中的动词成分具有动作性较弱的特点,宾语成分具有非具体性、非个体性和无指性的特点。见《词汇化:汉语双音词的衍生和发展》,第160页以下。这里所列的"放神""营生""分手""蓄意"等,或符合这一特点。

② 参见董秀芳:《词汇化:汉语双音词的衍生和发展》,第190页。

③ 程湘清调查《论衡》中补充式词101个,占复合词总数的4.39%。卞成林统计述补式复合词占现代汉语双音复合词的2.62%。董秀芳认为该统计没有包括一部分句法词。见《词汇化:汉语双音词的衍生和发展》,第201页。

之一。

以上各类复合词中的很大一部分,被唐及唐以后的文人诗歌所继承,与源自《诗经》《楚辞》等文献的词语一道,成为汉语诗歌的基础词汇。以下依据"古诗计算机研究辅助系统"唐诗部分,列出其中出现频次较高的一部分词语:

> 青山(652)、落日(495)、夕阳(465)、落花(436)、烟霞(415)、春色(353)、孤舟(279)、潇湘(275)、关山(257)、万古(239)、归路(234)、沧洲(230)、风光(218)、秋色(210)、风景(208)、山色(199)、故山(198)、落叶(197)、断肠(192)、肠断(190)、春光(190)、烟波(189)、朱门(186)、碧云(179)、风烟(160)、池塘(157)、旧山(156)、孤云(155)、归心(150)、残月(146)、青楼(144)、清秋(140)、柳色(138)、愁人(136)、苍苔(132)、罗衣(126)、园林(126)、秋山(125)、中夜(124)、心期(115)、望乡(112)、客心(107)、高卧(104)、归客(104)、秋光(101)、月华(101)……

这些词语有不少因进入诗文名句或成语而为人熟知,成为常用词,乃至被现代汉语沿用。如:

> 波澜、荣耀、凶残、沉迷、眷恋、陵辱、往返、情愿、营生、音容、辛勤、飞舞、起伏、扫荡、消毁、飞奔、分手、风烟、蓄意

但既然是文人造语,就有流行和不流行两种可能。据本文调查,上述词语中也有约 600 个在唐诗中用例为 0(其中也有个别词形又在后代出现,如"悲情""末位""年迈""昵爱""追

问"),另有 400 馀个只有 1—2 个用例(其中有个别词后来成为常用词,如"空隙""商榷""诗文")。有的词语如"倚薄",虽出现 5 次,但仅限杜甫一人使用。

　　一些著名诗人大量使用造语,但所造词语中也有相当一部分无人袭用。以下是据本文调查统计的结果:

表 7:诗人自造语

诗　人	自造语	唐诗使用频次 0
曹植	87	24(28%)
陆机	206	82(40%)
谢灵运	239	64(27%)
颜延之	119	48(40%)
鲍照	99	19(19%)
谢朓	126	27(21%)
沈约	59	12(20%)
江淹	104	44(42%)

　　总的来看,只有联绵词和叠音词除外,修饰性名词和其他复合词都在不断出现新产词语,又不断淘汰一部分词语。早期文献中的词语只要被五言诗接受,基本就能顺利进入唐诗,被后人继承。魏晋南北朝时期的新产词语,则还要经过淘汰。其中只有一部分被唐诗及后代所继承。

原载《社会科学战线》2018 年第 5 期,

收入本书时有修订

汉语诗歌常用词管窥

——以《唐诗三百首》为样本

　　欧阳修《六一诗话》载:进士许洞"会诸诗僧分题,出一纸约曰:'不得犯此一字。'其字乃山、水、风、云、竹、石、花、草、雪、霜、星、月、禽、鸟之类,于是诸僧皆阁笔"①。这虽然是针对宋初九僧诗而言,但对说明一般文人诗歌创作也颇有参考意义。宋人在学习写诗和讨论各种诗法问题时,对某些词汇的使用频率已具有一定的敏感性。后代诗评家也常常指出某位诗人喜用某字,但大多是一些不太常用的字,一旦被多次使用便十分惹人注目②。许洞约定不许犯的却是一些诗歌中最常见的字。本文试图将此话题进一步展开,通过具体样本的调查,来说明诗歌中有哪些词语最为常见,其分布情况如何③。为此本文选择虽较浅俗但最为流行

---

① 何文焕辑:《历代诗话》,北京:中华书局1981年,第266页。

② 如吴聿《观林诗话》:"杜牧诗喜用'翃'字。"丁福保辑《历代诗话续编》,北京:中华书局1983年,第131页。黄彻《䂬溪诗话》卷七:"杜诗有用一字凡数十处不易者,如'缘江路熟俯青郊''傲睨俯峭壁'……其馀一字屡用若此类甚多,不能具述。"《历代诗话续编》,第381页。钱锺书《谈艺录》谓李贺诗"好取金石硬物作比喻",屡用"凝""骨""死""寒""冷"等字,多不胜举。北京:中华书局1984年,第49页。此论述则包含了一些常用字。

③ 20世纪颇为流行的诗歌"意象"(image)研究,对此调查有一定借鉴意义。如美国学者华兹生(Burton Watson)曾对《唐诗三百首》中的自然意象(转下页)

的《唐诗三百首》作为调查样本①,采用人工方法对其中词语进行识别统计。需要说明的是,无论对古汉语还是对现代汉语来说,如何区分复合词与短语,如何对句子的词汇单位进行切分,都是一个学术难题,存在极大争议②。计算机中文信息处理以自动分词为基础,使这一问题的困难性再次凸显出来③。古诗词的词语切分也存在同样的难题。本文的词语划分尽量依据一般规范和观点,但也有不尽一致之处。限于篇幅,只能通过文中的一些实例来说明。

(接上页)进行统计,区分出天气、山、水、天体、树木、花卉、草、鸟兽等若干类,每类之中又分为总称意象和特称意象。见所著 *Chinese Lyricism*, New York:Columbia University Press, 1971. 但因意象本身是一个心理学概念,其分类和层级概念很难避免某种主观性,每个学者采用的方法和标准都不一致。又由于他们都试图根据较小样本的统计结果,推导出有关创作倾向、作者风格甚至作品归属方面的具体结论,不免招致许多批评。参见周发祥:《海外诗歌意象研究述评》,《中国诗学》第 5 辑,南京:南京大学出版社 1997 年,第261—275 页。本文的调查采用词汇学的概念和方法,并将论题仅仅限定于词语使用本身,在基本方向上与其有所区别。

① 清乾隆间孙洙编《唐诗三百首》有多种传本,亦间有增补。本文据喻守真《唐诗三百首详析》(北京:中华书局 1985 年),共收诗 317 首。

② 有关研究综述参见潘文国、黄月圆、杨素英:《当前的汉语构词法研究》,收入江蓝生、侯精一主编:《汉语现状与历史的研究》,北京:中国社会科学出版社 1999 年,第 211 页;丁喜霞:《中古常用并列双音词的成词和演变研究》第三章之"汉语中双音词和短语划界的困难",北京:语文出版社 2006 年,第 115 页。

③ 1992 年颁布国家标准《信息处理用现代汉语分词规范》,台湾计算语言学会1995 年发布《资讯处理用中文分词规范》。对两个规范中存在问题的讨论,参见刘开瑛:《中文文本自动分词和标注》,北京:商务印书馆 2000 年,第 20页以下。计算语言学又提出采取以"字串频度""互信息""相关度"的统计结果作为汉语分词单位参考依据的方法。参见该书第 46 页以下。

一、诗歌中高频词的分布

许洞的约定当然只是游戏性的。语言学有一个著名的"齐普夫定律"(law of Zipf),由语言学家 George Kingsley Zipf 在 20 世纪 30 年代提出,意思是说在任何自然语言文献中,有些词的出现频率非常之高,有些词则非常低,形成一个递降等级数列(1/2,1/3,1/4……)。学者对汉语言文献材料的有限调查,也印证了这一定律①。尽管目前尚没有针对诗歌文献的词频统计发表,但根据阅读经验我们也可以断言,诗歌中肯定也有一些高频词。只是汉语的诗歌(这里指传统诗歌)文本有其特殊性,因而其中的高频词排列与其他文献语料中的排列多少会有所不同。最明显的一点就是,传统诗歌将虚词的使用减少到最低限度,与其他古汉语文献

---

① 关毅等人根据对 1994 年全年《人民日报》原语料共 6 182 759 个词(该统计包括标点符号和其他符号)的统计指出,Zipf 定律对于汉语的不同层次的语言单位也是普遍适用的,占总词汇量的 2% 的词汇的总出现次数占统计语料中的总词汇量的 66%,而大量的低频语言单位却极少出现。见关毅、王晓龙、张凯:《现代汉语计算语言模型中语言单位的频度—频级关系》,《中文信息学报》1999 年第 2 期。王洋等人根据对《红楼梦》《毛泽东选集》《邓小平文选》的统计(其词汇数分别为 23 563、20 895、16 226),认为这三个不同时代文本的词频分布均满足 Zipf 定律,但从某些参数上看,汉语言作品与英文作品在用词上有一定差异。有学者根据对从古至今不同汉语文献中汉字字频的统计,发现其分布在不同时代有明显差异。字频分布的变化其实与汉语词汇的发展有关,不能真正反映词的使用情况,与词频统计的结果也必然有所不同。见王洋、刘宇凡、陈清华:《汉语言文学作品中词频的 Zipf 分布》,《北京师范大学学报》(自然科学版)2009 年第 4 期。针对现代汉语文献的中文分词技术目前已相对成熟,例如有 http://www. vgoogle. net/提供的 CSW5. 0 共享版中文分词组件。但该组件或其他类型的分词系统在应用于古汉语文献时,会产生较大的误差。

和其他语言的诗歌都有所不同。而在一般语言文献的统计中,起语法作用的虚词在居于前列的最高频词中占有很大比例①。许洞的约定也没有涉及虚词,而都属于名词性的诗歌描写对象。下面我们就来看看,许洞的约定与诗歌实际写作中的高频词在多大程度上重合,这些高频词是否可以在写作中避开。

根据样本的调查,我们将许洞的约定略加扩充,共区分出诗歌中以下几类常用词:

(一)天象词。如许洞所约定的"风""云""雪""霜"等,它们属于天象气候(或称自然现象),与动植物等实体对象有别。

(二)物象词。如许洞所约定的"山""水""花""草""禽""鸟"等,它们属于实体对象。文人诗歌即便以抒情为主,或写社会题材如杀伐战乱,也无法完全撇开天象、物象词汇作为环境依

---

① 例如在包含 1 亿字符的大型英语语料库 BNC(British National Corpus)中,前十个高频词是:the/of/and/to/a/in/is/for/it/was。它们占了文献中总字符数的四分之一。在基于网络的中文字频统计共享资源(含字符 171 882 493)中,居前十位的汉字是:的/是/不/我/一/有/大/在/人/了。在关毅等人的统计中,居前五位的字符是:,/的/。/、/在。见前引关毅等人论文。在英语诗歌中,of、to、for 等介词的使用不受任何限制。据调查,莎士比亚作品使用频次最高的前 15 个词是:the/and/I/to/of/a/you/my/in/that/is/not/with/me/it,与普通人没有区别(见开放莎士比亚网站:www. opensourceshakespeare. org)。在现代汉语诗歌中,介词、助词、语气词的使用也与其他文本基本没有区别。而中国传统诗歌在这一点上与它们有所不同。据北京书同文数字化技术有限公司编《古籍汉字字频统计》(北京:商务印书馆 2008 年),在接近八亿字次的语料中,在 32 000 个汉字中频次居前十位的汉字是:之/不/以/也/而/其/人/为/有/者。据笔者统计,在《唐诗三百首》中,否定副词"不"(146)居频次首位,"之"(助词,27)、"以"(13)、"也"(2)、"而"(4)、"者"(24)的排序都大幅退后。张景祥等《唐诗字频熵分析与通俗性定级》(《科技资讯》2009 年第 6 期)统计《全唐诗》前十位高频字是:不/人/山/日/无/风/一/中/云/上。传统诗歌将助词、语气词及其语句结构排除在外,除非是出于特殊的写作目的,如所谓"以文入诗"。

托或抒情凭借。

（三）人事词。指关于人及其相关事物的词汇,诗歌毕竟是写人的,不可能避开这些词汇。许洞的约定没有涉及,看来他是嘲笑诸僧不会写与人有关的事情。

（四）季节时间词。属于环境中的时间维度,也是在诗歌中必须交代的。

以上这几类词都是名词性的。诗歌在提及它们时,还会使用很多形容词。本文将其划分为两类:

（五）性状词;（六）情态词。

所有这些词,或作为单音词,或作为复合词语素,在无论何种题材的诗歌作品中随时都会碰到。此外还有表义所不可缺的动词,我们在最后作补充说明。后几类词在许洞的约定中没有涉及,是因为它们不直接属于许洞所关注的描写对象问题。高频词中还应有数量词和方位词,一般是与前四类词结合使用,本文不作专门讨论。

以下是分类排列的这几类词语中一些出现频次较高的词①:

词	单音词	复合词	词	单音词	复合词
天象					
天	28	41/64	云	22	45/74
日	19	20/46	雪	11	13/19
月	41	31/51	露	2	11/13

---

① 此项统计未将成语、典故以及人名、地名等专有名称包括在内。排列并没有完全依照频次高低,有些词较为重要,如"霜"（为许洞所提及）,虽频次较低也列入。物象、人事词中兼顾各类事物,均选择一些列入。表中单音词的统计数字是频次,复合词的统计数字是词语数/频次。

词	单音词	复合词	词	单音词	复合词
雨	14	21/31	霜	5	8/9
风	30	37/84	气	5	16/18
季节　时间					
春	27	32/50	朝	7	7/10
秋	14	21/39	夕	6	5/14
夜	68	17/20	晓	10	9/10
暮	11	14/25	晚	14	7/7
物象					
山	34	49/87	鸟	13	13/16
水	34	23/39	雁	13	9/11
石	6	15/15	燕	0	5/5
江	27	27/43	马	20	22/28
河	7	10/15	舟	9	9/16
海	6	19/26	车	2	9/10
野	3	16/20	船	5	9/9
花	27	32/40	城	23	14/22
草	9	22/33	楼	11	15/22
木	2	12/19	门	20	17/19
树	13	16/18	窗	0	9/10
松	4	15/21	鼓	4	10/12
柳	8	10/13	钟	7	7/10
竹	4	7/8	酒	16	18/25
烟	5	26/35	玉	2	25/31
香	9	13/13	剑	4	6/8

词	单音词	复合词	词	单音词	复合词
人事					
人	83	40/73	鬓	0	9/10
客	38	20/25	衣	9	15/25
子	2	8/11	心	31	21/27
儿	5	8/9	思	14	9/15
女	8	6/7	意	18	9/11
身	14	12/14	愁	24	13/15
颜	1	12/21	梦	24	6/7
头	3	7/11	魂	5	7/8
手	7	11/15			
性状					
大	8	18/25	白	7	19/47
小	7	8/10	红	6	17/19
长	28	27/35	黄	3	12/22
新	21	9/12	绿	3	12/14
旧	10	15/17	青	5	29/53
老	14	7/10	碧	5	10/11
古	14	18/27	明	15	14/36
故	2	6/21	寒	22	22/27
高	16	17/38	深	22	17/23
低	4	6/8	细	0	7/8
轻	9	10/12	微	5	7/10
情态					
孤	2	17/32	空	33	14/20

词	单音词	复合词	词	单音词	复合词
独	27	11/13	闲	8	9/10
清	6	33/45	幽	2	15/20
残	3	11/11	虚	2	7/7
苦	7	9/10	静	12	5/5

根据上述统计,如果将单音词/复合词合并计算,出现频次最高的词有"人""风""云""月""天""春""山""水""江""花"等。许洞约定不许犯的字,有很多与此重合。需要说明的是,对高频词的调查,即便是一个较小样本,如《唐诗三百首》,也足以说明问题。因为在不同诗歌作品(达到一定数量)中,高频词的分布是大体一致的。只有极少使用的低频词,才是在不同作品中随机遇到的。为了验证以上的统计结果,不妨用以下方法测试:从以上各类词(可将天象、季节合为一类,性状、情态合为一类)中任选5个字,或者一共选20个字,将有这些字出现的作品全部排除,结果会是什么样呢? 大概整部《全唐诗》剩不下几篇作品了。看来许洞(或杜撰此说者)是给所有诗人设了一个圈套,禁用的字好像不多,但实际上是一些最常用的、几乎无法避免的字。

从统计中我们可以看出,大部分天象词和季节时间词的出现频次要明显高于除"山""水"等个别词之外的物象词。推究其原因,是由于这两类词在诗歌中代表基本的时空环境设置。任何诗歌题材都无法排除这种设置,而且这些词也几乎没有可以替代的字。"山""水"在物象词中出现频次最高,是因为它们在某种意义上也是一种基本环境设置。按理说,与"天"相对的是"地"(天地)或"土"(皇天后土),但这两个词的使用频次却不高(地:单

26/复 2；土：单 2/复 3）。这是因为，这两个词作为概称时缺少直观的形象性，只能在某种比较抽象的意义上使用。于是，"山"和"水"在很多场合替代它们，作为基本环境设置出现。"水"的出现频次要明显低于"山"，可能是因为"江""河""海"等词分走了其一部分语义；而可替代"山"字的"峰""岭""峦"等字，却使用较少。

另外一个出现频次最高的词，就是"人"。这个词并不属于环境设置，而是人这一类属的统称，是这一类属中层级最高、最宽泛的概念。它的频繁使用，是所有诗歌中所包含的人与环境对应关系的直接表示。也就是说，不管诗歌是以抒情为主，还是以写景为主，主观的人这一方事实上是无法缺失的。也许只有极少数纯咏物诗例外，而这类诗在唐代尚未流行。这个词尽管有很多可替代的概念，但唯有它的所指最为宽泛，在不同语境中可以有各种不同含义。相比于有特定所指的代词，和有具体身份的人——"男""女""儿""民""士"等等，"人"这个词要宽泛和模糊得多；但同时又十分具体，在对话和诗歌中常常可以直接用来代替人称指代。它的出现频次远远高于其他词，证明了诗歌与其他语言材料在这一点上十分一致，在很多场景下可以用这个宽泛概念来充当某一具体所指。

其他物象词都只是某些诗歌中描写的具体对象，分散于许多作品中，每个对象的出现频次自然大幅减少。即便是诗人喜咏的"松""竹""雁"等，也莫不如此。只有"花"作为一种宽泛类别，是诗歌中几乎不可少的烘托，出现频次很高。"马"的出现频次也相对较高，当与它在士人生活中的重要性以及诗歌常常言及旅行有关。生活中相对重要、在一般人想象中也颇富诗意的"酒""剑"之类，在频次上都排不到前面。然而，不能忽略的另一方面是，有时越是具体的物象词、人事词，一旦在诗歌中出现，往往越显突出。词的使用频次与凸显度，在很多情况下是成反比的。也就是说，某些较少出现的词，当它在诗篇中出现时反而更引人注目。例如，"酒"在所有诗歌中的出现频次并不算很高，陶渊明诗却因此给人留下"篇篇有酒"的深刻印象。所以高频词与诗的重点词，是完全不同的两个概念。只是在某些同类属集合中，词频的高低才可能典型地反映出诗人的措辞习惯和相关的社会因素。例如在饮食类中，诗歌言酒明显多于言饭食（"飧""餐"）等。这是运用词频统计方法分析诗歌作品时必须注意的。

　　从其他使用较少的天象、物象、人事词中，我们也能分析出一些客观原因，发现一些诗人偏爱的取材、选景、言意角度。例如，在身体部位词中，诗人言"鬓"明显多于"发"，就显示出叹老的一种特殊视角。而从相反方面看，那些不出现或只在极少数情况下出现的词语，则说明诗人拒绝或极少在诗歌中展现什么。有些词是一向不入诗的，这也是诗歌语言与一般语言不同的一个方面。这与诗歌涉及生活内容时的特点有关：某些生活中最普通的事件反而是不入诗或很少入诗的。例如在家畜类中，除了"鸡""犬"之外，其他词都极少入诗。在所谓田园题材诗歌中，经常用到的是"柴""荆""桑""麻"等词，而其他农作物和农事词汇却鲜有提及。所以后来以不忌俗恶著称的梅尧臣，曾专门作《农具诗》十五首、《蚕具诗》十五首。更不必说他还写过《扪虱得蚤》《八月九日晨兴如厕有鸦啄蛆》这样的题目，那完全是一种破坏诗歌创作规范的追求了①。

------

① 参见钱锺书《宋诗选注》中的批评，北京：人民文学出版社 1979 年，第 16 页。

二、诗歌中的复合词:偏正式与并列式

　　如上述统计所显示的,这些词语更多地是以复合词形式出现的(单音节常用词成为复合词语素),包括偏正式、并列式、主谓式等各种结构;除"人""夜"等个别词外,其他大部分作为复合词语素的出现频次,都远远高于单音词①。我们知道,中古汉语词汇发展的最重要趋势就是词汇的双音化和复合词的大量涌现。对于这种趋势,学者分别从表义精确、音步韵律、概念呈现等方面提出解释②。但很显然,词汇的双音化并不限于单音词与双音词之间一对一的对应关系,如臂≥手臂、泪≥眼泪、枝≥树枝之类。实际上,词的双音化形式要丰富复杂得多,并非只是一种单一的词形替换。我们看到,在诗歌中有前文所列几大类词之间大量灵活多样的组合,由此导致大量新词的产生,并构成中古词汇丰富化的一个重要方面。其中很多词,如果单纯从表义角度来看,也许并不是必需的,但却因追求文学描写的丰富和变化而成为必需的。简单的(中古以后普遍采用的)双音替换形式,在诗歌中反而比较少见。例如,在《唐诗三百首》中,诗人不用"手臂",而用"玉臂"。"眼泪"仅一见,其他则有"双泪""妆泪""涕泪""乡泪"等("眼泪"可能一开始只是"泪"的双音化形式之一,后来才成为"泪"的替代词)。这种类型的复合词,由于并非一般表义所必须,在其他

────────────

① 本文的统计一般未将单音词加方位词或数量词的形式计入复合词,如果计入,则单音词的使用频次还要减少。

② 参见丁喜霞《中古常用并列双音词的成词和演变研究》第一章中的综述,第14页以下;又周俊勋《中古汉语词汇研究纲要》3.3"中古汉语词汇复音化研究"中的综述,成都:巴蜀书社2009年,第166页以下。

场合很少出现，只在诗歌或诗赋、诗词写作中大量使用。

　　在上述几类词中，季节时间词和性状词、情态词比较多地充当偏正式中的修饰语。名词性的天象、物象词，也可充当修饰语。但在更多情况下，天象、物象、人事词充当被修饰的中心词。偏正式构词形式最为灵活，所构成的名词形态也具有较强的词的稳定性（由于其中很多词词典不收录，所以也有人怀疑它们是否成词。其实无论从形态还是从语义上看，都无法将它们排除在词之外），因此在诗歌中最为常见。例如由"春"字构成的词汇有：

　　　　春蚕、春潮、春城、春愁、春窗、春芳、春风、春光、春闺、春寒、春晖、春江、春鸠、春眠、春气、春日、春色、春深、春树、春水、春庭、春宵、春心、春衣、春游
　　　　和春、暮春、青春、三春、新春、阳春

其中后一组以"春"为中心词，这时其组合相对固定。"和春""青春""阳春"的修饰语，都不能随便挪到其他季节词上。前一组是以"春"为修饰语的偏正式，只有"春深"是主谓式，"春眠""春游"是状动式（"眠""游"也可视为名词，则仍为偏正式）。这时其组合较为灵活，被用于很多天象、物象乃至人事词汇上；但也有一定的习惯，比如可以说"春窗""春闺"，但没有人用"春门""春房"①。

　　就偏正式复合词来说，无论是其中的修饰语还是被修饰语，越是使用频次高的基本词、常用词，组成复合词的可能范围就越

---

① 有的学者将这种系列词汇称为由核心字构成的字的系族。其中核心字居后的，构成向心性字组；核心字居前的，构成离心性字组。见徐通锵：《"字"和汉语语义句法的生成机制》，《语言文字应用》1999 年第 1 期。

大。最易流行的复合词,往往是由两者均为最常见的基本词组成的。例如上述包含"春"字的复合词,不但"春"是常用词,与其组合的其他语素也多是常用词。其中"鸠"字不常用,组合而成的"春鸠"一词也很少使用。当然,诗歌写作之所以需要这些词,不仅仅在于单纯的修辞需要,而在于它们一旦形成,确实具有原来的基本词所不具有的新的意味或特殊意义,至少具有了一种新的形象性。例如,"玉臂"的含义当然与臂或手臂不同。"春"所修饰的词中,"春风""春树""春水"等词的重心在含义较实的被修饰词上;而像"春光""春色"等词,由于"光""色"等字的含义较虚,词的重心转移到"春"字上,但其含义却与原来的基本词"春"无法等同。

除偏正式外,并列式复合词也较为常见,有名名组合、动动组合、形形组合等各种形式。但并列式结构远不如偏正式那样灵活,组合范围那样大。并列式词的内部语义关系包括同义、近义、反义和类属集合关系(如"案几""歌舞")。无论是常用词还是非常用词,能够相互构成以上几种语义关系的词都是十分有限的。"山"的并列组合较多,也只有:

> 山河(逆序"河山")、山川、山水、山丘(逆序"丘山")、山峦、山阜、江山①

季节时间词的可能并列组合最少,天象词及性状词、情态词的可能并列组合也都不多。这种情况与它们的概念关联群较小、可替代概念较少有关,而与它们有大量偏正式组合形成一种反差。

---

① 此外,"山海"(逆序"海山")极少用,"山峰""山岭""山岳""山陵"都更接近偏正式。

由此特点决定,并列式复合词产生于文学写作的可能性也相对较低,而多是在自然语言中形成的一般词汇,也在其他场合广泛使用。但我们还是发现一些首先在文人诗赋作品中出现的并列式复合词:

> 裁缝(曹植《浮萍篇》),追攀(王粲《七哀诗》),波澜(刘桢《杂诗》),妥帖(陆机《文赋》),回合(谢灵运《入彭蠡湖口作》),辛勤、音容(谢灵运《酬从弟惠连》),嫌猜(鲍照《放歌行》),采撷(谢朓《咏席》),亲朋(谢朓《答王世子》),掩抑(王融《咏琵琶》),峰峦(陈子昂《感遇》),丘峦(李白《梦游天姥吟留别》),细腻(杜甫《丽人行》),恍伤(杜甫《观公孙大娘弟子舞剑器行》),褊迫、差讹、撝呵、吟哦(韩愈《石鼓歌》),松枥(韩愈《山石》),濡染(欧阳詹《出门赋》),猿鸟(李商隐《筹笔驿》),纤细(杜牧《遣怀》)

这些并列式词中,有些人为构造的痕迹十分明显。例如韩愈的一首诗中,便包含了好几个这样的词。但其中也有不少词后来被广泛袭用,成为常用词,尽管它们在首次出现时也可能同样出于人为构造。

三、性状词和情态词:语味

作为形容词的性状词、情态词,往往具有语义上的相对或相反关系。而季节时间词所表达的时间概念本身就有一种对应关系,因此也有类似的特点。但从统计中可以看出,这些具有相对或相反语义关系的词在诗歌中的分布是很不平衡的。以季节词为例,其中以"春"为语素的复合词最多,以"秋"为语素的次之。而"冬""夏"的复合词则要少很多,在《唐诗三百首》中分别有一例——"夏木""经冬";作为单音词,"冬"出现 3 次,而"夏"是 0 次。钟嵘所谓"若乃春风春鸟,秋风秋蝉,夏云暑雨,冬月祁寒,斯四候之感诸诗者",实际上在诗人歌咏中从未平分秋色。"春女悲,秋士悲",诗人喜咏春、秋,而罕言冬、夏,早已形成一些抒情格套。以上这种情况说明,诗歌中复合词和单音词的分布都极不平衡。

性状词和情态词主要是形容词,也包括某些副词(或同一词兼有两种词性)。我们把它们区分为两类,主要是着眼于前者通常表现对象的客观性质,而后者含有一定的心理感受成分或情绪色彩。大多数常用的形容词如"大""小""多""少""高""低"以及普通颜色词等,属于性状词;而诗歌中常见的一些带有情绪色调的形容词,则属于情态词。有些词则兼具性状与情态二者的蕴意,其含义和色彩随语境发生变化。例如"寒"字,在单纯表示温度时是性状的;而在表现感受和心情时,则是情态的(但在统计时只能归为一类)。

以上所列文人诗歌中常见的几个情态词——"孤""清""空""幽"等,其使用显然与文人诗歌追求的基本格调有关。例如由"幽"字构成的复合词有:

　　幽愁、幽篁、幽草、幽径、幽居、幽人、幽咽、幽意、幽音、幽映、幽怨
　　幽绝、幽险
　　通幽

其中"幽险"是形容词并列组合,"幽绝"的"绝"可视为形容词附加成分,"通幽"的"幽"用为名词。其他都是以"幽"作为修饰语的偏正式词语。修饰的对象可以是纯心理性的"愁""怨""意",或人事类的"人""音""咽",但也包含"篁""草""径""居"等物象词。

从语义的价值极或有的语言学家所说的"语味"(semantic prosody)的角度来看①,除了有明显褒贬义的词语之外,相对或相反意义的词还可以被区分为积极意义的和消极意义的两类。在这几个情态词中,"孤"(或"独"),语义上与其相对的是"众",只在"众多"的意义上使用,因此是一个性状词,在格调上无法与其形成对比。"清",语义上与其相对的是"浊",在诗中使用很少(作为单音词出现 1 次),在描写物象时基本上也只表现性状。"幽",语义上与其相对的是"明",也主要是性状词,在情态上并不与其完全形成对比。"明"的使用频次较高,不但作为单音词出现 16 次,以它作为修饰语的"明月"一词,就出现 15 次。其他复合词有"明湖""明镜""明眸""明烛"等,还有涵义特殊的"神明""圣明""明主""明堂"等词。"空",兼有副词、形容词两种词性,含义和用法都较为复杂。

作为参考,我们可以引用对《现代汉语词典》中具有相反意义的好坏、美丑、大小、高低、强弱、多少六组语素所构成的总计 877个词所做的调查。根据调查,在每组中均是具有积极意义的("好""美""大""高""强""多")所组成的复合词占多数,总计为

---

① "语味"(semantic prosody)这一概念的提出,见 Bill Louw: "Irony in the Text or Insincerity in the Writer? —The Diagnostic Potential of Semantic Prosodies", in Mona Baker, Gill Francis and Elena Tognini-Bonelli(eds.), *Text and Technology: In Honour of John Sinclair*. John Benjamins, 1993.

602 个，占 69%；而消极意义的为 275，占 31%①。据此得出的结论
是，在语言使用频率上，具有积极意义的词相比消极意义的词占
有优势②。而在《唐诗三百首》中，只有纯粹表示性状的大小、高
低两组语素的分布，与此倾向吻合。此外，"清"可以归入积极意
义一类，所组成的复合词也占有多数。其他词中，"新"是积极意
义的，与其相对的"老""旧""古""故"是消极意义的，但所组成的
复合词却明显占有多数。"孤""独""空""残""苦"等词，都应算
作消极意义的。这几个词或者找不出完全与其相对的积极意义
的词，或者虽有但极少使用。"幽"比较特殊，如果作为性状词，应
是消极意义的，与"明"相对，两词的复合词所占比例大体对等；但
作为情态词，则应视为积极意义的（如"清幽"）。由此可见，所谓
词的积极意义和消极意义，在诗歌中有完全不同的体现，也难以
找到一个简单的判断标准。王世贞《艺苑卮言》谓："今夫贫老愁
病，流窜滞留，人所不谓佳者也，然而入诗则佳。富贵荣显，人所
谓佳者也，然而入诗则不佳。"③诗人喜用"孤""独""残""幽"等
字，情况或与此类似。这可以看作是诗歌词语所具有的一种特殊
的语味。

---

① 邹韶华：《语用频率效应研究》，北京：商务印书馆 2001 年，第 34 页。
② 造成积极和消极形容词使用频率差别的原因，在于它们在量级区分上所占
有的量幅不同。在现代汉语中，非定量形容词可以区分出从"最不"L_1 到
"最"L_{11} 共 11 个量级。消极义形容词如"坏"，只能接受从"不"L_6（"比较"
L_7、"很"L_8、"太"L_9、"十分"L_{10}）到"最"L_{11} 共 6 个量级的区分；而积极义形
容词如"好"，可以接受从"最不"L_1（"十分不"L_2、"太不"L_3、"很不"L_4、"有
点不"L_5……）到"最"L_{11} 全部 11 个量级的区分。因此，积极成分是全量幅
词，而消极成分是半量幅词，积极成分的量级数目一般为消极成分的两倍。
参见石毓智：《汉语语法》，商务印书馆 2010 年，第 332 页。
③ 王世贞：《艺苑卮言》卷八，《历代诗话续编》，第 1080 页。

　　如果拿性状词与情态词比较,情态词的语味无疑比性状词更为浓重一些(后者较为中性)。而且从实际使用情况来看,性状词作修饰语的词语也在其他应用场合广泛使用,而情态词作修饰语的词语则主要用于诗歌和文学描写。此时,很难简单地使用积极的或消极的这样的判断标准。季节词在诗歌中分布如此不平衡,在其他场合显然并非如此,恰恰反映出它们在诗歌中具有较为特殊的语味,引起某种特殊的感受和联想。

四、动词的使用:炼字

　　最后来谈谈动词。动词在任何语言中的数量都要远远少于名词,也少于形容词。尽管动词在语言演变中也存在更替,如中古汉语对上古汉语,白话对文言,但新词的产生在总体数量上也十分有限。例如最近几十年,除了采用个别方言词和口语词外,相比于名词,汉语中新的动词的产生是极其有限的。这是由动词的语义功能决定的,在基本够用后就没有必要制造新词。在某些文本甚至对话中,动词是可以省略的。在诗歌中,也有一些句子可以不使用动词。如:"鸡声茅店月,人迹板桥霜";"鸳鸯一处两处,舴艋三家五家"①。不过,整首诗都不使用动词,也许现代诗人中有人尝试,恐怕也是极为罕见的。

　　在《唐诗三百首》中,共出现单音动词 824 个(其中有一部分兼有名词、形容词或副词用法),单纯从比例上看好像并不算低

---

① 王力《语言与文学》:"在律诗中,常常有一些特殊语法形式,最常见的是一种不完全句,就是只有名词性词组,没有谓语。"并举贾至"极浦三春草,高楼万里心"等诗句为例。见《王力论学新著》,南宁:广西人民出版社 1983 年,第260—261 页。

（全部单音词是 1 741 个）。但如果换一个样本，名词（尤其是低频词）会有比较大的变化，形容词和副词的变化不会太大，动词的变化幅度只比它们稍大一些。除了个别少见的口语词外，动词也基本上没有什么生僻字。动词、形容词、副词在这一点上大体相同，即不论描写哪些事物或活动，都离不开一些基本词。以下是一些使用频次较高的单音动词：

来（136）、无（98）、有（83）、见（78）、去（59）、如、欲（58）、归（57）、在（53）、入、生（46）、飞（45）、开（43）、行（40）、闻（39）、出、是（38）、尽（37）、问、下（36）、知（35）、为（34）、落、望（32）、到（30）、成（28）、回、作（27）、得（26）、别、看、满（25）、对、上（23）、流、隔、照（22）、思、动、送（21）……

这些词可以大概区分为：

存在状态动词：有、无、在、是、为、作
空间移动动词：来、去、归、入、行、出、到、回
感官活动动词：见、闻、问、知、望、看
行为动词：得、别、送
心理活动动词：欲、思
其他运动或状态动词：如、生、飞、开、尽、下、落、满、对、上、
　流、隔、照、动

其中使用频次最高的前 10 个词的使用频次（680 次），超过了使用频次在 2 次以下的 447 个动词的使用频次的总和（570 次）。动词的复合词，如果采用比较严苛的标准，将动宾、动补、状动等形式

尽量排除（只保留一些意义固定、不能拆解的），则为143个，使用频次均只有1到2次（其中"别离"为5次）。可见在动词使用中，一些最常用的基本词占有极大的比例。在这一点上，诗歌与日常语言是一致的①。

　　然而，诗歌毕竟是"作"出来的，是一种人为刻意加工的特殊文本，在用词上作者有一定的挑选乃至有意标新立异的权力。这是诗歌与日常语言的不同之处。在基本环境设置和描写对象确定的前提下，可供诗人挑选的，一个是对对象的称谓（用直称还是用明喻、隐喻乃至典故），以及可加于其上的修饰语（如上文所说的偏正式词）；再有就是在句子中既从属于主语又具有支配作用的动词。一般来说，名词和事件本身需要寻找与其适合的动词。但如何显示特定状态（而不止于交代过程），则需要通过对动词的选择来完成。

　　已完成的作品很难看出作者思考和选择的过程，我们只好借助于一些有关传说。如著名的有关"推敲"的传说，是在两个字之间进行选择。更复杂一点的例子之一，也见于《六一诗话》：

　　　陈公（从易）时偶得杜集旧本，文多脱误，至《送蔡都尉诗》云"身轻一鸟"，其下脱一字。陈公因与数客各用一字补之，或云"疾"，或云"落"，或云"起"，或云"下"，莫能定。其后得一善本，乃是"身轻一鸟过"。陈公叹服，以为虽一字，诸君亦不能到也。②

---

① 例如"有""无""在"等存在动词排序在前，与前引英语文献统计中 is、was 排序在前，现代汉语字频统计中"是""在"排序在前的结果相一致。
② 何文焕辑：《历代诗话》，第266页。

此例中的"过",其实是一个普通常用的字,诗人未必为此多费思索。但因在上下语境中可选用的字很多,诸人的判断结果都与原诗不符。

还有一个更著名的例子,出于诗人自己改易,就是王安石的"春风又绿江南岸"诗:

> 吴中士人家藏其草,初云"又到江南岸",圈去"到"字,注曰:"不好。"改为"过",复圈去而改为"入",旋改为"满"。凡如是十许字,始定为"绿"。①

此例成为诗歌修辞炼字的最通俗例证。这两个例子都说明,在诗歌其他成分都已确定的情况下,动词是有一定的变化馀地的。

综上所述,在诗歌创作中,在构思确定的前提下,诗人对词汇的使用是有一定成规的,在时空环境设置方面和描写对象上都会按照常规使用一些常用词汇,还会视需要嵌入一些专有名称(主要是地名②);除常用形容词外,还有一批叠音词和联绵词需要掌握,以便随时使用;副词是紧随动词和形容词的,基本上不会有什么意外;其他虚词的使用则受到限制,也有人故意多用,以改变诗的风格。尽管动词大部分是单音基本词,但诗人也会想方设法变化出新。这就是所谓的"炼字"。"炼字"的意思就是,其他部分不必改动(没有多少选择馀地),只有这个字要反复锤炼改动。需要强调的是"炼字",而非"炼词"。这不仅是因为古人没有词的概

---

① 洪迈:《容斋随笔》续笔卷八"诗词改字",上海:上海古籍出版社1978年,第317页。

② 善于使用地名,是诗歌写作的诀窍之一。参见钱锺书《谈艺录》八九,第291页以下。

念,而且是因为诗人所"炼"的,确实只是单音动词、形容词或复合词中的修饰字。

原载《清华大学学报》2015 年第 3 期,

收入本书时有修订

试论汉语中的"诗语"

一、由词典编纂说起

在翻检英语词典时我们会发现,在词语的文体使用范围(或称语域register)中,与文语、古语、俚语等相并列,还有一类"诗语"(标注形式"poet."或"poetic.",英汉词典多标示为单字"诗"),说明此部分词汇只限于在诗歌中使用。英语中涉及此概念的表述形式有poetic words, poetic term, poetic diction,其中poetic diction较为正式。在线版《不列颠百科全书》对此语的解释是:"庄严的、崇高的、非普通的措词,一般认为是诗歌所特有的,不用于散文。"①

这种观念的最早起源应追溯至亚里士多德。如他在《诗学》中所说:"风格的美在于明晰而不流于平淡。最明晰的风格是由普通字造成的,但平淡无奇……使用奇字,风格显得高雅而不平凡;所

---

① "poetic diction: grandiose, elevated, and unfamiliar language, supposedly the prerogative of poetry but not of prose." (http://www.britannica.com/ bps/ search? query＝poetic＋diction)笔者在1993年、1998年版的《不列颠百科全书》中没有查到这段话,应是印刷版未包括的内容。

谓奇字,指借用字、隐喻字、衍体字以及其他一切不普通的字。"①17世纪时,斯宾塞曾试图找到一种有别于日常英语的语言来创作史诗,就如荷马史诗中所使用的"荷马希腊语"(Homeric Greek)一样。他认为古语(archaism)可以满足这种需要②。英语诗歌曾大量使用前代诗人所使用的措词,并夹杂诸如 eftsoons、prithee、oft 和 ere 等古语。不过,这种写作方法遭到弥尔顿和华兹华斯等人的反对。华兹华斯在《抒情歌谣集序》中批评这种措词方式"被劣等诗人愚蠢地滥用",而称自己尽力避免使用这种词汇,所采用的语言"尽可能从人们真正使用的语言中选择"③。然而,曾与华兹华斯合作辑录《抒情歌谣集》的柯尔律治,晚年又批评华氏的说法与"同一篇序言中的其他部分及作者本人在大多数诗歌中的实践相矛盾",用其倡导的语言所写的诗并没有达到诗的水平④。不过,在浪漫主义之后,由于现代主义诗人坚决拒绝这种所谓"诗语",使其在英语诗歌中大为减少。各种英语词典所收录的"诗语"大大少于仍在现代正规致辞中使用的"文语",而且往往注明现已"罕用"⑤。

---

① 亚里士多德:《诗学》第二十二章,罗念生译,北京:人民文学出版社 1982 年,第 77 页。

② 参见王湘云:《英语诗歌文体学研究》,济南:山东大学出版社 2010 年,第 73 页。

③ 华兹华斯:《抒情歌谣集一八〇〇年版序言》,曹葆华译,收入伍蠡甫主编:《西方文论选(下卷)》,上海:上海译文出版社 1979 年,第 9、11 页。

④ 柯尔律治:《文学生涯》(Biographia Literaria)Ⅱ。参见董琦琦:《启示与体验:柯尔律治艺术理论的神性维度》,北京:光明日报出版社 2010 年,第 41 页。

⑤ 据在线版《牛津英语词典》(http://www.oed.com/)检索显示,在词语用法中标示 poetic and literary 的结果共有 4 862 个;其中标示 poet. 或...or/and poet.,chiefly poet. 的结果共 1 944 个。

　　反观各种汉语词典,从来没有在体例中标示有所谓"诗语"。
首先,汉语词典在体例上标示文体语域的做法并不普遍。主要收
录古汉语词汇的《辞源》《汉语大词典》的体例中,都不包含这一
项。只有《现代汉语词典》体例中有此项,但其中只有〈书〉(书面
语)、〈古〉(古语)、〈方〉(方言)等类别,没有所谓"诗语"。在有
关汉语词汇和诗歌问题的讨论中,也未见有论者正式提出这一
问题。

　　当然,这种"诗语"并非是英语所独有的。它来自亚里士多德
的诗学观念,直接源自拉丁语作家,在其他欧洲语言中也存在。
德语中有高雅诗歌语(Dichtersprache, gehoben),在文体层次上高
于文雅口语(gehoben umgangssprachlich)①。法语也有语级、语域
的区分,在语级中有讲究语言(langue soutenue châtiée),在语域中
有文学语言(langue littéraire),词典中同样标注有"诗语"。例如
在公文中用 mineur 指未成年人,而在诗歌中则可用 chérubin(小天
使)②。在欧洲语言之外,日本自万叶时代以后有"歌语",即通常
只在和歌中使用而在散文和口语中基本不用的词语。如"田鹤"
(タヅ),就是与"鹤"(ツル)词义相同而只在和歌中使用的歌
语③。在传统如此悠久的汉语诗歌中,难道就从未有过某种类似

---

① 参见李逵六:《德语文体学》,北京:外语教学与研究出版社 2004 年,第
　　149 页。
② 参见王文融编著:《法语文体学教程》,北京:北京大学出版社 1997 年,第 36、
　　40 页。
③ 参见吕莉:《"白雪"入歌源流考》,《外国文学评论》2006 年第 4 期。永正十
　　年(1513)由宗祇弟子、连歌师宗硕编集了名为《藻盐草》的大型歌语辞典,京
　　都国立博物馆藏"手鑑「藻塩草」"为指定国宝(http://ja. wikipedia. org /wi-
　　ki/%E3%82%A2%E3%83%9E%E3%83%A2)。岩波书店 1964 年发行的《日
　　本古典文学大系》别卷 1《日本古典文学大系索引》,包括"和歌・俳句・歌
　　语索引"。

的诗学追求和语言现象?

其实,针对汉语词汇提出这一问题,绝非别出心裁。一个明显事实是,在现在各种汉语词典尤其是古汉语词典所收词语中,都有一部分来自诗歌。中国台湾出版的《中文大辞典》明确说明其收词包括"诗词曲语"。新版《辞源》前言说明其体例时也提到"引用诗文"。引诗而不引其他,正因为这些词语首见甚至仅见于诗歌。其他词典对此未加说明,也因为这一点是不言自明的。古代文人对什么词语可以入诗,是颇为讲究的。对于诗歌内部诗、词、曲之间词语使用上的区别,也十分小心。如《白雨斋词话》所说:"昔人谓诗中不可着一词语,词中亦不可着一诗语,其间界若鸿沟。"①只是由于词典编纂沿袭旧传统,一向连词类都不标注。在此情况下,对文体语域的辨析自然显得有些多余。

现代语法学发展起来后,词类研究比较充分。但就目前情况看,词语语域方面的研究还很不够。一般学者可能受某种观念限制,只承认有所谓"诗的语言",多从修辞、韵律等方面着眼,很少将讨论下降到词汇层面。反而是计算语言学在处理诗歌语料时,不能不面对大量词汇问题。如北京大学计算语言学研究所开发的"古诗计算机辅助研究系统",从唐宋诗语料中提取了4万多条词汇②。有学者认为:"其中有17 528条词汇未被《辞源》收录,这

---

① 陈廷焯:《白雨斋词话》卷五,唐圭璋编:《词话丛编》,北京:中华书局1986年,第3904页。陈氏所指,可能如王应奎《柳南随笔》卷三所言:"王实甫《西厢记》、汤若士《还魂记》,词曲之最工者也。而作诗者入一言半句于篇中,即为不雅,犹时文之不可入古文也。冯定远尝言之,最为有见。"中华书局1983年,第60页。当然,古人的这些说法比较笼统,也包含了句式、虚词的使用等方面。

② 《"古诗计算机辅助研究系统及应用"鉴定意见》:"该项目在完成整理《全唐诗》、宋代名家诗语料(计640多万字)的基础上,运用计算语言学(转下页)

些词汇往往就是诗的特殊语言。"①这是笔者所见仅有的明确把"诗的语言"定义为一部分词汇的观点。当然,单纯以词典未收录作为"诗的语言"的判断标准,确实有失简单。

追溯词典编纂史,更不能不提的是,中国古代早有一类专门为诗歌等韵文写作编纂的辞书,其中就收录了很多这种"诗语"。其集大成者就是清康熙年间由张玉书等人奉圣谕编纂的《佩文韵府》一书。该书对此前的《五车韵瑞》《三体摭韵》等书正讹补阙,其后又由王掞等编成《拾遗》。正集和《拾遗》据称共收录词语 60余万条②。过去人们重视此书,一是着眼于其分韵隶事、便于查找典故和语源的功能,再有就是它收集了大量自先秦至清以前各类文献中的词藻用例,尤以见于诗歌(含赋、词等)作品者为多。这些词藻用例中的很大一部分,按照词典编纂标准来说可能不足以立为词目③,所以不被古今其他词典收录,也不入词汇考释和研究

(接上页)的方法,建立了古诗多字词词典(计 41 732 条)。开发了古诗词切分软件,对 640 多万字的语料进行了切分,并对多字词的词性进行了标注。在此基础上从多个角度提取了相应的字频、词频等统计信息。"见《语言文字应用》2000 年第 2 期。

① 罗凤珠:《试论引用资讯科技作为诗学研究辅助工具的发展方向与建构方法》,收入罗凤珠主编:《语言,文学与资讯》,新竹:清华大学出版社 2004 年,第 335 页。

② 参见任远:《古代词藻成语典故之总集——〈佩文韵府〉》,《辞书研究》1985年第 6 期。对比之下,《汉语大词典》所收复音词只有 375 000 个左右。

③ 中国传统辞书尚未建立真正意义上的词汇概念,绝大部分都属于字典。现代新编纂的词典只收所谓"词典词",遵循两条不成文的原则:(1)两个字以上的组合能"见字明义"的,即使是词也不收;(2)在一般情况下被视为是自由组合的语言单位,如果有引申或比喻意义的可以才算是词,而没有引申和比喻意义的不算是词或不收入词典,如"蓝天""白云""挑水""煮饭""松树""柳树"等。这是因为词典编纂者凭其"字感"或古汉语的"词感"行事,有认"字""从分不从合"的习惯。见胡明扬:《说"词语"》,《语言文字(转下页)

者的法眼。但它们与已收入各种词典、同样采自诗歌的词语之间的区别，往往只是凭人们的"词感"、对两字组合后自由程度的感觉，很难说其间真正有一个判定词汇的标准。

必须承认，能否成为常用词语或"正式"词语，有很多无理据的偶然因素存在。例如杜甫诗"上有蔚蓝天"，旧注说是用《度人经》天名隐语，也有的说不过是"茂蔚之蓝"的意思。宋人仿之，有"水色山光共蔚蓝"之句，被批评为错用①。后代也有人批评杜诗杜撰。但正是这样一个来源不明的词，反而成为"正式"的词典词；又因被反复使用而成为常用词，连小学生作文都会用。

下面我们以《佩文韵府》中"鸢"字条为例，来看看其中收录的词语：

> 鸣鸢、载鸢、乌鸢、飞鸢、射鸢、风鸢、纸鸢(以上正集)；朱鸢、鹰鸢、木鸢、收鸢、两鸢、鸥鸢、没鸢、辞鸢、双鸢、跕鸢、雕鸢、晴鸢、寒鸢、冻鸢、孤鸢、惊鸢、饥鸢、苍鸢、暴鸢(以上增补)

共 26 个两字目词(另有三字目词"古木鸢""长爪鸢""投村鸢"，从略)。其中"朱鸢"为交趾地名，见《汉书·地理志》。"暴鸢"是

(接上页)应用》1999 年第 3 期。这种词典虽有切合现实应用之便，但运用于计算机中文信息处理中却遭遇困难，计算语言学不得不另外编制《分词词表》。参见刘开瑛:《中文文本自动分词和标注》，北京:商务印书馆 2000 年，第 44 页。《佩文韵府》显然与上述这些词典不同，按词典学分类接近于所谓资料性词典。资料性词典如《牛津英语词典》增订版编者所说，目的在"收集所有在下一世纪将被阅读的文学作品中所使用的词"。《佩文韵府》的收词范围庶几与此接近(当然，此外还有大量它本来就不想覆盖的领域的词汇)。

① 参见陆游:《老学庵笔记》卷六，北京:中华书局 1979 年，第 83 页。

《史记·穰侯传》中人名。其他"鸣鸢""载鸢"出《礼记》(见《曲礼》)"载鸣鸢",《韵府》引庾信《苦热》诗及《马射赋》用例。"乌鸢"出《周礼》(见《夏官·射鸟氏》),《韵府》引柳宗元、苏轼诗用例。"飞鸢""跕鸢"用《后汉书·马援传》典故。"飞鸢"及"射鸢"条,《韵府》又引《隋书·崔彭传》及《列子》(见《汤问》)记事。"飞鸢"又引王胄《白马篇》。"跕鸢"引杜甫诗用例。"风鸢"引《新唐书·田悦传》记事,又引《东观馀论》用例。"纸鸢"引《独异志》和《续博物志》记事,又引徐夤诗用例。"鹰鸢"引《后汉书·盖勋传》和《荀子》(见《法行》)。"木鸢"见《韩非子》(《外储说左上》),又引朱超诗用例。"收鸢"引《七命》(张载)。"两鸢"引刘桢诗。"鸥鸢"引鲍照诗和李白乐府。"没鸢"引庾信《哀江南赋》。"辞鸢"引卢照邻《秋霖赋》。"双鸢"引李白诗。"雕鸢"引李商隐诗。"晴鸢"引陆龟蒙诗。"冻鸢"引苏轼诗。"孤鸢"引孔平仲诗。"惊鸢"引张耒诗。"饥鸢"引陆游诗、刘因诗。"苍鸢"引吴海《游鼓山记》①。

　　以上 26 个词,除"朱鸢""暴鸢"两个专有名称外,"射鸢""风鸢""纸鸢""木鸢"属记事(或用为典故),"载鸢""鸣鸢"用经典成语,"飞鸢""乌鸢""鹰鸢"是见于经史等文献的一般词语("飞鸢"亦用为典故)。其他有 14 个词均出自诗赋作品("跕鸢"为典型的典故词),另有 1 例出自散文作品②。

————————

① 《佩文韵府》下平声一先,上海:上海古籍书店影印万有文库本 1983 年,第 726 页。
② 《汉语大词典》所收尾字为"鸢"的词条共 12 个:鸥鸢、跕鸢、雕鸢、断鸢、飞鸢、风鸢、木鸢、鸣鸢、乌鸢、枭鸢、鱼鸢、纸鸢。与《佩文韵府》相比,未收的除两个专有名称外,还有动宾式的"射鸢""没鸢",以及"晴鸢""冻鸢"等诗词用语。

"鸢"是一个不太常用的词①。《佩文韵府》中其他常用词所组成的词藻往往几倍、十几倍于此②。依此比例推算,在《佩文韵府》的 60 馀万个词中,大约有 30 万到 40 万个词是仅见于诗赋作品的词藻,在其他场合基本不会使用,也具有亚里士多德所谓"不普通的词"的特点。这样的词(如果承认它们为词的话)不就是汉语词汇中的诗语吗? 在这 30 万到 40 万个词中,我们再刷掉一些确实不足以成词,或依词典编纂乃至分词标准来看不足以独立的词,按照十取二三的比例推算,也还有十来万个可称之为诗语的词汇;按照十取五六的比例,则有二十来万个诗语。无论怎样计算,其数量都远远超过英语中的诗语,就看词汇学和词典编纂者愿不愿意给它们一个名分了。

二、汉语"诗语"的类型及特点

汉语词汇中的这些诗语无疑是按照汉语的构词形式形成的,因而与欧洲语言中的诗语必然有所不同。如果不考虑现代诗人使用的一些"怪词"和变形词,欧洲语言中的诗语往往比文雅的书面语还要显得高雅,多来源于古词和拉丁语等外来语词。有些诗语与非诗语的区别,在于同一词根的变化。例如英语 morn(早晨)是诗语,而 morning 是非诗语。因而诗语有与其直接对应的非诗语,在意义上没有明显区别,而只有语感和风格上的差别。汉语中的诗语主要是按照汉语复合词的构词方式构成的,而新产生的

---

① 据北京书同文数字化技术有限公司编《古籍汉字字频统计》,在总共 30 127 个汉字中,排序为 No. 04179,在接近八亿字次的语料中共出现 9 406 次。北京:商务印书馆 2008 年,第 69 页。

② 如"天"字下正集收两字目词 88 个,增补 291 个。

复合词与构成它的语素或原来的单音词之间并不是直接的对应关系。也就是说,不能把它们还原为原有的单音词,在意义上多少有所不同。我们知道,汉语词汇是由单音词发展来的,最早的一批基本词都是单音词,此外还有很多常用或不常用的单音词。所有这些单音词都不足以构成诗语,即使是生僻的单音字也不是诗语。没有人能够为写诗而发明一个单音词,或造出一个汉字。此外,英语中的诗语分布于各个词类中,包括名词、形容词、动词、副词甚至介词、连词,而汉语中的诗语主要是名词和形容词。汉语词汇中的诗语也几乎没有有意借用外来语的情况①,因此没有亚里士多德所说的"借用字"(即外来语词)和欧洲语言常见的由拉丁语词根而来的派生词②。

根据对词语使用情况的调查,我们认为汉语中以下三类词可以称之为诗语:1. 形容词中的双音单纯词,即其中的叠音词、联绵词;2. 用于藻饰的复合词,如《佩文韵府》所收的大量词藻;3. 较上一类更为常用、更为普通的一批复合词。以下分别说明。

首先来看形容词中的叠音词和联绵词。之所以把这部分词算作诗语,主要是因为它们不是描写事物基本性状所必需的,是形容词基本词汇之外的一批词。这种类型的词产生时间很早,而且往往有口语基础,如学者在考察一些联绵词时引用方言材料所证明的。尽管如此,我们发现,自先秦时代开始,这部分词的主要使用场合就是诗歌谣谚。这一点在文献中得到清楚反映。金文

---

① 例如"胡",据学者考证,是外来语。但在魏晋以后文人使用中,没有人意识到它是外来语词。佛教语词尽管大量出现于文人诗歌中,但始终保持其异质性,和出现于语言材料中的其他专门领域词汇类同。

② 亚里士多德《诗学》第二十一章:"借用字指外地使用的字。"罗念生注释:"借用字包括外国字、方言字和古字(即废字)。"第72—73页。在汉语诗歌中只有有意借用方言词的情况。

和《尚书》中均有叠音形容词出现,但数量远少于《诗经》①;而且金文和《尚书》中的叠音形容词也往往是在颂美的韵文形式中使用。

当然,在汉以后各类文献中不断涌现一些新的联绵词和叠音词,目前我们还缺少一个它们在韵文中与在其他文献中分布情况的可靠统计。但从一些资料对比中可以发现,在其他文献中新出现的联绵词和叠音词,往往反映的是口语使用情况②。同一时期的文人诗赋中使用的,主要还是较早时期就出现的联绵词和叠音词。口语中新产生的联绵词和叠音词,有一部分又会被此后的文人诗歌如唐诗所采用。我们所讨论的诗语,当然是书面语意义上的。因而,关键在于这些联绵词和叠音词在进入书面语时的用途。无疑,除了诗文之外,它们在其他场合几乎没有用武之地。因此可以说,它们在进入或转化为书面语时成为诗语。《诗经》等文献中的联绵词和叠音词,也正是这样成为诗语的。有些联绵词从来没有进

---

① 郭锡良统计《诗经》中全部叠音词为 353 个,并认为全部是形容词。见《先秦汉语构词法的发展》,《第一届国际先秦汉语语法研讨会论文集》,长沙:岳麓书社 1994 年。向熹认为《诗经》重言词(叠音词)中有个别为名词(计 1 个)和动词(计 5 个)。见所著《〈诗经〉语文论集》,成都:四川民族出版社 2002年,第 51—53 页。钱宗武统计今文《尚书》中的叠音词有 34 个,其中形容词21 个。见所著《今文〈尚书〉词汇研究》,开封:河南大学出版社 2012 年,第124 页。其他学者的统计稍有出入。王秀丽调查了金文中 40 例叠音词语,见《金文叠音词语探析》,《江汉考古》2010 年第 4 期。

② 如胡敕瑞调查《论衡》中东汉时期新产生的联绵词"敝裂""斥落""雍容""笼总""陆落",见《〈论衡〉与东汉佛典词语比较研究》,成都:巴蜀书社 2002年。程湘清调查《世说新语》中魏晋时期新产生的联绵词"狼抗""历落""茗芋""突兀",见《魏晋南北朝汉语研究》,济南:山东教育出版社 1988 年。周俊勋调查魏晋南北朝志怪小说中的联绵词"渤滪""迟回""孤蓠""狼藉""砰磕"等,见《魏晋南北朝志怪小说词汇研究》,成都:巴蜀书社 2006 年。

入诗文,只在口语中使用,如"狼抗",当然也就不能算是诗语。

举一个现代的例子。西北方言中有一个叠音词"遛遛"(如歌中唱的"跑马遛遛的山上……"),它无疑是一个口语词,比如可以说"遛遛地转了一天"①。假如有人把这个词成功地用到诗的写作中,得到大家认可,那么就可以说,他为现代汉语书面语提供了一个新词,一个诗语。但无法想象,这个词能够在其他现代汉语书面文体(例如正式文件)中派上用场。

英语中的诗语也有一部分是形容词,如 acroscopic, bloomy, minnowy 等,从构成形式上看与非诗语并无不同,说明它们的区别纯粹是语源的或历史的。但汉语形容词却有明显的形式区别,一种是基本词或一般形容词,另一种是特殊形容词。叠音词、联绵词等汉语独有的词汇形式,就属于特殊形容词。这种形式区别也反映出它们在功能上与一般形容词的不同。也就是说,汉语形容词从一开始就发展出一类专门用于描写的、具有韵律和诗语特点的特殊词汇。

第二类诗语即藻饰性的词语,《佩文韵府》称之为"韵藻"。这种词语至少可以上溯至汉赋作家,例如:

> 华榱、隆冬(司马相如《上林赋》),翠凤(扬雄《河东赋》),洪涛(扬雄《蜀都赋》),崇台、华烛(班固《西都赋》),惠风(张衡《东京赋》),玄渚(张衡《西京赋》)

这类词语的基本特点是:必须是复合词;以名词性词语为主,其中

---

① 苏轼《雨中过舒教授》:"疏疏帘外竹,浏浏竹间雨。""浏浏"最早见《楚辞·九辩》。"浏浏"与"遛遛"是否有关联,还有待考证。"遛遛"又写作"溜溜",又可用在形容词后,如"酸遛遛""灰遛遛"。

又以偏正式最为典型;藻饰部分不是表达概念所必需的,而具有额外的或附加的修饰作用。如"华榱"去掉"华"字,也不影响"榱"的意义表达。修饰部分的意义就在于修饰,同时也满足音步调节的需要。此外,如上引"鸢"字例子所显示的,一个中心词可以接受多个词语的修饰,形成多个藻饰性词语。一个修饰语,如"华"字,也可以用于修饰类属不同的多个中心词。这样,由一个基本词或单音词可以派生出一批词藻。而且诗人会有不断出新的冲动,在前人使用的词藻之外不断构拟出新的组合。《佩文韵府》是依韵系词,方便诗词押韵,可以依据尾字(中心词)查到同一个"鸢"字的很多组合。万有文库在重印该书时,又按照一般词典的排词方法,编制了首字索引。这样,也可以依首字查出相应的组合系列。

　　这种藻饰的追求,在建安以后的文人诗歌中达到一个高峰。《文心雕龙》所谓"至魏晋群才,析句弥密,联字合趣,剖毫析厘"(《丽辞》),《宋书·谢灵运传论》所谓"缛旨星稠,繁文绮合",钟嵘《诗品》所谓"巧用文字,务为妍冶",陈子昂批评"齐梁间诗,彩丽竞繁"(《与东方左史虬修竹篇序》),虽然表述不够具体,但都直指这一现象。"妍冶""繁文""彩丽"等等,都是指的用词绮丽,多加藻饰。《文心雕龙》一书体大思精,讨论了声律、骈偶、事类,乃至"同字相犯"(《练字》)、"语助馀声"(《章句》)、"参差沃若,两字连形"(《物色》)等各种语言现象,但唯独没有对缛词繁文的具体构词形式稍加探讨。除了说明古人缺少必要的语法概念外,也说明比起当时被炫为独得之秘的"四声八病"等学说,这种构词方式毫无秘密可言,文人皆不学而能。

　　由此发展过程可见,藻饰性词汇不过是汉语基本构词形式在文学描写中的一种发挥而已。其发展趋势就是词语愈趋繁富,用词愈趋华美妍丽。但反过来看,藻饰性的复合词仍是复合词。复合词包括其中的偏正式,在先秦文献中就已大量出现。其中的修饰部分在什么情况下是表达概念所必需的? 依据何种标准被算作是额外的或附加的? 对此恐怕很难划出一条明确的界线。

我们曾将形容词区分为性状的与情态的两类:性状词偏于客观陈述,在很多场合都可以应用;而情态词带有某种主观感受,因而主要用于文学描写。但这种区分也不能一概而论。例如,"大""小"单纯表示体量,是性状词。但同以二字作修饰语,"大鸟"见于很多文献却很少用于诗文,而"大鹏"从一开始就是一个文学形象;"小鸟"成为熟语,而"小鹏"则不可接受。这说明中心词对修饰语是有所选择的,在二者之间有某种语义适应或语义的相互映射。某些更符合人们审美期待或心理趋向的组合,更容易成为诗语。

再由汉赋上溯,我们发现在《楚辞》中已有以下这些偏正式复合词:

芳草、幽兰(《离骚》),佳人、幽篁(《九歌》),华容、朱颜(《招魂》)

按照性状词与情态词的划分,其中的修饰部分都不是简单地表示性状,都为中心词加上了一些特殊含意。只不过这些修饰显得较为自然,当然也很可能是因为它们产生时代久远,早已为人们习惯。但从一些修饰语的使用中,我们也能看出其语义扩展过程。以"华"字为例,《说文解字》:"华,荣也。"原指草木之华。用以形容人的容貌,早见于《诗经》:"颜如舜华。"(《有女同车》)《楚辞》用"华容",因此并不显突兀。又形容人的衣冠,有"华冠"(《庄子·让王》);而后扩展至人的居所、用具,如"华橑""华毂"(《史记·张耳陈馀传》)、"华盖"(《汉书》安世房中歌)。使用最早的修饰语,当然显得比较自然。

由《楚辞》再上溯,我们在《诗经》中发现已有以下这些偏正式复合词:

> 蛾眉(《硕人》)、繁霜(《正月》)、丰草(《湛露》)、寒冰(《生民》)、皓天(《节南山》)、嘉卉(《四月》)、皎日(《大车》)、良媒(《氓》)、清风(《烝民》)、素丝(《羔羊》)、幽谷(《伐木》)

等等。对比《尚书》中的偏正式复合词:

> 大业(《盘庚》)、丹雘(《梓材》)、好风(《洪范》)、烈风(《舜典》)、戎车(《牧誓》)、天命(《汤誓》)、王道(《洪范》)、王命(《康诰》)

以及《周易》中的偏正式复合词:

> 白马(《贲卦》)、重门(《系辞》)、大川(《需卦》)、高陵(《同人卦》)、寒泉(《井卦》)、坚冰(《坤卦》)、幽人(《履卦》)

两相对比可以看出,《诗经》中的这组词多为形名结构定中式,或有比喻义("蛾眉"),修饰语与中心词的结合较为自由;而《尚书》《周易》中的这组词,除领属性名名结构("天命""王道""王命")

之外,其他词修饰语与中心词的结合也相对固定,取消修饰语则语义完全瓦解。因此可以说,正是由前一组词的形式发展出《楚辞》、汉赋中的藻饰性词语,因而应将其视为诗语;而后一组词则是一般的偏正式复合词。当然,在文献中这两类词是错杂在一起的。在《诗经》中也有大量后一种类型的复合词,而《周易》中的"寒泉""坚冰""幽人"等词则与前一组词接近。

　　然而,在复合词内部,确实没有一个简单的形式标准或语义标准,可以用来判断一个词是否是诗语。一个相对客观的标准,就是看其是否用于或主要用于诗歌(广义的,包括其他韵文)。这也是英语词典所采用的标准。但这个使用范围不能只看早期出处,还要看词语在中古文献中的使用情况。早期文献如《左传》《庄子》《史记》等,本身往往具有很强的文学性,其中有些词语在后世也被采用为诗语。

三、常用词组合而成的"诗语"

　　由上述过程可以看出,藻饰性词语也是由早期的较为自然的形式发展来的。这种较为自然的形式,也就是我们所说的第三类诗语:比藻饰性词语更为常用、更为普通的一批词语。其中也以偏正式最为典型,只是其修饰语和中心词往往都是基本词或常用词,因而语义明晰,几乎无须任何解释;而且耳熟能详,使用频率很高。但与藻饰性词语一样,经过修饰或组合后的词语,其语义与原来的基本词必然有所不同,有其特有的形象性和意义蕴含。当然,除了见于早期文献外,这类词语在后代也不断产生。下面举几个例子。

　　首先来看首见于《诗经》的"清风"一词。什么叫清风? 它与大风、烈风等等不同,不是量级概念,几乎无法定义,其中显然已经包含了某种情态的或主观感受的成分。这个词由于产生时代早,被应用于很多场合,因而产生了一些附加含意,如"两袖清风"。但它的基本涵义始终保留,"清风徐徐"等词语人人皆能随口而出,使用了两千多年也不嫌陈旧。一个不是基本词的描绘性词语,却能这样历久弥新,不能不令人惊叹!

另一个足以与之匹敌的词是"明月",首见于《荀子·解蔽》,也使用了两千年以上。这两个词也常常匹配出现,如《文心雕龙·物色》:"清风与明月同夜。"这个词的语义更为单纯,只是凸显了月的性状,也很少有其他引申义①。月后来选择"月亮"作为双音替代形式②,同样有明亮的语义内涵,但亮的意思弱化。相比之下,"明月"只突出月的一种性态(不能指晦月、暗月),因此不适宜作专名。由此也可以看出诗语与基本词、一般词汇的区别。

再看"落日"一词。此词的结构稍有不同:修饰语不是形容词,而是动词。它在诗中出现(徐幹《情诗》),似稍早于"日落"(陆机《折杨柳》)。但后者是合于一般叙述的主谓式,在一般话语中可能更为常见;而前者变化为偏正式,语义也不再偏重于叙述,而是呈现一个已然的结果。从《诗经》的"日之夕矣",到徐幹的"落日照阶庭"、唐人的"长河落日圆",这是诗人特别喜好的一种场景或意象。但与从"日之夕"压缩而来的"日夕"(《史记》)一词不同,后者更近于单纯的时间交代,而"落日"不但视觉形象突出,而且带有一种特殊的场景氛围。还有使用频率也极高的"夕阳"一词,与"落日"几乎同义,但缺少后者的过程感。原因就在于"落"是动

---

① "明月"在先秦文献中的更多用例是指"明月之珠",由比喻变成专名,是一种借代。

② 梁王筠(一作吴均)《酬张淮南别》:"天清明月亮。"可能是最早出现的这一组合。

词,而"夕"是时间名词,意味因此不同。"落"作为不及物动词直接修饰名词①。不是所有动词都可以这样搭配,所以"夕阳"可以有与其对应的"朝阳"一词,但却无法从"落日"派生出"升日"②。

　　还有"春色"一词,出自谢朓《和徐都曹》"春色满皇州"。此词的语义较为模糊。"色"本指颜面之色,也用来指物的形貌③。此义虚化后可缀于很多天象、物象词,如"天色""夜色""日色""月色""山色""雪色"等,还有更为宽泛的"景色"一词。用于季节词,同时《子夜四时歌》中有"芳春色",盖谢诗所仿。稍后江淹诗中又出现"秋色"(《步桐台》),但没有人依此类推出"夏色""冬色"。"春色"究竟所指为何? 恐怕谁也难以说清。也许正是这种特殊意蕴使它成为使用频率极高的词,超过了与其语义接近的"春光"。也正是这种难以说清的细微区别,使这种构词可以应用于春和秋,而不能应用于夏和冬。

　　这几个词都是按照汉语复合词形式构成的,所以尽管它们与基本词十分接近,但在构词形式不同的其他语言中却很难找到与它们对应的词汇,因而成为汉语特有的词汇。这也是汉语诗语的特点之一。例如在英语中,只有 sunset 或 setting sun 与"落日"约略近似,其他词在翻译中一般只能还原为基本词: wind, moon, spring。"清风"也有人勉强译为 cool wind(凉风)④。"明月"有时译为 moonlight,甚至 bright moon。但这些译法几乎都无法真正用在诗歌翻译中。对"春色"一词,所有译者干脆都放弃了。这些语义单

① 与"落日"搭配形式相同的还有"落叶""落雁""落鹜"等。类似的有不及物动词"飞"修饰名词:"飞鸟""飞鸿"等。
② 谢惠连《七月七日夜咏牛女》:"落日隐櫩楹,升月照帘栊。""升月"与"落日"对言,但未能凝固成词,几乎没有袭用者。
③ 《说文解字》:"色,颜气也。"《淮南子·时则训》:"察物色。"
④ 与"清风"含义接近的是 breeze,但却是与 wind 不同的另一个词。

纯的词尚且如此,那些繁复的藻饰词语就更让译者头痛不已。

那么,这些听起来十分熟悉的词语是否符合判定诗语的客观标准——用于或主要用于诗歌呢？对此,主要应依据它们在中古文献中的使用情况来检验。以下是这四个词在《全唐诗》中的出现频次①:

清风(427)、明月(917)、落日(477)、春色(325)

可见它们属于《全唐诗》中除单音词外使用频次最高的一部分词。

在《全唐文》各体文中,这四个词的出现频次如下:

	诏制	表状	议	碑铭	赞	序	记述	策问	判	论	赋	书启	祭文	颂	传
清风	26	12	2	94	12	38	28	2	4	5	32	26	17	3	1
明月	0	1	0	31	0	16	3	0	4	0	36	9	0	4	0
落日	0	1	0	4	0	6	1	0	1	1	13	0	0	1	1
春色	0	0	0	0	0	7	0	0	0	0	14	2	0	0	0

其中"清风"由于进入多个典故,用于颂扬人品和悼念亡者,所以在多种文体中都有使用。但频次的多寡,也基本反映了各种文体摘藻的程度。"落日""春色"两词更能说明问题:除了文学性的赋、序、铭之外,它们几乎没有出现。

再看看它们在《新唐书》②《唐律疏议》《唐六典》《通典》四种

---

① 此项统计排除了《全唐诗》中的重出诗因素,但未排除该书所包含的唐五代词以及可能误收的非唐人诗。"明月"作为专有名词("明月峡")也被排除。
② 《新唐书》删除了各类文章,更适宜作比较。

典籍中出现的情况：

	新唐书	唐律疏议	唐六典	通典
清风	1①	0	0	0
明月	1	0	0	1②
落日	0	0	0	0
春色	0	0	0	0

可见在诗文之外的其他场合，这些词几乎不被使用。

更值得思考的是，与藻饰性词语不同，这几个词耳熟能详，人人都会使用，几乎没有人意识到它们曾经主要是诗语，甚至想不到它们的历史如此悠久。这说明汉语诗语中至少有一部分已成为通用词语，直到进入现代书面语和口语③。它们通过转化为成语、熟语，或以诗歌成句的形式为人熟知，从而进入一般语言，与一般词汇交融，而不是像欧洲语言中的诗语那样，与其他词语形成不同层级，大部分在现代罕用，成为死词。这又是由常用词组合而成的汉语诗语的特殊命运和独特魅力所在。当然，即便是作为通用词语，它们也保留了诗语的特征。无论在什么场合，只要使用它们，就会有一股诗意随之涌出。

原载《清华大学学报》2017 年第 5 期，

收入本书时有修订

---

① 《历志》引"国语"。

② 卷一五一斛律光事引谣言，斛律光字明月，谣言覆射其字。

③ 《汉语大词典》四个词均收入，《现代汉语词典》收入了除"明月"之外的其他三个词，可见现代汉语也承认它们是通用词语。

汉语造词与诗歌新语

一、问题的提出

　　中古汉语发展的最重要变化之一,是词汇的复音化以及新的复音词的大量产生。对于这一变化产生的原因,学者分别从语音简化、表义精确、审美观念、音步韵律以至外来语影响等方面提出解释①。从语言发展的一般情况来看,词汇的变化和新词的产生既有语言交际的需要,与社会变化紧密相关;又有语言发展的内在动因,符合语言演变的内在机制。不过,即便是变化非常明显的中古时期,这种变化也不是短时期内的巨变,而是在很长一个时期的世代延续中由微小转变不断积聚、逐步变化而完成的。

　　这种逐步变化的另一层涵义,就是它是由无数不知名的使用者参与完成的。换句话说,在语言变化的自然过程中包含了无数语言使用者的作用。只是因无案可查,我们一般都把他们视为一

① 参见丁喜霞《中古常用并列双音词的成词和演变研究》第一章中的综述,北京:语文出版社 2006 年,第 14 页以下;周俊勋《中古汉语词汇研究纲要》3.3 "中古汉语词汇复音化研究"中的综述,成都:巴蜀书社 2009 年,第 166 页以下;邱冰《中古汉语词汇复音化的多视角研究》2.3"中古汉语复音化动因及规律的探讨"中的综述,南京:南京大学出版社 2012 年,第 30 页以下;等等。

个无须讨论的无名者群体。只有在某些场合,例如在佛经翻译中,可能有确知的某个译者参与确定译名,制定某些新词。但在上述局面下,这种情况也显得无足轻重,即使有可能也很少有人去追溯这些个人的发明者。

　　在此之外,唯一打破这种局面、在语言变化中留下使用者个人痕迹的,就是文学作者。文学写作对语言发展的影响,在各种语言中都是明显可见的。因为文学往往是人们学习语言的最好教材,即使是牛童马走、引车卖浆者之流,也能够熟练运用口头传说、歌词唱本所提供的语言词汇。在书面语的形成和传承中,当然更是如此。文学作者尤其是诗人,既要依据现有语言规范、使用现有词汇进行写作,同时又会通过拓展词义甚至创造新词,改变语言规范,影响语言使用。

　　当文学进入作家时代后,知名作家的创作由于有案可查,更由于其作品在当时和后代的广泛影响,其功绩也更容易被人们铭记。例如,莎士比亚就是对英语发展产生重大影响的诗人之一(乔叟是在他之前另一个影响重大的诗人),英语中有不少表达方式来自莎士比亚。据在线版《牛津英语词典》,其著作在该词典引用文献中居所有作家之首,约占全部引文的 1.06%,首出于其作品的词汇有 1 572 个①。莎士比亚在语言运用上的创造性,被认为包括四个方面:借词,造词,熟语和成语,以及词语搭配。其中的造词(coinage),主要是指对现有语素加以重新组合。例如:bare-faced, besmirch, countless, deafening, hot-blooded, languageless, mangling, mansionry, mappery, muddy(作动词用:to muddy the waters)……由莎士比亚或某个与他关系密切的同时代人所造的

---

① http://www.oed.com/sources

这些词中,有一半以上成为现代日常英语的一部分①。

　　莎士比亚所处的 16 世纪,英语经历了一个极为特殊的语言创造时期。与他同时期的其他许多作家、学者,在词汇上也有类似的创造。反观中国古代,被语言学家确认为中古汉语的这一时期(以魏晋南北朝为中心)②,也正是文学尤其是诗歌史上的一个重要时期,出现了很多声名卓著的诗人创作,以及以《文选》为代表的重要文集。这些诗人的创作是否也参与到中古汉语的变化中,在某种程度上起到类似于莎士比亚及其同代诗人在语言使用中所起的作用呢? 这正是本文所要讨论的问题。

二、文学写作与早期文献中的造词

　　文学写作所使用的词汇,大部分都是其他书面语或自然语言中所使用的词汇。但语言中也有一部分并非从自然语言中截取的词汇,而是人为构造的新词。这种人为构造的新词,一类产生于各种专门领域,如佛经翻译以及现代的各种专业术语;另一类则产生于文学写作,在现代则扩大到各种传媒。亚里士多德就曾经谈到:"新创字(或译杜撰字)指诗人创造的、任何地方都没有使用过的字,似乎有一些这样的字,例如称角为'芽',称祭司为'祈祷者'。"此外,他还提到衍体字、缩体字和变体字,也属于这种新词:"衍体字指母音变长了的字或音缀增加了的字,缩体字指某部

---

① 参见 Patrick Hanks：*Lexical Analysis：Norms and Exploitations*. Cambridge, Massachusetts：The MIT Press, 2013, p. 264.
② 语言学界对中古汉语的时期界定并不一致,起始早至汉代,终结晚至唐末五代甚至宋代,但以魏晋南北朝时期为中心没有太多疑义。参见周俊勋:《中古汉语词汇研究纲要》1.1 综述,第 1 页以下。

分被削减了的字";"一个字如果其中一部分是保留下来,另一部分是新创的,这个字就是变体字。"①莎士比亚时代,英语产生了大量借词和造词,当时有数千个在拉丁语词根上造出的新词,被称为"墨水壶词汇"(inkhorn terms),意思是说它们是作家用墨水造出来的②。当然,这些词只有一部分保留在现代英语中。

在汉语中,这种人为构造新词开始于何时,很难确证。但笔者倾向于认为,随着书面写作和书面语的出现,这种造词形式就已出现。例如,金文中有"爪牙""厷夋(肱股)""腹心"三个复合词③。这三个词均为比喻义,虽又见于其他文献④,但在金文中为仅见,非某种程式用语,实在让人怀疑出自某个载言者的创意。其他如见于《尚书》的"灼见"(《立政》)、"敷闻"(《文侯之命》)、"惇大"(《洛诰》),见于《诗经》的"穹苍""国步"(《桑柔》)、"尽瘁"(《北山》),见于《周易》的"虎变"(《革》)、"硕果"(《剥》)等词,在战国以前文献中都仅止一见,让人怀疑属于这种词汇。它们的共同特点是:1. 是复合词,但非专有名称或事物专名(专名需

---

① 亚里士多德:《诗学》,罗念生译,北京:人民文学出版社1982年,第74、75页。
② 在线版《不列颠百科全书》"从中世纪英语到现代早期英语的变迁":"在1525至1611年都铎王朝鼎盛时期,并以莎士比亚为其顶点,有许多作家使用'墨水壶词汇',一种新造的、临时性词汇,大部分介于拉丁语与英语之间。"(http://www.britannica.com/EBchecked/topic/188048/English-language/74812/Transition-from-Middle-English-to-Early-Modern-English)
③ 《师克盨》(《殷周金文集成》4467):"干害王身,乍爪牙。"《师訇簋》(《集成》4342):"乍厥厷夋。"《史墙盘》(《集成》10175):"远猷腹心。"时代为西周中晚期。"爪牙"在金文中两见(见于《师克盨》及盖,实为一器),"厷夋""腹心"均一见。
④ "爪牙"又见《诗·祈父》,《尚书·酒诰》有"股肱","腹心"又见《诗·兔罝》。它们随后又见于《诗》《书》,原因也不难理解。因为当时的文字使用权是高度集中的,并且是世袭的,负责载言者在造出一个词后,自然会把它移用到其他文字中。

要社会共同体商定或认可）;2. 在同时期文献中仅见;3. 通常用于描述性或揄扬性场合,而不是一般性的叙述或教诫说理,因为描述或揄扬允许执笔者的发挥,而后者只须依据一般惯例。《诗经》中的复合词要明显多于金文和《尚书》,恐怕也与诗歌在很多场合需要造词有关。

三、造词与汉语构词方式

如早期文献中的例子所表明的,汉语的造词是以汉语构词方式完成的,因此也颇能体现这种构词方式的特点。如大家所公认的,汉语双音词与短语之间的边界极不清晰,有人把它描述为一个渐变过程,也有人参照西方的词汇层级理论加以说明①。但目前还没有人特别针对造词来讨论这个问题。造词无论在何种场合发生,都是一种人为的尝试性汉字组合,这个词(或短语)就是在这一瞬间形成的。至少在形成时,按照现在学者所提出的各种标准,它的性质是极难判定的。按照使用频次标准,它们可能会全部被排除在词之外;但如果承认造词这个概念的话,则频次标准本身就十分可疑。其后,它们的命运也各有不同,有的流行开来,有的再无人使用(如"惇大")。这种不同命运,也是我们观察汉语词汇形成及其演变的极好例子。

人为造词以极为明显的方式突出了汉语复合词的重要特点,即它的以字(单音词)为基础的能产性、灵活性。有学者把汉语的词定义为单音节字与多音节短语之间的中间层级,并提出从字组

---

① 参见丁喜霞:《中古常用并列双音词的成词和演变研究》第三章第一节"二、区分双音词和短语的理论和标准",第 118 页以下。

中字与字的结合关系出发,对词和短语进行等级划分①。更为偏激一些的立场则放弃使用词汇这个概念,转为以字为基础来研究语汇的生成,认为:"字在汉语编码体系中具有两种作用,即既可以独立表达一个概念,也可以和其他的字相组合表示一种语义特征;后者使字在组合中具有装拆自如、'以少数生成多数'的潜能。"②由此观点来看人为造词,其形成无须同其他人商议,仅仅凭借掌握文字使用权的某个人的语感,取决于他在执笔(刀)时灵机一动的创意,这不正是汉字灵活组合、"装拆自如"的极为典型的例证吗? 事实上,直到今天以文字为生者还在做同样的事情。我们在一些有意出新的作者笔下,甚至在很多广告语中,都可以见到这种装拆汉字而形成的"瞬息新词"(ephemeral words),只是不知其生命力会有多久。亚里士多德所说的"新创字"和英语中的"墨水壶词汇",同样是由个人完成的。不同的是,除了佛经翻译、明代和近代几次外来语的进入,汉语中没有借词形式的造词,也没有形态语言的词形变化,而是由汉字的灵活组合提供了新词产生的无限可能③。

---

① 参见王洪君:《从字和字组看词和短语——也谈汉语中词的划分标准》,《中国语文》1994 年第 2 期。

② 徐通锵:《汉语结构的基本原理——字本位和语言研究》,青岛:中国海洋大学出版社 2005 年,第 136 页。

③ 赵元任曾这样描述现代受过教育的汉语使用者仍在从事这种造词:"他们不仅能从构成复合词的音节词("字")追溯到它较古的意义,而且还能相当自由地利用自己的音节词词库来制造新的复合词。这些新组合也许是从来没人说过或听见过的,但是跟他知识层次差不多的同伴却听得懂,还能教授给那些知识层次比他低的人。……(汉语社会)受过中等教育就能自由地制造新词。"见《汉语词的概念及其结构和节奏》,中译文见袁毓林主编:《中国现代语言学的开拓和发展——赵元任语言学论文选》,北京:清华大学出版社 1992 年,第 242—243 页。

　　不过,单个汉字(联绵字除外)本身就是单音词,所以我们完全没有必要放弃词汇概念。汉语词汇学之所以纠结于词与短语的分界问题,主要还是由于从古至今汉语书写形式只有字的排列,除此之外没有词的外在标志。在引进现代词汇概念后,迫切需要通过对词的界定来使句子的语义层级单位变得清晰。但从信息处理角度来看,这种界定方式有值得商榷之处。对计算机中文信息处理来说,重要的是对句子的词汇单位进行正确切分,而不需要对字的组合是否符合词的稳固标准进行判断。由于汉语词汇学和词典编纂对词的界定持一种过偏过严的标准,计算语言学不得不又提出字串频度等参考指标,以分词单位取代词的概念,并另外编制不同于一般词典的分词词表①。

　　英语的复合词(compound words)其实也有三种书写形式:用连字符连接的、不用连字符连接的和取消空格直接合并的。可见在英语中,词的形式分界也未必都是那么清楚简单。只是由于英语单词有空格作为天然标志,取消空格合并后就成为新的单词,所以并不在意词的其他划分标准。此外,英语在 compound words 之外,还有一种 multiword expression(姑且译为连字词),既包括 compound words,也包括一些短语,"具有跨越词界的特定意义"②。这种连字词的能产性极强,是当代英语新词最丰富的来源,数量之多、产生之快令词典编纂者大伤脑筋,其中不乏信手拈

---

① 参见刘开瑛:《中文文本自动分词和标注》,北京:商务印书馆 2000 年,第23 页。

② Multiword expression can be described as "idiosyncratic interpretations that cross word boundaries (or spaces)". Ivan A. Sag, Timothy Baldwin, Francis Bond, Ann Copestake and Dan Flickinger: "Multiword Expressions: A Pain in the Neck for NLP"(2002), in *LECTURE NOTES IN COMPUTER SCIENCE*, Vol. 2276, pp. 1–15.

来之作①。可见英语单词虽不能完全与汉字相提并论,但同样也有这种装拆式的组合变化。短语(phraseme)或 multiword expression 因具有跨单词的特定意义,所以也被认为包含在词(word)的概念中②。区别也许在于,汉语作为没有形态变化的孤立语,经历了由单音词向多音词的变化,这种变化从一开始就依赖于字的组合能力;而英语作为形态变化较少的分析语,似乎越到近代,复合词和连字词的形式才越显重要。

汉语构词方式的这种特点,使得词汇的双音化过程除了产生结合紧密的复合词之外,还随时产生很多较为松散的字的组合。造词就出现于这一过程中。从早期文献开始,造词就是伴随复合词增长的必然现象。但由于它符合汉语的构词方式,所以不管其初次露面时多么偶然,借着文学作品的广泛影响,其中很多词在重复使用中得以流行,甚至成为常用词。

四、《楚辞》、汉赋中的造词

此后每一时期的重要文学写作,几乎都会留下一些这种造词。例如,见于《楚辞》的这些词:

芳草、幽兰、捷径、窘步、兰芷、落英、修姱(《离骚》。《大招》:姱修),发轫(《离骚》《远游》),弭节(《离骚》《九歌》),佳人、桂栋、兰橑、骋望(《九歌》),凝霜(《九章》),春心、目极、邃宇、朱颜(《招魂》),揽辔(《九辩》)……

---

① 参见 Patrick Hanks：*Lexical Analysis：Norms and Exploitations*,pp. 50-51.
② 参见 Patrick Hanks：*Lexical Analysis：Norms and Exploitations*,pp. 28-29.

其中"发轫""弭节"二词在《楚辞》中两见，而不见于其他文献，也许也是这组作品出于同一作者之手的佐证。

又如见于汉赋的这些词：

> 妖冶、华榱、惊风、隆冬（司马相如《上林赋》），掋金、翠华、巨海、茫然、霓旌（司马相如《子虚赋》），寂谧（司马相如《美人赋》），夸诩、天旋、玄冬（扬雄《羽猎赋》），震霆（扬雄《长杨赋》），苍山、洪涛（扬雄《蜀都赋》），横溃（王褒《洞箫赋》），华烛、通波、星罗、萦纡、幽崖（班固《西都赋》），拂天（班固《东都赋》），结构（王延寿《鲁灵光殿赋》），弘敞、流眄、腾骧、幽闷（张衡《西京赋》），惠风、天末（张衡《东京赋》）……

汉赋作家相互沿袭的情况比较明显。例如"霓旌"又见于班固《东都赋》，"华榱"又见于张衡《西京赋》，"翠华"又见于张衡《南都赋》。不过，他们也善于寻求变化，如由"隆冬"变化为"玄冬"，由"通川"（《上林赋》）变化为"通波"。这些词的大部分后来只在诗文写作中袭用，但也有一些到现代成为常用词（如"结构"）。

刘勰《文心雕龙·辨骚》谓："观其骨鲠所树，肌肤所附，虽取熔经意，亦自铸伟辞。"黄侃对此评论道："二语最谛。异于经典者，固由自铸其词；同于风雅者，亦再经镕涷，非徒貌取而已。"①"自铸"其词，或可比较宽泛地理解为命意造句，但其实就是指《楚辞》的造词。从刘勰在同篇中使用的"艳辞"（"中巧者猎其艳辞""顾盼可以驱辞力"）等用语中，也可看出这一点。《楚辞》、汉赋均依靠铸造、驱遣此类词语而完成其创作。

---

① 黄侃：《文心雕龙札记》，北京：中华书局1962年，第21页。

五、魏晋以后的诗歌新语

　　现代词汇学极为重视的双音词,传统上被称为骈字、重言、复词,或瑰辞、韵藻,在旧语文训释中恰恰最不受重视。传统训诂学只解释单个字或联绵字的意义,不解释这类词语。《佩文韵府》和《骈字类编》等书专收两字词,但也只列其出处,不加解释。原因在于,这些词都属于"见字明义",只须解释单字字义就足够了。两字词甚至不被视为一个语义单位。乾隆时程际盛编有《骈字分笺》,采集各类字书,对所收骈字(包括部分联绵字)全部分训,如:"掬溢:一手之盛谓之溢。两手谓之掬。"①

　　然而,宋以后的诗文注家在孜孜不倦地追溯词语源头时,不免会注意到一些新见词。姚合《赠张籍太祝》诗曾云:"古风无敌手,新语是人知。"②注家也用"新语"来称呼这种新见词。例如宋代赵次公注杜诗,就指出:"剩水、残山,杜公之新语","半岭鹤、平沙树、洲景、岩姿,皆新语矣","妖腰、乱领,亦公之新语。"③这种新语,黄庭坚称为"自作语"④,也就是产生于诗人笔下的造词。

① 程际盛:《骈字分笺》卷下,《丛书集成初编》本,北京:中华书局1985年,第50页。
② 《全唐诗》卷四九七,上海:上海古籍出版社影印本1986年,第1260页。
③ 见林继中辑:《杜诗赵次公先后解辑校》甲帙卷二《陪郑广文游何将军山林十首》,戊帙卷二《雨》,戊帙卷十一《荆南兵马使太常卿赵公大食刀歌》,上海:上海古籍出版社1994年,第45、934、1235页。
④ 见《四部丛刊》本《豫章黄先生文集》卷十九《答洪驹父书三首》,郑永晓整理:《黄庭坚全集辑校编年》,南昌:江西人民出版社2008年,第733页。黄庭坚亦沿旧说,称这种情况为"自铸"词。《四库全书》本《山谷别集》卷十《书枯木道士赋后》:"当熟读《左传》《国语》《楚词》《庄周》《韩非》。欲下笔,略体古人致意曲折处,久久乃能自铸伟词,虽屈、宋亦不能超此步骤也。"《黄庭坚全集辑校编年》,第659页。

但赵次公等人所说的"新语"不仅是两字词,也包括其他多字结构①。依照学界比较权威的意见,以下对诗歌新语的讨论主要限于两字词②。诗人自创的四字结构,或者可分成两个两字词,或者成为后来的成语或熟语。

赵次公等人基本是依据自己的阅读经验来判断词语的来源。清代编纂的《佩文韵府》及《骈字类编》,为追溯词语源头提供了很大方便。但在大型古籍数据库(语料库)建立之前,人们很难对词语的源出及其在某一时代的使用情况做出准确判断。现在,我们有可能进行这种调查,在较大范围内对诗歌中的新语或造词加以确认。调查显示,魏晋以后是文人诗歌(也包括赋及其他一些文体)中新语产生最多、最为活跃的时期。以下所列是出自一些重要诗人的新语(造词):

曹　植:豹螭、长筵、驰光、池塘、春鸠、独栖、飞栋、飞盖、飞
　　　　猱、孤兽、皓腕、荒畴、金羁、空闺、揽弓、令颜、流飙、
　　　　绿池、罗袂、名讴、鸣俦、匹侣、奇舞、翘思、青楼、攘
　　　　袖、柔条、神飙、索群、翔鸟、销落、潇湘、阳景、勇剽、

---

① 在其他场合,"新语"也往往指诗文语意上的创新和各种语句结构。如《宋景文公笔记》卷中:"柳子厚云:'嘻笑之怒,甚于裂眦。长歌之音,过于恸哭。'刘梦得云:'骇机一发,浮谤如川。'信文之险语。韩退之云:'妇顺夫旨,子严父诏。'又云:'耕于宽闲之野,钓于寂寞之滨。'又云:'持被入直三省,丁宁顾婢子,语刺刺不得休。'此等皆新语也。"《丛书集成初编》本,北京:中华书局1985年,第14页。

② 吕叔湘《汉语语法分析问题》:"从词汇的角度来看,双语素的组合多半可以算一个词,即使两个成分都可以单说,如电灯、黄豆。四个语素的组合多半可以算两个词,即使其中有一个不能单说,如无轨电车、社办工厂。"北京:商务印书馆1979年,第22页。

玉除、圆景、朱华;(并见于曹丕)丰膳、衔草

徐　幹:翠幄、落日

阮　籍:薄帷、飞藿、孤鸿、寒鸟、开轩、离伤、青山、颓日、闲
游、因依

陆　机:安辔、薄阴、悲情、层云、长旌、长峦、乘蹻、翠翰、寸
阴、芳春、芳袖、飞飙、风光、高柳、高弦、集鸾、寄音、
劲房、劲秋、客心、良缘、林渚、岭表、罗幕、落晖、绮
态、清弦、濡迹、弱龄、商飙、商榷、舒翮、素蕤、修雷、
妍骸、妍迹、藻景、朝晖、振迹、直阡、朱阁、紫霞、伫
眄;(并见于陆云)徂迁、飞辔、高徽、豪彦、欢友、矫
迹、绝景、亮节、林苞、琼蕤、清辉、清琴、穷迹、世罗、
淑貌、衔思、音徽、振策、振素

陶渊明:尘事、泛览、孤云、孤舟、故辙、欢言、佳色、结庐、人
境、深辙、心期、真想、真意

谢灵运:哀猿、板缠、半规、薄霄、薄游、悲端、奔峭、崩奔、碧
涧、柴荆、采甄、惭沮、层巅、澄霁、崇雉、稠叠、初篁、
初景、辞弊、徂谢、促管、促衿、促装、登顿、胝悁、多
秩、芳荪、芳醑、氛氲、风潮、浮骖、浮湍、浮名、高峰、
挂席、归客、归舟、寒潭、缓辙、辉映、回合、回景、急
澜、急筋、窘身、开颜、暌携、兰氾、兰澡、兰卮、阑暑、
阑夕、理棹、良觌、列筵、列墉、沧薄、沧飘、沧顭、绿
篠、绿野、弭棹、溟涨、冥色、蒲稗、栖薄、栖川、樵隐、
寝瘵、清醑、清泚、扫荡、赏心、疏峰、危柱、微尚、卧
痾、悟对、骛棹、心迹、辛勤、休憩、修垌、修畛、曛黑、
徇禄、淹薄、扬帆、倚薄、音容、幽期、幽姿、游眺、园
柳、远峰、远岩、蕴真、攒念、遭物、濯流、拙疾;(并见

于谢惠连)红桃;(并见于鲍照)氛昏、羁心、旧山、揽带、乱流、旅雁、蘋萍、险径、音尘、云峰

鲍　照:鞍甲、白鸥、崩波、笔锋、彩阁、长飙、丹素、翻浪、飞輐、飞舞、风餐、胡霜、回掌、惊春、迥陌、倦客、客情、旷士、沦误、溟渤、篇翰、绮肴、侵星、石径、朔雪、晚风、晚志、帷户、嫌猜、行晖、行月、绣罻、严秋、掩闺、掩泣、艳阳、野风、盈歊、远埃、云潭、云卧、征骑

谢　朓:苍江(沧江)、苍苔、草际、澄江、驰晖、春色、辍棹、叠鼓、芳甸、风帘、风烟、孤猿、归鞅、寒城、红药、红妆、荒池、荒阶、魂牵、江树、空濛、旷望、凉飔、林表、旅思、绿蚁、凝笳、凝空、绮钱、青郊、清卮、琼筵、疏芜、衰柳、繐帷、田鹤、汀葭、彤闱、危辙、晓星、新荷、雄图、喧鸟、英衮、英盼、幽蹊、馀霞、馀绚、远岫、云陛、杂英、昭洒、征轴、朱邸、朱网、宗衮、组练

江　淹:碧云、碧障、冰天、彩吹、层薨、沉燎、宸网、池卉、翠碉、丹弦、点翰、冬霰、泛瑟、泛艳、感忾、孤筠、寒郊、红彩、宏域、怀痾、惠色、蕙质、寂动、戒风、悁劳、款睇、露彩、缅映、睿情、弱思、色滋、晒旷、拾蕊、世尘、肃舲、文轸、骛望、退怪、新赏、秀葺、虚幌、玄缨、悬光、烟驾、严玄、遥帷、瑶琴、倚棹、盈缺、盈填、萦薄、映月、忧衿、幽响、愉逸、云装、展歌

庾　信:残月、持谢、春窗、待月、断云、飞度、飞花、孤烟、荷风、花径、离杯、流落、轻雷、生涯、松径、天边、雁断、幽径、玉勒

……

以上调查所据,主要为《文选》所收诸人诗(庾信除外),并不完整,还可针对每个诗人进一步补充。有些怀疑截取于日常语言的词语,也排除在外。辨别标准同于前面所述:是复合词而非专名,多用于描摹形容,但在同时期仅见这一点上有所变通。因为这一时期诗文在文人之间的传播速度极快,而且有些诗人关系密切,明显可能相互影响。如曹氏兄弟、陆氏兄弟、谢氏从兄弟,词语仅在他们之间互见这一事实,更有助于证明这些词语为他们所造。其中陆氏兄弟共用的造词最多,除了显示二人的亲密关系外,也与他们文采富赡、创作数量多有关。此外,鲍照与谢灵运似无私人交往,鲍只与何长瑜曾同为临川王义庆属下同僚,而何氏曾从谢氏兄弟为会稽山泽之游①。谢灵运作为当时最受关注的诗人,鲍照有可能直接沿袭其用词。如"赏心"一词曾为谢诗屡用(见《晚出西射堂》《游南亭》《酬从弟惠连》等),鲍照《白头吟》中则有其变化形式"心赏"。

　　以上这些诗人语言风格各异。曹植、陆机、谢灵运、鲍照、谢朓、江淹等人以用词华美著称,而阮籍、陶渊明二人的语言则较为平易自然,所以在造词数量上也有明显差别。但即便如此,阮、陶二人也有一些造词给人留下深刻印象,被后人广泛袭用,如"孤鸿""青山"②"孤舟""人境"等。相比而言,魏晋和宋初诗人更长于造词,齐梁诗人稍逊。这可能和钟嵘所批评的"大明、泰始中文章殆同书抄"的风气有关。但总体来说,魏晋以后诗歌写作在语言上极富创新意识,诗人争为自创新语以相高。诗人写作也没有字字讲

---

① 参见丁福林:《鲍照研究》,南京:凤凰出版社 2009 年,第 105 页。
② "青山"原为专名。《三辅决录》卷二:窦太后在其父所坠渊处筑起大坟,人间号为窦氏青山。又《后汉书·光武纪》有青山,在庆州。但自阮籍《咏怀诗》使用后,逐渐成为泛称。

求来历的观念束缚，所以才会有这样大量的造词产生。从五言诗的发展来看，这一时期在客观上有丰富词汇的需要。词汇量如果始终停留在《古诗十九首》或建安时期的水平，根本谈不上五言诗的创作繁荣。指责这一时期诗人"务为妍冶""彩丽竞繁"，无疑只是一种片面观点。

长期来看，这些词语中有很大一部分进入此后文人诗歌的词汇系统，成为诗歌的常用词语。还有一些词语沿用至今，如：

芳春、商榷、高峰、扫荡、辛勤、心迹、音容、笔锋、飞舞、艳阳、流落、生涯

不过，也有很大一部分词语几乎被人遗忘。以下所列是在《全唐诗》中出现频次为 0 的词语：

安辔、鞍甲、板缠、薄阴、豹螭、悲情、碧障、彩吹、宸网、乘蹑、池卉、崇雉、初篁、促衿、促装、丹弦、胆悁、多秩、飞飙、氛懑、浮骖、感忾、高徽、孤筠、宏域、怀痾、欢友、缓辙、回景、惠色、魂牵、集鸾、寂动、戒凤、劲秋、迥陌、窘身、款睇、兰汜、阑暑、阑夕、揽弓、亮节、列墉、岭表、令颜、流飙、沦薄、沦飘、绿篠、鸣侍、匹侣、栖薄、栖川、奇舞、绮态、绮肴、寝瘵、清卮、穷迹、攘袖、濡迹、色滋、晒旷、世罗、淑貌、舒翮、肃舲、素蕤、索群、颓日、帷户、文轸、悟对、骛望、骛棹、退怪、险径、行晖、修坰、修雷、修畛、绣甍、玄缨、严玄、妍骸、妍迹、英衮、盈歇、盈填、萦薄、勇剽、忧衿、愉逸、远埃、远岩、攒念、遭物、藻景、昭洒、真想、振迹、振素、征轴、直阡、伫眄、濯流、宗衮

可见即使是《文选》的广泛影响力,也不能保证这些词语就一定会被袭用(也有个别词语在诗以外的文献中有使用,如"岭表")。当然,也不排除其中部分词语在唐以后文献中又出现同形词。

比较这些流行的和未流行的词语,从结构和语义上很难说有什么不同。未流行词语大部分也是见字明义,并不比流行词语更难懂(只有极小部分是因过于生僻或费解而遭弃用,如"板缠""朐悁""阑暑")。词语的流行在很多情况下带有偶然性,例如用"感慨"而不用"感忾",用"惭愧"而不用"惭沮",用"鞍马"而不用"鞍甲",用"佳肴"而不用"绮肴"。在意义接近、缺少区别度的词语中,最终会有一两个词胜出,其他词被淘汰。另外,从造词的需要来看,以上很多词语本来就是诗人为避免重复而有意变化造出来的。这样会带来两种结果:一种结果是为了表示对某人的敬意,有意识地袭用其词语;而另一种结果则是无视其造词,选择更一般的词语,或者也像前人那样为避免重复再造一个新词。实际情况如何,只能取决于写作风气和词语本身的运气了。

唯一能够看出一点区别的是,由常用词组合成的复合词更容易流行。实际上,大部分两字造词中都至少有一个字是常用词。人们习惯于为已熟悉的概念加上一个稍显生疏的搭配。但如果两个字都是常用词,就更容易流行。这样搭配出来的词如果是比较自然、意蕴鲜明的,恐怕很早就会被人想到、用过。由于常用词的数量有限,如果单纯为寻求变化而造词,不可避免地会选择一些不太常用的词。大部分造词者的追求也不在流行,而就在于一时的出新。很多词无人袭用也是完全合乎情理的。

但即便只出现一次,我们也应承认它们是词或词语单位。汉语不但应当承认瞬息新词,而且应当承认也见于其他语言的一次频词(hapax legomena)①。由于汉字组词能力极强,这种一次频词的数量也多得惊人。世界各种语言的常用词语大多在 6 万个左右,而文献中或语料库中存在的词语则远远超出于此。《牛津英语词典》收录了 1150 年以来英语文献中出现的词语 50 多万个。代表 20 世纪词典编纂成就的《汉语大词典》,收录了先秦以来的汉语复音词 37.5 万个左右。清代康熙年间编纂的《佩文韵府》,则收录了清以前的"韵藻"60 馀万条②。这些条目中大部分都是只见于诗赋、诗词写作的词藻(以两字目为主)。据笔者估计,其中约有 20 万—30 万个条目应属于诗文写作中的造词。以上所罗列的不过是沧海一粟罢了。

原载《河北学刊》2015 年第 3 期,

收入本书时有修订

---

① hapax legomenon 源自希腊语 ἄπαξ λεγόμενον,意为"(某事)只说一次"。参见 Henry George Liddell, Robert Scott: *A Greek-English Lexicon*. New York, Harper, 1878, p. 165, 920. 在线版《牛津英语词典》对 hapax legomenon 的解释是:"一个词或词形在某一文本、某一作家的作品或全部文献中仅出现一次。"(http://www.oed.com/view/Entry/84040? redirectedFrom = hapax + legomena#eid)

② 参见任远:《古代词藻成语典故之总集——〈佩文韵府〉》,《辞书研究》1985年第 6 期。

从"有来历"到"没来历"

——试论杜甫诗歌的语言创新

宋代黄庭坚有一段著名的话:"自作语最难。老杜作诗,退之作文,无一字无来处。盖后人读书少,故谓韩、杜自作此语耳。古之能为文章者,真能陶冶万物。虽取古人之陈言入于翰墨,如灵丹一粒,点铁成金也。"①其中"无一字无来处"的说法来自黄的岳父孙觉,原话是"无两字无来处(历)",一再见于宋人引用②。无论是"无两字"还是"无一字",都是一种极而言之的说法,不必过分拘泥于其字面意义。它在强调杜诗词语来源丰富的同时,

---

① 见《豫章黄先生文集》卷十九《答洪驹父书三首》,郑永晓整理:《黄庭坚全集辑校编年》,南昌:江西人民出版社 2008 年,第 733 页。

② 赵次公《杜诗先后解》自序:"余喜本朝孙觉莘老之说,谓杜子美诗无两字无来处。"林希逸《竹溪鬳斋十一稿续集》卷三十引,见林继中辑校:《杜诗赵次公先后解辑校》卷首,上海:上海古籍出版社 1994 年。任渊《山谷内集诗注》卷一《古诗二首上苏子瞻》:"孙莘老云:老杜诗无两字无来处。刘梦得论诗亦言:无来历字,前辈未尝用。山谷屡拈此语,盖亦以自表见也。"《丛书集成初编》本,北京:中华书局 1985 年,第 1 页。孙觉字莘老,传见《宋史》卷三四四,晁公武《郡斋读书志》卷四著录"孙莘老奏议十卷"。《山谷外集》卷八《黄氏二室墓志铭》:"初,庭坚年十七,从舅氏李公择学于淮南,始识孙公,得闻言行之要,启迪劝奖,使知向道之方者,孙公为多。孙公怜其少立,故以兰溪归之。"兰溪即黄氏初室。《黄庭坚全集辑校编年》第 679 页。

又指出其用字的谨严，代表了宋人对杜诗的认识，并且对宋及宋以后的杜诗注释产生很大影响，但也引发不少误解和争议。喜作翻案文章的袁枚谓："宋人好附会名重之人，称韩文杜诗无一字没来历。不知此二人之所以独绝千古者，转妙在没来历。"①这两种看起来相反的说法，是否符合杜诗的语言事实？各自有什么涵义？所谓"无一字无来处"，是否有一定的适用范围？这一说法为什么没有应用在其他诗人——例如六朝诗人或李白——身上？是否确实反映了唐诗语言运用上的某种重要动向和转变？与之相对，杜诗又是否如袁枚所说从有"来历（处）"转为"妙在没来历"，从而实现其诗歌语言创新？这些问题都需要进一步厘清。

一、"无一字无来处"与"自作语"

黄庭坚的这段话无疑是其诗学思想的重要体现，"点铁成金"同"夺胎换骨"一样成为他最著名的诗学口号。但这段话中还有一层意思也不能忽略，即黄氏并没有否认杜诗、韩文有"自作语"，也没有否定使用"自作语"的必要，而只是说"自作语最难"。换句话说，在他看来，"自作语"是在诗歌用语讲求来历之上的一种更高境地。孙觉原话由于是转引，不知是否包含这层意思。但从逻辑上讲，这两方面确实是相互关联、不可缺一的。

相同的意思，黄庭坚在另一段话中有更清楚的说明："当熟读《左传》《国语》《楚词》《庄周》《韩非》，欲下笔，略体古人致意曲折处，久久乃能自铸伟词，虽屈、宋亦不能超此步骤也。"②"自铸"

---

① 袁枚：《随园诗话》卷三，北京：人民文学出版社1982年，第98页。
② 《山谷别集》卷十《书枯木道士赋后》，《黄庭坚全集辑校编年》第659页。

之说出于《文心雕龙·辨骚》:"虽取镕经意,亦自铸伟辞。"可见这种现象来源有自,自《楚辞》以来在历代诗人创作中都有体现。宋代博通之士如苏、黄,不会对此漠视不见。黄庭坚用此言在前,可见"自作语"即是"自铸"词的另一表述形式。不难看出,袁枚所谓"没来历",其实也就相当于"自作语"、"自铸"词。综合他们的意见,可以说诗人只有在熟读经典、有长期写作实践后,才能"转"入这一更高境地。只是由于黄氏采用的"无……无……"这种表述格式太过绝对,大家对其说又都早已形成一种先入为主的成见,于是才会有袁枚出来做翻案文章。

客观地说,"无一字无来处"的说法本身也是对杜诗语言丰富性的一种肯定。宋以后注家为查实各种杜诗用语的"来处",付出了极大努力。能够将大量这些不同来源的词语熔于一炉,也足以证实杜诗在语言运用上的纯熟。黄庭坚的这两段文字分别写于元祐任馆职(元年至六年 1086—1091)及丁忧(七年至九年 1092—1094)时期①。孙、黄二人这样讲,实际上是对杜诗提出了注释学的要求,正是当时注杜之风兴起的先声。

细密的诗文注释,以唐人的《文选》注为开端。宋人则发现,杜诗也是需要逐字逐词施以注释的极好对象。出自邓忠臣之手、被坊间冒以王洙之名的杜诗第一个注本,约完成于元祐六年②。虽有草创之功,但当时即被批评为"甚多疏略"③。此后一个时期,杜诗注本层出,但整体水平不高,绍兴年间甚至有系统伪造典

---

① 《书枯木道士赋后》作于任馆职期间,《答洪驹父书三首》在丁忧期间。参黄
　　𥳑:《山谷年谱》,以及郑永晓:《黄庭坚全集辑校编年》。
② 参梅新林:《杜诗伪王注新考》,《杜甫研究学刊》1995 年第 2 期。
③ 吴曾:《能改斋漫录》卷五引"洪驹父诗话",上海古籍出版社 1979 年,第
　　119 页。

故、诞妄荒谬已极的伪苏注行世①。我们今天习惯于以一批优秀诗人、学者作为宋代文化水平的代表,但与之伴随的另一方面情况是,由于宋代教育普及,读书人增加,书籍刊布更为容易,著书立说的门槛大为降低,一般读书人的知识水准比起唐代士人精英其实有明显下降。唐人著述中很少有知识性错误,但在宋人笔下却比比皆是。在尚无可信注本的情况下,北宋至南宋前期,人们对杜诗的读解停留在一个较低水平之上,各种误解臆说在所难免。黄庭坚所谓"后人读书少",只是道出了实情。在缺少可靠注释的情况下,当然也无法辨别杜诗中的"自作语"和"有来历语",所以伪苏注才能乘虚而入。其流行之广、受者之众,今人往往觉得不可思议,但却是宋代阅读和教育情况的真实反映②。

正是在整体阅读水平较低的情况下,北宋初年曾流行白体和晚唐体。相比于杜诗,白居易诗和晚唐诗的阅读障碍要少得多,所以尽管流行,并没有人追究其用语来历,也没有注释的需要。但在王安石、苏轼、黄庭坚等精英人士的倡导下,杜诗最终成为宋诗效法的典范,随后进行详密可靠注释的任务才被提出来。其中大量局部的、细节的问题,需要经过一个较长时期、很多注家的持

---

① 对伪苏注的系统研究,见莫砺锋《杜诗"伪苏注"研究》,《文学遗产》1999 年第 1 期。莫文定其产生时间在南宋绍兴十五年(1145)前后。杨经华修订为绍兴四年(1134)之前,见《杜诗"伪苏注"产生时间、地域新考》,《图书馆理论与实践》2010 年第 4 期。

② 莫砺锋文将其产生归因于黄庭坚诗学观点的影响。杨经华、周裕锴《杜诗"伪苏注"与宋文化关系管窥》又进而将其与"断以己意"的宋学精神相联系,《四川师范大学学报》2010 年第 4 期。本文认为,还必须考虑到宋代教育和文化传播的一般情况。它的产生与宋代文化精英没有关系,只是代表了文化产品中最恶劣的下限,正像我们今天也须面对大量低俗和内容虚假的读物。

续努力,才能逐步弄清。黄庭坚本人亦有笺释杜诗的尝试①。其后宋代众多杜诗注本的产生,虽不免有穿凿荒疏之病,但从总体上来看,无疑是对孙、黄之说的积极响应,并实实在在提高了杜诗的读解水平。

二、"无一字无来处"的适用范围

所谓"无一字无来处",是否有一定的适用范围? 黄庭坚本人只是将它与"自作语"相区别,但又以"灵丹一粒,点铁成金"的比喻,将此问题表述得颇为玄妙,因而引出后人的各种发挥乃至指责。不过,我们还是可以把它置于诗歌用语的一般习惯和前后发展中,尝试说明其确切所指。

所谓"来处",最容易使人想到的就是用典(含语典和事典)。对诗歌用典,唐以前如钟嵘《诗品》持批评态度:"至乎吟咏情性,亦何贵于用事? ……观古今胜语,多非补假,皆由直寻。"②用事过多而不成功的诗人有任昉,"晚节转好著诗,欲以倾沈(约),用事过多,属辞不得流便"③。唐人的观点较为通达,不排斥用事,但在皎然《诗式》所列"诗有五格"中:"不用事第一,作用事第二,直用事第三,有事无事第四,有事无事情格俱下第五。"④一个明显事实是,与应用文体("笔")不同,用典不是诗歌写作的硬性要求,任昉

---

① 《山谷别集》卷四《杜诗笺》,《黄庭坚全集辑校编年》第 1621 页。此笺之真伪有疑义,参周采泉:《杜集书录》,上海:上海古籍出版社 1986 年,第 446 页。
② 钟嵘著、陈延杰注:《诗品注》,北京:人民文学出版社 1980 年,第 4 页。《文心雕龙·事类》篇论述重点不在诗歌,不能认为刘勰与钟嵘观点相左。
③ 《南史》卷五九《任昉传》,北京:中华书局点校本 1975 年,第 1454 页。
④ 皎然著、李壮鹰校注:《诗式校注》卷一,北京:人民文学出版社 2003 年,第 30 页。

就不能把握这种区别。此外,用典也不可能达到无语不用的程度。宋初人的观点是:"论者谓莫不用事,能令事如己出,天然浑厚,乃可言诗。"①即便是在黄庭坚诗学影响下,对过多用典也有批评。如《彦周诗话》所说:"凡作诗若正尔填实,谓之点鬼簿,亦谓之堆垛死尸。"并引黄庭坚《猩猩毛笔诗》作为相反例证②。可见用典超过一定频度就会被视为堆垛。传统观点对用典的要求是"适度","使事而不为事所使"③。像伪苏注那样靠伪造典故为杜诗用语找出处,在这一点上也显得十分无知。

在用典中又有所谓"暗用",不但使用典范围扩大,而且使其不易察觉,尤须考究。不过,这种说法本身似乎就是受"无一字无来处"说启发而来。所能找到的最早例子,见于《西清诗话》:"杜少陵云:作诗用事,要如禅家语:水中著盐,饮水乃知盐味。此说诗家秘密藏也。如'五更鼓角声悲壮,三峡星河影动摇',人徒见凌轹造化之工,不知乃用事也。《祢衡传》:'挝渔阳操,声悲壮。'《汉武故事》:'星辰动摇,东方朔谓民劳之应。'则善用事者,如系风捕影,岂有迹邪。"④南宋注家对此也有所发明,如赵次公注:

---

① 刘攽:《中山诗话》,何文焕辑:《历代诗话》,北京:中华书局1981年,第298页。
② 许顗:《彦周诗话》,《历代诗话》第379页。此语又见《苕溪渔隐丛话》前集卷四八引《类苑》。
③ 吴沆《环溪诗话》:"诗人岂可以不用事? 然善用之即是使事,不善用之则反为事所使。"北京:中华书局1988年(与《冷斋夜话》《风月堂诗话》合刊),第137页。魏庆之《诗人玉屑》卷一九引《玉林》:"使事而不为事所使,佳句也。"中华书局1961年,第434页。
④ 胡仔:《苕溪渔隐丛话》前集卷十引,北京:人民文学出版社1984年,第66页。此所谓"杜少陵云"显为附会或讹误。按,《颜氏家训·文章》引沈约言:"文章当从三易:易见事,一也。"又引邢劭语:"沈侯文章,用事不使人觉,若胸臆语也。"似是此先声。区别在于,沈、邢是讲创作要求,其意在虽用事而易懂、若己出;而蔡绦之"系风捕影",则着眼于读解和注释,其迹则近于穿凿或过度解释。

"水底眠又暗用事","酒家眠亦暗用事","又暗用张骞奉使寻河源事"①。清代注家又不断有所补充。但笔者据仇兆鳌《杜诗详注》统计,总计不过三十馀条,而且很多在疑似之间。如袁枚便对旧说提出质疑:"三峡星河影动摇,即景语也。注杜者必引《天官书》……未必太平时星光不动也。"②施鸿保则谓:"下句或用《汉武故事》,上句悲壮,第是常语,不必定用《祢衡传》语也。……殆因附会下句,故牵合上句,说公诗者,每有此弊。"③这种"暗用事",也多见于《玉谿生诗笺注》等,难免捕风捉影,不应成为注释学的重点。

还有一个相关说法是"用僻字须有来处"。任渊引孙莘老之说的同时,又引"刘梦得论诗"。事见《刘宾客嘉话录》:

> 为诗用僻字须有来处。宋考功诗云:"马上逢寒食,春来不见饧。"尝疑此字,因读《毛诗》郑笺说"箫"处注云:"即今卖饧人家物。"六经唯此注中有"饧"字。缘明日是重阳,欲押一"糕"字,寻思六经竟未见有"糕"字,不敢为之。常讶杜员外"巨颡拆老拳",疑"老拳"无据。及览《石勒传》"卿既遭孤老拳,孤亦饱卿毒手",岂虚言哉? 后辈业诗,即须有据,不可率尔道也。④

但此说颇遭质疑,宋祁就曾作诗嘲之⑤。南宋王观国认为:"诗人

---

① 林继中辑:《杜诗赵次公先后解辑校》甲帙卷二《饮中八仙歌》,第 38、39 页;乙帙卷八《东楼》,第 352 页。
② 袁枚:《随园诗话》卷一,北京:人民文学出版社 1982 年,第 21 页。
③ 施鸿保:《读杜诗说》,上海:上海古籍出版社 1983 年,第 175 页。
④ 韦绚:《刘宾客嘉话录》,《丛书集成初编》本,北京:中华书局 1985 年,第 2 页。
⑤ 宋祁《景文集》卷二四《九日食糕》:"刘郎不敢题糕字,虚负诗中一世豪。"《丛书集成初编》本,北京:中华书局 1985 年,第 307 页。《邵氏闻见后录》卷一九亦载宋祁此事,北京:中华书局 1983 年,第 148 页。

押韵,不出于六经者多矣。若必欲六经中取字为韵,则诗人何其拘拘耶?……'糕'字载于许慎《说文》、《方言》、《博雅》矣,梦得尚不之信,而必欲出于六经,则所虑过也。"①尤其明显的是,这一说法与唐诗多用俗语的风气不合。罗大经指出:"余观杜陵诗,亦有全篇用常俗语者,然不害其为超妙。"又举白乐天诗"移坐就菊丛,糕酒前罗列",白诗固已用之,"刘、白唱和之时,不知曾谈及此否?"②明代王世贞又谓:"刘禹锡……用字谨严乃尔,然其答乐天而有'笔底心犹毒,杯前胆不豩'。豩,呼关反,此何谓也?"③要之,所谓用僻字须有来处只是个别人的说法,在刘禹锡本人的创作中都难以获得证实。

此外,根据一般词汇学知识,在注释诗歌用语来历时,还必须排除大量无所谓出处的基本词和常用词,包括绝大部分单音词,也包括一部分双音词。这类词语注家称之为"常语"。如赵次公注杜诗:"夫泪言双,固是常语";"雨打字,即常语";"睡着、天明,通中国之常语"④。这些词语在一般情况下是不当注、不必注的,如果硬要给它们找出处,就会流为笑谈。《王直方诗话》中的批评就涉及这种情况:

① 王观国:《学林》卷八,北京:中华书局1988年,第256页。洪亮吉《北江诗话》卷三:"惟《说文》不收此字,徐铉《新附》始有之。然诗人所用字,岂能尽出《说文》耶?"北京:人民文学出版社1983年,第51页。
② 罗大经:《鹤林玉露》丙编卷三,北京:中华书局1983年,第285页;又乙编卷三,第170页。
③ 王世贞:《艺苑卮言》卷四,丁福保辑:《历代诗话续编》,北京:中华书局1983年,第1012页。
④ 林继中辑:《杜诗赵次公先后解辑校》乙帙卷一《月夜》,第169页;丙帙卷三《三绝句》,第440页;卷九《客夜》,第571页。

　　　　近世有注杜诗者，注"甫昔少年日"，乃引贾少年。"幽径恐多蹊"，乃引《李广传》"桃李不言，下自成蹊"。"绝域三冬暮"，乃引东方朔"三冬文史足用"。"寂寂系舟双下泪"，乃引《贾谊传》"不系之舟"。"终日坎壈缠其身"，乃引孟子少坎坷。"君不见古来盛名下"，乃引《新唐书·房琯赞》云"盛名之下为难居"。真可发观者一笑。①

王直方亲从黄庭坚受学，可见黄氏及其传人完全明白这个道理，并没有把一般常语也算入字字有来历之列。其他的例子，如《山寺》"乱水通人过"，王嗣奭谓："乱水不必注，而以绝流解之，误。"②但清代注家如仇兆鳌，似乎仍不明白这一点。注"欲觉闻晨钟"，引《列子》"一觉一寐"；注"骑马到阶除"，引襄阳儿童歌"时时能骑马"③。其例不胜枚举，不能不说拘挛迷信过甚。

　　排除这部分词语后，在传统注释学着重解释的各类词语中，各种知识性内容（如人名、地理、官职等）与此问题无关，亦可不论。综合以上各种情况，笔者认为，所谓诗歌用语的"来历"，并不限于经史典故成语。此说的重点也不在此，而是指在前代文献中有用例的其他各类词语。其中需要解释词义或说明来历的主要

――――――――――――

① 郭绍虞辑：《宋诗话辑佚》，北京：中华书局1980年，第87页。出《苕溪渔隐丛话》前集卷九。据莫砺锋《杜诗"伪苏注"研究》，所引五条除"孟子少坎坷"条外，均出自《分门集注》等所引托名王洙《注杜诗》。今按，《太平御览》卷三六三引《圣证论》："学者不知孟轲字。按《子思书》及《孔丛子》有孟子居，即是轲也。轲少居坎轲，故名轲，字子居也。"说又见颜师古《急就篇》注、《广韵》轲字，即该注所引。此条当亦出《注杜诗》，唯不存于《分门集注》等所引。

② 王嗣奭：《杜臆》卷三，上海：上海古籍出版社1983年，第91页。所言系针对《千家注》"定功曰"引《尔雅》"绝流曰乱"。

③ 仇兆鳌：《杜诗详注》卷一《游龙门奉先寺》《对雨书怀走邀许主簿》，北京：中华书局1979年，第2、16页。

为两字词（双音词），有单纯词（叠音词、联绵词），更多的是复合词；此外也包括两字以上的多音词、成语、习语等。这就是孙觉强调"无两字"的原因。当然，诗歌中也有某些单字（单音词）的使用有可能参取前人（主要是某些动词）。如"一箭（笑）正坠双飞翼"，黄庭坚取"笑"字："盖用贾大夫射雉事。"①又如"白鸥没（波）浩荡"，注家引《禽经》证"没"字②。其他如赵次公注《初月》"团"字引谢朓、江淹诗，注《壮游》"今用'劙'字，则出《贾山传》"等③。黄庭坚所称"无一字"，在此可以找到一些依据。不过，相比于两字词和绝大部分单字词，这种用例数量极少。

三、《文选》学与唐诗的语言运用

如上所述，孙、黄等人对杜诗提出的注释学要求，就是要注出各类词语在经史文献和前人诗文中的使用情况；而在宋代注家心目中，这种工作的典范就是唐代的《文选》注。他们的理想就是将《文选》注的方式移用到杜诗上。当然，孙、黄二人之说还有一层涵义，是针对学习者的，就是告诫他们在作诗时要慎用新词，尽量选择前人已用过的词语。然而问题就在于，《诗经》《楚辞》且不论，魏晋以后文人写诗都要使用前人用过的词语。为什么在唐代《文选》学兴盛当时，并没有人针对某个六朝诗人提出所谓"无一字无来处"？到北宋中叶，人们也已对唐诗诸大家审视一过，为什么没有人将此说法应用到杜甫以外的其他诗人身上？这是否说

---

① 《山谷别集》卷四《杜诗笺》，《黄庭坚全集辑校编年》第 1621 页。
② 见《苕溪渔隐丛话》前集卷三，引《禽经》作"凫善浮，鸥善没"。然王楙《野客丛书》卷二九所引则作"凫好没，鸥好浮"。
③ 《杜诗赵次公先后解辑校》乙帙卷七，第 300 页；戊帙卷十，第 1195 页。

明,在诗歌用语讲求来历这一点上,唐与唐以前诗人有明显不同,杜甫又尤与其他诗人不同?

事实上,六朝诗歌与唐诗在这一点上确实有明显不同。阅读六朝诗歌,直观的感受是用词绮丽,雕缋满眼,在当时及后世被批评为"繁文绮合""务为妍冶""彩丽竞繁"。但正是这种状况使得这一时期诗歌的词汇量迅速增长,重要诗人如曹植、陆机兄弟、潘岳、三张、陶渊明、谢灵运、颜延之、鲍照、谢朓、沈约、江淹等人,都曾在自己的诗作中使用大量造词,即黄庭坚所谓"自作语"。这一时期六朝诗人的词语创新是空前的,而且后人也几乎无以为继,在客观上满足了创作发展的需要。试想,如果诗歌的词汇量始终停留在《古诗十九首》或建安时期的水平上,又怎么谈得上五言诗创作的繁荣? 这是诗歌发展和语言发展的一个特殊阶段的现象。在这一阶段,诗人当然并无所谓"无一字无来处"的观念(尽管他们也讲求使事用典)。不过,唐人注《文选》对此似无清楚意识,所以也未着意区分这类"自作语"。

这种状况大概即随南朝而终止。唐初文学虽延续南朝风气,唐人虽普遍学《选》诗,并且直接使用其中的大量词汇,但却未能将这种词语创新趋势延续下去。据笔者对《文选》魏晋宋齐梁诗和《唐诗三百首》两个样本的调查,从前者共提取多音词 5 241 个(不含专有名称等),其中魏晋宋齐梁时期产生的词语 2 420 个,占 46%;从后者共提取多音词 2 927 个,其中魏晋至唐前产生的词语 1 020 个,占 34.8%,而唐代产生的词语 500 个,仅占 17%。由此来看,所谓"无一字无来处",也道出了一种时代变化。相比于六朝时期,唐代诗歌在语言运用上进入了一个守成时期,袭用前人词语的比率上升,而自创新词的比率则明显下降。

造成这种变化的原因,主要应当在文学和语言自身:在经过一段快速增长后,诗歌词汇量达到相对饱和的程度,在高峰之后有所回落是一种正常现象。在基本格局不变、没有其他因素推动的情况下,诗歌词语的创新自然缺少持续的动力和空间。

另一方面,不能忽视的是,这一变化也与文学教育和《文选》学的兴起有关。南朝文学传统在隋唐以前只是在宫廷文人的范围内延续,在此范围之外,已知有沈约、任昉、何逊、徐陵等人的文集曾传入北方①。《文选》在编成之后一段时间内的流传情况尚不明。北朝文人学习南朝文学,明显文更重于诗。庾信、王褒等入北诗人的创作,甚至都没有徐陵文章产生的影响大②。直到隋唐之间,《文选》学才开始兴起。作为教科书,《文选》无疑比个人别集更适用,更方便。在经史典籍之外,有此一书在手,便可以满足士子就学应试、酬酢唱和等各种需要,可见《文选》的流行绝非偶然。

前人普遍认为,唐代重要诗人多学《选》诗③。不过,在杜甫

---

① 《北齐书·魏收传》:"(邢)劭又曰:'江南任昉,文体本疏,魏收非直模拟,亦大偷窃。'收闻乃曰:'伊常于沈约集中作贼,何意道我偷任昉?'"《北齐书·元文遥传》:"有人将《何逊集》初入洛。"《南史·徐陵传》:"每一文出,好事者已传写成诵,遂传于周、齐,家有其本。"

② 《文苑英华》卷六七九李昶《答徐陵书》:"足下……况复丽藻星铺,雕文锦缛,风云景物,义尽缘情。经纶宪章,辞弹表奏。久已京师纸贵,天下家藏。"北京:中华书局影印 1966 年,第 3501 页。叶适《习学记言序目》卷三三:"徐陵'文颇变旧体……',遂为南北所宗,陆机、任昉不能逮也。自唐及本朝庆历以前,皆用其体,变灭不尽者,犹为四六。朝廷制命既遵行之,不复可改矣。"北京:中华书局 1977 年,第 488 页。

③ 《苕溪渔隐丛话》前集卷九引《瑶溪集》:"唐时文弊,尚《文选》太甚。李卫公德裕云:'家不蓄《文选》。'此盖有激而说也。"第 56 页。《朱子语类》卷一四〇:"李太白终始学《选》诗,所以好。杜子美诗好者亦多是效《选》诗。"北京:中华书局 1986 年,第 3326 页。王应麟《困学纪闻》卷一八:"朱文公云:李、杜、韩、柳初亦学《选》诗,然杜、韩变多而柳、李变少。"上海:上海古籍出版社 2008 年,第 1928 页。

登上诗坛前的一百馀年间,《文选》的流行和普及情况、对诗人创作的影响,还有待更多具体案例的调查。《文选》在语言运用方面对唐诗的直接影响,就是其中的一部分诗歌词语(主要为六朝诗人的自创词语)成为唐诗中的常用词语。如以下这些在《全唐诗》中出现频次很高的词语:

> 青山、落日、夕阳、春色、孤舟、潇湘、归路、万古、清弦、沧洲、关山、风光、秋月、故山、肠断、断肠、朱门、落叶、春光、风烟、孤云、池塘、归心、愁人、旧山、清秋、罗衣、青楼、秋山、心期、客心、中夜、园林、松风、望乡、高卧、归客、沧江、心事、月华……

与《诗经》《楚辞》中的词语相比,这部分词语无疑与唐人生活更为接近,更为平易自然,所以被唐人大量采用。从《文选》入手学写诗,在相当程度上对唐诗语言起到了一种规范作用。以这些词语为基础,形成了一个诗人共有的语言平台。而在文人诗歌传统之外的唐代通俗诗等,就完全不受这种规范限制,其词汇系统也与此不同。

当然,《文选》中魏晋宋齐梁诗人的自创词语也有很大一部分在唐诗中没有或很少使用。主要区别即在于,被采用的词语(指复合词)其组成语素大多为常用词,见字明义,易于流行;而未被采用的词语大多组成语素中至少有一个较生僻,于是因生僻费解而被弃用,或者输给了其他区别度不大的近义词。复合词之外的叠音词和联绵词,其产生机制有所不同,大部分应有口语的或民间的来源。唐人注《文选》,对叠音词和联绵词一般均须出注,而对属于复合词的自创词语只有个别的才出注①。

---

① 如潇湘,二水名,须出注。池塘,五臣注:"塘,隄也。"盖与"塘"的后起义"池也"区别。沧洲,五臣注:"洲名,隐者所居。"则属蛇足。

宋人学写诗,当然也要学《诗经》《楚辞》和六朝诗人,但不可能越过或抛开唐诗。前代诗歌词语,无论是《诗经》《楚辞》还是《文选》所提供的,凡是能够进入唐诗的,也就顺利地被宋诗所继承,成为宋以后诗歌的常用词语。由于常见,而且大多无须注释,它们容易被人误认为是没有出处的,但其实是有出处的。其中有很多词语极富意味,如"落日""春色""孤舟""风烟"……历代诗人用这些词语写出了很多脍炙人口的名章隽句。孙、黄之说提示给初学者的写作经验就是:作诗应当尽量使用这类富于意味的、有来历的词语,可以达到事半功倍的效果,不必因熟悉而故意避用,也不要轻易尝试自造新词。

四、杜甫诗歌的语言创新

然而,无庸否认,唐人在诗歌语言运用上绝非一味蹈袭前人。一方面,尽管唐诗中新产词语的比率有所降低,但诗人自创新语的努力并没有停止;另一方面,在近体律诗、五古长篇、歌行等诗体全面发展成熟的基础上,唐代诗人的语言运用也日臻成熟。总起来看,唐诗的语言运用既丰富多彩,又更为自然,比起此前的六朝诗或此后的宋诗,都更为易懂易诵,朗朗上口。如吴乔《围炉诗话》所说:"盛唐诗平易,似第一层心思所成。"①这种语言风格被认为是诗的"美德"②。

这种丰富多彩体现在不同诗人身上,即是他们因个性和喜好

---

① 吴乔:《围炉诗话》卷四,郭绍虞辑:《清诗话续编》,上海:上海古籍出版社1983年,第591页。

② 见林庚:《唐诗的语言》,收入《唐诗综论》,北京:人民文学出版社1987年,第80页。

不同,而显现出不同的语言追求。例如李白的创造性主要体现为一种较为自由的表达方式,在袭用《文选》等前代诗歌词汇的同时,引入相对自由的句式和接近于口语的表达。如刘熙载所说:"'清风明月不用一钱买',上四字共知也,下五字独得也。凡佳章中必有独得之句,佳句中必有独得之字。"①所谓"共知"相当于常用词,同时也是袭用的、有来历的词("清风""明月"即是);而"独得",则相当于黄庭坚所谓"自作语"。但这种自作语不是造新词,而是将一个口语式的、完全生活化的表达运用到一个人们未曾想到的特殊对象上。

相比之下,杜甫是采用一种更为谨严、更注重形式完美的方式,来实现其在诗歌语言运用上的创新。如方东树所说:"观《选》诗造语奇巧,已极其至,但无大气脉变化。杜公以六经、《史》、《汉》作用行之,空前后作者,古今一人而已。"②在扩大词语来源、讲求所谓"来历"这一点上,杜甫在同代诗人中确实最为突出。杜诗中采自经史典籍的词语,较之前人有相当扩展。例如以下这些词语或字面,在杜甫以前就没有诗人用过:

> 追琢、仳离(《诗》),口实、逋逃、涂塈、阶闼(《书》),退藏、旅次(《易》),聚敛、诛求(《左传》),扶颠(《论语》)

其中有些是因诗歌题材扩展而采用的政治性词语,如"逋逃""聚敛""诛求";也有些是单纯出于仿古目的和风格考虑,如"涂塈""阶闼"(同见于《题衡山县文宣王庙新学堂呈陆宰》一诗)。

另杜诗中采自《汉书》的词语尤其多,如:

---

① 刘熙载:《艺概》卷一,上海:上海古籍出版社1978年,第85页。
② 方东树:《昭昧詹言》卷八,北京:人民文学出版社2006年,第211页。

纨绔、流冗、驱除、剥落、平复、疮痏、割据、轨躅、薄陋、宗
臣、填淤、秉心、地著、白粲、宿留、渔夺、屈强、破胆、结舌、降
集、摧枯

均是首次运用于诗歌中,适应了杜诗内容表达的丰富。

当然,杜诗中也有使用不成功或有疑义的例子。如翁方纲
《石洲诗话》引西樵(王士禄)语:"老杜频用'树羽'字,皆未
妥。"①又施鸿保《读杜诗说》谓:"公诗常用'恐泥'字……皆晦涩
不明,盖犹'执热'等,当时语也。"②"崇牙树羽"见于《诗经》,"致
远恐泥"出于《论语》。杜诗用例或与原义有出入,或比较生硬
勉强。

除经史典籍外,杜甫更以"熟精《文选》理"为标榜。在大规模采
用出自《文选》的词语时,杜甫与其他诗人相比更有意扩大了其采用
范围:除《文选》诗歌部分外,杜甫还比较多地采用了出于《文选》赋和
其他文体的词语。李详曾撰《杜诗证选》,所举条目出于《文选》诗和
出于《文选》赋的各有一百馀条,出于其他文体的也有六十馀条③。
依此比例可见,杜诗中出于《文选》赋及其他文体的词语要多于
诗。这可以说是杜甫的独得之秘。

六朝时期诗、赋作品中的词语也往往互见,而赋的篇幅远长

---

① 翁方纲:《石洲诗话》卷六,郭绍虞编选:《清诗话续编》,上海:上海古籍出版
社 1983 年,第 1484 页。
② 施鸿保:《读杜诗说》卷一九,上海:上海古籍出版社 1983 年,第 185 页。又陈
仅《竹林答问》:"'恐泥'二字本经中极板重语,而老杜前后至四五用,殊不
可解。"《清诗话续编》,第 2262 页。
③ 李详:《李审言文集》,南京:江苏古籍出版社 1989 年,第 71 页以下。按,该
文仅涉及杜诗 165 篇。作者谓宋以来注家能举其辞者已略得六七,盖不欲重
复前人。又谓"将踵此以进",可见未竣其事,可补充者尚多。

于诗,表现内容比诗丰富,所以使用的词语数量也远多于诗。例如以使用联绵词的数量来看,赋就比诗多出数倍①。此外,赋的句子容量大于诗,句式远比诗自由,叙述、描绘成分更多,所以包含了更多的词语搭配组合。诗歌中最常见的复合词形式是定中式和并列式词语,而赋及其他文体中有更多的动宾、主谓、状中等形式的词或词组。魏晋以来,文人在词语使用上就有以赋为先、由赋及诗的倾向。杜甫对其他文体皆不擅长,唯于赋用功甚多,对于《文选》赋必曾认真揣摸学习。他的很多诗,尤其是长篇作品,大开大阖,谋篇布局近于赋体。同时采用出自其中的词语,看来也是顺理成章之事。他所采用的词语很多在此前的唐诗中没有用例,如:

　　荡胸、决眦、心折、漂沙、漱壑、隅目、夹镜、落纸、历块、宦达、纵壑

或者用例极少,如:

　　擅场、棹讴、吞声、销忧、致君、洩云、冥搜、勒铭

这些词语未必都能凝固为词,大部分也谈不上是用典或成语,但却是有来历的。用这些词语比起换用一般的表达方式,显然更有表现力,更富于意蕴。

---

① 唐子恒统计汉大赋 30 篇中的联绵词有 740 多个(含叠音词),见《汉大赋联绵词研究》,《山东大学学报》2002 年第 1 期。王若江统计《文选》中表状态的联绵词 468 个,赋所使用的有 452 个,诗所使用的有 103 个,见《〈文选〉联绵词的语义问题》,《传统文化与现代化》1996 年第 3 期。

在扩大词语采用范围的同时,杜甫还通过缩略、调序等方式,由《文选》用语中派生出一些新词,其例如:

> 素馨(《西征赋》:素鳞扬馨)、动魄(《别赋》:魄动)、哀猿(《吴都赋》:猿父哀吟)、涸瘵(《海赋》:为涸为瘵)、落纸(《杨荆州诔》:纸落)、祸胎(《上吴王书》:祸生有胎)

这些派生词可以说是有来历的,但也是诗歌语言运用上的一种创新。

在此基础上,杜甫在诗歌语言创新方面的更重要努力,即是从扩大"有来历"语的范围,进而溯及文学语言永不枯竭的源头——日常生活中使用的活语言、当代口语。与六朝诗歌相比,唐诗在语言运用上的一个最大突破就是大量使用口语词和其他社会语词。建安以后的文人诗歌总体来看有一种强烈的趋雅意识,因此有意识地避免使用口语词,只有个别例外。唐人则打消这种禁忌,甚至有意识地多用口语词汇,杜甫就是其中态度最开放者。对此,宋人就已注意到。黄彻《䂬溪诗话》谓:"数物以个,谓食为喫,甚近鄙俗,独杜屡用。……盖篇中大概奇特,可以映带者也。"①清代冯班谓:"太白虽奇,然词句多本古人;杜多直用当时语,然古人皆言杜诗字字有出处,不可不知也。"②

近代自张相《诗词曲语辞汇释》以来,对唐诗中的这部分词语尤其是各类虚词,研究十分深入③。以下所列主要为实词类:

---

① 黄彻:《䂬溪诗话》卷七,《历代诗话续编》,第 379 页。
② 冯班:《钝吟杂录》卷三,北京:中华书局 2013 年,第 48 页。
③ 蒋绍愚有《杜诗词语札记》,后合并为《唐诗词语小札》,共 89 条。收入《唐诗语言研究》,北京:语文出版社 2008 年,第 258 页。

动　词：破(溢满、超出义)、了(结束义)、点(点行、点朝班)、
点笔、麾、嗔①、簇、摆(摆落)、(眼)枯、将(持义)、喫、
漱、貌(同邈,写貌义)、刹、干(雨停)、趁(趻、踸,乃
殄切)、亚(通压)、啅、簸、略地(掠地)、过(焊熟义)、
冲(冒)、軃②、输(战败)、椷、隐、妥(堕义)、判(拚)、
抄(舀取)、雪(搣)③、(眼)穿、典(典当)、拽、禁(平
声,禁当)、著(附著)、拔(船)、押(弓)、信(莫信：莫
任)、定(定是,表疑问)、碾(辗同)、泥(去声)、(谁)
分(谁料)、悭(悭涩)、抛得(即抛)、透却(透、跳)、老
罢(老去)、睡着、捧拥、称遂、却去、却回、翻倒、缠结、
准拟、分减、称身、附书(寄书)、写真、断手(停手)、畜
眼、满眼、触热、耐人、取给、辞房、有底(有何)、作意
(注意)、多事(生事)、踏青、开头、交头、摊钱、赤憎、
好在、无堪、不分(不忿)

形容词：冷(官)、(肉)匀、深(杯)、大(平声过韵)、(刃)涩、窄
(少义)、猛(脑)、慢(坡)、(不)彻、强(多义)、紧
(脑)、塌然、悄然、呀然、衮衮、兀兀、窸窣、撇烈(撇
捩)、模糊、驱驱、戢戢、蒙羃、龙钟、恰恰、啾唧、垢腻、

---

① 沈约《六忆诗》："笑时应无比,嗔时更可怜。"前人仅此一例。杜诗尤喜用此字。《说文解字》："嗔,盛气也。"嗔恚之嗔或由此引申。《游仙窟》诗："他家解事在,未肯辄相嗔。"《朝野金载》卷一："莫浪语,阿婆嗔,三叔闻时笑杀人。"

② 黄生《字诂》："焦澹园《俗书刊误》云：耳垂曰奄,皮宽曰敜,并音苔。吾乡今有此语,但呼如苔平声。按,此声即軃之转。"

③ 《陪诸贵公子丈八沟携妓纳凉晚际遇雨二首》赵次公注："雪藕丝,盖雪断之雪。此是方言。"此即搣字,字又作撆。《龙龛手鉴》："撆,居月反,拨物也"；"搣,子雪反,手撆断也。"蒋捷《秋夜雨》："谩碎把、寒花轻搣。"《黑旋风双献功》第二折："我把那厮脊梁骨各支支生搣作两三截。"

　　喧闹、沉绵、薄媚、安稳(隐)、斩新

名　词：耶孃、阿翁、姨弟、府主、末眷、郎伯、吾君(称对方)、老兄、小年(幼年)、肠内热、阴井、好心事、程期、篙师、部领、长番、差科、板齿、酒价(酒钱)、畦丁、散地、食单、行处、官场、(出)号、蒸裹、秃笔、绢素、细马、锦缠头、盘陀、生马、汁滓、菜把、金镫(马镫)、风筝、生菜、锉(自注："蜀人呼釜为锉。")、笛床、阑风、雨脚、侵早、根(名词虚化,苍烟根即苍烟)

副词、连词等前人讨论较多,且多非杜诗特见,故从略。

　　以上所列词语中动词最多。口语是补充动词的最主要来源。诗歌十分需要利用这些新补充的词,来显示各种特定状态。杜诗中的用例既多且大胆。如"喫"字,是口语中的常用词,但在杜诗之后仅见于卢仝诗。又如"剁"字,除杜甫外,再无诗文用例,在小说杂剧中才可见到(这两个字甚至在新诗中也很少有人使用)。以上口语词尽管有相当一部分已随时代消逝,但也有一些还可以在现代北方话和其他方言中找到遗留,如"弾(奔)""雪(撧)""趁(蹍)"等;有的已成为现代汉语的常用词,如:"输""睡着""开头""斩新""老兄"等。

　　除以上努力之外,杜甫作为最重要的古典诗人、也是最有代表性的唐代诗人,在创作中也使用了相当数量的"自作语"。袁枚所谓"转在没来历",在此也找到依据。对此,历代注家也早就有所提及,称之为"新语"。如宋代赵次公注,一再指出杜诗中使用和自造的这种"新语"①。清代汪师韩也指出:"杜诗用字,有变文

---

① 林继中辑《杜诗赵次公先后解辑校》甲帙卷二《陪郑广文游何将军山林十首》:"剩水、残山,杜公之新语。"第45页。丁帙卷四《最能行》:"撇(转下页)

取意者。如《与严二郎奉礼》一首云：'别君谁暖眼。'暖眼无人，乃
为冷眼者众也。《可欢》一首云：'近者抉眼去其夫，河东女儿身姓
柳。'抉眼非即反目之谓乎？"①"暖眼""抉眼"，在汪师韩看来也是
变化而来的新语。

与六朝时期相比，唐代诗人创制新词只是有所减少，但并没
有停止。在杜诗中，可以发现一批与他同时代的文人诗文中已使
用的新语，产生时期大体从初唐至开元、天宝年间。例如：

> 动　　词：挥洒、汩没、奉引、掩抑、牵迫、对属、受词、嵌空、周
> 　　　　　防、横放、映发
> 形容词：崒兀、崩奔②、块莽、骖騑、眇冥、萧摵、修耸
> 名　　词：吏隐、仙仗、行色、诗伯、青岁、彤宫、丹极、秦楼③、诗
> 　　　　　律、军麾、紫鸾、烟花、屈铁、回汀、八溟、空外

此外，即是在杜诗中首次出现的新语，可以判断为由杜甫创
制。前人如赵次公注所举例，包括一些四字结构。按照学界的意
见，四字结构可以拆分为两个两字结构，或者成为熟语、成语。以

（接上页）漩捎濆、欹帆侧柁，皆公所造新语。"第 775 页。戊帙卷二《雨》："半岭
　鹤、平沙树、洲景、岩姿，皆新语矣。"第 934 页。戊帙卷一一《荆南兵马使太
　常卿赵公大食刀歌》："妖腰、乱领，亦公之新语。"第 1235 页。
① 汪师韩：《诗学纂闻》，丁福保辑：《清诗话》，上海：上海古籍出版社 1978 年，
　第 459 页。
② 谢灵运《入彭蠡湖口》："洲岛骤回合，圻岸屡崩奔。"形容岸势忽远忽近（非
　崩塌义）。储光羲《舟中别武金坛》："偶坐烂明星，归志潜崩奔。"王昌龄《咏
　史》："明夷方遘患，顾我徒崩奔。"杜甫《阆州东楼筵奉送十一舅往青城县》：
　"王命久崩奔。"谓奔走匆遽，与储、王二诗义同。
③ 《相和歌辞·陌上桑》："日出东南隅，照我秦氏楼。"此"秦楼"字面所出。李
　峤《凤》："屡向秦楼侧，频过洛水阳。"乃唐人改言，用秦女弄玉典。

下所列主要为两字词：

动　词：错磨、剪剔、觊觎、摩戞、陁醾、荡汩、拨弃、嗽嗽、喷
　　　　浸、哀眷、踏藉、点染、欹倾、盘拏、困癫、倚著、屈注、
　　　　回略、征憩、撑突、访旧、沉年、怪底、造幽、渴日、偷眼

形容词：熨帖、奔茫、烂醉、飘萧、汩汩、辉辉、窄窄、绿缥、细
　　　　腻、森爽、鼺惨、愁寂、勇决、飒爽①、虚馯、澹濑、修纤、
　　　　酸涩、鲁钝、深稳、欹侧、萧飒、抑塞、尪羸、喧静、惨
　　　　伤、惋伤

名　词：世贤、暖客、流辈伯、哀玉、珠袖、清制、词场、仙醴、玉
　　　　臂、翠駮、凤臆、龙馨、豪鹰、龙脊、皓鹤、霜蹄、翠麟、
　　　　烟艇、烟雪、殿脚、碧瓦、晴昊、坤轴、蔚蓝天、云汀、晶
　　　　辉、泓下、剩水、残山、翠虚、岸脚、快剑、渚云

以上所列主要为定中式和并列式词语，构词形式与一般文人造词
类同；也有少量动词中的动宾、状中形式，以及形容词中的叠音形
式。单就这一部分词语来看，也几乎可与六朝时期造词最多的一
些诗人相媲美了，只不过杜甫是在创作数量远超过前人的情况下做
到这一点的。这种造词的冲动对诗人来说往往是难以抑制的，完全
视表达需要而定。当然，有时也仅仅是为了趁韵或补成双字。所以
这些词语的绝大部分在杜诗中也只出现一次。例外的只有"飘萧"

---

① 《唐代墓志汇编》贞观〇二三"率更令欧阳询书"《唐故银青光禄大夫凉州刺
史定远县开国子郭公墓志铭》："英姿飒爽，得孔门季路之风。"按，此志陆增
祥《八琼室金石补正》"祛伪"谓："《萃编》载郭云铭，并无志文。不知者因作
此志耳。"并指其中地名、官爵迁转等皆不合。北京：文物出版社 1985 年影
印，第 956 页。其中用词，亦显出作伪之迹。

（2）、"飒爽"（2）、"鲁钝"（3）、"世贤"（3）、"霜蹄"（2）、"坤轴"
（3）等少数几个词。但由于杜诗的影响力，其中"细腻""蔚蓝"等
词已成为汉语常用词①，而"珠袖""玉臂"等词也为此后诗歌所常
见。不过，杜诗中也有一些造语因过于生硬而被批评。如《火》：

爆嵌魑魅泣，崩冻岚阴旷。

汪师韩《诗学纂闻》谓："爆嵌、崩冻字，太造作。"②

综上可见，杜甫在尽力扩大诗歌词语来源、从而比其他诗人
显得更为重视袭用有来历词语的同时，仍继续通过创制新词这种
方式实现诗歌语言的更新。其所造新词数量之多，在唐代诗人中
也位居前列，由此实现其语必惊人的创作追求。而在他之后，还
有一个"词必己出"、在语言创新方面更为放恣大胆的诗人韩愈。
可见对唐代诗人来说，还有足够开阔的语言空间留待他们开拓，
所以他们在语言运用上显得十分自信，并无拘束窘迫之态。但在
黄庭坚"自作语最难"的说法中，我们却能感到一种明显的焦虑，
创制新词对他们来说似乎变成十分冒险的事情。这也反映了古
典诗体到唐以后在语言运用上所面临的困局。

一部分以《杜诗"无一字无来处"说的注释学思辨》为题刊于
《河北学刊》2017年第2期，另一部分以《从有"来历"到"没来
历"——试析杜诗语言运用的创新》为题刊于《杜甫研究学
刊》2017年第1期。收入本书时恢复原篇，并有修订

---

① 有关"蔚蓝"一词的讨论，见《九家集注》引杜田《补遗》及赵次公注，又见陆
游《老学庵笔记》卷六、方以智《通雅》卷一一。陈仅《竹林答问》谓："杜诗中
误用之典甚多，若'蔚蓝天'，竟成杜撰。'炙手可热'，借방方言。其来历殊
不足恃。如必求来历，何必杜诗。"《清诗话续编》，第2258页。
② 汪师韩《诗学纂闻》，《清诗话》，第459页。

试论韩愈诗歌的"造语"

一、"词必己出"的韩愈

《文心雕龙·辨骚》篇谓:"观其骨鲠所树,肌肤所附,虽取镕经意,亦自铸伟辞。"《楚辞》中早已有的这种"自铸"词,即是汉语文学写作中出现的造词(coinage),宋以后文人又称之为"自作语""造语"。继《楚辞》、汉赋之后,这种造语现象在魏晋南北朝文人诗歌中更为普遍,几乎所有重要诗人在创作中都曾使用数量可观的自造词语。但到了唐代,一方面在诗歌词汇量已极为丰富的情况下词语创新有所回落,另一方面《文选》学的兴起使诗歌词语的使用形成一定规范,使用新词的比率因此有明显下降。据笔者对《文选》魏晋宋齐梁五言诗和《唐诗三百首》两个样本的调查,从前者共提取多音词 5 241 个(不含专有名称等),其中魏晋宋齐梁时期产生的词语 2 420 个,占 46%;从后者共提取多音词 2 927 个,其中魏晋至唐前产生的词语 1 020 个,占 34.8%,而唐代产生的词语 500 个,仅占 17%。

然而,尽管使用新词的比率有所下降,在写作中自创新词的冲动并没有消失。与前代诗人相比,杰出的唐代诗人往往更有意识地在语言上寻求变化和突破,以求在一般规范之外别开生面。

杜甫、韩愈就是其中两位最具创新意识的诗人。清代袁枚说:"宋人好附会名重之人,称韩文杜诗无一字没来历。不知此二人之所以独绝千古者,转妙在没来历。元微之称少陵云:'怜渠直道当时事,不著心源傍古人。'昌黎云:'惟古于词必己出,降而不能乃剽贼。'今就二人所用之典,证二人生平所读之书,颇不为多,班班可考,亦从不自注此句出何书,用何典。昌黎尤好生造字句,正难其自我作古,吐词为经。他人学之,便觉不妥耳。"①"词必己出"二句见于韩愈《南阳樊绍述墓志铭》,原是称赞樊宗师的诗文,袁枚则看作是韩愈夫子自道。不仅韩文,韩诗尤其如此。方东树也指出:"观《选》诗造语奇巧,已极其至,但无大气脉变化。杜公以六经、《史》、《汉》作用行之,空前后作者,古今一人而已。韩公家法亦同此,而文体为多,气格段落章法较杜为露圭角,然造语去陈言,独立千古。"②可见韩愈与杜甫在诗歌语言创新上一脉相承,而且更"露圭角",更大胆放恣。

对这种语言追求,韩愈本人也一再言及:"观怪忽荡漾,叩奇独冥搜";"险语破鬼胆,高词媲皇坟";"横空盘硬语,妥帖力排奡。"③怪、奇、险、硬,这是韩愈本人宣称的、可能也是后人读韩诗得出的一致印象。除了这些笼统的说法,韩诗究竟如何"生造"词语? 具体构成形式有哪些? 比起前人有何不同? 收到何种艺术效果? 又带来哪些隐忧? 这些问题还有待进一步分析说明。

首先应指出,韩诗的风格明显分为两类,大部分律绝和部分

① 袁枚:《随园诗话》卷三,北京:人民文学出版社 1982 年,第 98 页。

② 方东树:《昭昧詹言》卷八,北京:人民文学出版社 2006 年,第 211 页。

③ 钱仲联集释:《韩昌黎诗系年集释》卷一《远游联句》、卷四《醉赠张秘书》、卷五《荐士》,上海:上海古籍出版社 1984 年,第 45、391、528 页。以下引韩诗均据此本,不再出注。

七言古诗语言极为平顺和易，几乎没有生硬的造语。造语主要集中在100篇左右的作品中（当然其中有很多长篇），可见诗人是有意识地在这些诗篇中进行一种带有实验性质的写作。韩诗所使用的比较特殊的词语（几乎不见于其他诗人笔下）则可以分为三类：一、古语词；二、口语和其他社会语词；三、诗人自创的语词，也就是比较纯粹意义上的造语。这三类词语的数量都十分可观，仅以最后一类来说，其数量就超过了此前任何诗人，甚至也超出于韩愈本人文章的自创语①，后代更可能无人望其项背②。但对此，我们很难给出一个精确的统计数据，主要是因为汉语复音词与词组的分界极不清晰，因调查者的主观判断有异，得出的统计结果差别很大③。造词或"造语"正处在其中的灰色地带，按照某些认定标准（如词频标准），可能大部分都不能被认定为词。韩诗的造语尤其变化多端，有不少含混和歧义情况，给具体判定结果也带来较大影响。

　　根据笔者对《文选》诗歌卷的调查，唐以前一些重要诗人的自

---

① 王美雨《〈韩昌黎文集〉新词新语考究》统计韩文中的新词计：名词79，动词119，形容词47。该文另列双字新语12个。山东大学硕士论文，2005年，第43页。但该文所统计的新词，包括一部分韩文所使用的社会用语和官场用语，如：赠锡、送纳、奏功、屯堡、运佐、运钱、客席、盐司、盐务、断港、民亩、公牒、僻郡、脚价、上班、影庇、优恤、假封、廷选、廷访、运事、阿爹、叔翁、公姑等。

② 本文统计的造语主要为双音词。四字结构按照学界比较权威的意见，一般可拆分为两个两字结构，或者成为成语。吕叔湘《汉语语法分析问题》："从词汇的角度来看，双语素的组合多半可以算一个词，即使两个成分都可以单说，如电灯、黄豆。四个语素的组合多半可以算两个词，即使其中有一个不能单说，如无轨电车、社办工厂。"北京：商务印书馆1979年，第22页。韩文和韩诗中产生的成语，另外有专门研究。

③ 参见丁喜霞《中古常用并列双音词的成词和演变研究》列举的一些专书调查的例子，北京：语文出版社2006年，第12页。

创词语数量如下①:曹植 87;陆机 206;谢灵运 239;颜延之 119;鲍照 99;谢朓 126;沈约 59;江淹 104。杜甫诗中的自造词语,据笔者统计为 97 个。这些统计都还有补充馀地,但可以说明大概的规模:造语数量最多的诗人如谢灵运,也不过 250 个左右。而韩愈在某些诗篇的写作中,几乎句句都在尝试使用造语。其中如《城南联句》一首诗,据笔者统计,就有 74 个造语②。全部韩诗中的自造词语,笔者估计在 400 个以上。作为对比,莎士比亚是对英语发展产生最重要影响的诗人,据在线版《牛津英语词典》,首出于其作品的词汇就有 1 572 个③。但这其中包括部分可能出自同时代其他人之手的词语。莎士比亚的主要创作形式诗剧,篇幅也远超出于中国诗人作品。另外,莎士比亚的主要造词形式之一是借用拉丁语词。这样来看,韩愈能够造出 400 个左右的新词语是极不容易的(当然是基于汉语构词特有的灵活性),在中国诗人中差不多达到了一个极限。不过,在莎士比亚所使用的新词中约有一半以上进入了现代日常英语。韩诗中造语的性质使其显然无法做到这一点④。

二、韩愈诗对古语词的使用

　　首先来看韩愈诗对古语词的使用。所谓古语词不是指用典,

---

① 不包括各人《文选》之外的作品,也不含四言诗。

② 联句诗由韩愈和孟郊或其他诗人共同创作,本文均将其作为一个整体讨论。

③ http://www.oed.com/sources

④ 另一个极端例子是现代作家乔伊斯(James Joyce)。《牛津英语词典》收入了其名著《尤利西斯》中的 1 350 个带有自创性或不规则的词语用例。他的另一名作《芬尼根之觉醒》,据估计包含有 8 000 个以上不符合一般词语用法的双关、互文、人名、商标和其他语言来源的自造词。韩愈的语言实验显然无法与其相比,小说与诗歌也不能相提并论。

韩诗用典相对较少,更无生僻典故①;也不是指采用节缩、截割等方式形成的语典词。这种语典词均有特定所指,与所指形成一种隐喻或借代关系②。韩诗中的这种语典词的用例很少。这里所说的古语词主要是指诗人从古文献中采撷的、很少有人使用(尤其在诗歌中)的一些词汇,因使用少而显得较为生僻,甚至近乎死词。

韩愈所使用的古语词有直接采用原词的。如:

> 斋慄(《书》),夬夬、先庚(《易》),趋跄、骊骊、脾臗、瞿瞿(《诗》),得隽(《左传》),衿缨、椌楬、亵味、诘诛、傲僻(敖辟)、天阳(《礼记》),睆睆、骈鲜(骈蹨)、听莹(荧)、颠瞑(冥)(《庄子》),猎校(《孟子》),阴奸(《韩非子》),言哤、虚富(《管子》),类招(《战国策》),幽墨(默)、恂愗、狂勷(儴)、霹靡、扳援、踸踔、徽纆、披披、逶随(《楚辞》),膏理、下究(《淮南子》),恢奇、刻轹、输委、威畅、觭觭(《史记》),毒蠚、萧勺(《汉书》),禁诃(《后汉书》),披猖、玄祇、萤燨(《宋书》),攒杂(《文心雕龙》)

还有一些来自经典注疏的。如:

---

① 袁枚可能因此称韩愈"所读之书,颇不为多"(也可能是故意与他人唱反调)。但从用词来看,韩愈的阅读范围是极广的。

② 语典词或称典故词,其来源集中于几种儒家经典和《老子》《庄子》等书。这些词汇一般有特定应用对象。其使用范围则主要是制诰章奏表启及其他应用文体,在唐以后有向诗歌中扩展的趋势,但远未达到文章中那样广泛。比较全面的研究见季忠平:《中古汉语语典词研究》,上海:学林出版社2013年。

　　讙呶(《诗·宾之初筵》传),提撕(《诗·抑》笺),佩璜(《诗·女曰鸡鸣》疏),巧谮(《论语·颜渊》疏)

除了直接采用原词外,韩愈诗中另有大量对古文献原文进行截取、缩略或调整而形成的语词。如:

　　楛箘(《书·禹贡》:惟箘簵楛),鸿畴(《书·洪范》:九畴),齑嗟(《易·萃》:齑咨涕洟),毛鞟(《诗·烝民》:德鞟如毛),椒蕃(《诗·椒聊》:椒聊之实,蕃衍盈升),讹寝、寝讹(《诗·无羊》:或寝或讹),佽哆(《诗·巷伯》:哆兮佽兮),角丱(《诗·甫田》:总角丱兮),罩汕(《诗·南有嘉鱼》:烝然罩罩。烝然汕汕),歌咢(《诗·行苇》:或歌或咢),缟裗(《诗·出其东门》:缟衣),清閟(《诗·閟宫》"有閟"传:閟,清静也),违愒(《左传》定四:无违同,无敖礼),强盰(《周礼·遂人》:以疆予任盰),拂天枨(《礼记·玉藻》:拂枨),禽猩(《礼记·曲礼》:猩猩能言,不离禽兽),燧觿(《礼记·内则》:小觿金燧),烝袗(《礼记·王制》:春日袗……冬日烝),噫欠(《礼记·内则》:嗳噫嚏咳欠伸),媚灶(《论语·八佾》:媚于灶),瞭眊(《孟子·离娄》:眸子瞭焉……眸子眊焉),耕堛(《国语·周语》:王耕一墢),心兵(《韩诗外传》:心欲兵),钓罩(《淮南子·说林》:钓者静之……罩者抑之),癥罢(《史记·平原君传》:罢癃之病),震薄(扬雄《法言》:雷震乎天,风薄乎山),辒幢(《后汉书·光武纪》:冲辒橦城),怳㦐(颜延之《庭诰文》:㦐怳)

还有一些用例并取两处文献。如:

登丁(《诗·绵》:筑之登登。《诗·伐木》:伐木丁丁),
悦缡(《仪礼·士昏礼》:施衿结帨。《诗·东山》:亲结其
缡),匏稭(《礼记·郊特牲》:器用陶匏。《汉书·郊祀志》:
席用苴稭)

以上这些用例有的可以归入前人所说的语典(其语义与原文献出
处有关),但大部分可以看作是以古语词为语素造出的新词。

前人认为韩愈亦学《选》诗①,《文选》也是韩诗语汇来源的大
宗②。以下是出于《文选》、在他人诗中少见的用例:

苹苹(《高唐赋》),旷旷、騺豹(《七发》),淑郁、布濩、发
越(《上林赋》),呀豁(《上林赋》:谽呀豁閕),劙拂(《子虚
赋》:下靡兰蕙,上拂羽盖),麟脚(《子虚赋》:脚麟),翼萃、噌
吰(《长门赋》),登闳、同条(《羽猎赋》),轰輵(《羽猎赋》:幽
輵),诡谲(《洞箫赋》),鞠鞁(《洞箫赋》:鞁鞠),郁怒(《舞
赋》),横出(《鲁灵光殿赋》),皐区、苯䔿、馋扷、庨豁、崛崛、沟
塍、纷泊、舒惨、极览(《西京赋》),骇骇(《西京赋》:殷雷鼓。
注:雷击鼓曰骇),劳疚、嘈嚷(《东京赋》),菌蠢(《南都赋》),
澎汃(《南都赋》:砏汃),衰衰(《南都赋》:蓑蓑),滋荣(《归田
赋》),高甍(《景福殿赋》),飘萍、陋质(《西征赋》),旷朗
(《寡妇赋》),黄苞(《笙赋》),归兽(《魏都赋》),孔翠(《蜀都
赋》),纷葩、屈盘、磊砢、雷硍(《吴都赋》),眒睒(《吴都赋》:

① 王应麟《困学纪闻》卷十八:"朱文公云:李、杜、韩、柳初亦学《选》诗,然杜、韩
变多而柳、李变少。"上海:上海古籍出版社 2008 年,第 1928 页。
② 李详有《韩诗证选》,见《李审言文集》,南京:江苏古籍出版社 1989 年,第 33
页以下。

晛睍），喁喁（《吴都赋》：唲喁），渍瀑（《江赋》），照灼（《舞鹤赋》），引吭（《舞鹤赋》：引员吭），菁菁（《补亡诗》），构云（陆机《招隐诗》：云构），纤质（卢谌《赠刘琨诗》），代工（谢瞻《张子房诗》），末暮（颜延之《拜陵庙作》），梢梢（谢朓《酬王晋安》），寂历（江淹《杂体诗》），倜诡（《封禅文》：谲诡倜傥），徽索（扬雄《解嘲》），孤豚（独）（《答客难》），愧赧（曹植《上责躬应诏诗表》），么麽（班彪《王命论》），腾声（《宋书谢灵运传论》），肪截（曹丕《与钟繇书》：截肪），斧藻（《三月三日曲水诗序》），缀缉（《王文宪集序》），崖垠（《西都赋》注），剞劂（《西京赋》注），低抑（《闲居赋》注），隙窍（《魏都赋》注），抽萌（《招隐士》注）

由以上用例可见，韩诗从《文选》赋体中撷取的词语最多，亦旁及其他文体。也有通过缩略等变化形成的新词，乃至将《文选》注文聚合成词（在杜甫诗中已可见）。

尤其值得注意的是，韩诗用词还直接参取雅学字书，用例极多。如见于《尔雅》的：

馈馏（《释言》），闳陬（《释宫》），馨鑢（《释乐》），作噩（《释天》），鹈蠡（《释地》），荙薞、香薷（《释草》），貙㺊、猰㺄、牛䖱（龄）（《释兽》）

见于《说文》的：

跌踼、歆歔、磕（匐）匼、湍湄、猫姬、瘿颈、髟髻、媒姬、鮨沙见于《玉篇》及其他的：

> 傛偆、詷謕、巾帤、翫翫(《玉篇》)，局缩(《释名》)，蒲苏
> (《广雅》)

以上诸例有直接用原词的，如"作噩"；但大多是合字书中同部相关的两字为词，如"饎馏""阄隩""馨镥""鹣鹢""葭蕫""歆歔""湍潩""猫姪""傛偆""詷謕""翫翫"等均是。也有以训文为词的，如"跌踢""磕匝"；或截割成词，如"瘿颈"；或颠倒为词，如"巾帤"。

　　方以智《通雅》曾评论韩愈诗文的用词："钩章棘句，所谓生割鏖牙者也。唐人组织，初汨没于绮藻。若修武者，殆放古隶之通，体召陵之训，而陶铸采获者乎？绍述已险涩矣，然以并铣溪、虬户，所胜多多。宋景文规橅修武，识者犹或少之。用古人足矣，则今日而造者，诚所不必也。如退之文：苗薅发栉、目擩耳染、刿目鉥心、刃迎缕解、钩章棘句、间见层出、曹诛五畀、变索、嗄暗；他如喁噞、瘢疵、婳姌、窅窔，此类甚多。皆对《广韵》钞撮而又颠倒用之，故意鏖牙。鹿门以为生割，甚为退之不取也。"[1]"他如"以下所举诸语，皆见于韩诗。唐代韵书今已难窥全豹[2]。然据上文所举之例，说韩愈对《尔雅》《说文》钞撮而颠倒用之，恐不为过。韩愈曾有诗云："《尔雅》注虫鱼，定非磊落人。"(《读皇甫湜公安园

---

[1] 方以智：《通雅》卷八，影印《四库全书》本，台北：台湾商务印书馆1984年，第857册，第219—220页。修武谓韩愈，怀州修武人。召陵谓许慎，召陵人。鹿门谓茅坤。"生割"语见其《唐宋八大家文钞》。

[2] 《广韵》等韵书也收入一些俗语词，《唐韵》情况不得而知。注家据《广韵》出注的韩诗中的一些语词，不能断言即来自韵书。

池诗书其后》)而他本人作诗竟也离不开《尔雅》,不能不令人忍俊不禁。

三、韩愈诗中的口语词和其他社会语词

唐诗对使用口语词、俗语词十分开放,韩愈诗也是如此。下面仅列出在韩愈诗中所见、而在他人诗中少见的口语词和其他社会语词:

> 动词:攒蹄、占恡、邀迓、啖咋、搜搅、跳踉、爬疥、敕还、矉①、挈携、喋痒、睒视、鞍觚、呻唤、饤②、匙抄、落蒂、翻溢、相捘、作队、料拣、所於③、解摘、搬沙、杷沙、咍嚘、尽管④、说委、沸耳、当对、摆弄、著脚
>
> 形容词:睒睒、草蘩⑤、生梗、生狞、郁缩、婠妠、彭觥、绰虐、合杂、礚磕、鶜毲、焦拳、謪謪、廉纤、软湿、乖角、憨痴

----

① 《喜侯喜至赠张籍张彻》:“杂作承间骋,交惊舌牙(校作牙,即互字)矉。”《玉篇》:“吐舌貌。”《红楼梦》第十九回:“大着胆子,矉破窗纸向内一看。”吐舌矉物亦作矉。

② 《赠刘师服》:“盘中不饤栗与梨。”《玉篇》:“饤,贮食。”《太平广记》卷二三四《御厨》:“有少府监进者,用九饤食,以牙盘九枚装食味于其间,置上前,亦谓之看食。”《正字通》:“今俗燕会黏果列席前,曰看席饤坐。古称饤坐,谓饤而不食者。”

③ 《示儿》:“前荣馔宾亲,冠婚之所於。”钱仲联注:“於,唐人习用语,谓款待也。”然未举书例,姑录以备考。

④ 《通典》卷十一:“弘羊为治粟都尉,领大农,尽管天下盐铁。”韩愈《次潼关上都统相公》:“暂辞堂印执兵权,尽管诸军破贼年。”用同此。宋以后用为副词,又用为连词。

⑤ 《征蜀联句》“草蘩”,俞樾说即《说文》之“艸蔡”,象艸生之散乱。

名词：螺蛳、狗虱、麸秸、斗硕、痱瘤、蔬飧、腰襻、油灯、破祄、
　　　袴脚、肠肚、屋山、浑舍、口头、膏油、大肉、硬饼、烂饭、
　　　泥沟、虫蛆、泥坑、探兵、跋朝、堂印、藤角、榆条、白咽、
　　　差事

副词：特地、端能、最是

还有见于其他专类文献的词语。如见于道书的：

　　　颔头、平凝(《真诰》)

见于医书的：

　　　通透、痹肌(肌痹)、皱皰、脑脂

见于算书的：

　　　高衺(《九章算术》)

见于佛教文献的：

　　　危朽、婆娱、利养①、恋嫪、挑抉、瞻相、娄络(缕络)

　　韩愈有时还有意将口语词与古语词组织在一起，如：

―――――――――

① 《城南联句》"利养积馀健"，注引《仪礼·特牲》注："利犹养也。"按，"利养"
　佛书常见，当为韩诗所据。

蒸岚相澒洞，表里忽通透。(《南山诗》)

楚腻鳢鲉乱，獠羞螺蛳并。(《城南联句》)

灵麻撮狗虱，村稚啼禽猩。(《城南联句》)

磔毛各噤痒，怒瘿争碨磊。(《斗鸡联句》)

邛文裁斐亹，巴艳收嫚娜。(《征蜀联句》)

休输任讹寖，报力厚麨秙。(《征蜀联句》)

鸿蒙总合杂，诡谲骋戾狠。(《嘲鼾睡二首》)

在不断争奇斗险之中，这种混搭居然相映成趣，并不显勉强和突兀。

四、韩愈诗中的自造语

最后来看韩诗中的自造语。其中定中式与并列式组合最多。定中式组合词语中有一些较为平常，如：

暖景、葛制、利楫、大沤、风棍、野艳、疏睕、彩纮、珠樱、蓝瑛、冰溪、风栃、鸳蹄、缥气、寒斋、红糁、深檐、皓颈、磴栈、霞锦、缥(醴)饼、雾阁、官评、直柄

这些词的组成语素(至少修饰语)大多是常见词或比较常见的词，在理解上不存在困难。

其他一些组合则情调色彩更为突出或意象较为鲜明，如：

羁羽、穷檐、凶飙、金鸦、青鲸、露乌、潜苞、幽乳、肥脂、韶曙、晴蜻、幽兽、天鲸、玄蚓、孤黑、寒曦、火轮、金薤、武飙

有些组合或者有比喻义,或者用词奇特。如:

> 浪蕊、霹猿、愤涛、恨竹、巧诼、浪岛、波山、天巧、弱拒、猛
> 挐、智网、文刀、谈舌、连辉、风乙、天萢、狂鲸、赪虹、韶稚、幽
> 狄、烟黳、天顽、龙区、顽飙、雄哮、瑰蕴、团辞、巅林、天械、腥
> 风、血浪、沙篆、丝窠、青肤、瑶桢、强睛、犷眼、宝唾、苍霞、蜿
> 垣、谈僧、阴机、莹骨、幽迸、玄窖、山骨、滂葩、狞飙、牢蔬、土
> 骨堆、慢绿、妖红、柳耳、艾觜、梨颗

还有一些立义较抽象。如:

> 地祯、德镜、繁价、祥色、浩态、孤质

此外,还有一些较平常但很少有人写到的物象。如:

> 香稌、禽觳、乾霙、丛芮、蔬甲、田毛、冻蝶、饥蝨、鹝鼯、鸿
> 头、刺苂、鹄觳、寒蝇、环絙、前荣、缥节、露粉、连荭、芡盘

其他一些组合则可能单纯是寻求变化或满足对偶等需要。如:

> 宵褉、中悁、远睫、空杠、穷区、帝壤、柴楀、荒艾、闺姝、奇
> 虑、遐晞、蹄道、兽材、斑驳、瑰橙、鸿璧、灵珀、灵燔、严祊、鳌
> 厐、犀札、眸光、孤鬐、生堂(与"殁庙"对)、废彀、游鞍、牙纛、
> 大弨、巨桷

这些组合中往往有一些生僻字,在理解上会造成一定困难。

　　并列式词语也占有很大数量。其中的形容词和动词尤值得注意：

形容词：温馨、熟美、高圆、广泛、郁悚、幽悁、环混、忻怅、弩缓、艳黠、刚耿、磔卓、秃髻、雄快、碧圆、淙琤、丰萌、菲茸、明介、高冈、羁伦、拘儜、清奥、敷柔、眵昏、真滥、钝駯、妍暖、道紧、皴脆、怬呶、噢嗋、趲黠、拗闼、挛瞎、嚣阒、结纠、啾嚘、嗢咿、啾哗、愧慄、险怪、张王、澜翻、婪酣、铿羡、差讹、雄怪、贪馋、偏悭、矜凌、籁顿、刻屈、勤刚、健偃、坌坲、卓阔、戚疏、惊爆、藏昂、高蹇

动　　词：包缠、煎爝、割砭、炰燽、摆掉、骂讥、磨飑、瞻听、敲磨、经觏、飘籁、琢镂、呵诟、排斡、探历、携擎、嘲傲、啄抱、排讦、犁跌、填轧、剐刮、歆燨、窏窭、腾闪、腾挐、欢呀、喧欧、摆磨、藏蹲、嗟矜、嘲评、搪撑、倒侧、嚼啜、扶擎、排拶、揭呵、摩窣、镌劙、编划、觇譻、提擎、撑披、开展、陪裧、摆掉、侮笑、烹斡、掊掘、拂掠、考评、谤伤、崩豁、柄任、磨倚、钩缠、贮储、诀嗼、舂撞、掀籁、撞捽、戮遗

名　　词：款要、怪魅、蚕䖅、藜苋、缕脉、燨焰、菅䐨、桑蟁、文彦、堆坑、苀蘽、萧蘅、鱼茧、崖窭、株槭、䩄狨、勋劫、癥疣、稚乳、肩跟、白科、角鬹、榛菅、飓飑、棋槊、绫衾、工农、涯圻、汀淖、角圭

此外还有一例以虚词并列组合作述语：

感激生胆勇,从军岂尝曾。(《送侯参谋赴河中幕》)

　　一般来说,并列组合的能产性要低于偏正组合,因为能与某词构成近义、反义、类属集合等并列关系的词语相对有限,为求变化不得不引入生僻字,或打破习惯组合。以上这些并列组合中有不少语素是生僻字,有些属于"倒用字"(词序对调),如"藏昂"(昂藏)、"角圭"(圭角)。另外有些形容词的构词合于双声叠韵之理,如"淙琤""澜翻""婪酣""铿轰"。但也有一些组合十分勉强,如"磔卓""藏蹲""觇巑""肩跟",可能只是为满足押韵或凑字数,很少再用。不过,并列式词语的增加,符合汉语词汇双音化的趋势。特别是动词和形容词的更新,除吸取口语词外,主要依赖于并列式组合。前人称韩诗中的这种并列构词为"加倍写法"①,承认其特有的表现力。尽管其中绝大部分词语都仅见于韩诗,后来也很少有人再用,但还是从中产生了一些被广泛袭用、乃至进入现代汉语的常用词。如:

　　　　温馨、广泛、结纠(纠结)、开展、春撞(冲撞)、工农②

　　韩愈还喜欢叠用单字(不同于单纯词中的叠音词),几乎形成一种习惯。其例如:

　　　　楂楂、攃攃、阁阁、漼漼、敷敷、阗阗、侹侹、硾硾、完完、环环、搅搅、朱朱、白白、掀掀、狙狙、播播、骇骇、玩玩

---

① 《韩昌黎诗系年集释》卷七《酬司门卢四兄云夫院长望秋作》"镌劂"注引程学恂说,第812页。
② 其中"开展""春撞",《汉语大词典》引苏轼诗,失语源;"结纠""工农",未收。

罗大经《鹤林玉露》"诗叠字"条谓"有七联叠字者",举韩愈《南山诗》①,就包括上面的"敷敷""闛閶"。前人大多不懂叠音词与叠字的区别,韩愈可能误以为这种遣词方式可以随意使用。但因不合汉语构词之理,这些用法基本都未能流行。

其他构词形式还有动宾、主谓、状中式等。由于造语不是在自然语言中形成的稳固组合,这几种构词形式是否成词更不容易确认。以下所列是一些含意较鲜明、从语义来看不应分拆的词语:

　　　　叩奇、缩爪、骈首、喷云、泄雾、束笋、报酬、联辖、戒辖、刺口、遮罗、扑笔、旋辀、搂眼

　　　　生荣、死弃、鼻偷、眼剽、潇碧、湖嵌

　　　　貌鉴、韬养、痴突、勇往

其中除动宾式较简单外,其他组合因在诗句中使用,词性和结构有含混性。如"生荣"可看作主谓式,"死弃"与其对偶,似亦应作主谓式。但"生荣"也可看作偏正式,"死弃"(死则弃之)则可看作动动组合递进式。"潇碧"(指水)、"湖嵌"(指石)二例更难确定,或应看作"碧潇""嵌湖"的倒语。

五、韩诗造语的得失

以上罗列了韩诗中包含造语在内的各类特殊词语。当然,韩诗的"生造"还包括句式上的新变(上三下四、上三下二、上一下

---

① 罗大经:《鹤林玉露》乙编卷六,北京:中华书局1983年,第227页。

四、《急就篇》式等）、运用虚词、采用散文体式等。但就诗意理解来看，造成影响的主要还是以上各类词语。其他"生造"方式，在意义理解上一般不会造成障碍，出现频次也很有限。那么，这种带有实验性的生造词语对韩诗造成哪些影响呢？

总的来说，韩愈诗在内容上并不特别深刻，主要依靠感官印象的丰富和语言层面的雕镂加工，来营造瑰丽奇诡的诗歌境界。因此，在语言上追求新变，对于他来说意义可能更超过杜甫等诗人。可以说，离开上述这些生造词语，韩诗的奇诡境界根本无法形成，很多长篇甚至无法完成。单纯从诗歌词汇运用的角度来看，韩愈的创新和变化似乎也达到极致。宋人如欧阳修等虽极力推崇韩诗，但却主要学习其以文为诗的散漫句法和波澜横溢的气势，并不效法其生硬的造语。原因显然在于，这种造语不只过于耗费心力，而且风险太大。搬用韩诗中的造语固然行不通，效仿韩愈自造词语又谈何容易！

与韩愈诗歌语言追求最为接近的，应是其门下的樊宗师。韩愈在《墓志铭》中不吝溢美之词，赞其"词必己出"，绝非一时心血来潮①。孟郊虽与韩愈并称，但除联句诗外，其个人之作与韩诗遣词方式迥异。胡应麟《诗薮》谓："樊宗师文，诘曲聱牙，古今所骇。……而诗独平畅典则，亦一异也。"②指的是樊氏唯一保留下来的诗作《蜀绵州越王楼诗》③，不足以说明其创作全貌。韩昶（韩愈子）《自为墓志铭》称："受诗未通两三卷，便自为诗。及年

① 李肇《唐国史补》亦以韩、樊二人并举，称"元和已后，为文笔则学奇诡于韩愈，学苦涩于樊宗师"。奇诡、苦涩实为互文，正如下文称元、白浅切、淫靡为互文。
② 胡应麟：《诗薮》外编卷四，北京：中华书局1958年，第191页。
③ 见《全唐诗》卷三六九。

十一二,樊宗师大奇之。宗师文学为人之师,文体与常人不同。昶读慕之,一旦为文,宗师大奇。其文中字或出于经史之外,樊读不能通。"①韩昶后改学当时进士之文。元代刘壎称樊氏《绛守居园池记》等文"硗戛磊块,类不可读"②。前引方以智《通雅》评论韩愈诗文后,亦引樊此文,一一条举,谓其"险而不妥"。韩、樊二人的这种语言追求最容易导致的后果,就是"读不能通"。樊氏由于才力不及韩愈,不能驱遣如韩愈笔下那样丰富的语言材料,更容易堕入此途。

　　这种"不妥"或"不通",主要是词汇或构词层面上的。刘、方二人所举例亦可证明。不过,在诗歌中构词和造句有时难以区分(汉语构词法本来与句法多有重合)。词句难晓的主要原因并不是语法方面的错误(更何况诗歌本来允许含混句式,如"香稻啄馀鹦鹉粒"之类),而是来自词语本身③,在韩愈诗中已有这种情况。

---

① 《全唐文》卷七四一,北京:中华书局影印1983年,第7666页。

② 刘壎:《隐居通议》卷十五,《丛书集成初编》本,北京:中华书局1985年,第153页。

③ 在这一点上韩愈似可与乔伊斯以及某些现代诗人比较。《尤利西斯》和《芬尼根之觉醒》也主要因充塞大量实验性的自造语词,而成为难读的"天书"。语言"实验"一般不会表现为有意违拗语法,造出不通的句子。语法错误只能归咎于语文水平太低。不过,在韩愈诗中,也确实有个别变动涉及语法层面。如前举"感激生胆勇,从军岂尝曾"(《送侯参谋赴河中幕》),又如"一蛇两头见未曾"(《永贞行》),均是将副词置于动词后。类似的例子,在杜甫诗中已可见。如《九月一日过孟十二仓曹十四主簿兄弟》:"秋觉追随尽,来因孝友偏。"宋赵次公将"孝友偏"解释为"其兄弟孝友偏笃"。其实"偏"亦是副词,诗意即"偏因孝友来"。又《将别巫峡赠南乡兄瀼西果园四十亩》"正月喧莺未,兹辰放鹢初",《数陪李梓州泛江有女乐》"玉袖凌风并,金壶隐浪偏",亦同。与之类似,现在网络语言有"给个理由先"这样的句子,当是套用英语句式。这可能是对汉语语法小有违拗而稍可获允许的仅有例子。至于此种变动能否得到普遍认可,导致汉语语序在这一点上向英语靠近,则有待观察。

　　首先,韩诗用词中出现大量生僻字。有时如方以智所说,还喜用古隶罕见字形。由这些字构成的词,自然无法做到见字明义,造成比较大的阅读困难。读韩诗注本就会感觉到,注家须花费很大精力辨析字形字义,与读其他唐诗名家明显不同。

　　其次,在韩诗中也确实出现了一些令人费解的词语或因词义问题导致的歧解。如:

> 奕制尽从赐,殊私得逾程。(《城南联句》)

王元启注:"谓赫奕之制,悉由上赐。"俞樾注:"奕乃异字之误。古或以异为异。……异制,犹言异数……谓非常之异制,皆由朝廷所赐也。"此谓以古字"异"(今为"異"之简化字)代"異",又形讹为"奕"。俞氏之说似有理,但纯以臆断,并无校勘依据。又如:

> 威风挟惠气,盖壤两劙拂。(《山南郑相公樊员外酬答为诗》)

蒋抱玄注引《淮南子》"以天为盖",孙汝听释为"劙拂于天壤之间"。此说似无异议,但以"盖壤"代"天壤",实在过于费解。又如:

> 日延讲大训,龟判错衮黻。(同上)

方世举注引《公羊传》"璋判白龟青纯",孙汝听注:"龟判言其所执。"钱仲联则认为龟、判为二物,龟为佩龟,判为讲大训时所执。今按,执判之说不可通。《公羊传》定公八年:"晋宝者何?璋判白,弓绣质,龟青纯。"何休注:"判,半也。半珪曰璋,白藏天子,青藏诸侯。"唐代颁给官员鱼符(一度用龟符),符分左右,官员所执为右符,故言半。龟判(交错使用《公羊传》字面)若指此,造词亦过于迂曲。

　　除这几个例子外,前面所列造语中,如"登丁""穷区""风乙""遮罗"等,也都较为费解(不止是生僻)。

　　综上可见,韩愈在诗歌语言上的大胆创新,使文人造语的发展臻于极致,对其独特诗风和奇诡诗境的形成起到了十分重要的作用。以汉语构词灵活性为基础的文人造语,在韩愈笔下不仅是丰富诗歌语言的方法,而且是形成独特诗风的重要手段。但这种语言尝试的高难度和内在风险,也使其后的延续和仿效几近不可能,并成为造成韩诗难读的主要原因。

原载《文学遗产》2015 年第 5 期,
收入本书时有修订

下　编

三字脚与五言诗的韵律

——以《文选》诗歌卷为考察对象

启功先生在《诗文声律论稿》中指出：

> 句中各词，无论如何分合，句末三字必须与上边四字分
> 开，要自为"三字脚"。这三字可以是"二、一"式，也可以是
> "一、二"式，甚至可以是"一、一、一"式。①

在此前，曾有学者使用过"三字尾"概念②。"三字脚"这一说法有
可能已长期在诗歌写作者中流传，此后被引入正式讨论。

采用三字脚，是五、七言诗形成的最基本条件，也是一个里程
碑式的事件，远比后来永明体的产生、诗歌平仄律的形成意义更
为重大、影响更为深远。三字脚是相对于五、七言诗的前二字或
前四字而言，问题在于为什么二言或四言结构能够接上一个三言
结构？由此给诗歌节奏带来什么变化？

---

① 启功：《诗文声律论稿》，北京：中华书局 1977 年，第 48 页。
② 见林庚：《五七言和它的三字尾》，《文学评论》1959 年第 2 期。这一说法是
  基于他所提出的诗歌"半逗律"理论。

一、双音节音步与三拍步

　　古人可能对五、七言诗的这一现象早已习焉不察,所以往往只限于指出它的强制性。如明胡震亨《唐音癸签》所说:"五字句以上二下三为脉,七字句以上四下三为脉,其恒也。有变五字句上三下二者,变七字句上三下四者,皆蹇吃不足多学。"①所谓"自为三字脚",是对这一现象的一个简洁概括。它表明,五言诗的节点在二、三字之间,七言诗的节点在四、五字之间,移动这一节点就会打破诗的固有节奏。

　　20 世纪以来,学者尝试用音步理论来说明这一现象。如朱光潜认为:"粗略地说,四言诗每句含两顿,五言诗每句表面似仅含两顿半而实在有三顿,七言诗每句表面似仅含三顿半而实在有四顿,因为最后一字都特别拖长,凑成一顿。……所以顿颇与英文诗'音步'相当。"②

　　孙大雨认为:"一般说来,五言古诗诗句底节奏是三音节的,每句末一音节缺一个音;七言古诗……一般说来是四音节的,每句末一音节也缺少一个音。"③他所说的"音节"相当于音步,缺音与拖长其实说明的是同一现象。后来日本学者松浦友久提出,五言诗句末有半拍(相当于一个字)休音,在朗读时或切断,或拖长一个字,都会给节奏以弹性④,即是对以上说法的综合。不过,以

---

① 胡震亨:《唐音癸签》卷四,上海:古典文学出版社 1957 年,第 26 页。
② 朱光潜:《中国诗的节奏与声韵的分析——论顿》,原载《诗论》,上海:正中书店 1948 年;收入《朱光潜美学文学论文选集》,长沙:湖南人民出版社 1980 年,第 218 页。
③ 孙大雨:《诗歌底格律》(续),《复旦学报》1957 年第 1 期。
④ 松浦友久:《节奏的美学——日中诗歌论》,石观海等译,沈阳:辽宁大学出版社 1995 年,第 169 页。

上采用音步说的解释也有明显缺点:只解释了句末单字如何与音步协调,忽视了句尾三字的整体性以及给诗句带来的特殊节点,当然也未能充分认识由此现象形成的诗歌特殊韵律。

与音步说着眼不同,林庚认为汉语诗歌有所谓"半逗律",所依赖的并非一般的音步或顿:"每个诗行的半中腰都具有一个'逗'的作用……这样恰好就把一个诗行分为均匀的上下两半;不论诗行的长短如何,这上下两半相差总不出一字,或者完全相等。"①他据此总结出,四言的半逗律是二二,五言是二三,七言是四三,还认为三字尾是由二字尾发展来的。在强调诗句中的节点和尾部的整体性这一点上,林先生的发明与胡震亨等古人的说法一致。但他提出这一说法主要是为新诗形式提供意见,因而由三字尾类推,认为白话诗应以"四"或"五"为节奏单位。此外由于关注点不同,他也没有讨论三字尾内部的结构形式。

最近二十年,有关这一问题又有一些新的讨论。其中主要涉及两个问题:如何认识汉语的音步? 如何分析三拍子现象? 有关第一个问题,大家都同意汉语是双音节音步。这一点和其他语言一致,音步以两拍步最常见,诗歌有时有三拍步,其他长度则非常罕见(以"四"或"五"为节奏单位的设想,看来并没有得到响应)。如果只有两拍步和三拍步,三拍步也可以用两拍步来分析,多出的一步是自由音节②。

看法有分歧的是:汉语音步是否有重音? 传统观点认为汉语没有词重音③。赵元任认为在汉语正常重音中,无论是短语还是复合词,都是最末一个音节最重,第一个音节次重,中间的音节

---

① 林庚:《关于新诗形式的问题和建议》,《新建设》1957 年第 5 期。
② 见端木三:《重音理论及汉语重音现象》,《当代语言学》2014 年第 3 期。
③ 见高名凯、石安石:《语言学概论》,北京:中华书局 1963 年,第 68 页。

最轻①。但他没有讨论重音和音步的关系。王力认为古汉语以及现代的很多方言和法语一样没有轻重音,诗行的结构也比较简单;现代普通话和英语一样有轻重音,因此有些新诗人也仿效英语诗的轻重律②。端木三曾认为汉语的重音表现为词长的搭配和变调域的划分,后来主张汉语和英语一样都是左重音步③。他把音步与重音定义为:一个音步是节拍的一次轻重交替,重音是音步的重拍④。冯胜利的观点不明确,早期在文章中称不讨论轻重音问题(但在有些地方又使用轻重音概念)⑤;后来又提出汉语是音节计时音步(syllable timing),而英语是重音计时音步(stress timing)⑥。王洪君认为汉语的标准音步没有音系学意义上的重音,所谓"重音"是由韵律词词界推导出来的⑦。

　　有关三拍子的分析,冯胜利采用右向音步方法(即从左到右划分双拍步),多出的单字必须与左邻音步组成三音节音步。他认为右向音步是顺向音步,古代诗歌的节律是以顺向音步为根据。他还认为汉语不存在单音节音步⑧。端木三认为复合词应当采用循环音步分析,即从最小语法单位开始,然后分析上一层的

① 赵元任:《汉语口语语法》,吕叔湘译,北京:商务印书馆 1979 年(英文版 1968 年),第 23 页。

② 王力:《汉语诗律学》,上海:上海教育出版社 2002 年(新知识出版社 1958 年初版),第 862 页。此书完成于 20 世纪 40 年代,所以这也是代表比较早期的观点。

③ 端木三:《汉语的节奏》及引 Duanmu(1995)、端木三(1997),《当代语言学》2000 年第 4 期。

④ 端木三:《重音理论及汉语重音现象》,《当代语言学》2014 年第 3 期。

⑤ 冯胜利:《论汉语的"自然音步"》,《中国语文》1998 年第 1 期。

⑥ 冯胜利:《汉语韵律诗体学论稿》,北京:商务印书馆 2015 年,第 2 页。

⑦ 王洪君:《试论汉语的节奏类型——松紧型》,《语言科学》2004 年第 3 期。

⑧ 冯胜利:《论汉语的"自然音步"》,《中国语文》1998 年第 1 期。

更大单位,一层一层用循环方式建立结构。这种方法的好处是必须兼顾语法的层次结构。举例来说,冯胜利认为复合词2+1比1+2好,因为前者是右向音步的结果,恰好构成三音节超音步。但动宾短语却是1+2好,2+1不好,冯文只能用重音在宾语上来解释。例如七言句"人民│总理│人民爱",冯文认为比"人民爱│人民│总理"好,因为前者是以三拍步结尾。端木三用循环音步分析的结果是,"人民│总理│人民│爱X",有四个双拍步,最后一拍是空拍(X),而空拍只能出现在停顿前,不能加入句子的中间,所以2│2│3比3│2│2好①。这个理由与朱光潜等人的说法一致。

二、三字脚的构成形式

　　五、七言诗本来就是上二下三、上四下三,近体诗的平仄也是两字一节,所以人们对用双音节音步来说明诗歌节奏很容易接受。英语诗歌先要分析音步,找出轻重音,然后才能辨认诗采用的是什么格律。汉语诗歌省略了这一步,可以直接根据五、七言句式判断。即使是长短句的词,也很容易找出规律。但是,汉语的音步是由什么决定的,学者的看法还不一致。不同意是由轻重音决定的(因为汉语的重音往往听不出来),就必须用词长、变调、节奏松紧等来解释。如果重音是由词界推出来的,三音节以上的多音词为何也可以划出音步(捷克│斯洛│伐克)?词界又为什么多是双音节的?背后不还是有某种节奏规定在起作用吗?也许汉语作为单音节语言,双音节的形成本身就是一种很自然的节奏现象,就像双音词的发展那样自然,不必像英语那样必须找出轻

---

① 端木三:《汉语的节奏》,《当代语言学》2000年第4期。

重音,才能确定音步。

　　放下这个不致严重影响诗歌形式分析的理论难点,我们更关心对三拍子的分析,因为它与五、七言诗的三字脚直接有关。清人讲诗歌句法,曾根据少数变例把五言句分为上二下三、上三下二乃至上一下四、上四下一、上一中二下二等格式①。好像五、七言诗的字节划分很自由,多少模糊了上二下三、上四下三这一强制性的节点。也有学者将五、七言诗与骈文相比附,称:"骈文取其双,诗歌取其单,五言七言后起而转盛,原因是五七言乃从四六言发展而来,具有双单兼有之妙。"②且不说这种说法缺少足够的发生学事实的支持,它很容易给人造成错觉,以为诗中的单字可以随意组合。

　　其实,三字脚中多出的音节并不是以单字身份进入诗歌,而是首先被组织进三字脚,三字脚作为整体再与二字节结合。这正是"自为三字脚"之说所强调的。为了弄清三字脚的具体构成情况,我们选择《文选》诗歌卷中建安以后五言诗作为样本进行调查(未选择汉代五言诗包括《古诗十九首》以及早期七言诗作样本,是因为数量太少),总计 367 首诗,6 984 句③。以下是调查中遇到的一些主要形式:

---

① 冒春荣:《葚原诗说》卷一,收入郭绍虞编选:《清诗话续编》,上海:上海古籍出版社 1983 年,第 1579 页。
② 詹锳:《文心雕龙义证》引朱星《文心雕龙的修辞论》,上海:上海古籍出版社 1989 年,第 1270 页。
③ 以《四部丛刊》影印宋建州刊本《六臣注文选》为底本。《文选》卷十九后半诗甲"补亡"至卷三十一诗庚"杂拟下"共收诗 443 首,去除其中汉代作品,以及四言诗和七言诗。

1. 一一一式

三字脚中除一二式和二一式外,一一一式在近体诗中运用较少,所以在讨论时常常被忽略。但在本文调查中,一一一式却占有一定比例。其中最明显的是两个单音形容词用连词"且""已(以)""复"等连接,或两个单音名词用"与"连接。形容词组合有:

清且悲(3)/阻且远/哀以思/疏复密/新且故/冲且暗/特兼常/凄已寒/高且悬/广且深/玄以黄/郁以纡/孤且危/明且清/阻且深/肃已迈/峻且玄/修且阔/迥且深(2)/皓已盈/迅且急/修且广(2)/丽且鲜(2)/荒且蔓/邈已夐/神且武/和且柔/妖且闲/夷且简/险而难/严且苛/邈以绵/奥且博/爽且平/清且闲(2)/清且嘉/奥且坚/精且强/悲且长/萋以绿/峭且深/寂以闲/峭且深/阻且难/永已久/峻而安/修且直

名词组合有:

晚与早/陌与阡/丝与竹/桃与李/弟与兄/声与音/背与襟/弦与筈/党与雠/丝与桐/胸与臆/林与丘/子与妻/葵与藿/绮与纨/冠与带/灰与尘/存与亡/凫与雁/芒与河/伊与洛/寒与饥/徵与音/贫与贱/椒与兰/吝与劳①

还有少量动词(或动词与形容词)组合:

①另有两例出现在上三下二结构中:"荣与壮俱去,贱与老相寻。"(张翰《杂诗》)

风且凉/聚以繁/悲且鸣/惭且惊/酣且歌/耸复低

这种结构形式来自《诗经》的四言句（"道阻且长""众稚且狂""终风且暴""维予与女"），可能首先为《古诗十九首》（"道路阻且长"）袭用。而进入五言句式后，由于与三字脚吻合无间，所以用例有增多趋势。原来在《诗经》中较少见的名词形式，现在也几乎与形容词形式不相上下。另外，这种形式在《诗经》中原本只能看作是两个单音词的平列，而在五言诗中，很多例子应是在已有的并列式双音词中插入一个连词，以适应三字节。其中只有个别例子另有出处①，在已成为一种惯用形式后，在以上诸例中也可以看出有些是根据这种形式派生和新造而成的。这种句式在近体诗中仍有保留，尽管数量不多②。

此外，还有某些词的离合形式：

妾在|天一涯（江淹《杂体诗·古离别》）

"天一涯"是"天涯"的离合形式，出于《古诗十九首》"各在天一涯"。

除了明显的一一一式外，还有一些三字脚的模糊形式，介于一一一式与一二或二一式之间。比较常见的一种情况是，在单音形容词或动词之前连用两个虚字。例如：

忽已冥/忽不见/莫复道/坐自吟/殊未适/已屡摘/咸已

---

① 如"哀以思"，见《毛诗序》："亡国之音哀以思。"
② 如杜甫七律《暮登四安寺钟楼寄裴十迪》"近市浮烟翠且重"，《寒雨朝行视园树》"栀子红椒艳复殊"。

泰/犹未开/暂无扰/良已凋/殊未晓/竟不下/方自炊/终不
凋/久已浅/竟不归/幸已多/信非一/良已叙/方未和/靡不
通/终不移/既已过/良未测/终不倾/良未远/非但一/久不
虚/岂但一/既已同/既已分/固已朗/聊自适/聊自伤/殊未
来/屡以拂

此外，像"岂不""岂独""岂徒""不复""还相""空复""忽复""虽
已""虽自""相与"等组合，均出现频次较高。在这种情况中，一
般来说两个虚词之间结合度比较强；但另一方面，否定副词"不"
"无""未"，以及副词"自""相"等，又往往与其后的动词、形容词
结合紧密，读成一二或二一都有道理。这些虚词组合往往带有口
语特点，而这种句式可以说是由五言诗带来的，在《诗经》四言句
中动词前一般只能使用单音副词修饰。

　　除虚词连用的情况外，三个单音节实词的连接也很难勉强划
分为一二或二一。其中主动宾结构的如：

　　　　寝兴｜目存形（潘岳《悼亡诗》）
　　　　爱似｜庄念昔，久敬｜曾存故（谢灵运《永初三年七月十六
日之郡》）
　　　　沧江｜路穷此（任昉《赠郭桐庐出谿口》）
　　　　岂意｜事乖己（谢灵运《拟魏太子邺集·陈琳》）
　　　　军士｜冰为浆（江淹《杂体诗·鲍参军照》）

还有比较常见的使令句：

　　　　逸巧｜令亲疏（曹植《赠白马王彪》）

地势｜使之然(左思《咏史诗》)

在这种情况下,读成——一似乎更为合理。

两实词夹一虚词(代词、否定副词除外)的情况也与此类似。
例如:

淑貌｜色斯升(陆机《君子有所思行》)

忽忽｜岁云暮(卢谌《时兴诗》)

时往｜岁载阴(陆机《猛虎行》)

今也｜岁载华(颜延之《秋胡诗》)

惨凄｜岁方晏(同上)

识密｜鉴亦洞(颜延之《五君咏·阮步兵》)

潜图｜密已构(欧阳建《临终诗》)

结架｜山之足(沈约《钟山诗应西阳王教》)

路暗｜光已夕(江淹《杂体诗·陶征君潜》)

与此情况类似的还有,"于""诸""如""若""与""由""因"等介词
结构,在句中作补语或状语。例如:

微言｜绝于耳(曹摅《思友人诗》)

义分｜明于霜(袁淑《效曹子建乐府白马篇》)

聊以｜适诸越(张协《杂诗》)

偏智｜任诸己(王康琚《反招隐诗》)

百行｜愆诸己(颜延之《秋胡诗》)

时逝｜忽如颓(陆机《拟东城一何高》)

遗荣｜忽如无(张协《咏史诗》)

　　暑运|倏如催(谢惠连《捣衣》)

　　二子|弃若遗(欧阳建《临终诗》)

　　涕下|与衿连(刘桢《赠徐干》)

　　万里|与云平(虞羲《咏霍将军北伐诗》)

　　神感|因物作(卢谌《时兴诗》)

　　声急|由调起(颜延之《秋胡诗》)

　　铩翮|由时至(江淹《杂体诗·鲍参军照》)

甚至还包括某些状动宾和状动补结构,如:

　　采此|欲贻谁(陆机《拟庭中有奇树》)

　　讴吟|何嗟及(张翰《杂诗》)

　　屡荐|不入官(颜延之《五君咏·阮始平》)

　　餐荼|更如荠(谢朓《始出尚书省》)

　　古来|共知然(袁淑《效曹子建乐府白马篇》)

　　涔泪|犹在袂(江淹《杂体诗·谢法曹惠连》)

　　以上这些句式都属于三个单音词连接的模糊形式,不同读者在不同时候,可能因语感不同对将其归入一二式或二一式做出不同判断。当然也可以采取某种硬性规定,例如规定主语、中心词为一,其馀为二;介宾、动宾结构为二,其馀为一。在近体律诗形成后,平仄规则在三字脚中形成另一种一二、二一的定型变化,反过来可能影响到上述句式的语感,乃至在造句时也更愿意选择较为典型的一二式或二一式。不过,在《文选》五言诗时代,虽然一二式和二一式已占有压倒优势,但如果加上以上各种模糊形式的话,一一一式仍占有一定比例。

——式存在的重要性就在于,汉语的双音节词也是由单音节词发展来的,因此三字脚中的一二式、二一式如果进一步析分的话,都可以分解为———式①。所以三字脚的各种形式也可以说都是———式的发展变化,从———式与四言诗句式的关联中也可以证明这一点。

2. 三字词

三字脚的另一构成形式是三字词,冯胜利认为其中的名名结构 2+1 最重要,是三音节音步独立的标志(他称之为超音步或大音步),将其产生时间定于东汉(排除了先秦的专有名词形式),五言诗在东汉的成熟以此为必要条件②。在本文调查中,这种形式的三字词计有 365 个(次)("安期术""霸上戏""白璧赐""白璧觎""百夫雄"……),数量似不少,但也只占总句数 6 984 句的5.2%③。

除 2+1 形式外,在本文调查中也有少量形名结构 1+2 三字词:

金络头/金爵钗/媚少年/嘉树林/饥妇人/翠琅玕/大晋朝/西掖垣/众君子

冯著依据现代汉语材料,只提到 1+2 名名复合形式不成立,忽略了

---

① 如启功先生在分析———式所说:"古代汉语中很少有真正三字不可分的词。"《诗文声律论稿》,第 48 页。

② 冯胜利:《汉语韵律诗体学论稿》第八章"三音节的韵律特征与三言诗的历时发展",第 168 页以下。

③ 排除单纯的人名、地名等专有名词,以及数量词、时间词、方位词形式。

这种在古汉语中早就存在的 1＋2 形名复合词。在现代汉语中,这种形名 1＋2 结构仍存在,对其是复合词还是短语,也存在争议①。

　　三字词(包括以上两种形式)和词组在三字脚中数量偏少,无法认为它对五言诗成立具有关键性作用。即使在唐代近体诗中,虽无全面的统计数字,但根据阅读印象亦可判断,它也不会占有很高比例。原因很简单,它占了五言句的一大半,给其他成分只留下两字的逼仄空间,结果只能允许三种句式:前接形容词修饰语("恻怆|山阳赋");前接动词("克符|周公业");前二字为主语＋动词("日落|长沙渚")。而这三种句式都不是五言诗的主要句式,数量偏少。

　　除以上两种三字词形式外,还有一种三字形容词,即以单音形容词接叠音词或联绵词:

　　　　郁苍苍(2)/莽茫茫/肃仟仟/纷冉冉/郁茫茫/纷漠漠/郁萋萋/肃阴阴/暧微微/晦苍苍

　　　　郁岧峣/郁嵯峨(3)/郁岑崟/纷纡馀/杳阡眠/郁缠绵/纷沃若/纷阿那/郁萧森/郁盘桓/郁崔嵬

这种形式在《楚辞》中已出现,如:

　　　　芳菲菲、纷总总、斑陆离(《离骚》),烂昭昭(《九歌·云中

① 有关研究参见吕叔湘:《单音形容词用法研究》,收入《汉语语法论文集》,北京:商务印书馆 1984 年,第 327 页等。一般认为,在现代汉语中单音形容词与双音名词的搭配是有选择的,受到语义、韵律和语用方面的限制。参见祁峰:《单音节形容词和名词组合的选择机制》,《长春师范学院学报》2009 年第 3 期等。

君》),莽芒芒(《九章·悲回风》),蹇侘傺(《九章·哀郢》)①

从调查来看,1+2三字词的形成时间至少不比2+1形式晚。

3. 动宾结构

冯胜利认为,在汉语三言形式中,2+1是构词音步,1+2是短语音步,2+1形式在五言诗中激活和强化了与其对立的1+2形式,三字尾因包含这两种形式错落有致的变化,而自成一个"短语语义"单位②。在本文调查中,三字脚中的1+2动宾短语的确十分常见,但很难说是来自2+1结构的激活和强化。因为它本来就是汉语的基本句式之一,在早期文献中大量存在。下面是从《左传》中摘出的几段:

　　宣子于是乎始为国政,制事典,正法罪,辟狱刑,董逋逃,由质要,治旧洿,本秩礼,续常职,出滞淹。(文公六年)
　　量功命日,分财用,平板榦,称畚筑,程土物,议远迩,略基趾,具糇粮,度有司。(宣公十一年)
　　宋文公卒,始厚葬。用蜃炭,益车马,始用殉,重器备。(成公二年)
　　子反命军吏察夷伤,补卒乘,缮甲兵,展车马。(成公十六年)

---

① 冯胜利认为,双音节形容词与单音节形容词并列的形式很少见。其说不确。王力认为《楚辞》中三字形容词的叠字形式是词尾,见《汉语语法史》,北京:商务印书馆1989年,第126页;孙锡信认为属于形容词连用,见《汉语历史语法要略》,上海:复旦大学出版社1992年,第153页。
② 冯胜利:《汉语韵律诗体学论稿》,第168页以下。

　　始命百官,施舍、已责,逮鳏寡,振废滞,匡乏困,救灾患,禁淫慝,薄赋敛,宥罪戾,节器用。(成公十八年)

冯著引《七发》和《子虚赋》中的句子,认为到汉代文人才找到这种最富生气的三言韵律①,显然有所忽略。从上述《左传》引文已可以看出,这种句式适用性极强,以至作者极其自然地用它构成一连串的排比句。随着并列式、定中式双音词的大量使用,1+2动宾短语在各类文献中的出现频率必然大幅提高。

　　这种形式在五言诗中极其常见,占了总句数的43%,原因也很简单:它前接主语,就构成五言诗的最主要句式:[S2+V1+O2]("皓腕|约|金环")。汉语作为SVO(主动宾)语言,在五言诗中可以得到两个双音词加一个单音词的最简洁形式。此外,1+2动宾短语还可以前接双音名词、形容词状语("盛年|处房室""卓荦|观群书"),还可以接在另一谓语成分或两字主谓结构之后("揽涕|登君墓""月出|照园中")。

　　除以上几种主要形式外,三字脚中还有主谓结构1+2("峻坂|路|威夷")、2+1("瀚海|愁云|生"),状中结构1+2("明哲|时|经纶")、2+1("奕世|不可|追""连翩|西北|驰"),介词或次要动词结构接动词2+1("天命|与我|违""轻裾|随风|还"),乃至连动句或两个谓语成分1+2("文囿|降|照临")、2+1("秦王|御殿|坐")等等。

　　以下是对6 984句中三字脚各式的统计(以上各种模糊形式已分别归入一二式和二一式):

---

① 冯胜利:《汉语韵律诗体学论稿》,第179、180页。

	一二式	二一式	一一一式
动宾	3035	8	—
介宾	54	—	—
动补	146	9	—
动补(介宾)	57	—	—
状中	832	336	—
状(名)中	—	72	—
状动宾	272	—	—
助动＋动	27	—	—
动＋动	47	60	—
动宾/介宾＋动	—	86	—
动＋否定＋动	22	—	—
主谓	255	242	—
主动宾	41	—	—
定(名)中	23	727	—
定(形)中	21	21	—
定(词组)中	—	128	—
形＋形	30	—	—
形/动＋连＋形/动	—	—	63
名＋连＋动	—	—	23
其他	……	……	……
合计/%	4926/70.5%	1946/27.9%	88/1.3%

三、三字脚的韵律

以上三字脚的各种句式均来源于三言的各种固有形式,要么在先秦三言句和西汉三言诗中已存在,要么作为句子成分存在于其他句子中。至于三字词,在先秦至少已有专有名词、称谓("女公子""寡小君""门弟子")、时间词("十六年""十二月")、数词＋名词("二五耦""二三子")等形式。东汉以后以及本文调查中涉及的三字词,与先秦三字词的构成形式是一致的,即定语修饰中心词,或名词后接附加成分。

那么,对三字脚的音步或节奏到底应当怎样分析呢? 根据以上调查,三字脚的构成形式包括短语(或句子成分)、从句、三字复合词三大类,而第三类只占其中一小部分。因此,按照冯胜利的意见,把三字脚一律当作大音步来分析(且不论他所说的含义不明确的"短语语义"单位),是很难成立的。

对所谓三音节超音步或大音步这个概念应当怎么看待? 本文认为,由于三字词无论是 1＋2 还是 2＋1 结构,除个别音译词外,没有不可析分的,也就是说它们都包含了不止一个音步,所以没有必要采用这一概念。硬要把三字词说成是不必析分的超音步,一方面无法与汉语双音节音步的基本情况协调,另一方面无法得到来自其他语言的韵律事实的支持。由于三字脚在五言诗和七言诗中出现,带来一种新的诗歌韵律,可能给人造成一种错觉,以为这是不同于双音节音步的特殊音步。但观察其他语言中的三音节音步,只出现于诗歌中,与构词形式无关,而且没有二拍子三拍子交替的形式,即要么是两拍,要么是三拍①。可知汉语的三字词本身并不构成特殊音步，按照其构成形式也必须析分，要么是1＋2，要么是2＋1。但以这种析分结果作为区别短语和复合词的标准，并不适用于所有情况。

在诗歌和音乐曲式中，都不存在二拍子三拍子交替的形式（指诗的整体和曲式整体而言）②。由此可以证明，汉语的五言、七言诗也不可能是双音节音步和三音节音步的交替。也就是说，三字脚也不能分析成与双音节音步不同的三音节音步。另一方面，在汉语中以至在韵语形式中，始终有一拍和二拍结合的各种形式。其中就包括各种三言句和三言诗。在词体中，还有一拍领起的句子（"渐｜霜风凄紧、关河冷落"），类似于音乐曲式中的弱拍起。五、七言诗中的三字脚，简单地说，就是引入三言句或三言诗的结果③。其中出现一部分三字词，甚至这种形式有可能促成三字词的形成，也完全在意料之中。

那么，应当采用何种方法来分析三字脚的音步呢？本文认为，可以根据对三言句的分析类推。三言句中的1＋2式显然不符合右向音步规则，而应采用循环音步规则，即分析为[1[2]]、

---

① 参见王力《汉语诗律学》所介绍的阿那贝律（anapest，一般译为抑抑扬格）、德提耳律（dactyl，一般译为扬抑抑格），第881页。另参见王佐良、丁往道主编：《英语文体学引论》，北京：外语教学与研究出版社1987年，第366页以下。

② 在英语诗歌的抑抑扬格中有时会插入一个双音节音步，如拜伦（George Gordon Byron）的 *The Destruction of Sennacherib* 中每节的最后一行（˅ 表示非重读，ˊ表示重读）：Hàth mé|tèd like snów|in thè glánce |òf thè Lórd! 此行的第一个音步有两个音节，采用的是抑扬格。引例见王湘云：《英语诗歌文体学研究》，济南：山东大学出版社2010年，第48页。

③ 由于三言诗的出现并成熟在五七言诗之前，因而有学者认为，有理由推测五七言诗是在三言诗句式的前头加上一个二言或四言结构而产生的。参见陈本益：《汉语诗歌的节奏》，重庆：重庆大学出版社2013年（1994年文津出版社初版），第146、153页。

[1[1＋1]]等①。对五言诗和七言诗,自然也应采用循环音步规则。但是,如果采用循环音步规则,五言和七言就整句来说还能否形成一种一致的节奏? 其中2＋1式本来符合右向音步规则,似乎不成问题。但1＋2式应当如何处理? 换个角度说,三字脚中的1＋2和2＋1两种结构在韵律上能否取得一致? 是否需要一致?

其实,人们在较早的讨论中就提出过这个问题。有学者主张,当韵律与句法(意义)之间存在矛盾时,句法可以迁就韵律,三字脚可以一律读成2＋1②。这种意见还可以上溯至清人所说:"唐人多以句法就声律,不以声律就句法。"③这种意见显然是以2＋1为三字脚的合法韵律(也符合所谓右向音步规则)。不过,以上说法多以近体诗为对象。但在本文调查中,三字脚中1＋2式与2＋1式之比约为7∶3,前者反而多出一倍有馀。在近体诗中,也不能说2＋1就是常式,在数量上并不一定多于1＋2式。即使按照平仄律,三字脚中平平

---

① 冯胜利在有些地方说2＋1是左起音步,1＋2右起音步,二者构成反向关系。见《汉语韵律诗体学论稿》,第169页。"左起""右起"与一般所说(包括冯在其他地方所说)的"右向"音步规则很容易发生概念混淆。另外,所谓"左起""右起"如果同样应用到句子中,其实就是循环音步规则。

② 孙大雨《诗歌底格律》(续):"五言句底语音关系,若仅从文法或意义上来讲,通常不外有二二一和二一二两种。二一二在诵读的时候,它那音组与文法之间是有矛盾的。但结果音组方面往往较占优势,于是二一二也就迁就了二二一。"《复旦学报》1957年第1期。陈本益《汉语诗歌的节奏》:"三言诗句是奇数音节的诗句,它有利于或者说容易当作'二一'结构来歌唱,这就适应了歌曲中句末一音一般唱得较长这种音乐特性。……不论这三言的意义节奏形式是'一二'还是'二一',人们都容易把它一律读成'二一'形式。"第149页。王力《汉语诗律学》曾提出:"意义上的节奏,和诗句上的节奏并不一定相符。……五言近体的节奏是二二一,但意义上的节奏往往不是二二一,而是二一二,一一三,一三一……等等。"第238页。但其论说忽视了三字脚的重要分界,将二一二与一三一等视同一律。

③ 冒春荣:《葚原诗说》卷一,郭绍虞编选:《清诗话续编》,第1580页。

仄(/仄仄平)也应与平仄仄(/仄平平)各占一半。在这种情况下,有
何道理将其中之一视为与正常韵律不合的变体? 难道不能承认1+2
式、2+1式乃至1+1+1式本来就应包含在三字脚的正常韵律内?

　　端木三以重音理论为依据,提出另一种处理方法。他引用
Klatt(1976)对英语诗歌的分析,认为应当在三字脚的尾字后加上
空拍,将2+1 和1+2 分别分析为(S:重音;W:轻音;∅:空拍):

　　　a. x　 x 　　　　b. x　　 x

　　　[NN[N∅]]　　　[V[N[N∅]]]

　　　SW S∅　　　　S W S∅

第一行的 x 表示原来的语义重音,但加入空拍后,两种结构的尾字
与空拍都构成一个二元的[N ∅]单位,形成完全相同的两个音步①。

　　不过,英语诗歌不存在三字脚现象,有时引入空拍是为了分
析重音的需要②。而汉语诗歌的重音不但不明显,而且也不需要

---

① San Duanmu(端木三):"A Corpus Study of Chinese Regulated Verse: Phrasal
Stress and the Analysis of Variability". *Phonology* 21 (2004),1:43-89.

② 英语诗歌中也有少量四音步作品,最后一个音步只有一个重读音节,如 Jane
Taylor(1783—1824)创作的儿歌 *Twinkle, Twinkle, Little Star*:

　　Twínklè, | twínklè, | líttlè | stár,
　　Hów Ì | wóndèr | whát yòu | áre!
　　Úp à- | bóve thè | wórld sò | hígh,
　　Like à| diámònd | ín thè| ský.
　　……(共五节)

该诗为扬抑格,每行七个音节,分为四个音步,最后一个音步只有一个重读
音节。引例见王湘云:《英语诗歌文体学研究》第 45 页。该诗在诵读或配乐
演唱(曾由莫扎特谱曲)时,和汉语五七言诗类似,在最后一个音节后也形成
一个空拍或拖音,但不像汉语三字脚有一二式、二一式之别。

分析。现有的分析都是依据五、七言句式和动词、名词、虚词的词性推出来的。端木三对重音的判断能否成立,目前尚无呼应。但他指出三字脚后须有空拍,则与朱光潜等人较早的说法(拖长、休音)一致。笔者认为,这是理解三字脚现象的一个关键。正是空拍的存在,使三字脚各式得以形成一致的诗歌韵律,而并非1+2式必须迁就2+1式。

四、空拍与停顿

三字脚后须有空拍,应与三字结构后有停顿这一语言现象有关。三字结构即使出现在句中,其后也会有一个小的停顿(指有完结的结构,不包括2+1状中结构),在一言、二言、四言之后则不一定如此①。当它作为三字脚进入五、七言诗,就形成一种强制规定,即不管其内部构成形式如何,其后的停顿都会成为一个空拍。这可能是双音节音步所要求的,但正如三字脚现象所证明的,它并非是尾部单字后的空拍,而是作为整体的三字脚后的空拍,否则很难解释1+2的双音节词后为何也必须有空拍。如果三字脚都能读成2+1,那就变成一字脚了。三字脚中无论是1+2还是2+1,其内部结构都很紧密,不容停顿或拖长②。为了适应

————————————

① 这种现象在三字结构连读时尤为明显。例如相声《报菜名》中的贯口,在念三字菜名"蒸羊羔、蒸熊掌、蒸鹿尾儿……"时,可以听得出明显的停顿;在念四字菜名"三鲜丸子、四喜丸子……"时,演员往往有意炫技而不停顿,体现其连贯性。

② 冯胜利说三言结构中2+1紧(右向紧),1+2松(左向松),例如应分别读作"狡兔死#""左#牵黄"。见《汉语韵律诗体学论稿》,第170页。但据笔者的阅读知识,后一种读法并不成立,除非是有意拖长。还有上述大量1+2三字词和动宾短语,无论如何也不能把第一字拖长。

诗的双音节音步,只有在句后加入空拍。1+2式的存在,尽管不
符合右向音步,但并没有破坏诗的整体韵律。它与2+1式在句
法上的不同,不影响它们都从属于同一诗歌韵律。这种韵律就是
五言诗的上二下三,七言诗的上四下三,即全诗首先分为两截,然
后各自内部允许有变化。例如七言诗的上四,也允许一三、三一
的变格。如果完全按照右向音步,那这些变化也是不允许的。所
谓"自为三字脚",就是强调它是作为整体衔接在二言或四言结构
之后。如果讲诗歌韵律,只依照近体诗格律两字一节来讲,就容
易忽略这一点。其实,一般人在阅读中,对五言诗二、三字之间的
节点十分敏感,一旦出现上三下二的变例("羊肠坂|诘屈"),立刻
就会察觉。但对三字脚内部的各种变化,却往往并不在意。例如
前文所讨论的————式及各种模糊形式,一般读者大多予以忽
略,可见这些变化对诗歌节奏几乎没有影响。

　　对于三字脚后空拍的分析,本文认为应当修正如下:

　　　a.　　x　　x　　　　　b.　　x　　x
　　　　　[[NN[N]]∅]　　　　　[[V[NN]]∅]

尽管1+2和2+1(乃至1+1+1)内部还包含各种结构,很难依
照词性和句法将其归入一种重音模型,但不妨碍它们都能进入双
音节音步。

　　三字脚后的空拍与句后所需要的停顿相重合,这时空拍覆盖
了停顿。但停顿与空拍不同,在理论上可长可短,句末有较长停
顿,句中也可以有较短停顿,空拍则恰好是一拍。这种区别可以
通过三言句在不同位置上的出现来验证。歌行体和民谣都有三
三七句式,其中两个三字句之间的停顿有一空拍,因而能与七言

句节奏保持一致。三言结构如果出现在七言句或其他句式的句首（"君不见……""忽闻得喧声四起"），其后也有一个短停顿，但不允许有一整拍的空拍，这时就会带来另一种节奏（散行的或词曲的）。与此互为反证的是，四言诗和骈文四六句后也有停顿，但都不是一拍。

三字脚后的空拍还可以通过诵读和音乐配合形式来验证，乐句尾字通常会拖长或有一拍休止①。一个值得注意的现象是，自五、七言诗形成后，汉语的歌词也几乎不再采用四言或其他偶字句（除非是有意复古）。这也许可以看作是三字脚给诗歌节奏带来重要变化的一个旁证。

五、馀论

综上所述，三字脚为汉语诗歌带来一种全新的节奏，由于这种节奏辨识性极强，极富韵律感，因此采用这一节奏的五、七言诗在汉以后也逐渐成为汉语诗歌的主导性诗体。不过，需要追问的是：这样一种诗歌节奏（显然不同于语言的自然节奏）是汉语自然发展的产物，还是在相当程度上经人为努力而形成的？三字脚在何种意义上对于汉语诗歌来说是基于其内在韵律而不可或缺的？

如果采纳重音理论，那么可以说重音是语言的自然现象，而如何根据语言的轻重音来调节诗歌节奏、形成某种格律，则是一

---

① 杨荫浏《语言音乐学初探》："居于句逗末尾的歌字，其所占节拍的长短，比之其馀歌字要长一倍以上。即使在别的歌曲中，比例不一定与这相同，但逗尾字音长于其馀的字音，仍是一个非常普遍的情形。"收入《语言与音乐》，北京：人民音乐出版社1983年，第76页。歌词的三字脚绝不会被处理为三拍子，中国古代音乐也未发展出三拍子曲式，原因正在于它与汉语的双音节音步不合。

种人为安排。同理,汉语的双音节音步和三言结构是一种自然现
象,而利用这种音步和结构创制内含三字脚的五、七言诗,则必须
经过人为的努力。事实上,像四言诗和五言诗这种节奏整齐一
律、格式完整严谨的诗体,其产生必须有某种书面写作方式的支
持,诗体的定型也不可能完全在自发的、口头性的创作中完成。
口语中有自然的四言句,也许也早有带三字脚的五言、七言句子,
甚至还可能用这种形式构成若干短章。但要成为定型的诗体,则
除了需要有较长时期的发展延续外,还必须经过书面写定、加工,
才能得以整齐和完善化。对比汉乐府中保留原生形态较多的大
部分杂言作品,就足以证明这一点。从这个意义上可以说,带有
三字脚的五、七言诗的形成,必然包含了某种程度的人为努力和
加工。

然而,五、七言诗之所以能够成为汉语的主导诗体,其节奏形
式在汉语诗歌中具有其他节奏形式所不具有的代表性,则显然又
不是用人为因素就能够完全解释的。在这一点上,三字脚与后来
出现的永明体以及唐代近体诗所采用的平仄律,有着根本不同。
平仄律是依据汉语的自然声调制定出的一种规则,平仄是自然现
象①,但这种规则却完全是人为制定的。事实上,这种平仄律的规
则本身确实经过一个诗人不断尝试、调整修改才得以完成的过
程。当平仄律形成后,原有的不采用平仄律的古体诗仍继续存
在,并没有被平仄律取代;而在平仄律被采用之后,又不断有“破
弃”声律、制定新的补救规则的努力。我们也完全可以设想,古人
或今人有可能设计出另外若干种不同的声调规则并用于创作。

---

① 严格地说,将平声与其他三声相对,构成所谓平仄对立,也是一种人为规
定。据说如此设计的主要原因是,平声字较多,在字数上可以与其他三声
平分秋色。

　　三字脚则与此完全不同,包括其内部各种形式,自出现后就没有发生变化,不容许任何人为改动,因为它们都是汉语三字结构的固有形式,无须创制或改动。在这个意义上可以说,三字脚是利用汉语的自然结构,诗人只是发现并采用它,唯一的人为努力就是让它与二字节固定衔接,并通过重复这一句式形成字数整齐的诗体,此外并不需要任何人为加工或制定规则。

　　然而,三字脚的特殊重要性也就在于,自它出现后,汉语文体和语言节奏便就此一分为二:一种是诗歌的,一种是散体的。在日常对话和各类文章中,人们也常常会使用三字、四字、六字等各种句式(这些句式都曾被诗歌采用),内含三三、二二、二二二等各种节奏形式,但并未与其他句式形成截然有别的节奏,都可以说是散体节奏本身所容纳的各种变化。唯有三字脚与二字节衔接构成的五、七言句式,无论在何种场合出现,立刻会使人意识到这是在引用诗句或采用特殊的诗歌节奏。由此现象足以证明,经历长期历史发展,内含三字脚的五、七言句式已成为与其他各种汉语节奏形式相对的诗歌特殊节奏形式。

　　尤其值得注意的是,汉语内部的这种节奏界域分划,在过去是贯穿雅俗的:民歌谣谚同样采用三字脚,构成其基本节奏,并与其他文体截然有别。这一节奏界域分划并且一直沿续到当代,并未因语体取代文言、古代汉语发展为现代汉语而中断,也基本未受20世纪以来语言欧化的影响。其他人为规则如平仄律,则不可能有这种贯穿雅俗的情况,也不可能跨越如此大的语言历时阶段而保持不变。新民谣仍使用三字脚,现在一旦在各种场合、各种文体中使用内含三字脚的五、七言句式,仍立刻造成一种诗歌节奏效果,足以证明这一语言节奏界域分划的有效性。汉语的其他各种有特征的节奏形式,均可以在一定范围内运用,并达到一定

282 汉语诗歌的词汇与句法

的特殊效果,但都比不上这种形式所具有的极强的特殊标识性①。

正是在这一语言背景之下,以这种节奏界域分划为前提,新诗写作陷入了一个极其尴尬的境地:自20世纪以来,几乎所有新诗写作都避免采用三字脚,避免成段落地使用五、七言句式。因为一旦采用三字脚,立刻带来一种效果,即要么是采用旧诗体,要么是采用民歌民谣体,而无论哪种情况都是新诗人要极力避免的。然而遗憾的是,这样无条件地、几乎是下意识地拒绝三字脚,其结果等于是拒绝了中国诗歌的一种最重要、最有标识性的节奏类型。因而,无论新诗怎样精心结构、强调节奏、提倡格律,其结果都不能使自己进入汉语诗歌的基本节奏形式,都只能被归入非诗的散体。新诗常常抱怨人们无视它的诗歌特性,但却不肯面对这一事实:恰恰是节奏上的欠缺使它缺少了诗歌的一种基本标识。汉语人群基于基本节奏感的这种普遍认知绝不应被归为某种偏见,人们漠视它必然要付出代价。与此相对,自20世纪以来,唯有民歌民谣以及歌词写作没有背负这一包袱,可以自然沿续三字脚形式,保留了汉语诗歌的最重要的基本节奏类型。

最后还有一个问题须追问:在其他语言的诗歌中是否有类似于汉语的三字脚现象?这个问题也可以说是上一问题的延伸:三字脚如果在与汉语接近的其他单音节语言中存在,当然也就证明它是一种具有普遍性的语言自然现象。然而,如上所述,五、七言诗这种定型诗体的产生,离不开出自某一特定文化阶层的诗歌书面写作传统这一必要条件;而在与汉语接近的各语族中,具有这种文化传统和写作传统的情况未必很常见。由于调查者识见所

---

① 这种节奏标识的重要性甚至超过了押韵:佛教文献中的偈颂、一些应用性的歌诀乃至某些口号、广告语,尽管做不到押韵,但也采用五七言句式,使自己具有了"诗"的形式。

限,这里只能以越南语作一对比。

　　越南古代文人曾长期学习写作汉文诗,15 世纪开始出现喃字唐律体诗,完全模仿唐诗的七言、五言律绝,有七言八句、五言八句的律诗,和七言四句、五言四句的"四绝"。其中以七言八句律诗运用最多。这以后,在 16 世纪开始出现喃字六八体和双七六八体诗。六八体是奇数句六字,偶数句八字。同时采用腰韵:偶数句第六字与上一句尾韵叶韵,第八字另起韵。双七六八体则是首二句七字,从第三句起奇数句六字,偶数句八字。押韵方式与六八体近同,第二句也是尾字另起韵。一般认为,双七六八体适合抒情,六八体适合叙事。它们在唐律体外另创一格,没有采用三字脚。双七六八体只有首二句是七字,但也是上三下四。由于它们与越南语的特点更为吻合,所以 18 世纪以后出现了大量喃字六八体和双七六八体作品,包括长篇叙事作品《金云翘传》等。受其影响,甚至出现了汉文的六八体和双七六八体诗①。《金元翘传》中曾把五言的"鸡声茅店月,人迹板桥霜"改写为:

　　　　Tiếng gà điểm nguyệt, dấu giầy cầu sượng②

也就是一个八言句。至今越南译者仍采用这种六八体翻译中国古典诗歌。

---

①　参见于在照:《越南文学史》,广州:世界图书出版广东有限公司 2014 年,第 140、173 页。
②　《金云翘传》第八卷 2028 行。参黄轶球译:《金云翘传》,北京:人民文学出版社 1959 年,第 91 页。与这八个喃字对应的汉文是:"声鸡店月,迹鞋桥霜。"

图：越南译者用六八体翻译的杜甫《北征》①

Dịch thơ

Vừa năm hoàng hiệu thứ hai,
Ngày lành tháng tám nhuận, trời về thu.
Có chàng họ Đỗ co ro,
Sắp sang miền bắc thăm dò vợ con.
Bấy giờ giặc giã hãy còn,
Trong triều, ngoài nội bận luôn đêm ngày!
Xin về, chiếu chỉ cho ngay,
Ơn trên nhuần thấm, niềm tây thẹn thùng.

Tạ từ lạy trước sân rồng,
Bồn chồn chưa dễ yên lòng ra đi.
Can ngăn tuy chẳng giỏi gì,
Sợ vua lầm sót có khi không chừng!

Như người, bậc chúa trung hưng,
Ngang trời, dọc đất, ai bằng được đâu!
Đông Hồ làm phản bấy lâu,
Lòng tôi đây vẫn ruột rầu, gan căm!
Xa Hành cung gạt lệ đầm!
Dọc đường còn vẫn âm thầm sớm trưa!
Đầy trời ghẻ lở nhớp nhơ,
Niềm lo, mối nghĩ bao giờ cho nguôi?
Đồng điền man mác trông vời,
Vì đâu khói bếp, bóng người vắng teo?
Bi thương gặp kể cũng nhiều,
Vỡ đầu, đổ máu rên kêu đầy đường!
Quay đầu nhìn lại Phượng Tường!
Chiều hôm cờ quạt nhập nhoàng nẻo xa!
Mấy trùng núi vắng đi qua,
Đào cho ngựa uống kể ra bao lò?

以上介绍表明，主要受汉语的影响，三字脚也曾在越南语诗歌中使用，但后来并没有成为越南语诗歌的普遍句式，也没有成为越南语的一种基本节奏类型。由此来看，三字脚似乎并不是所

---

① DỗPhủ TINH TUYẾN(《杜甫诗精选》),河内:文学出版社·国学研究中心 2012 年。

有单音节语言的普遍节奏形式,而是在汉语诗歌中特别发展起来的。它之所以成为汉语诗歌的基本节奏类型,究竟是汉语本身的某种内在特点在起作用,还是在长期历史发展中使受众的听觉形成了某种定势("心理积淀"?),我们尚难遽下判断。而且我们知道,汉语后来的戏曲和曲艺唱词还形成了三四、三三四、三四四等句式,不采用三字脚。如果说与采用三字脚的五、七言诗相比这种句式有什么特长的话,那就是它更适于叙事,可以应用于更长的篇幅。也曾有人尝试写作三字脚的九言、十一言诗,但都未能流行。而这种三三四句式在明清两代,至少也已使用了几百年。当然,戏曲和曲艺都不是单使用三三四句式,而是与七言等句式混合使用。不过,这至少可以证明,汉语诗歌节奏并非只有发展为三字脚一种可能。

原载《北京社会科学》2019 年第 3 期

附录:《文选》五言诗三字词(不含人名等专有名词)

安期术/霸上戏/白璧赐/白璧觊/百夫雄/白首叹/白衣宦/百炼刚/百年身/班生庐/薄暮景/薄暮年/北辰星/北海术/北河阴/北邙阪/北山莱/北寺门/贝锦诗/比翼鸟/便娟子/冰井台/簿领书/采薇士/苍江流/操斤客/巢居子/车马客/沉痼疾/承露掌/承明庐/城皋坂/赤亭渚/愁思妇/储胥观/触藩羝/带地川/丹泉术/丹石心/丹水山/单父宰/当路子/枕杜情/帝女灵/帝王居/帝王州/东北墀/东城闉/东都礼/东都门/东陵瓜/东流水/东门吴/东南路/东南夷/东山人/东山诗/东跱岳/都人子/独只翼/儿女仁/耳目前/二崤道/伐檀

人/繁华子/芳春林/粪上英/丰沛都/风云会/枫树林/封侯者/凤皇池/夫子诗/浮丘公/蜉蝣辈/负鼎翁/富春郭/富春渚/甘泉宫/高山岑/高树颠/高桐枝/橘石火/贡公棋/鞲上鹰/孤竹根/古今事/古人度/古人风/古时人/股肱守/骨肉情/馆娃宫/广陵散/广莫门/广武庐/归飞翼/归鸿羽/龟鹤年/桂水潮/邯郸道/函谷丸/汉家子/汉世主/翰林鸟/翰墨场/翰墨林/和氏场/河曲游/河阳别/河阳谷/后世人/黄发期/黄金台/黄雀哀/祸福端/饥渴怀/机中素/箕毕期/箕濮情/激楚乐/纪郢城/济江篇/佳人期/嘉树林/甲胄士/坚冰川/坚冰浆/建德乡/江蓠草/江南调/蒋生径/交河城/郊祀月/椒兰室/皎日期/截道飙/金闺籍/金马门/金马署/金石交/金石躯/金银台/金玉声/金张馆/京台圃/经天日/荆山璞/荆山璆/荆文璧/九成台/九河阴/沮溺苦/具官臣/倦游客/倦游士/军马阵/君子论/君子堂/槛中猿/孔圣叹/琅玕实/琅邪台/黎阳津/李氏灵/澧水湄/梁甫吟/辽东田/聊城功/凌风翰/六奇术/笼中鸟/鲁阳关/洛水澜/绿水荇/孟诸陆/渑池会/明月光/幕中画/南山曲/南山雾/牛山叹/欧阳子/攀龙客/蓬荜庐/嫖姚兵/平津邸/平生事/平生意/浦阳汭/七尺躯/祈年观/千金璧/千金寿/千金堰/千里别/千里道/千里目/千里曲/千仞冈/千仞谷/千仞壑/千万人/千馀仞/千载前/前军幕/切思妇/秦王女/青郊路/青山阿/青山郭/青琐闼/青云霓/青云器/青云梯/轻薄儿/清川水/清江湄/清路尘/清洛汭/清切禁/清水波/琼树枝/丘园道/仁智居/任公钓/日新志/肉食姿/汝南诺/弱丧情/弱水湄/三五夕/桑榆时/沙漠垂/莎鸡羽/山海图/山阳赋/山阳宴/山中桂/上世人/社稷守/深识士/生民秀/圣明后/圣明君/盛明

世/时明政/首阳岑/寿陵园/双飞翰/双飞鸟/双飞燕/水上萍/司隶章/四方志/伺晨鸟/笥中刀/肃肃翰/素丝涕/素丝质/隋侯珠/随风翰/桃李节/特栖鸟/天地间/天姥岑/天下枢/田方赠/桐树枝/铜龙门/万乘君/万里流/万里衣/万里游/万年酬/万年枝/忘归草/忘忧物/望烟客/卫霍将/尉罗者/魏王瓠/幄中策/巫山渚/五岭表/西海滨/西流水/西南风/西南楼/西山药/西山趾/西山足/西颓日/西苑园/匣中玉/下车日/下泉人/相如达/相送人/湘川娥/向阳翘/萧氏牍/薤露诗/休屠营/徐方牧/许史庐/延露曲/延年术/延州信/严子濑/眼中人/艳阳年/燕山石/扬子宅/阳云台/养生年/瑶台女/野亭馆/叶中花/一举勖/一日娱/一生欢/一时好/一樽酒/缨上尘/郢中歌/雍门言/游川鱼/游宦子/游客子/游侠儿/渔浦潭/玉池津/园中葵/远征人/越鸟志/越乡忧/云间雁/云间月/云雨会/云中雁/战胜者/张女弹/长城阿/长恨端/长卿慢/长沙渚/长夜台/长者辙/赵氏璧/郑生偃/中孚爻/仲路诺/众多士/周公业/周王传/朱丝绳/竹素园/壮士节/浊水泥/子贱歌/子衿诗/子云阁/紫芳心/左贤阵

五言诗句式探考

——《文选》诗歌卷调查

由四言诗到五言诗,诗歌句式发生了重大变化。本文以《文选》建安以后五言诗为样本,对其基本句式进行归纳,并通过与四言诗的对比说明它所带来的句式变化。《文选》中该时期的作品共计 367 首,含 6 984 句 34 922 字(其中陆机《猛虎行》两句六言)①。

为使概括的句式尽可能全面,本文也选择了样本之外的某些例句,如《古诗十九首》、唐代的五古和五律作品②。

一、五言诗字节划分及分类说明

五言诗自形成起,其基本句式即由二三字节构成。五言诗和七言诗尾部的这种三字结构,被称为"三字脚",可以根据其构成

---

① 本调查以《四部丛刊》影印宋建州刊本《六臣注文选》为底本,对该本的明显误字有校改,但未使用其他版本进行全面校勘。《文选》卷十九后半诗甲"补亡"至卷三十一诗庚"杂拟下",共收诗 443 首,除去其中四言诗、汉代五言诗及两首七言诗(曹丕《燕歌行》、张载《拟四愁诗》)。

② 本文修订稿根据对部分唐诗作品的调查,又补充了某些句式变体及其句例。

形式,再分为一二式、二一式和一一一式①。

在这6 984句中,不合于二三句式而为明显的三二句式的有:

> 羊肠坂诘屈。(曹操《苦寒行》)
>
> 荣与壮俱去,贱与老相寻。(张翰《杂诗》)
>
> 一随往化灭。(谢灵运《庐陵王墓下作》)
>
> 家世宅关辅。(鲍照《升天行》)
>
> 日隐涧凝空,云聚岫如复。(谢朓《和王著作八公山诗》)

第一、二例均是上三字主语,下二字谓语。第三例"化灭"为一词②,"随往"中间不可断。第四例"家"为主语,"世宅"应为状动结构。第五例两句上三字主谓结构构成话题,下二字可视为述题。张翰、谢朓诗均上下句对称,属有意变例。其他几例或为牵合地名,或因叙事需要,可视为不得已处理。

除三二句式外,还有个别一四句式③:

> 譬海出明珠。(曹植《赠丁翼》)
>
> 遇可淹留处。(沈约《游沈道士馆》)

以及一些不很明显的一二二句式:

---

① 参见启功《诗文声律论稿》:"句中各词,无论如何分合,句末三字必须与上边四字分开,要自为'三字脚'。这三字可以是'二、一'式,也可以是'一、二'式,甚至可以是'一、一、一'式(古代汉语很少有真正三字不可分的词)。"北京:中华书局1977年,第48页。

② 五臣李周翰注:"今已化灭无形。"

③ 四一句式"千秋万岁后"(阮籍《咏怀诗》)可并入二三句式。

内不废家私。(王粲《从军诗》)

谁不希令颜。(曹植《美女篇》)

志不在功名。(张华《答何劭》)

人不取诸身。(郭泰机《答傅咸》)

恨不具鸡黍。(范云《赠张徐州谡》)

且少停君驾。(潘尼《迎大驾》)

庶以善自名。(陶渊明《辛丑岁七月赴假还江陵夜行涂口作》)

情用赏为美。(谢灵运《从斤竹涧越岭溪行》)

端为谁苦辛。(鲍照《行药至城东桥》)

远与君别者。(江淹《杂体诗·古离别》)

愿一见颜色。(同上)

在这些例子中,副词"不""少""一",介词"以""与""用""为",就句意来看都应属下读。但虚词与他词结合的强制性不如实词,所以这种隐性的一二二句式在感觉上不如上述三二句式明显。以上相加共计20句,仅占6 984句的0.3%。

五言诗均为偶数句,每两句为上下句①。本文采用的分类体系分为三个层级,指示数字也相应有三级,每种句式对应于一个三位或三层级数。在熟悉后,根据三级数字,就可判断该句式的类型和构成情况。以下是简要说明:

层级一　1

用于区分句子的主要类型,这些类型是:

---

① 早期七言诗每句押韵,所以不构成上下句形式,也存在奇数句。五言诗中只有略晚于建安时期的《古诗为焦仲卿妻作》等极个别作品包含奇数句,应属变例,并且未对其后的五言诗产生影响。

1.主谓句;2.谓语句;3.中心语句。

层级二　1.1

用于描述不同句子类型中包含的各种基本句式,这些句式是:

主谓句:1.动宾句:动词后接宾语,句式:主＋动＋宾①;2.使令句和兼语句:句式:主＋动＋兼(宾/主)＋谓;3.状动句和名词语句:动词或形容词前有状语修饰,或谓语仅由动词、形容词或名词性词语构成,句式:主＋(状＋)动/形/名;4.动补句:动词或形容词后有补充成分,句式:主＋动/形＋补;5.介宾句:动词前使用介宾或次动宾结构,句式:主＋介(/次动)宾＋动;6.两分句:包含两个分句的紧缩复句,句式:主谓$_1$＋谓/主谓$_2$;7.三分句(为七言句预设);8.话题句:采用话题结构的句子;9.倒装句:谓语在主语前,句式:谓＋主。

谓语句(句式参照主谓句):1.动宾句:动词后接宾语;2.使令句和兼语句;3.状动句和名词语句;4.动补句:动词后接补语;5.介宾句:动词前使用介宾或次动宾结构;6.两分句:谓$_1$＋谓/主谓$_2$。话题句、倒装句均不适用于谓语句。

中心语句无法分别归入以上句式,另作规定:1.并列词语,可以有连接词;2.名词性词语或短语修饰中心语;3.形容词修饰中心语;4.尾字中心语为时间、处所、方位词等。

层级三　1.1.1

用于描述层级二句式中的特定句子成分:

1.单字主语;2.首二字介/动＋宾/其他;3.单字主语＋单字

---

① 在本文中,两字状动、动宾、动补结构原则上视同动词,因此动宾句不排除状动、动补结构,状动句不排除动宾、动补结构,动补句不排除状动、动宾结构。但在具体分类时,可能有交错的情况。

动词;4. 三、四字介/动＋宾/其他;5. 分句从句主语;6. 首二字状语;7. 三、四字状语;8. 动词受事话题;9. 短语话题;0. 无以上情况。某一句式如果同时存在 1—9 中的两项,则以短线连接两个数字表示(超过两项则只保留两项)。

除以上三级数字外,该体系还设计了一组字母后缀。在使用时缀于三级数字之后,用于描述层级三可能未涵盖的三字脚结构形式。因篇幅所限,以下讨论只在部分句式中使用了这组后缀。根据需要,在描述其他各种句式时也可将其附入。以下是该组后缀(1、2 分别表示一字、二字):

a. 动宾 1＋2;b. 动宾 2＋1;c. 动补 1＋2;d. 动补 2＋1;e. 动介宾;f. 助/副/连 1＋动/形/名 2;g. 状中 1＋2;h. 状中 2＋1;i. 状动宾;j. 动/形 1＋动 2;k. 动 2＋动 1;l. 动宾/介宾＋动;m. 主谓 1＋2;n. 主谓 2＋1;o. 主动宾;p. 定中 1＋2;q. 定中 2＋1;r. 形(副)1＋形 2;s. 形/动＋连＋形/动;t. 名＋连＋名;u. 其他。

例如"泽兰渐被径",表示式为 1. 1. 0i,说明其为主谓句中的动宾句,三字脚是状动宾结构。

由于汉语有词汇兼类、词性判定方面的问题,也由于诗句相对于一般语句既有成分的缺省压缩,又有某些特殊句法,还由于对诗句本身的理解可能存在歧义,所以对少数诗句的句型判定可能存在分歧,甚至难以进行分类。此外,在古汉语尤其是诗歌中,还存在大量句法分析歧异现象,即在语意理解不存在分歧的情况下,可以对同一句话做出不同的句法分析。例如:

春草愁更绿,公子未西归。(谢朓《酬王晋安》)

"春草"是句子的主语,还是"愁"的宾语?"愁"与"更绿"之间的语法关系是什么？又如：

> 乱流趋正绝,孤屿媚中川。(谢灵运《登江中孤屿》)

"乱流"是定中结构还是动宾结构？后三字如何切分①？即使确定前者为动宾结构,它究竟是整句中的句子成分,还是紧缩句中的一个分句？尽管诗意本身似乎不难理解,但进行句法分析却可能有困难或分歧。不过,尽管存在以上各种情况,对五言诗进行句法分析并做出适当分类,在总体上还是可行的,即使不应视为绝对意义上的。

二、五言诗句式分类

1. 主谓句

主谓句即包含主谓两种句子成分或主谓宾完整结构的句子。

1.1 动宾句

1.1.0a 如果是主谓句,句首二字充当主语,词性是名词或代词,后三字可以是动宾结构：

> 皓腕约金环。(曹植《美女篇》)
> [$_{SP}$皓腕[$_{VP}$约[$_{NP}$金环]]]

---

① 李善注："《尔雅》曰:水正绝流曰乱。"(见《尔雅·释水》)据此,则"绝"是动词,后三字或应读成"趋、正绝"。王云路《中古诗歌语言研究》认为"乱流"是动宾式双音词,有水汇合义,西安:世界图书出版公司 2014 年,第 383 页。

佳人慕高义。(曹植《美女篇》)

首二字可以是助词结构：

所累非外物。(沈约《游沈道士馆》)

b 后三字也可以是双音动词带宾语：

园寝化为墟。(张协《七哀诗二首》)
[$_{SP}$园寝[$_{VP}$化为[墟]]]

禽兽惮为牺。(王粲《从军诗》)

但用例较少，主要是因为双音动词很少带单字宾语①。疑似之例有：

公子敬爱客。(曹植《公宴诗》、应玚《侍五官中郎将建章台集诗》两见)

可能视"敬爱"为一词，实际应视"爱客"为一词。
　i 动宾结构前可能有副词或连词：

中散不偶世。(颜延之《五君咏·嵇中散》)

———————————

① 动词$_1$＋为，一般认为"为"字是动词作补语，早期文献用例见于《左传》。参见何乐士：《〈左传〉的单句和复句初探》，程湘清主编：《先秦汉语研究》，济南：山东教育出版社 1992 年，第 144—248 页。

　　权家虽爱胜。(曹植《又赠丁仪王粲》)

可能有宾语前置：

　　飞光忽我遒。(沈约《宿东园》)

j 后三字也可能是动词₁＋动宾结构：

　　秦人来求市。(卢谌《览古诗》)

也可能首三字是主语(上三下二)：

　　诃陵国分界,交趾郡为邻。(白居易《送客春游岭南二十
韵》)
　　北与南殊俗,身将货孰亲。(同上)

1.1.1 主语是首字单音词,后接助动词、语气词等：

　　谁能享斯休。(王粲《从军诗五首》)
　　王其爱玉体。(曹植《赠白马王彪》)

也可能后两字是动宾结构：

　　巧未能胜拙,忙应不及闲。(白居易《宿竹阁》)

或者首字是语气词、连词或时间词、形容词状语,接单字

主语①：

　　　　昔我从元后。（刘桢《赠五官中郎将》）

　　　　惟师恢东表。（陆机《齐讴行》）

　　　　惟此如循环。（欧阳建《临终诗》）

　　　　伊予秉微尚。（谢灵运《初去郡》）

　　　　纷吾隔嚣滓。（沈约《新安江水至清浅深见底贻京邑游好》）

　　　　而我在万里。（江淹《李都尉陵》）

1.1.2 首二字动宾短语作主语：

　　　　多财为患害。（阮籍《咏怀诗》）

1.1.3 首二字是主语＋动词,后接宾语：

　　　　腰佩翠琅玕。（曹植《美女篇》）

　　　　[$_{SP}$腰[$_{VP}$佩[$_{NP}$翠[琅玕]]]]

　　　　云去苍梧野。（谢朓《新亭渚别范零陵诗》）

---

① 在现代汉语中,表示时间位置或持续时间的副词能够在主语前后自由出现,但单音节副词不能出现在主语之前。上古汉语则习惯句首用单音节时间词。"昔我""今我"这种结构来自《诗经》的四言句("昔我往矣"),《左传》亦有"昔吾畜于赵氏""今我使二国暴骨"。五言诗仍沿用这种句式,是因为代词(尤其是第一人称代词)往往代表诗中不可缺少的主体,但代词大多是单音词,而诗的叙述又需要交代时间,把它们放在一起占一个字节很合适。

也可能后接双宾语：

　　　　雨添山气色，风借水精神。（白居易《闲园独赏》）

后三字可以是从句作宾语①：

　　　　谁知已卒岁。（潘岳《悼亡诗》）

1.1.3-5 后三字宾语从句是主谓结构：

　　　　谁言捐躯易。（曹植《三良诗》）
　　　　[$_{SP}$谁[$_{VP}$言[$_{SP}$[$_{VP}$捐[躯]]$_{AP}$易]]]]

　　　　谁谓情可书。（谢瞻《王抚军庾西阳集别作》）

1.1.4 第三字单音动词，带双宾语：

　　　　众工归我妍。（曹植《名都篇》）
　　　　[$_{SP}$众工[$_{VP}$归[$_{IO}$我][$_{DO}$妍]]]]

　　　　缪子称其贤。（卢谌《览古诗》）

---

① 在句子（sentence）中充当句子成分的小句（clause），相当于英语中的从句（subordinate clause），也可称为内嵌从句（embedded clause）。传统语法学一般将其视为词组或短语，现代语法学则区分了短语结构、小句、句子三个层次。有关讨论参见邓思颖：《形式汉语句法学》，上海：上海教育出版社 2010年，第 136 页以下。本文有时也将出现在诗句中宾语、主语、定语位置上的短语结构称为从句，以区别于紧缩句（复句）中的分句（单句）。

或者是动宾结构后接趋向动词或补语：

> 远节婴物浅。（陆机《豫章行》）

1.1.5 首二字是主谓短语作主语：

> 时变感人思。（郭璞《游仙诗》）
> 泪下如流霰。（谢朓《晚登三山还望京邑》）

1.1.6 首二字是形容词状语，或时间、处所、数量词状语等，后三字主谓结构：

> 寤言涕交缨。（陆机《于承明作与士龙》）
> 承明子弃予。（同上）
> 斐斐气幕岫，泫泫露盈条。（谢惠连《泛湖归出楼中玩月》）

1.2 使令句·兼语句①

1.2.0 如果是主谓句，使用某些动词，可以构成兼语句。兼语有时省略：

> 副君命饮宴。（谢灵运《拟魏太子邺中集·平原侯植》）

---

① 一般语法著作把使令句列为兼语句的一种，可参看黎锦熙：《新著国语文法》，北京：商务印书馆 1995 年，第 18—22 页；杨伯峻：《文言语法》，北京：中华书局 2016 年，第 258—264 页。也有著作另单列"使字句"。

1.2.3 首字主语接动词"使""令"等,构成使令句:

谁令君多念。(曹植《赠王粲》)

使令对象有时省略:

谁令乏古节。(鲍照《还都道中作》)

使用某些动词,也可构成兼语句:

气得神仙迥,恩承雨露低。(杜甫《奉赠太常张卿二十韵》)①

1.2.4 首二字主语接动词"使""令"等,构成使令句:

谗巧令亲疏。(曹植《赠白马王彪》)
[$_{SP}$谗巧[$_{VP}$令[$_{SP}$亲[$_{VP}$疏]]]]

地势使之然。(左思《咏史诗》)

首二字短语作主语从句,构成使令句:

远望令人悲。(阮籍《咏怀诗》)

---

① 这种情况有时也可分析为动宾结构接补语。

1.2.4-2 首二字动宾结构作主语,构成使令句:

　　思君令人老。(《古诗十九首》)

1.2.4-5 主谓短语作主语,构成使令句:

　　忧来令发白。(张载《七哀诗》)

1.3 状动句・名词语句

1.3.0f 如果是主谓句,动词、形容词前可能有副词、形容词状语:

　　明哲时经纶。(谢灵运《述祖德二首》)
　　[$_{SP}$明哲[$_{VP}$[$_{Adv}$时[$_{V}$经纶]]]]

　　欢乐犹未央。(刘桢《公宴诗》)

也可能是名词性词语前有副词、连词:

　　珪璋既文府,精理亦道心。(王僧达《答颜延年》)

有使用被动标记的被动句:

　　珍宝见剽虏。(张载《七哀诗》)
　　君绅宜见书。(张协《咏史诗》)
　　白首不见招。(左思《咏史诗》)

茂陵将见求。(谢朓《新亭渚别范零陵诗》)

j 有动词连用:

鸣雁飞南征。(阮籍《咏怀诗》)

[$_{SP}$鸣雁[$_{VP}$飞][$_{VP}$南征]]

k 或是:

亲昵并集送。(曹植《送应氏诗》)

田家樵采去。(范云《赠张徐州谡》)

p 谓语也可能是名词性词语,不使用动词和判断词:

骢马金络头。(鲍照《结客少年场行》)

[$_{SP}$骢马[$_{NP}$金[络头]]]

q 或是:

游客芳春林。(陆机《悲哉行》)

流涧万馀丈。(张协《杂诗》)

仲容青云器。(颜延之《五君咏·阮始平》)

r 谓语也可能是三字形容词:

珍木郁苍苍。(刘桢《公宴诗》)

柔条纷冉冉。（曹植《美女篇》）

s 也可以用连词连接两个动词：

樛枝耸复低。（谢朓《敬亭山》）
[ₛₚ樛枝[ᵥₚ耸]_Conj复[ᵥₚ低]]

或用连词连接两个形容词：

美女妖且闲。（曹植《美女篇》）
[ₛₚ美女[ₐₚ妖]_Conj且[ₐₚ闲]]

清风凄已寒。（刘桢《赠五官中郎将》）

t 也可以用连词连接两个名词：

东园桃与李。（阮籍《咏怀诗》）
[ₛₚ东园[ₙₚ桃]_Conj与[ₙₚ李]]

所托声与音。（陆机《赠尚书郎顾彦先二首》）

前一例还可以视首二字为定语，后一例则明显是主谓关系。
　　首二字主语还可接数量词：

黄金百镒尽。（阮籍《咏怀诗》）

可以将前四字分析为主语,也可以将动词前的数量词视为状语。

谓语也可能是后两字(上三下二):

> 韦门女清贵,裴氏甥贤淑。(白居易《和梦游春诗一百韵》)

主语也可能是前四字(上四下一):

> 羊角风头急,桃花水色浑。(白居易《送友人上峡赴东川辟命》)
> 徇俗心情少,休官道理长。(白居易《重咏》)

1.3.1 主语是首字单音词:

> 谁能常美好。(阮籍《咏怀诗》)
> 余固水乡士。(陆机《答张士然》)

或第二字是主语单音词:

> 咨余冲且暗。(欧阳建《临终诗》)

1.3.2 首二字动宾短语作主语:

> 闻道虽已积。(范晔《乐游应诏诗》)

1.3.5 首二字主谓短语作主语:

名高不宿著。(应璩《百一诗》)

也可能首三字主谓短语作主语(上三下二):

笔写形难似,琴偷韵易迷。(白居易《题遗爱寺前溪松》)

1.3.6 首二字形容词状语,后三字是主谓结构:

凛凛天气清,落落卉木疏。(曹摅《思友人诗》)

[$_{SP}$[$_{Adv}$凛凛]$_N$天气[$_{AP}$清]]]

首二字是时间、处所词和其他名词作状语①:

季秋边朔苦。(谢灵运《九日从宋公戏马台集送孔令诗》)

[$_{SP}$[$_T$季秋]$_N$边朔[$_{AP}$苦]]]

阶下伏泉涌,堂上水衣生。(张协《杂诗》)

也可能只有状语和名词性主语,谓语在下句:

如何当路子,磬折忘所归。(阮籍《咏怀诗》)

---

① 这种情况中被提到句首的时间、处所词或其他词,被认为出现于话题的位置,也具有话题的语义特征,因此被认为属于语域式话题的一种——时地语域话题。见徐烈炯、刘丹青:《话题的结构与功能》(增订本),上海:上海教育出版社 2007 年,第 58、113 页。除了位于句首外,在五言诗中它们还符合话题的以下特征:不带介词,其后有停顿。此外也有用提顿词的例子:"昔也植朝阳。"(司马彪《赠山涛》)

首二字也可以是连词、助词：

> 况乃曲池平。（沈约《冬节后至丞相第诣世子车中作》）
> 寔惟北门重。（丘迟《侍宴乐游苑送张徐州应诏诗》）

1.3.6-1 首二字状语，主语是单音词：

> 眇然心绵邈。（何劭《游仙诗》）
> [$_{SP}$[$_{Adv}$眇然]$_N$心[$_{AP}$绵邈]]

主谓结构前还可有其他成分：

> 缠绵弥思深。（张载《七哀诗》）

首二字是时间、处所词或其他名词作状语：

> 十载学无就。（鲍照《数诗》）
> 宜城谁献酬。（陆厥《奉答内兄希叔》）

首二字是连词、语气词等：

> 至今声不亏。（王粲《咏史诗》）
> 迨及岁未暮。（陆机《长歌行》）
> 岂唯地所固。（卢谌《赠崔温》）

1.3.6-2 首二字状语是介宾结构：

在远分日亲。（曹植《赠白马王彪》）

1.3.7 状语在三、四字：

鸾翮有时铩。（颜延之《五君咏·嵇中散》）
[$_{SP}$鸾翮[$_{VP}$[$_{Adv}$有时[$_V$铩]]]]

所亲一何笃。（刘桢《赠五官中郎将》）
刁斗昼夜惊。（虞羲《咏霍将军北伐诗》）
日华川上动。（谢朓《和徐都曹》）

1.3.7-2 首二字动宾短语作主语，状语在三、四字：

受爵藁街传。（陆机《饮马长城窟行》）
敷绩壶冀始。（谢灵运《会吟行》）

1.4 动补句

1.4.0 如果是主谓句，动词、形容词后可接补充成分（情态、处所、数量、程度、比况等）：

青骊逝骎骎。（阮籍《咏怀诗》）
[$_{SP}$青骊[[$_{VP}$逝]$_{AP}$骎骎]]

馀霞散成绮，澄江静如练。（谢朓《晚登三山还望京邑》）

可以由介宾结构引入补充部分（与事、工具、处所、比况等）：

微言绝于耳。(曹摅《思友人诗》)

[ₛₚ微言[[ᵥₚ绝]ₚₚ于[耳]]]

义分明于霜。(袁淑《效曹子建乐府白马篇》)

有时省略介词：

落英陨林趾。(潘岳《河阳县作》)
苛慝暴三殇。(谢瞻《张子房诗》)
嘉惠承帝子。(陆厥《奉答内兄希叔》)

三、四字双音动词后也可接补语：

清阴往来远。(江淹《杂体诗·王征君微》)

[ₛₚ清阴[[ᵥₚ往来]ₐₚ远]]

动词、形容词后可以接另一否定形式①：

高节卓不群。(左思《咏史诗》)

[ₛₚ高节[[ₐₚ卓]ᵥₚ[ₙₑ𝓰不[ᵥ群]]]]

---

① 《诗经》四字句有"还而不入"(《何人斯》)、"醉而不出"(《宾之初筵》),须加连词;或者"受爵不让"(《角弓》)、"求福不回"(《旱麓》),前一结构不能是单字动词。《楚辞》有"出不入兮往不反"(《九歌·国殇》),但仅止一例。《古诗十九首》有"荡子行不归",亦只一见。建安诗人中此种句式仍少见,且限于"不还"等个别词组。嵇康诗有"大道匿不舒"(《答二郭》)、"匠石寝不言""南土埤不凉"(《与阮德如》)、"蹊路绝不通"(《游仙》),阮籍诗有"谁云沉不浮""六翮掩不舒"(《咏怀诗》),此后渐趋普遍。

可以视否定部分为补语,或视为紧缩句。

   1.4.1 主语是单音词,后三字动补结构:

      谁能久京洛。(谢朓《酬王晋安》)

   1.4.2 首二字动宾短语作主语,后三字动补结构:

      赴曲迅惊鸿。(陆机《日出东南隅行》)

   1.4.3 首二字主谓结构,后三字补语:

      叶落何翩翩。(曹植《美女篇》)
      [$_{SP}$叶[[$_{VP}$落]$_{AP}$[$_{Adv}$何[$_{A}$翩翩]]]]

      君行逾十年。(曹植《七哀诗》)

可以用连词连接两个形容词:

      我行永已久。(陆机《拟明月何皎皎》)

   1.4.5 首二字主谓短语作主语,后三字动补结构:

      年往迅劲矢。(陆机《长歌行》)

   1.4.6 首二字状语,后三字主语单音词接动补结构:

悠悠君行迈。(陆机《为顾彦先赠妇二首》)

1.5 介宾句

1.5.0 如果是主谓句,动词前可以由介词或次要动词带宾语。有时宾语省略:

黄鸟为悲鸣。(曹植《三良诗》)

也可能省略动词:

本家自辽东。(袁淑《效古》)
湍险方自兹。(任昉《赠郭桐庐出溪口》)

或主要动词在下句:

使者随秋色,(迢迢独上天。)(杜甫《覆舟二首》)

首二字也可以是介词宾语前置:

何人共解颐。(白居易《代书诗一百韵寄微之》)

1.5.1 主语是单音词,介(/次动)宾结构占据二、三、四字:

名与天壤俱。(张协《咏史诗》)
[_{SP}名[_{VP}[_{PP}与[天壤]]_V俱]]

势随九疑高。（沈约《钟山诗应西阳王教》）

赏逐四时移。（同上）

首字也可能是宾语前置：

谁可与欢者。（阮籍《咏怀诗》）

谁与偕没齿。（颜延之《秋胡诗》）

介宾结构也可能占据后四字，谓语在下句：

谁当九原上，郁郁望佳城。（沈约《冬节后至丞相第诣世
子车中作》）

$[_{SP}$谁$[_{PP}$当$[_{LocP}[$九原$]$上$]]$……

1.5.2 首二字动宾结构作主语，谓语部分有时省略动词：

求仁既自我。（江淹《杂体诗·殷东阳仲文》）

1.5.4 主语是双音词，介（/次动）宾结构占据三、四字：

天命与我违。（曹植《赠白马王彪》）

$[_{SP}$天命$[_{VP}[_{PP}$与$[$我$]]_{V}$违$]]$

轻裾随风还。（曹植《美女篇》）

秦王御殿坐，赵使拥节前。（卢谌《览古诗》）

神感因物作。（卢谌《时兴诗》）

有宾语前置：

> 膏兰孰为消。（潘尼《赠侍御史王元贶》）
> 我志谁与亮。（谢灵运《游南亭》）

1.5.4-1 主语是单音词,介(/次动)宾结构占据三、四字：

> 马为仰天鸣。（陶渊明《挽歌诗》）

1.5.4-2 主语是动宾短语,介(/次动)宾结构占据三、四字：

> 为恨与年深。（杜甫《又示两儿》）
> 零泪缘缨流。（韦应物《送杨氏女》）

1.5.4-5 主语是主谓短语,介(/次动)宾结构占据三、四字：

> 声急由调起。（颜延之《秋胡诗》）

1.6 两分句

1.6.0 如果主谓句有两个谓语部分,在少数情况下前一谓语部分在第三字,四、五字是后一谓语部分,往往另有主语：

> (甯戚扣角歌,)桓公遭乃举。（江淹《杂体诗·刘太尉琨》）①

---

① 此句意为甯戚遭桓公后乃得举,属宾语前置(也可理解为"遭"后省略宾语),并使用连词"乃"连接两部分。

　　春风吹又生。(白居易《赋得古原草》)

　　也可能前一谓语部分在三、四字,第五字是另一谓语部分:

　　多情欲别难。(白居易《别春炉》)

　　1.6.3 更多情况下首二字是主谓结构,后三字是另一谓语部分,主语有可能承前,也可能不明确或另有主语:

　　月出照园中。(刘桢《公宴诗》)
　　[$_{SP}$月[$_{VP}$出][$_{VP}$照[园中]]]

　　身陨沉黄泥。(应玚《侍五官中郎将建章台集诗》)
　　气结不能言。(曹植《送应氏诗》)

　　后一部分有动词连用:

　　日晏罢朝归。(鲍照《拟古三首》)

　　前后两部分构成关联复句,也可使用连词:

　　士生则悬弧。(枣据《杂诗》)

　　后三字也可能又构成关联复句,全句因此可以归入三分句:

　　花密藏难见,枝高听转新。(杜甫《百舌》)

饭粗餐亦饱,被暖起常迟。(白居易《求分司东都寄牛相公十韵》)

也可能二、三字和四、五字分别为两个谓语部分(上三下二):

雁惊弓易散,鸥怕鼓难驯。(白居易《早春西湖闲游》)

1.6.3-5 后一部分是主谓结构:

欢馀宴有穷。(谢瞻《九日从宋公戏马台集送孔令诗》)
[[ₛₚ欢[ᵥₚ馀]]并列[ₛₚ宴[ᵥₚ有穷]]]

别促会日长。(曹植《送应氏诗》)
路极悲有馀。(潘岳《悼亡诗》)

前后两部分构成条件分句关系:

男欢智倾愚,女爱衰避妍。(陆机《塘上行》)①

也可使用连词:

心静即声淡。(白居易《船夜援琴》)

1.6.3-7 三、四字是后一部分的状语:

---

① 在汉语中条件分句与话题句标记同一,功能相同,因此条件分句也可被视为话题句。参见徐烈炯、刘丹青:《话题的结构与功能》,第205页以下。

兴饶行处乐。(杜甫《夏夜李尚书筵送宇文石首赴县联句》)

1.6.5 后一部分主谓结构,前一部分可能有省略:

南箕北有斗。(《古诗十九首》)
松月夜窗虚。(孟浩然《岁暮归南山》)

也可能前后两部分三二切分:

韵透窗风起,阴铺砌月残。(白居易《题卢秘书夏日新栽竹二十韵》)

1.8 话题句

1.8.0 在主谓句中有话题句,首二字话题,后三字是对话题的说明(述题),本身可以是主谓结构等:

君子福所绥。(王粲《公宴诗》)
$[_{\text{TopP}}[_{\text{Top}}君子][_{\text{SP}}福[_{\text{NP}}所[_{\text{V}}绥]]]]$

山林隐遁栖。(郭璞《游仙诗》)
长城地势险。(虞羲《咏霍将军北伐诗》)
瀚海愁云生。(同上)
平生礼数绝。(任昉《出郡传舍哭范仆射》)

有时话题似是第三字的定语,但二、三字之间有自然停顿,分

隔为两个字节,仍宜将后三字看作对话题的说明①:

> 峻坂路威夷。(潘岳《金谷集作诗》)
> 采菱调易急,江南歌不缓。(谢灵运《道路忆山中》)

1.8.1 话题是首字单音词,后四字说明话题:

> 游当罗浮行,息必庐霍期。(谢灵运《初发石首城》)②
> $[_{TopP}[_{Top}游][_{VP}[_{Adv}当[[_{LocP}罗浮]_V行]]]]$

> 器恶含满欹,物忌厚生没。(鲍照《代君子有所思》)

话题单音词前可能有连词、语气词等:

> 况我身谋拙。(白居易《东南行一百韵》)

1.8.2 提到句首的话题不是名词性词语,而是动宾短语③:

> 巢幕无留燕,遵渚有来鸿。(谢瞻《九日从宋公戏马台集送孔令诗》)
> 绕屋树扶疏。(陶渊明《读山海经》)

---

① 停顿是使句子成分话题化的一种语法标记。以下几例中的话题,在意义上是谓语动词主语的领格,被称为领格语域式话题,是汉语这种话题优先语言中较常见的话题类型。参见徐烈炯、刘丹青:《话题的结构与功能》,第72、115页。
② 在此例中,第二字的虚词也起到停顿的作用,使首字话题化。
③ 参见徐烈炯、刘丹青:《话题的结构与功能》,第105页。

短语话题后可能另有主语：

亲亲子敦余，贤贤吾尔赏。（谢瞻《于安城答灵运》）

$[_{TopP}[_{Top}[_{VP}亲[亲]]][_{SP}子[_{VP}敦[余]]]]$

赏废理谁通。（谢灵运《于南山往北山经湖中瞻眺》）①

握兰勤徒结，折麻心莫展。（谢灵运《从斤竹涧越岭溪行》）②

也可能其后没有其他主语，句首主语从句即是话题：

著论准过秦，作赋拟子虚。（左思《咏史诗》）

1.8.3 提到句首的话题是主谓短语：

春来无时豫，秋至恒早寒。（颜延之《秋胡诗》）

时变感人思。（郭璞《游仙诗》）

1.8.8 话题是受事名词移到句首，因此也被视为宾语前置③：

---

① 《文选》五臣吕延济注："言非我情独为叹息，且赏此废此是理谁能通矣。"
"赏废"可分析为主谓结构或并列结构，是"理"的定语从句，出现于句首作话
题，"理"又在述题中作次话题。

② 《文选》五臣吕延济注："兰、麻皆芳草，可以投赠者。言事君勤苦空结于怀，
相知之心无由申展。"这两句的前后部分可以理解为条件分句，也可以将"握
兰""折麻"分别理解为"勤""心"的定语从句，被提到句首作话题。

③ 此类话题被称为论元共指性话题，即话题与述题中的主语、宾语等论元在句
法位置上存在空位或复指成分。见徐烈炯、刘丹青：《话题的结构与功能》，
第105页。

　　清尘竟谁嗣。(谢灵运《述祖德二首》)
　　[TopP [Top 清尘][SP [Adv 竟[N 谁[VP 嗣]]]]]

　　玉容谁得顾。(陆机《拟西北有高楼》)
　　桑野多经过。(颜延之《秋胡诗》)
　　二子弃若遗。(欧阳建《临终诗》)
　　南荣戒其多。(谢混《游西池》)

介词宾语也可作话题:

　　岁暮以为期。(沈约《钟山诗应西阳王教》)

有时句首话题不是动词宾语,而是有语义关联的其他成分:

　　舞馆识馀基,歌梁想遗转。(谢朓《和伏武昌登孙权故城》)①

句首话题有可能是前三字(上三下二):

　　百忧中莫入。(白居易《想东游五十韵》)

　　1.8.8-1 句首话题受事是单音词:

---

① 这两句可以理解为“识舞馆馀基,想歌梁遗转”。前一句“舞馆”与“馀基”是整体与部分的关系,后一句“歌梁”是“遗传”的主语,可以分析为将从句中的主语话题化。

惟德在无忘。(谢瞻《张子房诗》)

1.8.8-2 句首话题受事是动宾短语:

守分岂能违。(王粲《公宴诗》)

1.8.8-3 句首话题受事是主谓短语:

涕下谁能禁。(阮籍《咏怀诗》)

1.8.8-4 句首话题受事,三、四字动宾结构状语:

乌台陟冈送。(白居易《送武士曹归蜀》)

1.8.8-6 首二字是时间词等状语,其后为话题受事:

几时杯重把,昨夜月同行。(杜甫《奉济驿重送严公》)

1.8.8-7 句首话题受事,三、四字状语:

归鞍酩酊骑。(白居易《代书诗一百韵寄微之》)

1.8.8-9 句首话题受事是其他短语:

退耕力不任。(谢灵运《登池上楼》)

1.8.9 提到句首的话题是其他短语：

> 出没眺楼雉。（谢朓《和王著作八公山诗》）

1.9 倒装句

1.9.0 在主谓句中,首二字是动词或形容词,后三字是主语,这时可视为倒装句：

> 贤哉此丈夫。（张协《咏史诗》）
> [$_{SP}$[$_{AP}$贤哉]$_{DP}$此[丈夫]]

> 壮哉帝王居。（曹植《又赠丁仪王粲》）
> 慷慨惟平生。（陆机《门有车马客行》）
> 缠绵胸与臆。（陆机《赴洛诗》）
> 逝矣将归客。（谢瞻《九日从宋公戏马台集送孔令诗》）

后三字也可能是介宾结构：

> 凄矣自远风。（颜延之《始安郡还都与张湘州登巴陵城楼作》）

1.9.2 首二字动宾结构,后三字是主语：

> 洼银中贵带,昂黛内人妆。（白居易《渭村退居一百韵》）

1.9.3 首二字主谓结构,后三字是其所说明的主语：

　　影迟新度雁,声涩欲啼莺。(白居易《早春独游曲江》)

2. 谓语句

　　谓语句只有句子的谓语部分,其主语在前文或不出现①。谓语句可以同时出现在上下句。有时谓语句是下句的主语,则构成一个大的兼语句:

　　独有清秋日,能使高兴尽。(殷仲文《南州桓公九井作》)②

2.1 动宾句

　　2.1.0 如果是谓语句,首二字可以是动词或状动结构,后三字是宾语:

---

① 一般认为,主语在句子中不出现,是古汉语中比较普遍的现象。早期汉语语法学认为,在很多句子中"施事为'你、我、他、这',当前自明,不用多说"。见吕叔湘:《从主语宾语的分别谈国语句子的分析》,收入《汉语语法论文集》,北京:科学出版社 1955 年,第 95、103 页。这种情况被认为是主语隐去,不是省略。赵元任认为:汉语的整句由零句(minor sentence)组成,"整句只是在连续的有意经营的话语中才是主要的句型。在日常生活中,零句占优势"。见 Yuen Ren Chao:*A Grammar of Spoken Chinese*, Berkeley and Los Angeles: University of California Press, 1968, p. 83. 吕叔湘译:《汉语口语语法》,第 51 页。吕叔湘认为:句子可以首先分为主谓句和非主谓句,非主谓句可以分为无主句、存现句、名词句。见《汉语语法分析问题》,北京:商务印书馆 1979 年,第 53 页。现在一般将非主谓句分为名词性非主谓句、动词性非主谓句、形容词性非主谓句。本文所说的谓语句,约相当于赵元任所说的零句,只以形式上是否有主语为判断标准,也包括承前省略等情况。名词句在本文中被归入中心语句。
② 此例中,在一个大的兼语句中又套有一个使令句。

中有孤鸳鸯。(曹植《赠王粲》)

[$_{VP}$[$_{Loc}$中]$_{V}$有[$_{NP}$孤[鸳鸯]]]

步登北邙阪,遥望洛阳山。(曹植《送应氏诗》)

朝游江北岸,夕宿潇湘沚。(曹植《杂诗六首》)

朝为媚少年。(阮籍《咏怀诗》)

也可以是连词、助词接动词:

乃在城南端。(曹植《美女篇》)

以副饥渴怀。(应玚《侍五官中郎将建章台集诗》)

唯见今日美。(谢灵运《拟魏太子邺中集·阮瑀》)

言税辽东田。(谢朓《郡内登望》)

也可能动词在第三字,前面是副词等成分(上三下二):

(云衢日相待,)莫误许身闲。(白居易《和郑方及第后秋归洛下闲居》)

也可能首二字是副词、语气词,表示判断:

岂伊白璧赐。(鲍照《放歌行》)

宾语可以是连词连接的两个名词:

不识陌与阡。(曹植《送应氏诗》)

[_VP_ [_Neg_ 不[识[_NP_ 陌] _Conj_ 与[_NP_ 阡]]]]

也可以是短语或从句：

不见悲别离。(阮籍《咏怀诗》)

岂曰无重纩。(潘岳《悼亡诗》)

宾语后可接补语或趋向动词：

复弃中国去。(王粲《七哀诗》)

不寻遐怪极。(江淹《从冠军建平王登庐山香炉峰》)

2.1.2 单音动词后可接副词或时间词：

念皆遭凶残。(欧阳建《临终诗》)

念昔渤海时。(谢灵运《拟魏太子邺中集·阮瑀》)

也可接双宾语：

问君何能尔。(陶渊明《杂诗》)

[_VP_ 问[_IO_ 君][_DO_ [_Adv_ 何[_v_ 能[_v_ 尔]]]]]

问子游何乡。(应玚《侍五官中郎将建章台集诗》)

贻尔新诗文。(刘桢《赠五官中郎将》)

加我阏氏名。(石崇《王明君辞》)

或者动宾结构接间接宾语：

　　寄言摄生客。（谢灵运《石壁精舍还湖中》）

或单音动词接后四字宾语：

　　惜与故人违。（孟浩然《留别王维》）

第二字代词可能是后三字的限定词：

　　愿我贤主人。（王粲《公宴诗》）
　　[ᵥᵖ愿[ᴅᵖ我[ɴᵖ贤[主人]]]]

　　待此未抽簪。（沈约《应诏乐游苑饯吕僧珍诗》）

后三字也可以是连词连接两个名词：

　　譬彼弦与笙。（陆机《为顾彦先赠妇》）
　　思君徽与音。（陆机《拟行行重行行》）

2.1.2-5 第二字代词或与其限定部分是从句主语：

　　言我塞门来。（应玚《侍五官中郎将建章台集诗》）
　　非君美无度。（谢朓《郡内高斋闲坐答吕法曹》）
　　感彼归途艰。（陆机《赠从兄车骑》）

2.1.4 宾语从句中三、四字是动宾或介宾结构：

难收带泥翅，易结著人心。(白居易《和武相公感韦令公旧池孔雀》)

2.1.5 后三字宾语从句是主谓结构：

借问女安居。(曹植《美女篇》)

$[_{VP}$借问$[_{SP}$女$[_{VP}[_{Adv}$安$[_{V}$居$]]]]]$

卧觉明灯晦。(刘镎《拟行行重行行》)

2.1.6 首二字是形容词状语：

忼慨有悲心。(曹植《赠徐幹》)

或时间、处所、数量词等状语：

盛年处房室。(曹植《美女篇》)

$[_{VP}[_{Adv}$盛年$]_{V}$处$[$房室$]]$

玉帛聘贤良。(枣据《杂诗》)

或是副词或副词组合：

能不怀苦辛。(曹植《赠白马王彪》)

[_{VP}[_V能[_{Neg}不[_V怀[苦辛]]]]]

岂不愧中肠。(曹植《送应氏诗》)

动宾结构后可接趋向动词:

前者隳官去。(应璩《百一诗》)

也可接补语:

蕴藉为郎久。(杜甫《赠比部萧郎中十兄》)

宾语有可能前置:

慷慨逝言感,徘徊居情育。(陆机《赠弟士龙》)

后三字也可能是状语+动宾结构:

焉得久劳师。(王粲《从军诗》)

或者动词₁+动宾结构:

嗷嗷鸣索群。(曹植《杂诗六首》)

首二字也可能是连词:

然后展殷勤。(曹植《赠白马王彪》)

[_{Conj}然后[_{VP}展[殷勤]]]

为且极欢情。(应场《侍五官中郎将建章台集诗》)
况乃遭屯蹇。(欧阳建《临终诗》)

状语成分也可能是前三字(上三下二):

琴书中有得,衣食外何求。(白居易《履道新居二十韵》)

2.2 使令句·兼语句
2.2.0 在谓语句中有使令句和兼语句:

能使高兴尽。(殷仲文《南州桓公九井作》)
冀愿神龙来。(司马彪《赠山涛》)

也可能省略使令对象:

自使怀百忧。(曹植《赠王粲》)

使令对象的谓语部分也可能在下句:

遂令东山客,不得顾采薇。(王维《送綦毋潜落第还乡》)

有"无"字领起的兼语句:

而无车马喧。(陶渊明《杂诗二首》)

有"有"字领起的兼语句:

唯有月明知。(白居易《失婢》)

兼语成分是第三字单音词(接近上三下二):

欲送愁离面。(白居易《洛城东花下作》)

2.2.2 使令对象是第二字单音词:

使我怨慕深。(陆机《赠从兄车骑》)
[$_{VP}$使[$_{SP}$我[[$_{VP}$怨慕]$_{AP}$深]]]

兼语是第二字单音词:

吹我入云中。(曹植《杂诗六首》)
命师诛后服。(沈约《应诏乐游苑饯吕僧珍诗》)

有"有"字领起的兼语句①:

有人适我间。(应璩《百一诗》)

_____

① "有"字领起的句子也被认为是无主语句的一种。参见杨伯峻:《文言语法》,
第 232 页。

兼语成分是二、三字(上三下二)：

> 拔青松直上,铺碧水平流。(白居易《履道新居二十韵》)

2.2.2-7 兼语句三、四字是状语：

> 吹我东南行。(曹丕《杂诗二首》)

2.2.6 首二字状语,接使令部分：

> 悠悠使我哀。(曹操《苦寒行》)
> 凄怆令吾悲。(王粲《从军诗》)

首二字状语,动词接兼语部分：

> 花筵笑上迟。(白居易《杨柳枝二十韵》)

首二字状语接动词,省略兼语：

> 慷慨命促管。(谢灵运《道路忆山中》)

2.3 状动句

2.3.6 在谓语句中,首二字状语,其后接动词或形容词：

> 郁纡将难进。(曹植《赠白马王彪》)
> 艰哉何巍巍。(曹操《苦寒行》)

后三字有动词连用：

> 中夜起长叹。（曹植《美女篇》）
> 安得携手俱。（陆机《赠弟士龙》）
> 惆怅出游顾。（何劭《杂诗》）

有使用被动标记的被动句：

> 往往见叹誉。（应璩《百一诗》）

也可能省略动词：

> 头上金爵钗。（曹植《美女篇》）

也可能前三字是状语成分（上三下二）：

> 双旌前独步,五马内偏骑。（白居易《有小白马乘驭多时……二十韵》）

2.3.6–7 首二字和三、四字都是状语成分（也可能四字是同一成分）：

> 连翩西北驰。（曹植《白马篇》）
> $[_{\text{VP}}[_{\text{Adv}}\text{连翩}][_{\text{LocP}}\text{西北}]_{\text{V}}\text{驰}]$

> 婉婉幕中画。（谢瞻《张子房诗》）

或是其他形式的多个状语成分：

> 何能中自谐。（应场《侍五官中郎将建章台集诗》）
> 中更不克俱。（曹植《赠白马王彪》）

2.4 动补句

2.4.0 在谓语句中，首二字是动词、形容词，后三字由介宾结构引入补充成分（与事、工具、处所等）：

> 莫大于殇子。（孙楚《征西官属送于陟阳候作诗》）
> 式瞻在国桢。（任昉《出郡传舍哭范仆射》）

也可省略介词：

> 高揖七州外。（谢灵运《述祖德》）
> 崩腾永嘉末，逼迫太元始。（谢灵运《述祖德》）
> 迢递封畿外，窈窕承明内。（谢瞻《于安城答灵运》）
> 周旋我陋圃。（何劭《赠张华》）

补语可以表示数量、程度等：

> 霖沥过二旬。（张协《杂诗》）

补语可以是连词连接两个名词：

> 言树背与襟。（陆机《赠从兄车骑》）

也可以是连词连接两个形容词：

> 嶕嶕高且悬。（刘桢《赠徐幹》）
>
> 夭枉特兼常。（谢灵运《庐陵王墓下作》）

也可能首字是动词、形容词，后四字介宾、动宾结构，作补语：

> 去若朝露晞。（曹植《赠白马王彪》）
>
> 问以瑶华音。（谢朓《郡内高斋闲坐答吕法曹》）
>
> 重以夜猿悲。（任昉《赠郭桐庐出溪口》）
>
> 慵于嵇叔夜，渴似马相如。（白居易《酬令狐留守尚书见赠十韵》）

2.4.2 首二字是动宾结构，后三字补语：

> 取乐于桑榆。（张华《答何劭》）
>
> [[_{VP}取[乐]]_{PP}于[桑榆]]

> 叙意于濡翰。（刘桢《赠五官中郎将》）
>
> 遗思在玄夜。（刘桢《公宴诗》）

可以省略介词：

> 采桑歧路间。（曹植《美女篇》）
>
> [[_{VP}采[桑]]_{LocP}[歧路]间]

　　　　窜身清漳滨。(刘桢《赠五官中郎将》)

　　　　谒帝承明庐。(曹植《赠白马王彪》)

　　　　置酒此河阳。(曹植《送应氏诗》)

补语可以表示比况、数量、程度等:

　　　　歌之安能详。(刘桢《公宴诗》)

　　　　蹈节如集鸾。(陆机《日出东南隅行》)

　　　　比之犹浮云。(左思《咏史诗》)

　　　　诚此苦不早。(孙楚《征西官属送于陟阳候作诗》)

补语可以是有连接词的名词结构:

　　　　结架山之足。(沈约《钟山诗应西阳王教》)

　　　　[[$_{VP}$结[架]]$_{NP}$[[山]$_{SA}$之[足]]]

可以是连词连接两个形容词:

　　　　处身孤且危。(司马彪《赠山涛》)

　　　　[[$_{VP}$处[身]]$_{AP}$[$_{AP}$孤]$_{Conj}$且[$_{AP}$危]]]

也可能二、三字是动宾结构,四、五字是补语:

　　　　始擅文三捷,终兼武六韬。(白居易《司徒令公分守东洛……》)

2.4.6 首二字状语,其后动词、形容词接补语:

四载迄于斯。(潘岳《在怀县作》)
戚戚苦无悰。(谢朓《游东田》)

2.4.6-2 首二字动宾、介宾结构状语,其后动词接补语:

绕岸行初匝,凭轩立未回。(白居易《重修府西水亭院》)

2.5 介宾句

2.5.0 在谓语句中,主要动词前可由介词或次要动词带宾语,引入对象、目标、途径等,可占据二、三字(全句近于上三下二):

多为药所误。(《古诗十九首》)
预将书报家。(李白《长干行》)

更多情况下占据二、三、四字:

欲因云雨会。(应玚《侍五官中郎将建章台集诗》)
将就衡阳栖。(应玚《侍五官中郎将建章台集诗》)
宁与燕雀翔,不随黄鹄飞。(阮籍《咏怀诗》)
想与数子游。(刘琨《重赠卢谌》)
安用空名扬。(谢灵运《庐陵王墓下作》)

介词后可省略宾语:

相与观所尚。(左思《招隐诗》)
且为树枌榰。(谢灵运《过始宁墅》)
将以分虎竹。(鲍照《拟古》)

也可能全句是介词结构,充当状语或补语:

一由我圣君。(王粲《从军诗》)
昔与二三子。(陆机《赠冯文罴》)
不为好爵荣。(陶渊明《辛丑岁七月赴假还江陵夜行涂
口作》)
宁为心好道,直由意无穷。(沈约《游沈道士馆》)

2.5.2 在很多情况下,介(/次动)宾结构占据首二字:

与天享巍巍。(王粲《公宴诗》)
[_{VP}[_{PP}与[天]]_V享[巍巍]]

自夏涉玄冬。(刘桢《赠五官中郎将》)
与子隔萧墙。(陆机《赠尚书郎顾彦先》)
随山疏浚潭。(谢灵运《述祖德》)

也可能首字与二、三、四字构成介宾结构:

与僧清影坐,借鹤稳枝栖。(白居易《题遗爱寺前溪松》)

也可能首字与后四字构成介宾结构:

以彼径寸茎。(左思《咏史诗》)

[ₚₚ 以[_{DP}彼[_{NP}[_{NumP}径寸]茎]]]

自我违京辇。(潘岳《在怀县作》)

2.5.2-4 首二字是介宾或次动宾结构,三、四字也是介宾结构:

怀春向我鸣。(王粲《杂诗》)

也可能后三字是动宾结构接补语:

望湖凭槛久,待月放杯迟。(白居易《江楼偶宴赠同座》)

2.5.2-7 首二字是介宾或次动宾结构,三、四字是状语成分:

为我西北飞。(范云《赠张徐州谡》)

[_{VP}[ₚₚ为[我]][_{LocP}西北][_V飞]

因之平生怀。(江淹《杂体诗·休上人》)

2.5.4 三、四字是介(/次动)宾结构,首二字是其他成分:

终不为此移。(王粲《咏史诗》)

[_{Adv}终[_{Neg}不[_{VP}ₚₚ为[此]]移]]]

万里与云平。(虞羲《咏霍将军北伐诗》)

2.5.6 首二字状语,其后介词结构省略宾语:

> 难可与等期。(《古诗十九首》)
> 不得与比焉。(刘桢《赠徐幹》)
> 寤寐莫与言。(陆机《苦寒行》)

或宾语前置:

> 慷慨谁为感。(陆机《赠冯文罴》)

或只有状语接介宾结构,动词在下文:

> 何时与尔曹。(鲍照《升天行》)
> 曷为复以兹。(陆机《豫章行》)

2.6 两分句

2.6.0 如果是谓语句,动词结构后可接另一动词结构,构成连动句或紧缩句①:

> 一往不复还。(曹植《三良诗》)
> [[$_{VP}$[$_{Adv}$一[往]][$_{VP}$[$_{Neg}$不[$_{Adv}$复]]还]]

---

① 连动句与连贯复句的区分标准是,连动句不能有语音停顿,在书面上不能有逗号隔开。但在五言诗中,这一标准不适用。五言诗中的两分复句,其前后部分应有分句的逻辑关系,可试着补入关联词语。但能否补入关联词语,有时存在两可的情况。

　　顾眄遗光彩。(曹植《美女篇》)
　　顾望无所见。(张载《七哀诗》)
　　陪厕回天顾。(颜延之《拜陵庙作》)
　　沉冥岂别理。(谢灵运《登石门最高顶》)

也可以是形容词接动词或形容词接形容词：

　　信美非吾土。(潘岳《在怀县作》)
　　屡空常晏如。(陶渊明《始作镇军参军经曲阿作》)

两部分构成条件分句关系①：

　　左眄澄江湘,右盼定羌胡。(左思《咏史诗》)

可以用连词连接两部分：

　　欲去复不忍。(潘岳《悼亡诗》)

也可能前三字和后二字分别是两个谓语部分(上三下二)：

　　夜学禅多坐,秋牵兴暂吟。(白居易《闲咏》)

或前四字和第五字是两个谓语部分：

---

① 与1.6相同,条件分句也可被视为话题句。

不劳人劝醉。(白居易《何处春先到》)

2.6.2 前一部分是单音动词,后四字构成另一谓语部分:

生为百夫雄,死为壮士规。(王粲《咏史诗》)
饥食猛虎窟,寒栖野雀林。(陆机《猛虎行》)
存为久离别,没为长不归。(颜延之《秋胡诗》)

或前一部分是动宾结构:

揽涕登君墓。(曹植《三良诗》)
[[$_{VP}$揽[涕]]$_{递进}$[$_{VP}$登[$_{NP}$君[墓]]]]

戢翼正徘徊。(应玚《侍五官中郎将建章台集诗》)
投翰长叹息。(刘桢《公宴诗》)
侧足无行径。(曹植《送应氏诗》)
怀旧不能发。(谢灵运《邻里相送方山》)

后一部分有动词连用:

施翮起高翔。(曹植《送应氏诗》)

有时后一部分又套有复句:

违方往有咎。(谢瞻《于安城答灵运》)
[[$_{VP}$违[方]]$_{条件}$[[$_{VP}$往]$_{假设}$[$_{VP}$有[咎]]]]

无风渡亦难。(白居易《渡淮》)

后一部分有使用被动标记的被动式:

赠诗见存慰。(应玚《侍五官中郎将建章台集诗》)
与之将见卖。(卢谌《览古诗》)

在连接中还有其他成分:

守之与偕老。(孙楚《征西官属送于陟阳候作诗》)

两部分构成条件分句关系:

望庐思其人,入室想所历。(潘岳《悼亡诗》)
临组不肯緤,对珪宁肯分。(左思《咏史诗》)

可以用连词连接两部分:

扬光以见烛。(司马彪《赠山涛》)
[[vp扬[光]] Conj以[vp见[烛]]]

居常以待终。(谢灵运《登石门最高顶》)
过涧既厉急,登栈亦陵缅。(谢灵运《从斤竹涧越岭溪行》)

连词也可以在第二字:

诵以永周旋,匣以代兼金。(王僧达《答颜延年》)
动复归有静。(江淹《杂体诗·谢仆射混》)

2.6.2-4 同时三、四字也是动宾结构:

临没要之死。(王粲《咏史诗》)

两部分可能有平行省略:

出塞入塞寒。(王昌龄《塞上曲》)

或前一部分单音动词,后一部分三、四字动宾(/介宾)结构:

老更为官拙,慵多向事疏。(白居易《晚庭逐凉》)

2.6.2-5 前一部分动宾结构,后一部分主谓结构:

执纸五情塞。(欧阳建《临终诗》)
[[_VP_执[纸]][_SP_五情[_VP_塞]]]

出谷日尚早,入舟阳已微。(谢灵运《石壁精舍还湖中》)

两部分构成条件分句关系:

含言言哽咽,挥涕涕流离。(陆机《挽歌诗》)

矜名道不足,适己物可忽。(谢灵运《游赤石进帆海》)①
在宥天下理,吹万群方悦。(谢灵运《九日从宋公戏马台集送孔令诗》)

2.6.2-7 后一部分三、四字是时间、地点等状语:

然脐郿坞败。(杜甫《郑附马池台喜遇郑广文同饮》)

2.6.4 后一部分三、四字是动宾或介宾结构:

夕息抱影寐,朝徂衔思往。(陆机《赴洛道中作》)

2.6.5 前一部分是其他动词结构,后一部分主谓结构:

长啸气若兰。(曹植《美女篇》)
$$[[_{VP}[_{Adv}长[_{V}啸]]]_{并列}[_{SP}气[_{VP}若[兰]]]]$$

昔辞秋未素。(颜延之《秋胡诗》)

两部分构成条件分句关系:

欲济川无梁。(曹植《赠白马王彪》)

2.6.6 首二字状语,后三字有两个分句:

---

① 《文选》五臣刘良注:"矜名则必危身,故于道未足;适己则不济于代,故于物有忘。"

炎天闻觉冷,窄地见疑宽。(白居易《题卢秘书夏日新栽竹二十韵》)

2.6.7 后一部分三、四字是时间、地点等状语:

归来御席同。(杜甫《投赠哥舒开府翰二十韵》)

[[ₚ归来]递进[[_LocP_御席]ᵥ同]

3. 中心语句

中心语句是指整句以最后的名词(包括方位词)为中心语,其前可以是名词、形容词,或其他短语形式。整句在上下文中可能充当主语、谓语或状语,但也可能无其他相应部分①。

3.1.0 一句中包含两个并列词语,可以使用连接词:

吾与二三子。(曹植《赠丁翼》)

[[_NP_吾]_Conj_与[_NP_[_NumP_二三]子]]

---

① 王力《汉语诗律学》分析五言近体诗句式有不完全句,认为:"诗句里却常常没有谓语,只一个名词仿语便当作一句的用途。"不完全句中有(五言)前四字为名词语或句子形式,末字为方位或时间词,以及末字非方位词或时间词者。上海:上海教育出版社 2002 年(1958 年初版),第 235、283 页。蒋绍愚《唐诗语言研究》将"名词语"归入唐诗句法中省略的一种,但将一些上下句构成一整句的情况排除在外,而把一些省略谓语或述语的句子称为真正的名词语句。北京:语文出版社 2008 年,第 152 页以下。本文认为,与上下句合为一整句,表明该句在上下文中充当主语、谓语或补语,这种情况不影响对该句形式本身的判断。

高岩暨穹苍。（枣据《杂诗》）

春华与秋实，庶子及家臣。（陆厥《奉答内兄希叔》）

亲戚弟与兄。（陆机《于承明作与士龙》）

凉风木槿篱，暮雨槐花枝。（白居易《答刘戒之早秋别墅见寄》）

3.2.0 中心语前是名词性词语，可以前接助词、语气词等：

今我神武师。（王粲《从军诗》）

[[ₜ今]ᴅᴘ我[ɴᴘ[ᴀᴘ神武]师]]]

昔日繁华子。（阮籍《咏怀诗》）

惟彼太公望。（刘琨《重赠卢谌》）

惟彼雍门子。（颜延之《还至梁城作》）

岂伊千里别。（江淹《杂体诗·谢法曹惠连》）

可以使用连接词：

川上之叹逝。（张协《杂诗》）

其前也可以是主谓、介宾等短语：

昔在渭滨叟。（刘琨《重赠卢谌》）

整句也可以是助词结构：

所占于此土。（应璩《百一诗》）

[$_{NP}$所[[$_{VP}$占]$_{PP}$于[$_{DP}$此[土]]]]

3.2.2 中心语前一、二字是介（动）宾结构：

乞钱羁客面，落第举人心。（白居易《把酒思闲事二首》）

3.2.2-4 中心语前一、二字和三、四字是介（动）宾结构：

负气冲星剑，倾心向日葵。（白居易《代书诗一百韵寄微之》）

3.2.4 中心语前三、四字是介（动）宾结构：

陈王斗鸡道，安仁采樵路。（沈约《宿东园》）

3.3.0 中心语前是形容词：

眇眇客行士。（曹植《情诗》）

[$_{NP}$[$_{A}$眇眇[$_{NP}$[$_{SP}$客[$_{VP}$行]]士]]]

粲粲妖容姿，灼灼美颜色。（陆机《拟青青河畔草》）

皎皎彼姝子。（陆云《为顾彦先赠妇》）

彼美丘园道。（谢灵运《九日从宋公戏马台集送孔令诗》）

婉彼幽闲女。（颜延之《秋胡诗》）

恻怆山阳赋。(颜延之《五君咏·向常侍》)

3.4.0 中心语尾字是时间、处所、方位词,其前可以是名词、形容词,也可以是短语,整句作状语:

生平少年日。(沈约《别范安成诗》)
[TP[NP生平[NP少年]]日]

倏忽几何间。(陆机《长歌行》)
济济京城内。(左思《咏史诗》)
当其未遇时。(左思《咏史诗》)
凉秋八九月。(虞羲《咏霍将军北伐诗》)
昔在西京时。(张协《咏史诗》)
昔在太平时。(王康琚《反招隐诗》)

首二字也可以是连词:

况复南山曲。(谢朓《在郡卧病呈沈尚书》)
[Conj况复[LocP[南山]曲]]

三、五言诗句式的分布

以下是对全部样本总计 6 984 句中各种句式出现频次的统计:

表 1

句 式	频 次	句 式	频 次	句 式	频 次
1.1.0	1598	2.1.0	520	3.1.0	8
1.1.1	29	2.1.2	92	3.2.0	19
1.1.2	84	2.1.2-5	22	3.3.0	80
1.1.3	58	2.1.5	114	3.4.0	18
1.1.3-5	16	2.1.6	525		
1.1.4	4	2.2.0	19		
1.1.5	20	2.2.2	15		
1.1.6	8	2.2.2-7	1		
1.2.0	1	2.2.6	7		
1.2.3	2	2.3.6	123		
1.2.4	10	2.3.6-7	46		
1.2.4-5	1	2.4.0	86		
1.3.0	641	2.4.2	168		
1.3.1	12	2.4.6	12		
1.3.2	45	2.5.0	60		
1.3.5	9	2.5.2	211		
1.3.6	147	2.5.2-4	2		
1.3.6-1	20	2.5.2-7	4		
1.3.6-2	1	2.5.4	20		
1.3.7	181	2.5.6	8		
1.3.7-2	2	2.6.0	311		
1.4.0	120	2.6.2	551		
1.4.1	1	2.6.2-4	7		
1.4.2	2	2.6.2-5	39		
1.4.3	16	2.6.4	6		

续表

句　式	频　次	句　式	频　次	句　式	频　次
1.4.5	2	2.6.5	35		
1.4.6	1				
1.5.0	10				
1.5.1	21				
1.5.2	4				
1.5.4	115				
1.5.4-1	1				
1.5.4-5	4				
1.6.0	1				
1.6.3	103				
1.6.3-5	110				
1.8.0	110				
1.8.1	4				
1.8.2	42				
1.8.3	3				
1.8.8	189				
1.8.8-1	3				
1.8.8-2	18				
1.8.8-3	16				
1.8.8-9	9				
1.8.9	7				
1.9.0	34				
合　计	3835		3004		125

按照层级二对各种句式分类统计的结果如下：

表 2

	1. 主 谓	2. 谓 语	3. 中心语	合　计
0.1 动 宾	1817	1273		3090
0.2 使·兼	14	42		56
0.3 状 动	1058	169		1227
0.4 动 补	142	266		408
0.5 介 宾	155	305		460
0.6 两 分	214	949		1163
0.8 话 题	401			401
0.9 倒 装	34			34
中 心 语			125	125
合　计	3835	3004	125	6964

根据以上统计，出现频次位于前列的句式有：

表 3

句　式	频次	%	句　式	频次	%
1.1.0a　皓腕约金环	1479	21.2	2.3.6　中夜起长叹	123	1.8
2.6.2　揽涕登君墓	551	7.9	1.5.4　天命与我违	115	1.6
2.1.6　忼慨有悲心	525	7.5	2.1.5　借问女安居	114	1.6
2.1.0　中有孤鸳鸯	520	7.4	1.4.0　青骊逝骎骎	113	1.6
1.3.0f　明哲时经纶	513	7.3	1.8.0　君子福所绥	110	1.6
2.6.0　一往不复还	311	4.5	1.6.3-5　欢馀宴有穷	109	1.6
2.5.2　与天享巍巍	211	3.0	1.6.3　月出照园中	103	1.5
1.8.8　清尘竟谁嗣	189	2.7	2.1.2　问君何能尔	92	1.3

句　式	频次	%	句　式	频次	%
1.3.7　鸾翮有时铩	181	2.6	2.4.0　高揖七州外	86	1.2
1.1.0i　中散不偶世	168	2.4	1.1.2　多财为患害	84	1.2
2.4.2　采桑歧路间	168	2.4	3.3.0　眇眇客行士	80	1.1
1.3.6　凛凛天气清	147	2.1	2.5.0　欲因云雨会	60	0.9

上表中使用频次在5%以上的几种句式,是五言诗中的最常用句式。仅止这5种句式,合计已占总频次的50%以上。而频次最高的1.1.0a一种,占比高达21%。其他还有近20种句式出现频次在1%—5%之间,可以算作比较常用的句式。此外,则是一大批少用和罕用的句式。这种句式分布情况,与有关词汇分布的"齐普夫定律"(law of Zipf)颇有些相像,同样呈现为一个递降等级系列。之所以1.1.0句式占有如此大的比例,显然是因为它代表了汉语作为SVO(主动宾)语言所形成的基本句法结构。这是一种完全自然的语言现象,在汉语一般话语和任何文体中,这种句式都最为常用。同样的情况也发生在五言诗中。换句话说,就语法的使用以及句式分布而言,五言诗与其他汉语话语形式即便有差别,也不会很大。诗人不过是设法把一般话语填入五言诗形式而已。

　　此外,以上分类系统在层级三中针对字节划分对各种句子成分进行了限定。某些很少使用的句式,正是在这种限定的情况下区分出来的。在观察句式分布时,当然也可以根据需要,适当合并其中某些类别(即减少层级二下的分类)。例如可将含有层级三中两项的句式,都归入其中的一项。再比如,如果将两分句作为一个类别(2.6.0、2.6.2等),我们就会发现在主语隐去的情况下这种紧缩复句在五言诗中所占比例之高。

　　除了体现汉语的基本语法组织和使用情况之外,以上句式分布情况也反映了五言诗本身的结构特点。特别值得一提的是,其中使用频次最高的 1.1.0a,三字脚是 1＋2 式。其他 2.6.2、2.1.6、1.3.0f、2.5.2 等主要句式,1＋2 式也占有极大优势。只有 1.3.7、1.5.4 等少数句式,三字脚是 2＋1 式。在其他句式中,1＋2 式、2＋1 式及 1＋1＋1 式各自占有一定比例,没有强制性的分配。根据对全部样本的统计,在三字脚中 1＋2 式占 70.5%,2＋1 式占27.9%,1＋1＋1 式占 1.3%。由于这是根据句法结构做出的统计,因此即便换作其他样本,相信也不会有很大不同。这就是说,在五言诗三字脚中,1＋2 式占有明显优势,高出 2＋1 式一倍以上。

　　这一调查结果无疑对一个长期被学界采信的说法提出质疑,即由于五言诗(也包括七言诗)三字脚中存在 1＋2 式与 2＋1 式两种不同韵律,在诵读时前者应迁就后者,一律按 2＋1 式读,即便由此造成节奏与意义的矛盾也无妨。这种说法的不可信在于,无论在何种情况下,诗歌节奏都是建立在语义结构的基础之上。一旦出现与节奏要求不合的结构,例如"出东门直视",人们立刻会感觉到基本节奏被打破。在三字脚中,1＋2 式与 2＋1 式之所以都能成立,是因为它们都符合三字脚的节奏形式,并不存在前者必须迁就后者的强制要求。我们在诵读时,绝不需要也不可能改变 1.1.0a 等句式的语义结构,以形成与 2＋1 式一致的韵律①。事实上,真正具有强制性的是语义结构,因为只有正确分析诗句的语义结构,才可能理解诗意。而改变语义结构,则必然带来诗歌节奏的改变。由于 1＋2 式与 2＋1 式都是三字脚的合法形式,

① 支持这一论证的,还有近体诗的平仄规则。按照平仄律,在近体律诗中,三字尾中的"平仄仄"(/仄平平)在任何情况下不需要也不允许被改成"平平仄"(/仄仄平),诗人并不需要通过这种转换来形成与 2＋1 式或右向音步一致的韵律。

所以不管其中哪种形式在数量上占优,都不存在一方必须迁就另一方的情况。如果采用重音理论,那么 1＋2 式可以分析为 SWW(重轻轻),2＋1 式可以分析为 SWS(重轻重)①,而二者之后都须加入 Ø(空拍),从而形成统一的节奏。

上述调查同时证明,在五言诗中动宾 1＋2 是主要形式,而动宾 2＋1 则极其少见。这也是为什么 1.1.0a 式在动宾句中占比极高的直接原因。对于这一现象当然也可以从韵律上说明,即动宾 2＋1 在韵律上不自然(并非不合法),即便在现代汉语中也使用较少。但主要原因恐怕还在词汇发展本身。这个原因就是,中古汉语词汇的双音化过程在不同词类之间不太平衡。其中名词的双音化最容易,数量增长最快;而动词双音词则增长极慢。就动词的各种形式来看,状动、动宾结构多是临时性的,大部分无法凝固为词;动补形式虽已出现,但数量较少,而且带宾语受到较多限制②。只有并列结构一种形式容易词汇化,但在书面语中仍使用不多。这种情况恰好适应了五、七言诗的三字脚形式,并且直接导致了其中的动宾 1＋2 结构,也就是一个单音动词带一个双音名词(宾语)。

---

① 冯胜利认为,动宾短语 1＋2 好,2＋1 不好,是因为重音在宾语上。见《论汉语的"自然音步"》,《中国语文》1998 年第 1 期。这一说法不确。在动宾短语中,重音在动词上。如果是 2＋1 的话,就会形成"重重轻",不如 1＋2 的"重轻轻"自然。

② 动补结构双音词的形成时代争议较大,目前在学界得到较多赞同的有六朝说和唐代说。参见梅祖麟:《从汉代的"动、杀""动、死"来看动补结构的发展》,北京大学中文系编:《语言学论丛》第十六辑(1991 年);李讷、石毓智:《汉语动补结构的发展与句法结构的嬗变》,《中国语言学论丛》第二辑,北京语言文化大学出版社 1999 年等。五言诗是最为典雅的文人写作形式,又受到明显的形式限制,因而接受这类语言现象应较其他文体滞后。

　　除宾语位置外,主谓句在主语位置上也大量使用双音词,其双音词与单音词之比约为 15∶1,甚至还要超过。保留的单音词则主要是无法双音化的代词。在这一点上,五言诗与四言诗明显不同。这很可能说明,词汇(名词)的普遍双音化是促成五言诗形成的重要条件之一。这样,五言诗主谓句的最主要结构形式就可以妥帖地嵌入二三字节之中。

　　在五言诗的另一大类即谓语句中,又有三种主要结构形式:其一是动 2+宾(/补)3 句式,如 2.1.0、2.1.5、2.4.0、2.4.2 等。其中的 2,包括状动、动宾(后接补语)结构,也有单音动词前接其他成分,还有两个动词连用。宾(/补)3 的主要形式,包括三字词、从句、介宾结构等。

　　另一种运用较多的形式是状 2+动 3 句式,如 2.1.6、2.3.6、2.4.6 等。其中的 3,包括动宾、动补、动词连用等形式。而状 2 则分为两大类:一类是叠音词、联绵词等双音形容词,另一类是时间处所词。这种结构形式在五言诗中得到充分发展,在主谓句中也有与其对应的状主谓句式,如 1.1.6、1.3.6 等。在四言诗中,已有"肃肃宵征"的类似句式。在其他文体中,这种句式则很少被采用。它可以说是具有诗的韵律的一种特殊句式。

　　再有一种形式就是两分句,即 2.6 各式。根据以上统计,两分句在谓语句中所占比例远高于主谓句。这显然是因为主语隐去之后,更便于将二三字节从容地分配给两个分句。所以尽管是压缩至五字,但紧缩句中已包含各种复句类型,并因此能够表达更为复杂丰富的诗意。其中后一分句有三字,结构形式也更为多样,甚至出现个别复句中套复句的例子,如"违方往有咎"。

　　古汉语的其他各种句式,如兼语句(含使令句)、被动句、介宾结构等,也都进入五言诗,同样遵循汉语的基本语法结构。其中固然有诗人主观选择的因素,但大多是因表意需要,而不得不采用。它们在进入五言诗时,也都面对如何适应字节限制的问题。例如被动句,在古汉语中有各种表达方式。其中有形式标志的,学者归纳为 8 类(另有两类出现于元明以后),每类下又有若干小类①。但在本文调查样本中,可确定的只有使用"见"字标志的一种形式(王粲《公宴诗》"见眷良不翅",应场《侍五官中郎将建章台集诗》"赠诗见存慰"等)。有一例使用"为"字标志的:"含情易为盈"(谢灵运《邻里相送方山》),在疑似之间②。其他形式则因使用虚词等原因,没有被诗人采纳。例如《古诗十九首》曾采用"为……所……"句式:"多为药所误。"但这种句式必须使用两个虚词照应,语气拖沓,在本文调查样本中不再出现③。

从以上情况不难看出,在满足基本的表意需要基础上,那些能够适应五言诗二三字节限制的句式,才可能在写作中被诗人大量使用。而这些句式的反复使用,也进一步强化了字节分划的定型。根据调查,由于四言诗可以随时插入一二一等句式,或在二、三、四字任一位置上使用虚词,所以并没有形成真正有效的二二字节分划。五言诗则不但使二三字得以衔接并形成对比,而且也使二字节本身成为一个确定的节奏单位。也正是以这种字节分划和节奏单位为基础,五言诗才可能形成愈来愈多的上下句结构对称的形式。

① 参见杨伯峻、何乐士:《古汉语语法及其发展》,北京:语文出版社 1992 年,第 668 页以下。
② 《古诗十九首》中有使用"为"字标志的被动句:"但为后世嗤。"《古诗为焦仲卿妻作》中有 3 例使用"被"字标志的被动句:"仍更被驱遣","今日被驱遣","同是被迫逼"。
③ 韦应物《送杨氏女》"幼为长所育"使用这一句式,也是追求古朴风格。

四、五言诗带来的句式变化

　　就句式的丰富程度来看,五言诗的单句几乎已可以容纳汉语的各种句式,包括主谓、动宾、定中、状中、动补,动词前后的介宾结构,助动词与动词、动词与次要动词(以及趋向动词)共现,双宾句、使令句、见字被动句,等等。除此之外,五言诗又有因诗句限制形成的某些特殊句式,如省略某些成分,采用宾语前置("慷慨逝言感,徘徊居情育"/"岂伊川途念")等①。除常用句式外,少用和罕用句式中也有一些构句比较勉强,诗人或者是不得已,或者是有意寻求变化而尝试用之。

　　如果与《诗经》所代表的四言诗相比,那么可以发现在五言诗句式中发生了以下一些变化:

　　一、五言诗中的完整句占压倒多数。以上统计中的主谓句和谓语句都属于完整句,谓语句中主语的缺省并不影响句子的完整。中心语句中有些需要由其他句子补足为完整句,但有些并不需要。例如"郁郁涧底松,离离山上苗",两句并不需要由其他句子补足,本身表达了完整的意义,应当视为两个完整句。只有极少量充当状语的句子,本身是不完整的,在诗中用来补充其他句子。而在四言诗中,常常由两个诗句构成一个联合复句。有时会在主谓句的主语和谓语之间加助词"之",从而取消句子的独立性,使其成为分句。如果主语和谓语部分都比较复杂,通常会把主语部分和谓语部分分为两句。还有的诗句只是句子的宾语或宾语的一部分,有些诗句本身只是一个介宾结构(相当于本文中

_____

① 不同于其他倒装句形式,这种宾语前置在其他文体中是不允许的。

充当状语的不完整句)①。五言诗中这种不完整句,合计只占总数的 0.6%,几乎可以忽略不计。

就诗意表达和语言的简洁性来看,五言诗与四言诗似乎不适宜放在同一平面上比较。但在五言诗中上下句皆为完整句,却导致了一个重要后果,即为对句(结构对称)的出现铺平了道路。在《文选》五言诗中,对句也确实随时代推移愈来愈常见。骈文四六句当然也可以形成对偶,《诗经》中也有两句与两句相对的形式,但以上五言诗包括主谓句和谓语句在内的各种完整句形式,则方便诗人尝试各种结构的对句。而对句的形成,并逐渐在诗句中成为主导形式,则是永明体和近体律诗出现的必要条件。在五言诗中,首先出现结构和语义对称的诗句,当这种对句累积到一定程度,并导致某种与其相伴的节奏感追求逐渐强化之后,才有可能进一步出现在上下句之间讲求声律变化规则的对偶句②。

二、《诗经》四言诗句本来使用单音词较多,同时又有很多不完整句,在这种情况下必须使用大量虚字以填充空缺,满足音节需要。例如在并列结构诗句中,有很大一部分是由两个单音实词加助词、语气语、连词等所构成③。介宾句主要用介词"于"字引入关联对象。定中式偏正句中心词是单音词时,主要形式有:

---

① 参见向熹:《诗经语言研究》,成都:四川人民出版社 1987 年,第 264、308、312、324 页。
② 陈仅《竹林答问》:"夫古诗之不能不为唐律,此声音之自然,即作者亦不知其然而然。……姑就《文选》中求之,其两句十字,联仗精工,平仄谐畅,全是律偶者……;其如唐律单拗联者……为唐贤启先轨也。"所举计 69 联。其中如鲍照《升天行》,连续 12 句皆为对偶句。郭绍虞编选:《清诗话续编》,上海:上海古籍出版社 1983 年,第 2227—2229 页。
③ 向熹《诗经语言研究》将这种情况分为六类,见该书第 282 页以下。

1.［定］之［主］(芄兰之支)；

2.［定］者［主］(蜎蜎者蠋)；

3.［定］［主］斯(湛湛露斯)。

中心词是双音词时,主要形式有:

4.［助］［定］［主］(有齐季女/思齐大任)；

5.［定］彼［主］(嘒彼小星)；

6.彼［定］［主］(彼美孟姜)；

7.［定］之［主］(公之媚子)；

8.［定］［主］语］(美孟姜矣/彼君子兮)。

定语和中心词都是单音词时,主要形式有:

9.［助］［定］［助］［主］(有杕之杜/有卷者阿)；

10.［定］［助/语］［主］［语］(邦之桀兮/蓼彼萧斯)；

11.［定］其［定］［主］(彼其之子)；

12.［定］［助］［主］也(其之翼也)等。①

在上述句式以及其他诗句的句中和句末,均大量使用"之""者"
"其""斯""兮""矣""也"等助词和语气词。而在五言诗中,除了
更多地使用双音词外,偏正句和状语句都数量极少,使用虚字填
充空缺的情况大为减少。有些虚字,如结构助词"之",语气词
"也",几乎不再使用。以下是本文统计的在 6 984 句中某些虚字

---

① 以上参见向熹:《诗经语言研究》,第 292—300 页。

的使用情况:

> 之:作结构助词 2 例(张协《杂诗》:川上之叹逝。沈约《钟山
> 诗应西阳王教》:结架山之足)。
> 也:作语气助词 3 例(司马彪《赠山涛》:昔也植朝阳。潘岳
> 《悼亡诗》:命也可奈何。颜延之《秋胡诗》:今也岁载华)。
> 者:作语气助词 6 例(阮籍《咏怀》:谁可与欢者。司马彪《赠
> 山涛》:今者绝世用。何劭《赠张华》:今者并园墟。范云
> 《古意赠王中书》:岂知鹪鹩者。缪袭《挽歌诗》:谁能离此
> 者。江淹《杂体诗·古离别》:远与君别者)。其他均作构
> 成称谓或指事的结构助词。
> 其:作语气副词 5 例(曹植《赠丁仪》:子其宁尔心。《赠白马
> 王彪》:王其爱玉体。应场《侍五官中郎将建章台集诗》:
> 不醉其无归。阮籍《咏怀诗》:其雨怨朝阳。谢灵运《初发
> 石首城》:怀贤亦凄其)。此外作指示代词 25 例,又"何
> 其"5 例。
> 矣:共 20 例(主要在"已矣""去矣""行矣""逝矣"等固定说
> 法中出现)。
> 焉:作语气助词 1 例(刘桢《赠徐幹》:不得与比焉)。作形容
> 词尾 3 例(恝焉、睕焉、怅焉)。其他均作代词。
> 于:作介词 19 例。

有些《诗经》时代的虚词到中古时代已很少使用,如"式"
"侯""爰""有(助词)"等;有的只在特定文体中使用,如"兮"。但
以上所列,却是最基本、最常见、在中古其他语体中仍继续使用的
一些虚字,只是在五言诗中的使用被限制到最低程度。可以说,

从五言诗时代开始,诗又形成了一个区别于其他文体的重要文体特征,即减少和限制一些最常用虚词的使用。

为什么最常用的虚词会受到限制?这些虚词可以分为语气词和其他功能词两大类。语气词在表达语义时往往不是必需的,可以用其他手段替代(很多语言并无这一词类)。其他功能词如结构助词,则是空语义的。按照信息熵理论,其出现与否,有时并不影响信息的传达;当受到字数限制时,自然作为冗馀成分被减省。其他使用较少、有特定意义的虚词,如大部分副词,反而是无法减省的①。从积极方面来说,这一变化使诗句变得更为紧凑,与一般语言的区别更为明显,诗的意象性因而更为突出鲜明,从而导致汉语诗歌一系列审美特点的形成,形成了一种与一般语言和散文完全不同的诗歌语言。由四言诗到五言诗的句式变化,显然是引发这一系列后果的最重要因素②。

三、如果与四言诗相比,五言诗尽管只多出一个字,但增加了不少句式变化,体现在谓语部分的有:

(一)《诗经》四言诗中有主谓宾句和动宾句,多是单音动词接

---

① 到近体诗中,代词中含义较虚的"之""其""彼",介词"于"等,使用也受到进一步限制。文体中的赋和骈体文,虚词使用也与散体文有别,但总的来看,不如五言诗最为典型。另外,在《文选》五言诗中,连词"且""与""已(以)"使用较多,在近体诗中也受到限制。

② 孙大雨《诗歌底格律》(续):"在最早的五言古诗里,虚字是应用得相当多的……但发展趋势是虚字愈来愈少。……到了齐梁时,受到骈文底影响,诗人们一方面为追求意境上的绵密和色彩上的富丽,另一方面为讲究声调上的响亮,于是把虚字从作品里尽量挤了出去……等到唐初沈佺期宋之问订定绝、律的具体格律时,虽没有明文规定,但这两种体制的诗里虚字简直可以说是绝无仅有的了。"《复旦学报》1957 年第 1 期。在此变化过程中,四言到五言最重要,古体到近体次重要。齐梁与魏晋之间的变化,还需要更多具体样本印证。

单音词或双音词宾语（"父兮生我"/"吹笙鼓簧"/"而有遐心"），也有宾语不止两字或为词组的（"陟彼崔嵬"/"如松茂矣"）①。而在五言诗中，宾语超过两字的更为常见，甚至可以容纳宾语从句（见 1.1.3"腰佩翠琅玕"/1.1.3-5"谁谓情可书"/2.1.2"问子游何乡"/2.1.2-5"言我塞门来"/2.1.5"安知彼所观"）。而四言句中包含从句，只限于"女曰鸡鸣，士曰昧旦"的极少数对话形式。

（二）四言诗中的动补句有以形容词作补语（"言笑晏晏"），以介宾结构作补充成分（"迁于乔木"），或省略介词（"行彼周道"）②。而在五言诗中，补充成分超过两字的更为常见，也有四个字的。其中有补充成分本身为主谓、动宾等结构的（"去若朝露晞"/"比之犹浮云"/"蹈节如集鸾"），形式更为多样（见 2.4.2）。

（三）四言诗中动词前状语有较复杂的（"肃肃宵征"），但一般仅使用副词（"鸡既鸣矣"/"箫管备举"），介宾结构除作补语外全部单独成句③。而在五言诗中，动词前的状语常常多至三字，可以由两部分组成，介宾结构或动宾结构作状语十分常见，其所带宾语也可多至两字（见 1.5.1"赏逐四时移"/2.5.0"欲因云雨会"/2.5.2"与天享巍巍"）。

四、与四言诗相比，五言诗的句式变化还体现在整句上：

（一）四言诗中有并列短语、连动句、兼语句、紧缩句等形式④。而在五言诗中，并列式中的一种情况是由连词连接单音形容词、动词（见 1.3.0s"美女妖且闲"/"樛枝耸复低"/2.4.2s"处身孤且危"），另一种情况是由连词连接两个动宾结构（见 2.6.2

---

① 参见向熹：《诗经语言研究》，第 305、314、317 页。

② 参见向熹：《诗经语言研究》，第 319 页。

③ 参见向熹：《诗经语言研究》，第 306 页。

④ 参见向熹：《诗经语言研究》，第 275、326、330 页。

"扬光以见烛")。这两种情况都与五言句式有关,减少或增加了一个虚字。连动句和紧缩句则因五言的原因,一般后一部分为三言,可以容纳更复杂的结构(见1.6.3"月出照园中"/1.6.3-5"欢馀宴有穷"/2.6.0"一往不复还"/2.6.2"揽涕登君墓"/2.6.2-5"吹万群方悦"/2.6.5"长啸气若兰")。

在五言诗的紧缩句中,至少已包含了以下一些复句类型:1.并列复句("月出照园中"/"揽涕登君墓");2.递进复句("气结不能言"/"览物眷弥重");3.转折复句("虽秘犹彰彻"/"信美非吾土");4.假设复句("无萱将如何"/"道得亦何惧");5.因果复句("近火固宜热"/"处顺故安排");6.条件复句:充分条件("宾至可命觞,朋来当染翰"/"富贵他人合,贫贱亲戚离"),必要条件("时危见臣节,世乱识忠良");7.目的复句("求仁自得仁"/"赋诗欲言志")。这些复句有使用关联词的,也有将关联词省略的。根据以上统计,各种复句占了总句数的22%。

(二)四言诗中宾语前置仅限于疑问代词、指示代词等特定语法形式词组("何有何亡"/"是究是图")①。而在五言诗中,除了各种谓语、宾语前置句式(见1.9.0"贤哉此丈夫"/1.9.0s"逝矣将归客"/1.9.0s"缠绵胸与臆")外,更重要的是话题句的运用。《古诗十九首》中已出现话题句("美者颜如玉")。在魏晋以后的五言诗中,话题句的形式更为多样。作为话题的可以是受事(1.8.8"功名不可为")、方式(1.8.0"虚无求列仙")、地点(1.8.8"山林隐遁栖")、原因(1.8.0"晓霜枫叶丹")等。被话题化的不仅是名词,也可以是动宾结构(1.8.2"绕屋树扶疏")等②。四言句因字

---

① 参见向熹:《诗经语言研究》,第280页。
② 汉语被认为是话题突显的语言,不同于英语这类主语突显的语言。这一点也反映在汉语诗歌中。参另文《诗歌话题句探论》。

数所限,缺少结构复杂的话题句。话题句的样式是随着五言诗创作的积累而愈来愈丰富的。上述各种复句和话题句的出现,且占有相当比例,无疑增加了五言诗句的语义层次,大大丰富了其表达形式。

初稿载于《中国诗歌研究》第十六辑(有删节),社会科学文献出版社 2018 年 5 月。收入本书时有较大幅度修改和补充

五言诗基本句式的历史考察

　　根据调查,在五言诗各种句式中有一些使用频次很高的句式,也有一些使用频次较低乃至很少使用的句式。在五言诗的历史发展中,这些句式的使用情况是否有变化? 如果有变化,是否能看出有某种创作追求或诗人的主观选择在其中起作用? 本文将通过《文选》五言诗与其他一些样本的对照,对这一问题试加探讨。

一、与早期五言诗的比较

　　简单地说,五言诗的写作就是诗人把各种一般句式写入有字节分划、并限定为五言的诗句形式中。在初始时期,这种写作当然会显得比较稚拙,不够圆熟。如班固《咏史》诗:

　　　　三王德弥薄,惟后用肉刑。太仓令有罪,就递长安城。自恨身无子,困急独茕茕。小女痛父言,死者不可生。上书诣阙下,思古歌鸡鸣。忧心摧折裂,晨风扬激声。圣汉孝文帝,恻然感至情。百男何愦愦,不如一缇萦。

其中"太仓令有罪"与二三字节不合,"惟后"用虚字填充二字节,

"摧折裂"结构模糊,像是三个单音动词拼接。其他部分除用词生硬外,已大体合于五言诗的句式要求。

下面来看《古诗十九首》(共 254 句)中的句式分布情况:

句　式	频次	%	句　式	频次	%
1.1.0a　胡马依北风	27	10.6	2.5.2　与君生别离	5	2.0
2.1.0　昔为倡家女	25	9.8	2.5.0　上与浮云齐	5	2.0
2.1.6　皎皎当窗牖	22	8.7	1.6.3　路远莫致之	5	2.0
2.6.2　驱车策驽马	21	8.3	1.8.0　美者颜如玉	5	2.0
1.3.0f　明月何皎皎	14	5.5	1.3.0s　道路阻且长	5	2.0
2.6.0　行行重行行	12	4.7	2.1.2　遗我一书札	4	1.6
1.3.7　音响一何悲	11	4.3	3.2.0　仙人王子乔	4	1.6
3.3.0　青青河畔草	9	3.5	1.1.0i　中散不偶世	3	1.2
1.4.0　荡子行不归	8	3.1	1.3.6　三五明月满	3	1.2
2.4.0　相去万馀里	7	2.8	1.5.4　清商随风发	3	1.2
2.4.2　驱车上东门	7	2.8	2.1.5　不惜歌者苦	3	1.2
2.3.6　逶迤自相属	7	2.8	1.1.1　谁能为此曲	3	1.2
1.8.8　欢乐难具陈	6	2.4	1.3.0q　阿阁三重阶	2	0.8

如果与《文选》建安以后五言诗相对比可以发现,使用频次最高(5%以上)的 5 种句式完全一样,只是占比和排序稍有不同。使用频次在 1%—5% 之间的句式,两者有一定差别。例如 1.3.0s、1.1.1 等句式进入前者,而 1.1.2 等句式只出现于后者。但因《古诗十九首》样本数量较小,差一两句就会影响到百分比,所以样本偶然因素的影响较大。不过,有一点可以指出,使用频次最高的前 5 种句式,在《古诗十九首》中占比合计为 42.9%,相比于后者低约 10 个百分点。而其中 1.1.0a、2.1.0 两种句式占比

接近,不同于后者中 1.1.0a 一种句式占比极高。

2.1.0 中的后三字,除有个别从句外,其馀均为三字词或 1＋1＋1 式(名连名)。此外,中心语句 3.3.0、3.2.0 句式也在尾部使用三字词。其他状动 2＋3(2.1.6)、主谓(形)2＋3(1.3.0f、1.3.0s)、动补 2＋3(2.4.0)等,也都可以归入这种五言二段式(2＋3)。这些句式要么无主语,要么谓语成分单一,后三字具有较强的整体性(尽管仍可析分)。连词连接名词(/形容词/动词)的 1＋1＋1 式三字脚,也有类似效果,即整体不能切割。这种二段式于是具有一种相对舒缓的节奏,与早期五言诗的朴拙风格可能更为适合,因此在《古诗十九首》中占比较高。它与渐次占有优势的五言三段式(2＋1＋2 或 2＋2＋1)多少有所不同,后者的节奏比较紧凑急促。这可能构成了五言诗内部节奏的一种差异。后来近体律诗的平仄律,无疑也是一种三段式形式。所以在加入这一因素后,近体律诗不管采用何种句式,在整体上都显得比古体更为整饬紧凑。

《古诗十九首》中还有一些句式显得比较古拙,后来很少再用,或已有变化。如单音动词接跨字节介宾结构:

著以长相思,缘以结不解。①

又如包含三字词的判断句:

谁能为此曲,无乃杞梁妻。

① 建安以后五言诗与此类似的介宾结构,通常占后三字,如:"要我以阳春"(刘桢《赠五官中郎将》);"取乐于桑榆"(张华《答何劭》)。动词结构占前两字,因此不存在跨字节情况。本文暂时将两者都归入 2.4.2 句式。

建安诗人虽使用类似句式,但判断对象不同,所以语气不太一样①。后代诗人可能会取消"无乃"两字,而加上其他修饰语,直接用一个名词性词语代替判断句。又如表被动的"为……所……"结构:

　　　　多为药所误。

这几种句式都是散文中常见的②,《古诗十九首》直接挪用,但在建安以后诗歌中很少见。由此可见,五言诗写作在早期曾接受一些文章句式,但在发展中又渐次淘汰了其中某些句式。"为……所……"格式因必须使用两个虚词照应,而不受诗人欢迎。另外,与班固《咏史》诗"忧心摧折裂"类似,《古诗十九首》"愚者爱惜费"句中后三字的结构也比较模糊③。

二、建安以后五言诗的分期考察

　　《文选》建安以后五言诗作品的时间跨度较长。其中建安至太康是一个创作高峰期,晋宋之际是另一个高峰期。针对这一情况,我们将样本的 367 首诗(共 6 984 句)划分为魏西晋、东晋宋、

① 曹植《赠白马王彪》:"忧思成疾疹,无乃儿女仁。"是对事物性质或趋势的一种判断,所以"无乃"二字不能用其他词替换。
② "为……所……"结构出现于战国末期。《荀子·尧问》:"为人所疑。"《庄子·盗跖》:"为鱼鳖所食。"在《史记》中有较多用例。参见杨伯峻、何乐士:《古汉语语法及其发展》,北京:语文出版社 1992 年,第 676 页。
③ 乐府古辞《西门行》:"贪财爱惜费,但为后世嗤。"二者或有承袭关系。《汉书·王嘉传》:"惜百金之费。"《东观汉记·邓训传》:"羌胡爱惜。"据此来看,似"爱惜"为一词,"爱惜费"则是动宾 2+1,在五言诗中少见。

齐梁三个大的时期。三个时期的作品句数分别为：

	魏西晋	东晋宋	齐　梁
句　数	3077	2479	1428
％	44.1	35.5	20.4

根据调查，样本中各主要句式在三个时期的分布情况没有明显变化，既没有发现有某种句式突然出现或大量增加，也没有发现有某种句式突然减少或消失。这就证明，这些句式只不过是将汉语的一些基本句式写入五言诗，体现的是汉语的基本语法组织和使用情况。因此，只要是用诗歌形式写作，就离不开这些句式，当然也无法将其中任何一种句式的产生归因于某个诗人的创制（不同于诗歌词汇中确有大量出自诗人的"造语"）。

　　能够观察到的变化，仅限于一些不太常用的句式，或者是常用句式中的某些变体和小类。与早期五言诗将各种句式被动写入多少有所不同，这些变化和变体有时可能与诗人的有意选择和改动有关。

　　变化之一是，二字节中单音词主语的出现有减少趋势：

句　式	魏西晋	东晋宋	齐　梁	合　计
1.1.1 谁能享斯休	14	10	5	29
1.3.1 咨余冲且暗	8	4		12
1.4.1 谁能久京洛			1	1
1.5.1 名与天壤俱	7	8	6	21
合　计	29	22	12	63

如果将 1.5.1 除外,这种减少趋势更为明显。1.5.1 使用的介宾结构中,如果宾语占两字,就必须把介词挤到前面,只能使用单音词主语。所以后来即便在近体诗中,这种句式仍很常见。此外,齐梁时期的用例主要来自江淹《杂体诗》,其中多是有意模仿汉魏诗人之作。如果将这组作品除外,减少趋势无疑更为明显。

另外呈减少趋势的,还有三字脚 1+1+1 式连词连接名词或形容词、动词的句式:

句　式	魏西晋	东晋宋	齐　梁	合　计
1.3.0s 美女妖且闲	36	6	6	48
1.3.0t 东园桃与李	3			3
1.3.1s 咨余冲且暗	1			1
1.4.3s 我行永已久	1			1
1.8.8s 潜图密已构	1			1
1.9.0s 缠绵胸与臆	1			1
2.1.0s 岂云晚与早		2		2
2.1.0t 不识陌与阡	8	5		13
2.1.2t 思君徽与音	3	1		4
2.3.6s 皦皦高且悬	3			3
2.4.0t 言树背与襟	1			1
2.4.2s 处身孤且危	4			4
2.5.2s 对之惭且惊	1	1		2
3.1.0t 亲戚弟与兄	1			1
3.3.0t 粲粲绮与纨	1			1
合　计	65	15	6	86

这一减少趋势更为明显,幅度更大。如前所述,这种连词连接的三字脚形式属于五言诗的二段式,节奏较为舒缓。其结构形式又与四言诗有渊源关系,是早期五言诗更喜欢选择的一种句式。它在《古诗十九首》中的频次占比,还要高于魏西晋时期的五言诗。但到东晋以后却急剧减少,与这一时期诗歌风格的变化应当有一定关系。

与以上减少趋势相对应,某些句式则有增加趋势,或内部出现变化。总的来说,五言诗写作的一般发展趋势也是愈趋繁富细密的。具体到句式的运用,在基本句式不可能有很大变化的前提下,其新变可以主要从分句、从句和话题句这三方面来观察。五言诗句本身包含分句和从句,汉语则是话题凸显语言,话题句类型丰富。这三者在汉语句法结构中又是部分重合、相互关联的。其他倒装句、兼语句、被动句等句型,不但使用频次有限,而且在诗歌中很少有特殊性,没有多少变化空间。

五言诗中的两分句(由两个分句构成的复句)数量相当可观,分时期来看有增多的趋势:

句　　式		魏西晋	东晋宋	齐　梁	合　　计
1.6.0	桓公遭乃举			1	1
1.6.3	月出照园中	36	45	22	103
1.6.3-5	别促会日长	23	58	28	109
2.6.0	一往不复还	156	106	49	311
2.6.2	揽涕登君墓	193	261	97	551
2.6.2-4	临没要之死	6		1	7
2.6.2-5	执纸五情塞	18	17	4	39
2.6.4	夕息抱影寐	4	2		6
2.6.5	长啸气若兰	21	11	3	35
合　计		457	500	205	1162

　　汉语的从句包括宾语从句、主语从句和定语从句。其中宾语从句最容易辨认,一般不存在争议。在四言诗中已有对话形式的:"女曰鸡鸣,士曰昧旦。"五言句式则允许后三字、甚至后四字作宾语从句:"谁谓情可书"(1.1.3-5);"问子游何乡"(2.1.2);"言我塞门来"(2.1.2-5)。

　　因字数限制,除中心语句外,五言诗中不大可能有定语从句。此外就是主语从句,一般由位于句首的两字结构短语充当。而当两字短语是动词结构或主谓结构时,则往往既可被视为从句,又可被视为分句。二者存在重合现象,并因此出现句法分析歧义。例如:

　　　　泛舟盖长川,陈卒被隰坰。(王粲《从军诗》)

"泛舟""陈卒"是动宾结构,既可视为分句,也可分析为该句的主语。又如:

　　　　年往迅劲矢,时来亮急弦。(陆机《长歌行》)

"年往""时来"是主谓结构,同样既可视为分句,也可视为全句的主语。

　　古汉语中的条件分句可以短至三字:"深则厉,浅则揭"(《诗·召南·匏有苦叶》);"入则孝,出则悌"(《论语·学而》)。四字形式的更为常见:"縠则异室,死则同穴"(《诗·王风·大车》);"用之则行,舍之则藏"(《论语·述而》);"不塞不流,不止不行"(韩愈《原道》)。这种三字或四字短语形式,因使用"则"标记,句首部分不可能被视为从句("不……不……"句式存在歧义)。五言诗的两分句通常不使用"则"标记,而主谓句原来很可能在句首使用名词成分较多,但在发展中使用动词结构或主谓短语的逐渐增多,于是造成这种从句与分句同形的句式愈来愈多。由于早期五言诗中就已有两分句,句首部分即是动词结构,因此此后出现这种从句与分句同形的句式也很自然。例如《古诗十九首》中有一句"极宴娱心意",首二字就既可分析为分句,也可分析为主语从句。另一句"为乐当及时",句首动词结构则只能被视为主语从句。不过,这两种情况在《古诗十九首》中各自仅只一例。

建安以后的五言诗,在两分句占有很大比重的同时,有一些主谓句句首是动词结构,应被分析为主语从句。如:

激楚伫兰林,回芳薄秀木。(陆机《招隐诗》)

希世无高符,营道无烈心。(陆机《赴洛诗》)

掇蜂灭天道,拾尘惑孔颜。(陆机《君子行》)

著论准过秦,作赋拟子虚。(左思《咏史诗》)

激涧代汲井,插槿当列墉。(谢灵运《田南树园激流植援》)

亲仁敷情昵,兴玩究辞凄。(颜延之《和谢监灵运》)

开芳及稚节,含彩吝惊春。(鲍照《行药至城东桥》)

句首二字主谓结构,也有一些应被分析为主语从句:

福钟恒有兆,祸集非无端。(陆机《君子行》)

政成在民和。(潘岳《河阳县作》)

风暖将为灾。(郭璞《游仙诗》)

　　然而,此外还有相当数量的句子,句首动词结构或主谓结构既可以分析为分句,也可以分析为主语从句,在两可之间:

　　感物多所怀,沉忧结心曲。(张协《杂诗十首》)
　　哀郁伤五内,泣泪沾朱缨。(石崇《王明君辞》)
　　卜洛易隆替,兴乱罔不亡。力政吞九鼎,苛慝暴三殇。息肩缠民思,灵鉴集朱光。(谢瞻《张子房诗》)
　　望幸倾五州。(颜延之《车驾幸京口三月三日侍游曲阿后湖作》)
　　夙御严清制,朝驾守禁城。(颜延之《拜陵庙作》)
　　寡立非择方。(颜延之《和谢监灵运》)
　　积愤成疢痗。(谢惠连《西陵遇风献康乐》)
　　攒念攻别心。(谢灵运《登临海峤初发彊中作与从弟惠连可见羊何共和之》)
　　缁磷谢清旷。(谢灵运《过始宁墅》)
　　山行穷登顿,水涉尽洄沿。(谢灵运《过始宁墅》)
　　无庸妨周任。(谢灵运《初去郡》)
　　偃卧任纵诞,得性非外求。(谢灵运《道路忆山中》)
　　负海横地理。(谢灵运《会吟行》)
　　绝目尽平原。(鲍照《还都道中作》)
　　旷望极高深。(谢朓《郡内高斋闲坐答吕法曹》)
　　忘归属兰杜,怀禄寄芳荃。(沈约《早发定山》)
　　涕下如缐縻。(王粲《咏史诗》)
　　日昃无停阴。(陆机《豫章行》)
　　华繁难久鲜。(陆机《塘上行》)
　　悲来恻丹心。(郭璞《游仙诗》)

　　　我行指孟春。(谢惠连《西陵遇风献康乐》)

　　　悲遥但自弭,路长当语谁。(谢惠连《西陵遇风献康乐》)

　　　荣重馈兼金,巡华过盈瑱。(江淹《杂体诗·颜特进延之》)

　　这样,在五言诗两个动词结构连接的 $[_{VP}2]_1 + [_{VP}1 + 2/2 + 1]_2$ 句式中,包含了

　　1. $[[_{VP}2][_{VP}1 + 2/2 + 1]]$

　　2. $[_{SP}[_{VP}2]_{VP}[1/2[_{NP}2/1]]]$

这两种不同语义结构,以及介于二者之间的模糊形式。

　　在主谓结构接另一动词结构的 $_{SP}1[_{VP}1]_1 + _{VP}[1 + 2/2 + 1]_2$ 句式中,包含了

　　1. $[_{SP}1[_{VP}1][_{VP}1 + 2/2 + 1]]$

　　2. $[_{SP}[_{SP}1[_{VP}1]]_{VP}[1/2[_{NP}2/1]]]$

这两种不同语义结构,以及介于二者之间的模糊形式。

　　以上情况在建安、正始诗人中还不明显。但在西晋以后,尤其是在一些讲求藻丽的诗人,如陆机、潘岳、谢灵运、颜延之以及众多齐梁诗人笔下,则愈趋显著。古人固然没有今人的语法概念,不会进行语法分析,但只要是诗人,对语义表达及其组织形式总是十分敏感的。因此,上述句式所包含的丰富细腻的语义变化,或者是语义具有某种亦此亦彼的游移空间,吸引了这时期的诗人不断尝试,从而写出各种有复杂变化的句子。根据统计,五

言诗中主2＋动1＋宾2(1.1.0a)是使用频次最高的句式。不过在发展中,其中的主2,有了更多变化;由两个动词结构连接的两分句及其近似形式,使用频次也骎骎乎后来居上。

上述主语分句与从句的重合,是汉语一般现象在五言诗中的投射。主语从句在与条件分句重合时,通常又可视为话题句①。根据《五言诗句式探考》一文对诗歌话题句的分类,各种话题句分时期的分布情况如下:

		魏西晋	东晋宋	齐　梁	合　计
1.8.0	峻坂路威夷	36	31	43	110
1.8.1	游当罗浮行		4		4
1.8.2	巢幕无留燕	7	25	10	42
1.8.3	春来无时豫		1	2	3
1.8.8	清尘竟谁嗣	84	68	37	189
1.8.8-1	惟德在无忘		2	1	3
1.8.8-2	守分岂能违	8	9	1	18
1.8.8-3	涕下谁能禁	7	8	1	16
1.8.8-9	退耕力不任	3	3	3	9
1.8.9	出没眺楼雉	2	2	3	7
合　计		147	153	101	401

其中 1.8.2、1.8.3、1.8.9 等几种句式,即是从句与分句重合,同时

---

① 唐正大认为,汉语的主语从句与条件句有重合之处,但不互相包含,而二者都可以看作话题句。见《类指性、话题性与汉语主语从句》,《汉藏语学报》第7期(2013)。徐烈炯、刘丹青《话题的结构与功能》认为,在汉语史上和北京话中都存在话题标记与条件句标记同一且功能相同的情况,分句式话题被认为是话题句的一种类型。上海:上海教育出版社2007年,第212页。

作为话题句。这类句式中的大部分,在统计中还是被归入主语从句或两分句,这样处理起来相对简单一些。剩下的话题句,主要是句首部分话题性十分明显,大多不宜简单视为主语(有的话题之后述题部分另有主语),有些短语则是诗人有意通过"移位"移到句首的。如:

> 浮海难为水,游林难为观。(陆云《为顾彦先赠妇》)
> 亲亲子敦余,贤贤吾尔赏。(谢瞻《于安城答灵运》)
> 绕屋树扶疏。(陶渊明《读山海经》)
> 气清知雁引,露华识猿音。(江淹《杂体诗·谢光禄庄》)

如果范围放宽一些的话,也可以看出这些句式在五言诗中有增多的趋势。

话题句的另外两种主要类型,一种是领格语域式话题(1.8.0),通常也被称为主谓谓语句;另一种是动词受事作话题(1.8.8等),通常也被称为宾语前置,在汉语其他话语形式中也很常见,本来就是汉语的习惯表达方式。在五言诗中前者呈增多趋势,后者看不出有明显的分期变化。

在话题句中还有一类时地语域式或背景语域式话题,即出现于句首的时间、处所词和其他某些名词。在五言诗句式分类中,1.1.6、1.3.6、1.4.6、2.1.6、2.2.6、2.3.6、2.4.6等句式中包含此类话题句。但该文统计未对其与其他首二字状语(形容词、副词组合)句加以区分。其中句首二字使用地点处所词,是诗歌特有的一种句式,在样本中直到晚期才出现比较典型的例句。

如果与早期五言诗比较,《古诗十九首》中的同类句式有:"晨风怀苦心,蟋蟀伤局促""三岁字不灭""今日良宴会""孟冬寒气至","三五明月满,四五詹兔缺"。其中"晨风""蟋蟀",实为《诗经》篇名,在句中作话题。"三岁"表示时间延续,不是确定的时间点。"今日"句时间词作话题或状语,在后代五言诗中最常见。"孟冬"及"三五"两句中的时间词,则是该句真正的话题中心,应同于领格语域式话题。

三、与《唐诗三百首》五律的比较

最后,我们以《唐诗三百首》中的五律(计 80 首,640 句)作为参照,与五言古体诗样本进行对比:

句　式	频次	%	句　式	频次	%
1.1.0a　波澜动远空	87	13.6	3.2.0　牛渚西江夜	15	2.3
2.1.0　独有宦游人	58	9.1	2.5.0　来从楚国游	13	2.0
2.1.6　何时倚虚幌	57	8.9	1.6.3　竹喧归浣女	12	1.9
1.8.0　禅房花木深	38	5.9	1.3.0f　平海夕漫漫	12	1.9
1.3.0q　客路青山下	25	3.9	1.1.0i　儿女共沾巾	10	1.6
1.3.7　分野中峰变	25	3.9	1.3.6　萧萧班马鸣	8	1.3
2.6.0　欲济无舟楫	24	3.8	1.5.1　山随平野尽	8	1.3
2.6.2　驻马望千门	23	3.6	2.1.5　双照泪痕干	8	1.3
1.6.3-5国破山河在	18	2.8	1.5.4　壮志逐年衰	7	1.1
1.8.8　孤帆天际看	18	2.8	1.8.2　过雨看松色	7	1.1
1.4.0　烽火连三月	17	2.7	2.6.2-5感时花溅泪	7	1.1
2.5.2　隔水问樵夫	16	2.5	3.3.0　离离原上草	7	1.1
1.1.3　月照一孤舟	15	2.3	1.4.3　江流天地外	5	0.8
2.3.6　迢递嵩高下	15	2.3	2.2.2　有弟皆分散	5	0.8

如果与《文选》建安后五言诗对比可以发现，使用频次在前五位的句式，有三种两者是一致的。使用频次在总频次1%以上的句式，两者也基本一致，前者有23种，后者增加为26种，在排序上也有一些变化。这部分比较常用的句式，其分布本来有一定的随机性；而《唐诗三百首》样本偏小，偶然性因素可能更大一些。此外，前者前五位句式使用频次合计占总数的51.3%，而后者为41.4%，反而与《古诗十九首》和西晋以前五言诗的情况接近。其中除1.1.0a占比明显降低外，排序及占比均明显下降的即是2.6.2、2.6.0两种句式。1.8.0和1.3.0q两种句式，占比则有明显提高。

唐诗包括近体律诗的语言，总的来说，比起六朝文人诗歌更为平易晓畅。《唐诗三百首》所选诗更偏于浅近易诵。上述句式分布，可能多少反映了这种情况。如果换一个别的样本，例如杜甫诗或韩愈诗，也许会有所不同。如前所述，五言诗中的两分句，尤其是其中的谓语句（即2.6.2、2.6.0等），包含了一些比较复杂的语义关联形式，有分句与主语从句重合等情况，在晋以后诗人笔下得到较多运用。但在《唐诗三百首》五律中，这部分句式不但用例减少，语义也大多简单清晰。如"叹凤嗟身否，伤麟怨道穷"（李隆基《经鲁祭孔子而叹之》），"欲济无舟楫，端居耻圣明"（孟浩然《临洞庭上张丞相》），就算是复杂的了。杜甫《春望》："感时花溅泪，恨别鸟惊心。"已是其中最讲究蕴意的句子。

从以上样本中，是否能看出五言古体与近体在句式选择上有何不同？恐怕很难得出明确的结论。不过有一点可以指出，即样本中使用三字名词语有所增加，包括中心语句（3.2.0、3.3.0），也包括谓语三字词句式（1.3.0q、2.1.0等）。这个不算很明显的变化，可能与采用近体形式有关。三字词包括定中1＋2（p."一沙鸥")和定中2＋1(q."故人情")两种形式,后者较前者更为常见。此外,还有一些三字脚是2＋1的句式,如1.3.7、2.5.0、1.5.1、1.4.3,以及1.8.0、1.6.3-5、1.8.8、2.1.5等句式的很大一部分,在样本中也有增加趋势。不过,据笔者的初步调查,样本中三字脚的1＋2式和2＋1式,并没有与平仄律所规定的1平＋2仄(/1仄＋2平)及2平＋1仄(/2仄＋1平)两种格式形成明确的匹配关系,看不出诗人有这样做的意图。推究其原因,首先,三字词在构词时只能以语义为根据,不大可能考虑平仄格式,其他语义结构也基本如此。此外,就总体而言,三字脚在近体诗中仍是1＋2式更多一些;而按照平仄律规则,两种格式基本对等。因此,即便有意这样做,在客观上二者也无法做到完全匹配。另外还要考虑到,诗人在写作时对平仄规则是有明确意识的,但对句法形式的运用却未必是充分自觉的。上述三字名词语的增加,与虚词使用进一步减少、只在限定句式内使用单音词主语和其他单音节词等变化,可能只是表明,近体诗在字节限制上有愈趋谨严的趋势。

原载《西北师大学报》2019 年第 3 期

七言诗句式探考

一、分类体系说明

　　笔者此前撰《杜甫七律句式探考》①,对杜甫七律中的各种句式进行了分类归纳。在该文基础上,本文进一步扩大调查对象,共选取:(一)七古样本一:《杜工部集》古诗部分七言作品,计 142 首;除去其中非七言句,计 2 124 句②;(二)七古样本二:《唐诗三百首》七言古诗及歌行部分除杜甫之外的作品,计 35 首;除去其中非七言句,计 827 句;(三)七律样本一:《杜工部集》近体诗部分七律计 150 首,又七言排律 5 首(《题郑十八著作主人》16 句,《寄岑嘉州》12 句,《寒雨朝行视园树》16 句,《清明二首》各 12 句)③,计 1 268 句;(四)七律样本二:《唐诗三百首》七律部分除杜甫之外的作品,计 41 首,328 句。两个七古样本,计 2 951 句;两个七律

---

① 《杜甫七律句式探考》,《澳门理工学报》2017 年第 2 期。
② 《续古逸丛书》影印《宋本杜工部集》(北京:商务印书馆 1957 年)卷一至卷八古诗。其中某些七言句加套语"君不见"等,取其七言部分,亦视同七言句。
③ 《宋本杜工部集》卷九至卷十八近体诗。浦起龙《读杜心解》(北京:中华书局 1961 年)收七律 151 首,多《早秋苦热堆案相仍》一首,原入《杜工部集》卷二;又收七排 8 首,多《释闷》《寄从孙崇简》《岳麓山道林二寺行》3 首,原入《杜工部集》卷七、卷八。本文仍归入古体。

样本,计 1 596 句。四个样本共计 4 547 句。

汉语古典诗体中,五言诗由二三字节组成,七言诗由二二三字节组成。所谓诗歌句式,就是指被置于上述字节内、与一般语句近同的各种句子类型。五言诗句的节点在二、三字之间,重心在后三字。七言诗句的节点在四、五字之间,重心自然转移到前四字上。这个节点在诗歌节奏上是最重要的,在构句时也必须遵守。因此,大部分七言诗句在语义上也可以切分为上四下三,人们也往往把它当作七言诗的通式。近体律诗的声律格式,也与这种字节划分吻合。其中的四,通常可切分为二二,但也允许一三、三一的变格。这是因为它们相比于全句的节点较为次要。尾部的三,就语义来看,既可以切分为一二、二一,也有三个单音词连用的,读成一二或二一两可。与五言诗的情况相同,三字脚中的各种变化对全诗节奏的影响并不大。由于四有一三、三一的变格,所以四三式也包括一三三和三一三式。前者之例如:

病从深酌道吾真。(杜甫《赤甲》)

后者则更为常见。

除四三式外,还有不少七言诗句从语义上应切分为上二下五。其中的五,要么是由名词短语或内嵌从句充当的句子成分,要么是紧缩复句中的一个分句。尽管是上二下五,但其中的五,与五言诗句相同,也可切分为二三字节,因此并没有打破全句的节点,在诵读中人们不会强烈感觉到它与四三式的不同。

根据这种情况,我们首先将七言句式划分为四三式、二五式两大类。在杜甫七律中,见到一例打破节点的五二式:

　　　　杖藜叹世者谁子。(《白帝城最高楼》)

杜甫七古中也有一句可以归入六一式:

　　　　(近来海内为长句,)汝与山东李白好。(《苏端薛复筵简
薛华醉歌》)

另"中天月色好谁看"(《宿府》)一句,归入四三、五二两可①。

　　根据一般语法概念,我们再将七言诗句划分为主谓句、谓语句、中心语句三类(中心语句不区分四三、二五式)。除单句外,七言诗句中还有包含两个乃至三个分句的紧缩复句。本文未将其单独分类,而是分别归入主谓句和谓语句下。

　　在前文基础上,本文采用了一个新的句式分类体系。这个分类体系分为三个层级,指示数字也相应有三级,每种句式对应于一个三位数或三层级数。在熟悉后,根据三级数字,就可判断该句式的类型和构成情况:

层级一　　1
　　用于区分句子的主要类型,这些类型是:

---

① 蒋绍愚《唐诗语言研究》举"鱼知丙穴由来美,酒忆郫筒不用沽""盘剥白鸦谷口梨,饭煮清泥坊底芹"为一六式。北京:语文出版社 2008 年,第 138 页。清冒春荣《葚原诗说》卷二已举后例。这是单纯依据语义所作的切分。本文只将四三、二五式之外打破七言句节点的句式看作特殊句式,因此以上两例仍被归入四三式。七律中打破节点的另一变格即上三下四,称为"折句"(宋胡仔《苕溪渔隐丛话》前集卷三六)或"折腰句"(元韦居安《梅磵诗话》卷上)。清贺裳《载酒园诗话》卷一黄白山评谓其出唐人。但旧说对其界定并不明确,如黄白山所举例("斑竹岗连山雨暗,枇杷门向楚天开""木奴花映桐庐县,青雀舟随白鹭涛")即应视为三一三式。明胡震亨《唐音癸签》卷四引韩愈"落以斧引以墨徽""虽欲悔舌不可扪"。蒋绍愚举韩愈、刘禹锡、韩偓各一例,亦不够典型。本文调查中未见此体。

1. 主谓句;2. 谓语句;3. 中心语句;4. 二五式主谓句;5. 二五式谓语句。

层级二　1.1

用于描述句子类型中的各种基本句式,这些句式是:

主谓句:1. 动宾句,动词后接宾语①,句式:主＋动＋宾;2. 使令句和兼语句,句式:主＋动(/使令)＋宾(/兼主)＋谓;3. 状动句和名词语句,动词或形容词前有状语修饰,或谓语仅由动词、形容词或名词性词语构成,句式:主＋(状＋)动/形/名;4. 动补句,动词或形容词后有两字以上的补充成分,句式:主＋动/形＋补;5. 介宾句,动词前使用介宾或次动宾结构,句式:主＋介(/次动)宾＋动;6. 两分句,包含两个分句的紧缩复句,句式:主谓$_1$＋谓/主谓$_2$;7. 三分句,包含三个及以上分句的紧缩复句,句式:主谓$_1$＋谓/主谓$_2$＋谓/主谓$_3$;8. 话题句,采用话题结构的句子;9. 倒装句,谓语在主语前,句式:谓＋主。

谓语句(句式参照主谓句):1. 动宾句,动词后接宾语,可同时有状语、补语;2. 使令句和兼语句,除无主语外,与主谓句同;3. 状动句,动词或形容词前有状语修饰;4. 动补句,动词后接补语,可同时有状语;5. 介宾句:动词前使用介宾或次动宾结构;6. 两分句:谓$_1$＋谓/主谓$_2$;7. 三分句:谓$_1$＋谓/主谓$_2$＋谓/主谓$_3$。话题句、倒装句均不适用于谓语句。

中心语句无法分别归入以上句式,另作规定:1. 并列词语,可以有连接词;2. 名词性词语修饰中心语;3. 谓语句修饰中心语;4. 尾字中心语为时间、处所、方位词等。

---

① 在本文中,两字状动、动宾、动补结构原则上视同动词,因此动宾句不排除状动、动补结构,状动句不排除动宾、动补结构,动补句不排除状动、动宾结构。但在具体分类时,可能有交错的情况。

层级三 1.1.1

用于描述层级二句式中的特定句子成分：

1. 单字主语；2. 首二字或三、四字的介宾、动宾结构，或单字介词、动词接其他成分；3. 三字主语；4. 四字主语；5. 分句从句主语；6. 首二字状语；7. 四字状语；8. 动词受事话题；9. 短语话题；0. 无以上情况。某一句式如果同时存在1—9中的两项，则以短线连接两个数字表示（超过两项者只保留两项）。例如1.1.6-1，即表示该句为主谓句中的动宾句，首二字状语，同时主语为单音词。

除以上三级数字外，该体系还设计了一组字母后缀。在使用时缀于三级数字之后，用于描述层级三可能未涵盖的三字脚结构形式。因篇幅所限，在以下讨论中只在部分句式中使用了这组后缀。根据需要，在描述其他各种句式时也可将其附入。现将这组后缀一并列出（1、2代表一字、二字）：

a. 动宾1＋2；b. 动宾2＋1；c. 动补1＋2；d. 动补2＋1；e. 动介宾；f. 助/副/连1＋动/形/名2；g. 状中1＋2；h. 状中2＋1；i. 状动宾；j. 动/形1＋动2；k. 动2＋动1；l. 动宾/介宾＋动；m. 主谓1＋2；n. 主谓2＋1；o. 主动宾；p. 定中1＋2；q. 定中2＋1；r. 形（副）1＋形2；s. 形/动＋连＋形/动；t. 名＋连＋名；u. 其他。

例如"玉露凋伤枫树林"，其表示式是1.1.0q，说明其三字脚是三字词定中2＋1结构作宾语。

二、七言诗句式分类

1. 四三式主谓句

主谓句即包含主谓部分或主动宾完整结构的句子。

1.1 动宾句

1.1.0 如果是四三式主谓句,前四字可以是主语＋动词,后接宾语;动词包括状动式,可以有单音副词、助动词修饰;宾语部分也可以是短语或从句:

> 玉露凋伤枫树林。(杜甫《秋兴八首》)
> [$_{SP}$玉露[$_{VP}$凋伤[$_{NP}$[枫树]林]]]

> 绣衣屡许携家酝,皂盖能忘折野梅。(杜甫《王十七侍御抡许携酒至草堂奉寄此诗便请邀高三十五使君同到》)
> 谢安不倦登临费。(杜甫《奉酬严公寄题野亭之作》)

首二字短语,可以分析为主语从句:

> 被驱不异犬与鸡。(杜甫《兵车行》)

动词成分也可能延伸到第五字:

> 天下尽化为侯王。(杜甫《洗兵马》)

1.1.1 主语是单音词:

> 汝休枉杀南飞鸿。(杜甫《岁晏行》)
> 惟君最爱清狂客。(杜甫《遣闷戏呈路十九曹长》)

1.1.1-2 主语是单音词,同时动词是第三字单音词,后接其他

成分:

我独觉子神充实。(杜甫《别李秘书始兴寺所居》)

1.1.2 动词是第三字单音词,后接其他成分:

张公叹其材尽下。(杜甫《天育骠骑歌》)
何人道有少微星。(杜甫《严中丞枉驾见过》)

或首二字动宾结构作主语:

失道非关出襄野,扬鞭忽是过湖城。(杜甫《释闷》)
许身愧比双南金。(杜甫《题省中院壁》)

1.1.3 前三字主语,动词在第四字:

长安城连东掖垣,凤凰池对青琐门。(李颀《听董大弹胡笳兼寄语弄房给事》)
春水船如天上坐。(杜甫《小寒食舟中作》)

1.1.4 主语是前四字,本身为定中或并列结构,后三字为动宾结构:

紫阁峰阴入渼陂。(杜甫《秋兴八首》)
[$_{SP}$[$_{NP}$紫阁峰[阴]][$_{VP}$入[渼陂]]]

　　恕武古通作牙爪。(李商隐《韩碑》)

前四字中首字也可能是连词:

　　况我与子非壮年。(杜甫《偪仄行》)

动词可以是使动、意动,或是存现句等:

　　织女机丝虚月夜。(杜甫《秋兴八首》)
　　朱帘绣柱围黄鹤。(杜甫《秋兴八首》)①

也可能有宾语前置:

　　户外昭容紫袖垂。(杜甫《紫宸殿退朝口号》)

也有动词连用:

　　舟人渔子歌回首。(杜甫《滟滪》)

前四字是动宾或主谓短语,可分析为主语从句:

---

① 此例属于汉语的存现句,允许动词的方向性有改变。参见石毓智:《汉语语法》,北京:商务印书馆 2010 年,第 285 页。句法理论认为这是汉语及物动词与名词论元之间的论旨关系较为灵活的体现。参见 C. T. James Huang(黄正德)等著:《汉语句法学》,张和友译,北京:世界图书出版公司 2013(2009)年,第 61 页。

箭括通天有一门。(杜甫《望岳》)

1.1.5 宾语从句是主谓句:

吾人甘作心似灰,弟侄何伤泪如雨。(杜甫《曲江三章》)
孔雀未知牛有角。(杜甫《赤霄行》)
阮籍焉知礼法疏。(杜甫《奉酬严公寄题野亭之作》)

1.1.6 首二字是形容词状语,或时间、处所、数量词状语等:

昨日玉鱼蒙葬地。(杜甫《诸将五首》)
[$_{SP}$[$_T$ 昨日]$_N$ 玉鱼[$_{VP}$ 蒙[葬地]]]

短短桃花临水岸,轻轻柳絮点人衣。(杜甫《十二月一日
三首》)
几回书札待潜夫。(杜甫《将赴成都草堂途中有作先寄
严郑公五首》)
于今腐草无萤火,终古垂杨有暮鸦。(李商隐《隋宫》)

后三字有动词连用:

屋底达官走避胡。(杜甫《哀王孙》)

首二字也可以是连词:

总为浮云能蔽日。(李白《登金陵凤凰台》)

况复秦兵耐苦战。(杜甫《兵车行》)

1.1.6-1 首二字状语,其后是单音词主语接谓语:

峡里谁知有人事。(王维《桃源行》)

去时雪满天山路。(岑参《白雪歌送武判官归京》)

古者世称大手笔。(李商隐《韩碑》)

1.1.7 前四字状语,主谓部分在后三字①:

白帝城中云出门,白帝城下雨翻盆。(杜甫《白帝》)

$[_{SP}[_{LocP}[$白帝城$]$中$]_N$云$[_{VP}$出$[$门$]]]$

四字状语可能由两部分组成:

别时茫茫江浸月。(白居易《琵琶引》)

有时是连词接状语:

况复荆州赏更新。(杜甫《将赴成都草堂途中有作先寄严郑公五首》)

---

① 如果首二字或首四字是时间、地点词和某些名词,也可以视为话题句,属于时地语域式话题或背景语域式话题。见徐烈炯、刘丹青:《话题的结构与功能》,上海:上海教育出版社 2007 年,第 113、119 页。

1.2 使令句·兼语句①

1.2.0 如果是四三式主谓句,使用动词"信""听"等,可以构成使令句:

> 春风自信牙樯动。(杜甫《城西陂泛舟》)
> 楚客唯听棹相将。(杜甫《十二月一日三首》)

动词接兼语部分,构成兼语句:

> 河山北枕秦关险,驿路西连汉畤平。(崔颢《行经华阴》)
> 夏水欲满君山青。(元结《石鱼湖上醉歌》)

三、四字是状语,其后是动词接兼语成分:

> 江草日日唤愁生。(杜甫《愁》)

1.2.1 单音词主语接动词,三、四字是兼语成分:

> 风含翠篠娟娟静,雨裛红蕖冉冉香。(杜甫《狂夫》)
> 棹拂荷珠碎却圆。(杜甫《宇文晁尚书之甥崔彧司业之孙尚书之子重泛郑监前湖》)

有时单音动词后有补充成分,兼语成分在五、六字:

---

① 一般语法著作把使令句列为兼语句的一种,也有著作另列"使字句"。

鸟飞不到吴天长。（李白《庐山谣寄卢侍御虚舟》）

1.2.2 第三字单音动词,兼语成分在第四字:

哀壑无光留户庭。（杜甫《覃山人隐居》）

[_{SP}哀壑[_{VP}无[_{SP}光[[_{VP}留]_{NP}户庭]]]]

杨家有女初长成。（白居易《长恨歌》）

1.2.4 前四字主语,也可构成使令句:

长安不见使人愁。（李白《登金陵凤凰台》）

1.2.6 使令句或兼语句的首二字是状语:

晚岁何功使愿果。（杜甫《忆昔行》

1.3 状动句·名词语句

1.3.0 如果是四三式主谓句,动词前可以有形容词状语,或时间、处所、数量词状语等:

胡虏千秋尚入关。（杜甫《诸将五首》）

[_{SP}胡虏[_{VP}[_{NumP}千秋]_{Adv}尚[_V入[关]]]]

战士军前半死生,美人帐下犹歌舞。（高适《燕歌行》）
宫草微微承委珮,炉烟细细驻游丝。（杜甫《宣政殿退朝

晚出左掖》)

　　翠华摇摇行复止。(白居易《长恨歌》)

也可能状语修饰形容词:

　　庾信平生最萧瑟。(杜甫《咏怀古迹五首》)

有时状语部分可理解为成分倒置:

　　谢公最小偏怜女。(元稹《遣悲怀》)

谓语部分也可以不使用动词:

　　秦中自古帝王州。(杜甫《秋兴八首》)

后五字有时为一完整成分:

　　天台四万八千丈。(李白《梦游天姥吟留别》)
　　将军魏武之子孙。(杜甫《丹青引》)

1.3.1 首字单音词为主语:

　　我已无家寻弟妹,君今何处访庭闱。(杜甫《送韩十四江东觐省》)
　　甫也诸侯老宾客。(杜甫《醉为马坠诸公携酒相看》)

1.3.2 首二字动宾结构作主语：

论交何必先同调。（杜甫《徒步归行》）
飞锡去年啼邑子。（杜甫《大觉高僧兰若》）

1.3.4 前四字为主语，本身为定中或并列结构，后三字是状语修饰动词：

h. 无边落木萧萧下，不尽长江衮衮来。（杜甫《登高》）
i. 龙武新军深驻辇，芙蓉别殿谩焚香。（杜甫《曲江对雨》）

或者修饰形容词：

f. 同学少年多不贱。（杜甫《秋兴八首》）
$[_{SP}[_{NP}$同学少年$][_{AP}[_{Adv}$多$[_{Neg}$不$[_{A}$贱$]]]]]$

g. 小院回廊春寂寂，浴凫飞鹭晚悠悠。（杜甫《涪城县香积寺官阁》）

后三字是连词连接单音形容词或动词：

s. 空山百鸟散还合，万里浮云阴且晴。（李颀《听董大弹胡笳兼寄语弄房给事》）
s. 近市浮烟翠且重。（杜甫《暮登四安寺钟楼寄裴十迪》）
s. 栀子红椒艳复殊。（杜甫《寒雨朝行视园树》）

　　s. 射洪春酒寒仍绿。(杜甫《野望》)

也有被动句:

　　g. 京兆田郎早见招。(杜甫《赠田九判官梁丘》)

后三字是名词性词语,不使用动词或判断词:

　　q. 昆明池水汉时功。(杜甫《秋兴八首》)
　　[$_{SP}$[$_{NP}$[昆明池]水][$_{NP}$[汉时]功]]

　　p. 腰下宝玦青珊瑚。(杜甫《哀王孙》)
　　q. 故乡门巷荆棘底,中原君臣豺虎边。(杜甫《昼梦》)
　　q. 秦城楼阁烟花里,汉主山河锦绣中。(杜甫《清明二首》)

首四字是主语从句:

　　f. 云近蓬莱常好色,雪残鸤鹊亦多时。(杜甫《宣政殿退朝晚出左掖》)
　　f. 多病所须唯药物。(杜甫《江村》)
　　t. 彼何人哉轩与羲。(李商隐《韩碑》)

1.3.6 首二字是状语:

　　中间小谢又清发。(李白《宣州谢朓楼饯别校书叔云》)

寺下春江深不流,山腰官阁迥添愁。(杜甫《涪城县香积寺官阁》)①

信宿渔人还泛泛。(杜甫《秋兴八首》)

宛转蛾眉马前死。(白居易《长恨歌》)

首二字也可能是连词:

直为文翁再剖符。(杜甫《将赴成都草堂途中有作先寄严郑公五首》)

1.3.6-2 首二字状语是介宾结构:

自古圣贤多薄命。(杜甫《锦树行》)

对此涕泪双滂沱。(韩愈《石鼓歌》)

1.3.6-4 首二字状语,接四字主语:

灯前细雨檐花落。(杜甫《醉时歌》)

长沙千人万人出。(杜甫《清明》)

1.3.7 前四字是状语,也可分为两部分,后三字是主语接动词或形容词:

武帝祠前云欲散,仙人掌上雨初晴。(崔颢《行经华阴》)

---

① 此句也可以理解为"山腰官阁迥"使人"添愁",则前五字为主语,整句为五二式。

　　　　大漠穷秋塞草衰,孤城落日斗兵稀。(高适《燕歌行》)
　　　　斯须九重真龙出。(杜甫《丹青引》)
　　　　巫山秋夜萤火飞。(杜甫《见萤火》)

　　后三字也可能是名词性词语①:

　　　　万里桥西一草堂。(杜甫《狂夫》)
　　　　猛将腰间大羽箭。(杜甫《丹青引》)

1.4 动补句

　　1.4.0 如果是四三式主谓句,谓语部分可以是动词或形容词后接补充成分(处所、数量、程度、比况等):

　　　　玉殿虚无野寺中。(杜甫《咏怀古迹五首》)
　　　　[$_{SP}$玉殿[[$_{AP}$虚无]$_{LocP}$[[野寺]中]]]

　　　　汉兵奋迅如霹雳。(王维《老将行》)
　　　　胡骑长驱五六年。(杜甫《恨别》)
　　　　秋水才深四五尺。(杜甫《南邻》)
　　　　田园寥落干戈后。(白居易《望月有感》)

　　补充成分也可能有倒置:

　　　　懒性从来水竹居。(杜甫《奉酬严公寄题野亭之作》)

────────

① 以下两例也可将前四字分析为后三字的定语。在这种情况下,名词语句与
　中心语句有重合。

光价岂止百倍过。(韩愈《石鼓歌》)

也可能省略动词后的介词:

名家莫出杜陵人。(杜甫《季夏送乡弟韶陪黄门从叔朝谒》)①

动补结构中也可能插入宾语:

古人已用三冬足。(杜甫《柏学士茅屋》)

1.4.1 首字单音词为主语:

心轻万事如鸿毛。(李颀《送陈章甫》)

也可能后五字是一完整部分:

山在虚无缥缈间。(白居易《长恨歌》)

1.4.1-2 单音词主语,三、四字是动宾结构:

君今起柂春江流。(杜甫《短歌行》)

1.4.1-4 前四字有两个主谓结构并列,后三字为补语:

---

① 此句"莫出"是"莫不出于"的省略,因字数限制,否定副词"不"亦省略。

腕促蹄高如踏铁。(杜甫《高都护骢马行》)

云飞玉立尽清秋。(杜甫《见王监兵马使说近山有白黑二鹰……请余赋诗二首》)

1.4.2 第三字是单音动词或形容词,接补充成分:

汉军屯在轮台北。(岑参《轮台歌奉送封大夫出师西征》)

江流曲似九回肠。(柳宗元《登柳州城楼寄漳汀封连四州》)

或三、四字是动宾结构:

霜皮溜雨四十围,黛色参天二千尺。(杜甫《古柏行》)

动宾结构后也可接介宾短语(引入地点、工具等):

狄公执政在末年。(杜甫《狄明府博济》)

家人钻火用青枫。(杜甫《清明二首》)

1.4.3 前三字为主语,动词在第四字:

献纳司存雨露边。(杜甫《赠献纳使起居田舍人澄》)

苏武魂销汉使前。(温庭筠《苏武庙》)①

---

① 此句也可理解为话题句,以"苏武"为话题。

1.4.4 前四字是主语,后三字是动词或形容词接补充成分:

> 沉竿续蔓深莫测,菱叶荷花静如拭。(杜甫《渼陂行》)
> 中朝大官老于事。(韩愈《石鼓歌》)

1.4.6 首二字是状语:

> 今日垂杨生左肘。(王维《老将行》)
> 尽日君王看不足。(白居易《长恨歌》)

或者是连词:

> 犹自音书滞一乡。(柳宗元《登柳州城楼寄漳汀连封四州》)

1.4.6-1 首二字状语,主语是单音词:

> 水面月出蓝田关。(杜甫《渼陂行》)
> 幽咽泉流冰下难。(白居易《琵琶引》)

1.5 介宾句

1.5.0 如果是四三式主谓句,动词前可以有介词或次要动词带宾语,可能占据五、六字:

> 花径不曾缘客扫,蓬门今始为君开。(杜甫《客至》)

有时占据四、五、六字(跨字节):

昔人已乘黄鹤去。(崔颢《黄鹤楼》)

日色才临仙掌动,香烟欲傍衮龙浮。(王维《和贾至舍人
早朝大明宫》)

此乐本自龟兹出。(李颀《听安万善吹觱篥歌》)

龙种自与常人殊。(杜甫《哀王孙》)

桃花细逐杨花落。(杜甫《曲江对酒》)

有时占据四、五字:

君臣已与时际会,树木犹为人爱惜。(杜甫《古柏行》)①

春心莫共花争发。(李商隐《无题四首》)

介词后可以省略宾语:

主人为卜林塘幽。(杜甫《卜居》)

风云常为护储胥。(李商隐《筹笔驿》)

青鸟殷勤为探看。(李商隐《无题》)

1.5.1 主语为单音词,介(/次动)宾结构占据二、三、四字,还
有占据二、三、四、五、六字的:

影遭碧水潜勾引。(杜甫《风雨看舟前落花戏为新句》)

---

① 第二句是"为"字被动句。

公从何处得纸本。（韩愈《石鼓歌》）

心随明月到胡天。（皇甫冉《春思》）

家在虾蟆陵下住。（白居易《琵琶引》）

1.5.1-2 主语是单音词，介（次动）宾结构占据三、四字：

我欲因之梦吴越。（李白《梦游天姥吟留别》）

1.5.2 主语是双音词，介宾结构占据三、四字：

人生在世不称意。（李白《宣州谢朓楼饯别校书叔云》）

富贵于我如浮云。（杜甫《丹青引》）

1.5.3 主语是前三字，介（/次动）宾结构占据四、五、六字：

赤岸水与银河通。（杜甫《戏题画山水图歌》）

贾客船随返照来。（杜甫《野老》）

1.5.4 前四字主语，介（/次动）宾结构占据五、六字：

江间波浪兼天涌。（杜甫《秋兴八首》）

[ₛₚ[ₙₚ江间[波浪]][ᵥ₁[ᵥₚ₂兼天]涌]]

长河浪头连天黑。（李颀《送陈章甫》）

上林繁花照眼新。（李颀《听安万善吹觱篥歌》）

渔阳鼙鼓动地来。（白居易《长恨歌》）

1.5.6 首二字为状语,介(/次动)宾结构占据五、六字:

> 平明闾巷扫花开,薄暮渔樵乘水入。(王维《桃源行》)
> 青青竹笋迎船出,日日江鱼入馔来。(杜甫《送王十五判官扶侍还黔中》)①

也可能提前到三、四字,在主语前:

> 麾下赖君才并入。(杜甫《赠田九判官梁丘》)

介词后也可能有成分省略:

> 去时里正与裹头。(杜甫《兵车行》)

1.5.6-1 主语是第三字单音词,介(/次动)宾结构占据四、五、六字:

> 愁日愁随一线长。(杜甫《至日遣兴奉寄北省旧阁老两院故人二首》)

首二字或是连词:

> 更复春从沙际归。(杜甫《阆水歌》)

---

① 首句"青青竹笋"也可分析为定中结构。

1.6 两分句

1.6.0 如果是四三式主谓句,前四字是主谓结构,后三字可能是另一谓语成分,主语有可能承前,也可能不明确或另有主语:

　　英姿飒爽犹酣战。(杜甫《丹青引》)

前后两部分构成关联复句:

　　卫青不败由天幸,李广无功缘数奇。(王维《老将行》)

1.6.1 在主谓结构中,单音词主语接动词:

　　波漂菰米沉云黑,露冷莲房坠粉红。(杜甫《秋兴八首》)
　　[ᴗₚ波[ᵥₚ漂[菰米]][ᵥₚ沉[ₛₚ云[ₐₚ黑]]]]

　　身当恩遇恒轻敌,力尽关山未解围。(高适《燕歌行》)
　　花近高楼伤客心。(杜甫《登楼》)
　　我持长瓢坐巴丘。(元结《石鱼湖上醉歌》)
　　身多疾病思田里,邑有流亡愧俸钱。(韦应物《寄李儋元锡》)
　　天假神柄专其雄。(韩愈《谒衡岳庙遂宿岳寺题门楼》)
　　我闻琵琶已叹息。(白居易《琵琶引》)
　　腰悬相印作都统。(李商隐《韩碑》)
　　家住层城邻汉苑。(皇甫冉《春思》)

首字单音词也可能是话题:

盘赐将军拜舞归。(杜甫《韦讽录事宅观曹将军画马图》)

单音词主语也可能在第二字:

今我不乐思岳阳。(杜甫《寄韩谏议》)

1.6.1-2 单音词主语接语气词、副词,三、四字是动宾结构:

幹惟画肉不画骨。(杜甫《丹青引》)
谁复著手为摩挲。(韩愈《石鼓歌》)

1.6.2 前一主谓结构中,两字主语后三、四字为动宾结构:

至尊含笑催赐金。(杜甫《丹青引》)
孤城背岭寒吹角,独树临江夜泊船。(刘长卿《自夏口至鹦鹉洲望岳阳寄元中丞》)
邓攸无子寻知命,潘岳悼亡犹费辞。(元稹《遣悲怀三首》)

1.6.3 前一主谓结构中,主语是前三字,接单音动词或形容词:

背郭堂成荫白茅,缘江路熟俯青郊。(杜甫《堂成》)
金屋妆成娇侍夜,玉楼宴罢醉和春。(白居易《长恨歌》)
琵琶声停欲语迟。(白居易《琵琶引》)

1.6.4 前一主谓结构是前五字,主语是前四字:

草中狐兔尽何益。(杜甫《冬狩行》)

1.6.5 前后两部分都是主谓结构:

鱼龙寂寞秋江冷。(杜甫《秋兴八首》)

[[_{SP}鱼龙[_{AP}寂寞]]_{并列}[_{SP}秋江[_{AP}冷]]]

银瓶乍破水浆迸,铁骑突出刀枪鸣。(白居易《琵琶引》)

后一部分也可能是宾语前置,或转换为主谓结构:

匡衡抗疏功名薄,刘向传经心事违。(杜甫《秋兴八首》)

两部分中的一部分或两部分可能是名词结构:

晴川历历汉阳树,芳草凄凄鹦鹉洲。(崔颢《黄鹤楼》)
蓬莱文章建安骨。(李白《宣州谢朓楼饯别校书叔云》)
崔嵬枝干郊原古,窈窕丹青户牖空。(杜甫《古柏行》)
江湖满地一渔翁。(杜甫《秋兴八首》)
数丛沙草群鸥散,万顷江田一鹭飞。(温庭筠《利州南渡》)

1.6.5-1 前一部分的主语是单音词:

月照城头乌半飞,霜凄万树风入衣。(李颀《琴歌》)

鸡鸣紫陌曙光寒,莺啭皇州春色阑。(岑参《和贾至舍人早朝大明宫》)

柯如青铜根如石。(杜甫《古柏行》)

两部分有可能是话题结构:

功无与让恩不訾。(李商隐《韩碑》)

前后两部分可能有平行省略①:

钗留一股合一扇。(白居易《长恨歌》)

来是空言去绝踪。(李商隐《无题四首》)

1.6.5-2 前一部分三、四字为动宾结构:

豫樟翻风白日动,鲸鱼跋浪沧溟开。(杜甫《短歌行》)

清风吹空月舒波。(韩愈《八月十五夜赠张功曹》)

1.6.5-3 前一部分中,前三字是主语:

春酒杯浓琥珀薄,冰浆碗碧马脑寒。(杜甫《郑驸马宅宴洞中》)

青枫叶赤天雨霜。(杜甫《寄韩谏议》)

---

① 有关平行省略,参见王力:《汉语诗律学》,上海:上海教育出版社 2002 年(新知识出版社 1957 年初版),第 266—273 页;蒋绍愚:《唐诗语言研究》,第 150—152 页。

鸳鸯瓦冷霜华重,翡翠衾寒谁与共。(白居易《长恨歌》)

1.6.5-4 前一主谓部分也可能是前五字,主语是前四字:

中天月色好谁看。(杜甫《宿府》)①
[[ₛₚ[ₙₚ中天[月色]][ₐₚ好]][ₛₚ谁[ᵥₚ看]]]

1.6.6 首二字是状语,前一主谓部分在三、四字:

波上马嘶看棹去,柳边人歇待船归。(温庭筠《利州南渡》)

状语也可能后移至三、四字:

兴来今日尽君欢。(杜甫《九日蓝田崔氏庄》)

1.6.6-5 首二字状语,其后有两个主谓部分:

半夜军行戈相拨。(岑参《走马川行奉送封大夫出师西征》)

殊方日落玄猿哭。(杜甫《九日五首》)

江上月明胡雁过,淮南木落楚山多。(刘长卿《江州重别薛六柳八二员外》)

夕殿萤飞思悄然。(白居易《长恨歌》)

---

① 此句也可以理解为"谁"在看"中天月色好",则前五字为话题,全句为五二式。

　　　　沧海月明珠有泪,蓝田日暖玉生烟。(李商隐《锦瑟》)

前一部分有时省略谓语:

　　　　四月南风大麦黄。(李颀《送陈章甫》)

1.6.8 两部分或其中一部分是话题结构,首二字是动词受事话题:

　　　　衣裳已施行看尽,针线犹存未忍开。(元稹《遣悲怀三首》)
　　　　仙乐风飘处处闻。(白居易《长恨歌》)
　　　　梁父吟成恨有馀。(李商隐《筹笔驿》)

1.6.9 首二字是动词或形容词短语作话题:

　　　　绕船明月江水寒。(白居易《琵琶引》)
　　　　飒飒东风细雨来。(李商隐《无题四首》)①

1.7 三分句

1.7.1 在四三式主谓句中,主语后也可以接三个谓语成分:

　　　　僧来不语自鸣钟。(杜甫《暮登四安寺钟楼寄裴十迪》)
　　　　[$_{SP}$僧[$_{VP}$来]][$_{VP}$[$_{Neg}$不[$_V$语]]][$_{VP}$[$_{Adv}$自[$_V$鸣[钟]]]]]

────────────

① 这两句当然也可以分析为定中结构。但据诗意,"绕船"同时关联于"明月"
和"江水","飒飒"同时关联于"东风"和"细雨",因此也可以分析为是将谓
语的一部分提出来作话题。

文成破体书在纸。(李商隐《韩碑》)

后两部分也可能另有主语:

诗罢能吟不复听。(杜甫《题郑十八著作主人》)

可能其中两部分构成关联复句,再与另一部分构成关联复句:

语不惊人死不休。(杜甫《江上值水如海势聊短述》)

[[_{SP}语[_{VP}[_{Neg}不[_V惊[人]]]]]_{假设}[[_{VP}死]_{让步}[_{VP}[_{Neg}不[_V休]]]]]

功成不退皆殒身。(李白《行路难》)
月明如素愁不眠。(李白《长相思》)
风掣红旗冻不翻。(岑参《白雪歌送武判官归京》)

1.7.2 三、四字是动宾结构:

我贫无乘非无足。(杜甫《偪仄行》)
曲终收拨当心画。(白居易《琵琶引》)

1.7.5 后两部分也可能包含主谓结构:

酒酣懒舞谁相拽。(杜甫《题郑十八著作主人》)
弟走从军阿姨死。(白居易《琵琶引》)

或三部分都是主谓结构:

风急天高猿啸哀,渚清沙白鸟飞回。(杜甫《登高》)

[[SP 风[AP 急]] 并列 [SP 天[AP 高]] 并列 [SP 猿[[VP 啸] AP 哀]]]]

地崩山摧壮士死。(李白《蜀道难》)

凤去台空江自流。(李白《登金陵凤凰台》)

鸾翔凤翥众仙下。(韩愈《石鼓歌》)

暮去朝来颜色故。(白居易《琵琶引》)

句奇语重喻者少。(李商隐《韩碑》)

有的句子有四个主谓或谓语成分,关联复句中又套有复句:

辞严义密读难晓。(韩愈《石鼓歌》)

1.8 话题句

1.8.0 在四三式主谓句中有话题句,话题可以是首二字,后面为述题,说明话题:

天门日射黄金榜。(杜甫《宣政殿退朝晚出左掖》)

[TopP [Top 天门][SP 日[VP 射[NP [黄金]榜]]]]]

述题可以有两个谓语部分:

盘飧市远无兼味,樽酒家贫只旧醅。(杜甫《客至》)

浔阳地僻无音乐。(白居易《琵琶引》)

1.8.1 话题是首字单音词：

鱼知丙穴由来美,酒忆郫筒不用酤。(杜甫《将赴成都草堂途中有作先寄严郑公五首》)

梦为远别啼难唤,书被催成墨未浓。(李商隐《无题四首》)

1.8.4 在话题句中,前四字作话题也很常见：

巫山巫峡气萧森。(杜甫《秋兴八首》)

[$_{\text{Top P}}$ [$_{\text{Top}}$ 巫山巫峡][$_{\text{SP}}$ 气[$_{\text{AP}}$ 萧森]]]

乌孙部落家乡远。(李颀《听董大弹胡笳兼寄语弄房给事》)

梨园弟子白发新,椒房阿监青娥老。(白居易《长恨歌》)

贫贱夫妻百事哀。(元稹《遣悲怀三首》)

五湖烟水独忘机。(温庭筠《利州南渡》)

前四字为主语从句,也可视为话题：

长风破浪会有时。(李白《行路难》)

一片花飞减却春,风飘万点正愁人。(杜甫《曲江二首》)

1.8.5 述题可以有两个主谓部分：

匈奴草黄马正肥。(岑参《走马川行奉送封大夫出师西

征》）

披垣竹埤梧十寻。（杜甫《题省中院壁》）

城阙秋生画角哀。（杜甫《野老》）

君歌声酸辞正苦。（韩愈《八月十五日夜赠张功曹》）

1.8.6 话题前可能有状语成分：

黄昏胡骑尘满城。（杜甫《哀江头》）

清秋幕府井梧寒。（杜甫《宿府》）

孤城返照红将敛。（杜甫《暮登四安寺钟楼寄裴十迪》）

1.8.6-8 状语之后的话题也可能是动词受事：

分明怨恨曲中论。（杜甫《咏怀古迹五首》）

[$_{TopP}$[$_{Adv}$分明[$_{Top}$怨恨][$_{VP}$[$_{LocP}$曲中]论]]]

1.8.6-9 状语之后的话题也可能是短语：

座中泣下谁最多。（白居易《琵琶引》）

1.8.8 话题是动词的受事,或其中的一部分：

摇落深知宋玉悲。（杜甫《咏怀古迹五首》）

[$_{TopP}$[$_{Top}$摇落][$_{VP}$[$_{Adv}$深[$_{V}$知[$_{NP}$[宋玉]悲]]]]]

子胥既弃吴江上。（李白《行路难》）

鸿雁不堪愁里听,云山况是客中过。(李颀《送魏万之京》)

黑鹰不省人间有。(杜甫《见王监兵马使说近山有白黑二鹰……请余赋诗二首》)

新松恨不高千尺,恶竹应须斩万竿。(杜甫《将赴成都草堂途中有作先寄严郑公五首》)

1.8.8-4 动词受事话题也可能是前四字:

去马来牛不复辨,浊泾清渭何当分。(杜甫《秋雨叹三首》)

百年世事不胜悲。(杜甫《秋兴八首》)

三分割据纡筹策。(杜甫《咏怀古迹五首》)①

山阴野雪兴难乘。(杜甫《多病执热奉怀李尚书之芳》)

判司卑官不堪说。(韩愈《八月十五夜赠张功曹》)

同穴窅冥何所望,他生缘会更难期。(元稹《遣悲怀三首》)

秋月春风等闲度。(白居易《琵琶引》)

话题也可能是受事以外的与事等动词论元:

赤鸡白狗赌梨栗。(李白《行路难》)

长绳百尺拽碑倒,粗砂大石相磨治。(李商隐《韩碑》)

---

① 此例中"三分割据"是"筹策"的具体内容,二者可视为部分与整体的关系。表部分的词语也可充当话题,而由表整体的词语充当述题中动词的论元。见徐烈炯、刘丹青:《话题的结构与功能》,第118页。

1.8.9 在话题句中,话题也可以是从述题中移出的短语:

> 学书初学卫夫人。(杜甫《丹青引》)
> 鼓瑟至今悲帝子,曳裾何处觅王门。(杜甫《追酬故高蜀州人日见寄》)
> 当仁自古有不让。(李商隐《韩碑》)

1.8.9-4 短语话题也可以是前四字:

> 侵凌雪色还萱草,漏洩春光有柳条。(杜甫《腊日》)

除主语从句外,还有其他从句式或分句式话题,例如条件分句性质的①:

> 更为后会知何地。(杜甫《送路六侍御入朝》)
> 总戎楚蜀应全未,方驾曹刘不啻过。(杜甫《奉寄高常侍》)
> 春蚕到死丝方尽,蜡炬成灰泪始干。(李商隐《无题》)

1.8.9-8 短语从句同时是动词受事:

---

① 条件分句与话题句在定义上相像,上海话、北京话和古汉语中都有话题标记与条件句标记同一、功能相同的情况。如上海话中的"末",北京话中的语气助词,古汉语中的"则"。见徐烈炯、刘丹青:《话题的结构与功能》,第203页以下。七律中虽然虚词通常会被压缩,但第四字后有停顿,也具有标记作用。以下各例中,前四字后可以加上普通话的"的话",北京话的"吧",或古汉语的"则"。

烟涛微茫信难求。(李白《梦游天姥吟留别》)

云霞明灭或可睹。(李白《梦游天姥吟留别》)

华亭鹤唳讵可闻,上蔡苍鹰何足道。(李白《行路难》)

旧穿杨叶真自知。(杜甫《醉歌行》)

天颜有喜近臣知。(杜甫《紫宸殿退朝口号》)

天生丽质难自弃。(白居易《长恨歌》)

1.9 倒装句

1.9.0 谓语置于主语前,构成倒装句。由于句首动词受事等已被视为话题句,典型的倒装句仅限于谓语动词不带宾语形式和形容词形式。样本中有些归入紧缩复句(两分句):

百年粗粝腐儒餐。(杜甫《有客》)

也有些归入中心语句:

自去自来堂上燕,相亲相近水中鸥。(杜甫《江村》)

2. 四三式谓语句

谓语句只有句子的谓语部分,其主语在前文或省略。

2.1 动宾句

2.1.0 如果是四三式谓语句,首二字动词,其后可以接双宾语:

传语风光共流转。(杜甫《曲江二首》)

报与惠连诗不惜。（杜甫《奉送蜀州柏二别驾将中丞命赴江陵起居卫尚书太夫人因示从弟行军司马位》）

或宾语后有其他成分：

肯访浣花老翁无。（杜甫《入奏行》）

2.1.2 首二字为动宾结构,后五字是宾语的同位语：

赐名大国虢与秦。（杜甫《丽人行》）

或第二字与后五字是双宾语：

赠子云安双鲤鱼。（杜甫《寄岑嘉州》）

2.2 使令句·兼语句
2.2.0 在四三式谓语句中,首二字动词,可以构成使令句：

独使至尊忧社稷。（杜甫《诸将五首》）
[ₚᵥ[ₐ𝒹ᵥ独[ᵥ使[ₛₚ至尊[ₚᵥ忧[社稷]]]]]]

更教明月照流黄。（沈佺期《独不见》）
耻令越甲鸣吾君。（王维《老将行》）
莫使金樽空对月。（李白《将进酒》）
长使英雄泪满襟。（杜甫《蜀相》）
当令美味入吾唇。（杜甫《拨闷》）

遂教方士殷勤觅。(白居易《长恨歌》)
转教小玉报双成。(白居易《长恨歌》)
徒令上将挥神笔。(李商隐《筹笔驿》)

动词后是兼语成分,构成兼语句:

惟有幽人自来去。(孟浩然《夜归鹿门歌》)
一去紫台连朔漠,独留青冢向黄昏。(杜甫《咏怀古迹五首》)

使令对象或兼语成分可能占据四字:

空令野营猛士悲。(杜甫《去秋行》)
别有幽愁暗恨生。(白居易《琵琶行》)

使令对象有可能省略:

莫令斩断青云梯。(杜甫《寄从孙崇简》)

使令句的后半部分也可能在下一句:

遂令天下父母心,不重生男重生女。(白居易《长恨歌》)

2.2.2 使令对象是第二字单音词:

使我不得开心颜。(李白《梦游天姥吟留别》)

教儿且覆掌中杯。（杜甫《小至》）
劝我试作石鼓歌。（韩愈《石鼓歌》）

兼语成分是第二字单音词：

请君试问东流水。（李白《金陵酒肆留别》）
请君为我倾耳听。（李白《将进酒》）
呼儿将出换美酒。（李白《将进酒》）
有耳莫洗颍川水，有口莫食首阳蕨。（李白《行路难》）
有客乘舸自忠州。（杜甫《简吴郎司法》）

或第二字单音词是三、四字的限定语：

使我三军泪如雨。（李颀《古意》）
照我衰颜忽落地。（杜甫《晚晴》）

兼语成分也可能是第四字单音词：

不能废人运酒舫。（元结《石鱼湖上醉歌》）

使令句也可能有两个谓语部分：

使人听此凋朱颜。（李白《蜀道难》）

2.2.6 首二字状语，其后为兼语结构：

日夕望君抱琴至。（李颀《听董大弹胡笳兼寄语弄房给
事》）

交河几蹴曾冰裂。（杜甫《高都护骢马行》）

朝夕催人自白头。（杜甫《和裴迪登蜀州东亭送客逢早
梅见寄》）

2.2.6-2 首二字介宾结构,其后是使令结构:

在野只教心力破。（杜甫《见王监兵马使说近山有白黑
二鹰……请余赋诗二首》）

2.2.7 前四字状语,其后是使令结构或兼语结构:

烟波江上使人愁。（崔颢《黄鹤楼》）

轮台东门送君去。（岑参《白雪歌送武判官归京》）

2.3 状动句

2.3.6 如果是四三式谓语句,首二字可以是状语,其后动词接宾语①:

两朝开济老臣心。（杜甫《蜀相》）

$[_{VP}[_{NumP}两朝]_V开济[_{NP}[老臣]心]]$

路旁时卖故侯瓜,门前学种先生柳。（王维《老将行》）

---

① 如果首二字是时间、地点词和某些名词,则与 1.1.6 同,也可以视为话题句,
属于时地语域式话题或背景语域式话题。

罗帏送上七香车,宝扇迎归九华帐。(王维《洛阳女儿行》)

重阳独酌杯中酒。(杜甫《九日五首》)

翻然远救朔方兵。(杜甫《诸将五首》)

艰难苦恨繁霜鬓,潦倒新停浊酒杯。(杜甫《登高》)

昔日戏言身后事,今朝都到眼前来。(元稹《遣悲怀》)

远路应悲春晼晚,残宵犹得梦依稀。(李商隐《春雨》)

动补结构中也可插入宾语:

十三学得琵琶成。(白居易《琵琶引》)

2.3.6-2 第三字单音动词,第四字代词是后三字的限定语:

何时诏此金钱会。(杜甫《曲江对雨》)

今日闻君琵琶语。(白居易《琵琶引》)

2.3.7 前四字是状语:

楚王宫北正黄昏,白帝城西过雨痕。(杜甫《返照》)

伯仲之间见伊吕。(杜甫《咏怀古迹五首》)

浔阳江头夜送客。(白居易《琵琶引》)

嘈嘈切切错杂弹。(白居易《琵琶引》)

芙蓉塘外有轻雷。(李商隐《无题四首》)

前四字可能分为两部分,分别表示时间、处所、数量等①:

几回青琐点朝班。(杜甫《秋兴八首》)

[~VP~[~NumP~几回][~LocP~青琐] ~V~点[朝班]]

无路从容陪语笑,有时颠倒著衣裳。(杜甫《至日遣兴奉寄北省旧阁老两院故人》)

昨者州前捶大鼓。(韩愈《八月十五夜赠张功曹》)

其中绰约多仙子。(白居易《长恨歌》)

也可能首二字连词,接状语:

不但习池归酩酊。(杜甫《宇文晁尚书之甥崔或司业之孙尚书之子重泛郑监前湖》)

只是当时已惘然。(李商隐《锦瑟》)

2.4 动补句

2.4.0 如果是四三式谓语句,首二字可以是动词,后接宾语和补语:

不见故人十年馀。(杜甫《寄岑嘉州》)

[~VP~[~Neg~不[~V~见[故人]]] ~NumP~十年馀]

---

① 这种情况句首时间、地点词及某些名词也可视为话题,其中二者共现时可视为多重话题。多重话题的例子,见徐烈炯、刘丹青:《话题的结构与功能》,第54、115页。

且放白鹿青崖间。(李白《梦游天姥吟留别》)
共迎中使望乡台。(杜甫《诸将五首》)
荐诸太庙比郜鼎。(韩愈《石鼓歌》)
西出都门百馀里。(白居易《长恨歌》)
濡染大笔何淋漓。(李商隐《韩碑》)

后三字可以是介宾结构,引入目的、处所等:

愿分竹实及蝼蚁。(杜甫《朱凤行》)
酌饮四座以散愁。(元结《石鱼湖上醉歌》)

也可能后五字是补语:

一弹一十有八拍。(李颀《听董大弹胡笳兼寄语弄房给
事》)
暂醉佳人锦瑟旁。(杜甫《曲江对雨》)
只在忠臣翊圣朝。(杜甫《诸将五首》)

也可将宾语插入动补结构中:

一洗万古凡马空。(杜甫《丹青引》)
近供生犀翡翠稀。(杜甫《自平》)

2.4.2 首二字动宾结构,后五字补语:

传之七十有二代。(李商隐《韩碑》)

或首字动词,第二字与其后部分构成介宾结构:

　　战自青羌连百蛮。(杜甫《秋风二首》)

2.4.6 首二字状语,其后动词接补语:

　　即今漂泊干戈际。(杜甫《丹青引》)
　　洞庭相逢十二秋。(杜甫《长沙送李十一衔》)

2.4.6-2 首二字状语,三、四字动宾结构,后接补语:

　　腹中贮书一万卷。(李颀《送陈章甫》)
　　不肯低头在草莽。(李颀《送陈章甫》)
　　清淮奉使千馀里。(李颀《琴歌》)
　　无复射蛟江水中。(杜甫《韦讽录事宅观曹将军画马图》)

或第三字单音动词,后接补语:

　　早晚来自楚王宫。(杜甫《江雨有怀郑典设》)
　　一朝选在君王侧。(白居易《长恨歌》)

2.4.7 前四字状语,后三字动补结构:

　　一日江楼坐翠微。(杜甫《秋兴八首》)

2.5 介宾句

2.5.0 如果是四三式谓语句,主要动词前可由介词或次要动词带宾语,引入对象、目标、途径等。介(/次动)宾结构可占据二、三、四字(跨字节):

> 还从物外起田园。(王维《桃源行》)
> 西当太白有鸟道。(李白《蜀道难》)
> 愿随春风寄燕然。(李白《长相思》)
> 每依南斗望京华。(杜甫《秋兴八首》)
> 远在剑南思洛阳。(杜甫《至后》)
> 即从巴峡穿巫峡,便下襄阳向洛阳。(杜甫《闻官军收河
> 南河北》)
> 能以精诚致魂魄。(白居易《长恨歌》)

还有占据二、三、四、五、六字的:

> 夜飞延秋门上呼。(杜甫《哀王孙》)
> 笑接郎中评事饮。(杜甫《赤甲》)

有"将"字处置句:

> 应将性命逐轻车。(李颀《古从军行》)
> 羞将短发还吹帽。(杜甫《九日蓝田崔氏庄》)
> 唯将迟暮供多病。(杜甫《野望》)
> 未将梅蕊惊愁眼。(杜甫《十二月一日三首》)
> 唯将旧物表深情。(白居易《长恨歌》)

还有"把"字句：

　　不把双眉斗画长。(秦韬玉《贫女》)

主要动词可以不是动宾结构：

　　独把鱼竿终远去,难随鸟翼一相过。(杜甫《奉寄别马巴州》)

2.5.2 介(/次动)宾结构也可占据一、二字：

　　对此可以酣高楼。(李白《宣州谢朓楼饯别校书叔云》)
　　与尔同销万古愁。(李白《将进酒》)
　　对君疑是泛虚舟。(杜甫《题张氏隐居二首》)
　　与子避地西康州。(杜甫《长沙送李十一衔》)
　　对此如何不泪垂。(白居易《长恨歌》)
　　在天愿作比翼鸟,在地愿为连理枝。(白居易《长恨歌》)

或三、四字：

　　池上于今有凤毛。(杜甫《奉和贾至舍人早朝大明宫》)
　　安能以此尚论列。(韩愈《石鼓歌》)

也有占据前三字,动词在第四字：

　　为他人作嫁衣裳。(秦韬玉《贫女》)

还可能占据前四字：

自胡之反持干戈。（杜甫《寄柏学士林居》）

2.5.6 首二字状语,介(／次动)宾结构占据四、五、六字,主要动词在句尾：

苍惶已就长途往。（杜甫《送郑十八虔贬台州司户伤其临老陷贼之故阙为面别情见于诗》）

晚节渐于诗律细。（杜甫《遣闷戏呈路十九曹长》）

2.5.6-2 首二字状语,介(／次动)宾结构占据三、四字：

公然抱茅入竹去。（杜甫《茅屋为秋风所破歌》）

2.5.7 前四字状语,介(／次动)宾结构占据五、六字：

每日江头尽醉归。（杜甫《曲江二首》）

江边树里共谁来。（杜甫《又送》）

2.6 分句

2.6.0 如果是四三式谓语句,可以包含两个谓语部分：

一卧沧江惊岁晚。（杜甫《秋兴八首》）

[_{Conj}一[_{VP}卧[沧江]]_{条件}[_{VP}惊[_{SP}岁[_{VP}晚]]]]

闲窥石镜清我心。(李白《庐山谣寄卢侍御虚舟》)

可以是助动词、能愿动词接动词：

肯销金甲事春农。(杜甫《诸将五首》)
愿书万本诵万遍。(李商隐《韩碑》)

两部分或其中一部分可以是动补结构：

退食从容出每迟。(杜甫《宣政殿退朝晚出左掖》)
蒐于岐阳骋雄骏。(韩愈《石鼓歌》)

还可能有双宾语：

谇之天子言其私。(李商隐《韩碑》)

两部分之间可以构成因果等关联复句：

自从弃置便衰朽。(王维《老将行》)
不为困穷宁有此，只缘恐惧转须亲。(杜甫《又呈吴郎》)
感我此言良久立。(白居易《琵琶引》)

两部分中可能有平行省略：

上穷碧落下黄泉。(白居易《长恨歌》)

补充部分有可能在两个谓语动词或形容词之后：

> 腾骧磊落三万匹。（杜甫《韦讽录事宅观曹将军画马图》）

2.6.2 首二字是动宾结构：

> 濯足洞庭望八荒。（杜甫《寄韩谏议》）

或单音动词接其他成分：

> 醉于马上往来轻。（杜甫《崔评事弟许相迎不到应卢老
> 夫见泥雨怯出必愆佳期走笔戏简》）

或三、四字是动宾结构：

> 未得报恩不能归。（李颀《古意》）

也可能首字是单音动词，第二字是三、四字的限定语：

> 感我此言良久立。（白居易《琵琶引》）
> 顾我无衣搜荩箧，泥他沽酒拔金钗。（元稹《遣悲怀三首》）

前一部分可能是兼语句：

> 呼儿觅纸一题诗。（杜甫《立春》）
> 有酒不饮奈明何。（韩愈《八月十五夜赠张功曹》）

补充部分也可能在两个谓语动词之后：

> 登高壮观天地间。（李白《庐山谣寄卢侍御虚舟》）
> 转轴拨弦三两声。（白居易《琵琶引》）

2.6.5 后一部分也可以是主谓结构：

> 欲渡黄河冰塞川，将登太行雪满山。（李白《行路难》）
> 曾是寂寥金烬暗，断无消息石榴红。（李商隐《无题二首》）

有时后一部分的主语即是全句的主语：

> 惯看宾客儿童喜，得食阶除鸟雀驯。（杜甫《南邻》）

后一部分也可能是宾语前置或转换为主谓结构：

> 远下荆门去鹢催。（杜甫《奉待严大夫》）
> 重嗟筋力故山违。（杜甫《十二月一日三首》）

2.6.5-2 首二字是介宾或次动宾结构：

> 随风满地石乱走。（岑参《走马川行奉送封大夫出师西征》）
> 以火来照所见稀。（韩愈《山石》）

或首字单音动词接其他成分：

养在深闺人未识。（白居易《长恨歌》）

2.6.6 首二字是状语：

暂时相赏莫相违。（杜甫《曲江二首》）
落落盘踞虽得地，冥冥孤高多烈风。（杜甫《古柏行》）

也可能省略后一谓语部分，而调整状语：

今年欢笑复明年。（白居易《琵琶引》）

2.6.6-2 首二字是介宾结构，前一谓语部分在三、四字：

以手抚膺坐长叹。（李白《蜀道难》）
于今为庶为清门。（杜甫《丹青引》）
为我度量掘臼科。（韩愈《石鼓歌》）

或首二字状语，三、四字是动宾结构：

山中习静观朝槿。（王维《积雨辋川庄作》）
明朝散发弄扁舟。（李白《宣州谢朓楼饯别校书叔云》）

或首二字是连词：

自从献宝朝河宗。（杜甫《韦讽录事宅观曹将军画马图》）

两部分中也可能后一部分省略动词：

行宫见月伤心色，夜雨闻铃断肠声。（白居易《长恨歌》）

也可能状语移到三、四字①：

罢官昨日今如何。（李颀《送陈章甫》）
杖藜雪后临丹壑，鸣玉朝来散紫宸。（杜甫《冬至》）
隐几萧条带鹖冠。（杜甫《小寒食舟中作》）

2.6.6-5 后一部分是主谓结构：

新亭举目风景切。（杜甫《十二月一日三首》）
$[[_{VP}[_{LocP}新亭][_{V}举[目]]]_{并列}[_{SP}[风景]_{AP}切]]$

幕中草檄砚水凝。（岑参《走马川行奉送封大夫出师西征》）
黄昏到寺蝙蝠飞。（韩愈《山石》）

2.7 三分句
2.7.0 如果是四三式谓语句，也可以包含三个谓语部分：

---

① 以下第一例明显是状语"昨日"后移。后两例虽也可归入二五式，但据诗意，状语涉及前后两部分谓语，所以不如视为修辞移位。

　　　　须行即骑访名山。(李白《梦游天姥吟留别》)
　　　　多病独愁常阒寂。(杜甫《暮登四安寺钟楼寄裴十迪》)

　　三分句的大部分仍可分析为两部分,前四字包含两个动词结构,或是并列,或是条件关联,或有主次之分,如:

　　　　挟子翻飞还一丛。(杜甫《暮春》)

　　有的句子包含四个动词,后三字可能是两个动词连接或动词连用:

　　　　轻拢慢撚抹复挑。(白居易《琵琶引》)

2.7.2 首二字(以及三、四字)为动宾结构很常见:

　　　　蒸藜炊黍饷东菑。(王维《积雨辋川庄作》)
　　　　摐金伐鼓下榆关。(岑参《燕歌行》)
　　　　榾柮开头捷有神。(杜甫《拨闷》)
　　　　卧病拥塞在峡中。(杜甫《暮春》)①
　　　　剜苔剔藓露节角。(韩愈《石鼓歌》)
　　　　移船相近邀相见,添酒回灯重开宴。(白居易《琵琶引》)

　　也有首字为单音动词,前四字构成关联复句,同时套在整句中:

---

① 此句的"在"也可以理解为介词,则后三字为动词的补充成分。

病从深酌道吾真。（杜甫《赤甲》）

[[$_{VP}$病]$_{转折}$[$_{VP}$从[深酌]]$_{递进}$[$_{VP}$道[$_{DP}$吾真]]]

醉不成欢惨将别。（白居易《琵琶引》）

有的句子也有四个动词成分：

扪参历井仰胁息。（李白《蜀道难》）
牵衣顿足拦道哭。（杜甫《兵车行》）
揽衣推枕起徘徊。（白居易《长恨歌》）

在前后关联复句中又套有复句：

下床畏蛇食畏药。（韩愈《八月十五夜赠张功曹》）

[[[[$_{VP}$下[床]]$_{假设}$[$_{VP}$畏[蛇]]]$_{并列}$[[$_{VP}$食]$_{假设}$[$_{VP}$畏[药]]]]]

2.7.5 后两部分也可以包含主谓结构：

幽栖地僻经过少。（杜甫《宾至》）

2.7.5-2 首二字或三、四字同时是动宾结构：

拔剑四顾心茫然。（李白《行路难》）
升堂坐阶新雨足。（韩愈《山石》）
回眸一笑百媚生。（白居易《长恨歌》）

却坐促弦弦转急。(白居易《琵琶引》)

3. 中心语句

中心语句是指整句以最后的名词(包括方位词)为中心语,其前可以是名词、形容词短语,也可以是主谓句或谓语句。整句在上下文中可能充当主语、谓语或状语,但也可能无其他相应部分。

3.1.0 一句中包含两个或三个并列成分,有时使用连接词①:

虬须虎眉仍大颡。(李颀《送陈章甫》)

胡琴琵琶与羌笛。(岑参《白雪歌送武判官归京》)

瞿唐峡口曲江头。(杜甫《秋兴八首》)

炎风朔雪天王地。(杜甫《诸将五首》)

西山白雪三奇戍,南浦清江万里桥。(杜甫《野望》)

云鬟花颜金步摇。(白居易《长恨歌》)

昨夜星辰昨夜风,画楼西畔桂堂东。(李商隐《无题二首》)

3.2.0 中心语前为名词性词语:

昔日太宗拳毛䯄,近时郭家师子花。(杜甫《韦讽录事宅观曹将军画马图》)

淮海维扬一俊人。(杜甫《奉寄章十侍御》)

七月七日长生殿。(白居易《长恨歌》)

---

① 仅限于单纯的并列关系。两个名词性词语构成主谓关系,如"昆明池水汉时功"(1.1.4 杜甫《秋兴八首》),或有明显的分叙性,如"蓬莱文章建安骨"(1.6.5 李白《宣州谢朓楼饯别校书叔云》),未归入此类。但有时较难区分。

圣主朝朝暮暮情。（白居易《长恨歌》）

3.3.0 中心语前为谓语句,其语义主语即是中心语:

负盐出井此溪女,打鼓发船何处郎。（杜甫《十二月一日三首》）

[NP[[VP负[盐]][VP出[井]]][DP此[溪]]女]

自去自来堂上燕,相亲相近水中鸥。（杜甫《江村》）
无食无儿一妇人。（杜甫《又呈吴郎》）
一声何处送书雁,百丈谁家上水船。（杜甫《十二月一日三首》）

有的句子采用修辞错位,语义主语可能是中心语前的修饰语:

香稻啄馀鹦鹉粒,碧梧栖老凤凰枝。（杜甫《秋兴八首》）
[NP[TopP[Top香稻][[VP啄]VP馀]][NP[鹦鹉]粒]]

3.4.0 中心语是时间、处所、方位词,其前可以是短语,也可以是主谓句或谓语句,这样的句子通常可以理解为状语句:

宓子弹琴邑宰日,终军弃繻英妙时。（杜甫《七月一日题终明府水楼二首》）
[TP[SP宓子[VP弹[琴]]][VP[邑]V宰]]日]

　　少年十五二十时。(王维《老将行》)

　　万里伤心严谴日,百年垂死中兴时。(杜甫《送郑十八虔贬台州司户伤其临老陷贼之故阙为面别情见于诗》)

　　寂寂江山摇落处。(刘长卿《长沙过贾谊宅》)

　　从今四海为家日。(刘禹锡《西塞山怀古》)

　　春风桃李花开日,秋雨梧桐叶落时。(白居易《长恨歌》)

中心语也可以是其他名词,全句不一定是状语:

　　第五桥东流恨水,皇陂岸北结愁亭。(杜甫《题郑十八著作主人》)

　　迟迟钟鼓初长夜,耿耿星河欲曙天。(白居易《长恨歌》)

4. 二五式主谓句

　　二五句式可以分为两种:一种是二五分别为两个主谓或谓语部分;另一种是全句为动宾结构,五是宾语,本身可以是名词短语,也可以是一个内嵌从句。后一种句式上二下五更为明显,原因可能是这种句式中有不少是在五言句前加两字动词后形成的①。

----

① 后一种情况中二与五仅限于动宾结构,其他主谓结构("将军魏武之子孙")、动补结构("传之七十有二代")、宾语插入动补结构("一洗万古凡马空")等,通常都不视为二五式。前一种情况中,两分句状语后移至三、四字等,一般也不视为二五式。使令句、兼语句等具有连贯性的句式,也不能归入二五式。

4.1 动宾句

4.1.1 首二字为主语＋动词,后五字为宾语:

雀啄江头黄柳花。(杜甫《曲江陪郑八丈南史饮》)

岸容待腊将舒柳,山意冲寒欲放梅。(杜甫《小至》)

名属教坊第一部。(白居易《琵琶引》)

身无彩凤双飞翼。(李商隐《无题二首》)

谁爱风流高格调。(秦韬玉《贫女》)

后五字可能是宾语从句:

谁谓含愁独不见。(沈佺期《独不见》)

予见乱离不得已,子知出处必须经。(杜甫《覃山人隐居》)

4.1.5 宾语从句可能是主谓句:

谁怜越女颜如玉。(王维《洛阳女儿行》)

此皆骑战一敌万。(杜甫《韦讽录事宅观曹将军画马图》)

僧言古壁佛画好。(韩愈《山石》)

帝曰汝度功第一。(李商隐《韩碑》)

4.6 两分句

4.6.1 首二字为主谓结构,后五字构成另一谓语部分:

戏罢曾无理曲时,妆成只是薰香坐。(王维《洛阳女儿行》)

胡来不觉潼关隘,龙起犹闻晋水清。(杜甫《诸将五首》)

才薄将奈石鼓何。(韩愈《石鼓歌》)

曲罢曾教善才伏,妆成每被秋娘妒。(白居易《琵琶引》)

4.6.2 后一部分中三、四字是动宾结构:

春寒赐浴华清池。(白居易《长恨歌》)

4.6.5 后一部分也是主谓结构:

春深逐客一浮萍。(杜甫《题郑十八著作主人》)

$[[_{SP}春[_{AP}深]]_{并列}[_{SP}逐客[_{NumP}一[_{NP}浮萍]]]]$

朝罢香烟携满袖,诗成珠玉在挥毫。(杜甫《奉和贾至舍人早朝大明宫》)

首二字可能省略谓语:

一曲红绡不知数。(白居易《琵琶引》)

5. 二五式谓语句

5.1 动宾句

5.1.0 首二字和后五字构成动宾结构,后五字是名词短语:

请看石上藤萝月,已映洲前芦荻花。(杜甫《秋兴八首》)①

[_{VP}请[_{VP}看[_{SP}[_{NP}石上[藤萝]月]_{VP}[_{Adv}已[_v映[_{NP}洲前[芦荻]花]]]]]]

忽到庞公栖隐处。(孟浩然《夜归鹿门歌》)

射杀山中白额虎,肯数邺下黄须儿。(王维《老将行》)

先期汗漫九垓上。(李白《庐山谣寄卢侍御虚舟》)

且乐生前一杯酒,何须身后千载名。(李白《行路难》)

安得仙人九节杖,拄到玉女洗头盆。(杜甫《望岳》)

似闻昨者赤松子,恐是汉代韩张良。(杜甫《寄韩谏议》)

嗟哉吾党二三子。(韩愈《山石》)

惊破霓裳羽衣曲。(白居易《长恨歌》)

同是天涯沦落人。(白居易《琵琶引》)

点窜尧典舜典字,涂改清庙生民诗。(李商隐《韩碑》)

后五字也可能是从句:

忽闻海上有仙山。(白居易《长恨歌》)

5.1.1 首字为名词,是动词的受事或工具:

盘剥白鸦谷口栗,饭煮青泥坊底芹。(杜甫《崔氏东山草堂》)②

---

① 这两句构成一个整句,上句"石上藤萝月"又是下句的主语。

② 两句亦可分析为话题句,首字为话题,后面为述题。

5.1.2 首二字是动宾结构,后五字是宾语:

回首扶桑铜柱标。(杜甫《诸将五首》)

或第二字是代词、名词,为后五字的限定词或主语:

爱汝玉山草堂静。(杜甫《崔氏东山草堂》)
顾我老非题柱客,知君才是济川功。(杜甫《陪李七司马皂江上观造竹桥……简李公二首》)
念我能书数字至,将诗不必万人传。(杜甫《公安送韦二少府匡赞》)①
嗟余好古生苦晚。(韩愈《石鼓歌》)
嗟余听鼓应官去。(李商隐《无题二首》)

也可能是时间词:

忆昨逍遥供奉班。(杜甫《至日遣兴奉寄北省旧阁老两院故人二首》)
忆昔初蒙博士征。(韩愈《石鼓歌》)

5.1.5 后五字宾语从句是主谓句:

拟绝天骄拔汉旌。(杜甫《诸将五首》)
[$_{VP}$拟[$_{VP}$绝[$_{SP}$天骄[$_{VP}$拔[汉旌]]]]]

---

① 后一句实际上是一个特殊语序的"将"字处置句,意即"不必将诗万人传"。

但见悲鸟号古木。(李白《蜀道难》)

可念此翁怀直道,也沾新国用轻刑。(杜甫《题郑十八著作主人》)

诚知此恨人人有。(元稹《遣悲怀三首》)

直道相思了无益。(李商隐《无题二首》)

从句中可能有倒装等变化:

且看欲尽花经眼,莫厌伤多酒入唇。(杜甫《曲江二首》)

5.1.5-2 同时首字是单音动词:

忆昨路绕锦亭东。(杜甫《古柏行》)

忆在潼关诗兴多。(杜甫《览物》)

5.4 动补句
5.4.2 在二五式谓语句中,首字动词,其后接补语部分:

㸌如羿射九日落,矫如群帝骖龙翔。来如雷霆收震怒,罢如江海凝清光。(杜甫《观公孙大娘弟子舞剑器行》)

5.6 两分句
5.6.0 在二五式谓语句中,首二字和后五字可以构成两个谓语部分:

步行夺得胡马骑。(王维《老将行》)

贫贱江头自浣纱。（王维《洛阳女儿行》）

昔去为忧乱兵入,今来已恐邻人非。（杜甫《将赴成都草堂途中有作先寄严郑公五首》）

相逢何必曾相识。（白居易《琵琶引》）

5.6.2 首二字是动宾结构：

听猿实下三声泪。（杜甫《秋兴八首》）
[[[$_{VP}$听[猿]]$_{递进}$[$_{VP}$[$_{Adv}$实[$_v$下[$_{NumP}$三声[泪]]]]]]

寄身且喜沧洲近,顾影无如白发何。（刘长卿《江州重别薛六柳八二员外》）

生女犹得嫁比邻,生男埋没随百草。（杜甫《兵车行》）

三、四字是动宾结构：

闲来垂钓碧溪上。（李白《行路难》）

首二字有时也可分析为主语从句：

听猿实下三声泪,奉使虚随八月槎。（杜甫《秋兴八首》）
[$_{SP}$[$_{VP}$听[猿]]$_{VP}$[$_{Adv}$实[$_v$下[$_{NumP}$三声[泪]]]]]]

隐居欲就庐山远,丽藻初逢休上人。（杜甫《留别公安太易沙门》）

5.6.5 后一部分是主谓结构：

初闻涕泪满衣裳。（杜甫《闻官军收河南河北》）

[[$_{VP}$[$_{Adv}$初[闻]]]$_{递进}$[$_{SP}$涕泪[$_{VP}$满[衣裳]]]]

老去诗篇浑漫兴。（杜甫《江上值水如海势聊短述》）
归来池苑皆依旧。（白居易《长恨歌》）
一别音容两渺茫。（白居易《长恨歌》）

5.6.5-2 同时首二字是动宾结构：

倾壶箫管黑白发。（杜甫《暮秋枉裴道州手札率尔遣兴寄近呈苏涣侍御》）

三、七言诗句式的分布

在四个样本总计 4 547 句中，以上各种句式的使用频次如下：

表 1

句式	七古	七律	合计	句式	七古	七律	合计
1.1.0	91	67	158	2.1.0	1	2	3
1.1.1	3	1	4	2.1.2	2	1	3
1.1.1-2	1	0	1	2.2.0	55	28	83
1.1.2	7	5	12	2.2.2	27	7	34
1.1.3	4	2	6	2.2.6	3	2	5
1.1.4	129	99	228	2.2.6-2	0	1	1

句式	七古	七律	合计	句式	七古	七律	合计
1.1.5	5	1	6	2.2.7	1	1	2
1.1.6	28	26	54	2.3.6	57	43	100
1.1.6-1	3	4	7	2.3.6-2	4	1	5
1.1.7	2	2	4	2.3.7	61	44	105
1.2.0	6	16	22	2.4.0	15	11	26
1.2.1	12	5	17	2.4.2	8	0	8
1.2.2	12	1	13	2.4.6	13	7	20
1.2.4	1	1	2	2.4.6-2	10	6	16
1.2.6	1	0	1	2.4.7	1	1	2
1.3.0	124	53	177	2.5.0	28	34	62
1.3.1	5	2	7	2.5.2	14	4	18
1.3.2	2	1	3	2.5.6	5	4	9
1.3.4	190	145	335	2.5.6-2	5	0	5
1.3.6	20	13	33	2.5.7	2	2	4
1.3.6-2	7	0	7	2.6.0	143	63	206
1.3.6-4	2	0	2	2.6.2	59	13	72
1.3.7	31	30	61	2.6.5	46	17	63
1.4.0	40	17	57	2.6.5-2	10	2	12
1.4.1	2	0	2	2.6.6	39	15	54
1.4.1-2	1	0	1	2.6.6-2	33	34	67
1.4.1-4	3	2	5	2.6.6-5	15	13	28
1.4.2	10	6	16	2.7.0	22	2	24
1.4.3	0	4	4	2.7.2	81	25	106
1.4.4	45	13	58	2.7.5	9	2	11

句式	七古	七律	合计	句式	七古	七律	合计
1.4.6	6	5	11	2.7.5-2	18	4	22
1.4.6-1	5	2	7				
1.5.0	16	23	39	合计	787	389	1176
1.5.1	6	2	8				
1.5.1-2	1	0	1	3.1.0	16	8	24
1.5.2	15	8	23	3.2.0	27	4	31
1.5.3	1	1	2	3.3.0	3	7	10
1.5.4	20	10	30	3.4.0	10	10	20
1.5.6	5	2	7				
1.5.6-1	2	1	3	合计	56	29	85
1.6.0	155	49	204				
1.6.1	38	24	62	4.1.1	7	9	16
1.6.1-2	4	0	4	4.1.5	7	2	9
1.6.2	68	44	112	4.6.1	25	13	38
1.6.3	5	7	12	4.6.2	3	0	3
1.6.4	1	0	1	4.6.5	8	13	21
1.6.5	158	49	207				
1.6.5-1	26	22	48	合计	50	37	87
1.6.5-2	32	21	53				
1.6.5-3	5	9	14	5.1.0	128	60	188
1.6.5-4	0	1	1	5.1.1	0	2	2
1.6.6	7	5	12	5.1.2	25	19	44
1.6.6-5	7	9	16	5.1.5	99	61	160
1.6.8	6	4	10	5.1.5-2	6	2	8

续表

句式	七古	七律	合计	句式	七古	七律	合计
1.6.9	1	1	2	5.4.2	8	0	8
1.7.1	10	7	17	5.6.0	28	14	42
1.7.2	6	1	7	5.6.2	33	18	51
1.7.5	51	13	64	5.6.5	11	2	13
1.8.0	59	27	86	5.6.5-2	4	0	4
1.8.1	1	2	3				
1.8.4	82	42	124	合计	342	178	520
1.8.5	8	5	13				
1.8.6	10	6	16				
1.8.6-8	3	2	5				
1.8.6-9	1	0	1				
1.8.8	12	16	28				
1.8.8-4	74	15	89				
1.8.9	7	3	10				
1.8.9-4	2	8	10				
1.8.9-8	11	1	12				
合计	1714	963	2677				

按照层级二进行句式分类统计的结果如下：

表 2[*]

	1. 主谓	2. 谓语	3. 中心语	4. 二五主	5. 二五谓	合计
0.1动宾	480	6		25	402	913

	1. 主谓	2. 谓语	3. 中心语	4. 二五主	5. 二五谓	合计
0.2 使兼	55	125				180
0.3 状动	625	210				835
0.4 动补	161	72			8	241
0.5 介宾	113	98				211
0.6 两分	758	502		62	110	1432
0.7 三分	88	163				251
0.8 话题	397					397
0.9 倒装						
中心语			85			85
合计	2677	1176	85	87	520	4545

＊样本中五二式、六一式各一句未包含在内。

从以上统计结果来看,在层级一中,四三式在总体上远多于二五式,其中四三式主谓句占比又明显高于其他句式。在层级二中,动宾句、两分紧缩复句占比则明显高于其他句式。在层级三中,还可以观察到四字结构(主语、状语)、三字词等的分布情况。该体系对句子结构进行了细分,对句子成分的字数和所占字节也有限定。在分析句式分布情况时,根据需要,其中有些句式可以适当合并(即减少层级二之下的分类)。例如在层级三各项中,因同时兼有两项而区分的句式,都可以与其中的某一项合并。当然,该体系的同一句式也有很多包含不同变体,可以通过覆盖三字脚变化的后缀字母等进一步细分。

以下是在三层级分类体系中,使用频次位居前列的一些句式:

表 3

	七古		七律		合计	
	频次	%	频次	%	频次	%
1.1.4　紫阁峰阴入渼陂	129	4.4	99	6.2	228	5.0
1.6.5　鱼龙寂寞秋江冷	158	5.4	49	3.1	207	4.6
2.6.0　一卧沧江惊岁晚	143	4.8	63	3.9	206	4.5
1.6.0　英姿飒爽犹酣战	155	5.3	49	3.1	204	4.5
5.1.0　请看石上藤萝月	128	4.3	60	3.8	188	4.1
1.3.0　胡虏千秋尚入关	124	4.2	53	3.3	177	3.9
5.1.5　拟绝天骄拔汉旌	99	3.4	61	3.8	160	3.5
1.1.0　玉露凋伤枫树林	91	3.1	67	4.2	158	3.5
1.3.4f　圉人太仆皆惆怅	81	2.7	74f	4.6	155	3.4
1.8.4　巫山巫峡气萧森	82	2.8	42	2.6	124	2.7
1.6.2　至尊含笑催赐金	68	2.3	44	2.8	112	2.5
2.7.2　蒸藜炊黍饷东菑	81	2.7	25	1.6	106	2.3
2.3.7　楚王宫北正黄昏	61	2.1	44	2.8	105	2.3
2.3.6　两朝开济老臣心	57	1.9	43	2.7	100	2.2
1.8.8-4　百年世事不胜悲	74	2.5	15	0.9	89	2.0
1.8.0　天门日射黄金榜	59	2.0	27	1.7	86	1.9
2.2.0　独使至尊忧社稷	55	1.9	28	1.8	83	1.8
2.6.2　濯足洞庭望八荒	59	2.0	13	0.8	72	1.6
2.6.6-2　以手抚膺坐长叹	33	1.1	34	2.1	67	1.5
1.7.5　风急天高猿啸哀	51	1.7	13	0.8	64	1.4
2.6.5　惯看宾客儿童喜	46	1.6	17	1.1	63	1.4
1.6.1　波漂菰米沉云黑	38	1.3	24	1.5	62	1.4
2.5.0　西当太白有鸟道	28	0.9	34	2.1	62	1.4

	七古		七律		合计	
	频次	%	频次	%	频次	%
1.3.7　武帝祠前云欲散	31	1.1	30	1.9	61	1.3
1.3.4h　无边落木萧萧下	31	1.1	27	1.7	58	1.3
1.3.4q/p昆明池水汉时功	34	1.2	24	1.5	58	1.3
1.4.4　诸葛大名垂宇宙	45	1.5	13	0.8	58	1.3
1.4.0　玉殿虚无野寺中	40	1.4	17	1.1	57	1.3
1.1.6　昨日玉鱼蒙葬地	28	0.9	26	1.6	54	1.2
2.6.6　暂时相赏莫相违	39	1.3	15	0.9	54	1.2
1.6.5-2　清风吹空月舒波	32	1.1	21	1.3	53	1.2
5.6.2　听猿实下三声泪	33	1.1	18	1.1	51	1.1
1.6.5-1　柯如青铜根如石	26	0.9	22	1.4	48	1.1
5.1.2　忆昨逍遥供奉班	25	0.8	19	1.2	44	1.0
5.6.0　初闻涕泪满衣裳	28	0.9	14	0.9	42	0.9
1.5.0　花径不曾缘客扫	16	0.5	23	1.4	39	0.9

　　如果与五言诗常用句式对比,可以发现,七言诗每种句式频次占比有比较明显的下降。1.3.4 占比为 7.4%,但该句式的谓语部分包含动补和名词语等不同形态,以上统计采取了分计。馀下前 8 种主要句式,频次占比合计只有 33.6%。其中频次最高的 1.1.4,占比为 5%,只相当于五言诗最高频次句式的 1/4。使用频次在 1%以上的句式则有 34 种,较之五言诗有明显增加。这可能说明,七言诗因多出两字,句式变化比五言诗丰富;有更多的句式分摊,自然会使每种句式的平均使用频次降低。例如五言诗的最常用句式[主2+动1+宾2],在七言诗中与其对应的至少有主 4 和主 2 两种形式(1.1.4、1.1.0)。此外如句首状语成分,七言诗

也可以有二字和四字两种形式。其他一些句型结构,也都可以依此类推。

七言诗中使用频次最高的 1.1.4,当然仍是汉语作为 SVO 语言的一种最基本句式。其他各种主要句式,也反映了汉语在语序和句子结构上的基本要求。不过,1.1.4(主 4＋动 1＋宾 2)的使用频次高出于 1.1.0(主 2＋动 2＋宾 3)则可能说明,在七言诗中主语由两字扩展为四字并不难,而双音动词的使用仍不够普遍。在其他各种句式中,[4＋1＋2]或[4＋2＋1]格式也被大量采用,显然是七言诗上四下三的基本节奏在起作用。其中的 4,除名 2＋名 2 并列式外,还包括定中 2＋2(尤其是动宾短语 2＋名 2)、名 3＋处所方位 1、状语 2＋2 等形式。这些结构形式与七言诗句式相适应,在其他话语形式中未必很常见。

从层级二的分类来看,两分句的使用频次高达 31.5%,高于其他任何一类单句很大一块,在主谓句和谓语句中均是如此。而多少有些意外的是,尽管七言较五言多出两字,因此可以容纳三分复句,但其使用频次仍远低于两分句,只有 2.7.2 和 1.7.5 进入排序前 30 位。原因可能在于,七言诗的两分句分别是四和三,有更多的形态变化;而三分句是二二三,一般只能是并列和递进关系,也没有两分句那样多的复杂关联形式。三分句的运用因此受到较多限制,"七言而三意"在很多情况下并没有成为诗人的优先选择。

此外,尽管二五式在总体上远少于四三式,但其中 5.1.0(动 2＋宾 5)和 5.1.5 的使用频次却分别占据第五、第七位。这两种句式要么包含五言词组,要么包含各种五言句式。五言诗最常用句式[主 2＋动 1＋宾 2],就包含在后者中。它们是五言生长为七言的最主要形式,也确实比较方便诗人构句。

　　将七古与七律两类样本相对比,则看不出在句式使用上有很明显的不同。其中只有 1.1.4、1.1.0、1.3.4f 等少数句式,近体使用频次高出于古体比较明显,而这几种句式全部为单句。如果按古体排序,则三种两分句最靠前(1.6.5、1.6.0、2.6.0)。这是否说明,比起单句,古体更喜好使用两分句? 其他一些使用频次较低的句式,近体高于古体或古体高于近体,有超出一倍以上的,但受样本偶然因素的影响更大一些。

　　除常用句式和比较常用的句式外,还有一些不太常用和罕用的句式。例如使令句和兼语句,使用频次不高。这一点应与一般话语形式一致,是因为其应用本来就有一定的语义条件限制。另外,以上层级三对句子成分进行了限定,该体系中某些很少使用的句式正是这样区分出来的。例如除紧缩复句外,七言诗主要使用双音词主语,使用单音词主语的明显偏少。同样,使用三字主语会造成跨字节,在七言诗中尽管有使用,但数量也较少。由统计结果来看,主谓句中凡属于这二者的句式远少于使用二字、四字主语的。

　　另外,有些句式的构句确实比较勉强,诗人可能是迫不得已或被动地采用这种表达方式。例如动宾句使用第三字单音动词(1.1.2):

何人道有少微星。(杜甫《严中丞枉驾见过》)

三字词"少微星"无法压缩,"有"字在语义表达上也不能省略,于是被挤到"道"字之后。又如动宾结构接五字补语(2.4.2):

传之七十有二代。(李商隐《韩碑》)

补语硬撑为五字。在样本中这两种句式都仅止一例，都很像是把语句简单地填入诗中，也可能是诗人故意追求这种效果。这些句式都不太可能被大量采用。

此外，还有一些比较特殊的句式，或带有一定特色的句式，其中也包括一些常用句式的变化形式，诗人可能是有意出新，追求一种新奇效果。这种情况在古体和近体中都可以看到。例如话题句中以短语为话题，大多是诗人通过"移位"有意构造的。如白居易《琵琶引》中的两句：

> 绕船明月江水寒。（1.6.9）
> 座中泣下谁最多。（1.8.6-9）

尽管使用了这种比较特殊的句式，但似乎并不影响全诗的流畅和自然。同诗中还有一句：

> 家在虾蟆陵下住。（1.5.1）

动词前介宾结构占了五字，在样本中亦仅此一例。另一句也是十分自然而又难得一见：

> 今年欢笑复明年。（2.6.2）

两分句中后一分句只是改换状语而省略谓语部分。以上这几种表达方式应当都是比较接近口语的，用在歌行中也很自然，可能是因为句子结构本身简单，诗人的模仿借用十分成功。

以上调查结果证明，诗歌写作必须遵循汉语语法，诗人不可能在一般语法之外创造某种特殊句法。所以某些句式尽管不常见,但其中并无语病,对其进行语法分析也没有困难。由此可知,所谓句式的特殊和创新并非破坏语法,而是与如何处理诗歌形式限制有关。其中最主要的限制,可能就是字节限制。一般来说,打破字节或跨字节,会影响诗歌的节奏感。只不过有时诗人是迫不得已这样做,有时也可能是有意突破、出新。例如白居易将介宾结构扩展至五字,一下跨越了三个字节。《长恨歌》中"山在虚无缥缈间"(1.4.1)一句,介宾结构甚至占了六字,由于用词原因,比前一句还显得文雅。其他例子如"为他人作嫁衣裳"(秦韬玉《贫女》),介宾结构是跨字节的1+2形式,动词被挤到第四字,在尾部形成动宾1+3结构,亦别具韵味①。

　　两字动词接五字补语(2.4.0),在杜甫之前见到一例:"一弹一十有八拍"(李颀《听董大弹胡笳兼寄语弄房给事》)。馀下六例全部见于杜甫七律,如:

> 支离东北风尘际,飘泊西南天地间。(《咏怀古迹五首》)
> 独立缥缈之飞楼。(《白帝城最高楼》)

明显可见诗人的匠心追求。杜诗古体中还有一例用五字同位语接动宾结构(2.1.2):

> 赐名大国虢与秦。(《丽人行》)

---

① "嫁衣裳"其实是由"嫁衣"拽长的。不考虑声律因素,此句也可以写成例如"且为他人作嫁衣"。但诗人有意打破字节,可能是追求一种比较舒缓的节奏。

可能是有意突出一下赐予的名号。

尽管不会破坏语法,但诗人的处理有时可能确实会促成某些句法上的变化。例如以下这例句式创新,可能诗人自己也意识到了:

> 一洗万古凡马空。(杜甫《丹青引》)
> 近供生犀翡翠稀。(杜甫《自平》)

后一例不太有名,但两句结构相同。它是动补句常见句式(2.4.0)的一个变体:四字宾语被插入一个动补结构中。杜诗中还有一例,结构与此近同:

> 肯访浣花老翁无。(《入奏行》)

但最末一字不是补语,而是语气词。这种处理在其他口语、书面语形式中可能都难得一见。

不过,说它是动补形式也比较勉强。推究其演进线索,可能与七言句中一种比较常见的可分析为兼语式的句式有关(1.2.0):

> 河山北枕秦关险,驿路西连汉畤平。(崔颢《行经华阴》)
> 夏水欲满君山青。(元结《石鱼湖上醉歌》)

它的形成,有可能是为了适应七言诗的三字脚而在宾语后补充一个单音形容词,结果使宾语变成了兼语成分。这种形式在其他话语中恐怕很难见到。在《丹青引》诗中,诗人只是将其中兼语成分再扩展为四字(利用主语不出现留出的空间)。经过这样扩充之后我们忽然发现,它既可对应于兼语形式,也可对应于动补结构。

其他如谓语句修饰的中心语句(3.3.0),样本中有古体 3 例、近体 7 例,全部见于杜诗,如:

> 自去自来堂上燕,相亲相近水中鸥。(《江村》)
> 香稻啄馀鹦鹉粒,碧梧栖老凤凰枝。(《秋兴八首》)

以时间处所词作中心语(3.4.0),杜甫诗中亦有 12 例。杜甫之前仅王维有 1 例。其他白居易等人的诗例,有可能是受到杜甫影响。这种中心语句其实也可解释为倒装句:中心语是主语,修饰部分即是谓语。但由于七言诗的字节限制,上三下四不能成立,诗人便很自然地将它转换为符合正常节奏、上四下三的中心语句。这可能是对这种特殊句式发生机制比较合理的解释,同时也是诗句中节奏为先、节奏具有强制性的一个证明。二字、四字结构都不能做中心语。也就是说,二字主语、四字主语的句子都没有必要、也无法转换为中心语句。它的特殊之处还表现在,这种句式几乎无法移植到其他话语形式中,它就是为诗歌、尤其是七律设计的①。"香稻"二句中,诗人只不过再对主语和宾语限定词施行了修辞错位,结果引发了读者的强烈兴趣,引出很多分析讨论。这真是一个策划极其成功的修辞案例。

初稿载于《中国诗歌研究》第十七辑,社会科学文献出版社 2018 年 12 月;收入本书时有大幅修改,并补充了部分样本

---

① 这种句式至今仍有很强生命力,如网络流行段子:"不知妻美×××,一无所有×××,普通家庭×××,名下无房×××……"各行业、各单位都有类似段子流传。

五言诗与七言诗句式异同论析

——以杜甫七律为例

　　清代叶燮曾指出:"五言律句,装上两字即七言。七言律句,或截去头上两字,或抉去中间两字,即五言。此近来诗人通行之妙法也。……又凡诗中活套,如剩有、无那、试看、莫教、空使、还令等救急字眼,不可屈指数,无处不可扯来。安头找脚,无怪乎七言律诗漫天遍地也。"①这似乎表明,单纯从句式来看,由五言转换为七言并不难;其中的"妙法"被学诗者发现并滥用,造成明代和清初七律写作的弊端。针对此弊,其后不断有学者从诗艺角度提出告诫:"七律难于五律,七言句若可截去二字作五言,便不成诗。须字字去不得,方是好诗。"②

　　与五言诗相比,七言诗在句式上究竟有哪些变化? 其中是否确实存在"截去二字"而成五言的情况? 本文以杜甫七律诗句为例,对此试作探讨。

---

① 叶燮:《原诗》卷四,丁福保辑:《清诗话》,上海:上海古籍出版社 1978 年,第 610 页。
② 冒春荣:《葚原诗说》卷二,郭绍虞编选:《清诗话续编》,上海:上海古籍出版社 1983 年,第 1588 页。

一、有可能包含五言句的七言句

　　五言诗与七言诗的共同之处是都采用三字脚（不论古近体），区别在于五言诗句的节点在二、三字之间，重心在后三字；七言诗句的节点在四、五字之间，重心自然转移到前四字上。这个节点在诗歌节奏上是最重要的，在构句时也必须遵守。七言句式中的很大一部分因此在语义上也可以切分为上四下三，人们也往往把它当作七律的通式。

　　除四三式外，还有不少七言句式从语义上应切分为上二下五。其中的五，要么是由名词短语或内嵌从句充当的句子成分，要么是紧缩复句中的一个分句。以上叶燮所说救急的"活套"，都可归入二五式，其结构为动宾句，就是在五言句前加上动词成分，而使五言句成为全句的宾语。杜诗中这种动宾句的例子如：

　　　　1. 予见乱离不得已，子知出处必须经。（《覃山人隐居》）
　　　　2. 请看石上藤萝月，已映洲前芦荻花。（《秋兴八首》）
　　　　　　安得仙人九节杖，拄到玉女洗头盆。（《望岳》）
　　　　3. 可念此翁怀直道，也沾新国用轻刑。（《题郑十八著作主人》）
　　　　　　且看欲尽花经眼，莫厌伤多酒入唇。（《曲江二首》）

　　以上依句式不同共分为三式，其中第三式（五是从句作宾语）最为常见。据统计，在杜甫七律中约占总句数的 10%。这是因为它可以包含五言诗最常见的几种句式，如：[主 2＋动 1＋宾 2]。

　　增添两字的另一种办法也很常见，就是为五言句补充一个叠

音词或联绵词,一般用在句首,作状语或定语,杜诗中的例子如:

> 娟娟戏蝶过闲幔,片片轻鸥下急湍。(《小寒食舟中作》)
> 青青竹笋迎船出,日日江鱼入馔来。(《送王十五判官扶侍还黔中》)
> 短短桃花临水岸,轻轻柳絮点人衣。(《十二月一日三首》)

可能是因为这种方法太显容易,所以诗家对此颇为不屑。但如果增添二字用得好,自然为人称道:"昔人谓'水田飞白鹭,夏木啭黄鹂'本是旧诗,摩诘只加'漠漠''阴阴'四字。不知无此四字,便成死语。有此四字,乃现活相。"①

以上两种情况均可以视为由五言句增添成分而来。不过,七言句包含以上句式,并不等于说诗人构思时一定是由五言敷衍而来,更不是说采用这种句式就不是好句。就杜甫七律来看,这两种情况在七言句中所占比例也十分有限。至于明清时期这类句子泛滥到什么程度,就需要通过调查来说明了。

二、不包含五言句的七言句

与五言句相比,七言句显然并不仅限于以上两种增加句子成分的形式,而是还有其他更丰富的句式变化。所谓七律难于五

---

① 施补华:《岘佣说诗》,丁福保辑:《清诗话》,第 990 页。其实这可能出自传说。早期说法称全句都是李嘉祐诗,后来才说王维为加四字。参见胡仔:《苕溪渔隐丛话》前集卷十五引《石林诗话》《李希声诗话》,北京:人民文学出版社 1984 年,第 98 页。

律,不仅难在要将以上增加两字成分的句式运用好,而且要充分利用其他各种句式变化。前者如果增加的两字运用得好,当然也不能去掉;而后者由于句式原因,则根本不能去掉任何成分,否则将无法成句。七言诗作者只有掌握多种句式,在写作中才能做到得心应手。

由调查所归纳的句式来看,七言句与五言句的后三字没有不同之处,各种句式变化都已为五言句所包含。不同就体现在前四字多出两字所提供的各种组合,它们基本上为五言诗所无法容纳。这些组合形式有:

1. 主2+动/形2

玉露凋伤枫树林。(《秋兴八首》)
玉殿虚无野寺中。(《咏怀古迹五首》)

2. 主3+动/形1

献纳司存雨露边。(《赠献纳使起居田舍人澄》)
白马江寒树影稀。(《送韩十四江东觐省》)

3. 四字名词语,作主语、状语或话题。又包括以下各式①:
a. 并列式

朱帘绣柱围黄鹤。(《秋兴八首》)

---

① 此式中的某些情况可视为由五言增添两字而成,如定中式形名结构,但作为四字词组则只能在七言句中出现。

b. 定中式名＋名

山腰官阁迥添愁。(《涪城县香积寺官阁》)

c. 定中式形＋名

青青竹笋迎船出。(《送王十五判官扶侍还黔中》)

d. 定中式动宾短语＋名

穿花蛱蝶深深见。(《曲江二首》)

e. 定中式3＋1(3多为专有名词,1多为方位词)

紫阁峰阴入渼陂。(《秋兴八首》)
白帝城中云出门。(《白帝》)

4. 主谓(主动宾)短语2＋1＋1 或 1＋1＋2

燕子衔泥两度新。(《燕子来舟中作》)
匡衡抗疏功名薄。(《秋兴八首》)
终军弃繻英妙时。(《七月一日题终明府水楼二首》)
雪残鸤鹊亦多时。(《宣政殿退朝晚出左掖》)
鱼吹细浪摇歌扇。(《城西陂泛舟》)

5. 动宾短语2＋2

<u>侵凌雪色</u>还萱草。(《腊日》)

<u>方驾曹刘</u>不啻过。(《奉寄高常侍》)

<u>不见故人</u>十年馀。(《寄岑嘉州》)

<u>指挥能事</u>回天地。(《奉寄章十侍御》)

<u>惯看宾客</u>儿童喜。(《南邻》)

四字结构除以上各式外,还有两个主谓结构连用:

<u>风急天高</u>猿啸哀,<u>渚清沙白</u>鸟飞回。(《登高》)

两个动宾结构连用:

<u>乘舟取醉</u>非难事,<u>下峡消愁</u>定几巡。(《拨闷》)

<u>舍舟策马</u>论兵地,<u>拖玉腰金</u>报主身。(《季夏送乡弟韶陪黄门从叔朝谒》)

等等。

以上各种形式中,四字名词组在五言诗中几乎不可能出现。五言诗中心语句虽也有定中式形名结构,但中心语在尾字,与这种四字结构不同。三字词在五言诗中只可出现在句尾,而在七言诗中也可用在句首①。其他[主2+动2]、主谓短语[2+1+1]或[1+1+2]以及动宾[2+2]组合,在五言诗中虽有可能偶尔见到,但不会像在七言诗中这样由于有后接三字成分,绝无头重脚

---

① 当然,其中的典型用例仅限于几个专有名词。其他如"春水船如天上坐",一般很少将"春水船"看作一个词或词组,也可分析为话题句,"春水"为全句话题。

轻之感。

如果与四言诗句式相比,则以上并列式、定中式四字词语以及主谓结构、两个主谓或动宾结构连用,在《诗经》四言句中都很常见。但《诗经》定中式四字句的中心词多为单音词,其间用"之""者"等虚词连接;或者定语是单音词,缀以"有""思"等虚词,由两个双音名词构成的("公侯干城"/"武丁孙子")并不多。只有[形+名]形式较常见,[动宾短语+名]形式未见。《诗经》四言句的主谓句由于是完整句,并多用单音词,所以常常在句末补充语气词,或在主语与谓语之间插入"乃""则""兮"等虚词,此外没有双音动词。总起来看,七言诗与四言诗的关系比起与五言诗的关系还要疏远,它的四字成分并非由套用四言句式而来。

从历史上看,五言诗与七言诗并没有衍生关系,一般认为都产生于汉代,有学者甚至认为七言诗的产生还要早于五言诗。它们的唯一共同之处,就是都采用三字脚。所以从总体上看,七言的各种句式不可能是由五言增添或衍生而来,而是在七言框架之内经过对一般语句的加工,自行发生、创制而成的。当然,这中间还有一个近体律诗发展的影响,它确实是由五言发展为七言。但七律句式本身是将七言句律化的结果,而并非由五律扩展而来。

据样本调查,五言诗的最常见句式是[主2+动1+宾2]("皓腕约金环")和[[动1+宾1][动1+宾2]]("揽涕登君墓"),分别占总数的21%和8%①。而在杜甫七律中,最常见的句式是前四字主语、后三字为[动1+宾2]和其他谓语形式("东来紫气满函关");以及[动2+宾5],其中宾5的主要形式也是[主2+动1+宾2]("可念此翁怀直道")。在这两种句式中,使用单音动词仍

---

① 见本书《五言诗句式探考——〈文选〉诗歌卷调查》。

有较大比例。这说明汉语作为 SVO 语言,在五言诗和七言诗中都有一些较占优势的常规句式。而在七言主动宾句式中,最常见的不是[2+2+3],而是[4+1+2]。这表明名词短语扩展为四字形式并不难,而动词在此时期并没有随着句式扩展而普遍加长,仍以单音词为主,动宾短语也以[1+2]更常见。

三、七言句中的复杂句

七言句的另一明显不同之处,是包含了比五言句更多的复杂句。清人曾说:"五言上二字下三字,足当四言两句。……七言上四字下三字,足当五言两句。如'明月皎皎照我床'之于'明月何皎皎,照我床罗帏'是也。是则五言乃四言之约,七言乃五言之约矣。"①这样,由于一句可以包括两句的内容,在诗意表达上似乎更为充实。不过,引文所举例仍是一个简单句,还不足以说明问题。事实上,七言诗由于单句容量扩大,所导致的结果是可以容纳更复杂的句子成分,因此与简单句不同的复杂句明显增加,形式也更为多样。

诗歌中的复杂句可以分为两类,一类是主句中有内嵌从句作句子成分,另一类是复句中包含若干分句。前一类中最常见的是宾语从句,即以上所说二五式中的很大一部分。四三式中也可能包含这种句式,如:

> 谢安不倦登临费,阮籍焉知礼法疏。(《奉酬严公寄题野亭之作》)

---

① 刘熙载:《艺概》卷二《诗概》,上海:上海古籍出版社 1978 年,第 70 页。

　　　　殊方又喜<u>故人来</u>。(《奉待严大夫》)

　　　　剑门犹阻<u>北人来</u>。(《秋尽》)

　　　　春花不愁<u>不烂漫</u>。(《十二月一日三首》)

　　　　巫峡忽如<u>瞻华岳</u>，蜀江犹似<u>见黄河</u>。(《览物》)

　　　　戎马不如<u>归马逸</u>，千家今有<u>百家存</u>。(《白帝》)

这两式的差别在于，前者由于内嵌从句占有五字（甚至六字），本
身可以包含完整的主动宾结构，如：

　　　　可念<u>此翁怀直道</u>，也沾<u>新国用轻刑</u>。(《题郑十八著作
主人》)

　　　　岂有<u>文章惊海内</u>，漫劳<u>车马驻江干</u>。(《有客》)

而后者则在主句中包含了完整的主动宾结构。在五言句中如果
要实现这两点，都只有把句子成分压缩得极为简单。

　　除宾语从句外，七言句中也有包含主语从句的例子。如：

　　　　<u>侵凌雪色</u>还萱草，<u>漏洩春光</u>有柳条。(《腊日》)

　　　　<u>云近蓬莱</u>常好色，<u>雪残鸂鶒</u>亦多时。(《宣政殿退朝晚出
左掖》)

这种情况一般多在四三式中出现，因为四可容纳一个完整的主语
从句。不过，这种主语从句有时与条件分句重合，通常又可视为
话题句①。在二五式中，如果二为主谓或动宾结构，五为谓语成

---

① 徐烈炯、刘丹青《话题的结构与功能》认为，在汉语史上和北京话中都存在话
　题标记与条件句标记同一且功能相同的情况，可见分句式话题是（转下页）

分,也可构成主语从句,但两部分更容易被视为分句关系。以下
各例比较接近主语从句:

> 许身愧比双南金。(《题省中院壁》)
> 多病所须唯药物。(《江村》)
> 听猿实下三声泪,奉使虚随八月槎。(《秋兴八首》)

七言诗句中由两个分句组成的紧缩复句更为常见,一般一句包含
两个主谓或谓语成分的,都可视为紧缩复句。有以下各种形式:
四三式前四字为主谓结构,后三字为另一谓语成分:

> 波漂菰米沉云黑,露冷莲房坠粉红。(《秋兴八首》)

前四字和后三字分别为两个主谓结构:

> 春酒杯浓琥珀薄,冰浆碗碧马脑寒。(《郑驸马宅宴洞
> 中》)

前四字和后三字分别为两个谓语部分:

> 一卧沧江惊岁晚。(《秋兴八首》)

(接上页)汉语中的普遍现象。上海:上海教育出版社 2007 年,第 212 页。唐正
大认为,汉语的主语从句与条件句有重合之处,但不互相包含,而二者都可
以看作话题句。见《类指性、话题性与汉语主语从句》,《汉藏语学报》第 7 期
(2015)。例如,以上几例都可加上话题标记"的话",那就成为话题句(七言
诗中第四字后的停顿也可视为话题标记);有的可成为显性条件句,如"如果
云近蓬莱的话,色彩会很美丽"。

有时有关联词连接：

> 不为困穷宁有此，只缘恐惧转须亲。(《又呈吴郎》)

有时后一部分为主谓结构，主语即是全句的语义主语：

> 惯看宾客儿童喜，得食阶除鸟雀驯。(《南邻》)

二五式首二字为主谓结构，后五字为另一主谓或谓语结构：

> 朝罢香烟携满袖，诗成珠玉在挥毫。(《奉和贾至舍人早朝大明宫》)
>
> 世乱郁郁久为客，路难悠悠常傍人。(《九日》)

首二字和后五字分别构成两个谓语成分：

> 奉引滥骑沙苑马，幽栖真钓锦江鱼。(《奉酬严公寄题野亭之作》)

有时也使用关联词：

> 昔去为忧乱兵入，今来已恐邻人非。(《将赴成都草堂途中有作先寄严郑公五首》)

除以上各种形式外，七言句中还有包含三个主谓或谓语成分

的句子,即宋人所谓"诗有一句七言而三意者"①。如:

> 僧来不语自鸣钟。(《暮登四安寺钟楼寄裴十迪》)
> 风急天高猿啸哀,渚清沙白鸟飞回。(《登高》)
> 多病独愁常阒寂。(《暮登四安寺钟楼寄裴十迪》)
> 槟柁开头捷有神。(《拨闷》)

甚至还有个别复句中又套复句的例子,如:"语不惊人死不休。"(《江上值水如海势聊短述》)全句的结构可以分析为:

$$[[_{\text{SP}}语[_{\text{VP}}[_{\text{Neg}}不[_{\text{V}}惊[人]]]]]]_{\text{假设}}[[_{\text{VP}}死]_{\text{让步}}[_{\text{VP}}[_{\text{Neg}}不[_{\text{V}}休]]]]]$$

以上情况合计,杜甫七律中的复句约占 37%,较之五言诗有比较明显的增加②。

与以上各种复杂句相关联,七言诗中也有很多话题句。这些话题句由于话题本身往往占四字,因此可以允许从句式或分句式话题出现。例如,主语从句作话题:

> 一片花飞减却春,风飘万点正愁人。(《曲江二首》)

条件分句作话题:

---

① 杨万里:《诚斋诗话》,丁福保辑:《历代诗话续编》,北京:中华书局 1983 年,第 138 页。
② 据《五言诗句式探考——〈文选〉诗歌卷调查》统计,复句约占 22%。

<u>总戎楚蜀</u>应全未,<u>方驾曹刘</u>不啻过。(《奉寄高常侍》)

此外,七言诗中的中心语句也允许用完整的主谓句或谓语句作定语。例如:

<u>负盐出井</u>此溪女,<u>打鼓发船</u>何处郎。(《十二月一日三首》)

<u>宓子弹琴</u>邑宰日,<u>终军弃繻</u>英妙时。(《七月一日题终明府水楼二首》)

当然,条件句和话题句在汉语的其他话语形式中也大量存在,但要把这类较复杂的形式纳入七言诗句,势必要费一些心思。以上所举诗例,已颇显诗人匠心。至于较复杂的中心语句,则是专门为诗句设计的,在其他话语形式中没有必要使用。杜诗中最为别出心裁的,如"香稻啄馀鹦鹉粒,碧梧栖老凤凰枝",讨论者已很多,这里就不再赘述。由这几种情况不难看出诗人在句法上有意寻求变化和创新的诗艺追求,七言句潜在的丰富句法变化也因此由可能成为现实。

原载《江苏师范大学学报》2017 年第 4 期,题为
《试论五言诗与七言诗的句式异同——以
杜甫七律为例》;收入本书时有修订

线性连接与诗歌构句

——五七言诗二字节的考察

一、诗句的语法层级与两字组合

五言诗每句由二三字节组成，七言诗每句由二二三字节组成。其中尾部的三，亦称三字脚，其内部又分为一二式、二一式和一一一式。五言诗和七言诗在构句时，句子的语义单位和结构在大多数情况下都要与上述字节的划分吻合，即字节相交的节点（五言诗的二、三字之间，七言诗的二、三字之间和四、五字之间）也是语义单位的分界处。一句诗通常包含三个语法层面：1. 单字，作为单音词；2. 两字组合，除一部分不可分割的单纯词（叠音词和联绵词）以及部分专有名词外，其他两字组合既可以是由两个语素构成的双音复合词，也可以是两个单音词组成的词组或短语，单字和两字组合可以充当句中的某一成分；此外还有少量三字词；3. 句子，除少数由上下句组成的完整句，一句诗通常是一个完整句或中心语句，也可能是分句组成的紧缩复句。

按照上述字节划分，单字可以自由出现在每个字节的任一位置上（也就是五言诗句和七言诗句的任一位置上），但在与句中其他单字或两字组合发生关联时，仍处在字节的框架之内。两字组合则可以出现在二字节中,以及三字脚中一二式或二一式的二的位置上;也就是说,可以出现在五言诗的一、二字上,以及三、四字或四、五字二者之一的位置上;七言诗的一、二字,三、四字上,以及五、六字或六、七字二者之一的位置上。有少数句子语义组成的结果,与上述规定不合,实际上是打破了原有的字节限制。

　　一首五言诗作品,最多时可以由两字组合(不管是双音词还是词组或短语)占据所有二字节,同时三字脚也可以——由于一一一式占比较小,其实在大部分情况下就是——包含一个两字组合。这样,一句诗往往可以包含两个两字组合,此外至少还有一个单音词。七言诗句多出一个二字节,可以包含三个两字组合,此外还有一个单音词。如果诗句中还有其他单音词或三字词,则势必减少两字组合的数目。实际上,大多数作品不会让二字节全部被两字组合占据,总会在其中也使用一些单音词。另外,七言诗的前四字还可能出现一三、三一的组合。

　　两字组合与双音词一样,不允许跨字节出现(三字词只出现在五言诗的三字脚中;在七言诗中也可以出现在前四字,但由于本身可以析分为一二、二一,所以不存在跨字节问题),一旦出现,就是对字节的破坏。两字组合不同于两字的单纯线性连接。按照现代词汇学的观点,应当区分词、词组和短语,它们分属不同的语法层次。但两字组合的一个重要特点就是,无论是作为双音词,还是作为词组或短语,其组合形式都符合汉语的构词法。这些组合形式包括:并列、定中、动宾、主谓、状中、动补。汉语的句法与构词法在此重合,这是因为它们本来在很多情况下是一致的。此外还有介宾结构,不能成词,但也可以作为句子成分出现在二字节中。

　　由于诗的形式特征和二字节的限定作用,出现于诗句中的两字组合较之其他文句普遍显得更为凝练,更琅琅上口,也因此更接近双音词形式。不过,由于其中还是有很大一部分是叙述中临时形成的,无法脱离具体场景,不大可能成词,而保留其短语性质。例如代词和某些专名的主谓式、并列式,其他一些相对偶然的名词并列,状中式的一大部分。只有那些具有某种表达上的代表性,或者具有比较鲜明的形象性、概括性的组合形式,并且在诗句中出现时符合上述构词法形式,才有可能成为双音复合词。

　　然而,在很多情况下,这些组合往往介于双音词与词组之间,或者处在由后者向前者过渡的某一阶段。这是因为在诗歌创作中,除了使用大量既有的双音词和前人提供的两字组合外,诗人总是在不断尝试各种新的组合形式,随后又会有人效仿沿用。它们是否最终凝固成词,或在何种情况下可以被判断为词,本身缺少一个明确的标准。对于古代人乃至现代人来说,在写作时未必需要在概念上对它们有清楚区分,也可能根本没有意识到其间有何不同。因此,在大多数情况下,根据诗句本身,我们一般只能大致区分出两字组合中哪些是作为句子成分的词或词组,哪些是句中包含的短语或分句。

　　下面以左思《咏史诗》为例:

　　　皓天舒白日,灵景耀神州。列宅紫宫里,飞宇若云浮。峨峨高门内,蔼蔼皆王侯。自非攀龙客,何为欻来游。被褐出阊阖,高步追许由。振衣千仞冈,濯足万里流。

这首诗的二字节中出现了各种组合。其中"皓天""灵景""列宅""飞宇"为定中式("列宅"也可分析为动宾式),可确定为名词(至于它们在写作当时是否成词,可存而不论);"峨峨""蔼蔼"是两个叠音形容词,属单纯词;"被褐""振衣""濯足"三个组合为动宾式,"高步"为状中式(也可分析为定中式,则在句中名词作状语),在句中可分析为词组。"被褐""高步"两句也可分析为紧缩复句,则二语在句中是短语作为分句。另外,"自非""何为"不属于上述形式,接近下文所说的线性连接。"自非"起连接作用,成为固定组合后可归入连词。"何为"属疑问代词前置,组合后可归入疑问副词。

二、线性连接的特征

与两字组合不同,线性连接是指两个单字因语序和造句的原因前后相连,相互之间没有构词关系,即便置于二字节中也不能按上述各种形式组合为双音复合词或词组。

其中一种情况是,连接的两字分别充当不同句子成分,因句法原因前后连接,前后语序大多不会变动。如果进行句法分析,其中至少后一字须首先与其后面的成分结合,两个单字本身因此无法构成组合关系。但其中有些连接,在形式上与两字组合的某一形式接近,有可能混淆,需要通过语法分析小心辨别。

在这种情况下,线性连接均处于句子的未完结位置,后一字因须与后面成分结合,所以其后不可中断。两字组合则不但可以出现在句尾,而且即便出现在句中其他位置,由于其本身是句子的一个完整成分,所以其后也可根据需要有小的停顿。由于二者之间有这一明显不同,因此辨别的办法之一,就是看其后是否可以停顿或中断:如果将其移到句尾仍可成立,一般应是本身具有完整性的两字组合;如果必须接有下文,不可中断,那就不大可能是两字组合。由于五、七言诗已形成了上述固定的字节划分,字节之间的小停顿带来特有的节奏感,上述区别所带来的一个明显后果就是:两字组合与字节要求的停顿吻合无间,因此具有一种稳定的秩序感;而线性连接必须紧接下文,当其占据一个字节时与字节要求的停顿不太吻合,因此显得缺少秩序,不如两字组合稳定。

下面来看这类线性连接的各种形式。一种形式见于五言诗的常见句式主1+动1+宾3中:

腰<u>佩</u>翠琅玕。(曹植《美女篇》)
门<u>有</u>车马客。(陆机《门有车马客行》)
直<u>如</u>朱丝绳,清<u>如</u>玉壶冰。(鲍照《白头吟》)

在这种句式中,首二字是主语+及物动词,其后须接宾语,未接宾语则处于未完成状态。按照句法分析,动词与其后成分构成动词短语VP,须首先结合。"腰佩""门有""直如"既不可能成词,也不构成短语。

另一种形式也很常见,助动词或能愿动词占据第二字,后接动词,首字可以是主语或其他成分:

谁<u>能</u>亨斯休。(王粲《从军诗》)
但<u>愿</u>隆弘美。(傅咸《赠何劭王济》)
复<u>得</u>还旧丘。(鲍照《结客少年场行》)

有关能愿动词与动词的关系,有一种观点认为二者是动宾关系,可见它与所带动词的关系十分紧密,须首先与动词及所带成分结合,然后再与其前面成分结合。因此,在这种情况下,它与首字只能是线性连接。

　　能愿动词与动词连接,也无法构成组合,只能是线性关系。因为动词与所带宾语的关系更为紧密,须首先结合,能愿动词随后再与它们结合。正因为如此,能愿动词与动词的连接不同于其他形式的双音动词(并列、状动、动补),其后亦不能中断:

　　　　克符周公业。(王粲《公宴诗》)

　　　　愿为比翼鸟。(曹植《送应氏诗》)

　　　　愿假归鸿翼。(陆机《为顾彦先赠妇》)

　　　　可为达士模。(左思《咏史诗》)

　　　　独有清秋日,能使高兴尽。(殷仲文《南州桓公九井作》)

　　此外,还有一些两个动词连用的例子也不属于两字组合,而应归入线性连接:

　　　　生为百夫雄,死为壮士规。(王粲《咏史诗》)

　　　　人生处一世,去若朝露晞。(曹植《赠白马王彪》)

　　　　愧无杂佩赠,良讯代兼金。(陆机《赠冯文黑》)

第一例中的两句,首字与后四字可分析为条件分句,意即"生则为百夫雄"①。第二例中,后四字是对"去"的补充说明,须首先结合。第三例的"愧",与后四字也是动宾关系,后四字须首先结合。以上这几种情况(分句关系,动补关系,动宾关系),尽管都是动词

――――――――――

① 动词₁＋为,是双音动词的一种构词形式,早期形式见于《左传》,参何乐士:《〈左传〉的单句和复句初探》,程湘清主编:《先秦汉语研究》,济南:山东教育出版社1992年,第144—248页;尤其需要与此细心分辨。

接连出现,但第二个动词与所带成分关系更为紧密,不可分割。因此,两个动词之间并不构成组合关系,只能是线性连接。

两个名词性词语连接时,也可能并非组合关系,而只是线性连接。例如:

日月不安处,人谁获恒宁。(王粲《从军诗》)

在此例中,"人"是话题,"谁获恒宁"是对话题的说明,"人""谁"二字分属两部分,没有组合关系。

从以上几种形式可以看出,所谓线性连接,毫无例外都产生于一定的句法关系中,在句法组织中是难以避免的,因此在一般语句中随处可见;只要对句法关系分析正确,就不会产生误解。只是在诗歌二字节中接连出现两个单字,其结构形式有时类似于两字组合的主谓、并列、动宾等形式,有可能产生混淆,因此需要特别加以说明。

三、跨字节结构

与以上线性连接的情况稍有不同,跨字节结构的采用与诗歌形式以及诗人如何构句有直接关系。如前所述,诗句的语义结构应与字节划分吻合。但有些语义结构内部有一个节点,如果构句时恰好将这个节点置于五言句二、三字节点上,就构成了所谓跨字节结构。不过,需要注意的是,五言句有时整句是动宾、动补或定中结构,语义节点也选择置于二、三字节点上,这种情况当然无所谓跨字节。只有在该结构前还有其他成分,而它是套在句子内部的某一结构,才构成这里所说的跨字节结构。这时,首字与跨字节的第二字的关系,无疑只能是线性连接。其中两种主要形式,分别为跨字节介宾结构和跨字节定中结构。

首先看跨字节介宾结构。在这种结构中,使用的介词有"在""与""因""为""以""用""由""从"等:

> 生在华屋处。(曹植《箜篌引》)
>
> 羞与黄雀群。(刘桢《赠从弟》)
>
> 欲因云雨会。(应玚《侍五官中郎将建章台集》)
>
> 岂为夸誉名。/宁与燕雀翔,不随黄鹄飞。/一为黄雀哀。(阮籍《咏怀诗》)
>
> 请从昌门起。(陆机《吴趋行》)
>
> 名与天壤俱。(张协《咏史诗》)
>
> 恩由契阔生,义随周旋积。(卢谌《答魏子悌》)
>
> 想与数子游。(刘琨《重赠卢谌》)
>
> 事为名教用,道以神理超。(谢灵运《从游京口北固应诏》)
>
> 试用此道推。(谢灵运《石壁精舍还湖中》)
>
> 势随九疑高,气与三山壮。(沈约《钟山诗应西阳王教》)

在四言诗中有类似的介宾结构,一般出现于动词之后:

> 迁于乔木。

在《古诗十九首》中也有类似结构:

> 著以长相思,缘以结不解。

但在五言诗中,介宾结构有很大一部分转移到动词前。方法也很简单,就是把最末一字改为动词。这时,介宾结构用来引入除施事、受事之外的其他动词论元(与事、场所、工具、对象、原因等)。以上所举例中,只有"生在华屋处""岂为夸誉名"两句例外。此外还有:

　　　　宁为心好道,直由意无穷。(沈约《游沈道士馆》)

则两句都是整句作分句。

　　五言诗中出现这种句式,涉及到中古汉语发展的两重重要背景:一重背景是双音词的大幅增加,另一重背景是介词短语向动词前转移的总体趋势①。五言诗在采用这种句式后,可以允许在更多场合下使用双音词。如果把这种句式放到四言形式中,则必须把介词引入部分压缩为单字。

　　不过,在更多情况下,五言诗中动词前介宾结构还是占用三、四字,不采用跨字节结构,为的是在句首留出一个双音词位置。这样,五言诗既可以在一、二字及四、五字位置上同时使用双音词,也可以只在三、四字位置上使用双音词。这种处理方式也可能与双音词的发展情况有关。当时,双音词中占多数的是名词和形容词,动词相对较少。当句中为单音动词且不及物、无受事宾语时,就可以采用后一构句形式,引入双音形式的另一成分。这对于表情达意来说无疑十分方便。例如:

────────────

① 这一转变的结果使得现代汉语除结果和表动量的时间词出现于动宾之间外,修饰语包括各种介词短语都移到了动词前。参见屈承熹:《历史语法学理论与汉语历史语法》,北京:北京语言学院出版社 1993 年,第 162 页;石毓智:《汉语语法》,北京:商务印书馆 2010 年,第 9 页。

恩由契阔生，义随周旋积。（卢谌《答魏子悌》）
势随九疑高，气与三山壮。（沈约《钟山诗应西阳王教》）

七言诗同样也可以采用这种结构，其中多数情况出现在七言诗的二、三字节点上。这时，由于其后多出两字，动词可以带宾语或其他成分：

即从巴峡穿巫峡，便下襄阳向洛阳。（杜甫《闻官军收河南河北》）
何用浮名绊此身。（杜甫《曲江二首》）

出现在四、五字节点上的则比较少见：

晚节渐于诗律细。（杜甫《遣闷戏呈路十九曹长》）

这时前面多出两字，可以由主语或状语成分占据。七言诗的四、五字是一个主要节点，二、三字是一个次要节点，前者即相当于五言诗的二、三字节点。可能一方面主要节点需要较强的稳定性，另一方面选择四、五字节点有前后不太平衡之感（主要动词被挤到句末），所以在七言诗里跨字节更多选择了次要节点。

介宾结构必须首先结合，如果其后有动词、形容词，则再与它们结合。采用跨字节介宾结构后，介词与其前一字只能是线性连接。

再看跨字节定中结构。不同于整句为定中结构的中心语句，它的节点虽也在二、三字节点上，但节点前只有第二字是定语，被修饰部分则涵盖后三字，包括各种不同结构，甚至可以是连词连接两个单音词。定语则限于使用指示代词"彼""此"①：

> 悟彼下泉人。(王粲《七哀诗》)
> 譬彼弦与筈。(陆机《为顾彦先赠妇》)
> 以彼径寸茎,荫此百尺条。(左思《咏史诗》)

以及人称代词"我"：

> 愿我贤主人。(王粲《公宴诗》)
> 今我神武师。(王粲《从军诗》)
> 聆我慷慨言。(曹植《杂诗》)
> 听我薤露诗。(陆机《挽歌诗》)
> 怀我欧阳子。(曹摅《思友人》)
> 照我室南端。(潘岳《悼亡诗》)
> 犹我故人情。(任昉《出郡传舍哭范仆射》)
> 释我吝与劳。(谢灵运《酬从弟惠连》)
> 获我击壤声。(谢灵运《初去郡》)

发现一例用"君"字的：

> 集君瑶台里,飞舞两楹前。(鲍照《学刘公幹体》)

一例用"其"字的：

---

① 有个别例子可以分析为用时间词作定语："羡昔王子乔。"(何劭《游仙诗》)

当其未遇时,忧在填沟壑。(左思《咏史诗》)

七言诗也有类似结构:

何时诏此金钱会。(杜甫《曲江对雨》)

以上各例代词跨字节定中结构,在句中又都是作动词或介词的宾语①。通常情况下,动宾、介宾结构中的指示代词、人称代词,可以是单字,也可以是包含代词的双音词,或者是代词＋双音词。这种代词＋三字结构的形式不太常见。二、三字的节点显然是促成这种结构出现的重要原因:正是由于有这个节点存在,才有必要在节点前加入一个代词,从而构成跨字节结构。如果在这种句式中取消代词,单音动词和介词明显接不住后面的三字结构,也无法构成完整的二三字节;加上代词,不但衔接比较自然,字节也完整了。其他几种代词形式的动代、介代结构,在五言诗中则只能出现在二字节和三字节之内。

　　调查显示,在这种代＋三字结构中,"彼"字使用最多,其次是"我"字,"此"字使用较少。其他"君""其"等代词,则不太适应这种结构,也很少见到②。从意义角度分析,这些三字词的所指都是具体明确的对象(例如某些专名),不像双音词中有很多抽象概念。"彼"用作远指,可以加在所有这些对象之上。"我"虽是第一人称,但在诗歌中不一定是指"我的"。只要是与"我"有关的,都

---

① 只有"今我神武师"一句例外。此外还有语气词＋代词形式:"惟彼太公望"(刘琨《重赠卢谌》)、"惟彼雍门子"(颜延之《还至梁城作》)。
② 以上所举两例,"君""其"后面的三字部分都是以时间、方位词为中心词,可以分析为短语("君瑶台""其未遇")＋时间方位词,这样才有可能成句。

可以加此称（"我欧阳子"），相当于近指（或第一人称复数"我们的"），因此也可加于某些客观对象之上。"此"本来是一个使用最广泛的代词，可用于各种具体和抽象的概念。但主要以单字和双音词形式出现，在这种代＋三字结构中反而不太活跃，可能是因为在很明确的具体对象（例如专名）上加"此"字明显多馀。其他代词的使用则受到语境限制，所指一般都很明确，不能加于其他对象之上。由以上这些词的使用情况来看，在这种代＋三字结构中，代词只是在有远指、近指大概区别的意义上使用，甚至仅仅是为调节音节而加入。这种结构是在诗歌三字脚处碰巧形成的，与代词的单字和双音词形式有别，也不是所有代词的通行格式。

如前所述，五、七言诗在构句时都要遵守字节的划分，只有极少数例外。因为一旦移动节点、打破字节划分，就会破坏五、七言诗的基本节奏。诗人只有在不得已的情况下，或者有意要调整一下诗歌节奏，才会选择移动节点。上述两种跨字节结构的存在，应该说并未严重破坏诗句的节点，因为节点在诗句中本来就可作为介宾和定中结构的接隼处。但这两种结构在句中都必须首先结合，然后再与其他成分结合。它们一旦跨字节后，毕竟改变了五言句二截、七言句三截的原有格局，对诗歌节奏也产生了一定影响。例如上引"悟彼下泉人"等动宾句，与严格的二三句式（"中有孤鸳鸯"）相比，节奏感多少有所变化，在读到"彼"字时会犹豫一下是否要停顿。如果这种句式运用较多，整首诗就可以说处在对字节限制的遵守与半遵守之间。

不过，在古体诗中使用"彼""此"等代词还较常见，在近体诗中这类半实半虚的词也被压缩，这种句式也随之减少。

四、其他线性连接形式

除以上几种形式外,二字节中还有其他两字分别为不同句子成分而应归入线性连接的情况,主要有:

连词＋动词、名词:

　　而无车马喧。(陶渊明《杂诗》)
　　既笑沮溺苦,又哂子云阁。(谢灵运《斋中读书》)
　　而我在万里。(江淹《杂体诗·李都尉陵》)

动词＋连词:

　　进则保龙见。(郭璞《游仙诗》)
　　惠而能好我。(谢朓《郡内高斋闲坐答吕法曹》)
　　动复归有静。(江淹《杂体诗·谢仆射混》)

名词＋语气词:

　　王其爱玉体。(曹植《赠白马王彪》)
　　命也可奈何。(潘岳《悼亡诗》)
　　今者绝世用。(司马彪《赠山涛》)

语气词＋名词、代词:

　　惟德在无忘。(谢瞻《张子房诗》)

伊余乐好仁。（殷仲文《南州桓公九井作》）

曰余亦支离。（谢灵运《永初三年七月十六日之郡初发都》）

语气词＋动词：

言树背与襟。（陆机《赠从兄车骑》）

曰归归未克。（陆机《赴洛诗》）

式瞻在国桢。（任昉《出郡传舍哭范仆射》）

此外，还有各种两字虚词连接，更多地在三字节中使用，这里不再列入讨论。以上这些连接都不符合构词法形式，没有组合为词或词组的可能①。稍有阅读经验的读者，也可以很容易地将它们与两字组合区别开来，因为这是正确理解诗歌句意必不可少的步骤。其中使用连词、语气词的各种形式，在五言诗发展中愈来愈少使用，在近体诗中使用更少，因此可以作为五言诗发展较早阶段使用的比较质朴的表现方式。后人一般也只在仿古意识作用下偶尔使用一下其中某些句式。

五、五七言句式的变化趋势

二字节中两字组合与线性连接的应用，有没有可能作为诗学

---

① 线性连接在一定条件下也可能导致某些词语的产生，参见董秀芳：《词汇化：汉语双音词的衍生和发展》第四章《从跨层结构到双音词》，北京：商务印书馆 2011 年，第 265 页以下。双音连词有很大一部分是由这种线性连接固定下来而得以形成，并且有一些一直保留到现代汉语中。

观察的指标之一？在五、七言诗中,语义结构必须与字节保持一致。这表明,诗句节奏不能脱离语义结构,诗句节点也受到语义结构的制约。语义结构一旦变化,节奏也必然随之变化。当然,二者之间是有互动的。字节划分成为既定规则后,语义结构也可能违反它,但仅限于个别情况,否则规则就等于被全部推翻。由此得出的结论是,任何撇开语义结构对诗歌节奏的分析,都是难以成立的。

　　以往讨论中可能有所忽略的是,在诗句中分字节,是到五言诗时代才形成和明确的。也就是说,五言诗不仅使二三字节得以衔接并形成对比,而且也使二字节本身成为一个确定的节奏单位。不过,这种二字为一单元的意识,可能直到永明体时代才逐步清晰。于是,近体诗才以此为基础建立了平仄律。后来人们在研究汉语诗歌节奏时,很自然地由五言诗倒推,认为四言诗是二二字节,五言诗无非是把二二换成二三。但事实上,《诗经》四言诗时代单音词的使用占比极高,四言诗中虽有部分双音组合,句子也可以切分为二二,但切分为一二一的也很常见。此外,还有大量不同句式,分别在第二、三、四字或其中不止一处,使用各种语气词或结构助词。由这种情况来看,四言诗句并没有一个确定的节点,当然也就谈不上以二字节作为其基本节奏单位,四言诗句也因此并没有形成统一的节奏形式。如果说有的话,也只能是一字一拍、四字一句。另外,《楚辞》句式只能分为前后两截,相当于将四言诗的两句合为一句。

　　但到了五言诗中,由于三字脚的存在并不可改动,它前面的二字节也得以确立并不可改动,这样二字节才成为一个确定的节奏单位。五言诗与七言诗的形成先后,没有一个明确的结论。但从节奏形式上来看,由于同样使用三字脚,七言诗的前四字能否切分为二二,便成为七言诗是否成熟的标志。因为无论在先或在后,在构成形式上比五言多出一个二字节,是七言诗最合理的生成方式。七言句式如果始终只能像《楚辞》句那样中折两分,当然也就无法形成与五言诗一致的节奏形式。

五、七言诗句中的节点确立后,在二字节中,无论是两字组合还是线性连接,都可以合法占据,同时也都遵守这一字节限制。换句话说,二字节中即便出现一一,人们也视同为二,赋予它们同一节奏。在四言诗中出现的一一,则显然不是这样。以上讨论的线性连接形式,在《诗经》中都无法置于二字节中,或按照二字节奏形式处理。

然而,在以上讨论中已谈及,线性连接与两字组合纯粹由于语义结构上的差别,导致在诗歌的节奏感上也有一些细微的不同。这说明,语义结构对诗歌节奏的影响深入到了细部,涉及各个语法层面:较小的语义结构差异则带来较小的节奏感变化。

接下来的问题是:由于有这种尽管细微但客观存在的节奏感上的差别,在五言诗写作中是否有一种倾向,即追求与字节配合更加严密、在节奏上更显稳定有序的结构形式,也就是在二字节中更多地采用单纯词和两字组合,而较少使用线性连接? 如果能够证实这种倾向的存在,则不但有助于说明语义结构对于诗歌节奏无所不在的影响,而且也可以由此试窥:历代诗人是否出于对诗歌音乐感、节奏感的迷恋,而宁愿选择在语义结构上做出一些调整和尝试? 这对于说明五、七言诗的发展趋势无疑是极有意义的。因为不仅限于古体诗,永明体和唐代近体诗的声律规则,也是在二字节的节奏形式上形成的,或者说是它的一种强化版和特殊升级版。在古体诗中存在的趋势,不但在近体诗时代继续延续,而且它本身很可能就是促使近体诗成熟的动因之一。

如前所说,线性连接产生于一定的句法关系,在句法组织中是难以避免的。这样,诗人在构句时便面临一种选择:是简单地从句法关系和语义要求出发,不拒绝使用线性连接? 还是出于对节奏和美感的追求,而尽可能少用线性连接,乃至在语义上有所更改甚至牺牲? 也许诗人理想中的状态,就是在这二者之间寻求某种平衡吧? 在后代作品中我们也能感觉到:叙述性和议论性较强,或诗人更为注重内容本身的作品,其诗句形式也就较少雕琢,句子更显自然或质拙,也就是保留较多的句法关系本身的线性连接;反之,描写性、画面感较强,或诗人更注重节奏和美感的作品,其诗句形式也就更为紧凑凝练或流利华美,也就是减少了一些比较质拙的句式和线性连接的使用。

在魏晋以后,我们已可以感觉到这种写作趋势的存在。证据之一是,根据对五言诗句式分布的调查,从总体上看,包含线性连接的句式使用较少。例如在主—动—宾这一基本句式中,五言诗使用最多的句式是:主2+动1+宾2("皓腕约金环"),在《文选》诗歌卷建安以下五言诗总计 367 首 6 984 句中,共有 1 479 句,占21.2%;而使用另一句式主1+动1+宾3("腰佩翠琅玕""门有车马客")的,则只有 74 句,占 1.1%①。在主语后移或隐去的情况下,五言诗要么用形容词、名词作状语占据二字节("缠绵弥思深""风波子行迟""凛凛天气清""阶下伏泉涌""忼慨有悲心""盛年处房室""连翩西北驰"),要么让五言一句包含两个动宾或其他结构形式的分句("揽涕登君墓""临穴仰天叹"),成为紧缩复句。后一种情况尤为常见,计有949 句,占 13.6%。以上这个相对粗略的统计已可大体说明,相对于线性连接,两字组合在二字节乃至

① 当然,这一现象也可解释为其时三字词或三字结构较少。

五言诗整体中占据了较多位置,具有一定的优势。

　　除此之外,在魏晋以后五言诗的发展中,确实出现一些作品,其构句尽可能遵守2＋1＋2格式(2是两字组合)①,从而减少线性连接出现的可能。这里举两例,一例是谢灵运《登池上楼》:

> 潜虬媚幽姿,飞鸿响远音。薄霄愧云浮,栖川怍渊沉。进德智所拙,退耕力不任。徇禄反穷海,卧疴对空林。衾枕昧节候,褰开暂窥临。倾耳聆波澜,举目眺岖嵚。初景革绪风,新阳改故阴。池塘生春草,园柳变鸣禽。祁祁伤豳歌,萋萋感楚吟。索居易永久,离群难处心。持操岂独古,无闷征在今。

另一例是颜延之《应诏观北湖田收》:

> 周御穷辙迹,夏载历山川。蓄轸岂明懋,善游皆圣仙。帝晖膺顺动,清跸巡广廛。楼观眺丰颖,金驾映松山。飞奔互流缀,缇毂代回环。神行埒浮景,争光溢中天。开冬眷徂物,残悴盈化先。阳陆团精气,阴谷曳寒烟。攒素既森蔼,积翠亦葱芊。息飨报嘉岁,通急戒无年。温渥浃舆隶,和惠属后筵。观风久有作,陈诗愧未妍。疲弱谢凌遽,取累非缰牵。

在这两首诗中,除每句必须包含的一个单音词外,其他部分均是符合构词法的两字组合形式(谢诗"在今"属介引结构,但也是

---

① 按照近体诗的声律规则,2＋1＋2和2＋2＋1应平分秋色。所以后一种格式直到近体诗中才更常见,但仍少于前一种格式。

习见的,且在三字脚内),而且上下句大多结构一致,当然不排除其中有些组合略显勉强(属于诗人"造语")。后来在沈约、江淹等诗人笔下,这种风格的作品更为多见。采用这种构句方式,用词如果再比较自然流畅,如"池塘生春草,园柳变鸣禽",在当时就会被誉为佳构。到唐代近体诗时代,诗人构句是否沿续了这一方向,还有待更多样本的调查来证实。在诗歌声律形成的每一阶段,构句形式是否与声律相关或形成互动,也有待更多探讨。

由以上讨论可以得出两点结论:

一、就文章肌理和诗歌节奏来说,五、七言诗中线性连接与两字组合之别,远比两字组合内双音词、词组、短语之间的差别来得重要。后者在诗句内处于同一语法层面,采取同样的结构形式,即便在概念上不加辨析,对诗歌理解也不会带来任何问题,甚至在阅读感觉上也不会有何不同。前者则在语法层级上更高一级,因句法关系不同而呈现出更多样态,且因自身并非完整结构,而在阅读感觉上导致明显差异。

二、无论线性连接还是两字组合,都是处于一定句法关系下的诗句的组成部分。它们又各自以不同方式与定型的诗歌字节相匹配,并且因其间语义结构的差异,导致匹配的严密与不太严密,从而在修辞色彩和节奏感上带来差异。从五、七言诗的一般发展来看,使用两字组合和必要的单音词构句,并尽可能与字节形成严密匹配,是一种趋势。但对于诗人来说,保留一定数量的线性连接,维持比较自然的语言状态,也是一种修辞选择。后代有诗人标榜"古风""选体",追求拙涩,就会采取这种修辞策略。当然,此外还有属于单纯词的叠音词和联绵词,给诗句带来特殊色彩。在线性连接中,也有跨字节结构这种既利用字节而又小有违和的形式。在五、七言诗写作总体上遵守字节的情况下,还有以上这些虽细微但严密程度有别的不同形式,造成诗歌不同的修辞效果,带来更为丰富的色彩变化。总之,对于诗人来说,修辞不仅是选择词汇,如何构句是更为重要的考虑。

原载《清华大学学报》2019 年
第 2 期,收入本书时有修订

汉语诗歌特殊句式探论

　　不同文体所使用的词汇和句法结构有一定差别,由此构成文体的语言风格差异。除口语和书面语的一般差异之外,在各种书面语以及各种文学体裁中,诗歌与其他文体的语言差异尤为明显①。在汉语诗歌研究中,一般认为,这种语言差异也体现为句法的某种特殊性。

一、五七言诗的句型与句法

　　单纯从句式来看,五言诗和七言诗在汉语诗歌各种诗体中形式最为紧凑,节奏特殊,与其他文体在阅读语感上的差别最为明显。明人胡应麟曾说:"四言简质,句短而调未舒;七言浮靡,文繁而声易杂。折繁简之衷,居文质之要,盖莫尚于五言。"②四言诗虽

---

① 调查者对现当代 22 位中文作家、24 篇作品的调查结果显示,现代和当代小说中的变异句分别为 22.2% 和 9.9%,散文中的变异句分别为 16.8% 和 17.3%,而诗歌中的变异句则分别为 70.6% 和 74.2%。该调查所称语言变异,包括语音变异、词语变异、语法变异、语义变异、文字变异等。见王培基:《文学作品中语言变异现象的调查与简析》,《青海社会科学》2004 年第 4 期。
② 胡应麟:《诗薮》内编卷二,北京:中华书局 1958 年,第 21 页。

字数少于五言,但常常将一句话析为上下两句,在语气上也显得比较舒缓。五言诗的大多数句子五言即构成一个完整句,所以事实上是最简洁的诗歌形式。七言诗虽字数较多,但多出的这两字却使它有更多的句法变化可能,如七律发展所证明的,在整体上也不影响它的紧凑程度①。诗歌以外的其他文体,可以容纳三字句、四字句、六字句等。一般熟语、成语、机构名称、各种标题,也多采用三言、四言形式。唯有五言、七言句,一旦出现且合于上二下三、上四下三格式,人们立刻会感到这是在引用诗句,在使用一种特殊文体。这样来看,五言、七言诗的句式本身已成为汉语的一种特殊句型。

如果与大体在同一时期发展起来的骈文作比较,骈文只讲求对偶(同时也有一些基本的声律要求)和用典,间或也融入一些散句,但很少专门讲求句法。五、七言诗则比较强调句法,唐人偶尔提到句"法":"美名人不及,佳句法如何。"(杜甫《寄高三十五书记》)明确提出"句法"概念的,是宋代江西诗派:

> 《后山诗话》云:鲁直言:"杜之诗法出审言,句法出庾信,但过之耳。"②

江西诗派讲诗法,句法是诗法的具体内容之一。不过,这种"句法"显然不是现代语法学意义上的,在多数情况下是指某些可以

---

① 日本学者松浦友久《中国诗歌原理》认为:"七律这一诗型,含有源于七言节奏的卑俗感,却能同五言律诗和五言排律一样,成为宫廷应制奉和的代表性诗型,这完全要归因于这种明确的律诗性","七律从诗型本身来看,正象征着对偶化→整齐化→完结化的极限。"孙昌武等译,沈阳:辽宁教育出版社1990年,第250页。

② 胡仔:《苕溪渔隐丛话》前集卷六,北京:人民文学出版社1984年,第33页。

仿效的现成诗例,与诗句的具体用语结合为一体,因此也可以指仿效其用语。

古代诗人在写作中也往往有意寻求句法上的变化,如以下例子:

> 　　王仲至召试馆中,试罢作一绝题于壁云:"古木森森白玉堂,长年来此试文章。日斜奏罢长杨赋,闲拂尘埃看画墙。"荆公见之甚叹爱,为改作"奏赋长杨罢",且云:"诗家语如此乃健。"①

这是通过调整句子结构(将动补结构和宾语都拆开重新组织),达到某种修辞效果。诗人之所以会热衷于在五、七言诗(尤其是近体诗)中尝试这种变化,恰恰是由于五、七言句式本身形成了某种严格限制。其中最重要的,就是构词不能打破二、三字或四、五字之间的节点,尾部必须采用三字脚。这种限制一方面形成一种特殊的节奏,使五、七言诗读起来和其他句式明显不同;另一方面,诗人在写作时,无论是表达比较复杂、别人没有表达过的意义,还是表达一些已经惯熟的程式和套路,都会在适应这种字节限制的同时,有意寻求变化,尝试新的词语组合方式,从而形成对句法的讲求。诗歌写作也正是在这一实践过程中,不断强化其特殊文体意识。

不过,更为抽象的句式、句型概念,直到清代也很少有人使用。诗论家所讲的诗句的各种"式",一般仅限于字节句读的区别,从中可以看出他们对诗句结构的掌握。如将五言诗依上二下

---

① 胡仔:《苕溪渔隐丛话》前集卷五二,第357页。

三、上三下二等,将七言诗依上四下三、上三下四等,分别划分为若干类,视为不同句法①。总起来看,古人所谓句法,比较强调写作中的人为安排和某种创意,基本上还是修辞学意义上的。

在现代语言学中,句法学(syntax)属于语法学的核心部分,指的是语言本身在句子结构层面所呈现的内在客观规则。语言学研究的任务,就是要揭示这种规则的具体内容及其周密性。现代语言学在各种语言的语法研究基础之上,还进一步憧憬对普遍语法或语法深层结构的揭示。汉语语法研究尤其重视句法,在由语素、词、短语、单句(小句)、复句所构成的语法层级中,句法机制被认为对其他语法因素起管控作用②。然而,相对于一般的语法、句法研究,诗歌句法研究关注的问题有何特殊之处? 由于五、七言诗歌的句式是一种人为限制,用诗歌写作必须通过某种人为安排使语法规则适应这种限制,因此对诗歌句法的研究除了说明语法规则本身的强制性外,是否有可能说明诗人是如何通过对句子结构的安排在一定程度上实现其创意?

也许是出于对这种特殊性的关注,王力在 20 世纪 40 年代完成《中国语法理论》等著作后,着手研究"诗法",后命名为《汉语诗律学》,内容除用韵、声律之外,主要是讨论近体诗、古体诗的句式和语法,均属于句法学(另对仗与句式有关,但不是单纯的句法问题)。采用的方法也是语法学的基本方法,即选取若干诗歌样本,通过总结归纳找出其中存在的各种句式。除对近体诗、古体诗的句式进行归纳外,作者还总结了近体诗与散文歧异的特殊语

---

① 参见冒春荣:《葚原诗说》卷一、卷二,郭绍虞编选:《清诗话续编》,上海:上海古籍出版社 1983 年,第 1579、1591 页。
② 参见邢福义等:《汉语句法机制验察》,北京:生活·读书·新知三联书店 2004 年,第 1 页。

法现象,共分 23 项①。不过,其中所列各项有些属于一般语法问题在诗歌中的延伸,如词的变性(活用);所论及的某些句式,也不只存在于诗歌中(不排除有些句式可能由诗歌扩展至其他文体),因而后来成为汉语语法学讨论的一般问题,如递系式(兼语式)、使成式、处置式等。

　　到 20 世纪 80 年代,蒋绍愚在《唐诗语言研究》中也讨论了唐诗的句法(基本限于近体诗),在王著论述的基础上,他将诗歌中的各种特殊句法总结为:1. 紧缩句;2. 连贯句;3. 一般省略;4. 名词语;5. 关系语;6. 倒置;7. 倒置之外的其他错位;8. 特殊兼语式;9. 特殊判断句;10. 特殊述宾式;11. 插入;12. 补足②。

　　此外,高友工、梅祖麟在《唐诗的句法、用字与意象》一文中从七个方面讨论了唐诗的语言特征,其中也涉及句法问题,如倒装③。其他有关著作,如经本植《中国古典诗歌写作学》讲律诗的句法,认为最突出的是省略和倒装④。赵仲才《诗词写作概论》讲诗词的句法,分为"语序的倒装""语词的省略""组词的灵活性"三方面⑤。

　　以上王力等人重点讨论的是近体诗。王力认为,古诗的语法

---

① 王力:《汉语诗律学》,上海:上海教育出版社 2002 年(新知识出版社 1958 年初版),第 261 页以下。该书的词、曲部分只稍稍论及词在语法上的特点,客观上说明这些诗体只有一般的句式长短问题,句法上的特殊性不很明显。

② 蒋绍愚:《唐诗语言研究》,北京:语文出版社 2008 年,第 142 页以下。该书分为句式、省略、错位几方面,这里重新加以排列。此外还讨论了特殊字节一四式、四一式,以及属于对仗的假平行,这里没有列入。

③ 中译文收入高友工、梅祖麟:《唐诗的魅力》,李世耀译,上海:上海古籍出版社 1989 年,第 88 页以下。

④ 经本植:《中国古典诗歌写作学》,北京:语文出版社 1999 年,第 119 页以下。

⑤ 赵仲才:《诗词写作概论》,上海:上海古籍出版社 2002 年,第 96 页以下。

本来和散文的语法大致相同,直至近体诗才渐渐和散文歧异。他还总结了古体诗与近体诗的不同,其中古体诗常见而近体诗罕见者,主要是某些虚词的使用,包括连介词"与""而""以""且""之""于",语气词"也""矣""乎""耳",代词"其""之""彼""所""者",以及虚词组合"一何""何其""勿复""忽复"等①。

　　本文的调查认为,如果就总体而言,应当说古体诗与近体诗的句法也是基本一致的。诗歌的某些特殊句法也是在发展中逐步形成的,只不过到唐代近体诗中表现得更为成熟、典型。古体诗有而被近体诗放弃或有意避免的,如王力所说,主要是一些虚词的使用,以及某些习用的词语组合,并没有构成句法上的重要区别。当然,从根本上说,诗歌句法包括特殊句法,只是汉语一般句法在诗歌中的体现和某种变化而已。诗人看起来也并不能发明某种特殊句法,而只能在使一般语法规则适应于诗歌形式时做出某种变通和调整而已。

二、复句、关系语及名词语

　　本文在前人讨论基础上试图进一步明确的是:所谓诗歌的特殊句法究竟是何种意义上的? 究竟有哪些诗歌句法是真正特殊的?

　　从句子类型来看,研究诗歌句法应首先区别复句和单句两种不同情况。复句是指五言或七言的一句内至少包含两个谓语成分,也就是蒋绍愚所说的紧缩句。王力所罗列的申说式、原因式、容许式,均属于其中的不同句型。而十字句和十四字句(蒋绍愚

---

① 王力:《汉语诗律学》,第261、513页。

所说的连贯句),则是由五言或七言的上下两句构成一个整句,本来在四言诗中很常见。这种句式只是在五、七言诗中因应用少而显得特殊,放在一般语言现象中算不上特殊。

所有紧缩复句都可以归入复句的一般形式,只不过是压缩在五字或七字之内。蒋绍愚将其归纳为表示因果、申说、目的、让步、假设五种情况①。其中申说一项,似可归入广义因果(由果溯因)。其他各项,都属于复句的一般类型。此外,连贯复句在五七言诗中很难与连动句相区分,所以一般不作为复句讨论。还可补充的是条件复句,又分为充分条件,如"宾至可命筹,朋来当染翰"(谢惠连《秋怀诗》);及必要条件,如"时危见臣节,世乱识忠良"(鲍照《出自蓟北门行》)②。汉语紧缩复句的最简形式为三言,四言更常见,在《诗经》中都已出现(《邶风·匏有苦叶》"深则厉,浅则揭";《王风·大车》"穀则异室,死则同穴")。这种紧缩复句在五言古体诗中也大量存在,不是在近体诗中才发展起来的。对它的研究,应主要关注其中包含哪些复句形式,是否使用关联词,并与其他语言形式(如成语、熟语)中的三言、四言紧缩复句加以比较。至于上下句组成的复句,则与一般复句类同,不必特别讨论。

在五、七言诗中,还有一定数量的句法歧义句(syntactically ambiguous sentence)。这种句法歧义不是由于语法歧义造成句子的多义,而是对句法结构可以有不同分析,但并不影响对意义的理解。例如"他母亲病了",既可以分析为以"他"为话题的句子或主谓谓语句(双主语句),也可以分析为以"他母亲"作为主

---

① 蒋绍愚:《唐诗语言研究》,第143—145页。
② 王力《汉语诗律学》所说条件式,所列多例为出句条件,即上下句组成的条件复句。所举一例本句条件,为元稹《放言》:"安得心源处处安。"(第282页)不确。

语的句子①。诗句中的例子如：

> 香稻啄馀鹦鹉粒，碧梧栖老凤凰枝。（杜甫《秋兴》）

王力归入倒装法，认为是"主语倒置，目的语一部分倒置"②。蒋
绍愚则归入名词语，认为词序并没有颠倒③。又如：

> 柳色春山映，梨花夕鸟藏。（王维《春日上方即事》）

王著归入目的语倒置，即应理解为"春山映柳色，夕鸟藏梨花"④。
蒋著则认为上句是被动句，但介词"为"或"被"不出现；下句"梨
花"是表示处所的关系语⑤。

　　类似的句法解释分歧还有很多，但不管怎样分析，一般来说
并不影响我们对诗意的理解。前一例最为有名⑥，可以看出诗人

---

① 参见徐烈炯、刘丹青：《话题的结构与功能》，上海：上海教育出版社 2007 年，第
　51—52 页。笔者认为，不同于一般的句法歧义，这种情况应当称之为句法分析
　歧异（difference of syntactically analysis）。袁毓林《〈话题的结构与功能〉评述》
　认为，两种分析在细微的语义上还是有区别，前一种分析的后续小句可以是
　"孩子也病了"，后一种分析的后续句是"我母亲也住院了"。《当代语言学》2003
　年第 1 期。以下对诗句的不同分析，其实也反映了对诗句理解的细微区别。

② 王力：《汉语诗律学》，第 265 页。

③ 蒋绍愚：《唐诗语言研究》，第 169 页。

④ 王力：《汉语诗律学》，第 264 页。

⑤ 蒋绍愚：《唐诗语言研究》，第 172 页。

⑥ 有关评论如沈括《梦溪笔谈》卷十四："此亦语反而意全。韩退之《雪诗》'舞
　镜鸾窥沼，行天马度桥'，亦效此体。然稍牵强，不若前人之语浑成也。"罗大
　经《鹤林玉露》卷十二："杜诗有反言之者，如云'久判野鹤如双鬓'，若正言
　之，当云'双鬓如野鹤'也。……他如'红豆啄残鹦鹉粒，碧梧栖老凤凰枝'亦
　然。《左氏传》曰室于怒、市于色，曾南丰曰室于议、涂于叹，皆如此类。"《九
　家集注》引赵次公注："既以红稻、碧梧为主，则句法不得不然也。"

是有意在追求一种特殊语序,通过字面的错综而达到某种陌生化效果。而后一例,诗人在构思时则未必有何特殊考虑。汉语语法分析中特有的这种情况(英语中的句法歧义一定是理解有明显不同),显然与汉语缺少语法形态标志、单字组合自由有关。后一例的情况在五言诗中尤为常见,说明这种情况主要发生在短句中。在较长的句子中,则要么造成真正的句子歧义,要么是故意追求的歧义或特殊修辞效果。诗句较一般句子更为凝练,常常省略必要的介词,因此这种句法分析歧异也更容易出现。

蒋绍愚认为:"诗毕竟是诗,它的句子有省略,有跳跃,有时还有作者故意造成的朦胧,因此,要对每一句诗都像散文的句子一样精确地说明其语法关系,是既不可能,也不必要的。特别应当注意的是,对于一些本来简单明了的诗句,更没有必要用'语法分析'把它弄得十分复杂。"①这无疑是一种很通达的看法。我们认为,这种情况是特别针对汉语诗歌尤其是五、七言诗而言,在英语等诗歌中自然不存在这种问题②。在这种情况下,句法分析中的歧异往往并不是对错之争,而只是反映了诗意理解上的细微区别或语法概念和分析上的差异。当然,这也反过来说明,诗人在写

---

① 蒋绍愚:《唐诗语言研究》,第 193 页。

② 英语诗歌有句法歧义,是诗人有意制造的,如 William Blake 的 *London*:"But most, through the midnight streets I hear / How the youthful Harlot's curse / Blasts the new-born Infant's tear, / And blights with plagues the Marriage hearse."其中的 But most 是一个不完整短语,其下省略的部分有几种可能:but most frequent of all these cries,或者 but most damning of all the cries of woe,或诗人前文所提到其他事情。参见王湘云:《英语诗歌文体学研究》,济南:山东大学出版社 2010 年,第 159 页。当然,也有读解中产生的歧异,如 Donne 的 *Song*:"If thou be'st born to strange sights, / Things invisible to see."things 可理解为上行 sights 的同位语,也可理解为 to see invisible things。这两种情况都导致意义的歧异。

作当时未必在意这些语意或语法上的细微区别。汉语及其诗歌形式，本来就允许并擅长这种相对模糊的表达。不过，特别需要强调的是，这种现象的存在并不能成为对诗歌语法分析加以排斥的理由。意识到这种情况，正是以清晰的语法概念为前提的。如果缺少必要的语法概念，如古代的诗评诗话，对这种现象是很难给出清楚的说明的。

　　还有一些问题属于语法概念问题，仅在某一语法理论体系中被特殊定义。例如关系语，就是王力语法体系中的术语。王力对它的说明是："汉语的名词（或名词仂语），就其在句中的位置来说，有居于主位的，有居于宾位的，有居于领位的，也有居于关系位的。凡名词，直接和动词联系，或者放在句首、句末，以表示时间、处所、范围，或者表示行为所凭借的工具、行为之所由来等等，这个名词所处的位置就叫做关系位。在这种位置上的名词就叫做关系语。"①可见关系语就是通常所说的名词作状语（在动词后则是名词作补语）。由于诗歌较之散文不用介词更常见，所以这种关系语也就更为活跃。由于它可以置于句首或句末，又可插在主谓语之间，可以是单字，也可以是双音词，所以也容易和其他成分形成各种组合关系，造成前面所说的句法分析的歧异，乃至理解的歧义，甚至误解。因此，蒋绍愚又强调要根据上下文，仔细辨别哪些是关系语②。

---

① 王力：《汉语史稿》，北京：中华书局1980年（1957年初版），第388页。同书又指出，关系位即相当于黎锦熙所称的副位。关于关系位的定义，又见王力《中国语法理论》："它虽没有格的屈折形式，但是单就它和谓词的关系而论，它却和印欧语的离格、副格、地格、用格之类颇相近的，因为它并不靠语词的媒介，即可和谓词相联结。"北京：中华书局1954年（1944年商务印书馆初版），第90页。

② 蒋绍愚：《唐诗语言研究》，第164页。

此外,还有名词语,在王力语法体系中又称名词仂语,即名词词组、名词短语。《汉语诗律学》举出很多只有一个名词仂语的诗句,通常又是上下两句同为名词语。这种句子属于不完整句,而且不像连贯句那样,由另一句与其组合为完整句。但在整个语篇中,它也可能成为一个句子成分,如尾字是时间词、方位词的,通常可视为在篇中充当状语。中心语是名词尤其是专有名词的(多为人物),通常可视为在篇中充当主语或话题。这种句式也不是在近体诗中才形成的,在《诗经》中就已出现,但以并列结构为多:"维熊维罴,维虺维蛇"(《小雅·斯干》);"我任我辇,我车我牛"(《小雅·黍苗》)。偏正结构则须加助词:"徂来之松,新甫之柏"(《鲁颂·閟宫》);"东宫之妹,邢侯之姨"(《卫风·硕人》)。在魏晋以后的五言诗中也大量存在。在散文篇章中,如果依照古代句读,很多句子也应断为名词语。在骈文中,这种句子则极其常见,甚至要多于近体诗。不过,特别值得一提的是,在中心语句中有一些是诗人特意为诗句、尤其是七言律体设计的。如在中心语前用一个主谓句或谓语句作定语,甚至采用某些特殊语序,如前举杜甫"香稻啄馀鹦鹉粒,碧梧栖老凤凰枝"句。这些句子在一般话语中无法见到,是专门适用于诗歌的。

综上可见,所谓特殊句式,要区分几种情况:一种情况是只在诗句中比较少见,但在其他文体中并不少见;另一种情况是只在某种诗体中可见,而在其他诗体中少见;最后一种情况是一般只在诗句中可见,而在其他文体中很少见。在讨论中应当特别关注的是最后一种情况,同时也须顾及第二种情况。《汉语诗律学》所归纳的是诗句"和散文歧异"的语法,但在具体罗列中,则把以上几种情况混在一起。如连贯句、关系语、名词语,都是汉语的一般语法现象,只是有的在诗句中较为少见,有的在诗句里表现较为活跃,辨识起来有一定困难,所以相对于一般诗句较为特殊。紧缩句则是一般复句的紧缩形式,在诗句中并不少见,可与复句的其他紧缩形式进行比较,所以在以上几种意义上都算不上特殊。

三、诗歌中的倒装句

如果抛开以上几种情况,剩下的比较特殊、一般只在诗句中可见的句法现象,恐怕只有省略和倒装这两项。我们看到,在各种讨论诗歌句法的著作中,也只有这两项都被提及。《汉语诗律学》所总结的诗句中的倒置有以下几种情况:1. 主语倒置;2. 目的语(宾语)倒置;3. 主语和目的语都倒置;4. 主语倒置,目的语一部分倒置;5. 介词性的动词倒置(即动词前介宾结构中宾语置于介词前)。作者认为,其中有些是为了押韵,有些是诗人有意为之①。

蒋绍愚将倒置扩大为错位,并将一些形容词、动词作定语或者是包孕句、被动句和特殊兼语式的情况排除在倒置之外,剩下的真正的倒置分为主谓倒置、述宾倒置、定语倒置、状语倒置;此外,其他错位包括:1. 谓语的一部分置于主语之前;2. 宾语的定语放在动词之前。对具体诗例,两人的分析则有所不同。王著所举的例子,有些被蒋著排除②。此外,还有论者把倒装句划分为成分的倒置、分句的换位、跨句错综组合三类③。后两类所涉及的是复句中分句的关系。

以上诸说中,蒋绍愚的界定最为严格。例如他所说的真正的主谓倒置,不同于述语+施事宾语的情况。比如可以说"飞白鹭"

---

① 王力:《汉语诗律学》,第 264—265 页。
② 蒋绍愚:《唐诗语言研究》,第 168—181 页。
③ 赵仲才:《诗词写作概论》,第 97 页。

（述宾），但"啄白鹭"不成立，所以"啄馀鹦鹉"只能视为主谓倒置。但他的有些分析也比较勉强，如认为"竹沾青玉润，荷滴白露团"（白居易《秋霖即事》）是真正的述宾倒置。理由是诗题提到霖雨，所以真正的主语是"雨"。其实上句这样分析也很勉强（不应把句中未出现的"雨"当作主语），下句则很明显是主动宾结构。

所谓倒装，当然是相对于语言的正常语序而言。需要说明的是，语序不合常规并不是汉语诗歌独有的现象。英语与汉语同样把语序作为语法的基本要求，所以在英语诗歌中也不乏倒装句。但与汉语不同的是，英语的语法形态很明确，因此句子中的语序变化也很容易确认，不可能把倒装解释为其他语法现象。正因为如此，英语诗歌更喜欢运用倒装，出现语序变化的频率远远超过汉语诗歌："在句法方面，最常见的脱离常规的现象是词序的颠倒，如把宾语放在动词前面，形容词放在名词后面。在十九世纪以前的诗里，几乎每一首都有这种倒置，其主要目的是照顾节奏和尾韵的整齐。现代诗人不太注重这一点，所以词序颠倒的例子在他们的诗中就少得多了。"①相比于英语，语序在汉语中是更重要的语法手段。由于缺少语法标志，语序改动的后果十分严重，很容易导致歧义，所以诗人对改变语序也十分谨慎，典型的倒装句反而并不那么普遍。

但另一方面，汉语又是话题优先语言，话题结构在诗歌中同样大量存在。很多被分析为倒装的句子，都可以归入话题结构。例如出现于句首的受事名词，一般都可视为话题：

清尘竟谁嗣。（谢灵运《述祖德二首》）

---

① 王佐良、丁往道主编：《英语文体学引论》，北京：外语教学与研究出版社 1987 年，第 413 页。

"清尘"是话题,是述题中动词"嗣"的论元共指成分。内嵌从句中的动词论元以及动词短语,也可以移到句首成为话题,如:

> 舞馆识馀基,歌梁想遗转。(谢朓《和伏武昌登孙权故城》)
> 巢幕无留燕,遵渚有来鸿。(谢瞻《九日从宋公戏马台集送孔令诗》)

如果除去以上这些话题结构,典型的倒装句只有两种情况。一种是谓语成分置于主语前,如:

> 贤哉此丈夫。(张协《咏史诗》)
> 慷慨惟平生。(陆机《门有车马客行》)
> 缠绵胸与臆。(陆机《赴洛诗》)

这时谓语是形容词或不带宾语的动词,所以只能理解为倒装。另一种情况出现于句末,一般是因押韵等原因而将宾语前置,如:

> 慷慨逝言感,徘徊居情育。(陆机《赠弟士龙》)
> 岂伊川途念。(谢灵运《九日从宋公戏马台集送孔令诗》)
> 懒性从来水竹居。(杜甫《奉酬严公寄题野亭之作》)

有些句子虽与此类似,但也可以视为由动宾结构转换为主谓结构,如:

　　　　匡衡抗疏功名薄，刘向传经心事违。（杜甫《秋兴八首》）

"功名薄""心事违"的意思是"薄功名""违心事"，但即使维持主谓结构不变仍可成立。此外，还有个别例子不属于以上情况，但带有明显的语言"实验"的意味，如蒋著所举"一蛇两头见未曾"（韩愈《永贞行》）。

四、诗句中的省略

　　最后来看省略。首先要说明的是，省略是语言使用中的一般现象。英语中的省略处处可见，但总的来说，在对话和口语中更多，在书面语和正式文体中少些。其中又包括名词省略、动词省略、从句省略等各种形式①。可恢复性则是检验省略的重要标准②。语篇文体学把省略视为篇章衔接的重要手段③。在语篇中，通常采用回指来照应前文，狭义回指包括零回指（zero ana-phor）、代词回指、名词回指三种形式④。例如下面的英文句子（0代表零回指）：

---

① 王佐良、丁往道主编：《英语文体学引论》，第147页。
② 施兵：《主语隐现度跨语言研究》引 Quirk（1985），《现代语文》2010年第8期。
③ 韩礼德提出英语中的五种衔接手段，分别是照应（reference）、替代（substitution）、省略（ellipsis）、连接（conjunction）和词汇衔接（lexical cohesion）。见韩礼德（M. A. K. Halliday）、哈桑（Ruqaiya Hasan）：《英语的衔接》（*Cohesion in English*），张德禄等译，北京：外语教学与研究出版社2007年。参见张德禄：《语篇衔接中的形式与意义》，《外国语》2005年第5期。
④ 屈承熹：《汉语篇章语法》，潘文国等译，北京：北京语言大学出版社2006年，第218页。

John told me that he went to Germany and *0* bought a Mercedes.

在采用零回指的地方即省略了主语 John 或 he。英语诗歌中的例子,如米高(Roger McGough)的 *Let Me Die a Youngman's Death*(愿我像年轻人一样死去):

Or when I'm 104 / and banned from the Cavern / may my mistress / catching me in bed with her daughter / and fearing for her son / cut me up into little pieces / and throw away every piece but one

除了主语 I 在第一行中出现,其他六行均无主语。

　　然而,与印欧语不同的是,汉语不是所有句子在形式上必须采用主谓一致关系作为基本结构。早期汉语语法学已经意识到这一点,指出在很多句子中"施事为'你、我、他、这',当前自明,不用多说"。这种情况被认为是主语隐去,不是省略。王力也主张:"中国的语法通则是:凡主语显然可知时,以不用为常,故没有主语却是常例,是隐去,不是省略。"①所以《汉语诗律学》中并无"主语省略"这一项。常有学者津津乐道于李白、王维的某篇作品不用代词,通篇"无一主语",将此视为汉语诗歌的审美特征。但实际上,这并不是诗歌语言的特点,而是汉语本身的特点。根据对《文选》魏晋以后五言诗的统计,在总计 6 984 句诗句中,无主语出现的谓语句有 3 118 句,占了 44.6%。

---

① 王力:《中国语法理论》,第 64 页。

　　将此种情况除外,《汉语诗律学》所总结的省略共十一类。但其中有些是词语本身的压缩,如"略姓名"即将三字人名压缩为两字。其他各类包括:省略虚字(于、则、而),省略动词(是、有、其他动词),省略谓语(主要指形容词),省略助动词(能),以及平行省略和歇后省略①。蒋绍愚将唐诗中的省略归纳为:1.省略语气词;2.省略连词;3.省略谓词;4.省略介词。此外是一般省略,主要指平行语的省略和用典中的省略②。

　　平行省略是五、七言句式中出现的一种很有意思的现象。以上王、蒋两家所讲的都是七言诗中的例子。由于七言诗是上四下三结构,句子的前后两截有时采用平行结构,但字数不对称,于是就省略某字(常见为动词和副词),如"上穷碧落下(穷)黄泉,两处茫茫皆不见"(白居易《长恨歌》)。其实五言诗中也有类似情况,如"南箕北有斗"(《古诗十九首》),意即南有箕,北有斗;"出塞入塞寒"(王昌龄《塞上曲》),意即出塞寒,入塞亦寒。

　　但这种情况如果不是一望而知(被省略字与前半截并不一致),有时也使诗句变得费解。如杜甫《相从歌》:

乌帽拂尘青螺粟,紫衣将炙绯衣走。

《九家集注》引赵次公注,以"粟"为帽之纹。仇兆鳌注采异文作"青骡",谓"青骡则饲以粟"。其实"青螺"指发髻,与"乌帽""紫衣"均代指供御之人,其下省动词。下句"绯衣"后用动词"走",就不致产生误解。

　　歇后和用典中的省略,本身成为汉语构词的一种方式,其形

————————

① 王力:《汉语诗律学》,第266—273页。
② 蒋绍愚:《唐诗语言研究》,第150—152页。

式则包括省略、紧缩、约举、截割（歇后应在其中）等①。这些用法一般都有前例可循，当然也有一些只是诗句中的临时变化，尚未凝固成词。

《汉语诗律学》所说的省略动词，是指在谓语位置上名词前直接连接副词，所省略的动词有时很难确定，但大意可知；在散文中则只有判断句的副词可直接与判断词连接（"皆兄弟也"）②。古汉语中很多副词都可以用于名词前，如"皆""咸""犹""亦""自""岂""既""徒""固""乃"，古体诗中有很多这种句式。

笔者认为，在以上各家讨论中都提到、对诗歌句法来说最明显可见也最为重要的特点，就是对虚词使用的限制。在这一点上，近体诗与古体诗相比限制要更为严格③。被限制使用的虚词可以分为两类：一类是助词和语气词，另一类是介词。首先来看前一类。根据对《文选》五言诗和杜甫七律两个样本的调查，这些词在前一样本（共 367 首诗）中的使用情况是："之"，作结构助词 2 次；"者"，作语气助词 6 次，作结构助词 27 次；"也"，作语气助词 3 次；"其"，作语气副词 5 次，作指示代词 25 次；"矣"，作语气词

---

① 有关研究参见王云路：《中古汉语词汇史》，北京：商务印书馆 2010 年，第 387、399、407 页；季忠平：《中古汉语语典词研究》，上海：学林出版社 2013 年，第 117、122、125、131 页。各家所用术语不尽一致。

② 王力：《汉语诗律学》，第 269 页。

③ 孙大雨《诗歌底格律》（续）："在最早的五言古诗里，虚字是应用得相当多的……但发展趋势是虚字愈来愈少。……到了齐梁时，受到骈文底影响，诗人们一方面为追求意境上的绵密和色彩上的富丽，另一方面为讲究声调上的响亮，于是把虚字从作品里尽量挤了出去……等到唐初沈佺期、宋之问订定绝、律的具体格律时，虽没有明文规定，但这两种体制的诗里虚字简直可以说是绝无仅有的了。"《复旦学报》1957 年第 1 期。在此变化过程中，四言到五言最重要，古体到近体次重要。魏晋与齐梁之间的变化，还需要更多具体样本印证。

20 次(主要为"已矣""去矣""行矣""逝矣"等固定说法);"焉",作语气词 3 次,作形容词尾 3 次("愁焉""睆焉""怅焉"),作不定代词 15 次。

在后一样本(共 155 首诗,1 268 句)中:"之",作结构助词 3 次;"者",作语气助词 1 次。此外,"其""也""矣""焉""乎""哉""耳""尔""邪",使用均为 0 次。

严格说来,这种限制不能称之为省略,因为它们本来就不是诗句中必有的。所谓限制,是相对于大量使用这些虚词的《诗经》四言诗而言,到五、七言诗中它们不再是必须的。这种情况也可以说是由五、七言的字数限制带来的,但不能仅仅归因于字数限制。因为只有在被限制而又不影响语义表达的情况下,诗歌才可能限制某些词的使用。它们被限制使用,首先是因为它们在表义上不是必需的(例如语气词在很多语言中就无这一词类),在四言诗中它们可以用来调节语气和节奏,但用在五、七言诗中不但会使节奏变得拖沓,而且与诗的组词构句形式难以协调。

另外,在同一时期汉语运用的其他场合,这些虚词也不再是必须的。诗歌对虚词使用的限制,仅仅是相对于唐宋以后的仿古文言而言。六朝时期的赋和骈文,同样很少使用这些词。汉以后接近口语的文体,如佛教文献、志怪小说等,这些词的使用频率也大幅下降。从魏晋以后,句子的语气越来越多地借助语调和副词表达,而不必依赖语气词的使用①。只有仿古文言故意与此趋势唱反调,在文章中继续使用这些虚词。"之""者"两个助词,在先秦文献中使用最多。仿古文言也主要依赖对这两个词(以及语气词"也")的使用,来维持其风格。其中"之",连接修饰语与被修饰语,

---

① 参见孙锡信:《汉语历史语法要略》,上海:复旦大学出版社 1992 年,第 242 页。

或将主谓结构变为名词性结构；"者"，具有提示作用或作为名词化标记。但它们本身是空语义的。即便在早期文献中，起连接作用的"之"字也往往不出现，有时也被解释为省略。"者"的名词化标记功能，则自东汉以后开始衰落①。当遇到字数限制时，例如在《易林》的四言句中，这两字的使用频率就大幅下降。另外，"者"的提示作用，在诗中可以被字节的自然停顿替代。它与具有相似功能的句首语气词"夫""唯"等，在古体诗中还有使用②，但在杜甫七律中几乎被完全排除。这样，不使用这些助词和语气词在五、七言诗中逐渐成为常态，而一旦使用反而是为追求某种特殊语调。

　　下面来看介词。介词中最值得注意的是"于（於）"字。在前一样本中，介词"于"共使用 19 次；在后一样本中，共使用 6 次（其中"于今"两见）。在前一样本中，"于"字结构用于句首或句中，多用于动词和形容词之后。在后一样本中，只有一例用于形容词后，表比较，即"生憎柳絮白于绵"（《送路六待御入朝》）；没有用于动词后的。

　　在杜甫七律中，有些句子可以被认为省略了"于"字，如：

　　　　玉殿虚无野寺中。（《咏怀古迹五首》）
　　　　支离东北风尘际，漂泊西南天地间。（《秋兴八首》）
　　　　去年登高郪县北。（《九日》）
　　　　与子避地西康州。（《长沙送李十一衔》）

---

① 参见董秀芳：《词汇化：汉语双音词的衍生和发展》引魏培泉（2003），北京：商务印书馆 2011 年，第 211 页。
② 蒲立本（Edwin G. Pulleyblank）《古汉语语法纲要》认为标记话题的小品词还有"也""唯""夫""若夫"等。孙景涛译，北京：语文出版社 2006 年（英文版1995 年），第 81 页。

　　暂醉佳人锦瑟旁。(《曲江对雨》)
　　恸哭秋原何处村。(《白帝》)

但这种现象也不是从诗歌开始的。据学者调查,在《史记》甚至《论语》中,就已有动词后"于"字省略的情况("将军战河北","吾自卫反鲁"),所使用的动词也从不及物动词扩展至复合动词①。不过,与《文选》五言诗对比,在杜甫七律中动词后"于"字省略似已成为惯例。在不影响语义理解的前提下,这种整齐情况应是由诗歌字节限制促成的②。

　　古汉语的基本语序是谓语部分的修饰语在动宾之后,地点介词短语也在动宾之后。《文选》五言诗还大体符合这一基本语序。现代汉语在语序上的主要差异之一就是,除结果和表动量的时间词出现于动宾之间外,修饰语包括地点介词短语都移到了动词前③。反观杜甫七律,在动词后使用介词短语的例子并不多,只有:

　　　　有客乘舸自忠州。(《简吴郎司法》)
　　　　家人钻火用青枫。(《清明二首》)
　　　　海鹤阶前鸣向人。(《寄常征君》)④

这可能与介词短语向动词前转移的整体趋势有关。动词前的介词

---

① 屈承熹:《历史语法学理论与汉语历史语法》引黄宣范(1978),北京:北京语言学院出版社 1993 年,第 148 页。
② 个别例子如"名家莫出杜陵人"(《季夏送乡弟韶陪黄门从叔朝谒》),如不依赖上下文容易造成误解。"莫出"即莫(不)出于,这种省略可能是不得已的。
③ 参见屈承熹:《历史语法学理论与汉语历史语法》,第 162 页;石毓智:《汉语语法》,北京:商务印书馆 2010 年,第 9 页。
④ 也有因押韵而移后的例子:"午时起坐自天明。"(《崔评事弟许相迎不到》)

短语,包括"对""与""用""向""将""于"等,均不能省略介词①。
唯一的例外是,常常有地点、处所词出现在动词前,而不使用
介词:

> 苑外江头坐不归。(《曲江对酒》)
> 雪岭独看西日落。(《秋尽》)
> 一日江楼坐翠微。(《秋兴八首》)
> 沧江白发愁看汝。(《见萤火》)
> 空山独夜旅魂惊。(《夜》)

由于这种现象只出现在诗和文章骈偶句中,而且不能扩大至带有
方向义的"向""从"等介词②,因此可能不属于汉语中修饰语向动
词前移动的变化趋势,而与诗歌构句的特殊性有关。

在诗中,地点处所状语与时间状语的出现方式类似。如果两
者一同出现(一般只见于七言诗),则时间词在前,地点词在后,共
同为诗歌提供时空场景,即便不使用介词,与动词的关系也完全
可以意会。而根据对《文选》五言诗的调查,五言诗句首二字使用
地点处所状语相对较晚,较早时期更为常见的是使用时间状
语。如:

---

① 例如"对君疑是泛虚舟"(《题张氏隐居二首》),"便与先生应永诀"(《送郑十
  八虔贬台州司户》),"肯与邻翁相对饮"(《客至》),"何用浮名绊此身"(《曲
  江二首》),"羞将短发还吹帽"(《九日蓝田崔氏庄》),"未将梅蕊惊愁眼"
  (《十二月一日三首》),"晚节渐于诗律细"(《遣闷戏呈路十九曹长》)等。这
  几个介词的用法与散文没有区别,只有"将"字处置句是发展中的语言现象。
② 例如"须向山阴上小舟"(《卜居》),"度海疑从北极来"(《见王监兵马使说近
  山有白黑二鹰……请余赋诗二首》)等。

　　　　日夕凉风发。(王粲《从军诗》)
　　　　清晨发皇邑,日夕过首阳。(曹植《赠白马王彪》)

因此,前者很可能是由后者派生而来①。在此位置上使用地点处
所状语,开始时只限于一些特定陈述对象,在数量上可能还比不
上经常使用的时间季节词:

　　　　中道正徘徊。(曹操《苦寒行》)
　　　　堂上生荆杞。/中路将安归。(阮籍《咏怀诗》)

以后才逐渐广泛起来:

　　　　瓯骆从祝发。(张协《杂诗》)
　　　　灵囿繁石榴,茂林列芳梨。(潘岳《金谷集作诗》)
　　　　樊山开广宴。/鄂渚同游衍。(谢朓《和伏武昌登孙权故
　　城》)
　　　　函辖方解带,峣武稍披襟。(沈约《应诏乐游苑饯吕僧
　　珍诗》)

最后一例沈约诗对句,才是后代同类诗句的典型形式。以上杜甫
七律诗句,均与之类似。可见这种句型的建立,在五、七言诗中也

---

① 五言诗在此位置上最早是使用叠音词或联绵词状语,例如《古诗十九首》:
　　"纤纤擢素手,札札弄机杼。"类似用例在组诗中共 15 句,而无一例使用双音
　　时间、处所状语。另一种情况是使用表时间的数量词,如《古诗为焦仲卿妻
　　作》:"十三能织素,十四学裁衣。……"该诗同样没有在此位置上使用时间、
　　处所状语。

经历了一个发展过程。

与此相关的另一种情况是,时间、处所词在诗中有时又可能是整句的陈述对象。例如杜甫七律:

> 腊日常年暖尚遥。(《腊日》)
> 青春不假报黄牛。(《舍弟观赴蓝田取妻子到江陵》)
> 城阙秋生画角哀。(《野老》)
> 古堂本买借疏豁。(《简吴郎司法》)

这时应被视为话题句,首二字是话题。这两种情况有时很难分辨,后者的存在使前者不使用介词进一步合法化。

以上介词省略的情况在散文中比较少见,只在骈偶句中比较普遍。由于这种省略不影响语义表达,于是便成为文体风格的一种标识。一旦进入诗歌或骈偶句,人们就可以适应这种句式。实际上,单纯的字数限制还不足以构成诗歌的风格标识。作为对比,英语中的 of、in、on、at 等功能词,无论在何种文体中都不能省略①。汉语新诗由于没有字数限制,也没有采用这种省略(此外还增加了表时态的"着""了""过"),因此也缺少了这种与散文相区别的风格标识。这也是人们总觉得新诗不如旧体诗语言凝练的原因之一。正是这一点,构成了汉语诗歌在句子结构上不但相对于其他文体、而且相对于其他语言诗歌的真正特殊之处。

---

① 英语诗歌可以运用省音(omission)来调节诗歌韵律,通常是省略单词中的非重读元音,又分为词首省音、词内省音和词尾省音。参见王湘云《英语诗歌文体学研究》,第 92 页。汉语由于是单音节语言,只能省略某一个单字,于是省略虚字便成为合理的结果。

　　除语气词和介词外，还有连词和半虚半实的代词。《文选》五言诗中，在句中使用较多的连词有"且""与""已（以）""复"等，在近体诗中也明显减少。

　　在句首起承接关联作用的连词，到近体诗中也很少用，杜甫七律仅有两例：

　　　　不但习池归酩酊。（《宇文晁尚书之甥崔彧司业之孙尚书之子重泛郑监前湖》）

　　　　况复荆州赏更新。（《将赴成都草堂途中有作先寄严郑公五首》）

紧缩复句用关联词也只有个别例子：

　　　　不为困穷宁有此，只缘恐惧转须亲。（《又呈吴郎》）

　　代词中含义较虚的"之""其""彼"，在《文选》五言诗中还有使用，但在杜甫七律中使用均为 0 次。人称代词在杜甫七律中的使用情况（含作定语）如下："吾"，10 次；"我"，8 次；"汝"，6 次；"尔"，3 次；"子"，2 次；"他"（用于生物），1 次（另"他日""他乡"各 1 次）。作为代替，第二人称多用"君"和其他尊称，第三人称则直接用"人"字。唯有指示代词"此"，比较特殊，没有可替代的，使用 26 次。

　　以上限制虚词使用的情况，只有骈文与之类似，但也不如五、七言诗尤其是近体诗典型。

　　综上可见，所谓省略有三种意义上的：第一种是语篇意义上的，是语篇衔接的重要方式之一；第二种是词汇意义上的，例如上面所说的歇后、截割、名词压缩等;第三种才是句法意义上的,例如介词的省略。只有最后这种情况才是在汉语诗歌中可见、甚至成为惯例,而在汉语其他语体中少见、在英语等语言中不被允许的现象。

五、结语

以上分别讨论了汉语诗歌中的倒装、省略等句法现象。根据以上讨论,本文认为,在汉语诗歌(主要指五、七言诗)中可见而在其他文体中少见的特殊句法,可以总结为以下几类:

1. 倒装句。主要分为两种:一种是谓语成分置于句首,如:

贤哉此丈夫。/慷慨惟平生。/缠绵胸与臆。

另一种是句尾的动宾结构中宾语前置,如:

慷慨逝言感,徘徊居情育。/岂伊川途念。

2. 内嵌从句中的动词论元或动词结构移到句首作话题,如:

舞馆识馀基,歌梁想遗转。/巢幕无留燕,遵渚有来鸿。

3. 处所状语或时间、处所状语直接用于句首,如:

函輠方解带,峣武稍披襟。/苑外江头坐不归。/雪岭独看西日落。/一日江楼坐翠微。

4. 平行省略,如:

> 南箕北有斗。/上穷碧落下黄泉。/乌帽拂尘青螺粟。

5. 中心语句,尤其是其中专门为诗句设计的,如:

> 负盐出井此溪女,打鼓发船何处郎。/香稻啄馀鹦鹉粒,碧梧栖老凤凰枝。/宓子弹琴邑宰日,终军弃繻英妙时。

需要说明的是,所谓特殊当然是指诗歌相对于其他书面文体,在口语中这些特殊句法都是可以成立的。另外,这些特殊句法有些是与骈文和文章骈偶句相通的,因为它们具有句式对称的共同特征,可以相互影响和移用。

以上这些特殊句法有的是偶尔一见,有的已成为某种文体标识,在诗歌中使用即被认为是合理的,或者一旦使用就被认为是具有诗歌特征的。这里所谓特殊,也只是语法学意义上的。五、七言诗中的其他句子,在语法学意义上并不特殊,但不意味着在结构为诗句时不需要诗人的特殊匠心,和其他一般语句相比毫无二致。前面说过,五、七言句式本身就是汉语的一种特殊句型。任何一段具有诗意的话语如果要通过这种句型表达出来,都必然面对一个如何构句、如何适应这一形式的问题。平庸的诗人会满足于平庸的表达,而优秀的诗人将会把每一次构句过程视为一个挑战,造出足够新颖生动、又完全合乎汉语语法要求、体现诗歌文体特征的诗句。这大概就是前人讲求诗歌句法的意义。

诗歌话题句探论

　　赵元任在 20 世纪 60 年代首次提出:汉语句子中主语和谓语的关系与其说是动作者和动作,不如说是话题(topic)和述题(comment),动作者和动作其实是话题和述题的一种特例。他还说,话题式的主语在诗里也很常见,例如"云想衣裳花想容",主语"云"和"花"仅只设定场景,替换了某个动作者"看着云而在想"。又如"琴临秋水弹明月,酒就东山酌白云",根据原文也无法弄清谁弹、谁酌、谁在月下和云下(或对着月和云)这些关系①。高友工曾引用这一观点,认为很多中文诗歌句型是题释型的,释语拈出题语的一端来反复咏叹②。不过,高氏主要是着眼于中文的"形

---

① Yuen Ren Chao(赵元任):*A Grammar of Spoken Chinese*, Berkeley and Los Angeles: University of California Press, 1968. pp. 69–72. 参吕叔湘译:《汉语口语语法》,北京:商务印书馆 2001 年,第 45 页。该译本没有翻译有关诗的这一部分。据屈承熹说,"话题"这个术语最早是 Hockett(1958)提出来的,Hockett 本人说,是他和赵元任共同开始使用的。见屈承熹:《汉语篇章语法》,北京:北京语言大学出版社 2006 年,第 191 页。

② 高友工:《中国语言文字对诗歌的影响》,收入所著《美典:中国文学研究论集》,北京:生活·读书·新知三联书店 2008 年,第 191、197 页。高氏将 topic 和 comment 分别译为"题语""释语"。在与梅祖麟合作的"Syntax, Diction, and Imagery in T'ang Poetry"(《唐诗的句法、用字与意象》)一文中,也使用了 topic-comment 的概念。见 *Harvard Journal of Asiatic Studies*, vol. (转下页)

象表现"来使用这一概念,认为主谓式是和活动相关,而"题释句"
则是形象的两端即个体与其性质的关系。目前,汉语学界逐渐承
认话题是汉语语法的基本问题之一,并倾向于接受有关汉语属于
话题优先型、而非主语优先型(如英语)的语言类型学划分①。本
文原则上采用将话题作为句子成分的观点,据此对《文选》诗歌卷
的五言诗和杜甫七律这两个样本中的话题句进行分析②。

一、话题的标记

赵元任的观点被认为开了话题主语等同论的先河。不过,他
也承认,主语和谓语相当于动作者和动作这种情况,在汉语里大
概也占了一半左右(把"是"和被动式也算进去)。高友工虽没有
展开论述,但也是把与动作相关的主谓式排除在题释句之外(当

(接上页)31(1971), p.58. 中译文见高友工、梅祖麟著,李世耀译:《唐诗的魅
  力》,上海:上海古籍出版社1989年,第32—112页。但该书将 topic 译为"主
  语"。

① 李讷(Charles N. Li)和汤珊迪(Sandra A. Thompson)最早提出有关话题优先
  或主语优先的语言类型学划分,他们提出的类型有话题优先型、主语优先
  型、话题主语并重型。他们并且从历时角度考察了主语和话题的关联,认为
  主语实际是话题语法化的结果。见 Charles N. Li & Sandra A. Thompson:
  "Subject and Topic: A New Typology of Language". In Charles N. Li (ed.):
  Subject and Topic, New York: Academic Press,1976.

② 有关话题的概念及相关研究情况,并参见徐烈炯、刘丹青:《话题的结构与功
  能》序言及第一章,上海:上海教育出版社2007年增订版(初版1998年)。
  关于话题的结构位置,该书的观点如下:"话题在句子层次结构中占有一个
  特定的位置,正如主语、宾语各占一个位置。……汉语句子结构中有一个话
  题位置……当这一位置被某个成分占用时,该句子就是话题结构。"第37
  页。有关该书的评价以及话题是否应作为句子成分,参见袁毓林:《〈话题的
  结构与功能〉评述》,《当代语言学》2003年第1期。

然,他认为话题句只与形象有关的观点未必妥当)。那么,那些只有施事主语、没有其他话题成分和标记的句子(诗歌里当然也有很多这样的句子),被认为不属于话题结构,也应该是没有问题的。

学者认为,话题优先型语言有四个基本成分:V(动)、S(主)、O(宾)、T(话题)。话题作为句子成分,被认为具有这样一些标记:在语序上具有前置性,有停顿,有专用或兼用的话题标记。最常见的、强式的前置就是句首位置。汉语普通话话题结构的基本类型也是TSVO①。根据调查,在诗句中话题通常都在句首。但也有个别例子,话题前有其他成分,如:

分明<u>怨恨</u>曲中论。(杜甫《咏怀古迹五首》)

状语"分明"被提到了话题前。

现代汉语的专用话题标记是句中语气词或提顿词②,古汉语中也有起类似作用的句中语气词和句首语气词③。只要使用这类话题标记,就被认为属于话题结构,例如"参也鲁"。因此,《诗经》主谓句使用句中语气词:"父兮生我,母兮鞠我"(《小雅·蓼莪》),就属于话题句。如果主谓两部分分为两句,由于中间有停顿,无论是否使用语气词,都是话题句:"祈父,予王之爪牙"(《小雅·祈父》);"窈窕淑女,君子好逑"(《周南·关雎》);"展如之人

---

① 参见徐烈炯、刘丹青:《话题的结构与功能》,第32、71页。该书认为,上海话的基本类型是STVO或TSTVO。

② 参见徐烈炯、刘丹青:《话题的结构与功能》,第74页。

③ 蒲立本(Edwin G. Pulleyblank)《古汉语语法纲要》认为标记话题的小品词有"也""唯""夫""若夫"等,孙景涛译,北京:语文出版社2006年(英文版1995年),第81页。

兮,邦之媛也"(《鄘风·君子偕老》)。

　　五言诗中也使用"也""者"这两个句中语气词,例如:

前者隳官去。(应璩《百一诗》)

命也可奈何。(潘岳《悼亡诗》)

在昔同班司,今者并园墟。(何劭《赠张华》)

今也岁载华。(颜延之《秋胡诗》)

还有使用句首语气词的,例如:

惟昔李骞期。(刘琨《扶风歌》)

惟师恢东表。(陆机《齐讴行》)

惟德在无忘。(谢瞻《张子房诗》)

惟昔逢休明。(谢朓《始出尚书省》)

平行句中语气词连用,被用来表示具有对比意义的话题焦点①,如:"柴也愚,参也鲁。"在诗中也有这样的例子:

昔也植朝阳,倾枝俟鸾鹥。今者绝世用,倥偬见迫束。
(司马彪《赠山涛》)

不过,语气词在诗中尤其是近体诗中,使用越来越少。一旦使用,就是有意仿古或尝试以文为诗。杜甫诗中尚可见:

------

① 关于具有对比意义的话题焦点,见徐烈炯、刘丹青:《话题的结构与功能》,第84页。

　　白也诗无敌。(《春日忆李白》)

　　惟吾最爱清狂客。(《遣闷戏呈路十九曹长》)

　　除使用语气词外,可停顿也是话题的明显标记①。五言诗的二、三字之间,七言诗的四、五字之间,是全句的节点,有明显停顿。七言诗的二、三字之间是一个次要节点,也有停顿。诗句中使用语气词的不多,但这些停顿处都是话题可能出现的地方。换句话说,诗句中的话题必须以上述节点为分界。个别句子不符合这一要求,实际是破坏了全句的节点,例如:

　　杖藜叹世者谁子。(杜甫《白帝城最高楼》)

也有个别七言句以首字为话题,而七言句上四字允许一三的变格,所以对全句来说影响不大。

二、话题结构的类型

　　以汉语为代表的话题优先型语言,具有丰富的话题结构类型。其中大部分也存在于诗句中,以下分别说明。

　　1. 论元共指性话题　　这种话题结构是指话题与述题中动词的某个论元(施事、与事、受事、工具、对象等)或相应的空位有共

① 朱德熙《语法讲义》认为,主语和谓语之间联系松散,表现之一就是其间可以有停顿,同时又认为从表达角度讲,主语就是话题。北京:商务印书馆1982年,第95、96页。张伯江、方梅《汉语功能语法研究》把停顿现象作为话题主位的一种标志,南昌:江西教育出版社1996年,第28页。另参见徐烈炯、刘丹青:《话题的结构与功能》,第72页。

指关系①。例如：

> 君子福所绥。（王粲《公宴诗》）
> 忠义我所安。（曹植《三良诗》）

"君子"即是述题中"福所绥"的对象。在很多情况下，话题是述题中动词的受事②，例如：

> 清时难屡得。（曹植《送应氏诗》）
> 春荣谁不慕，岁寒良独希。（潘岳《金谷集作诗》）

在现代汉语中，这种情况常常出现复指成分，如："吴先生，我认识〔他〕。"如果复指的"他"不出现，就是空位。文言中的复指成分一般用"之""其"等字，五、七言诗受到字数限制，一般只有空位。

汉语中能与话题共指的成分不仅限于以上情况，也可以是内嵌从句中的动词论元；话题也不限于名词短语，也可以是动词短语③。诗句中的例子如：

> 舞馆识馀基，歌梁想遗转。（谢朓《和伏武昌登孙权故城》）
> 绕屋树扶疏。（陶渊明《读山海经》）

---

① 参见徐烈炯、刘丹青：《话题的结构与功能》，第 105 页。
② 如果不采用话题成分概念，句首受事名词被认为是句子成分的变换或倒置。参见李临定：《现代汉语句型》，北京：商务印书馆 1986 年，第 23 页。受事名词后是主谓结构的，又被归入主谓谓语句。后一种情况又称为包孕句，见蒋绍愚：《唐诗语言研究》，北京：语文出版社 2008 年，第 171 页。
③ 参见徐烈炯、刘丹青：《话题的结构与功能》，第 105 页。

尽言非尺牍。(谢瞻《王抚军庾西阳集别作》)

巢幕无留燕,遵渚有来鸿。(谢瞻《九日从宋公戏马台集送孔令诗》)

棋局动随寻涧竹,袈裟忆上泛湖船。(杜甫《因许八奉寄江宁旻上人》)

扁舟不独如张翰,白帽还应似管宁。(杜甫《严中丞枉驾见过》)

新松恨不高千尺,恶竹应须斩万竿。(杜甫《将赴成都草堂途中有作》)

生长明妃尚有村。(杜甫《咏怀古迹五首》)

侵凌雪色还萱草,漏洩春光有柳条。(杜甫《腊日》)

以上各例,在"识""想""如""似"等动词所带从句中,都可以补入话题的复指成分,意即"识舞馆馀基","如张翰(乘)扁舟"。"绕屋""巢幕""生长明妃"等句,则是动词短语作话题,意即"树绕屋扶疏","无留燕巢幕","尚有生长明妃村","萱草还侵凌雪色,有柳条漏洩春光",实际是把共指成分移到句首作话题。这种话题结构明显是诗人有意通过"移位"造成的,为的是牵合二三字节,在一般语句中也许很少使用。但它在诗句中能够成立,是因为仍符合汉语的话题结构,显示了汉语话题成分较自由、受限制较少的特点①。

---

① 生成语法学理论认为话题结构是由移位形成,但这种移位只是一种比喻说法,甚至未必有一个心理过程。汉语学界对是否采用移位来说明汉语话题结构有争议。参见徐烈炯、刘丹青:《话题的结构与功能》,第38页。诗句中所形成的这种有意通过"移位"来构造的话题结构,当然也显示出诗歌这种特殊创作与一般话语的不同之处。

　　还有少数例子可以认为包含了双层话题,即主话题后又有次
话题①:

　　　　君子义休待,小人德无储。(曹植《赠丁翼》)
　　　　主父宦不达。(左思《咏史》)

"君子"是全句的话题,"义"又是述题中动词"待"的话题。全句
意为君子自有义而无须待,尽管也可以说成"君子之义",但与下
面说的领格语域话题不同(下句不能说成"小人之德"尤为明
显)②。"主父"与"宦"的关系也是如此。

　　2.领格语域式话题　　所谓语域式话题,与述题的关系比较松
散,仅为述题提供所涉及的范围或框架,本身不是谓语动词的论
元。领格语域式话题,即在语义上是谓语动词论元的领属格③。
如"美者颜如玉"(《古诗十九首》),"美者"即是"颜"的领格。诗
句中这样的例子也很常见:

　　　　圆景光未满。(曹植《赠徐幹》)
　　　　峻阪路威夷。(潘岳《金谷集作诗》)
　　　　采菱调易急,江南歌不缓。(谢灵运《道路忆山中》)
　　　　长城地势险。(虞羲《咏霍将军北伐诗》)
　　　　五更鼓角声悲壮,三峡星河影动摇。(杜甫《阁夜》)
　　　　丈人文力犹强健。(杜甫《曲江陪郑八丈南史饮》)

---

① 关于次话题,参见徐烈炯、刘丹青:《话题的结构与功能》,第52页。
② 《文选》李善注:"言君子之义美而且具,小人之德寡而无储也。"刘良注:"言
　君子有义而美,则待用于时。"后者显系曲解。
③ 参见徐烈炯、刘丹青:《话题的结构与功能》,第113、115页。

楚妃堂上色殊众。（杜甫《寄常征君》）

由于有领属关系，所以当话题与主语紧连时容易被看成是定中关系。例如把"美者颜"看成一个词，这样全句就成了三二式。但在诗句中，字节后的停顿起分割作用，同时也是话题标记，所以"美者"后应断，"颜如玉"是对它的说明。类似例子如"采菱调""江南歌"，也容易被看成一个词，但还是应把"采菱""江南"看作话题（曲调名）。这种话题与主语紧连在诗句中很常见，只有"楚妃"一句例外，中间隔了一个状语成分"堂上"。

也有话题是宾语领格的例子：

黄鸟作悲诗。（王粲《咏史诗》）
三分割据纡筹策。（杜甫《咏怀古迹五首》）

这种话题与宾语无法紧连。这两例又和以上诸例中话题表整体、主语是其某一部分或属性有所不同，"黄鸟"是诗的一篇，"三分"是策的具体内容，类似于由表部分的词语作话题①。

3. **时地语域式话题**　即话题为述题提供时间、处所方面的语域。这种话题结构在诗句中最常见，但通常会把它们当作时间、地点状语：

阶下伏泉涌，堂上水衣生。（张协《杂诗》）
宜城谁献酬。（陆厥《奉答内兄希叔》）

---

① 有整体—部分关系的词语，由表整体的词语作话题较常见，但也可以倒过来，由表部分的词语作话题。参见徐烈炯、刘丹青：《话题的结构与功能》，第116、118 页。当然，其中也还有其他语义关系问题。

季秋边朔苦。（谢灵运《九日从宋公戏马台集送孔令诗》）

昨日玉鱼蒙葬地。（杜甫《诸将五首》）

但在以下例子中，看作单纯的时间、地点状语就有点勉强：

山林隐遁栖。（郭璞《游仙诗》）

飞狐白日晚，瀚海愁云生。（虞羲《咏霍将军北伐诗》）

白帝城中云出门，白帝城下雨翻盆。（杜甫《白帝》）

巫山巫峡气萧森。（杜甫《秋兴八首》）

天门日射黄金榜。（杜甫《宣政殿退朝晚出左掖》）

掖垣竹埤梧十寻。（杜甫《题省中院壁》）

城阙秋生画角哀。（杜甫《野老》）

所以，如果采用简单的标准，那就不妨把主语前的时间、处所词一律视为话题①。

七言句中也常常有时间、处所词连用：

巫山秋夜萤火飞。（杜甫《见萤火》）

江上今朝寒雨歇。（杜甫《寒雨朝行视园树》）

旧国霜前白雁来。（杜甫《九日五首》）

----

① 时间、地点词是话题还是状语，参见徐烈炯、刘丹青：《话题的结构与功能》第58、113页。该书的定义如下："主语前或无主语句句首的时间处所词语一般都是这种话题；主语后谓语动词前的时间地点词语，在有停顿、提顿词等标记的情况下，是这种类型的次话题，在没有这类标记的情况下，则可以看作状语。"第113页。

　　空山独夜旅魂惊。（杜甫《夜》）

　　孤城此日堪肠断。（杜甫《至日遣兴奉寄北省旧阁老》）

　　一日江楼坐翠微。（杜甫《秋兴八首》）

这种情况属于多重话题①。口语中可能更习惯把时间词放在前面，但诗句中未必如此。

　　4. 背景语域式话题　这种话题与述题的关系最松散，主要依赖背景知识和语境来建立内容上的联系②。以下两例可以归入此类：

　　晓霜枫叶丹。（谢灵运《晚出西射堂》）

　　风波子行迟。（谢灵运《酬从弟惠连》）

当然也可以说"晓霜""风波"与下文有某种因果关系，但诗句因字数限制并没有相应的表示，所以这种关系是暗含的，不妨将它们视为一种背景。又如：

　　樽酒送征人。（江淹《李都尉陵》）

　　此别应须各努力。（杜甫《送韩十四江东觐省》）

依照常识我们也知道酒是用来送别的，但它与"送"并无确定的句

---

① 有关汉语是否有多重话题的争议，参见徐烈炯、刘丹青：《话题的结构与功能》，第 54 页。口语中的情况，该书引用了俞敏(1957)举过的一个例子："昨天晌午呀，德胜门外头哇，一个老头啊，钓上来一条十斤重的鱼。"第 101 页。笔者认为，多重话题与双层或多层话题应予区分。

② 参见徐烈炯、刘丹青：《话题的结构与功能》，第 119 页。

法关系①。同样,"别"与"努力"也没有明确的语义联系,尽管我们都知道这是告别时常说的话。指示代词"此",也提示这是名词成分作全句的话题②。

　　5. 分句式话题　按照学者的论述,这类话题又分为两种:一种是从句作话题,如:"小张骗老婆,我不相信。"另一种是条件分句作话题,如上海话:"胆大个人末,惯常粗心。"古汉语中的例子有:"子女玉帛,则君有之","疆场无主,则启戎心"③。无论是五言诗还是七言诗,都有不少以内嵌从句作为句子成分的句子,在一句内包含两个分句的紧缩复句数量更多,符合上述话题句的定义。

　　先看第一种情况。这种情况中的话题是位于句首的从句,但在诗句中[T[SVO]SV]这种典型形式很少见,在五言句和七言句中分别见到一例:

　　　　亲亲子敦余,贤贤吾尔赏。(谢瞻《于安城答灵运》)
　　　　中天月色好谁看。(杜甫《宿府》)

其中"亲亲"二句的动词又带间接宾语。

　　诗句中的主要形式是[T[SVO/SV/VO]V/VO],即主语从句占据话题位置,而无另外的主语。主语从句包含SVO三个成分的又

---

① "酒"加上介词当然可与其后动词产生语法关系,但介引成分在结构上是句子的状语,排除了该成分作为话题的可能。参见徐烈炯、刘丹青:《话题的结构与功能》,第78页。

② 李临定《现代汉语句型》认为,句首受事名词较常见的是由"这""那"构成的短语,它们是有定的、已知信息,常常具有话题的性质(第22页)。在古代汉语中也有类似情况。

③ 参见徐烈炯、刘丹青:《话题的结构与功能》,第203页以下。

只见于七言句,因为五言句的二字节无法容纳三个成分。例如:

> 春来无时豫,秋至恒早寒。(颜延之《秋胡诗》)
>
> 时变感人思。(郭璞《游仙诗》)
>
> 蠖屈固小往,龙翔乃大来。(潘尼《赠侍御史王元贶》)
>
> 沉醉似埋照,寓辞类托讽。长啸若怀人,越礼自惊众。
> (颜延之《五君咏·阮步兵》)
>
> 云近蓬莱常好色,雪残鸂鹕亦多时。(杜甫《宣政殿退朝晚出左掖》)
>
> 花近高楼伤客心。(杜甫《登楼》)
>
> 一片花飞减却春,风飘万点正愁人。(杜甫《曲江二首》)

只有"云近"二句和"花近""风飘"句的话题包含 SVO 三个成分。

第二种情况涉及分句与话题同一性的问题。这个问题最初是由赵元任提出汉语整句相当于一问一答两个零句引起的①。其后,Haiman(1978)发表了题为"Conditionals are Topics"(《条件分句就是话题》)的著名论文,其论证以胡阿语为依据,并推广及英语等其他语言。学者认为,汉语中普遍存在话题句标记与条件句标记同一并且功能相同的情况。其中普通话的标记是"的话",北京话的标记是"吧",文言的标记是"则"②。在诗句中,这种条件分句大量存在,例如:

> 思乐乐难诱,曰归归未克。(陆机《赴洛诗》)

---

① Yuen Ren Chao:*A Grammar of Spoken Chinese*,p. 81. 吕叔湘译:《汉语口语语法》,第 50 页。

② 以上参见徐烈炯、刘丹青:《话题的结构与功能》,第 205 页以下。

含言言哽咽,挥涕涕流离。(陆机《挽歌诗》)

浮海难为水,游林难为观。(陆云《为顾彦先赠妇》)

望庐思其人,入室想所历。(潘岳《悼亡诗》)

左眄澄江湘,右盼定羌胡。(左思《咏史诗》)

外望无寸禄,内顾无斗储。(左思《咏史诗》)

与之将见卖,不与恐致患。(卢谌《览古诗》)

望云惭高鸟,临水愧游鱼。(陶渊明《始作镇军参军经曲
阿作》)

语不惊人死不休。(杜甫《江上值水如海势聊短述》)

细推物理须行乐。(杜甫《曲江二首》)

不为困穷宁有此。(杜甫《又呈吴郎》)

便插疏篱却甚真。(同上)

春来准拟开怀久,老去亲知见面稀。(杜甫《十二月一日
三首》)

许身愧比双南金。(杜甫《题省中院壁》)

离别不堪无限意,艰危深仗济时才。(杜甫《送王十五判
官扶侍还黔中》)

隐居欲就庐山远,丽藻初逢休上人。(杜甫《留别公安太
易沙门》)

试在以上划线部分后加"的话"(或"则")标记,均可成立,说明它
们都是条件分句,同时也是话题。以上所举例又多是对句,具有
平行或对称意义。这也是话题结构的特点①。

由于以上从句和分句均位于句首,而从句式话题句往往没有

---

① 参见徐烈炯、刘丹青《话题的结构与功能》所举上海话分句式话题的例子,第
208 页以下。

另外的主语,所以二者又有重合之处。例如"云近蓬莱常好色,雪残鸂鶒亦多时""一片花飞减却春,风飘万点正愁人"等句,也可以分析为条件分句,可以加入"的话"标记①。

除以上列举的各种话题结构外,学者指出汉语中还有拷贝式话题、上位语域式话题,在理论上当然也可以在诗句中使用,只是在调查中尚未发现。

三、诗歌中和口语中的话题句

中国的现代语法学是在模仿"泰西葛郎玛"(西方语法学)的基础上建立的,而孕育西方语法学的印欧语言以主谓结构为基本结构,语法学也自然以主动宾语序为基本句法关系。这种语法学在应用于汉语时很快便发现有诸多不适应之处,早期语法学家已指出"主在述后""宾在句首"(黎锦熙《比较文法》),动词"无起词"、"止—起—动"变次(吕叔湘《中国文法要略》)等现象。后来语法学家则认为,汉语的主语与谓语结构关系最松,语义关系复杂,主语可以是施事、受事、与事、工具、时间处所等,同时也接受了话题的概念②。

20世纪学者对汉语诗歌的句法分析,采纳的是以主谓式为基本模式的语法学理论,同时也试图用各种方法解释诗歌中各种"反常"、与这种模式不合的现象。其中屡用不爽的就是倒装和省略二法,只是在应用于具体诗句时常常会有不同解释。如"柳色

---

① 唐正大《类指性、话题性与汉语主语从句》认为,汉语的主语从句与条件句有重合之处,但不互相包含,而二者都可以看作话题句。《汉藏语学报》第7期(2015)。

② 朱德熙:《语法讲义》,第95页。

春山映,梨花夕鸟藏",被解释为宾语倒置①;也有人认为是被动句,因字数限制省略"为"或"被"②。倒置扩大一些又称错位,如"带雪梅初暖,含烟柳尚青",被认为是谓语的一部分置于主语之前;"生长明妃尚有村",则是宾语的定语置于动词之前③。省略的例子,如"卷帘残月影,高枕远江声",被认为是省略谓语,补全的话应是"卷帘而残月之影入,高枕而远江之声闻"④;但也有人理解为"卷帘而见残月影,高枕犹闻远江声"⑤。此外,还提出"关系语"概念,包括方位、时间词,表方式、因果的名词,也可以是动宾词组或主谓词组,可置于句首和句尾,也可插入句中⑥。

与这种试图通过修修补补把汉语诗歌纳入"泰西葛郎玛"体系的努力不同,另有一些学者则强调汉语自身的特点,对这一体系是否适合汉语文法、句法提出质疑。不过,由于当时人们对语法的理解局限于主谓式的句子模式,由这种质疑很容易导致的一种结果就是,认为汉语诗歌乃至很多汉语现象无法用一般语法概念解释。

然而,20世纪语法学内部发生了很大变化。作格语言的发现,对传统的以主谓关系为基础建立的句法理论提出挑战,从根本上动摇了主宾格对立是语言普遍模式的观点。在作格语言中,不及物的主语与及物的宾语同格,而及物的主语与其不同格,构成通格/作格的二元对立。由作格语言反观,印欧语言被

---

① 王力:《汉语诗律学》,上海:上海教育出版社2002年(1957年新知识出版社初版),第264页。王著称"目的语倒置"。

② 蒋绍愚:《唐诗语言研究》,172页。

③ 蒋绍愚:《唐诗语言研究》,第179、180页。

④ 王力:《汉语诗律学》,第271页。

⑤ 蒋绍愚:《唐诗语言研究》,第155页。

⑥ 王力:《汉语诗律学》,第274页;蒋绍愚:《唐诗语言研究》,第161页。

定义为宾格语言,其主语在及物句和不及物句中同格,而与宾格(宾语)相对立。随后,学者又发现有些语言兼有作格、宾格两种模式①。汉语学界则围绕汉语动词是否具有作格性(及物句宾语与不及物句主语同格)展开讨论,有人提出将汉语非及物动词分为非宾格动词与非作格动词,而将及物动词分为受格动词与作格动词;也有人认为汉语属于宾格－作格混合模式中的主语系统变动类型②。另一方面,根据对汉语及其他一些语言的调查,人们认识到有不同于主语优先型的话题优先型语言的存在,主语的普遍重要性因此受到质疑,主谓式传统句子观也面临挑战③。

对诗歌话题句的调查,除了可以帮助我们正确分析某些句子(例如不能把"美者颜如玉"断成三二字节)外,更有意义的是,证实了话题成分在汉语这种话题优先型语言中是普遍存在的,即使在诗歌这种比较特殊的文体中同样有很高的使用频率,而且其各种句法结构形式都有使用。过去人们用倒置、错位、省略等方法来解释的各种反常语言现象,现在可以在各种类型的话题结构中得到更合理、更接近汉语语言事实的解释。倒置、省略等解释,在句法上固然可以成立,但却使诗意相对固定,而话题句本身原来就是一种松散、模糊的关系。一直以来人们因汉语与主谓式句子模式不合所提出

① 作格 ergative,又译唯被动格、夺格、施格等。有关研究参见 Charles J. Fillmore 著、胡明扬译:《"格"辨》("The Case for Case"),《外国语言学》编辑部编:《语言学译丛》第二辑,北京:中国社会科学出版社 1980 年,第 1—117 页;曾立英:《作格研究述评》,《现代外语》2007 年第 4 期等。
② 参见黄正德:《中文的两种及物动词和两种不及物动词》,收入《第二届世界华语文教学研讨会论文集》,台北:世界华文出版社 1990 年,第 39—59 页;曾立英:《现代汉语作格现象研究》,北京:中央民族大学出版社 2009 年,第 349 页。
③ 参见徐烈炯、刘丹青:《话题的结构与功能》,第 257 页。

的种种质疑,实际上与我们对语法学理解的片面性有很大关系。

值得注意的是,赵元任在说明汉语的话题意义时,除了引用口语材料外,还引用了诗歌材料(在该书其他部分很少见)。后来学者在讨论这一问题时,也主要使用口语材料(包括方言的)。至于现代书面语,因其不免受到某种欧化影响,则很少作为语例涉及。现代语言学家普遍重视对口语的研究,如朱德熙提出:"北京口语语法的研究是现代汉语语法研究的基础。"而且认为这也是赵元任先生的主张①。

作为语言自然素材和实际用语的口语,可能反映着在语言使用中起重要决定因素的现象②。而诗歌,尤其是古代文人诗歌,则是一种与其截然不同、性质完全相反的文体。它不但是一种极其造作的人工产品,而且常常有意突破一般语言习惯,同时受到字数的严格限制,不能将句子自然展开。然而,恰恰是这些限制和某些人为造作的追求,使得诗歌在某些方面和口语的情况有点类似。因为诗歌的造作不可能走向违拗语法,而只能是尽量利用和扩展语法的合法空间,以便让诗人造出既适应各种限制、又无碍理解且新颖别致的句子。

口语因上下语境和表达简洁等原因,也往往不完整,结构形式多样。赵元任认为:主语、谓语作为一问一答,主语是话题和问话,谓语是述题和回答,答话作为零句(minor sentence),往往具有述题的性质。"整句只是在连续的有意经营的话语中才是主要的句型。在日常生活中,零句占优势。由这种零句组成整句,这就使得整句中的主语和谓语的结构形式多种多样这一现象成为完

---

① 朱德熙:《现代汉语语法研究的对象是什么?》,《中国语文》1987年第5期。
② 参见张伯江、方梅:《汉语功能语法研究》,第14页。

全可以理解了。"①在诗歌中和在口语中,话题关系的复杂多样、极为松散,可以说得到了最充分的体现。诗歌中的一些例子,因此可以成为说明这种关系的极端代表。

举例来说,诗歌可以采用有意"移位"的方法,将动词短语和从句中的动词论元移到句首作话题,一方面是为了适应字节限制,另一方面也可能是有意凸显这一部分。但诗人可以这样做,恰恰是因为口语中允许这样的表达(现代普通话仍然如此),在理解上不会造成任何困难。

又比如,条件分句作话题在五言句中很常见,在七言句中反而要少一些。同样,我们在其他文言形式和熟语、成语中,也可以见到大量类似句型,如"入则孝,出则悌","用之则行,舍之则藏","不塞不流,不止不行","逢山开路,遇水搭桥","成则为王,败则为寇","不见不散",也都采用紧缩短句(以四字为主)形式。可见比四言只多一个字的五言句,与这种句型本来就十分适合。

至于"云想衣裳花想容"句,也可能并不算很特殊的例子。明朱谏注:"想,想其相似也。言其衣裳如云而容貌如花也。"大概代表了一般的理解。王锳《诗词曲语辞例释》释"想"字为"似""如""像"的意思,不作通常的"思想""料想"义解,并引李白此诗②。无疑,"云想衣裳""花想容"分别为两个分句,"云""花"分别为话题。但动词"想"在唐诗中确有此种用法,即用来表示对话题的判

---

① Yuen Ren Chao: *A Grammar of Spoken Chinese*, p. 82–83. 吕叔湘译:《汉语口语语法》,第 51 页。
② 王锳:《诗词曲语辞例释》(第二次增订),北京:中华书局 2005 年,第 257 页。

断和推测,有想来、想似之义,和口语的"看来"意思差不多①。它前面的名词当然不是动作者,而是判断的对象。由此看来,凡是用此意义的"想"字,都是典型的话题句。

原载《语文研究》2018 年第 2 期,收入本书时有修订

---

① 王锳书已引多例。其他如王勃《怀山》:"鸾情极霄汉,凤想疲烟霞。"刘长卿《京口还洛阳旧居兼寄广陵二三知己》:"家人想何在,庭草为谁碧。"但王著以为"想"是"像"的同音假借,则有待商榷。如"家人想何在"中的"想"就不能解释为"像"。如果将"想"字解释为对其前话题进行推测之义,则以上例句全部可以得到合理的解释。

汉语诗歌歧义句探析

一、语法歧义句

一般所说歧义句,主要指有语法歧义(grammatical ambiguity)的句子。例如"出租汽车",可以指一种汽车,也可以指一种行为。对这类歧义句进行分化从而排除歧义的办法,包括改用词的小类以分别同形词,根据句子的层次构造进行分化,根据显性和隐性语法关系进行分化①。也有学者将歧义分化方法概括为三方面:揭示表层语法结构之下的深层语义结构;用词的次范畴小类及对词项语义的精细描述来说明歧义产生的原因;通过分析预设与焦点的变化来分化语用平面上的歧义②。

学者在现代汉语歧义句的研究中,还发现、总结了一些多义句式。例如:

> 反对的是少数人(V^2 +的+是+N)
> 鲁迅的书(N_1 +的+ N_2)

---

① 参见朱德熙:《汉语句法里的歧义现象》,收入《朱德熙文选》,北京:北京大学出版社 2010 年,第 104—123 页。

② 邵敬敏:《歧义分化方法探讨》,《语言教学与研究》1991 年第 1 期。

在火车上写标语(在＋N_p＋V＋N)

发现了敌人的哨兵(V＋N_1＋的＋N_2)

是瓦特发明的蒸汽机(是＋VP 的＋N)

并给出了分化的方法①。

在古汉语研究中,学者根据对《左传》的调查,将歧义现象分为语法结构歧义和语义结构歧义。前者涉及句法关系(如"不义不暱")、句法层次(如"篮仕于晋")。后者涉及动宾语义关系(宾语可以是受事、与事、原因或使动等)、主谓语义关系(主语可以是施事或受事)以及代词的指代歧义②。此外,由词的兼类造成的歧义现象在古汉语和现代汉语中都比较常见。例如:"研究方法很重要。"③《诗经·大雅·召旻》:"彼疏斯粺。"《毛传》:"彼宜食疏,今反食精粺。""疏""粺"二字用如动词;朱熹《诗集传》:"如疏与粺,其分审矣。"则作名词④。

学者在讨论中也归纳出古汉语中的一些多义句式:

老者安之(N 施/受＋V＋之)

仁以接事(N_1 主/介词宾语＋以＋N_2)

---

① 朱德熙:《汉语句法里的歧义现象》,《朱德熙文选》第 105—114 页。此外,还有主要涉及语用层面的否定句、"最"字句、"也"字句、"又"字句等问题的研究。

② 孙力平:《〈左传〉中的组合歧义及几种歧义格式》,郭锡良主编:《古汉语语法论集》,北京:语文出版社 1998 年,第 471—486 页。此外,有关介宾结构省略宾语,参见刘景春:《古代汉语宾词省略歧义现象研究》,《佳木斯教育学院学报》1993 年第 3 期等。

③ 朱德熙:《汉语句法里的歧义现象》,《朱德熙文选》第 112 页。

④ 参见李维琦:《〈雅〉〈颂〉中的语法歧义》,《湖南师院学报》1982 年第 2 期。

郳子之不朝（N 施/受＋之＋不＋V）

楚子……享于郑（N$_1$＋V＋于＋N$_2$ 受/与/施/处）

许男请迁于晋（N$_1$＋V$_1$＋V$_2$＋于＋N$_2$ 施/与/受/处）①

不义不暱（不～[并列/因果/条件?]不～）②

其中最后一种句式最具活力，几种结构关系现在仍同时出现在俗语、口语中。其他句式即便在《左传》中，根据上下文一般也不会导致歧解，只能说在同一句式内可能包含了几种不同的语义关系。

在汉语诗歌中，也常常会碰到一些解释有分歧的句子。其中大多数属于词义训诂问题，如《诗经·周颂·天作》：

彼徂矣岐，有夷之行。

《郑笺》："后之往者，又以岐邦之君有佼易之道故也。"朱熹《诗集传》定"岐"字绝句，释为："彼险僻之岐山，人归者众，而有平易之道路。"释"徂"为"岨"，导致句读和句子结构都发生变化③。这种句子结构的变化是由词的歧义或字的通假造成的，与语法结构本身的歧义不同④。

但是，也有一些歧解涉及到语法结构。如《诗经·大雅·常武》：

---

① 以上参见孙力平：《〈左传〉中的组合歧义及几种歧义格式》。

② 参见杨伯峻：《"不～不～"语句型之分析》，收入《杨伯峻学术论文集》，长沙：岳麓书社 1984 年，第 114—128 页。

③ 参见向熹：《诗经语言研究》，成都：四川人民出版社 1987 年，第 272 页。

④ 当然，有时同一个句子既可以看成词汇上多义，也可以看成语法上多义。参见朱德熙：《汉语句法里的歧义现象》，《朱德熙文选》第 105、107 页。孙力平将词的多义造成的语法成分变动（如"星殒如雨"）也列入语法结构歧义，本文未采用其说。

王舒保作,匪绍匪游。

《毛传》:"匪绍匪游,不敢继以敖游也。"绍,继也。"绍"与"匪游"是动宾关系。《郑笺》:"绍,缓也。……谓军行三十里,亦非解缓也,亦非敖游也。"则"匪绍"与"匪游"是并列关系。《诗经》中有不少与此类似的并列结构,解释均有分歧,是四言诗特有的一种导致歧解的句型结构①。

在五言诗中,有时也会碰到涉及语法结构的歧义句。如杜甫《羌村三首》:

娇儿不离膝,畏我复却去。

一说娇儿"不离膝,乍见而喜;复却去,久视而畏",一说娇儿"畏我复去"。从语法上说,这两种解释都能够成立:"畏我"和"复却去"可以理解为两个分句,也可理解为"我"是"却去"的主语,又是"畏"的宾语,整句为兼语句。不过,据对"却去"一词的考察,其义为退去、回去,不是简单地表示离开。结合上下文,应该说前一种解释更符合唐代语言习惯。

另一个七言诗的例子是杜甫《戏为六绝句》:

纵使卢王操翰墨,劣于汉魏近风骚。

由于是以诗论诗、发议论,要把相对复杂的意思放进七言四句之中,所以这组诗的表达多有含混之处,导致有多处歧解。但其中

---

① 参见向熹:《诗经语言研究》,第288—289页。

真正由语法结构导致的歧义，只有这两句：一说卢、王操翰墨虽"劣于汉魏"，但仍"近于风骚"；一说"汉魏近风骚"五字连读，谓卢、王不如汉魏之近于风骚。前说是把"汉魏"作为"劣于"引出的比较对象，后说则是把"汉魏"作为"近风骚"的主语，这五字作为一整句成为"劣于"引出的部分。此例和前一例类似，也是由于在上下两句中出现的第二个名词 N_2 有后续成分，于是对其在整句中充当的语法成分产生歧解。但这种情况在五、七言诗中都可以说是难得一见。

　　此外，还有个别例子，注家对句子结构理解不同，但解释未必能成立。如曹植《赠丁翼》：

　　　　君子义休待，小人德无储。

《文选》李善注："言君子之义美而且具，小人之德寡而无储也。"则"休待"即无待（"且具"），"君子之义美"是对诗句的补充说明。五臣刘良注："言君子有义而美，则待用于时；小人纵有小德，不能储蓄，发于辞色以自为大也。""休待"被解释为并列关系，"休"为"美"，"待"成为另一分句。不过，这样将词性不同的"休"与"待"并列起来实属勉强，也不合于五言诗的构句习惯①。

　　总的来看，在五、七言诗中这种语法歧义句并不多见，也没有发现有某种有代表性的多义句式。分析其原因，可能是因为五言和七言都属于短句，而且绝大部分同时也是完整句，尽管其中允许有紧缩复句、内嵌从句、话题句等形式，但也排除了很多层次结构复杂的句式。这种短句一般更适于表达比较明确的意思，内容

----

① 单音形容词和动词在五言诗中一般不能直接并列，须有连词"且""复"等连接。此外，"待"的主语应是"君子"，但却紧接"休"之后而属"义"之下。

相对简单而不致产生误解。以上学者根据《左传》等先秦典籍列出的多义句式,除"不~不~"一种句式较有活力外,其他句式除了在仿古文言中还可能出现,在其他文体中表达大多已有变化。

　　此外值得注意的是,在以上学者所归纳的句式中,都包含有"之""以""于"等虚词,只有在包含这些虚词的情况下才会导致歧义(例如"许男请迁于晋",如果将"于"字去掉,则不再有产生歧义的可能)。而五、七言诗因句式本身的要求,早已将这些虚词的绝大部分都过滤掉了,不再有采用这类歧义句式的可能。这就在很大程度上保证了古汉语中一些曾经存在的歧义句式不大有可能进入五、七言诗。当然,诗歌因句式紧缩的原因,有可能出现另外一些歧义句式,前文所举就是其中仅见的例子。但这种情况看来并不普遍,诗人在写作中很少遇到,读者根据上下文一般也都能够排除可能有的歧解。上举杜甫《羌村》诗的歧解,应是后人不明唐人用语习惯所导致的。又如苏轼词《江城子·密州出猎》:

　　　　为报倾城随太守,亲射虎,看孙郎。

有人解释为:"为了报答大家倾城出动随着我去出猎。"但在唐宋诗词中,"为报"只有"代我通告"之义①。类似的后人在词语用法上的误解,都不能算是真正的语言歧义现象。

　　根据调查,诗歌中可能有的一种歧义现象与词的兼类有关。在现代汉语中,有一种句法歧义是动宾与偏正同形的结构,就是

───────────

① 参见刘景春:《古代汉语宾词省略歧义现象研究》,《佳木斯教育学院学报》1993 年第 3 期。

由词的兼类造成的,如:出租汽车、出口商品、学习文件等①。在古汉语和诗歌中,这种词的兼类多发生于单音词,因此在两字组合中也有类似情况。例如:

乱流趋正绝,孤屿媚中川。(谢灵运《登江中孤屿》)

"乱流"是动宾关系还是偏正关系?《文选》李善注:"《尔雅》曰:水正绝流曰乱。"是理解为动宾关系。据学者考察,"乱流"有水汇合义,是动宾式双音词②。但如果该组合已词汇化,则在句中充当主语,其内部关系转化为偏正关系,与下句的"孤屿"结构一致。

动+名偏正词语在早期文献中就已出现③。其中有一类是由表示运动义的动词修饰作为动作主体的名词,如"飞鸟"。在汉魏以后的赋和诗文写作中,派生出大量这种词语。其中派生词较多的动词有"飞""落""归""行""奔""离"等。由于其中有些词兼有不及物和及物(或使动)两种用法,所以有些组合便兼有偏正与动宾两种可能,如"飞尘""飞雪""行舟"。诗中之例如:

回飙扇绿竹,飞雨洒朝兰。(张协《杂诗》)
侍宴出河曲,飞盖游邺城。(江淹《杂体诗·王侍中粲》)

"飞雨""飞盖"都可能有两种分析方法。此外,有些词(如"乱")

---

① 张斌《汉语语法学》:"句法歧义常见于动宾与偏正的交叉。"上海:上海教育出版社 1998 年,第 79 页。
② 王云路:《中古诗歌语言研究》,西安:世界图书出版公司 2014 年,第 383 页。
③ 参见程湘清:《先秦双音词研究》,见程湘清主编:《先秦汉语研究》,济南:山东教育出版社 1992 年,第 100 页。

兼有形容词用法,也容易导致歧义。

不过,由以上例子也可以看出,在现代汉语双音词组合中,"出租汽车"究竟是指一种汽车,还是指一种行为,确实有明显的意义之别,放在一定的上下文中有辨明的必要。但类似的单音词两字组合,尤其是置于诗歌上下文中,结构上的分歧对诗意理解影响并不大,往往被注家和读者忽略。以上"乱流""飞雨""飞盖"几例,就几乎没有人注意或提及其中理解的细微差别。有的学者强调汉语诗歌词法语法"关系模棱",可以超脱西方文法的"定词性",在这里倒是可以找到某种支持。换句话说,汉语诗歌确实在一定程度上允许或适合于这种包含语法歧义的模糊表达。只是这种歧义并没有造成语意理解的重要分歧,因此不应过分夸大其意义①。

二、句法歧义句

由此引出另一相关问题,那就是在汉语语法分析中,除了语法歧义句外,还有一种句法歧义句(syntactically ambiguous sentence)。例如"他母亲病了",既可以分析为以"他"为话题的句子或主谓谓语句(双主语句),也可以分析为以"他母亲"作为主语的句子。句法结构上的这种不同,在意义表达上并无明显差别②。

---

① 当然,并非所有两字组合产生的歧义都不重要。例如"民主",是偏正结构("民之主")还是主谓结构("民作主"),意义完全不同。但总起来看,这种偏正结构与主谓结构同形的例子很少见。此例中后者在文献中出现的时代也很晚。

② 参见徐烈炯、刘丹青:《话题的结构与功能》,上海:上海教育出版社 2007 年增订版,第 51—52 页。袁毓林认为,两种分析在细微的语义上还是有区别,前一种分析的后续小句可以是"孩子也病了",后一种分析的后续句是"我母亲也住院了"。见袁毓林:《〈话题的结构与功能〉评述》,《当代语言学》2003 年第 1 期。

汉语语法分析中特有的这种情况,显然与一般所说的语法歧义句不同。其他语言中的语法歧义句也必定有意义上的明显不同,但却未必有与汉语类似的句法歧义现象。

在汉语语法分析中出现的这种情况,显然与汉语缺少语法形态标志、单字组合自由有关。因此,这种句法歧义句在古汉语中可能更为常见。例如,[动+之+名]结构("夺之牛"),一种分析认为"之"是宾格,这种结构属于双宾语句;另一种分析认为"之"是名词的领格,"夺之牛"即相当于"夺其牛"①。尽管两种意见各有道理,但从所举例句和分析来看,应该说并未造成语意理解上的分歧。

在对汉语诗歌的语法分析中,我们也常常看到一些不同意见。例如杜甫《秋兴》名句:

香稻啄馀鹦鹉粒,碧梧栖老凤凰枝。

有学者认为是倒装:"主语倒置,目的语一部分倒置。"②也有学者将其归入名词语③。又如王维《春日上方即事》:

柳色春山映,梨花夕鸟藏。

---

① 这一问题从《马氏文通》开始,一直讨论到 20 世纪 90 年代。参见何乐士:《先秦"动·之·名"双宾式中的"之"是否等于"其"》,《中国语文》1980 年第 4 期;唐钰明:《古汉语语法研究中的"变换"问题》,《中国语文》1995 年第 3 期;杨伯峻、何乐士:《古汉语语法及其发展》,北京:语文出版社 1992 年,第 120—121 页。

② 王力:《汉语诗律学》,上海:上海教育出版社 2002 年(新知识出版社 1958 年初版),第 265 页。

③ 蒋绍愚:《唐诗语言研究》,北京:语文出版社 2008 年,第 169 页。

有学者认为是目的语(宾语)倒置,应理解为"春山映柳色,夕鸟藏梨花"①;也有学者认为上句是被动句,只是介词"为"或"被"不出现,下句"梨花"是表示处所的关系语②。但从这些不同分析中,看不出对诗意本身的理解有明显不同。而导致分歧的原因,应当是运用了不同的语法概念,或者是对语法现象的认识有所偏重。

应该说,五言诗和七言诗的绝大多数句子都是结构清晰的,语法分析的结果也是一致的(不考虑语法体系和术语上的差别)。但与散文相比,确实有一些句式有可能在句法结构上有不同的分析结果。这种不同分析,如果确实导致意义理解上的不同,那就属于语法歧义句;如果在意义理解上看不出明显不同,那就仅仅是句法分析上的歧异。

我们知道,除少数例外,五言诗由二三字节构成,七言诗由二二三字构成。其中的二,一般是两个单字的组合(当然也有单纯的线形连接),也有不可拆分的双音结构,如联绵词和专有名词。其中的三,则分为一二、二一和一一一这三种形式,一二、二一的内部又形成各种组合形式。五、七言诗的一句(除去少量连贯句,即上下两句构成一整句),可以被认为包含了三个语法层面:1. 单字,作为一个单音词;2. 两字组合,作为双音词或词组、短语,此外还有少数三字词;3. 句子(五言或七言),由单字和两字、三字组合充当句子成分;句子本身也可能是一个包含分句的紧缩复句,或一个嵌有从句的主句。在这三个层面中,两字组合最显重要。它包含了主谓、动宾、并列、定中、状中等基本结构(此外,动补结构主要见于三字组合)。

在这些组合中,如果因词的兼类而对其结构的判定模棱两

---

① 王力:《汉语诗律学》,第 264 页。
② 蒋绍愚:《唐诗语言研究》,第 172 页。

可,就可能产生歧义。例如句首二字在主谓句中通常作名词性的主语,但有的组合也可以被分析为其他结构:

> 合坐同所乐。(王粲《公宴诗》)
> 连玺曜前庭。(左思《咏史诗》)
> 哀歌和渐离。(同上)
> 连障叠巘崿。(谢灵运《晚出西射堂》)
> 积石拥基阶。(谢灵运《登石门最高顶》)
> 疲弱谢凌遽。(颜延之《应诏观北湖田收》)
> 零雨润坟泽,落雪洒林丘。(谢惠连《西陵遇风献康乐》)

以上诸句中,"合坐""哀歌"又可视为状中结构,"连玺""连障""积石""零雨"又可视为动宾结构,"疲弱"也可以作形容词而不作名词用。这样,全句也就不再是主谓句,而变成两个分句。这种情况尽管对诗意理解影响不大,甚至诗人在构思时也未必意识到其中的差别,但毕竟在语义上有所不同,所以仍应归入语法歧义句。

另一种情况是,虽然是同一组合形式,且结构不存在歧义,但由于与句子其他部分的关系不同,在句子中充当不同的成分,因此形成不同的句式。在这些不同句式中,则有可能出现一些模棱两可的句子。例如,当五言诗首二字被判定为主谓关系时,可能的句式有:

> A1　月出照园中。(刘桢《公宴诗》)
> A2　时变感人思。(郭璞《游仙诗》)

在 A1 中,"月"是后面两个谓语成分"出""照园中"的主语,全句是一个连贯复句。在 A2 中,"时变"则是"感"的主语,在全句中是一个主语从句。但以下句子则模棱两可:

> 宾饮不尽觞。(曹植《送应氏诗》)
> 涕下如绠縻。(王粲《咏史诗》)
> 泪下不可收。(王粲《从军诗》)
> 华繁难久鲜。(陆机《塘上行》)
> 泪下沾衣襟。(张载《七哀诗》)
> 忧来令发白。(同上)
> 蠖屈固小往,龙翔乃大来。(潘尼《赠侍御史王元贶》)
> 悲来恻丹心。(郭璞《游仙诗》)
> 质弱易板缠。(谢灵运《还旧园作见颜范二中书》)
> 德辉灼邦懋。(颜延之《赠王太常》)
> 恩渥浃下筵。(江淹《杂体诗·袁太尉淑》)

以上诸例归入两种句式都可以,可以说"涕"下、"涕"如绠縻,也可以说"涕下"是"如绠縻"的主语。

当首二字被判定为动宾或其他动词结构时,可能的句式有:

> B1 揽涕登君墓。(曹植《三良诗》)
> B2 著论准过秦,作赋拟子虚。(左思《咏史诗》)

B1 中的两个动宾结构相承接,是一个复句。B2 则是前一动宾结构作话题,同时也是全句的主语,后一个动宾结构说明话题,也是其谓语部分。但以下句子则模棱两可:

　　　　顾眄遗光彩。（曹植《美女篇》）

　　　　结发事明君。（王粲《咏史诗》）

　　　　远行蒙霜雪。（应玚《侍五官中郎将建章台集》）

　　　　赠诗见存慰。（同上）

　　　　长啸激清风。（左思《咏史诗》）

　　　　偃息藩魏君。（同上）

　　　　谈笑却秦军。（同上）

　　　　越礼自惊众。（颜延之《五君咏·阮步兵》）

"顾眄""遗光彩"可以认为是两个动作，也可以认为前者是"遗"的主语。

　　由于条件分句与话题句具有标记同一、功能相同的情况，所以凡是两个谓语部分具有条件分句关系的，也都可以认为属于B1、B2两可的情况。如：

　　　　浮海难为水，游林难为观。（陆云《为顾彦先赠妇》）

　　　　望庐思其人，入室想所历。（潘岳《悼亡诗》）

　　　　左眄澄江湘，右盼定羌胡。（左思《咏史诗》）

　　当首二字是动词，后三字是主谓结构时，可能的句式有：

　　　　C1 借问女安居。（曹植《美女篇》）

　　　　C2 饮饯觞莫举。（陆机《挽歌诗》）

C1 全句是一个动宾结构，由主谓结构作宾语从句。C2 则是两个分句，意思是虽饮饯而不举觞。但以下句子则模棱两可：

感慨心内伤。(张华《情诗二首》)
怅望一途阻。(谢朓《酬王晋安》)

既可以认为"一途阻"是"怅望"所见,也可以认为这是分述两方面的情况。以上这几种情况都属于句法分析结果不同(因此句式不同),但对语义几乎没有影响,所以应归入句法歧义句。

从以上所举几种情况来看,无论是对两字结构的判定,还是对该结构与句子其他部分关系的判定,五言诗中的句首二字都起着决定作用,歧义的可能性大都埋藏在句首二字中。这两字如果存在歧义,或者在后续展开中有可能形成歧义句式,就会导致整个句子的语法歧义或句法歧义。相反,如果这个两字结构本身没有歧义或者不会发展出歧义结构,例如是一个专有名词或其他一些名词性词语,那么整个句子也就不可能是歧义句。这样看来,五言诗中后三字在句子结构中的地位和可能的展开方式,是由前两字所决定的。在五言诗和七言诗的后三字中,能够见到的一般只有某种形式的结构转换,例如宾语前置可以转换为主谓结构,对此可能会有不同的语法说明。

当然,也有一种例外情况,就是五言诗的前两字单纯作状语,后三字存在结构歧义。例如:

床前明月光。(李白《静夜思》)

后三字可以理解为"明月之光","言床前忽见皎月之光"(《李诗直解》);也可以将"明"理解为动词,与"月光"构成动宾结构。以下两种英译也显示出理解的不同:

Before my bed a pool of light——（许渊冲译）

The moon shines brightly ／ In front of my bed.（唐一鹤译）

这是因为"明"字兼有形容词和动词用法造成的①。

　　以上对五言诗情况的说明，也基本适用于七言诗。但据笔者的有限调查，七言诗中的句法歧义句可能更为多见，例如有不少诗句可以视为话题句或以从句作为句子成分，就可能存在多种分析方法；但真正的语义歧异、理解分歧反而较为少见。这是因为上述有可能存在歧义的两字结构，无论应用于七言诗的句首或句中（三、四字），由于七言诗长度的扩展，句型发生改变，多出两字有可能提供更多的确定的语义背景因素，从而排除了导致歧解的可能。另一方面，两字结构也可能发生变化，例如七言诗一句如果有两个谓语部分，其中一部分就有了四字空间，两字动宾结构可以扩展为二二，单音词变成双音词，而在当时汉语双音词的兼类现象还不普遍，于是使上述结构歧义失效。

三、语言学讨论与诗学批评

　　语言学和诗学批评都讨论歧义问题，那么它们之间有什么不同呢？语言学的歧义是以明确的语法概念为前提的，是在对语言现象进行充分语法分析的基础上提出的。有关这种歧义的讨论要求对歧义进行分化，从而排除歧义，并促使语法研究的深入。因此不难理解的是，中国传统学术中所说的多义、歧解现象，只限

① 按，此句宋刊本《李太白文集》及《乐府诗集》等，均作"床前看月光"。明李攀龙《唐诗选》、清王士禛《唐人万首绝句选》等作"床前明月光"，可见是后出的异文。由"看"衍为"明"，可推测改动者最初还是作动词用。

于训诂学中有关字义的解释。此外在有关义理的讨论中虽然往往有各种歧解存在,但它们之间是相互排斥的,没有人主张自己的解释可以和他人共存。因此,在传统语言学乃至古典诗学中,并没有一个和语法歧义稍微近似的概念,原因就在于缺少必要的语法理论和语法分析基础。

现代诗学中所使用的歧义概念,是由新批评派燕卜荪(William Empson)的名著《歧义七型》(*Seven Types of Ambiguity*)所代表的。ambiguity 又被译为复义、含混、朦胧。他所说的七型包括:

1. 细节(一个词、一个比喻)同时以几种方式产生效果,使读者难以定夺;

2. 由语法结构不明确造成的数义并存;

3. 一个词在上下文中有两种意义,如双关语;

4. 一个陈述语含有两个以上的复杂意义,结合在一起无法判断作者是褒是贬;

5. 作者在写作中才发现自己的真意所在,造成前后文的意义不一致;

6. 字面意义累赘矛盾,迫使读者寻找多种相互冲突的解释;

7. 同一词在上下文中恰好表现出相反的两种意义。

燕卜荪的理论贡献是为诗歌中的复杂语意现象进行了有力辩解,给了把含混视为诗之弊病的传统观点致命一击。但批评者也认为,燕卜荪所使用的 ambiguity 一词本身含意不清,也有人建议用多义性(pluri-signation)、多重义(manifold meaning)等概念取代。批评者还认为,燕卜荪所说的歧义更多地是指诗歌中意义或此或彼的现象,而诗歌中的复合意义是歧义与多义的整合,数解可以共存、叠加,不是非此即彼,也不是或此或彼,而是亦此亦彼①。

可以看出,燕卜荪所说的 ambiguity 七型中,只有第二型与语法结构有关。其他还有一些与词汇的意义有关,例如双关语的使用。他在第二型中举了大量例子,但大都属于语法结构不确定,对诗句的语法结构有不同理解,从而形成不同结构的句子,而不是某一语法结构本身引起歧义②。他所说的 ambiguity,主要与诗歌的语境有关,而这个语境一般都并非限于某一句,而是与整个段落甚至整篇作品有关。只有在这种语境下,才能领会诗歌的某一句或某个词的含混性或复合意义。

我们可以举杜甫《八阵图》一诗为例:

> 功盖三分国,名成八阵图。江流石不转,遗恨失吞吴。

此诗的歧解主要在"失吞吴"三字:由于"失"有丧失、过失二义,所以一说以为遗恨在于失去吞吴之机,另一说则以吞吴之举为过失,

---

① 燕卜荪:《朦胧的七种类型》,周邦宪等译,杭州:中国美术学院出版社 1996 年。有关对该书的批评,参见赵毅衡:《新批评——一种独特的形式主义文论》,北京:中国社会科学出版社 1986 年,第 161—177 页。赵毅衡本人提出了另一种复义的分类方法:第一类词义性复义,第二类语法性复义,第三类比喻性复义,第四类反说性复义。见《说复义——中西诗学比较举隅》,《学习与思考》1981 年第 2 期。

② 他所举的例子之一是 Eliot 的 *Whispers of Immortality* 的开篇:Webster was much possessed by death / And saw the skull beneath the skin; / And breastless creatures under ground / Leaned backward with a lipless grin. 认为其中的 Leaned 既可以看成动词,也可以看成分词;可以理解为:Webster saw the skull beneath the skin and breastless creatures under ground. 但如果强调第二行的分号,意思便成了 Webster saw the skull beneath the skin,而同时,不管被看到还是没被看到,breastless creatures under ground.

由此导致蜀灭,故诸葛亮本人以之为恨(并见《东坡志林》)。这可以说是由于一个字的歧义而导致对诗意的不同理解。在后人读解中,也可能把两个以上的复杂意义结合在一起,令人难以把握而又回味不尽。这种诗意的含混可以促使我们对吞吴事件以及历史人物的遗恨展开更多的思考和联想,而这正是诗学批评的责任。但语言学只能指出这里有字的歧义,此外并没有语法歧义问题。

　　由此来看,在有关歧义问题的讨论中,语言学与诗学批评所处理的基本上是分属不同层面的问题。语法分析所发现的诗歌中为数寥寥的语法歧义句,也不大可能为诗歌批评的歧义概念提供例证。一个根本区别是,批评家的目的是为诗歌中的复杂语意现象辩解,而语言学则要求对歧义现象进行分化,从而排除歧义。在诗歌中尽管不一定需要排除歧义,但结果也是要使诗歌结构变得更为清晰。另一方面也不必否认,参与此问题讨论的诗歌批评家未必完全遵守语言学的严格分析和定义,除了学术目标不同外,或许也是因为他们对语言学本身就不够关注。例如燕卜荪在有关第二型的讨论中所举的一些例子,就被认为经不住推敲①。中国学者在讨论此问题时举出的一些诗例,从以上语法分析的结果来看,大部分并不属于所谓语法复义现象。

　　单就语法方面来说,相比于法语等语言,燕卜荪很为英语语法更为松弛含混而得意。而学者认为,汉语相比于英语,语法关系之松弛更不可以道里计②。其实,这种所谓语法关系的松弛,主要是指汉语不像印欧语言那样必须以主谓一致关系作为句法结构,以及汉语的单字组合灵活现象。依据一定的语言学知识,对汉语各种句子结构和组合都可以给出清晰的解释。在这些句子

---

① 参见赵毅衡:《新批评———一种独特的形式主义文论》,第 174 页。
② 赵毅衡:《新批评———一种独特的形式主义文论》,第 163 页。

结构和组合中,真正与歧义或复义发生关联的例子十分罕见。

　　必须承认的是,汉语,包括古代汉语,尽管缺少明显的语法形态标志,但其语法本身无疑是严谨明晰的,不允许任何随意的安排,哪怕是任何一个虚词的使用也马虎不得。古人不会语法分析,没有发展出语法学理论,但并不妨碍他们完全按照汉语的语法要求写作。这是根本不同的两回事。只要是有汉语写作经验的人,对此都不会有何疑义。汉语的语言特点当然也直接决定五、七言诗的写作,诗人可以利用单字组合的灵活性在诗句限定字节内尝试各种变化。但诗人这样做的前提,就是语言运用已十分自如,对各种细节谙熟于心,而不可能无视语法,不考虑别人是否能够理解,造出一些不知所云的句子。表义准确、防止误解错会,是汉语写作、也是诗歌写作的起码要求。

　　同样不能忽略的是,与缺少语法形态标志以及所谓的语法关系松弛相比,汉语的更重要特点是句子结构简单,在从句层级上尤其如此,一般只可使用字数十分有限的短语(在古汉语中多为两字短语);而且得到承认的只有主语从句、宾语从句,没有印欧语言中最常见的定语从句(关系从句,有关系词引导的),另外也没有关系代词、副词,或其他表示从句关系的标志。这种情况的直观表现就是,句子的所有成分呈现在同一平面上,不像印欧语言那样由关系词引导的句子自然形成另一层面(而且明确要求时态有别),除功能词之外几乎每个词后面都可以跟上另一个句子,从而使句子呈现为立体结构①。因此,在汉语语法体系中,主、动、

---

① 这种多层级的立体结构甚至可以像俄罗斯套娃那样一级一级套下去,如: The snake catches the toad that eats the insect that nibbles the green leaves that grow on the branches. 对比一下中文翻译:"蛇吃癞蛤蟆,癞蛤蟆吃虫子,虫子吃生长在树枝上的绿叶子。"这么多层级也只能被转换到同一平面上。

宾、定、状、补这几个处在同一平面上的成分,就足以构成所有句子;从句甚至不被当作专门术语使用。在受到语言欧化影响之前,这始终是汉语最明显的特点。

正因为如此,汉语的仿古文言、骈文、译经文等重要文体,都喜欢使用短句。诗歌文体则基本停滞于五言、七言句式,更长句式的诗体始终没有发展起来①。与此情况相应,五、七言诗句本身也是相对简单的,无法容纳更为复杂的句子结构,当然也可能因此减少了歧义句式的出现。

人们似乎不太愿意提及的是,这种情况必然在一定程度上影响到诗歌内容的丰富和思想的深邃。相比于印欧语言的诗歌,汉语古典诗歌可以说是十分透明单纯的(尽管其中有些须扫除词语典故障碍),绝大多数都是一诵即懂,并没有很多含混难解之处。受此限制和传统的影响,即便是现代新诗,也无法写得过于复杂。在这种情况下,追求一种含混、模棱两可的表达,显然是不讨好的,也不是大多数诗人的选择。可以说,在汉语诗歌中,简单的诗或单纯的诗更为常见。这可以说是它的优点,也可以说是它的不足。

原载《武汉科技大学学报》2018 年

第 3 期,收入本书时有修订

---

① 注意,不能想当然地反向推导,认为古人喜用短句,所以造成句子结构简单。很多古汉语中的平行句子,如果语言条件许可,也可以写成结构复杂的长句,但在古汉语中做不到。

语言学与诗学的背违？

——评叶维廉对《汉语诗律学》的批评

王力先生在 20 世纪 50 年代出版（完成于 40 年代）的《汉语诗律学》，是将现代语法学用于诗歌语法分析的开创之作①。然而长期以来，对这种语法分析是否适合用于诗歌，也一直存在质疑。例如叶维廉便认为，王著在语法的解释上"有商榷的必要"，在分析诗句时"是从纯知性、纯理性的逻辑出发"，而"把经验的真质解体了"；"用的基本上就是西方文法的架构"，从而使"中国诗句西方文法化"。他本人则认为"（汉语）文言可以超脱英文那类定词性、定物位、定动向、属于分析性的指义元素而成句"，并由此断言"中国古典诗里，利用未定位、未定关系或关系模棱的词法语法，使读者获致一种自由观、感、解读的空间，在物象与物象之间作若即若离的指义活动"②。

---

① 王力：《汉语诗律学》，上海：新知识出版社 1958 年初版；上海教育出版社 2002 年新版。该书直接从近体诗和古体诗讲起。有关先秦诗歌的语法分析，有向熹：《诗经语言研究》，成都：四川人民出版社 1987 年。

② 叶维廉：《中国古典诗中的传释活动》，收入《中国诗学》，北京：生活·读书·新知三联书店 1992 年，第 16、18、21 页。在《语法与表现：中国古典诗与英美现代诗美学的汇通》一文中，叶氏表达了大体相同的观点。他认为依赖于文言之超脱语法及词性的自由，以及没有时态变化所形成的独特时（转下页）

一、语法层面与审美层面

叶氏在文章中引用了庞德(Ezra Pound)"用象形构成的中文永远是诗的"之说①,其思路明显受到庞氏承自费诺罗萨(Ernest Fenollosa)的以中文为诗歌最好媒介观点的启发。但不同于庞氏把汉字当作一种"思维图形"、并由此生发出完全望文生义的"象形字法"②,叶氏把重点转向对中文与西方语言文法特点的比较,针对某些人认为汉语缺少语法范畴和词性细分的观点,认为正是这种特殊语法构成了中国诗歌异于西方的呈现方式。在20世纪意象主义诗学实现其对中国诗学反哺的过程中,叶氏之说无疑甚有力焉,在当时令人耳目一新。只不过他对汉语特征的说明仍不免过于笼统,为强调所谓分析性与未定位、关系模棱的区别,又不得不着意区分文言与现代白话文。由于他的观点主要是在比较文学和中国诗学领域内产生影响,所以并未得到来自语言学立场的回应。

如果从语言学的角度来看,叶氏对汉语与西方语言(主要指

（接上页）间观,中国诗人能使具体事象的活动存真,能以"不决定、不细分"保持
　　物象的多面暗示性及多元关系。收入《比较诗学》,台北:东大图书公司1983
　　年,第27—86页。

① 叶维廉:《语法与表现:中国古典诗与英美现代诗美学的汇通》,见《比较诗
　　学》第27页。另外,叶氏更早的著作 *Ezra Pound's Cathay*(《庞德的〈国泰
　　集〉》)中就已论及这一点(Princeton Press,1969)。

② 费诺罗萨:《作为诗歌手段的中国文字》,赵毅衡译,载《诗探索》1994年第3
　　期,第151—171页。有关评论参见赵毅衡:《意象派与中国古典诗歌》,《外
　　国文学研究》1979年第4期;蒋洪新:《庞德的文学批评理论》,《外国文学研
　　究》1999年第3期等。

英语)的比较是否切中肯綮? 这两种语言在词性、时态、关系等方面的种种不同,是否如他所说有着分析性与未定、未分之别,并从而导致诗歌审美的重要分别? 不能不说,叶氏所依据的只是汉英互译中的一些直观认识,除了词性、时态这些一般语法概念,以及对语言学家"纯理性逻辑"的批判,并没有涉及 20 世纪的各种语言学理论和问题。他就诗学发表的意见,尚不能算是与语言学的一次认真对话①。例如,他从语法上将文言与现代汉语着意加以区别,就不符合汉语学界的一般认识。如赵元任所指出的:"汉语语法实际上是一致的。甚至连文言和白话之间唯一重要的差别也只是文言里有较多的单音节词,较少的复合词,以及表示所在和所从来的介词短语可以放在动词之后而不是一概放在动词之前。此外,文言的语法结构基本上和现代汉语相同。"②简单地说,使用文言的古典诗歌与使用白话文的新诗面貌迥异,原因并不在于语法,而在于词汇和诗歌形式方面。古代文人诗与通俗诗、白话诗、宗教诗差别也很大,原因当然也不在语法上,而在于词汇和修辞方式(它们甚至运用同样的诗体)。

　　另一方面,按照生成语法理论,语言的深层结构经过转换而成为合乎表层语法的句子。这些句子既可以用来描述事物、表达情感,也可以用来进行逻辑推理。这种语言能力或学习语言的能力,是人与生俱来的。语言学家的工作就是对语言结构进行分

①　该文只在一处引用了高友工、梅祖麟讨论唐诗所使用的意象与话题(该书译为"命题")的概念(第 30 页)。高友工曾明确说明,他的这一观点来自赵元任。但叶氏从未提及赵,似乎不明了这一概念的语言学背景,或者有意忽略了。

②　Yuen Ren Chao(赵元任):*A Grammar of Spoken Chinese*, Berkeley and Los Angeles: University of California Press, 1968. p. 13. 吕叔湘译:《汉语口语语法》,北京:商务印书馆 2001 年,第 13 页。

析,用尽可能周全的语法规则来描述句子。他们与未经学习的一般人的不同之处,仅在于对语法规则的掌握上升到了理论层面、更具理性而已。其他人则是凭着母语使用者的直觉,在讲话中遵守语法规则。当然,对规则的描述有准确程度之别,也包含叶氏所责备的"中国诗句西方文法化"问题。但即便如此,语法学家也并非代表"纯理性逻辑"(叶氏在此显然混淆了思维逻辑与语法)①,而与诗人或美学家的感性认知相对立。应该说,诗句的语法层面(不管其是否被"西方文法化")与诗意的审美感受是两个不同层面,不存在所谓"经验的真质"或审美感受一经语法描述就会被破坏这种事情。语法分析即便是不恰当的,也应在语法分析层面上寻求解决,不应以审美分析来取代,或用一句简单的"超脱语法""语法灵活"搪塞过去。审美感受也许排斥逻辑思维,但不可能表现为对人赖以说话写作的语法的轻忽。

此外,在面对诗歌语言问题时,应首先区分哪些是一般语言问题,哪些是某种语言在诗歌文体中发生的变异。叶氏无疑很强调文言特点对汉语诗歌的影响,但这个问题必须置于更广阔的语言学相关讨论的背景之下。汉语语法学在早期是以印欧语系语法学为参照建立的,《汉语诗律学》在此背景下写作,其解说固然难脱"西方文法化"的干系。但随着20世纪语言学的发展,对各种语言的调查和研究不断深入,对语言类型的认识有了新的变化,对不同语言类型句法结构的认识日趋全面。在此背景下,汉

---

① 早期语法学家在此问题上确实分辨不够明晰。如黎锦熙认为:"只是析句辨词的讲法有些同于英文,这只要逻辑上说得通,规律上看得准,又怎么知道不是英文的析句辨词有些同于我们呢?""我们讲汉语语法的,更须体会:通过民族形式,语文规律就是思维规律。"《新著国语文法》今序(1951),长沙:湖南教育出版社2007年,第16、19页。

语语法学的发展和重要动向之一，就是更多地着眼于汉语自身的特色，对语法规则的描述也逐步摆脱印欧语法窠臼，而更趋合理客观。叶氏对"西方文法化"的责备，有可能是出自他作为母语使用者和诗人的直觉。他可能也是以这种直觉支撑其融汇中西的美学和诗学论述。但他在有意无意之间，把语法等同于西方文法，用"超脱语法"来形容汉语的与众不同。从语言学立场来看，这种方式不足以解决问题，并不能真正说明汉语的特点。以下的讨论将主要针对叶文所谈及的汉语特点在诗歌中的表现，此外并不涉及对叶氏美学和诗学思想的正面评价。

二、词性、时态和句法结构

叶氏在论述中主要提出了汉语诗歌中的三种语言现象：1. 词性灵活；2. 没有时态变化；3. 主语缺省（少用人称代词）。但他有时把其他审美问题与语言问题混在一起，例如他所说的"未定位"，是指视点的移动，就不属于语言学问题。他所强调的诗歌的绘画性、形象并列等，也是如此。

上述几点中最为人津津乐道的，可能就是汉语的词性灵活，或所谓"词无定性"。有关这一问题，在早期汉语语法学中产生较大影响的，一是黎锦熙的"凡词，依句辨品，离句无品"说①，一是汉语实词无词类说②。赵元任有关此问题的说明是："每种语言都

---

① 黎锦熙：《新著国语文法》，上海：商务印书馆 1932 年（1924 年初版），第 29 页。

② 高名凯《汉语语法论》（修订本）："我们认为汉语的实词不能再行分类"，"正因为实词可以具备不同词类的功能，我们才不能说它是某一固定的词类。"北京：科学出版社 1957 年，第 67、82 页。他的观点来自一种三段论的推导：实词词类是按词的形态划分的（大前提）；汉语的实词没有形态（小前提）；所以汉语的实词不能分类（结论）。吕叔湘认为这个大前提不正确。（转下页）

有一定比例的词是兼属两类或三类的……以前常有人说,汉语没有词类。可是尽管有各种跨类的现象,大多数的词的功能还是有限制的";"汉语的词类是句法功能上的分别,形态标记是次要的。"①这表明,到20世纪60年代,语法学界对此问题已形成基本一致的看法。此后很少有学者仍坚持汉语无词类区别的观点,而大都承认汉语词性并非无法判定,而是缺少词性标记,主要根据语法功能判定词性②。

　　叶氏则主要引用两首回文诗(一首为苏轼的"潮随暗浪雪山倾",一首为周策纵设计的共20字的"字字回文诗"),来论证语字的多元性和文法的自如。其实,回文诗恰好可作为"依句辨品"的极端例子,即这若干汉字的组合无论怎样截割回旋都能自成诗句,而在截成的每句中每个字的词性都是可辨、确定的,否则就不成其为诗句了。至于说这样就能证明诗歌中语法的超脱甚或美感印象的完全,则有些言过其实。因为回文诗作为一种文字游戏,只是证明了汉语单字在组词构句时的多样灵活(但仅限于名、动、形三类实词,回文诗都避免使用虚词,包括副词、代词),和诗歌审美基本上没有什么关系。它倒是能够证明有些学者提出的"字本位"说,即汉字作为语音、文字、语汇跨层交汇的关联点(最

(接上页)熊仲儒认为,在词汇范畴子类划分中可以采纳"实词无类"的策略,依此观点则上述大前提是不正确的,采用此策略,则不仅汉语"实词无类",英语和其他语言也都是"实词无类";正因为实词无类,才可以做到"依句辨品,离句无品";或者说,正因为实词无类,才可以做到词有定类。熊仲儒:《当代语法学教程》,北京:北京大学出版社2013年,第12页。正如他所说,如果采纳这一策略,则汉语和其他语言在这一点上并没有区别。

① Yuen Ren Chao:*A Grammar of Spoken Chinese*, pp. 497-501. 吕叔湘译:《汉语口语语法》,第228-230页。

② 例如名词作动词或者作状语修饰动词,是根据其是否带宾语以及与动词的关系来判定,一般语法书均有说明,在语法学中已不成为问题。

小单位)，具有一音一义、单字自由并对词和语进行掌控的特点①。而古汉语更是由于单音词(也就是单字)占比极高，这种单字自由比起现代汉语来表现得更为充分甚至极端，就像回文诗所显示的。

与此相对，英语的语音、文字、词汇的跨层交汇单位是 word，而 word 是由若干音义结合的 morpheme(语素)构成，morpheme 分为黏着的和自由的(但即便是自由语素，与汉语单字的自由也不一样)，并不构成独立的语音单位②。叶氏在将唐诗与英译对比时就发现，一音一义的汉字在英译中并非与 morpheme，而是可能与包含多个音节的 word 对应，此外再加上英语必不可少的介词、冠词和屈折变化，极其简洁紧凑的汉语诗歌经翻译后变得十分累赘。两种语言的对译本来就不可能一一对应，上述有关汉语"字本位"的讨论则揭示了汉语与印欧语言在语法系统和音系系统上的重要区别。叶氏当时自然难以取鉴这一探讨，所以只好把这种对译比拟为坊间"附加解说"的语译，"把诗译成散文"③，而反过来赞叹回文诗"每一个字，像实际空间中的每一个事物，都与其附

---

① 赵元任：《汉语词的概念及其结构和节奏》(1975)："在中国人的观念中，'字'是中心主题，'词'则在许多不同的意义上都是辅助性的副题，节奏给汉语裁定了这一样式。"中译文见袁毓林主编：《中国现代语言学的开拓和发展——赵元任语言学论文选》，北京：清华大学出版社 1992 年，第 248 页。徐通锵《汉语结构的基本原理——字本位和语言研究》提出"字本位"的理论，青岛：中国海洋大学出版社 2005 年。王洪君《从字和字组看词和短语》《语言的层面与"字本位"的不同层面》对此有进一步的理论阐释和补充，见所著《基于单字的现代汉语词法研究》，北京：商务印书馆 2011 年，第 1—29、367—392 页。

② 参见王洪君前引文，第 2、348 页。

③ 叶维廉：《语法与表现：中国古典诗与英美现代诗美学的汇通》，《比较诗学》第 41 页。

近的环境保持着若即若离,可以说明而犹未说明的线索与关系"①,将此问题直接导向一种审美的、但也相当任意的说明。

就古典诗歌的写作来看,一音一义的自由单字先是构成两字或三字的词或词组(短语),成为诗中独立运用的结构单位,然后加入上一层的句子结构(在五、七言诗中一般即是一句)。诗人的创意不仅体现在整句的组织上,而且也体现在每个两字和三字结构的组合中,几乎每个诗人都在不断尝试这种新的组合。专门收录这种词语组合的《佩文韵府》一书,以两字目为主,也包含三字目,据说总目达到 60 馀万个。这些两字、三字结构,均符合汉语的基本构词形式,作为词组在诗句中充当的句子成分是确定的,其中每个单字的词性也是可辨的。由此可见,汉语诗歌的紧凑和形象性,与词性的活用有一定关系。但此外还与另一语法现象相关,即减少虚词的使用,在近体诗中尤甚,但绝非完全不使用。被减省的主要是语气词、助词和部分介词,副词很难被取消,代词也不可能完全不用。回文诗为了做到极致,不得不完全排除虚词,但因此也不能代表诗歌的常态。

再来看时态问题。只要是学习过英语的人就知道,汉语缺少英语的时态和体变化。有某些西方学者曾据此认为汉语缺少语法范畴②,至今也可能有人认为这是汉语在语法形态上不完整的证明。而叶氏从其审美立场出发,则把这一点视为汉语及其诗歌的优长。在他看来,没有时态变化所反映的是一种独特的时间观。他将其比拟为"电影中的时间观",形容其具有"近乎水银灯活动的视觉性","此一瞬中的刻刻发生的现在性及具体性",由此

---

① 叶维廉:《中国古典诗中的传释活动》,《中国诗学》第 28 页。

② 高名凯《汉语语法论》引马伯乐尝谓"汉语之没有语法范畴及词类乃是绝对的",修订本,第 21 页注 1。

使"中国诗超脱了西方的任意类分的时间观而保存了我们和现象中具体事物接触时某一程度的无碍的和谐"①。

不过,这些极具想象力的发挥只限于文言。这也是叶氏要着意区分文言与白话文的主要原因,因为近代汉语已发展出一套完整的用于动词后的表达时制的助词:"着""过""了"②。但叶氏未曾提及的是,即便在现代汉语中,动词在句中也仍然可以不带这些附加成分,语法学界称之为"光杆动词"③。有关研究认为,光杆动词句多用于表示祈使、命令("大家坐")、口令("立正")、口号("告别昨天")、意愿("我要巧克力")、客套("多谢")、抱怨("讨厌"/"冤枉")、发愤、自责等话语中;在对话("我姓吴")、上下文、标题("香港推广普通话")等场合,光杆动词一般表示已然,多带有陈述语气;在警句格言("烈火炼真金")中,光杆动词表示的既非未然,也非已然,只是表示一种可能性的评议,或者说是表示一种哲理④。

笔者认为,某些光杆动词句的使用可能与古汉语有沿袭关

---

① 叶维廉:《语法与表现:中国古典诗与英美现代诗美学的汇通》,《比较诗学》第 41—42 页。

② "着""过""了"一般被归入动态助词,有别于屈折语的时态范畴。一般认为,它们的语法化路径是由动词发展为动补结构的补语,最后虚化为动态助词。赵元任曾提出有表"动相"(phase complements)的补语,如"碰着了",有别于表进行态的"着"。见 Yuen Ren Chao: *A Grammar of Spoken Chinese*, p. 446. 吕叔湘译:《汉语口语语法》,第 208 页。它代表了动补结构虚化为动态助词中的一个阶段。而上述语法化过程至少从唐代就已开始。有关研究参见梅祖麟:《现代汉语完成貌句式和词尾的来源》,《语言研究》1981 年第 1期;曹广顺:《近代汉语助词》,北京:语文出版社 1995 年等。

③ 最初提出这一概念的是吕叔湘:《漫谈语法研究》,《中国语文》1978 年第 1 期。

④ 参见张豫峰:《光杆动词句的考察》,《汉语学习》1996 年第 3 期。

系,是汉语历史形态的遗留。但现代汉语仍保留它,是因为它本身就表示一种时态,就像英语的动词原形本身也是一种时态(一般现在时)。英语的一般现在时表示经常性或习惯性的动作、现在的特征或状态、普遍真理等等,与汉语光杆动词句的功能基本对应。古汉语和现代汉语的光杆动词句,在没有其他时间因素的情况下,本身也是一种时的表达,就和英语的一般现在时一样。认为使用它就能导致对所谓"任意类分的时间观"的"超脱",只能说是一种有意的曲解。

　　时是语言的重要语法范畴(任何语言都并非对其"任意类分"),每种语言都有自己的时间表达方式,只不过形式有所不同。叶氏颇具美学想象力的发挥,实际上是在质疑这一语言学的常识①。中国诗歌中时的表达,主要是通过时间词和副词。副词作用于当句,时间词则可能不限于当句,而以语篇(甚至包括篇题)为单位。所以,只挑出一些单句是不能说明问题的。如果这样来看,在中国诗歌中恐怕找不出完全不包含时间表达的作品。在这一点上,中国诗歌不可能与一般语言不同,与其他语言的诗歌也没有根本性的不同,很难从中体味出某种特别的"现在性及具体性"。叶氏以电影作比拟,而据称爱森斯坦开创蒙太奇就来自汉

---

① 叶氏在《东西比较文学中模子的应用》一文中引用 Whorf 对印第安 Hopi 语的调查,称 Hopi 语没有西方人所指称的时间范畴。见《比较诗学》,第 14 页。如果这一调查可靠,汉语在这一点上与其说 Hopi 语接近,不如说与印欧语言更为接近。对语言时间范畴的质疑,在叶氏的《中国现代诗的语言问题》一文中表达得最为极端:"文言超脱某一特定的时间的囿限,因为中文动词是没有时态的。……中国旧诗极少采用'今天'及'昨天'等来指示特定的时间,而每有提及时,都总是为着某种特殊的效果。"《中国诗学》第 247 页。"没有时态变化"被简化为"没有时态",可以视为概念的进一步扭曲。

字"会意"的启发①。但即便有这一层渊源,电影的时间呈现却是一种人为的艺术再造。"电影对时间的绝对控制是一种完全特殊的现象。它不仅使时间有了一种价值,而且还打乱了时间,它使时间原来无可抗拒、无可挽回的进程变为一种完全自由、摆脱外界各种束缚的现实。"②这种完全人为的"时间塑造"或"时间变形",与语言本身的时间表达不可同日而语。尽管语言叙述也允许倒叙、插叙等手法,但那只有在大的文本范围内才可能实现。就一句话或一段话而言,它的线性发展使它只能表示某一确定时态和时间过程,不可能把时间打乱。叶氏所举诗歌中的例子,或许在某种程度上可与电影中的并行式或交叉式蒙太奇类比。但即便诗歌中有这种效果,也主要与诗人对形象的组织有关,而无关乎语言是否有时态变化。

在唐诗中,其实已使用动相补语"著(着)":"更接飞虫打著人"(杜甫《绝句漫兴》)。此外,还有表完成貌的"罢":"老罢休无赖,归来省醉眠"(杜甫《闻斛斯六官未归》)③。但这一语法化过程尚未完成,而诗歌与口语又保持相当距离,自然仍以动词单用(光杆动词)最常见。当然,这种情况也可能受到五、七言诗句式的限制。在五、七言诗中,单音动词的使用频率要远高于双音动词,双音动词中的动补式也极为少见。因此,诗歌中的时间因素

① 参见叶维廉:《中国古典诗中的传释活动》引 Sergei Eisenstein: *Film Form and Film Sense*,《中国诗学》第 24 页。

② 马赛尔·马尔丹(Marcel Martin):《电影语言》,何振淦译,北京:中国电影出版社 1980 年,第 173—174 页。

③ 清仇兆鳌注谓"言老则百事皆罢",不确。类似用法有"来罢""醉罢""钓罢",皆表已然。现代汉语中所说的"睡着",曾被杜甫拆开使用:"客睡何曾著。"(《客夜》)宋赵次公注:"睡著、天明,通中国之常语。"可知早已是通行的口语表达。

主要还是通过副词和时间词来表达。有学者认为,现代汉语中的光杆动词常用来表示未然①。在古代诗歌中,则表示已然、未然都可能使用光杆动词,表示未然反而更多地需要使用副词或意愿动词。

最后,来看所谓主语缺省。叶氏所举的例子是李白《玉阶怨》:

> 玉阶生白露,夜久侵罗袜。却下水晶帘,玲珑望秋月。

认为诗中没有用"她"或"我"这类的字,"让读者保持着一种客观与主观同时互对互换的模棱性"②。其实,类似诗句还可以举出很多。不过,需要指出的是,诗歌的这一特点显然是汉语一般特点的表现。它也是汉语学界很早提出、讨论最多的问题之一。例如吕叔湘认为,汉语"隐藏和省略的部分太多",其中就有一类"施事不见,不因省略",包括"施事为'你、我、他、这',当前自明,不用多说"③。王力认为:"中国的语法通则是:凡主语显然可知时,以不用为常,故没有主语却是常例,是隐去,不是省略。"④如他们所说,汉语学界在早期认为这是主语的隐藏。赵元任则认为:汉语的整句由零句(minor sentence)组成,"整句只是在连续的有意经营的

---

① 范继淹:《论介词短语"在+处所"》,《语言研究》1982 年第 1 期。

② 叶维廉:《中国古典诗中的传释活动》,《中国诗学》第 29 页。

③ 吕叔湘:《从主语宾语的分别谈国语句子的分析》,收入《汉语语法论文集》,北京:科学出版社 1955 年,第 95、103 页。

④ 王力:《中国语法理论》,北京:中华书局 1954 年(1944 年商务印书馆初版),第 64 页。可能是由于作者早有这种认识,所以《汉语诗律学》中对这一问题未作讨论,所列"省略法"也不包括主语的省略。《汉语诗律学》,第 266 页。

话语中才是主要的句型。在日常生活中,零句占优势"①。无疑,诗歌中的大量例子都与上述学者所说的汉语乃至口语中常见的这一现象吻合。

　　这一现象实际上涉及到汉语与印欧语言在句法结构上的重要区别。英语这类主语优先的语言以主谓关系作为句子的基本结构,在没有明显主语时也要使用傀儡主语(虚主语)there 和 it,用于存在句或作先行词。早期汉语语法学由于受西方语法学影响,所采用的也是这种主—谓结构句法观,于是在解释汉语的这类现象时便颇费踌躇。赵元任指出在汉语中"零句"占优势,又指出汉语的主语具有话题(topic)的意义,则标志着句法观的重要转向。学者的进一步研究指出,汉语的句子更像英语的 utterance,而非 sentence,跟 sentence 相当的汉语单位是词组(或短语),它是汉语的最大结构单位、语法单位②。"与英语不同,汉语没有形式上由'主谓一致关系'限定的、大于短语的'句子结构'。……汉语的字、词、短语都可以加上表达语用范畴的封闭类成分而成为语用层面可独立运用的最小单位",它即相当于赵元任所说的"零句"③。这样看来,在诗歌中出现很多谓语句(缺少主语),是一种很自然的现象。在文言和口语中,这一现象同样很常见。单纯凭此,就认为能够带来所谓主观客观互对互换的模棱效果,是

---

① Yuen Ren Chao:*A Grammar of Spoken Chinese*, p.83. 吕叔湘译:《汉语口语语法》,第51页。

② 姜望琪:《汉语的"句子"与英语的 sentence》,收入杨自俭主编:《汉英语比较与翻译》第6辑,上海:上海外语教育出版社2006年,第198—217页。

③ 王洪君:《语言的层面与"字本位"的不同层面》,见《基于单字的现代汉语词法研究》,第376页。

缺少说服力的①。实际上，这些诗句的主语都是很容易补出的。以《玉阶怨》为例，后两句的主语就是前文已出现的人物，即"罗袜"的领格或指代。从篇章语法角度来看，这两句只是使用了零回指②。如果说这里有什么主客互换，那也是一种审美代入或移情，与是否使用人称代词无关。

除以上三点外，叶氏还批评《汉语诗律学》将诗歌句法总结为"倒装法""原因式"等，是"急于使句子合乎因果关系的逻辑"，而颇不合于经验的过程，或者说破坏了经验的整体现象③。从诗学或审美角度来说，这种批评或许不无道理。但尽管如此，不管诗人的经验过程怎样发生，诗句总是依语法组织起来的，对它进行语法分析也是理解诗歌的题中应有之义。问题的另一面恐怕是美学家对所谓浑一不分的经验整体太过执着，乃至排斥对其语言表达（也就是经验呈现方式）的分析。

三、诗学的和语言学的选项

与叶氏宣言"超脱语法"和对西方文法的简单排斥不同，语言学家是着眼于汉语自身特点的认识，来解决汉语语法分析中的问

---

① 与"零句"不同，汉语还有一种"无主句"："下雪了"，"失火了"，"种瓜得瓜，种豆得豆"。参见张志公：《汉语语法常识》，北京：中国青年出版社1953年，第45页。但这种句子在诗歌中并不常见，叶氏也完全未提及。
② 回指是照应前文名词性或代词性词语的表达方式，包括零回指、代词回指和名词回指三种形式。零回指适用于照应连续性程度高、指涉体容易获知等情况。对英语、日语、韩语等语言中的篇章回指包括零回指现象，都已有相关研究。参见屈承熹：《汉语篇章语法》，潘文国等译，北京：北京语言大学出版社2006年，第217页以下。
③ 叶维廉：《中国古典诗中的传释活动》，《中国诗学》第21页。

题。其中,赵元任的《汉语口语语法》在 20 世纪 60 年代出版产生
很大影响。此后,李讷(Charles N. Li)和汤珊迪(Sandra A.
Thompson)在 70 年代首次提出汉语是话题优先型语言,不同于英
语等主语优先型语言①。同时,在西方语言学界,作格语言的发
现,从根本上动摇了传统的主谓关系句法理论②。在诗学研究中,
高友工曾引用赵元任有关汉语的主语是话题性的观点,认为"很
多的中文诗歌句型是题释型的……句中的释语只不过拈出题语
的一端来反复咏叹"③。叶氏本人则从高友工和梅祖麟论文中汲
取了"意象"与"命题"一对概念,作为中国诗歌中的两极,进而权
衡其比重④。不过,这种取鉴似乎一开始就偏离了语言学的讨论
重点。语言学界其他有关话题类型语言和汉语结构单位的讨论,
后来则很少进入诗学研究者的视野之中(当然,有很多重要论文
是在叶氏的研究之后发表的)。

从时间来看,叶氏对《汉语诗律学》的批评尽管已在 60 年代

① Charles N. Li (ed.): *Subject and Topic*. New York: Academic Press, 1976. 有
关评述参见徐烈炯、刘丹青:《话题的结构与功能》序言及第一章,上海:上海
教育出版社增订版 2007 年(初版 1998 年)。
② 参见 Charles J. Fillmore 著、胡明扬译:《"格"辨》("The Case for Case"),《外
国语言学》编辑部编:《语言学译丛》第二辑,北京:中国社会科学出版社 1980
年,第 1—117 页;曾立英:《作格研究述评》,《现代外语》2007 年第 4 期等。
③ 高友工:《中国语言文字对诗歌的影响》,收入《美典:中国文学研究论集》,北
京:生活·读书·新知三联书店 2008 年,第 191、197 页。该文最早当是 70
年代在台湾大学的演讲。高氏将 topic 和 comment 分别译为"题语""释语"。
在与梅祖麟合作的"Syntax, Diction and Imagery in Tang Poetry"(《唐诗的句
法、用字与意象》)一文中,也使用了 topic-comment 的概念。见 *Harvard Jour-
nal of Asiatic Studies*, vol. 31 (1971), p. 58. 中译文见高友工、梅祖麟著,李
世耀译:《唐诗的魅力》,上海:上海古籍出版社 1989 年,第 32—112 页。但该
书将 topic 译为"主语"(或为"主题"之误)。
④ 叶维廉:《中国古典诗中的传释活动》,《中国诗学》第 30—31 页。

之后,但基本还是以早期汉语语法学为背景的。叶氏的批评在一定程度上也说明,这种主谓结构句法观对汉语诗歌的分析确有种种不足,读者的语言感知和诗歌接受甚至对其有所排斥。笔者认为,《汉语诗律学》作为一部早期著作,由于对很多汉语句法现象的认识尚不清晰,因而对某些诗句结构和成分的分析颇显牵强机械,就整体而言也不免为"西方文法化"所囿,也有个别句子分析不当①;此外分类过于琐细,纲目不清,颇不便读者以简驭繁,按图索骥。后来,蒋绍愚《唐诗语言研究》中"唐诗的句法"一章,也曾提出一些修正和补充意见。但可能是该书本身的庞大篇幅和艰深内容使人望而生畏,而诗学研究者中有不少人可能持有接近于叶氏的观点,于是"除了在唐诗词语的研究方面出现了一些高水平的研究专著以外,其他方面似乎在《汉语诗律学》以后没有出现过有影响的学术专著……关于唐诗语言的研究却显得相当冷落"②。

　　叶氏宣称汉语诗歌语言与英语的主谓一致关系、时态词性确定等完全不同,其积极意义是促使语言学理论反思其不足。但他的很多说法本身定义模糊,依照以上分析颇多可商榷之处。这一方面是由于他对同一时期中外语言学界的动向和变化缺乏了解,没有参与赵元任以后汉语学界的讨论;另一方面也源于他作为比较诗学和美学家的立场,以汉语为诗歌最好媒介的先入之见太过强烈,因而使其批评一方面不能谨慎客观地区分语言问题和审美

---

① 如将"美者颜如玉"析为三二式,以"美者颜"为主语。

② 蒋绍愚:《唐诗语言研究》前言,北京:语文出版社 2008 年,第 3 页。赞赏叶氏观点的,如易闻晓《中国诗句法论》:"可惜的是叶氏这种可敬的诚恳与勇毅似乎并不经见于域内的学界,对于实事求是的学术探求来说,这并不总是令人十分欣慰的事情。"济南:齐鲁书社 2006 年,第 184 页。其实,后来在诗学界重复叶氏观点的并不少见。

问题,另一方面也极易流于对语法本身和语言学分析的轻视和误解。

　　语言与文学尤其是诗歌的关系无疑十分密切,无论是作为作者的诗人还是作为读者的批评家,对此都有极强的感受。因此,说明语言与诗美的特殊联系,长久以来就是一个极富诱惑力的探索课题。其中比较直接的外在方面,如作为诗体形式要素的语言的节奏和韵律,以及修辞方式和各种文体风格要素的探讨,已不足以满足这种探求欲望。于是,从整体上论证某种语言的特点和诗性,对各种语言进行比较甚至排出优劣,就顺理成章地成为下一选项。基于不同的诗学追求和文化上的自卑或自大,这种讨论在 20 世纪忽然蔚成风气。其中庞德试图在汉字图形与诗歌形象之间建立关联,叶氏则试图在汉语语法与诗歌的特殊审美表现之间发现更多具体确实的关联。

　　为什么是汉语忽然如此受到关注? 难道就因为庞德与费诺罗萨遗孀的一次偶然相遇? 不难想到,除了他们两人之外,19 世纪以来欧洲汉学界和语言学界还流行一种观念,并影响至中国,这就是有关"汉语思维模式"的讨论。这种讨论认为,汉语的特殊性来自(或决定)其特殊的思维方式。如高名凯说:"中国语是表象主义的,是原子主义的。表象主义就是中国人的说话是要把整个的具体的他所要描写的事件表象出来,原子主义的意思是把这许多事物一件一件地单独排列出来,不用抽象的关系的观念而用原子的安排让人看出其中所生的关系。结果中国的语言在表现具体的事实方面是非常活泼的,而在抽象观念的说明方面则比较的没有西洋语言那样的正确。"这个观点直接来自法国汉学家葛兰言(Marcel Granet),高氏引用后者之说:"中国人所用的语言是特别为描绘而造的,而不是为分类而有的;一个特为唤醒特殊感觉而不是为着定义或下判断而有的语言,一个诗人或历史学家所崇拜的语言,然而为着支持一个清晰分明的思想,则是一个最坏的语言,因为他逼着我们所认为在思想上不可缺少的动作只于潜存的简短的方式中表达出来。"①按照他们所说,汉语本身就是偏重于描绘、感觉、表象、具体事实,而不适于精确定义和抽象观念,所以为诗人所崇拜。出于环境的变化,高名凯本人在《汉语语法论》修订本中删除了这些论述。但类似的讨论 20 世纪 80 年代以来在一些语言文化论者当中再度流行,其内容则颇为纷纭繁杂,难以缕述。

以上几种思路,再加上严格意义上的语言学研究,除了庞德的观点已经过时,都是我们要面对的。或许要问:诗学立场与语言学立场只能是二选一吗?在实际研究工作中,它们当然是分属不同领域,由不同学者展开。但从学理上说,笔者认为应是语言学在先,正如在传统学术和传统诗学中,也是小学和注疏之学在先。诗学研究者不能既轻视语言学,又沉迷于一些不准确、过时的语言观念而不自知。对诗句的分析如果在语言学上讲不通,那么在诗学上也必然是荒谬的。如果对汉语自身的特点不能给出有充分语言学依据的解释,而只是以语法特殊、超脱语法为说辞,那么建立于其上的诗学分析也必然是不可靠的。这是我们在回顾 20 世纪的诗学批评时得到的教益。

---

① 高名凯:《汉语语法论》,上海:开明书店 1948 年,第 68—69 页。参见林玉山:《试论高名凯的语法思想》,《福建师大学报福清分校学报》2005 年第 4 期。葛兰言本人其实并不以语言研究见长,他的主要研究领域是民俗学和社会学。更多介绍参见杨堃:《葛兰言研究导论》,收入《社会学与民俗学》,成都:四川民族出版社 1997 年。

杜甫五律中的混对

一、绪论

本文调查对象为宋二王本《杜工部集》(《续古逸丛书》影印本)卷九至卷十八"近体诗"中作品,共得五律 594 首,计 4 752 句;五言排律 122 首,计 3 284 句,两者合计 8 036 句①。排律又可分为两类:一类较短,由十二到二十句不等,相当于将五律增长数联。另一类长篇,由二十韵(四十句)以上,直至百韵,写作难度相应提高,作品数量亦较少。后代虽有白居易等诗人接续其事,但敢于尝试者十分有限。此外,杜甫有五言绝句 25 首,其写作要求与律诗不同,未列入调查范围。

律诗包括排律,除首、尾两联外,均要求上下句对仗。根据常识,诗句只有在语法结构基本一致的情况下,才可能形成对偶句。此外如果还符合近体诗要求的声律规则,就成为对仗。前人曾编有"天对地,雨对风,大陆对长空"(《笠翁对韵》)之类口诀,方便学习者记诵。不过,这类口诀以词或词组为基本单位,重点在押韵和声律要求,并未包含五言诗和七言诗的多种句式变化。舍此

---

① 该书卷十八"补遗"46 首诗,自宋以后即被疑为后人"依仿之作",本调查未含其中作品。

之外,学习者只有通过大量阅读记诵诗歌作品,才可能熟悉、掌握诗歌的一些基本句式。杜诗无疑是其中众多人学习仿效的范本。

必须指出的是,中国古代没有发展出语法学,因此也无法对诗句进行严密的语法分析和解释。诗人包括学习者,只能凭借母语使用者的直觉,来判断在诗歌形式限制内句子能否成立,哪些句式结构一致,可以用于对偶。唐代诗格著作中与对偶有关的"字对""声对""正对""侧对"等名目,均是以词语("字")为单位,未涉及句子结构。只有署名王昌龄《诗格》所云"势对""意对""句对"等①,应是着眼于诗句,但解说含混不清,往往不知所谓。后代诗话也有"宽对""严对""似对非(不)对""意对语不对"等说法,讨论对偶要求和宽严问题。但要么只有直接判断,要么流于宽泛之谈,缺少明确标准和细致分析。推究其原因,从根本上说还是因为缺少一些基本的语法概念,无法对诗句结构等问题展开讨论。

杜诗五律诗句,在数量上远超七律。调查发现,在五律对偶句中有各种不合严格对偶要求、"似对非对"的句子,属于两种不同句式混对,也带来不同程度的失对。为什么会出现这种情况? 这些混对或失对究竟是出于无心,还是某种有意变动? 我们现在需要做的是,通过对诗句语法结构的分析,说明其中各种具体情况,在此基础上进而探讨诗人是如何理解有关语法现象,以及在创作中是否有某种特殊考虑。杜甫五律首联也往往使用对偶句,尤其是中心语句式的,尾联也有个别使用对偶的。为避免疑似之误,以下讨论所举句例,除中心语句式及特殊说明者外,未包含首、尾联②。

---

① 参张伯伟:《全唐五代诗格汇考》,南京:凤凰出版社 2002 年;另参考卢盛江:《文镜秘府论研究》,北京:人民文学出版社 2013 年。

② 有关五言诗的句式分类及相关问题的讨论,参见本书《五言诗句式探考——〈文选〉诗歌卷调查》。以下讨论各类句式,均标注该文分类编号。

首先需要说明的是,杜甫五律在首、尾联之外,还有一些上下句明显不合对偶要求的句子,属于非对偶句,不属于本文所要讨论的混对或失对,在调查中应予排除。

其中一种情况是颔联不对,但破题(首联)用对偶。宋人称为"偷春格",举例即杜甫《一百五日夜对月》(0492):"斫却月中桂,清光应更多。"①调查发现,杜集中属于此格的尚有(篇幅所限,未引全诗):

> 肯来寻一老,愁破是今朝。(《王十五司马弟出郭相访……》0622)②

此外还有首联、颔联均不对,至颈联方对。宋人称"蜂腰格",举贾岛《下第诗》为例③。杜集中有以下作品或可归入此格:

> 老夫怕趋走,率府且逍遥。(《官定后戏赠》0478)
> 直为心厄苦,久念与存亡。(《得舍弟消息》0513)
> 归来稍暄暖,当为钃青冥。(《路逢襄阳杨少府……》0542)
> 今朝好晴景,久雨不妨农。(《雨晴》0572)
> 鸿雁几时到,江湖秋水多。(《天末怀李白》0592)
> 盈筐承露薤,不待致书求。(《秋日阮隐居致薤三十束》0608)

---

① 罗大经:《鹤林玉露》卷二诗体下,北京:中华书局 2007 年,第 43 页。
② 以下引用杜甫作品,均据谢思炜:《杜甫集校注》,上海:上海古籍出版社 2016 年,并加注该书作品编号,不再另外出注。
③ 罗大经:《鹤林玉露》卷二诗体下,第 42 页。

排律中也有类似情况：

> 余亦东蒙客，怜君如弟兄。(《与李十二白同寻范十隐
> 居》0436)
> 飞雨动华屋，萧萧梁栋秋。(《立秋雨院中有作》0878)

也有非对偶句出现在颈联的：

> 四十明朝过，飞腾暮景斜。(《杜位宅守岁》0465)
> 羁栖愁见里，二十四回明。(《客堂》1012)

两诗曾被宋人归入"偏对"①。"偏对"之说，早见于王昌龄《诗
格》、皎然《诗议》，未有的解，用在这里不详所谓，后人亦不采其
说②。下引《鸂鶒》一诗也属这种情况。其他各例均见于排律的
中间部分，亦未见有"偏对"之类勉强说解：

> 六翮曾经剪，孤飞卒未高。(《鸂鶒》0743)
> 披雾初欢夕，高秋爽气澄。(《赠特进汝阳王二十韵》
> 0417)
> 舍弟卑栖邑，防川领簿曹。(《临邑舍弟书至苦雨……》
> 0437)
> 古来于异域，镇静示专征。(《奉送郭中丞……三十韵》

---

① 孙奕：《履斋示儿篇》卷十"属对不拘"，北京：中华书局 2014 年，第 151 页。
② 李冶《敬斋古今黈》卷三谓孙说不可信，北京：中华书局 1995 年，第 35 页。
这两联都包含数词，诗歌中不乏单音数词＋量词对偶，但这种两字、三字数
词确实难以为对，故诗人放弃了对偶。

0509）

　　骞腾坐可致,九万起于斯。(《赠崔十三评事公辅》0942)

　　郑李光时论,文章并我先。(《秋日夔府咏怀……一百韵》1030)

　　功名不早立,衰疾谢知音。(《西阁二首》1193)

　　恶滩宁变色,高卧负微躯。(《大历三年春白帝城放船……》1308)

　　以上各种非对偶句,诗人写作当时恐怕并非要采用某格(格的名目多是后人附会),只是一时随意或笔拙罢了,否则无法解释为何排律中也有很多非对偶句。

　　唐诗律体又有所谓"彻首尾不对者",前人多举李白《牛渚夜泊》一诗为例。杜甫下面这首《秋笛》(0588)也属同样情况,颈联不对,只有颔联对得极勉强:

　　　清商欲尽奏,奏苦血霑衣。他日伤心极,征人白骨归。
　　　相逢恐恨过,故作发声微。不见秋云动,悲风稍稍飞。

　　李诗是否算近体,前人有争议。此诗在杜集中则确实编入近体。评论者或谓:"律体至此,超神入化矣,千古未窥其妙。"①不能不说崇杜太过。

　　排律中连续、反复出现非对偶句,或不合严格对偶要求,可能更为常见:

我闻龙正直,道屈尔何为。且有元戎命,悲歌识者知。(《赠崔十三评事公辅》0942)

时议归前列,天伦恨莫俱。……有客虽安命,衰容岂壮夫。……不谓矜馀力,还来谒大巫。(《赠韦左丞丈济》0411)

庙堂知至理,风俗尽还淳。……回首驱流俗,生涯似众人。巫咸不可问,邹鲁莫容身。感激时将晚,苍茫兴有神。(《上韦左相二十韵》0413)

破的由来事,先锋孰敢争。……毫发无遗恨,波澜独老成。野人宁得所,天意薄浮生。多病休儒服,冥搜信客旌。筑居仙缥缈,旅食岁峥嵘。(《敬赠郑谏议十韵》0415)

异才应间出,爽气必殊伦。……侯伯知何算,文章实致身。……云霄今已逼,台衮更谁亲。……献纳纡皇眷,中间谒紫宸。……破胆遭前政,阴谋独秉钧。微生霑忌刻,万事益酸辛。(《奉赠鲜于京兆二十韵》0416)

服礼求毫发,惟忠忘寝兴。圣情常有眷,朝退若无凭。仙醴来浮蚁,奇毛或赐鹰。……寸长堪缱绻,一诺岂骄矜。(《赠特进汝阳王二十韵》0417)

……

上述各种情况下出现的非对偶句,如果排除编辑传写中可能有的失误,只能归因于诗人自己或有意或不得已,或任性挥洒或一时笔拙,放弃了对偶要求,当然也就没有必要细究其中用语构句的得失。

至于排律诗,尤其是早期作品,多用于投赠,虽不大可能随性戏笔,但不免虚词敷衍,没话找话,因而勉强成篇,无法做到完美周到。其中不妥帖处诗人本人很可能不以为意,在当时大概也获得认可。

　　以下讨论的各种混对或失对，属于看起来并不是非对偶句，但酌加推敲后却发现上下句的句式不尽一致，不同程度地存在某些不合对偶要求之处。也就是说，诗人本人还是要努力对上，或者自认为是对上的，大多数读者也认为是对上的。对这些情况各异的混对或失对，有必要按照句法问题归类，然后才能给予准确说明。

　　除声律要求之外，有关对偶句的句法和词语结构是否合对，宋以降只能看到一些很有限的讨论。《苕溪渔隐丛话》前集卷八引《学林新编》：

> 《寄高詹事》诗曰："天上多鸿雁，池中足鲤鱼。"鸿雁二物也，鲤者鱼之一种，其名为鲤，疑不可以对鸿雁。然《怀李太白》诗曰："鸿雁几时到，江湖秋水多。"则以鸿雁对江湖，为正对矣。①

同一段还举了杜诗中樗柳对枇杷、乌鹊对鹡鸰、鹏鸟对麒麟等例子。一般认为，《学林新编》即王观国《学林》，王氏谓："子美岂不知对偶之偏正耶？盖其纵横出入无不合也。"②所谓一物对二物，换用现在的语法概念，是指定中与并列两种不同结构的词语组合。

　　此外，范晞文《对床夜语》提出：

---

① 胡仔：《苕溪渔隐丛话》，北京：人民文学出版社 1984 年，第 52 页。
② 王观国：《学林》卷八对属，北京：中华书局 1988 年，第 258 页。参点校本说明。

　　老杜诗:"两边山木合,终日子规啼。"以终日对两边。
"不知云雨散,虚费短长吟。"以短长对云雨。"桑麻深雨露,
燕雀半生成。"以生成对雨露。"风物悲游子,登临忆侍郎。"
以登临对风物。句意适然,不觉其为偏枯,然终非法也。柳
下惠则可,吾则不可。①

尽管没有采用特定术语,但从所举诗例来看,涉及了动词、形容词
与名词的词性之别(首例非是)。王、范二人看来对于律诗对偶都
持一种严格标准(或可作为宋以后观点的代表),同时也承认杜甫
五律并未受此拘限。事实上,杜甫五律中的混对和失对,就涉及
范围和严重程度来看,都远远超出二人所言。

　　恰恰是因为对偶要求上下句语法结构一致,因此一旦出现不
同句式的混对,便成为暴露古人因缺少基本语法理论不能区分某
些语法结构的难得证据。不过,其中有些句式出入,可能是当时
写作惯例所允许的,或者被解释为是诗人采取的某种变通方法。
为此,有学者曾提出"假平行"概念,来说明对仗中存在的一些语
法结构不一致现象②。

　　对此,要稍做补充的是,由于缺少必要的语法理论,古人对大
部分诗歌语法现象的理解远未达到今人的水平,在写作中也很难
避免某种不自觉的混淆乃至失误。变通是相对于正常处理而言。
如果某种语法结构一再被混同于其他结构,在现代语法学建立之
前,作者、读者对此都浑然不觉,从未想到采取某种方式对它做简
单描述,那只能说明这种语法现象还在人们的语言学知识之外。

---

① 范晞文:《对床夜语》卷二,丁福保辑:《历代诗话续编》,北京:中华书局 1983
　年,第 420 页。
② 参见蒋绍愚:《唐诗语言研究》,北京:语文出版社 2008 年,第 140 页以下。

如果某种"假平行"现象频繁出现,很可能证明它其实是写作中的盲点,很难说是出自诗人的有意识安排。只有当某种现象难得一见时,才有可能是违反当时写作惯例而与诗人的某种特殊考虑有关。因此,在对各种混对、失对或结构不合现象的调查中,出现频次是一个必须考虑的因素,仅只提出个别例句还不足以说明问题。

另一方面,杜甫尽管具有很大的代表性,但也只能代表一个阶段。诸如某种现象是否已成为写作惯例、后来人们的语法意识是否有变化等问题,还有待在更大范围内对唐代其他诗人乃至宋及宋以后诗人创作进行调查。

以下分为整句结构和局部结构两部分,先讨论整句结构中各类句式的问题,最后两节分别讨论句子局部结构和词性问题。前引王、范二人所言,只能算是局部结构中相对轻微的失对现象。

二、介(/次动)宾句

首先来看两种结构比较复杂的句式,一种是介(/次动)宾句,一种是兼语句(含使令句)。

介(/次动)宾句就是在主要动词前有一个介宾或次动宾结构,在五言诗中也属于常见句式。杜甫五律运用此句式(1.5.4、2.5.0),有对得十分工整的:

雕鹗乘时去,骅骝顾主鸣。(《奉送郭中丞……三十韵》0509)
幸因腐草出,敢近太阳飞。(《萤火》0582)
且将棋度日,应用酒为年。……笑为妻子累,甘与岁时

迁。(《寄岳州贾司马……五十韵》0611)

在以上例句中,介(/次动)宾结构分别占据三、四字,二、三、四字和二、三字位置。"且将棋"二句打破五言诗二三字节分划的常规,包含一个"将"字处置句,显出用思之巧。

在句首二字节使用介(/次动)宾结构(2.5.2),可视为这一结构的最典型句式。杜甫五律中也有更多对偶工整之例,大概是因为它与二三字节分划更为契合:

> 隔沼连香芰,通林带女萝。(《佐还山后寄三首》0606)
> 结子随边使,开筒近至尊。(《甘园》0798)
> 应图求骏马,惊代得麒麟。(《上韦左相二十韵》0413)
> 精理通谈笑,忘形向友朋。(《赠特进汝阳王二十韵》0417)
> 倚风遗鶗路,随水到龙门。(《奉留赠集贤院崔于二学士》0480)
> 隔日搜脂髓,增寒抱雪霜。(《寄彭州高三十五使君……三十韵》0610)
> 与时安反侧,自昔有经纶。(《奉送严公入朝十韵》0758)
> 伏枕思琼树,临轩对玉绳。(《寄刘峡州伯华使君四十韵》1032)
> 为客裁乌帽,从儿具绿尊。(《九日五首》1164)

然而,与以上句例不同,以下句例虽未放弃对偶,但在与介(/次动)宾结构对应的位置上却使用了其他动词结构:

(1)与1.5.4式为对,对句是动宾句、状动句或动补句:

刘表虽遗恨,庞公至死藏。(《寄彭州高三十五使君……
三十韵》0610)

家声同令闻,时论以儒称。(《寄刘峡州伯华使君四十
韵》1032)

耕凿安时论,衣冠与世同。(《吾宗》1085)

洑流何处入,乱石闭门高。(《崔驸马山亭宴集》0467)

此辈感恩至,嬴俘何足操。(《喜闻官军已临贼寇二十
韵》0495)

鱼鳖为人得,蛟龙不自谋。(《江涨》0697)

归楫生衣卧,春鸥洗翅呼。(《寄韦有夏郎中》1034)

衡霍生春早,潇湘共海浮。(《送王十六判官》1206)

寒天催日短,风浪与云平。(《公安县怀古》1347)

枸杞因吾有,鸡栖奈汝何。(《恶树》0678)

对句还有话题结构(主谓谓语句):

江汉故人少,音书从此稀。(《赠韦赞善别》0771)

(2)与1.5.1式(主语首字单音词)为对,对句是动宾句、状动
句或动补句:

露从今夜白,月是故乡明。(《月夜忆舍弟》0569)
眼复几时暗,耳从前月聋。(《耳聋》1227)
绿沾泥滓尽,香与岁时阑。(《废畦》0586)

(3)与2.5.2式为对,对句是动宾句、状动句、兼语句或两

分句：

　　　　共谁论昔事，几处有新阡。(《秋日夔府咏怀……一百韵》1030)

　　　　慎尔参筹划，从兹正羽翰。(《送杨六判官使西蕃》0510)

　　　　何太龙钟极，于今出处妨。(《寄彭州高三十五使君……三十韵》0610)

　　　　在家常早起，忧国愿年丰。(《吾宗》1085)

　　1030 与介宾成分"共谁"为对的，只是一般的处所状语。0510"尔"是兼语成分，"慎尔"与介宾结构"从兹"为对。0610 副词"何太"与"于今"为对，时间词"今"也比较虚，诗人可能认为是以虚对虚。1085 与介宾结构为对的是动宾结构，对句因有两个动宾结构被归入两分句。

　　(4) 与 2.5.0 式为对，对句是动宾二三结构：

　　　　且随诸彦集，方觊薄才伸。(《奉赠鲜于京兆二十韵》0416)

　　　　竟与蛟螭杂，宁无燕雀喧。(《奉留赠集贤院崔于二学士》0480)

　　　　纵被微云掩，终能永夜清。(《天河》0577)

　　　　忽得炎州信，遥从月峡传。(《得广州张判官叔卿书……》0706)

　　　　去傍干戈觅，来看道路通。(《送舍弟频赴齐州三首》0886)

　　　　直对巫山出，兼疑夏禹功。(《天池》1265)

滥窃商歌听,时忧卞泣诛。(《舟中出江陵南浦……》1335)

已用当时法,谁将此义陈。(《寄李十二白二十韵》0613)

孰知江路近,频为草堂回。(《舍弟占归草堂检校……》0915)

每欲孤飞去,徒为百虑牵。(《秋日夔府咏怀……一百韵》1030)

以上状动结构末字是动词自不待言,其他动宾结构的宾语末字也往往兼有动词或形容词词性(0613"当时法"稍差;0706"炎州信","信"虽无动词义,但与"传"有意义呼应),动补结构的补语通常亦为动词或形容词,因此这几种句式都可与介(/次动)宾句勉强形成对偶。

(5)与2.5.0式二、三字介(/次动)宾结构句为对,对句为动补句、兼语句甚至主谓句:

且持蠡测海,况挹酒如渑。(《赠特进汝阳王二十韵》0417)

浪作禽填海,那将血射天。(《寄岳州贾司马……五十韵》0611)

本卖文为活,翻令室倒悬。(《闻斛斯六官未归》0681)

即今萤已乱,好与雁同来。(《舍弟观归蓝田迎新妇……》1018)

介(/次动)宾句与兼语句的共同点是,均在前一动宾结构后接另一动词结构。区别在于,前者可使用介词,后者只能使用动词。兼语句有时与动补结构重合,例如0417"酒如渑","如渑"可分析为补语;但也可以视"酒"为兼语,整句为兼语句。动宾补句式也可能与介动宾句式为对。1018上句是主谓句,由于首二字是状语成分,主语"萤"恰好与下句介宾结构中的"雁"处在同一位置。

　　从以上与介(/次动)宾句发生混对的多种句式中,可以总结出两个共同点:首先,上下句的切分必须一致,这是对偶成立的前提。其次,无论哪种句式,其尾部(末字或末两字)必须可与对句形成对偶,在此处也就是必须是动词(或形容词),或至少兼有动词性。这两点也基本适用于其他各种不同句式的混对。一旦诗人连这两点也不坚守,就可视为已放弃对偶要求,应被归入非对偶句。

　　以上已将样本中与介(/次动)宾句混对的句例尽数列出(不排除调查中有遗漏)。可以看出,只有2.5.2一种句式除外,介(/次动)宾句其他各式在对偶中均有较高比例与不同句式发生混对。由于目前尚无其他样本作对照,所以还无法判断这种状况具有多大的代表性,能否看作杜诗的某种个性特点。

　　失对较多,且与多种句式混对,也许说明诗人对该句式的结构特点尚无清楚意识,因而出现混淆。但也不能排除另一种可能,即在某些情况下用该句式构成对偶句有困难,诗人退而求其次,而改用其他可以说得过去的句式。诗人用同一句式也写出了一些工整的对偶句,证明他是掌握这一句式的。不过,仅据笔者个人的有限阅读经验,在没有对每句诗进行语法分析、作出句法分类之前,根本没有注意到上述例句中的混对。对多数读者来说,如果不经特意指出,恐怕也未必能察觉其间的不同。这可能是因为该句式结构确实相对复杂,在语法知识有限的情况下,人们很难对以上各种不同句式作出清楚辨析。至于对后代诗人来说,在采用这一句式时是否要求更严格的对偶,什么时候开始讲求更严格的对偶,则有待进一步调查。

三、兼语句(含使令句)

兼语句(含使令句)在五言诗中使用不是很多,杜诗中也不乏使用该句式对得很精彩的句子。其中兼语成分有在第二字的,也有在第三、第四字或三、四字的(1.2.3、1.2.4、2.2.2):

无家对寒食,有泪如金波。(《一百五日夜对月》0492)
有弟皆分散,无家问死生。(《月夜忆舍弟》0569)
有客过茅宇,呼儿正葛巾。(《宾至》0621)
有猿挥泪尽,无犬附书频。(《雨晴》1130)
吹帽时时落,维舟日日孤。(《缆船苦风戏题四韵……》1354)
风吹花片片,春动水茫茫。(《城上》0762)
井屋有烟起,疮痍无血流。(《奉送王信州崟北归》1371)
但使芝兰秀,何烦栋宇邻。(《赠王二十四侍御契四十韵》0869)
红浸珊瑚短,青悬薜荔长。(《观李固请司马弟山水图三首》0919)
楚设关城险,吴吞水府宽。(《第五弟丰独在江左……二首》1086)
光射潜虬动,明翻宿鸟频。(《十七夜对月》1095)
雨洗平沙净,天衔阔岸纡。(《舟中出江陵南浦……》1335)

　　其中"有……，无……"是一种常用句型，与其他兼语句稍有不同。因本身是反义词，所以用于对偶句很自然。

　　但此外还有很多句子，尤其是使令句，在诗人笔下则与一般动词结构为对：

　　　　将期一诺重，敫使寸心倾。(《敬赠郑谏议十韵》0415)

　　　　闻道洪河坼，遥连沧海高。(《临邑舍弟书至苦雨黄河泛溢……》0437)

　　　　定知深意苦，莫使众人传。(《寄岳州贾司马……五十韵》0611)

　　　　转添愁伴客，更觉老随人。(《奉酬李都督表丈早春作》0654)

　　　　会取干戈利，无令斥候骄。(《寄董卿嘉荣十韵》0870)

　　　　东望西江水，南游北户开。(《舍弟观归蓝田迎新妇送示两篇》1018)

　　　　宴引春壶满，恩分夏簟冰。(《寄刘峡州伯华使君四十韵》1032)

　　　　杖藜还客拜，爱竹遣儿书。(《秋清》1054)

　　　　时征俊乂入，草窃犬羊侵。(《提封》1082)

　　　　枣熟从人打，葵荒欲自锄。(《秋野五首》1108)

　　　　莫取金汤固，长令宇宙新。(《有感五首》1256)

　　　　愿闻锋镝铸，莫使栋梁摧。(《秋日荆南述怀三十韵》1338)

　　　　层阁凭雷殷，长空水面文。(《江阁对雨有怀行营裴二端公》1374)

上述句例中对句尾字也大多为动词或形容词（"西江水""夏簟冰""水面文"非是），显示了诗人的对偶努力。1018"北户"指南方，诗人可能将三字视同定中结构，但"开"字只有动词用法。有的句例后三字是主谓结构，如 0437"洪河坼"、0654"老随人"等，但宜分析为动词所带宾语。

兼语句除了可能与动补结构重合外，有些还可分析为两分句。需要说明的是，兼语、使令的概念以及将二者归入同一句型，是现代语法学家的发明，古人并无这种概念。使令句（使役句，causative）涉及更基本的语法形态问题，也是汉语史研究的问题之一。但汉语表使令的词汇毕竟只有几个，而上下句如果都用使令句，就好像将同一动作重复两遍，只会带来滑稽效果①。在以上所举例中，只有 0869 用不太典型的"烦"字，与"使"字为对。其他使令句都与一般动词结构为对，看来也是出于不得已。另外，在杜甫五律中，也未见兼语句与使令句为对之例，倒是两者都有与介（/次动）宾句为对的（已见上节）。

介（/次动）宾句和兼语句是五言诗中两种相对复杂的句式。此外，两分复句尽管也可以说是复杂句型，但五言截为两个分句后，结构反而极其简单，因此成为对偶句最喜用的句式之一，失对也相对较少。由此可以总结出对偶的基本常识之一，即句子结构愈简单，愈适于对偶，如果不需要考虑语意内涵的话。

四、主动宾句对状动宾句

如果说介（/次动）宾句和兼语句是因结构相对复杂、构句较

---

① 晋卢谌《答魏子悌》："乖离令我感，悲欣使情惕。"在前代五言诗中偶见其例。

难而出现混对,那么五言诗里两种最常用句式,即主谓句中的主动宾二一二句式(1.1.0),和谓语句中的状动宾二一二句式(2.1.6),却因使用范围广、频率高,在结构上又极其相似,而经常出现在对偶上下句中,形成混对。也许诗人和大多数读者对此并不介意,但还是有必要指出这种语法现象。奥妙就在于状动句(2.1.6)的状二,既可以是形容词(包括叠音词、连绵词),也可以是表时间、处所的名词,包括朝代、地名等。如果是后者,就与主动宾句(1.1.0)首二字词性相同、涵义接近,而两种句式的后三结构原本一致,在对偶句中互淆,就几乎是不可避免的了:

北斗司喉舌,东方领缙绅。(《上韦左相二十韵》0413)

江湖漂短褐,霜雪满飞蓬。(《奉寄河南韦尹丈人》0426)

主将收才子,崆峒足凯歌。(《寄高三十五书记适》0443)

书记赴三捷,公车留二年。(《送韦书记赴安西》0448)

朝来没沙尾,碧色动柴门。(《春水》0666)

高风下木叶,永夜揽貂裘。(《江上》1077)

五云高太甲,六月旷抟扶。(《大历三年春白帝城放船出瞿唐峡……四十韵》1308)

春日繁鱼鸟,江天足芰荷。(《暮春陪李尚书李中丞过郑监湖亭泛舟》1319)

才士得神秀,书斋闻尔为。(《和江陵宋大少府暮春雨后……》1321)

是物关兵气,何时免客愁。(《归雁》1363)

残年傍水国,落日对春华。(《入乔口》1365)

只能说"北斗"掌管喉舌,不能说"东方"引领缙绅,而是在东方引领缙绅(或是引领"东方缙绅")。"碧色"是主语,而"朝来"只能理解为是表示时间的状语。上述句例中明显可见,有时诗人就是为组成佳对,而将两种句式组织在一起,如"五云"对"六月","是物"对"何时","残年"对"落日"。

也有些句子本来在两可之间,即首二字分析为主语或状语两可:

> 燕蓟奔封豕,周秦触骇鲸。(《奉送郭中丞……三十韵》0509)
>
> 此邦今尚武,何处且依仁。(《寄张十二山人彪三十韵》0612)
>
> 清秋凋碧柳,别浦落红蕖。(《赠李八秘书别三十韵》1031)

"燕蓟"分析为状语没问题(封豕奔突于燕蓟),"周秦"则既可分析为状语(在周秦之地),也可分析为主语(周秦之地或周秦之人遭遇了……)。"此邦""清秋"也是既可以分析为主语,也可以分析为状语。这些句例的存在,使这两种句式似乎更难区分。当然,这种含混性也是有助于拓展诗意空间的。

首二字状语也可能是形容词:

> 兵戈暗两观,宠辱事三朝。(《哭王彭州抡》1055)
> 轩冕罗天阙,琳琅识介珪。(《奉赠太常张卿二十韵》0414)

"宠辱"是名词兼形容词,所以与"兵戈"对。"琳琅"尽管很少作名词用,但其本义是两种玉石名,所以与"轩冕"对(但在句中又不能作名词解,否则与"介珪"语复)。

与此形成互证的是,状动句(2.1.6)首二字名词可与主动宾句对,但却绝不与同一句式首二字形容词对。有个别例子在疑似之间:

> 畴昔论诗早,光辉仗钺雄(《遣闷奉呈严郑公二十韵》
> 0883)

"光辉"是名词用为形容词,所以才与"畴昔"对。由此可见,在诗人观念里,词性之别更重要一些;而对句法和语意结构上的某些混淆和出入,或者没有意识到,或者不以为意。这一点大概可以推广及杜甫之外的其他诗人。

与以上情况类似,状动句(也包括1.3.6、2.3.6等)还可能与话题结构句以及其他主谓结构句混对:

> 向来吟橘颂,谁欲讨蓴羹。(《与李十二白同寻范十隐
> 居》0436)
> 三月师逾整,群胡势就烹。(《奉送郭中丞……三十韵》
> 0509)
> 今君渡沙碛,累月断人烟。(《送人从军》0601)
> 三年犹疟疾,一鬼不销亡。(《寄彭州高三十五使君……
> 三十韵》0610)
> 此时沾奉引,佳气拂周旋。(《寄岳州贾司马……五十
> 韵》0611)
> 青蒲甘受戮,白发竟谁怜。(同上)

异方同宴赏,何处是京华。(《陪王侍御宴通泉东山野亭》0787)

勇略今何在,当年亦壮哉。(《上白帝城二首》0965)

筋力交雕丧,飘零免战兢。(《寄刘峡州伯华使君四十韵》1032)

毕娶何时竟,消中得自由。(《西阁二首》1194)

杂蕊红相对,他时锦不如。(《将别巫峡赠南乡兄瀼西果园四十亩》1302)

玉府标孤映,霜蹄去不疑。(《暮春江陵送马大卿公恩命追赴阙下》1318)

菊蕊凄疏放,松林驻远情。(《西阁雨望》1187)

0436、0601 等后三对,前二不对。0509"群胡"是话题,对时间状语"三月"。0611"白发"也是话题("谁怜"的对象),对处所状语"青蒲"。

0965"勇略"句、1032"筋力"句、0787"何处"句是主谓结构,对状动结构的"当年"句、"飘零"句、"异方"句。

1194"毕娶"是话题(或主语),"消中"(指湿热症)只能是状语。可能是为了让"消中"与"毕娶"成对,诗人甚至连后三结构不一致都不在意了。

状动句与动宾句(2.1.0)为对,发现两例:

渐惜容颜老,无由弟妹来。(《遣愁》1060)

未成游碧海,著处觅丹梯。(《卜居》1195)

1060 下句将状语"无由"提至句首,后三成对,前二也成对。1195

因后三成对,在关联前二字时的结构差异被忽视了。

话题结构本来是对汉语主谓结构的特殊性进行深入研究后的发现,其中语域式话题则是对时地状语的另一种语法描述①。这样来看,是否可以说:同样具有话题性是这几种句式可以形成对偶的深层原因?

主谓句首二字状语(1.3.6),也有个别例子与动词结构为对:

> 历职汉庭久,中年胡马骄。(《哭王彭州抡》1055)
>
> 此地生涯晚,遥悲水国秋。(《送李功曹之荆州充郑侍御判官重赠》1057)
>
> 养子风尘际,来时道路长。(《双燕》0844)

其实这几例归入非对偶句亦可,上下句只有后三结构一致(0844小异),也可见诗人构句之大胆。

样本中还有不少状动句与两分句为对之例:

> 醉里从为客,诗成觉有神。(《独酌成诗》0503)
>
> 冥寞怜香骨,提携近玉颜。(《石镜》0679)
>
> 正月蜂相见,非时鸟共闻。(《南楚》0957)
>
> 病中吾见弟,书到汝为人。(《喜观即到复题短篇二首》0997)
>
> 在家常早起,忧国愿年丰。(《吾宗》1085)
>
> 水路疑霜雪,林栖见羽毛。(《八月十五夜月二首》1092)
>
> 感深辞舅氏,别后见何人。(《奉送十七舅下邵桂》1182)

---

① 被提到句首的时间、处所词,出现于话题位置,被认为属于语域式话题的一种——时地语域话题。参见本书《诗歌话题句探论》。

　　日出清江望,暄和散旅愁。(《晓望白帝城盐山》1192)

　　殊方听有异,失次晓无惭。(《鸡》1204)

　　次第寻书札,呼儿检赠诗。(《哭李常侍峄二首》1387)

　　最后一例是借对。"第"谐音弟,"次"有动词义,误读成动宾结构,与"呼儿"对。除个别例外(1085、1192),以上各例上下句的后三,均保持结构一致。首二字虽难保持结构一致,但大多结构相似,并至少有一字成对。如0503"诗成"、0997"书到"主谓结构,对名词加方位词"醉里""病中"。1085"忧国"动宾,对介宾"在家"。0679"提携""冥寞",均为并列结构。0957"正月"、1204"殊方"是定中结构,而"月"与"时"对,"殊"与"失"对,故全句亦成立。

　　综合以上几种情况可见,发生混对的上下句往往整句结构小有龃龉。如果将五言对偶句切分为前二、后三,除个别例外,上下句的这两部分通常都能保持结构一致。其中后三由于变化较多,保持一致尤显重要。诗人在构句时,在很多情况下很可能是对这两部分分别斟酌推敲。有时其中某一部分有得意佳对,诗人有可能因此放松对其他部分的要求。只要二和三能分别对上,对偶也就成立了。在此前提下,每句只要保证句子通顺、正确传达诗人意旨就可以了。至于每句二与三之间的句法关系,本来有多种语义关联形式,也有一定的变通馀地。诗人只考虑当句是否通顺,不太在意上下句之间是否一致。

五、主谓句对谓语句

　　除以上主动宾句对状动宾句外,样本中另外还有一些主谓句对谓语句的例子：

　　　　所向无空阔，真堪托死生。(《房兵曹胡马》0434)
　　　　喜觉都城动，悲连子女号。(《喜闻官军已临贼寇二十
韵》0495)
　　　　近得归京邑，移官岂至尊。(《至德二载甫自京金光门
出……》0540)
　　　　秋思抛云髻，腰支胜宝衣。(《即事》0575)
　　　　举家闻若骇，为寄小如拳。(《从人觅小胡孙许寄》0607)
　　　　云深骠骑幕，夜隔孝廉船。(《得广州张判官叔卿书……》
0706)
　　　　由来意气合，直取性情真。(《赠王二十四侍御契四十
韵》0869)
　　　　坐触鸳鸯起，巢倾翡翠低。(《晚秋陪严郑公摩诃池泛
舟》0890)
　　　　客身逢故旧，发兴自林泉。(《春日江村五首》0895)
　　　　坐接春杯气，心伤艳蕊梢。(《陪诸公上白帝城头宴越公
堂之作》0973)
　　　　妙取筌蹄弃，高宜百万层。(《寄刘峡州伯华使君四十
韵》1032)
　　　　不才名位晚，敢恨省郎迟。(《夔府书怀四十韵》1056)
　　　　暗度南楼月，寒深北渚云。(《舟中夜雪有怀卢十四侍御
弟》1389)

　　其中一种情况是：首二是主谓(动)对状动；后三宾语，结构
同。如0706"云深"对"夜隔"，1389"寒深"对"暗度"，第二字同为

动词,而首字"夜""暗"尽管只能理解为在夜中、暗地里(状语),但与"云""寒"对,在字面上却显得工整自然。1032"妙""高"也对得上,"妙"作状语没问题,而"高"却应分析为主语。

另一种情况也与动词及其变化形式有关:0434"向""堪"均为动词,但上句是所字结构作主语,构成主谓句;下句"真堪"与后三则是动宾关系。0575"思"是动词,"支"似乎也是动词,但其实"腰支"是一词(名词),而两句后三都是动宾结构,于是成对。

其他各例有可能是句中的某一部分成对,甚至对得很精彩,诗人宁肯在其他地方马虎一下。如0495"喜""悲"对,后三亦对;但上句"喜觉"是状动结构,下句是主动宾结构,也可分析为两分句。

0607句尾二字都是动宾结构作补语,但上句是主动补结构;下句后三是形容词加补语,作全句动宾结构中的宾语。

0895后三动宾对介宾,首二字却无论如何也对不上。1056则是一个连贯句,上句是话题结构,话题"不才"也是下句的主语,后三成对。0540诗人有可能就是为强调"岂至尊"三字,哪怕完全对不上(此例归入非对偶句也完全可以)。

0869后三主谓结构为对,但上句首二连词,接主谓结构;下句首二动词,后三是宾语。

0890初看起来对得十分工整有趣,但其实上句是一四式两分句,四是兼语结构;下句是两个主谓结构的分句。0973上句与0890类似,不过四是动宾结构,下句则是主动宾句。诗人可能认为"坐"与"心"对很自然(都属于人身体),意识不到两种句子结构的差异。

以上这些不同结构句子的混对,不大可能是某种有意安排,而更像是诗人"凑"出来的。但结构不同仍能勉强成对并得到认可,也许正是对偶艺术的魅力所在。

主谓句与谓语句混对,还可能发生在诗句的后三:

> 凋瘵筵初秩,欹斜坐不成。(《宗武生日》1166)
> 碧山晴又湿,白水雨偏多。(《白水明府舅宅喜雨》0473)
> 泥多仍径曲,心醉阻贤群。(《戏寄崔评事表侄……》
> 1253)

1166 句首联绵词成对,而上句后三是主谓句,下句是动补句。

0473 上句是主谓句,后三谓语;下句是话题句,后三是主谓结构作述题,但"晴"对"雨","湿"对"多",都对上了。

1253 上下句都是两分句。上句后一分句是主谓结构,下句后一分句是动宾结构,前二成对,后三中的末两字也成对。

六、一四式

五言句除二三切分外,还有一四切分。除首字单音词话题句外,在谓语句中还有两种句型:一种句型首字是动词,与后四是两个分句(2.6.2);另一种句型一与四是动宾关系(2.1.2),其中第二字是动词的,又可能与后三构成动宾关系。

这两种句式都可能与动二宾三或其他句式混对:

> 耻非齐说客,祇似鲁诸生。(《奉送郭中丞兼太仆卿……
> 三十韵》0509)
> 冈能过小径,自为摘嘉蔬。(《寄李十四员外布十二韵》
> 0872)

坐触鸳鸯起,巢倾翡翠低。(《晚秋陪严郑公摩诃池泛舟》0890)

坐接春杯气,心伤艳蕊梢。(《陪诸公上白帝城头宴越公堂之作》0973)

0509 上句"耻"与后四字是动宾关系,"非"又与后三字构成动宾关系。后四字对得很工整,但首二字语法关系不同,整句的语法结构也不同。

0872 上句一与四是两个分句,0890、0973 上句同。两例前文已引,归类在此更可以看出两句应是一四切分。

七、中心语句

主谓句、谓语句之外,五言诗的另一类重要句式是中心语句,即尾字是名词中心语,前面有其他词汇或短语、句子作定语(3.2.0,3.3.0)。在样本中,中心语句可以同时出现在对偶的上下句,但也常常只占据其中一句(多数情况是上句)。这时,有可能是以时间、处所词和其他某些名词作中心语(3.4.0),上下句构成连贯句(十字句,两句意思连贯)。

一句中心语句、一句非是,这种安排意味着必然失对。但两句仍在字面上成对,即所谓"字对"。唐代诗格著作已有"字对"之目①,这种有意安排是以诗人意识到其间语句结构的不同为前

---

① 《文镜秘府论》东卷"二十九种对"引元兢《诗髓脑》:"字对者,若桂楫、荷戈,荷是负之义,以其字草名,故与桂为对。不用义对,但取字为对也。"张伯伟:《全唐五代诗格汇考》,江苏古籍出版社 2002 年,第 117 页。举例着眼于词性,但在很多情况下都与句子结构有关。

提的。因此,诗人也会努力让中心语与相对部分对得巧一些:

　　　　心在水精域,衣沾春雨时。(《大云寺赞公房二首》0493)

　　　　峡内归田客,江边借马骑。(《从驿次草堂……二首》首
联 1261)

　　　　法驾初还日,群公若会星。(《秦州见敕目……三十韵》
0609)

　　　　万里清江上,三年落日低。(《畏人》0670)

　　　　阴沉铁凤阙,教练羽林儿。(《赠崔十三评事公辅》0942)

　　　　文园多病后,中散旧交疏。(《赠李八秘书别三十韵》
1031)

　　　　负米力葵外,读书秋树根。(《孟氏》1084)

　　　　他时一笑后,今日几人存。(《九日五首》1164)

　　　　饯尔白头日,永怀丹凤城。(《送覃二判官》1183)

　　0493 下句是中心语句。乍一看,两句前四对得上,都是主一
动一宾二,第五字“域”和“时”也对得上。但整句的结构却不一
样:上句是主一动一宾三,下句前四是定语从句,作中心语“时”的
定语。

　　1261 与此类似,但更合于连贯句的常见顺序,上句是下句主
语;也是前四字对,第五字“客”“骑”可勉强对(“骑”有名词用
法),但整句结构不同。

　　0609“日”与“星”也对得很好,上句中心语句是时间状语,下
句是主谓句。0670 类同,上句中心语句是处所状语。0942 也是上
句作状语,“铁凤阙”对“羽林儿”很工整。1031 以下各例,也大体
相同。

海内知名士，云端各异方。(《寄彭州高三十五使君适……三十韵》0610)

南内开元曲，常时弟子传。(《秋日夔府咏怀……一百韵》1030)

即今龙厩水，莫带犬戎膻。(同上)

纷纷桃李枝，处处总能移。(《丽春》0741)

由来强干地，未有不臣朝。(《有感五首》1257)

永作殊方客，残生一老翁。(《寄司马山人十二韵》0871)

养拙干戈际，全生麋鹿群。(《暮春题瀼西新赁草屋五首》0980)

咫尺云山路，归飞青海隅。(《送蔡希鲁都尉还陇右……》0440)

蹉跎暮容色，怅望好林泉。(《重过何氏五首》0463)

盈筐承露薤，不待致书求。(《秋日阮隐居致薤三十束》0608)

0610 上句中心语句作主语，下句是谓语，但后三对得较勉强。1030"南内开元曲"也是连贯句的主语，"龙厩水"句亦同。

0741、1257 的上句明显是主语，但 0741 只有前二对，后三不对。1257 是前二不对，后三对。

0871 又有不同：下句是对上句宾语部分"殊方客"的补充说明（也可分析为上句的主语，两句错位）。

0980 不是连贯句，下句是中心语句，也可分析为主谓倒置。上句则是动宾结构接三字补语。前二后三分别对得很工整。

0440 下句是动补结构，上句中心语句，也可分析为主谓倒置。0463、0608 更为特殊，上句均可分析为话题（或前置的宾语），而

0463 后三勉强成对,0608 只有三、四字对。两例都是基本不对。

对偶连贯句也有不使用中心语句的:

> 颇谓秦晋匹,从来王谢郎。(《送大理封主簿五郎亲事不
> 合……》1303)
> 还闻献士卒,足以静风尘。(《观安西兵过赴关中待命二
> 首》0599)
> 宁闻倚门夕,尽力洁殽晨。(《寄张十二山人彪三十韵》
> 0612)

1303 上句"秦晋匹"是下句的主语,连同下句都是"颇谓"的
内容①,后三为对颇有巧思。两句二三分别成对,只是前二词性
稍异。

0599、0612 也是由"还闻""宁闻"带出两句,也是后三对,前
二不对。有意思的是,为了押韵也为了使后三成对,0612 还调整
了下句的语序(本来应是"晨殽"成词)。

中心语句一开始在五言诗中出现时,由于本身不构成完整
句,只能在两种情况下使用:要么上下句构成对偶,如"泛泛东流
水,磷磷水中石"(刘桢《赠从弟三首》);要么在连贯句中充当状
语等成分,如"平生少年时,轻薄好弦歌"(阮籍《咏怀》)。但后来
也有极少数例子,在形成对偶的同时又是连贯句,如"惟彼太公
望,昔在渭滨叟"(刘琨《重赠卢谌》),尽管构句还显稚拙。

初唐近体诗的情况,尚缺少全面调查。蒋绍愚先生曾举沈佺
期《陇头水》"愁见三秋水,分为两地泉"之例,属于不包含中心语

---

① 蒋绍愚认为这种情况是"把宾语分开,一部分在上句,一部分在下句"。见
《唐诗语言研究》,第 146 页。

句的。然而到杜甫五律中，一下子出现了大量用例，变化也十分丰富，说明诗人造句极富创意而且大胆。其中包含中心语句的，是诗人在意识到上下句结构不同的情况下构造的（因中心语句与主谓句的区别非常明显）。这时，诗人的技巧尤其体现在"字对"，以及句中二字、三字结构的对偶上。最极端的情况就是如0493、1261那样，四与一均分别成对，但合起来整句结构却不一样。当然，这种通过语法分析发现的结构不同，诗人未必能意识到。但两句尾字的不同（一个是中心语，一个非是），应该还是能够觉察的，而他在构句时很可能正是为追求这种特殊的对偶。

众所周知，对偶是律诗写作的强制性要求，而是否采用某种句式应是由诗人来决定。从以上例子来看，诗人采用连贯句乃至中心语句，也是由表意需要促成的：句子的某一部分（状语、主语）比较复杂，本身有可能扩充为五字从而占据一句。这时遇到对偶的强制要求，诗人就必须做出某种调整：整句结构无法形成严格对偶，转而要求其中某一部分合于对偶，甚至对得很精彩。当然，有写作经验的人完全可以设想，诗人也可能是先有某一部分的精彩对偶，然后再勉力完成其馀部分乃至整句的组合。对诗人来说，为了某个精彩部分或某个复杂意义的完成，放松整句结构的对偶要求、有某种妥协，大概也是可以接受的。诗人在写作时的重点顺序应是：1. 句意本身；2. 各部分的对偶；3. 整句结构。

八、话题结构句

上面讨论谓语句时已涉及话题句。话题结构在汉语中大量存在,在五言诗中也很活跃①。由于话题与主语位于句首同一位置,同为陈述对象,包含各种复杂语义关系,而话题结构本身其实是对汉语主谓结构特殊性的一种说明,所以话题结构如果在对偶句中与其他一般主谓结构句型混对,也在意料之中。此外,不同话题结构也可能出现在对偶上下句中。

1. 领格语域式话题

玉衣晨自举,铁马汗常趋。(《行次昭陵》0410)

清关尘不杂,中使日相乘。(《赠特进汝阳王二十韵》0417)

汉使黄河远,凉州白麦枯。(《送蔡希鲁都尉还陇右……》0440)

部曲精仍锐,匈奴气不骄。(《故武卫将军挽歌三首》0483)

二子声同日,诸生困一经。(《秦州见敕目……三十韵》0609)

羽毛知独立,黑白太分明。(《花鸭》0744)

江汉故人少,音书从此稀。(《赠韦赞善别》0771)

安石名高晋,昭王客赴燕。(《秋日夔府咏怀……一百韵》1030)

旧物森犹在,凶徒恶未悛。(同上)

山家蒸栗暖,野饭射麇新。(《从驿次草堂……二首》1262)

交态知浮俗,儒流不异门。(《赠虞十五司马》1346)

---

① 有关话题结构的类型及其在五言诗中的分布,参见本书《诗歌话题句探论》。

　　以上句例中的上句或下句,出现了领格语域式话题(1.8.0,话题是述题中动词论元的领格)。例如0410"铁马",是"汗"的领格。尽管二者容易被看成定中关系,但因五言句二三切分,仍应在其中切分,后三字是述题。这种句式通常也被称作主谓谓语句。0417、0609上句和0483下句,1030"安石""凶徒"句,都是这种句式。0440述题稍有变化,"白麦枯"是二一结构。1262"射麋新"同。0440"凉州"、0771"江汉",是时地语域式话题,通常也分析为时间、地点状语。0744"羽毛"是背景语域式话题,意思是"从羽毛可以看出"。1346"交态"也属于背景语域式话题。

　　上述话题句的对句有各种句式,句首多为双音名词主语,与话题对。上下句后三保持切分一致,有状动结构(0410上、0417下等),也有动补结构(0609下)。

　　1030的下句也比较特殊,"赴燕"意志只能归属某人,因此不宜将"昭王客"切分,"昭王"并非话题,全句应是三二(尽管在读的时候可以变通),但与上句"安石名"在字面上对得很工整。

　　0744只有后两字对,整句基本不对。1262"山家"对"野饭","蒸栗暖"对"射麋新",都很工整;但上句是主动宾补,下句是话题句,"射麋新"可分析为主谓关系,说明"野饭"。

2. 论元共指性话题

　　　能事闻重译,嘉谟及远黎。(《奉赠太常张卿二十韵》0414)

　　　故山多药物,胜概忆桃源。(《奉留赠集贤院崔于二学士》0480)

　　　乌麻蒸续晒,丹橘露应尝。(《寄彭州高三十五使君适……三十韵》0610)

从弟人皆有,终身恨不平。(《不归》0591)

谈笑无河北,心肝奉至尊。(《观安西兵过赴关中待命二首》0600)

胡羯何多难,樵渔寄此生。(《村夜》0668)

五马何时到,双鱼会早传。(《送梓州李使君之任》0829)

戍鼓犹长击,林莺遂不歌。(《暮寒》0843)

农月须知课,田家敢忘勤。(《赠王二十四侍御契四十韵》0869)

且有元戎命,悲歌识者知。(《赠崔十三评事公辅》0942)

山风犹满把,野露及新尝。(《竖子至》1017)

卷轴来何晚,襟怀庶可凭。(《寄刘峡州伯华使君四十韵》1032)

养生终自惜,伐数必全惩。(同上)

楚贡何年绝,尧封旧俗疑。(《夔府书怀四十韵》1056)

庙算高难测,天忧实在兹。(同上)

世情只益睡,盗贼敢忘忧。(《村雨》1127)

社稷堪流涕,安危在运筹。(《西阁口号》1185)

骚人嗟不见,汉道盛于斯。(《偶题》1129)

消渴今如在,提携愧老夫。(《别苏徯》1205)

鱼龙开辟有,菱芡古今同。(《天池》1265)

舟楫因人动,形骸用杖扶。(《续得观书……》1301)

托赠乡家有,因歌野兴疏。(《将别巫峡赠南乡兄瀼西果园四十亩》1302)

一毛生凤穴,三尺献龙泉。(《奉送苏州李二十五长史丈之任》1317)

天意高难问,人情老易悲。(《暮春江陵送马大卿公恩命

追赴阙下》1318)

势惬宗萧相,材非一范雎。(《秋日荆南送石首薛明

势惬宗萧相,材非一范雎。(《秋日荆南送石首薛明
府……三十韵》1339)

自古幽人泣,流年壮士悲。(《移居公安敬赠卫大郎钧》
1344)

百年嗟已半,四坐敢辞喧。(《赠虞十五司马》1346)

尊荣真不忝,端雅独翛然。(《哭韦大夫之晋》1388)

公孙仍恃险,侯景未生擒。(《风疾舟中伏枕书怀三十六
韵》1393)

不达长卿病,从来原宪贫。(《奉赠萧二十使君》1394)

以上句例中的上句或下句,出现的是论元共指性话题(与述
题动词论元有共指关系)。句首话题有很多是动词受事(1.8.8),
如果不采用话题概念,可分析为宾语前置。如 0829 下句,意即
"会早传双鱼",而"五马"对"双鱼"很工整。0843"戍鼓"是"长
击"的宾语,"戍鼓"与"林莺"对,"长击"与"不歌"对。0869"农
月"是"课"的宾语,对"田家"很工整。

0668"樵渔"可分析为"寄"的双宾语之一或补语(将此生寄于
樵渔),对"胡羯";"多难"对"此生"则有点勉强。

0480 下句意即"忆桃源胜概",是将宾语的一部分提到句首作
话题,与"故山"对。0414"能事"也可分析为"闻"的宾语,句意大
概是说,其"能事"因"重译"而得广闻。1317"三尺"代指剑,亦即
"龙泉",与"一毛"对。

1056"尧封"是"疑"的宾语,对"楚贡"。1127"盗贼"是"忧"
的宾语,"忘忧"与"益睡"对,"盗贼"与"世情"对。1302"托赠"是

"乡家有"的宾语,"乡家"与"野兴"对。

1346"百年"是"嗟"的宾语,对"四坐",但后三基本不对。1388"尊荣"是"不忝"的宾语,对"端雅"。1393"侯景"是"生擒"的宾语,对"公孙"。

1318"天意"的述题分两部分,是其中"难问"的宾语。"天意"对"人情","难问"对"易悲",很工整。1056"庙算"亦同,对"天忧"亦佳,但后三失对。

0610"丹橘露应尝"可分析为双层话题:"丹橘"是全句的话题,"露"是述题中动词"尝"的受事。"丹橘"对"乌麻"很好,后三结构不同,但诗人利用"露"的歧义与"蒸"对。

1339 单音词话题"势"与"材"对,"萧相"与"范睢"对。

1394 上句动词短语"不达"作话题,句意即"长卿病不达",而"长卿病"对"原宪贫"极佳。

1344"自古"对"流年","幽人泣"对"壮士悲",亦属佳对。1393 的精彩之处则在于,两个反面人物被组织进对偶,且叙事连贯又十分严密,为此下句采用话题句几乎是不得不然。

由以上句例来看,话题结构与一般语序有明显不同,诗人往往是出于对偶考虑而做出调整。也正是由于汉语有大量话题结构以及倒装、错位等调整方法,才允许诗歌在满足对偶要求时有相当的灵活性。如果在诗歌中取消话题结构,所有上下句都只使用一般主谓结构句型,恐怕很多对偶句根本无法组织,即便成句也会十分勉强单调。

3. 不同类型话题结构

对偶上下句中还可能出现不同类型的话题结构:

诗律群公问,儒门旧史长。(《承沈八丈东美除膳部员

外……》0479）

　　农事闻人说，山光见鸟情。(《移居夔州郭》0958）

　　昔岁文为理，群公价尽增。(《寄刘峡州伯华使君四十韵》1032）

　　神女花钿落，蛟人织杼悲。(《雨四首》1252）

　　江汉春风起，冰霜昨夜除。(《远怀舍弟颖观等》1300）

　　白头遗恨在，青竹几人登。(《寄刘峡州伯华使君四十韵》1032）

　　紫诰鸾回纸，清朝燕贺人。(《奉贺阳城郡王太夫人……》1326）

　　白发丝难理，新诗锦不如。(《酬韦韶州见寄》1375）

　　0479上句"诗律"是"问"的受事，下句"儒门"则提供领格语域话题。

　　0958"农事"是"说"的受事，"山光"提供背景语域（因山光而见鸟情）。

　　1252"神女"是领格语域话题，"织杼"是"悲"的受事。

　　1300时地语域话题"江汉"，对动词受事"冰霜"。

　　1032领格语域话题"群公"，对时间语域话题"昔岁"。1326"紫诰"对"清朝"同。

　　1375"新诗"应是"不如"的受事（锦比不过新诗），对"丝"的领格"白发"。

　　以上列举了主谓句与话题句为对以及不同话题结构句为对的各种情况，均有大量句例。问题在于，汉语主谓结构的语义关系十分复杂，在这种情况下，诗歌对偶是否应当要求对这些语义关系以及各种话题结构做出清楚辨析，然后尽量采用相同语义结构来组织对偶？以上大量句例似乎表明,满足这种要求有困难。那么,据此是否可以认为:诗人对这些复杂语义关系并无足够清楚的认识,在写作中难免顾此失彼,以致在对偶中很难避免出现不同类型句式的混对？

然而,在以上句例之外,还有大量句例并不支持这种推论。尽管不能说诗人在构思每联对偶和每一具体创作过程中,都对各种句型了然于胸,但他还是运用各种话题结构,写出了很多工整的对偶句,证明他对这类结构并不陌生。

例如句首单音词作话题(1.8.1)：

官是先锋得,材缘挑战须。(《送蔡希鲁都尉还陇右……》0440)

饭抄云子白,瓜嚼水精寒。(《与鄠县源大少府宴渼陂》0466)

红取风霜实,青看雨露柯。(《栀子》0742)

青惜峰峦过,黄知橘柚来。(《放船》0831)

药许邻人劚,书从稚子擎。(《正月三日归溪上……》0892)

座从歌妓密,乐任主人为。(《宴戎州杨使君东楼》0929)

名岂文章著,官应老病休。(《旅夜书怀》0935)

碧知湖外草,红见海东云。(《晴二首》1008)

律比昆仑竹,音知燥湿弦。(《秋日夔府咏怀……一百韵》1030)

紫收岷岭芋,白种陆池莲。(同上)

羹煮秋莼滑,杯迎露菊新。(《秋日寄题郑监湖上亭三首》1050)

鹅费羲之墨,貂馀季子裘。(《摇落》1220)

清动杯中物,高随海上查。(《季秋苏五弟缨江楼夜宴……三首》1223)

贤非梦傅野,隐几凿颜坏。(《秋日荆南述怀三十韵》1338)

滑忆雕胡饭,香闻锦带羹。(《江阁卧病走笔寄呈崔卢两侍御》1372)

其中以单音颜色词为话题的句例,尤其可以看出诗人是在反复尝试①。

又如句首动宾短语作话题(1.8.2、1.8.8-2):

讨胡愁李广,奉使待张骞。(《寄岳州贾司马……五十韵》0611)

追欢筋力异,望远岁时同。(《九日登梓州城》0774)

去国哀王粲,伤时哭贾生。(《久客》0841)

伏柱闻周史,乘槎有汉臣。(《赠王二十四侍御契四十韵》0869)

缚柴门窄窄,通竹溜涓涓。(《秋日夔府咏怀……一百韵》1030)

放蹄知赤骥,捩翅服苍鹰。(《寄刘峡州伯华使君四十韵》1032)

登俎黄甘重,支床锦石圆。(《季秋江村》1221)

① 这种句首单音词话题句,似乎一开始出现就是用于对偶,如鲍照《代君子有所思行》:"器恶含满欹,物忌厚生没。"谢灵运《初发石首城》:"游当罗浮行,息必庐霍期。"

暖老须燕玉，充饥忆楚萍。(《独坐二首》1247)

薄衣临积水，吹面受和风。(《上巳日徐司录林园宴集》1316)

乞降那更得，尚诈莫徒劳。(《喜闻官军已临贼寇二十韵》0495)

顺浪翻堪倚，回帆又省牵。(《回棹》1370)

梦兰他日应，折桂早年知。(《同豆卢峰贻主客李员外贤子棐知字韵》1399)

这种句式明显是通过"移位"改变诗句结构，构造而成，在自然语言中相对少见。有一个早期的名句——"绕屋树扶疏"(陶渊明)，可能影响了诗人。以上两种句式相对复杂，使用也较少，但仍有这么多句例对得十分工整。

此外，还有相对更少见的：

几时杯重把，昨夜月同行。(《奉济驿重送严公四韵》0760)

幕府筹频问，山家药正锄。(《赠李八秘书别三十韵》1031)

首二字是状语或语域式话题，其后第三字是话题受事(1.8.8-6)，两例也对得十分工整。可见即便是相对复杂且很少用的话题句，诗人也可以熟练运用。其他各类话题结构句式较为常见，也有更多的工整对偶句，篇幅所限，这里就不再一一胪列。前面那些对得不够工整、出现混对的句子，究竟是无奈之举、无心之失，还是某种有意变通，很难给出一个简单的判断。

九、两分句

在五言诗中还有大量两分句,由于诗人没有词法、句法以及复句、单句的分层概念,将两分句(复句)与单句为对也就不足为奇。单句中也有主句包含从句的,从句有可能恰好与对句的分句成对。

1. 两分句对主谓句

A. 两分句含主谓结构

这时,两分句有可能包含两个或一个主谓结构(1.6.3、1.6.3-5、2.6.2-5、2.6.5):

> 思飘云物外,律中鬼神惊。(《敬赠郑谏议十韵》0415)
>
> 我闻龙正直,道屈尔何为。(《赠崔十三评事公辅》0942)
>
> 万方思助顺,一鼓气无前。(《寄岳州贾司马六丈……五十韵》0611)
>
> 英灵如过隙,宴衍愿投胶。(《陪诸公上白帝城头宴越公堂之作》0973)
>
> 蒙尘清露急,御宿且谁供。(《伤春五首》0974)
>
> 吾老甘贫病,荣华有是非。(《秋野五首》1109)
>
> 受钺亲贤往,卑官制诏遥。(《有感五首》1257)

0415 上句后三是主谓句的补语,恰好与下句后三分句为对,尽管结构不一致(定中对主谓),但仍很工整。

0942 上句后三是宾语从句,也与下句后三分句为对;尽管首二都是主谓(动)结构,但整句结构不同。

0974 下句是话题句,但是首二对,后三不对("清露急"语意含混,或改"清路急")。

0611 "万方"对"一鼓",不过"鼓"是动词。下句后三分句是主谓结构,而上句是动宾结构,但"思"与"气"字面对。

0973 后三动宾结构成对,前二不对。1109、1257 也是后三对。1257 的下句是话题句。

有其他很多句例,两分句不是主谓结构,而是两个谓语部分(2.6.0、2.6.2)。与其为对的主谓句有的在上句,有的在下句。上句是主谓句的,有可能是分叙,也有可能是连贯句,上句的主语或话题贯到下句末。下句是主谓句的,两句之间通常有某种关联,下句有时是补叙,有时也可理解为上下句倒置。

B. 上句是主谓句

　　圣情常有眷,朝退若无凭。(《赠特进汝阳王二十韵》0417)

　　一丘藏曲折,缓步有跻攀。(《早起》0669)

　　故人能领客,携酒重相看。(《王竞携酒高亦同过共用寒字》0712)

　　主人留上客,避暑得名园。(《奉汉中王手札》0941)

　　公时呵猰㺄,首唱却鲸鱼。(《秋日荆南送石首薛明府……三十韵》1339)

　　义声纷感激,败绩自逡巡。(《奉赠鲜于京兆二十韵》0416)

　　故人还寂寞,削迹共艰虞。(《赠高式颜》0475)

　　此生那老蜀,不死会归秦。(《奉送严公入朝十韵》0758)

　　此行何日到,送汝万行啼。(《送舍弟颖赴齐州三首》

0884）

　　甲兵年数久,赋敛夜深归。(《夜二首》1242)

　　馀波期救溺,费日苦轻赍。(《水宿遣兴奉呈群公》1325)

　　形容劳宇宙,质朴谢轩墀。(《移居公安敬赠卫大郎钧》1344)

　　斯人不重见,将老失知音。(《哭李常侍峄二首》1386)

　　以上诸例主谓句在上句。0417 后两字成对,"圣情"一直管到下句。0669"一丘"(话题)、0758"此生"、1339"公",主语管到下句,也是后三字对。0712 也是"故人"管到下句。

　　0941 上句叙"主人",下句叙对方("上客"?)。0475 下句是说(诗人?)将与"故人"共艰虞。

　　1242、1386 上句都是话题结构,1242 两句有因果关系,1386"失知音"也是斯人已逝的结果。

　　1325 两句应是讲诗人自己的处境,下句主语隐含在上下文中。

　　1344 下句分析有歧义,可以把"质朴"分析为主语(代人),也可以分析为分句。但在字面上,都与上句对得很工整。

　　各联大都是后三成对,前二有出入。0712 后三不对,前二定中对动宾,但"人"与"酒"对。0416 前二对得很工整,但上句"义声"应分析为话题,下句"败绩"应是动词(此句主语隐去)。0758"生"与"死"对,但各自两字组合后结构完全不同。

　　C.下句是主谓句

　　一望幽燕隔,何时郡国开。(《秦州杂诗二十首》0556)

　　畏人成小筑,褊性合幽栖。(《畏人》0670)

远行无自苦,内热比何如。(《寄李十四员外布十二韵》0872)

分军应供给,百姓日支离。(《赠崔十三评事公辅》0942)

困学违从众,明公各勉旃。(《秋日夔府咏怀……一百韵》1030)

恳谏留匡鼎,诸儒引服虔。(同上)

磨灭馀篇翰,平生一钓舟。(《秋日寄题郑监湖上亭三首》1048)

再哭经过罢,离魂去住销。(《哭王彭州抡》1055)

飞鸣还接翅,行序密衔芦。(《续得观书迎就当阳居止……》1301)

食德见从事,克家何妙年。(《奉送苏州李二十五长史丈之任》1317)

伏枕因超忽,扁舟任往来。(《秋日荆南述怀三十韵》1338)

晚泊登汀树,微馨借渚蘋。(《湘夫人祠》1360)

经过辨觟剑,意气逐吴钩。(《重送刘十弟判官》1381)

从公伏事久,之子俊才稀。(《送卢十四弟侍御……二十韵》1385)

对扬期特达,衰朽再芳菲。(同上)

纳流迷浩汗,峻址得嶔崟。(《风疾舟中伏枕书怀三十六韵》1393)

献纳开东观,君王问长卿。(《赠陈二补阙》0442)

别离惊节换,聪慧与谁论。(《忆幼子》0491)

挥金应物理,拖玉岂吾身。(《秋日寄题郑监湖上亭三首》1050)

水耕先浸草,春火更烧山。(《铜官渚守风》1366)

以上诸例主谓句在下句。1030 应是以服虔自喻,而上句以
"匡鼎"喻大臣(指疏救房琯?),也就是说"服虔"应是此句主语。

0556 下句"郡国开",是由上句"一望"引发的遥想。0670 下
句"褊性"如何,是对上句行为的解释。0942 上句是因,下句是果,
只是主语出现在下句。0872 上句"远行"也是下句"内热"的
原因。

1030"困学"两句分叙,上句讲自己,下句是对"明公"的期许。
1055 近同,下句是讲死者。

1048 两句都应是称颂对方,下句主谓结构,但谓语由名词短
语构成。前二、后三结构均不同。

1301 两句都是描写天上的雁,下句是话题句,"衔芦"对"接
翅"。

1317 两句讲李二十五任职,下句以"克家"为话题,与"食
德"对。

1338 下句"扁舟"是话题,全句是对"超忽"的描述,不过上下
句对得十分勉强。1360 下句是"晚泊"所见。

1381 两句均属刘十,只是下句以"意气"为主语。

1385"之子"是两句的主语。另一联下句"衰朽"如何,是上句
"期特达"的内容。

1393 两句一句讲水,一句讲山,只是上句未出现主语。

0442 两句叙事连贯,也可以说上句两个分句的主语包含在下
句中:"长卿"是"献纳"的主语,"君王"是"开"的主语。

1050 下句是话题句,不过两句都属郑监("吾身"拟其口吻)。
1366 讲耕作,但只有下句用主谓式。

由以上句例可以看出,对偶句中有可能只有一句有主语出现,这样能够留出空间容纳两分句,使句子显得更为紧凑丰富,也避免了句式过于单调,尽管对偶因此有失工整。

2. 两分句对谓语句

A. 两分句含主谓结构

这时,两分句也可能包含主谓结构(1.6.3、1.6.3-5、2.6.2-5、2.6.5):

> 盘错神明惧,讴歌德义丰。(《奉寄河南韦尹丈人》0426)
> 见知真自幼,谋拙愧诸昆。(《赠比部萧郎中十兄》0476)
> 日有习池醉,愁来梁甫吟。(《初冬》0891)
> 人间长见画,老去恨空闻。(《观李固请司马弟山水图三首》0918)
> 春浓停野骑,夜宿敞云楼。(《怀灞上游》1039)
> 日出清江望,暄和散旅愁。(《晓望白帝城盐山》1192)

0426 后三对,但下句"德义丰"应是"讴歌"的宾语。

0476 基本不对,上句也可勉强分为两部分(实际可分析为话题结构),第二字动词对;四、五字介宾结构对定中结构,不过"自""诸"同为虚词,"幼"与"昆"对。

0891 也是后三对(内部结构不同),"梁甫吟"也可理解为其上省略动词;前二字面对,结构不同。

0918"恨空闻"是话题结构,后三不对,当是调谐平仄和韵脚的结果。

1039 前二也是字面对,结构不同;后三完全不对,只有三、四字单挑出来对得上,可见诗人构句之大胆。

1192"清江望"可理解为"望清江",也唯此方与下句成对。不过那样就不合声律了,诗人可能顾此失彼。

B. 两分句是两个谓语部分

其他大量句例,与谓语句为对的两分句都是两个谓语部分(2.6.0、2.6.2):

献纳纡皇眷,中间谒紫宸。(《奉赠鲜于京兆二十韵》0416)

何路沾微禄,归山买薄田。(《重过何氏五首》0463)

绝域遥怀怒,和亲愿结欢。(《送杨六判官使西蕃》0510)

归来稍暄暖,当为斸青冥。(《路逢襄阳杨少府入城……》0542)

正愁闻塞笛,独立见江船。(《一室》0616)

何日通燕塞,相看老蜀门。(《送裴五赴东川》0700)

悲君随燕雀,薄宦走风尘。(《赠别何邕》0725)

他乡饶梦寐,失侣自迍邅。(《寄岳州贾司马六丈……五十韵》0611)

望云悲轗轲,毕景羡冲融。(《寄司马山人十二韵》0871)

瓜时犹旅寓,萍泛苦夤缘。(《秋日夔府咏怀……一百韵》1030)

他日辞神女,伤春怯杜鹃。(同上)

晚闻多妙教,卒践塞前愆。(同上)

天边长作客,老去一沾巾。(《江月》1070)

收获辞霜渚,分明在夕岑。(《云》1245)

发日排南喜,伤神散北眸。(《续得观书迎就当阳居止》1301)

这些与两个谓语分句为对的谓语句,分为两类:少数是动二宾三句式(2.1.0、2.1.5),如0542"当为爇青冥"、1030"晚闻多妙教"。也有些句子分析为动二宾三或两个分句两可,如0616"正愁"句。此外,多数都是状二加动宾(/补)句式(2.1.6、2.3.6、2.4.6)。0725较特殊,是"悲"字带其馀九字宾语句。

后一种句式中,首二字状语多是定中结构,与对句的分句动宾结构为对(也有其他组合,还有些组合分析为状语或分句两可,如"老去""毕景")。这时,诗人会有意采取"字对"等方式(两字中至少有一字成对),使两句勉强对上。当然,这可能恰好说明,诗人对这些组合形式还是不能清楚辨析,从而造成混对。

样本中还有一些三分句与其他句式对偶的例子,一并列出:

秋听殷地发,风散入云悲。(《秦州杂诗二十首》0552)

下食遭泥去,高飞恨久阴。(《晴二首》1009)

意遣乐还笑,衰迷贤与愚。(《大历三年春白帝城放船……四十韵》1308)

前文说到两分句适于对偶。五言诗句中一个双音词甚至单音词,都可能构成一个分句。0552上句是动二宾三,后三宾语是次动宾结构修饰动词;下句"风散""入云"则是两个分句,"悲"是另一个分句。

1009上句"下食""遭泥""去"三个分句,下句是二三结构。

1308上句"意遣"是一个分句,"乐""笑"动词,构成两个分句;下句"贤与愚"是名词,作宾语。我们通过语法分析可以发现上下句的结构不同,但各例在字面上都可以说对得很工整。

十、局部结构

所谓局部,是指五言诗句前二或后三中的某一部分。由于汉语的词法、句法高度一致,局部的失对或不同结构混对,可能是构成句子成分的某个复合词或三字词组,也可能是整句(复句)中的分句或主句包含的从句。以上整句结构中出现的失对,也往往与局部结构有关,或者就是由局部失对引起的。

(一)两字结构

既包括句首二字节中的,也包括后三内的。

前文说过,在五言对偶句中,诗人可能更看重前二、后三各自的对偶,而不太在意整句结构上的一些差异。但即便如此,在调查中还是发现,无论前二还是后三,都有一些习惯性的混对,有可能发生在词或词组的各种组合关系中。王观国所谓一物对两物,属于并列式与定中式,并限于其中的名名关系,倒可能是最不值得一提的。

1. 动宾结构对定中结构

最常见的局部结构混对,是两字组合中的动宾结构对定中结构,常见于句首二字(上节讨论两分句已遇到这种情况)。可能因为这两者都是动(形)+名组合,结束于中心词,容易被诗人视同一律:

通籍逾青琐,亨衢照紫泥。(《奉赠太常张卿二十韵》0414)

隐吏逢梅福,游山忆谢公。(《送裴二虬作尉永嘉》0444)

通家惟沈氏,谒帝似冯唐。(《承沈八丈东美除膳部员

外……》0479)

　　赐书夸父老,寿酒乐城隍。(《送许八江宁觐省……》0538)

　　牵牛去几许,宛马至今来。(《秦州杂诗二十首》0556)

　　似尔官仍贵,前贤命可伤。(《寄彭州高三十五使君适……三十韵》0610)

　　乱麻尸积卫,破竹势临燕。(《寄岳州贾司马六丈……五十韵》0611)

　　浮舟出郡郭,别酒寄江涛。(《王阆州筵奉酬十一舅惜别之作》0830)

　　脱剑主人赠,去帆春色随。(《赠崔十三评事公辅》0942)

　　暗尘生古镜,拂匣照西施。(同上)

　　去旆依颜色,沿流想疾徐。(《赠李八秘书别三十韵》1031)

　　多病久加饭,衰容新授衣。(《雨四首》1251)

　　步履宜轻过,开筵得屡供。(《庭草》1307)

　　薄衣临积水,吹面受和风。(《上巳日徐司录林园宴集》1316)

　　流年疲蟋蟀,体物幸鹡鸰。(《奉赠卢五丈参谋琚》1382)

还有见于三、四字或四、五字的:

　　须为下殿走,不可好楼居。(《收京三首》0504)

　　男儿行处是,客子斗身强。(《寄彭州高三十五使君适……三十韵》0610)

　　恐惧行装数,伶俜卧疾频。(《赠王二十四侍御契四十

韵》0869）

峡中都似火，江上只空雷。（《热三首》1023）

大庭终反朴，京观且僵尸。（《夔府书怀四十韵》1056）

有些组合可能属于动宾、定中两可：

谬知终画虎，微分是醯鸡。（《奉赠太常张卿二十韵》0414）

随肩趋漏刻，短发寄簪缨。（《奉送郭中丞兼太仆卿……三十韵》0509）

朱丝有断弦，浦鸥防碎首。（《寄岳州贾司马六丈……五十韵》0611）

漂梗无安地，衔枚有荷戈。（《征夫》0817）

2. 动宾结构对状中结构

也是两字组合中常见的混对，可能因为二者是使用最多的组合；另外如以下很多例子显示的，二者对偶时后一字有相似性，常有动词、形容词用如名词（或相反）的情况。见于句首二字的有：

唤人看腰褭，不嫁惜娉婷。（《秦州见敕目……三十韵》0609）

忆昨趋行殿，殷忧捧御筵。（《寄岳州贾司马六丈……五十韵》0611）

取醉他乡客，相逢故国人。（《上白帝城二首》0964）

悲鸣驷马顾，失涕万人挥。（《送卢十四弟侍御……二十韵》1385）

还有更多见于四、五字的：

毁庙天飞雨，焚宫火彻明。(《奉送郭中丞兼太仆卿……三十韵》0509)

和虏犹怀惠，防边不敢惊。(同上)

河汉不改色，关山空自寒。(《初月》0578)

春色岂相访，众雏还识机。(《归燕》0579)

黄云高未动，白水已扬波。(《日暮》0594)

时危当雪耻，计大岂轻论。(《建都十二韵》0647)

世人皆欲杀，吾意独怜才。(《不见》0778)

寂寂夏先晚，泠泠风有馀。(《寄李十四员外布十二韵》0872)

束缚酬知己，蹉跎效小忠。(《遣闷奉呈严郑公二十韵》0883)

绝域惟高枕，清风独杖藜。(《送舍弟频赴齐州三首》0884)

百万传深入，寰区望匪它。(《散愁二首》0920)

刁斗皆催晓，蟾蜍且自倾。(《八月十五夜月二首》1093)

谷口樵归唱，孤城笛起愁。(《十六夜玩月》1094)

报效神如在，馨香旧不违。(《社日两篇》1106)

山雉防求敌，江猿应独吟。(《课小竖锄斫舍北果林……三首》1122)

老翁难早出，贤客幸知归。(《九日诸人集于林》1165)

枕带还相似，柴荆即有焉。(《自瀼西荆扉且移居东屯茅屋四首》1231)

雪树元同色，江风亦自波。(《江梅》1306)

　　丘壑曾忘返，文章敢自诬。(《大历三年春白帝城放船……四十韵》1308)

　　济江元自阔，下水不劳牵。(《行次古城店泛江作……》1312)

　　我行何到此，物理直难齐。(《水宿遣兴奉呈群公》1325)

　　几年一会面，今日复悲歌。(《湖中送敬十使君适广陵》1379)

还有个别见于三、四字的：

　　巢燕高飞尽，林花润色分。(《喜雨》0857)

3. 动宾结构对并列结构
见于三、四字：

　　鹔鹤追飞静，豺狼得食喧。(《宿江边阁》1170)

4. 动宾结构对动补结构
见于首二字和四、五字：

　　抱叶寒蝉静，归来独鸟迟。(《秦州杂诗二十首》0552)
　　翠衿浑短尽，红觜漫多知。(《鹦鹉》1075)

5. 主谓结构对动词结构
主谓结构对动宾、状动、动补结构等，见于句首二字：

吾衰同泛梗,利涉想蟠桃。(《临邑舍弟书至……》0437)

老去一杯足,谁怜屡舞长。(《台上》0810)

望尽似犹见,哀多如更闻。(《孤雁》1059)

凭久乌皮绽,簪稀白帽棱。(《寄刘峡州伯华使君四十韵》1032)

力稀经树歇,老困拨书眠。(《九月一日过孟十二仓曹十四主簿兄弟》1119)

老去闻悲角,人扶报夕阳。(《上白帝城》1169)

风号闻虎豹,水宿伴凫鹥。(《水宿遣兴奉呈群公》1325)

病渴身何去,春生力更无。(《过南岳入洞庭湖》1357)

首二字结构有异,往往导致整句结构不同,如0810。但如果是两分句,则可能只是该分句失对。以上句例中单字往往成对,如1032"久"对"稀",1059"望"对"哀"、"尽"对"多",1325"风"对"水"、"号"对"宿"等。可能正因为如此,诗人和一般读者不一定认为其失对。

这当然说明诗人对这些结构差异无法作出清楚辨析。例如主谓、状动混对(0437、1325),两者都是名+动组合,古人可能无法辨析其间的结构不同。有的词兼有名词、动词等不同用法,如"哀"(1059)、"病"(1357),也使诗人难以作出正确判断。诗人在保证诗意正确传达、不致引起误会的前提下,当然也可能就是为了在字面上形成对偶,而有意利用上述结构歧异。

6.动宾结构对介宾结构

见于首二字,也见于四、五字:

遇害陈公殒,于今蜀道怜。(《送梓州李使君之任》0829)

胡人愁逐北,宛马又从东。(《投赠哥舒开府翰二十韵》0412)

蓟门谁自北,汉将独征西。(《秦州杂诗二十首》0559)

内蕊繁于缬,宫莎软胜绵。(《寄岳州贾司马六丈……五十韵》0611)

黄卷真如律,青袍也自公。(《遣闷奉呈严郑公二十韵》0883)

这两者结构是一致的,只是在句中充当不同成分,出现混对的机会并不多。因介词属于虚词,这种混对多是有意的。0829 应是诗人为使后三成对,将二者调整到对应位置上。0611 两句后三是动补结构,为了避重而其中之一使用介词"于"。另有两例中出现的是兼有动词用法的"自"字。

(二)后三词语组合

除两字组合外,混对还可能出现在后三词语组合中。后三包含的句子成分较多,组合形式更多样,有可能出现各种形式的混对。

1. 动一宾二对状(/连)一中二

在样本中大量出现:

微生沾忌刻,万事益酸辛。(《奉赠鲜于京兆二十韵》0416)

今日知消息,他乡且旧居。(《得家书》0499)

野人矜险绝,水竹会平分。(《秦州杂诗二十首》0564)

照秦通警急,过陇自艰难。(《夕烽》0587)

徒然潜隙地,有觍屡鲜妆。(《寄彭州高三十五使君

适……三十韵》0610)

羽毛知独立,黑白太分明。(《花鸭》0744)

长日容杯酒,深江净绮罗。(《泛江》0837)

黄图遭污辱,月窟可焚烧。(《寄董卿嘉荣十韵》0870)

雪云虚点缀,沙草得微茫。(《奉观严郑公厅事岷山沱江画图十韵》0889)

后人将酒肉,虚殿日尘埃。(《上白帝城二首》0965)

药饵虚狼籍,秋风洒静便。(《秋日夔府咏怀……一百韵》1030)

哀猿更起坐,落雁失飞腾。(《寄刘峡州伯华使君四十韵》1032)

巫峡长云雨,秦城近斗杓。(《哭王彭州抡》1055)

万里烦供给,孤城最怨思。(《夔府书怀四十韵》1056)

缘情慰漂荡,抱疾屡迁移。(《偶题》1129)

菊蕊凄疏放,松林驻远情。(《西阁雨望》1187)

层轩俯江壁,要路亦高深。(《西阁二首》1193)

功名不早立,衰疾谢知音。(《西阁二首》1193)

蒸裹如千室,焦糟幸一柈。(《十月一日》1272)

两家诚款款,中道许苍苍。(《送大理封主簿五郎亲事不合……》1303)

鹿角真走险,狼头如跋胡。(《大历三年春白帝城放船……四十韵》1308)

劳心依憩息,朗咏划昭苏。(同上)

旄头初俶扰,鹕首丽泥涂。(同上)

吾贤富才术,此道未磷缁。(《暮春江陵送马大卿公恩命追赴阙下》1318)

丈人叨礼数,文律早周旋。(《哭韦大夫之晋》1388)

以上句例中末两字(宾语或中心词)往往成对,甚至对得很精彩,如0416"忌刻"对"酸辛",0587"警急"对"艰难",1272"千室"对"一样",等等。区别在于第三字与后两字的关系,由此造成句子结构不同。对此,诗人可能未意识到,也可能是有意忽略。

2. 状动宾对动一宾二

后两字的动宾和宾二,都是两字结构,在以下例子中混对。其中的宾二,一般是定中结构名词(有少数不是,如0830"分手")。这里又再次出现动宾与定中二者混对的情况,其前的第三字也因此语法功能不同,也可以认为由此导致后三的混对:

庙堂知至理,风俗尽还淳。(《上韦左相二十韵》0413)

野人宁得所,天意薄浮生。(《敬赠郑谏议十韵》0415)

别离经死地,披写忽登台。(《郑驸马池台喜遇郑广文同饮》0514)

将恐曾防寇,深潜托所亲。(《寄张十二山人彪三十韵》0612)

关山同一照,乌鹊自多惊。(《玩月呈汉中王》0763)

圣朝无弃物,老病已成翁。(《客亭》0788)

吾舅惜分手,使君寒赠袍。(《王阆州筵奉酬十一舅惜别之作》0830)

二天开宠饯,五马烂生光。(《江亭王阆州筵饯萧遂州》0849)

孔明多故事,安石竟崇班。(《承闻故房相公灵榇自阆州启殡……二首》0945)

凫雁终高去,熊罴觉自肥。(《晚晴》1041)

白鱼如切玉,朱橘不论钱。(《峡隘》1044)

先帝严灵寝,宗臣切受遗。(《夔府书怀四十韵》1056)

使者分王命,群公各典司。(同上)

议堂犹集凤,贞观是元龟。(同上)

处处喧飞檄,家家急竞锥。(同上)

具舟将出峡,巡圃念携锄。(《将别巫峡赠南乡兄瀼西果园四十亩》1302)

富贵当如此,尊荣迈等伦。(《奉贺阳城郡王太夫人……》1326)

此外,还有:

3. 状动宾对状二动一

徐榻不知倦,颍川何以酬。(《奉送王信州崟北归》1371)

4. 状动对动词连用

公侯终必复,经术竟相传。(《奉送苏州李二十五长史丈之任》1317)

5. 动一宾二对动词连用

掾曹乘逸兴,鞍马去相寻。(《刘九法曹郑瑕丘石门宴集》0430)

台星入朝谒,使节有吹嘘。(《赠李八秘书别三十韵》

1031）

熏风行应律,湛露即歌诗。(《暮春江陵送马大卿公恩命追赴阙下》1318)

3、4、5 等几项只有很少句例,有可能是诗人真正失误或敷衍。当然,由此亦可证明,诗人对其他各种语法关系还是有比较清楚的概念,只是对动宾与定中、状中与动宾这两种关系分辨不清。在其他诗人那里这种情况是否有所不同或有所变化,还有待进一步调查。

6. 状动结构对动补结构

草根吟不稳,床下夜相亲。(《促织》0581)

桑麻深雨露,燕雀半生成。(《屏迹二首》0750)

灯光散远近,月彩静高深。(《送严侍郎到绵州同登杜使君江楼》0759)

此会共能几,诸孙贤至今。(同上)

炉峰生转眄,橘井尚高褰。(《秋日夔府咏怀……一百韵》1030)

其中 0750 范晞文已察觉词性有异。

7. 动补结构对动宾结构

动词有可能在第二字(一、二字),也有可能在第三字、甚至第四字:

始见张京兆,宜居汉近臣。(《奉赠鲜于京兆二十韵》0416)

健儿宁斗死,壮士耻为儒。(《送蔡希鲁都尉还陇右……》
0440)

烽火连三月,家书抵万金。(《春望》0490)

花门腾绝漠,拓羯渡临洮。(《喜闻官军已临贼寇二十
韵》0495)

元帅归龙种,司空握豹韬。(同上)

箭入昭阳殿,笳吟细柳营。(《奉送郭中丞兼太仆卿……
三十韵》0509)

麝香眠石竹,鹦鹉啄金桃。(《山寺》0574)

阴散陈仓北,晴熏太白巅。(《寄岳州贾司马六丈……五
十韵》0611)

缠结青骢马,出入锦城中。(《寄赠王十将军承俊》0650)

深栽小斋后,庶近幽人占。(《江头五咏》0740)

血埋诸将甲,骨断使臣鞍。(《王命》0816)

名园当翠巘,野棹没青蘋。(《赠王二十四侍御契四十
韵》0869)

短衣防战地,匹马逐西风。(《送舍弟颖赴齐州三首》
0886)

细声闻玉帐,疏翠近珠帘。(《严郑公阶下新松》0887)

孤石隐如马,高萝垂饮猿。(《长江二首》0943)

大角缠兵气,钩陈出帝畿。(《伤春五首》0976)

情人来石上,鲜鲙出江中。(《王十五前阁会》1033)

天路看殊俗,秋江思杀人。(《雨晴》1130)

蹉跎病江汉,不复谒承明。(《送覃二判官》1183)

筒桶相沿久,风雷肯为神。(《黄鱼》1201)

馀力浮于海,端忧问彼苍。(《遣闷》1332)

诗忆伤心处,春深把臂前。(《奉酬寇十侍御锡见寄四韵复寄寇》1406)

即使在现代语法学中,动宾与动补关系的区分也是一个有相当难度的问题。以上混对之例尤其多,看来诗人对此并无意识。这种情况在其他诗人那里可能也差不多。其中也有对得巧的,如0943"如马"对"饮猿"。1332使用介词结构"于海"对代词,也能看出诗人分辨词性的努力。当然,这两种结构本身有时也可能导致误解。例如为人熟知的"烽火连三月","三月"一词本身也有歧义。

8. 动宾补结构对动宾、动补结构

国待贤良急,君当拔擢新。(《送陵州路使君赴任》0823)
山鬼吹灯灭,厨人语夜阑。(《山馆》0868)

0823上句"贤良""急"分别是动词"待"的宾语和补语,而下句"拔擢新"则是定中结构,作"当"的宾语。

9. 动宾结构对介宾结构

可能是后三字,也可能是后四字:

败亡非赤壁,奔走为黄巾。(《赠王二十四侍御契四十韵》0869)
客身逢故旧,发兴自林泉。(《春日江村五首》0895)
一哀侵疾病,相识自儿童。(《奉汉中王手札报韦侍御萧尊师亡》1218)
牵裾惊魏帝,投阁为刘歆。(《风疾舟中伏枕书怀三十六韵……》1393)

那因丧乱后,便有死生分。(《怀旧》0776)

始为江山静,终防市井喧。(《园》1014)

介宾式本身不能构成完整句。前四例当句除介宾结构外,还有其他动词成分;后两例是连贯句,可见诗人使用介宾句在语法上无懈可击。

10. 动宾结构对定中结构

见于后三字:

凄凉馀部曲,辉赫旧家声。(《奉送郭中丞兼太仆卿……三十韵》0509)

不作临歧恨,唯听举最先。(《送梓州李使君之任》0829)

0509"馀"字也可勉强解释为"部曲"的定语,与"旧家声"都是一加二结构。0829后三的切分不一致。

11. 主谓结构对定中结构

见于后三字:

试待盘涡歇,方期解缆初。(《寄李十四员外布十二韵》0872)

养子风尘际,来时道路长。(《双燕》0844)

前后缄书报,分明馈玉恩。(《奉汉中王手札》0941)

春生南国瘴,气待北风苏。(《北风》1367)

其中定中结构是三字词二加一,主谓结构也大多是二加一。

12. 主谓结构对状中结构

利用"字对"形成的：

> 往还时屡改,川水日悠哉。(《龙门》0425)
>
> 乱离心不展,衰谢日萧然。(《秋日夔府咏怀……一百韵》1030)
>
> 忆昨狂催走,无时病去忧。(《忆弟二首》0511)

0425 上句是话题句,述题部分主谓结构;下句"日"是状语,表示"整日"如何,利用其歧义与"时"对。两例"日"字用法完全相同。0511"狂"的用法相同,对名词"病"。

在后三中,还有少数句例出现一二结构与二一结构混对：

> 不作临歧恨,唯听举最先。(《送梓州李使君之任》0829)
> 毕娶何时竟,消中得自由。(《西阁二首》1194)
> 春浓停野骑,夜宿敞云楼。(《怀灞上游》1039)
> 日出清江望,暄和散旅愁。(《晓望白帝城盐山》1192)
> 赤雀翻然至,黄龙讵假媒。(《秋日荆南述怀三十韵》1338)
> 河海由来合,风云若有期。(《移居公安敬赠卫大郎钧》1344)
> 应经帝子渚,同泣舜苍梧。(《大历三年春白帝城放船……凡四十韵》1308)

如前所述,切分一致是对偶的基本要求,但后三的切分相对次要一些。以上整句对偶结构比较稳定,或者有佳对(如"停野"

对"敞云"），诗人可能因此放松了对后三的要求。

十一、词性问题

最后来看词性问题。前引范晞文之说，尽管没有使用有关概念，但已提出了名词是否可以与动词、形容词为对的问题。以上一些句例也说明，相比于语法结构，诗人对词性可能更为敏感。但古人只有虚词、实词二分的概念，没有系统的词性分类。对最重要的几类词，古人缺少明确的定义，除了举出一些例子外，几乎无法正面展开讨论。

杜诗应该说基本遵循了名词对名词，动词、形容词对动词、形容词的要求。范晞文的话似乎表明，一旦有不合要求的例外出现，大家都会有所察觉。但这几类词也有相互交叉、兼类以及词类活用的情况，对于缺少清晰语法概念的古人来说，分辨起来可能会有困难。究竟哪些混对和活用是难以避免、可以接受的？哪些属于无心之失？不同时代、不同诗人也可能标准有所不同。这种标准是否随着时代发生变化？能够严格到何种程度？还有待进一步调查。另外，词性问题一般都与句法结构有关。词性不同进而导致句法结构不同，或者反过来，都有可能。因此，这部分内容与前面句法部分也有交叉。

（一）虚词对实词

根据已进行的调查，在杜甫五律中，可以确信有一种"失对"在很大程度上是出于诗人的有意安排。这就是以虚对实。尽管古人不会语法分析，但有一个语法概念根深蒂固，就是虚词、实词之别。这个简单的二分法涵括所有词类。不过在实词中，实的程度还有不同。名词最实，动词次之，形容词又次之。还有一些词是半实半虚,如代词。也就是说,在某种情况下它可以对实词,换一种情况也可以对虚词。时间词属于名词,但古人却视其近于虚词,可能因为时间是无形的,时间词又常常用作修饰语。以上这些有关词性的判断,在不同语境下可能会有混淆或模糊,但基本分类是清楚的。

然而,在杜甫五律中,虽然例子有限,有时会发现诗人有意制造虚实相对:

1. 虚词对动词、形容词

白头无籍在,朱绂有哀怜。(《送韦书记赴安西》0448)

更得新清否,遥知对属忙。(《寄彭州高三十五使君适……三十韵》0610)

曹植休前辈,张芝更后身。(《寄张十二山人彪三十韵》0612)

不堪祗老病,何得尚浮名。(《水槛遣心二首》0749)

无复能拘碍,真成浪出游。(《上牛头寺》0794)

数有关中乱,何曾剑外清。(《春远》0842)

断桥无复板,卧柳自生枝。(《过故斛斯校书庄二首》0877)

岂但江曾决,还思雾一披。(《赠崔十三评事公辅》0942)

吾人淹老病,旅食岂才名。(《入宅三首》0962)

蛟馆如鸣杼,樵舟岂伐枚。(《雨》1040)

圣朝兼盗贼,异俗更喧卑。(《偶题》1129)

幽燕唯鸟去,商洛少人行。(《柳司马至》1277)

不必伊周地,皆登屈宋才。(《秋日荆南述怀三十韵》1338)

　　垂旒资穆穆,祝网但恢恢。(同上)

　　0448"无籍"是固定说法,缀以助词"在"(口语词),对"有哀怜"。0610"否"是句末语助词,对动词(形容词?)"忙"。这两例都对得很俏皮。1277"唯"对动词"少",也很别致。

　　0612下句可分析为动词省略,用副词"更"对动词"休"。0962、1040"岂"对动词,也可理解为动词省略。0749"祇"对"尚",0794"无复"对"真成",0877对"自生",0842"何曾"对"数有",0942"岂但"对"还思",1338"不必"对"皆登","但"对"资"等,都是副词或连词对动词。

　　1129"兼"虽有虚词用法,但此句别无动词,还应理解为"兼有"(赵次公注),对虚词"更"。

　　2.虚词对名词

　　　济世宜公等,安贫亦士常。(《寄彭州高三十五使君……三十韵》0610)
　　　往者胡星孛,恭惟汉网疏。(《秋日荆南送石首薛明府辞满告别……三十韵》1339)

　　0610"等"是助词,对下句定中结构名词"士常"。1339"者"虽是代词,但者字结构是名词性的,与语气词"恭惟"对,虚实感觉也有明显差别。

　　(二)名词对动词、形容词

　　尽管没有形成公认的、明确的概念,但古人基本上还是能将名词与后两类词清楚区别开来。不过,在诗歌写作中,动词几乎每一句都要出现,在五言里甚至可能出现两次;名词如果不在每句中出现,至少每两句也要出现。这样,有时在对偶中混对,或者出于诗人的有意安排,也不令人意外。

1. 双音词

名词包括数量词,动词结构包括并列、动宾、状动等,出现在首二字:

> 青冥犹契阔,陵厉不飞翻。(《奉留赠集贤院崔于二学士》0480)
>
> 文章开突奥,迁擢润朝廷。(《秦州见敕目……凡三十韵》0609)
>
> 杂种虽高垒,长驱甚建瓴。(同上)
>
> 羁旅推贤圣,沉绵抵谷殃。(《寄彭州高三十五使君适……三十韵》0610)
>
> 开府当朝杰,论兵迈古风。(《投赠哥舒开府翰二十韵》0412)
>
> 南图回羽翮,北极捧星辰。(《奉送严公入朝十韵》0758)
>
> 行李淹吾舅,诛茅问老翁。(《巫峡弊庐奉赠侍御四舅别之澧朗》1089)
>
> 采花香泛泛,坐客醉纷纷。(《九日五首》1163)

也有出现在三、四字,四、五字:

> 县郭南畿好,津亭北望孤。(《大历三年春白帝城放船……凡四十韵》1308)
>
> 霸业寻常体,宗臣忌讳灾。(《秋日荆南述怀三十韵》1338)
>
> 城郭终何事,风尘岂驻颜。(《奉陪郑驸马韦曲二首》

0536）

　　贾笔论孤愤，严诗赋几篇。(《寄岳州贾司马六丈……五十韵》0611）

　　大军多处所，馀孽尚纷纶。(《寄张十二山人彪三十韵》0612）

　　旧国见何日，高秋心苦悲。(《薄暮》0824）

　　百舌欲无语，繁花能几时。(《暮春题瀼西新赁草屋五首》0979）

　　竟日莺相和，摩霄鹤数群。(《晴二首》1008）

　　翠石俄双表，寒松竟后凋。(《哭王彭州抡》1055）

　　兴来犹杖屦，目断更云沙。(《祠南夕望》1361）

2. 单音词

首二字是主语或话题，单音名词、动词可能占据第三字：

　　黄鹄翅垂雨，苍鹰饥啄泥。(《秦州杂诗二十首》0559）

　　离别人谁在，经过老自休。(《怀灞上游》1039）

或者首字是单音名词作主语，第二字是谓语动词或作状语的其他词：

　　水有远湖树，人今何处船。(《峡隘》1044）

当然，上下句如果有以上不同，句子结构也必然随之改变。

(三)动词对形容词

1. 在首二字，动词如果带宾语，会造成句子结构的差异：

信然龟触网,直作鸟窥笼。(《遣闷奉呈严郑公二十韵》0883)

2. 在首二字或四、五字,动宾结构对并列或定中结构形容词,也会有违和感:

报效神如在,馨香旧不违。(《社日两篇》1106)

寇盗方归顺,乾坤欲晏如。(《赠李八秘书别三十韵》1031)

夫人先即世,令子各清标。(《哭王彭州抡》1055)

此外,在其他情况下(不带宾语也不使用两字动宾结构),两者为对可能比较普遍。这一点大概对其他诗人也基本适用:

炎赫衣流汗,低垂气不苏。(《热三首》1022)

年侵频怅望,兴远一萧疏。(《瀼西寒望》1215)

最后还有两例游戏性质的借对,一并列出:

子云清自守,今日起为官。(《送杨六判官使西蕃》0510)

饮子频通汗,怀君想报珠。(《寄韦有夏郎中》1034)

0510"子云"用典,代指杨判官,"云"与"日"对。但后三对不上,首二字结构也不同,只有单字成对。1034"饮子"指汤药,与"怀君"对,均为动宾结构。后三不对,其中四、五字勉强成对。

十二、结语

以上分几大类、若干小类，列举了杜甫五律对偶句中大量不合严格对偶要求、出现混对的句例。其中有些句子可能有不止一种语法分析方法，因而会在不同句法问题类别下见到。分类和统计的精确，也许不应是我们这项工作的追求；更重要的是，从如此大量的失对、混对中，寻找诗歌对偶对某些问题的处理方式和原则。可以指出的有以下几点：

第一，诗人为了完成对偶，在诗意表达上可能会允许某种含混模糊。通常是某句意思清楚，对偶的另一句则比较勉强。这种情况在长篇排律中更容易出现。不过，除极个别例外，作为诗人能力的一种表现，即便在对偶很勉强的情况下，也很难发现有明显语病的句子。

第二，为了保证诗意表达的质量和句子本身的通顺，诗人有时不太在意对偶上下句之间事实上的结构不一致。也可以认为他对某些语法结构本身掌握得不够纯熟，不能清楚区分某些语法结构。字面对而语法结构有异，这种情况具有一定的普遍性。甚至很多两字、三字组合，也是其中字与字对，组合之后的结构并不一致。

第三，在对偶中，诗人有可能更在意上下句的某一部分对得是否精彩，有时会因这一部分而放松对其他部分的要求。总起来看，可以说诗人在对偶组织上十分大胆，界限放得很宽，但不一定是有意出新，往往是因表意需要或形式要求而不得不然。其中只有很少一部分，例如以虚词对实词，可以看出诗人的有意变化和破例。

　　对以上论及的各种对偶不严格、不严谨之处，后代评论者和学习者应当是有所察觉的。尽管大家都奉杜诗为圭臬，但可能很少有诗人有意识地重复模仿以上各种失对、混对例子。宋以后很可能在律诗写作中形成了另外一套规范相对严格、更便于学习但也趋于死板的要求。这个变化经历了怎样的过程，形成了哪些更明确的要求，还有待更多样本的调查。有一定写作经验的人，对于杜诗对偶中哪些例子可以学习，哪些属于"柳下惠可吾固不可"，自应有其标准。当然，对于其中涉及的很多语法现象，如话题结构和其他一些句型，只有采用现代语法学概念进行细致辨析，才可能深入了解其语法特征。

　　相比而言（由于尚无七律方面的全面调查，只能谈一些印象），尽管七言比五言多两字，结构可能更复杂，变化更多，但可能恰恰是因为简短紧凑，在五字中容纳了各类句型和两分甚至三分句，有某些成分省略，也容许某些模糊组合，这样便给写作者留出较多空间，五律对偶也因此显得比较宽松活泛，在寻求变化时有某种不确定性。所以在写诗者中，也一向有五言难于七言的说法。

白居易五律对偶句调查

本文调查范围包括白居易诗集及集外补遗作品。其中五律计380首、3 040句,五言排律,最短者五韵,长者达百韵(200句),计175首、4 496句,两者合计7 536句。白居易的五律比杜甫少二百馀首,排律的总长度超过杜甫,两者合计,总句数与杜甫相差不多。以下调查也将以杜甫五律作为主要参照。

白诗五律也常常在首联使用对偶句,尤其是中心语句对偶句。五律和排律的中间部分,偶尔也会出现一些非对偶句,但比例极低,几乎可以忽略不计。目前尚难给出调查所见对偶句的精确数据,大约在3 000—3 100联左右。以下所引例句,也包含少量首联的对偶句。

第一部分　白居易五律中的失对

本文第一部分调查白居易五律中的失对,即从句法分析来看,与严格对偶要求不合、"似对非对"的句子。对偶句中的失对,有可能是诗人失误或一时思窘,也有可能是当时人语法观念不以为意,为当时写作惯例允许。某些句式一再出现混对,更可能属于这种情况。杜诗五律中的对偶句既多且精,但其中也有各种失对情况存在。而杜诗无疑是白居易写作时仿效的范本,考察前者的某些处理是否为后者认可、承续，有助于确认在唐代五律写作中是否形成某些惯例，当然也可能由此发现他们（或他们所代表的阶段）在诗歌句法理解方面所发生的变化。

一、介（/次动）宾句

首先来看介（/次动）宾句。该句式在主要动词前有一个介宾或次动宾结构，在五言诗中属于结构比较复杂的句式。据调查，杜甫五律使用这种句式有比较多的失对，该句式各式都与三四种其他句式相混为对①。白诗对偶句使用这种句式，大部分都对得十分工整。例如 1.5.4 式（介/次动宾结构在三、四字）②：

> 幄幕侵堤布，盘筵占地施。（《代书诗一百韵寄微之》0604）③
> 密坐随欢促，华樽逐胜移。（同上）
> 蓝衫经雨故，骢马卧霜赢。（同上）
> 牛马因风远，鸡豚过社稀。（《春村》0701）
> ……

又如 2.5.2 式（介/次动宾结构在首二字）：

> 敛翠凝歌黛，流香动舞巾。（《题周皓大夫新亭子二十二

① 详上文：《杜甫五律中的混对》。
② 有关五言诗的句式分类及相关问题的讨论，参见本书《五言诗句式探考——〈文选〉诗歌卷调查》。以下讨论各类句式，均标注该文分类编号。
③ 以下引用白居易诗，均据谢思炜：《白居易诗集校注》，北京：中华书局 2017 年，并加注该书作品编号，不再另外出注。

韵》0822）

望湖凭槛久，待月放杯迟。（《江楼偶宴赠同座》0886）

翻身落霄汉，失脚到泥涂。（《东南行一百韵》0902）

……

再如2.5.0式（介/次动宾结构在二、三字或二、三、四字）以及1.5.1式（首字单音词主语）：

未为明主识，已被幸臣疑。（《代书诗一百韵寄微之》0604）

时遭人指点，数被鬼揶揄。（《东南行一百韵》0902）

重过萧寺宿，再上庾楼行。（《重到江州感旧游题郡楼十一韵》1313）

……

树依兴善老，草傍静安衰。（《代书诗一百韵寄微之》0604）

望如时雨至，福似岁星移。（《叙德书情四十韵》0608）

眼为看书损，肱因运甓伤。（《渭村退居……诗一百韵》0803）

……

以上1.5.4式在白诗中约有50馀联，2.5.2式更多达110联以上，可见是一种常用句式。所举句例，多是随机抽取。

样本中也有一些应视为混对或有疑问的句例。例如：

（1）与1.5.4式为对，对句是动宾句或状动句：

铅黛凝春态，金钿耀水嬉。（《代书诗一百韵寄微之》

0604)

少年非我伴，秋夜与君期。(《和梦游春诗一百韵》0800)
少年非我伴，秋夜与君期。(《夜招周协律兼答所赠》1372)

以上三例如果将四、五字截出，也给人以成对的错觉(春态/水嬉、我伴/君期)。

（2）与2.5.2式为对，对句是两分句或动宾句：

渐闲亲道友，因病事医王。(《渭村退居……诗一百韵》0803)

唯拟捐尘事，将何答宠光。(《郡斋暇日忆庐山草堂……三十韵》1104)

在世为尤物，如人负逸才。(《奉和思黯相公……二十韵》2508)

以上三例上下句后三都是动一宾二，可成对。2508下句一四切分，首二"如人"截出，则与上句介宾成对。

（3）与2.5.0式为对，对句是动二宾三句：

定知身是患，当用道为医。(《代书诗一百韵寄微之》0604)

一与清光对，方知白发多。(《新磨镜》0731)
欲除忧恼病，当取禅经读。(《和梦游春诗一百韵》0800)
暗被歌姬乞，潜闻思妇传。(《江楼夜吟元九律诗成三十韵》1003)

尚有妻孥累，犹为组绶缠。(《新昌新居书事四十韵》1252)

不觅他人爱，唯将自性便。(同上)

多同僻处住，久结静中缘。(同上)

已望东溟祷，仍封北户穰。(《酬郑侍御多雨春空过诗三十韵》1852)

合成江上作，散到洛中传。(《戏和微之答窦七行军之作》2035)

便想人如树，先将发比丝。(《杨柳枝二十韵》2336)

欲为窗下寝，先傍水边行。(《晚夏闲居绝无宾客》2510)

(4)与1.5.1式为对，对句是主动宾句：

身忝乡人荐，名因国士推。(《叙德书情四十韵》0608)

此例上下句结构相似，"推""荐"几乎同义。

由以上调查可见，与杜诗相比，白诗中介(/次动)宾句各式与其他句式混对的情况明显减少(不排除调查中有遗漏)。唯有2.5.0一种句式除外，仍有很多句例与动二宾三句为对。分析其原因，这两种句式的介宾或动宾结构的节点都在二、三字之间，整句结构相似；而上引句例的后三字，结构也完全一致(歌姬乞/思妇传、身是患/道为医、妻孥累/组绶缠……)，在对偶中出现几乎无懈可击。与杜诗相比，白诗的处理甚至更为讲究。由于以上动二宾三句中宾语的末字也往往是动词或兼有动词性，所以诗人没能清楚区分两种句式中前后两个动词和介词的不同语法作用(介词也往往有动词用法)。当然，诗人也很可能有意让这两种句式混对,尤其措意于对后三字的精心调配,以便既满足表意需要,又符合对偶要求。

二、兼语句(含使令句)

兼语句在白诗五律中也使用较少,其中也有对得精彩的。例如 2.2.2 式(兼语在第二字)和 1.2.3 式(兼语在第三字或三、四字):

引泉来后涧,移竹下前冈。(《渭村退居……诗一百韵》0803)

觅僧为去伴,留俸作归粮。(《郡斋暇日忆庐山草堂……三十韵》1104)

屈君为长吏,伴我作衰翁。(《秋寄微之十二韵》1630)

……

雨埋钓舟小,风扬酒旗斜。(《春末夏初闲游江郭二首》0928)

瓯泛茶如乳,台粘酒似饧。(《江州赴忠州……五十韵》1097)

……

兼语句也有与介(/次动)宾句为对的:

滥蒙辞客爱,犹作近臣看。(《酬周协律》1546)

渐以狂为态,都无闷到心。(《寻春题诸家园林》2389)

更添砧引思,难与簟相亲。(《雨后秋凉》2517)

……

在白诗中,使令句也大多与其他动词句为对:

　　誓酬君主宠,愿使朝庭肃。(《和梦游春诗一百韵》0800)
　　须悟事皆空,无令念将属。(同上)
　　不得当时遇,空令后代怜。(《江楼夜吟元九律诗成三十韵》1003)
　　好入诗家咏,宜令史馆书。(《大和戊申岁大有年》1813)
　　徒烦人劝谏,只合自寻思。(《诏授同州刺史病不赴任》2370)
　　只缘荣贵极,翻使感伤多。(《和东川杨慕巢尚书……十四韵》2480)
　　德胜令灾弭,人安在吏良。(《酬郑侍御多雨春空过诗三十韵》1852)
　　安得头长黑,争教眼不昏。(《六十六》2450)
　　但令长守郡,不觅却归城。(《诗解》1548)
　　只应催我老,兼遣报君知。(《闻新蝉赠刘二十八》1839)

其中1548、1839两例,省略了使令对象。

不过,白诗中有少量句例上下句均为使令句(杜诗中未见),说明诗人注意到这种句式的特殊性,也显示了白诗不避烦絮的特点:

　　已教生暑月,又使阻退方。(《题郡中荔枝诗十八韵》1123)
　　只要天和在,无令物性违。(《自咏》2383)
　　削使科条简,摊令赋役均。(《自到郡斋仅经旬日……二

十四韵》1625）

> 醉教莺送酒，闲遣鹤看船。（《忆洛中所居》1718）
>
> 磨铅教切玉，驱雁遣乘轩。（《岁暮言怀》2081）

2383"只要"不是表必要条件的连词，用"要"的本义"要求"之义，亦应归入使令句。1625 等三例（前两例一四切分），是两分句中包含使令句。

三、主动宾句对状动宾句

主谓句中的主动宾二一二句式（1.1.0），和谓语句中的状动宾二一二句式（2.1.6），如果后者的状二是时间、场所名词或数量词等，两种句式很容易出现互淆，被用于对偶。由于两者的使用频率都很高，相混为对的机率也因此提高。调查所见，白诗中的句例有：

> 紫陌传钟鼓，红尘塞路歧。（《代书诗一百韵寄微之》0604）
>
> 广砌罗红药，疏窗荫绿筠。（《题周皓大夫新亭子二十二韵》0822）
>
> 文场供秀句，乐府待新辞。（《读李杜诗集因题卷后》0894）
>
> 十千方得斗，二八正当垆。（《东南行一百韵》0902）
>
> 封事频闻奏，除书数见名。（《浔阳岁晚寄元八郎中……》1004）
>
> 瘴地难为老，蛮陬不易驯。（《送客春游岭南二十韵》1010）

　　　　高天从所愿,远地得为邻。(《早春西湖闲游……十八
韵》1529)

　　　　省壁明张榜,朝衣稳称身。(《何处难忘酒七首》1950)

　　　　驿舫妆青雀,官槽铢紫骝。(《想东游五十韵》1917)

　　　　欢娱接宾客,饱暖及妻儿。(《偶作寄朗之》2762)

其中0604"红尘"、0822"疏窗"、0894"乐府"(机构)、1950"朝衣"
等,是动词施事或事物主体;1004"封事"、1010"蛮陬",是动词受
事作话题。对句的相应部分,则是场所、工具("官槽")或其他状
语成分("欢娱")。0902对得也很巧:"二八"代指人,"十千"则
是交易的价格。

　　不过,与杜诗相比,白诗中这两者混对的句例也有所减少。
一种可能的解释是,诗人很可能注意到名词作为施事、话题与作
为场所、工具,在语法功能上的区别,在组织对偶时也有所考虑。

四、主谓句对谓语句

　　主语隐去或省略的谓语句,在白诗中也有一些与主谓句为
对。其中又有各种不同情况:

　　　　行看鬓间白,谁劝杯中绿。(《和梦游春诗一百韵》0800)

　　　　却思逢旱魃,谁喜见商羊。(《酬郑侍御多雨春空过诗三
十韵》1852)

　　　　且有承家望,谁论得力时。(《和微之道保生三日》2053)

　　　　倚棹谁为伴,持杯自问身。(《感春》2263)

　　　　念涸谁濡沫,嫌醒自啜醨。(《代书诗一百韵寄微之》
0604)

此日空搔首，何人共解颐。（同上）

布被辰时起，柴门午后开。（《自喜》2216）

促膝才飞白，酡颜已渥丹。（《与诸客空腹饮》1340）

兴来池上酌，醉出袖中诗。（《残春咏怀赠杨慕巢侍郎》2407）

两人携手语，十里看山归。（《立春日酬钱员外曲江同行见赠》0735）

况我身谋拙，逢他厄运拘。（《东南行一百韵》0902）

是身老所逼，非意病相干。（《病入新正》2581）

其中一种情况是，疑问代词"谁"作主语，按照语法分析，应归入主谓句。但在古人概念中，疑问代词属虚词（或半虚半实），因此诗人在对句相应位置上也使用虚词，且无其他主语。杜诗乃至其他诗人使用"谁"字，情况大体相同。此外，0604"此日"对"何人"，处理手法类似，尽管二者都是名词。2216"柴门"是主语，但上句"布被"不是主语，而是用的道具，也显示了诗人的对偶技巧。

另一种情况是两分句对主谓句或动宾句，主谓或动宾两部分，分别与分句成对。其间结构可能有不同，如1340下句有主语，上句是两分句："促膝"动宾，对"酡颜"定中。2407上句是两分句，有主语，下句是动宾句："兴来"主谓，对"醉出"状动。这两例混对有一定代表性：动宾、定中互渻，因为二者都是动（形）＋名组合；主谓、状中互渻，因为二者都是名＋动组合。古人对词性有一定敏感性，但可能没有能力辨析这种结构不同，也可能认为二者之间是可以变通的。

还有一种情况是连贯句，上句主语管到下句，但诗人通过技巧仍形成对偶（"字对"）。如0735"十里"是状语，与"两人"对。

0902"我"前接连词"况",与"逢他"对。2581"是身"是两句的话题,又与"非意"对。这是创作惯例认可的,甚至是诗人有意炫耀的。

还有的句例比较特殊:

> 顾我酒狂久,负君诗债多。(《晚春欲携酒寻沈四著作》2457)

上句是一四式动宾句,下句前四字是主语,"多"是谓语。前二("顾我"/"负君")后三分别成对,吻合无间。但上句"我"是后四字主语,下句"君"则是"负"的宾语,整句结构完全不同。诗人很可能并未意识到。

此外,还有其他两分句对动宾句、状动句之例:

> 入仕欲荣身,须臾成黜辱。(《和梦游春诗一百韵》0800)
> 五年同昼夜,一别似参商。(《渭村退居……诗一百韵》0803)
> 跨将迎好客,惜不换妖姬。(《有小白马乘驭多时……二十韵》1748)
> 一别浮云散,双瞻列宿荣。(《浔阳岁晚寄元八郎中……》1004)
> 自嫌犹屑屑,众笑大悠悠。(《想东游五十韵》1917)
> 傍看应寂寞,自觉甚逍遥。(《自题》1939)
> 渐衰宜减食,已喜更加年。(《新岁赠梦得》2493)
> 取来歌里唱,胜向笛中吹。(《杨柳枝二十韵》2336)

其中两分句的前一分句,与对句的状语或动词部分成对。如0803"一别"对状语部分"五年"(0800"入仕"对"须臾"稍差),1004"一别"对动词部分"双瞻"。后一分句则与对句的宾语部分或动词结构成对。如1004"列宿荣"对"浮云散",1917"犹屑屑"对"大悠悠",1939"应寂寞"对"甚逍遥",2493"宜减食"对"更加年"。

2336比较特殊。上句"取来"是动补结构,接另一分句。下句则是一四切分:"向笛中"介宾组合,修饰"吹",构成四字宾语。诗人有意混淆两种句式,让"取来""胜向"形成字对。

两分句往往既可分析为两分句,也可分析为主谓句:只要将句首分句视为主语从句,就成为主谓句,如0803、1004的"一别"。不过,以上句例即便分析为主谓句,对句仍是状动句或动宾句。

此外,还有状动句对动宾句之例:

> 未曾劳气力,渐觉有心情。(《江州赴忠州……五十韵》1097)
>
> 等闲消一日,不觉过三年。(《晚兴》1392)
>
> 谩道风烟接,何曾笑语同。(《初到郡斋寄钱湖州李苏州》1321)

以上三例,上下句后三都是动一宾二(1321可分析为倒装)。不过,其前的"渐觉""不觉""谩道"是动词,与后三又形成动宾关系。对句的前二,则是副词或形容词作状语。由于后三成对,且第三字是动词,本身可接受状语修饰,上下句前二与后三之间的结构差异(状中/动宾)被忽略或有意混淆了。

还有一例是使用了连词的连贯句:

> 偶因群动息,试拨一声看。(《松下琴赠客》1734)

连词"因"对动词"拨"。"群动息"是主谓或定中结构,但对句末字"看"是动词性的,于是与"息"成对。

以上几种情况,涉及一些相对复杂且有一定模糊性的结构因素。对古人乃至今人来说,也更不容易辨析其间的不同。换句话说,诗人可能更有理由认为,他已满足了对偶要求。很多句例证明,五言诗只要二、三分别成对,对偶句即可成立。至于二与三之间可能的多种语义关联形式,往往被忽视了。当然,诗人也可能为显示"字对"等技巧,而有意混淆某些结构。因此,尽管句例不多,但每种情况都有混对发生。白诗与杜诗在这一点上基本一致。

五、局部结构

所谓局部,是指五言诗句前二或后三的某一部分。在对偶中,局部有时比整句重要。诗人更看重前二、后三各自的对偶,而不太在意或不能辨析某些整句语义结构的差别。不过,尽管如此,杜诗对偶句中也还是有一些习惯性的局部结构失对。同样情况在白诗中也可以看到。

(一)两字结构

1. 定中结构对动宾结构。

通常见于句首二字:

> 嘉名称道保,乞姓号崔儿。(《和微之道保生三日》2053)
> 汰风吹不动,御雨湿弥坚。(《青毡帐二十韵》2242)
> 多才非福禄,薄命是聪明。(《哭皇甫七郎中》2054)

度日曾无闷,通宵靡不为。(《代书诗一百韵寄微之》
0604)

如前所说,这两种结构相混是因为都是动(形)＋名组合,在白诗
中也是二者相混的例子较多。这种情况有时会直接影响到整句
结构,例如2053的下句就应分析为两分句。

2. 定中结构对状动、动补结构。

见于首二字:

四望穷沙界,孤标出赡洲。(《重修香山寺毕题二十二韵
以纪之》2230)

歇时情不断,休去思无穷。(《筝》2209)

3. 动宾结构对状中结构。

见于首二字:

独宿相依久,多情欲别难。(《别春炉》1598)

斗班花接萼,绰立雁分行。(《行简初授拾遗……十二
韵》1233

冒荣惭印绶,虚奖负丝纶。(《自到郡斋仅经旬日……二
十四韵》1625)

也见于四、五字:

荣宠寻过分,欢娱已校迟。(《对酒自勉》1322)

华盖何曾惜,金丹不致功。(《新秋病起》1368)

我未能忘喜,君应不合悲。(《和微之道保生三日》2053)

4. 主谓结构对并列结构。
见于首二字:

老慵虽省事,春诱尚多情。(《洛桥寒食日作十韵》1883)
艳夭宜小院,条短称低廊。(《山石榴花十二韵》1800)

5. 主谓结构对定中结构。
见于首二字:

雁思来天北,砧愁满水南。(《秋思》1902)
兴发宵游寺,慵时昼掩关。(《喜闲》2307)

6. 主谓结构对状中结构。
见于四、五字:

橘苞从自结,藕孔是谁镂。(《想东游五十韵》1917)

7. 主谓结构对动补结构。
见于首二字:

忧来吟贝锦,谪去咏江蓠。(《代书诗一百韵寄微之》0604)
老去何偬幸,时来不料量。(《行简初授拾遗……十二韵》1233)

愁生垂白叟,恼杀踏青娘。(《酬郑侍御多雨春空过诗三十韵》1852)

读罢书仍展,棋终局未收。(《府西池北新葺……十六韵》2070)

看来诗人把"谪""老"等词都理解为名词性的,并受"来/去""生/杀"反义词的迷惑,而多少忽视了它们在词语组合中的多义性,太过追求某种对偶。

(二)三字组合

1.动宾结构对定中结构:

翠屏遮烛影,红袖下帘声。(《人定》1803)

此例是诗人有意混淆两种结构,以便在字面上形成对偶。

2.动一宾二对状动宾结构:

笼鸟无常主,风花不恋枝。(《失婢》1907)

3.动宾结构对状中结构:

官班分内外,游处遂参差。(《代书诗一百韵寄微之》0604)

不才空饱暖,无惠及饥贫。(《去岁罢杭州……》1620)

老爱寻思事,慵多取次眠。(《偶眠》1745)

4.动宾结构对动补结构:

昼昏疑是夜,阴盛胜于阳。(《酬郑侍御多雨春空过诗三十韵》1852)

醒应难作别,欢渐少于愁。(《望亭驿酬别周判官》1703)

5. 动补结构对状中结构:

文头交比绣,筋骨软于绵。(《江楼夜吟元九律诗成三十韵》1003)

是非分未定,会合杳无缘。(《奉酬淮南牛相公思黯见寄二十四韵》2435)

6. 主谓结构对动词结构:

雀罗谁问讯,鹤氅罢追随。(《偶作寄朗之》2762)

整句是话题句。上句后三主谓结构,使用疑问代词"谁"。

7. 两分句对动词结构。后三中包含分句关系,本文第二部分有详细讨论。这里是出现混对的例子:

双娥留且住,五马任先回。(《醉中戏赠郑使君》0982)
荣盛傍看好,优闲自适多。(《问皇甫十》2549)

0982 下句后三可分析为动宾关系,"任"其"先回"。2549 下句后三是主谓关系。

由调查可见,与杜诗相比,局部结构,包括两字和三字组合,白诗中的混对之例也明显减少。各种句式都只发现了以上个别句例。其中有些句例，还有形成的具体原因（如 1917、2762 使用"谁"字）。对此，比较合理的解释是，诗人对对偶句的要求愈趋细密，对两字结构和三字组合的各种形式也有能力辨析，因此在写作中注意区别，尽量减少其混用。对偶方面的这种努力，显然也与白诗追求平易流畅的整体风格一致。至于在杜与白之间，是否还曾有其他诗人留意于此，为白导夫先路，或者在杜之前和同时原本就很少有混对，还有待进一步扩大调查范围。

第二部分　白居易五律中的新句式

本文第二部分讨论白居易五律在句式使用方面的创新和变化。所谓创新，不太可能指诗人"发明"出某种句式。从最一般的意义来说，诗人是将日常语言的各种语句，写入受到字节限制的五言诗句型。这种形式限制会迫使诗人作出必要的调整，逐渐形成五言诗的一些常用句式。当五言诗写作达到一定规模、有一定数量的积累后，所使用的基本句式就已大体具备。后来诗人有可能补充一些新句式，或为某些基本句式增加更多的变化形式；也可能根据自己的创作需要和喜好，有意识地选择一些相对少用的句式，一再使用，造出大量句例。这些句式变体或罕见句式的使用，同样具有新的意义。

新句式或句式变体的使用，当然并不限于对偶句。不过，对偶字斟句酌的要求和对形式上的新鲜感的追求，往往是促成句式变化的重要因素。在其他情况下使用新句式或句式变体，有可能是单纯出于表意需要，带有某种被动性；而在对偶句中，由于要同时构思上下句，满足对偶要求，在不满意的情况下也可以完全放弃，所以诗人主动创新的意识更为明显。

由于调查样本有限,笔者目前还不能确定,以下列举的一些句式或句式变体是否首见于白诗。调查也尽可能给出了在早期样本中找到的句例。但我们有理由相信,其中确有一部分应是白居易最早使用。另有一些句式此前只有个别用例,在白诗中有了大量用例,也才得以焕发活力。

一、一四式

五言诗句切分为一四,除首字单音词话题句外,还有两种常见句型。一种是两分句:一是单音动词,四是另一动词结构(2.6.2)。早期五言诗有:

> 进则无云补,退则恤其私。(傅咸《赠何劭王济》)
> 存为久离别,没为长不归。(颜延之《秋胡诗》)
> 进则保龙见,退为触藩羝。(郭璞《游仙诗》)

其中颜诗更为典型。其他两例使用连词"则",标示两部分之间的条件分句关系,构句显得尚不够圆熟。

杜甫诗中有一批用例:

> 去凭游客寄,来为附家书。(《得家书》0499)①
> 晚著华堂醉,寒重绣被眠。(《寄岳州贾司马……五十韵》0611)
> 老思筇竹杖,冬要锦衾眠。(《送梓州李使君之任》0829)
> 饥借家家米,愁征处处杯。(《秋日荆南述怀三十韵》

---

① 以下引用杜甫作品,均据谢思炜:《杜甫集校注》,上海:上海古籍出版社 2016 年,并加注该书作品编号。

1338）

　　清思汉水上，凉忆岘山巅。(《回棹》1370)

　　老耻妻孥笑，贫嗟出入劳。(《赴青城县出成都》0635)

　　愁窥高鸟过，老逐众人行。(《悲秋》0813)

　　老畏歌声断，愁从舞曲长。(《江亭王阆州筵饯萧遂州》0849)

　　壮惜身名晚，衰惭应接多。(《将晓二首》0950)

　　静应连虎穴，喧已去人群。(《题柏大兄弟山居》1234)

　　醉把青荷叶，狂遗白接䍦。(《陪郑广文游何将军山林》0456)

　　由于习惯于二三切分，读者对上述句例往往把握不准，比如仍按状动结构读成"晚著""老思"。其中也有一些句例在疑似之间，如"清思""醉把"。但从其对句来看，仍以归入两分句为宜。

　　白居易诗中这种句型一下子增加很多。其中后四有更多结构变化，例如使用使令句（1625、1718、2266、2383）和兼语句（1320、1851）：

　　暑遣烧神酎，晴教晒舞茵。(《自到郡斋仅经旬日……题二十四韵》1625)

　　削使科条简，摊令赋役均。(同上)

　　醉教莺送酒，闲遣鹤看船。(《忆洛中所居》1718)

　　醉遣收杯杓，闲听理管弦。(《池边》2266)

　　老遣宽裁袜，寒教厚絮衣。(《自咏》2383)

　　病看妻捡药，寒遣婢梳头。(《秋寒》1320)

　　贵仍招客宿，健未要人扶。(《和微之春日投简阳明洞天

五十韵》1851）

三、四字（1277、1588、2242、2701）或二、三、四字（1359、1611、
2101、2478,杜诗已见）使用介（/次动）宾结构：

老更为官拙,慵多向事疏。(《晚庭逐凉》1277)
闲多临水坐,老爱向阳眠。(《临池闲卧》1588)
闲多揭帘入,醉便拥袍眠。(《青毡帐二十韵》2242)
健常携酒出,病即掩门眠。(《闲居自题戏招宿客》2701)
起因残醉醒,坐待晚凉归。(《湖亭晚归》1359)
病乘篮舆出,老著茜衫行。(《城东闲行因题尉迟司业水
阁》1611)
笑回青眼语,醉并白头眠。(《醉后重赠晦叔》2101)
醉依香枕坐,慵傍暖炉眠。(《岁除夜对酒》2478)

后四动宾结构中,后三宾语本身是动宾结构(0604、0805、
0933、1104、1917),或主谓结构(0805、1097、1582、2437、2450),乃
至主动宾结构(2357)：

坐阻连襟带,行乖接履綦。(《代书诗一百韵寄微之》
0604)
买怜分薄俸,栽称作闲官。(《题卢秘书夏日新栽竹二十
韵》0805)
爱从抽马策,惜未截鱼竿。(同上)
滑如铺薤叶,冷似卧龙鳞。(《寄蕲州簟与元九因题六
韵》0933)

去似寻前世,来如别故乡。(《郡斋暇日忆庐山草堂……三十韵》1104)

饮思亲履舃,宿忆并衾稠。(《想东游五十韵》1917)

静连芦簟滑,凉拂葛衣单。(《题卢秘书夏日新栽竹二十韵》0805)

老见人情尽,闲思物理精。(《江州赴忠州……五十韵》1097)

病恹官曹静,闲惭俸禄优。(《履道新居二十韵》1582)

暖怜炉火近,寒觉被衣轻。(《酬梦得霜夜对月见怀》2437)

瘦觉腰金重,衰怜鬓雪繁。(《六十六》2450)

飒如松起籁,飘似鹤翻空。(《白羽扇》2357)

一与四之间,有的接近动补关系(0933、1104、1851、2508),或对句之一是动补关系(1536、2217、外028):

滑如铺薤叶,冷似卧龙鳞。(《寄蕲州簟与元九因题六韵》0933)

去似寻前世,来如别故乡。(《郡斋暇日忆庐山草堂……三十韵》1104)

去为投金简,来因挈玉壶。(《和微之春日投简阳明洞天五十韵》1851)

拔从水府底,置向相庭隈。(《奉和思黯相公……二十韵》2508)

失为庭前雪,飞因海上风。(《失鹤》1536)

烂若丛燃火,殷于叶得霜。(《裴常侍以题蔷薇架十八韵

见示因广为三十韵以和之》2217）

　　慵于嵇叔夜，渴似马相如。（《酬令狐留守尚书见赠十
韵》外 028）

　　其他还有条件、让步、假设、因果、先果后因、并列等各种分句
关系：

　　　　静接殷勤语，狂随烂熳游。（《代人赠王员外》1264）
　　　　病应无处避，老更不宜忙。（《重咏》1685）
　　　　老爱寻思事，慵多取次眠。（《偶眠》1745）
　　　　老多忧活计，病更恋班行。（《老戒》1882）
　　　　老更惊年改，闲先觉日长。（《池上早春即事招梦得》
2451）
　　　　老慵难发遣，春病易滋生。（《自问》2013）
　　　　醉怜今夜月，欢忆去年人。（《雪夜对酒招客》2099）
　　　　起戴乌纱帽，行披白布裘。（《初冬早起寄梦得》2246）
　　　　春应唯仰醉，老更不禁愁。（《且游》2269）
　　　　暖蹋泥中藕，香寻石上蒲。（《和微之春日投简阳明洞天
五十韵》1851）
　　　　醉惜年光晚，欢怜日影迟。（《叙德书情四十韵》0608）
　　　　养乏晨昏膳，居无伏腊资。（同上）
　　　　嫁分红粉妾，卖散苍头仆。（《和梦游春诗一百韵》0800）
　　　　困倚栽松锸，饥提采蕨筐。（《渭村退居……一百韵》
0803）
　　　　晦厌鸣鸡雨，春惊震蛰雷。（《酬卢秘书二十韵》0804）
　　　　论笑杓胡碑，谈怜巩嗫嚅。（《东南行一百韵》0902）

醉曾冲宰相，骄不揖金吾。（同上）

忧方知酒圣，贫始觉钱神。（《江南谪居十韵》1002）

嚼疑天上味，嗅异世间香。（《题郡中荔枝诗十八韵》1123）

老宜闲语话，闷忆好诗篇。（《新昌新居书事四十韵》1252）

偷须防曼倩，惜莫掷安仁。（《与沈杨二舍人阁老同食敕赐樱桃……十四韵》1269）

病难施郡政，老未答君恩。（《晚岁》1336）

贵垂长紫绶，荣驾大朱轮。（《早春西湖闲游……十八韵》1529）

出多无伴侣，归只对妻孥。（《和微之春日投简阳明洞天五十韵》1851）

坐有湖山趣，行无风浪忧。（《想东游五十韵》1917）

食宁妨解缆，寝不废乘流。（同上）

腻剃新胎发，香绷小绣襦。（《阿崔》2016）

老应无处避，病不与人期。（《六十拜河南尹》2077）

坐厌推囚案，行嫌引马尘。（《晚归早出》2092）

睡适三尸性，慵安五藏神。（《感事》2462）

老岂无谈笑，贫犹有酒浆。（《分司洛中多暇……十韵》2481）

对称吟诗句，看宜把酒杯。（《奉和思黯相公……二十韵》2508）

老更谙时事，闲多见物情。（《晚夏闲居绝无宾客》2510）

行亦携诗箧，眠多枕酒卮。（《不与老为期》2756）

饥烹一斤肉，暖卧两重衾。（《闲居贫活》2775）

香开绿蚁酒，暖拥褐绫裘。(《六年冬暮赠崔常侍晦叔》2198)

一的后面有时有成分省略，很容易被读成二三切分：

为报山中侣，凭看竹下房。(《郡斋暇日忆庐山草堂……三十韵》1104)

有的首字兼有名词性，全句也可视为单音词话题句(1.8.1)：

拙定于身稳，慵应趁伴难。(《无梦》2022)
忙驱能者去，闲逐钝人来。(《自喜》2216)
病致衰残早，贫营活计迟。(《三年冬随事铺设……》2538)

由于习惯于二三切分，首二字除了被误解为状动结构外，还可能被错会为定中结构("饮思")、并列结构("论笑")，乃至主谓结构("晦厌""春惊""闲多""眠多")。这些情况无疑增加了阅读的趣味性，也证明以上很多句例都是诗人精心推敲的结果。

一四切分的另一种常见句型是动宾句：一是动词，四是宾语(2.1.2)。早期五言诗中只有单句形式，第二字限于副词、时间词、代词等：

愿我贤主人。(王粲《公宴诗》)
贻尔新诗文。(刘桢《赠五官中郎将》，此例是双宾语)
念昔渤海时。(谢灵运《拟邺中集·阮瑀》)

杜甫诗中也多是单句形式,此不一一列举。下例是对句:

笑为妻子累,甘与岁时迁。(《寄岳州贾司马······五十韵》0611)

白居易诗中出现了不少对偶句:

似叶飘辞树,如云断别根。(《途中题山泉》1568)

似从忉利下,如过剑门中。(《夜从法王寺下归岳寺》1986)

如归旧乡国,似对好亲知。(《山中问月》0974)

似鹿眠深草,如鸡宿稳枝。(《三年冬随事铺设······》2538)

顾我文章劣,知他气力全。(《江楼夜吟元九律诗成三十韵》1003)

似从银汉下,(落傍玉川西。)(《和李相公留守题漕上新桥六韵》2779)

吟君怅望句,如到曲江头。(《酬令狐相公春日寻花见寄六韵》1846,此例为末联)

恐霖成怪沴,(望霁剧祯祥。)(《酬郑侍御多雨春空过诗三十韵》1852)

顾我酒狂久,(负君诗债多。)(《晚春欲携酒寻沈四著作》2457)

恐有狂风起,愁无好客来。(《对新家酝玩自种花》2724)

似风摇浅濑,疑月落清流。(《玉水记方流诗》补02)

似临猿峡唱,疑在雁门吹。(《赠卢缜》外012)

以上句例,宾语部分的四,有代词作主语或定语(1003、1846、2457),在前人诗中已见;还有动宾一三(0974)、主动宾(/补)(2538、1852、补 02)、兼语(2724)、介(/次动)宾(1986、2779、外012)等各种结构。

还有一例,一是处所状语,也可视为主语或话题:

> 池荒红菡萏,砌老绿莓苔。(《题故曹王宅》0610)

二、四一式

五言诗的中心语句大多是四一切分,中心语是一。除此之外,早期五言诗中偶见主四谓一句式:

> 黄金百镒尽。(阮籍《咏怀诗》)

前四也可能是状语、定语成分与主语、中心语连接,一般不会取消二、三字之间的节点,因此归入二三式亦可。

杜甫诗中有以下句例(1.3.0/1.3.6):

> 白发千茎雪,丹心一寸灰。(《郑驸马池台喜遇郑广文同饮》0514)
> 两行秦树直,万点蜀山尖。(《送张二十参军赴蜀州》0470)
> 交趾丹砂重,韶州白葛轻。(《送段功曹归广州》0707)
> 管宁纱帽净,江令锦袍鲜。(《秋日夔府咏怀一百韵》1030)

青女霜枫重,黄牛峡水喧。(《东屯月夜》1243)

紫崖奔处黑,白鸟去边明。(《雨四首》1249)

其中 0514、0470、1243、1249 等较为典型,只能按照四一切分来读。此外还有个别单句。

白居易诗中有一批主四谓一句例。其中的四,除了定中结构外,还有连词连接的成分和从句:

（后时谁肯顾,）唯我与君怜。(《对晚开夜合花赠皇甫郎中》2329)

羊角风头急,桃花水色浑。(《送友人上峡赴东川辟命》1037)

荧惑晶华赤,醍醐气味真。(《与沈杨二舍人阁老同食敕赐樱桃……十四韵》1269)

一点寒灯灭,三声晓角吹。(《代书诗一百韵寄微之》0604)

勾践遗风霸,西施旧俗殊。(《和微之春日投简阳明洞天五十韵》1851)

窗引曙色早,庭销春气迟。(《春夜喜雪有怀王二十二》0752)

病抛官职易,老别友朋难。(《齐云楼晚望偶题十韵》1696)

杯筯留客切,妓乐取人宽。(《初夏闲吟兼呈韦宾客》2315)

（顾我酒狂久,）负君诗债多。(《晚春欲携酒寻沈四著作》2457)

　　　　鱼笋朝餐饱,蕉纱暑服轻。(《晚夏闲居绝无宾客》2510)
　　　　仰秣胡驹听,惊栖越鸟知。(《听芦管吹竹枝》外001)

以上句子也有容易引起误会的,例如1851上句后三被读成动一宾二。

　　另一种情况相对少见,四是状语(2.3.6-7)(前人诗中有单句的例子):

　　　　螭头阶下立,龙尾道前行。(《浔阳岁晚寄元八郎中……》1004)
　　　　二十年前别,三千里外行。(《何处难忘酒七首》1951)
　　　　多因病后退,少及健时还。(《闲忙》2036)

还有少数情况,四和一应视为两个分句:

　　　　不劳人劝醉,(莺语渐丁宁。)(《何处春先到》1971)
　　　　龙门分水入,金谷取花栽。(《重修府西水亭院》2078)
　　　　被经霜后薄,镜遇雨来昏。(《早寒》1821)

三、三字宾语

　　五言诗中的三字宾语,主要出现于动二宾三(2.1.0)和主一动一宾三(1.1.3)两种句式中。早期五言诗中的后三宾语,已有从句、短语等形式。白诗中的句例有:

　　　　帘卷侵床日,屏遮入座风。(《闲卧》1532)

露坠萎花槿,风吹败叶荷。(《唤笙歌》1639)

草讶霜凝重,松疑鹤散迟。(《和刘郎中望终南山秋雪》1824)

不忧头似雪,但喜稼如云。(《与诸公同出城观稼》2079)

岁望千箱积,秋怜五谷分。(同上)

静拂琴床席,香开酒库门。(《池上早夏》2595)

土控吴兼越,州连歙与池。(《叙德书情四十韵》0608)

树集莺朋友,云行雁弟兄。(《春池闲泛》2694)

红开杪秋日,翠合欲昏天。(《对晚开夜合花赠皇甫郎中》2329)

位留丹陛上,身入白云中。(《题赠平泉韦征君拾遗》2331)

雨添山气色,风借水精神。(《闲园独赏》2359)

1532下句"遮……风"还算寻常,与其为对的"卷……日"则意想新奇,但不显突兀,因为是"侵床日"。1639两句后三是定中结构,几乎不会用于其他句式。2694后三为适应字节,显然也有压缩。1824等句后三是从句,出现了各种三字结构。2359后三是双宾语,在白诗中仅此一例,尚未发现有其他诗人句例。

四、两分句

除三字宾语外,五言诗的后三,在不同句子结构中还有其他各种变化。其中一种情况是,后三本身包含两个谓语部分,构成分句关系(1.6.0)。早期五言诗调查中未见,杜甫诗中有:

内帛擎偏重,官衣著更香。(《送许八江宁觐省》0538)

谷鸟鸣还过,林花落又开。(《上白帝城二首》0965)

翠柏苦犹食,晨霞高可餐。(《空囊》0595)

田父要皆去,邻家闹不违。(《寒食》0676)

白发少新洗,寒衣宽总长。(《别常征君》0936)

明月生长好,浮云薄渐遮。(《季秋苏五弟缨江楼夜宴三首》1223)

稻米炊能白,秋葵煮复新。(《茅堂检校收稻二首》1237)

这种句式有时容易与动补结构混淆,两种分析方法似乎都说得通。但以上句例几乎都要在三与四、五字之间切分,第四字多为副词、连词;某些句子还很容易导致误读,如1223将"生长"连读,而0936绝非白发"缺少"新洗;有的句例后一分句(四、五字)另有隐含主语(0595、0676)(也有第三字另有主语),足以证明这种句式允许多种语义变化,有其特殊性。

白居易似乎很喜欢这种句式,名句"春风吹又生"就属于这一句式("又生"主语承前省)。以下是对偶句中的例子,其中有与动一宾二等句式相混为对的:

孤烟生乍直,远树望多圆。(《渡淮》1618)

御印提随仗,香笺把下车。(《和春深二十首》1859)

水色昏犹白,霞光暗渐无。(《南塘暝兴》2365)

玉柱调须品,朱弦染要深。(《偶于维扬牛相公处觅得筝》2432)

台亭留尽在,宾客散何之。(《雪后过集贤裴令公旧宅有感》2570)

苦调吟还出,深情咽不传。(《夜闻筝中弹潇湘送神曲感

旧》2573）

丝管闻虽乐，风沙见亦愁。（《见敏中初到邠宁秋日登城楼诗》2576）

药物来盈裹，书题寄满箱。（《渭村退居……一百韵》0803）

云霄高暂致，毛羽弱先摧。（《酬卢秘书二十韵》0804）

炎天闻觉冷，窄地见疑宽。（《题卢秘书夏日新栽竹二十韵》0805）

鞍马呼教住，骰盘喝遣输。（《东南行一百韵》0902）

柳影繁初合，莺声涩渐稀。（《春末夏初闲游江郭二首》0929）

八风凄间发，五彩烂相宣。（《江楼夜吟元九律诗成三十韵》1003）

醴泉流出地，钧乐下从天。（同上）

老张知定伏，短李爱应颠。（同上）

（彩笔停书命，）花砖趁立班。（《待漏入阁书事奉赠元九学士阁老》1217）

蛮榼来方泻，蒙茶到始煎。（《新昌新居书事四十韵》1252）

空室闲生白，高情澹入玄。（《忘筌亭》1377）

画舫牵徐转，银船酌慢巡。（《早春西湖闲游……十八韵》1529）

（文律操将柄，）兵机钓得钤。（《奉和汴州令狐相公二十二韵》1615）

酒性温无毒，琴声淡不悲。（《晚起》2055）

檐雨晚初霁，窗风凉欲休。（《府西池北新葺……十六

韵》2070）

百吏瞻相面，千夫捧拥身。（《早春西湖闲游……十八韵》1529）

（已共崔君约，）樽前倒即休。（《六年冬暮赠崔常侍晦叔》2198）

民望恩难夺，天心慈易回。（《喜钱左丞再除华州以诗伸贺》1773）

绿醅香堪忆，红炉暖可亲。（《酬皇甫十早春对雪见赠》2497）

汰风吹不动，御雨湿弥坚。（《青毡帐二十韵》2242）

世事闻常闷，交游见即欢。（《初夏闲吟兼呈韦宾客》2315）

水边行鬼峨，桥上立逡巡。（《春尽日天津桥醉吟》2409）

胜事经非少，芳辰过亦多。（《闲游即事》2449）

禊事修初毕，游人到欲齐。（《开成二年三月三日……十二韵》2458）

轩鹤留何用，泉鱼放不还。（《幽居早秋闲咏》2471）

园葵烹佐饭，林叶扫添薪。（《醉中得上都亲友书》2733）

急管停还奏，繁弦慢更张。（《江南喜逢萧九彻……五十韵》外054）

晚风犹冷在，夜火且留看。（《别春炉》1598）

（细故随缘尽，）衰形具体微。（《自咏》2383）

应须引满饮，何不放狂歌。（《和东川杨慕巢尚书……十四韵》2480）

在以上句例中，首二除了是主语外，有的是动词受事移到句首作话题（1859、2432、2497 等），有的是时间、处所状语（0805、2198、2409），可见它们是五言句几种主要结构的变化形式，只不过在后三内完成了递进、让步等分句关系。其中某一部分（不限于四、五字），往往另有隐含主语，如 1252 的"来""到"。与杜诗相比，白诗中增加了四、五字为动宾结构乃至使令结构（0902）等形式；在后三中不使用虚词，也使五言句显得更紧凑。当然，也有的句子容易导致误解，如 1529 将"瞻相""捧拥"连读。

以上只有 1598、2383、2480 三例，应是三四/五字切分（不排除调查中有遗漏）。2480 的首二非名词成分，而是其他修饰语。1598 也许是为调谐平仄改变词序（可复原为"冷犹在""留且看"）。2383 与介（/次动）宾句混对，亦接近于介（/次动）宾句。不过，由此而来的成语"具体而微"，证明此三字仍应两分。

在后三两分的情况下，首二如果含有动词、形容词成分，就可能构成三分句。早期五言诗调查中未见①，杜诗中有：

花密藏难见，枝高听转新。（《百舌》0845）

忆渠愁只睡，（炙背俯晴轩。）（《忆幼子》0491）

（行路难如此，）登楼望欲迷。（《春日梓州登楼二首》0782）

上马回休出，看鸥坐不辞。（《雨四首》1250）

以下是白诗中的句例：

破柱行持斧，埋轮立驻车。（《和春深二十首》1860）

---

① 笔者的《五言诗句式探考——〈文选〉诗歌卷调查》所列三分句一项，因此空缺，有待补充。

巷狭开容驾,墙低垒过肩。(《新昌新居书事四十韵》
1252)

题墙书命笔,(沽酒率分钱。)(同上)

逢花看当妓,遇草坐为茵。(《早春西湖闲游……十八
韵》1529)

篱喧饥有雀,池涸渴无鸥。(《旱热》2637)

睡来乘作梦,兴发倚成诗。(《有小白马乘驭多时……二
十韵》1748)

(被花留便住,)逢酒醉方归。(《闲出》1778)

绕岸行初匝,凭轩立未回。(《重修府西水亭院》2078)

退衙归逼夜,拜表出侵晨。(《晚归早出》2092)

伴僧禅闭目,迎客笑开颜。(《喜闲》2307)

散秩优游老,闲居净洁贫。(《昨日复今辰》2749)

其中有一些句子,如果不三分的话就无法理解。例如2307"禅闭目","禅"用如动词,与"笑"对,不能将后三理解为主谓关系。还有些句子,后三与状动结构近似,但还是不宜混同。例如1860"立驻车",是站立、然后驻车,而不是站着停车。不少句例的前二,也可以分析为话题,符合话题结构与条件分句功能同一的定义。以上句例中,只有2749明显是三四/五字切分(不排除调查中有遗漏),前后是并列或递进,而非状动,即"优游而老""净洁而贫"。三分句的增加,是五言诗写作愈趋绵密的表现之一。过去人们总是说白诗平易,忽略了诗人在这些方面的努力。

五、动二宾一

在五言诗中,动词双音词(不含状动结构)有可能出现在动二

宾三(2.1.0)句式中,杜甫诗中有较多用例:

　　沙汰江河浊,调和鼎鼐新。(《上韦左相二十韵》0413)

　　脱略磻溪钓,操持郢匠斤。(《奉赠鲜于京兆二十韵》0416)

　　开辟乾坤正,(荣枯雨露偏。)(《寄岳州贾司马……五十韵》0611)

　　(岂无稽绍血,)沾洒属车尘。(《伤春五首》0977)

　　(数论封内事,)挥发府中趋。(《别苏徯》1205)

　　辜负沧洲愿,(谁云晚见招。)(《奉赠卢五丈参谋琚》1382)

　　疑惑樽中弩,淹留冠上簪。(《风疾舟中伏枕书怀三十六韵》1393)

　　(晚来高兴尽,)摇荡菊花期。(《九日曲江》0477)

　　(仳离放红蕊,)想像嚬青娥。(《一百五日夜对月》0492)

　　断绝人烟久,(东西消息稀。)(《忆弟二首》0512)

　　流传江鲍体,(相顾免无儿。)(《赠毕四曜》0532)

　　翻动神仙窟,(封题鸟兽形。)(《路逢襄阳杨少府入城》0542)

　　怅望东陵道,(平生灞上游。)(《怀灞上游》1039)

另"闻道"出现多次。但杜诗中尚无一例双音动词用于后三字,形成动二宾一结构。

　　白居易五言诗中使用双音动词仍很有限,其中在动二宾三句式中使用的,主要还是动补结构:

织成双入簟,寄与独眠人。卷作筒中信,舒为席上珍。（《寄蕲州簟与元九因题六韵》0933）

收将白雪丽,夺尽碧云妍。（《江楼夜吟元九律诗成三十韵》1003）

觅得花千树,携来酒一壶。（《宿杜曲花下》1795）

（闹于杨子渡,）踏破魏王堤。（《开成二年三月三日……十二韵》2458）

保厘东宅静,守护北门牢。（《司徒令公分守东洛……四十韵》2479）

屏除身外物,摆落世间缘。（《闲居自题戏招宿客》2701）

其中"守护""屏除""摆落"等词汇沿用至今,另有经典成语"保厘",动补结构中"踏破"接近凝固成词。

白诗还将双音动词用于后三,这样就形成此前五言诗中很少见的动二宾一结构：

花樽飘落酒,风案展开书。（《寄皇甫七》1612）

老爱寻思事,（慵多取次眠。）（《偶眠》1745）

因下疏为沼,随高筑作台。（《重修府西水亭院》2078）

王尹贳将马,田家卖与池。（《求分司东都寄牛相公十韵》1580）

（强出非他意,）东风落尽梅。（《马坠强出赠同座》1662）

其中仍有一些是动补结构的临时组合,只有"寻思"是并列结构,"飘落""展开"接近凝固成词,都沿用至今。

六、三二式

二、三字之间,是五言诗最重要的节点。这个节点一旦移动,五言诗的整体节奏也随之改变。以上一四、四一式句例,大多没有直接改变这一节点。三二式则完全不同。早期五言诗中偶尔有三二式句子:"出郭门直视。"(《古诗十九首》)当是一种不经意或不得已的处理。随着五言诗的发展,三二式也开始出现在对偶句中:

> 荣与壮俱去,贱与老相寻。(张翰《杂诗》)
> 日隐涧凝空,云聚岫如复。(谢朓《和王著作八公山》)

这时,显然已成为一种有意识的句式变化。

杜甫五律中除了单句外,对偶句中也有比较多的三二式。其中又包括各种句式:

1. 主三谓二

> 肘后符应验,囊中药未陈。(《寄张十二山人彪三十韵》0612)
> 稻粱求未足,薏苡谤何频。(《寄李十二白二十韵》0613)
> 天子朝侵早,云台仗数移。(《赠崔十三评事公辅》0942)
> 安石名高晋,昭王客赴燕。(《秋日夔府咏怀一百韵》1030)
> 神女峰娟妙,昭君宅有无。(《大历三年春白帝城放船……四十韵》1308)
> 吾家碑不昧,王氏井依然。(《回棹》1370)
> 司隶章初睹,南阳气已新。(《喜达行在所三首》0497)

铜梁书远及,珠浦使将旋。(《广州段功曹到得杨五长史谭书》0705)

庾信哀虽久,何颙好不忘。(《上兜率寺》0796)

范蠡舟偏小,王乔鹤不群。(《观李固请司马弟山水图三首》0918)

长葛书难得,江州涕不禁。(《又示两儿》0972)

江树城孤远,云台使寂寥。(《陪柏中丞观宴将士二首》1217)

金错囊徒罄,银壶酒易赊。(《对雪》1390)

鹿门携不遂,雁足系难期。(《遣兴》0488)

雪篱梅可折,风榭柳微舒。(《将别巫峡赠南乡兄瀼西果园四十亩》1302)

琴乌曲怨愤,庭鹤舞摧颓。(《秋日荆南述怀三十韵》1338)

盘石圭多翦,凶门毂少推。(同上)

词赋工无益,山林迹未赊。(《陪郑广文游何将军山林十首》0452)

巴蜀愁谁语,吴门兴杳然。(《游子》0847)

以上句例的大部分,首二字与第三字可以看作是定中关系。其中有一些结合紧密,不可点断,如"肘后符""天子朝""神女峰""金错囊"等;也有一些第三字可属上或属下两读,全句也在三二与二三疑似之间,如"稻粱求""何颙好"及0488以下各例。

2. 二、三字动宾、介宾结构

且持蠡测海,况把酒如渑。(《赠特进汝阳王二十韵》

0417）

　　且将棋度日,应用酒为年。(《寄岳州贾司马……五十韵》0611)

　　本卖文为活,翻令室倒悬。(《闻斛斯六官未归》0681)

　　自吟诗送老,相劝酒开颜。(《宴王使君宅题二首》1350)

3. 二、三字状动结构

　　喜无多屋宇,幸不碍云山。(《茅堂检校收稻二首》1236)

4. 前三字动一宾二

　　把君诗过日,念此别惊神。(《赠别郑錬赴襄阳》0726)

这几种结构中间都不可截断,因此形成的三二式也更具有强制性。

　　白诗五律中,三二式出现了更多变化:

1. 主三谓二

　　道将心共直,言与行兼危。(《代书诗一百韵寄微之》0604)

　　青缣衾薄絮,朱里幕高张。(《渭村退居……一百韵》0803)

　　性将时共背,病与老俱来。(《酬卢秘书二十韵》0804)

　　北与南殊俗,身将货孰亲。(《送客春游岭南二十韵》1010)

职与才相背,心将口自言。(《岁暮言怀》2081)

风月情犹在,杯觞兴又阑。(《病入新正》2581)

火将灯共尽,风与雪相和。(《小亭寒夜寄梦得》外 003)

香炉峰隐隐,巴字水茫茫。(《郡斋暇日忆庐山草堂……三十韵》1104)

兽形云不一,弓势月初三。(《秋思》1902)

锦额帘高卷,银花盏慢巡。(《题周皓大夫新亭子二十二韵》0822)

诃陵国分界,交趾郡为邻。(《送客春游岭南二十韵》1010)

丹凤楼当后,青龙寺在前。(《新昌新居书事四十韵》1252)

两三丛烂熳,十二叶参差。(《草词毕遇芍药初开……十六韵》1267)

地与尘相远,人将境共幽。(《履道新居二十韵》1582)

九微灯炫转,七宝帐荧煌。(《裴常侍以题蔷薇架十八韵见示因广为三十韵以和之》2217)

画屏风自展,绣伞盖谁张。(同上)

南祖心应学,西方社可投。(《重修香山寺毕题二十二韵》2230)

金谷诗谁赏,芜城赋众传。(《奉酬淮南牛相公思黯见寄二十四韵》2435)

性与时相远,身将世两忘。(《分司洛中多暇……十韵》2481)

身与心俱病,容将力共衰。(《偶作寄朗之》2762)

其中数词＋名（量）词形式（1267），在杜诗中未见。还有多个三字专有名词（1010、1252），不可截断。杜诗多是两字专有名词作定语，第三字属上属下两可。

2. 状三动二

> 长歌时独酌，饱食后安眠。（《闲吟二首》2025）
> 琴书中有得，衣食外何求。（《履道新居二十韵》1582）
> 双旌前独步，五马内偏骑。（《有小白马乘驭多时二十韵》1748）
> 百忧中莫入，一醉外何求。（《想东游五十韵》1917）
> 螺杯中有物，鹤氅上无尘。（《昨日复今辰》2749）

其中状三多为双音词＋方位词。采用这种组合，扩展了动词状语论元的范围，为诗意表达提供了更多空间。例如 1582"琴书""衣食"，虽是并列结构，但压缩其中任何一项，或取消其后方位词，都不符合诗人想要表现的生活内容；1917 如果取消"忧""醉"前的数词，诗意亦大相径庭，可见这种句式变化实是不得不然。

3. 定中三二结构（中心语句）

> 履道坊西角，官河曲北头。（《履道新居二十韵》1582）

4. 二、三字动宾、介宾结构

> 夜学禅多坐，秋牵兴暂吟。（《闲咏》1728）
> 山逐时移色，江随地改名。（《江州赴忠州……五十韵》1097）

　　女浣纱相伴,儿烹鲤一呼。(《和微之春日投简阳明洞天五十韵》1851)

　　鬓为愁先白,颜因醉暂红。(《劝酒十四首》1953)

　　客为忙多去,僧因饭暂留。(《池上赠韦山人》2021)

　　更无人作伴,只共酒同行。(《独游玉泉寺》2026)

　　唯置床临水,都无物近身。(《闲卧》2312)

　　渐以狂为态,都无闷到心。(《寻春题诸家园林》2389)

　　微吟诗引步,浅酌酒开颜。(《和郑方及第后秋归洛下闲居》0605)

　　韵透窗风起,阴铺砌月残。(《题卢秘书夏日新栽竹二十韵》0805)

　　时遭人指点,数被鬼揶揄。(《东南行一百韵》0902)

　　谩写诗盈卷,空盛酒满壶。(同上)

　　只将琴作伴,唯以酒为家。(《忆微之伤仲远》0925)

　　寸截金为句,双雕玉作联。(《江楼夜吟元九律诗三十韵》1003)

　　笔写形难似,琴偷韵易迷。(《题遗爱寺前溪松》1071)

　　始因风弄色,渐与日争光。(《题郡中荔枝诗十八韵》1123)

　　雁惊弓易散,鸥怕鼓难驯。(《早春西湖闲游……十八韵》1529)

　　岂无诗引兴,兼有酒销忧。(《履道新居二十韵》1582)

　　欲送愁离面,须倾酒入肠。(《洛城东花下作》1609)

　　醉教莺送酒,闲遣鹤看船。(《忆洛中所居》1718)

　　鞭为驯难下,鞍缘稳不离。(《有小白马乘驭多时……二十韵》1748)

各以诗成癖,俱因酒得仙。(《醉后重赠晦叔》2101)

好教郎作伴,合共酒相随。(《玩半开花赠皇甫郎中》2265)

心觉闲弥贵,身缘健更欢。(《奉酬侍中夏中雨后游城南庄见示八韵》2317)

鸥栖心恋水,鹏举翅摩天。(《奉酬淮南牛相公思黯见寄二十四韵》2435)

始擅文三捷,终兼武六韬。(《司徒令公分守东洛……四十韵》2479)

老将荣补帖,愁用道销磨。(《和东川杨慕巢尚书……十四韵》2480)

物以稀为贵,情因老更慈。(《小岁日喜谈氏外孙女孩满月》2482)

日遭斋破用,春赖闰加添。(《书事咏怀》2547)

老向欢弥切,狂于饮不廉。(同上)

卧将琴作枕,行以锸随身。(《醉中得上都亲友书》2733)

不与老为期,(因何两鬓丝。)(《不与老为期》2756)

以上二、三字动宾、介宾结构句例增加很多,涉及介(/次动)宾、动补、两分、兼语、使令等各种句式,但节奏与同一句式的二三三式完全不同,不啻使五言诗句式翻倍。其中首字为主语的(主谓句,杜诗中未见),如果不在二、三字采用这一结构,根本无法形成这些需要两个动(介)宾结构衔接的句式。例如已成为成语的"物以稀为贵",实在想不出还有其他五言表达形式。

5. 二、三字状动结构

须勤念黎庶,莫苦忆交亲。(《送杨八给事赴常州》2231)

（何劳问官职，）岂不见光辉。（《路逢青州王大夫赴镇立马赠别》2352）

客无烦夜柝，吏不犯秋毫。（《司徒令公分守东洛四十韵》2479）

6.前三字动一宾二

拔青松直上，铺碧水平流。（《履道新居二十韵》1582）

7.前三字介宾动结构

被花留便住，（逢酒醉方归。）（《闲出》1778）

七、一三一式

又包括两种句式。一种句式是二、三、四字动宾、介宾结构。一四式中也有这种情况，一三一式则限于首字为主语（1.5.1），与一四式不同。前人诗中屡见，杜诗中的句例有：

星临万户动，月傍九霄多。（《春宿左省》0524）
法自儒家有，心从弱岁疲。（《偶题》1129）
泪逐劝杯下，愁连吹笛生。（《泛江送客》0793）
衫裛翠微润，马衔青草嘶。（《自阆州领妻子却赴蜀山行三首》0866）
山带乌蛮阔，江连白帝深。（《渝州候严六侍御不到》0930）

龙以瞿唐会,江依白帝深。(《云》1245)

白诗中的句例有所增加:

玉向泥中洁,松经雪后贞。(《江州赴忠州……五十韵》1097)

鸟以能言縛,龟缘入梦烹。(同上)

树依兴善老,草傍静安衰。(《代书诗一百韵寄微之》0604)

望如时雨至,福似岁星移。(《叙德书情四十韵》0608)

阵占山河布,军谙水草行。(《和渭北刘大夫借便秋遮虏》0609)

……

计有 18 联(不排除调查中有遗漏)。

另一种句式是前四字动宾、介宾结构,在白诗中仅见到一例:

与僧清影坐,借鹤稳枝栖。(《题遗爱寺前溪松》1071)

其他诗人是否曾采用此句式,还有待进一步调查。

从以上调查来看,从杜甫到白居易,五言律诗句式还处在不断丰富发展的过程中。有些句式在创作中反复出现,经此发展过程,有可能成为常用句式;也有些句式诗人还在尝试之中,此后能否得到更多认可,是否曾进入其他诗人和后代的诗歌创作,还有待更大范围的调查。

第三部分　韩愈五律对偶句调查

以下我们再以中唐另一重要诗人韩愈的五律作品为调查对象,试作参照。韩愈不以五律见称,作品也较少,计有五律 35 首、278 句(《李员外寄纸笔》一首 6 句,称"五言半律"),排律 12 首、316 句,两者合计 594 句。

韩诗五律也具有用语生硬而又讲究的特点,喜用经典成语,其中包括一些相当冷僻的,也颇有一些异文难以判断取舍。不过,也可能是样本量较小的缘故,从句法结构来看,其中对偶句大多对得十分工整,很少有失对的情况。

调查所见,明显的失对有:

> 歌舞知谁在,宾僚逐使非。(《送李六协律归荆南》)①

两句首二话题。上句谓歌舞宴中不知尚有谁在,下句谓宾客同僚随节使去而非旧人。切分后,"知谁"与"逐使"、"在"与"非"似乎都能对上。但下句后三两分(逐使/非),与上句结构完全不同。此例后三切分后成对,而整句结构迥异,比较少见,很可能出于诗人的有意设计。

另有一例:

> 垂祥纷可录,俾寿浩无涯。(《杜相公太清宫十六韵》)

---

① 引文据钱仲联:《韩昌黎诗系年集释》,上海:上海古籍出版社 1984 年。下同。

前二后三分开看，对得也很工整。"俾"是表使令的，但很少在诗里用。使令句对非使令句，在杜甫等人诗中属于常例。"俾寿"用《诗经》成语(《閟宫》："俾尔寿而臧")，对原文有改动而与"垂祥"对。其他使令词似亦无如此用于句首的。

此外，还有数例动二(／主一动一)宾三，对介(／次动)宾句和两分句：

> 未许琼华比，从将玉树亲。(《春雪间早梅》)
> 云随仙驭远，风助圣情哀。(《大行皇太后挽歌词三首》其三)
> 况与故人别，那堪羁宦愁。(《又得秋字》)
> 清为公论重，宽得士心降。(《奉酬天平马十二仆射见寄》)

> 已讶凌歌扇，还来伴舞腰。(《春雪》)
> 坐厌亲刑柄，偷来傍钓车。(《独钓四首》其二)

前一种情况，宾三末字("比""哀""愁""降")有动词性，可与对句介宾结构后的主要动词成对。后一种情况，宾三本身是动一宾二("凌歌扇""亲刑柄")，与对句后三分句结构一致。

局部结构失对情况也很轻微，每种情况只有一两例。其中见于句首二字的，有主谓对动宾：

> 竞多心转细，得隽语时嚣。(《叉鱼招张功曹》)
> 脍成思我友，观乐忆吾傩。(同上)

动宾对定中：

> 骋巧先投隙，潜光乱入池。（《喜雪献裴尚书》）

动宾对状动：

> 成行齐婢仆，环立比儿孙。（《和侯协律咏笋》）

介宾对动宾：

> 自下何曾污，增高未见危。（《喜雪献裴尚书》）

状中对定中：

> 高居朝圣主，厚德载群生。（《大行皇太后挽歌词三首》）

"高居""厚德"视为动宾也可以。

见于后三的，有动一宾二对状动宾：

> 城险疑悬布，砧寒未捣绡。（《春雪》）

韩诗中"疑"字多对虚词，盖因诗人认为其词义较"虚"，视同副词，所以此例在他看来应是合于对偶的。此外还有动宾对动补：

> 岂计休无日，惟应尽此生。（《学诸进士作精卫衔石填海》）

这种情况即便算不合对偶,也是很轻微的。

以上各种情况相加,仅只 16 例,占韩诗五律对偶句总数(不含首尾联)的 5% 稍强。有几例按照诗人的标准还是合于对偶的,可见与白居易五律中失对减少的趋势有一致性。

诗人在对偶句中的精心结构和追求,则体现在很多方面,尤其是一些结构相对复杂的句型。例如话题句中,首二话题,有的是主谓短语:

> 兔尖针莫并,茧净雪难如。(《李员外寄纸笔》)
> 喜深将策试,惊密仰檐窥。(《喜雪献裴尚书》)
> 气严当酒暖,洒急听窗知。(同上)
> 辉斜通壁练,彩碎射沙星。(《和崔舍人咏月二十韵》)
> 壤画星摇动,旗分兽簸扬。(《送李尚书赴襄阳八韵》)
> 腹穿人可过,皮剥蚁还寻。(《枯树》)

有的是动宾短语:

> 拟盐吟旧句,授简慕前规。(《喜雪献裴尚书》)
> 过隅惊桂侧,当午觉轮停。(《和崔舍人咏月二十韵》)
> 属思摛霞锦,追欢馨缥瓶。(同上)
> 入镜鸾窥沼,行天马度桥。(《春雪》)
> 倚市难藏拙,吹竽久混真。(《和席八十二韵》)
> 得时方张王,挟势欲腾骞。(《和侯协律咏笋》)
> 见角牛羊没,看皮虎豹存。(同上)
> 纵猎雷霆迅,观棋玉石忙。(《送李尚书赴襄阳八韵》)
> 盖海旆幢出,连天观阁开。(《送郑尚书赴南海》)

卫门罗戟槊，图壁杂龙蛇。(《杜相公太清宫十六韵》)

代工声问远，摄事敬恭加。(同上)

还有其他动词结构：

悲嘶闻病马，浪走信娇儿。(《喜雪献裴尚书》)

摆落遗高论，雕镌出小诗。(《和仆射裴相公感恩言志》)

以上有的句例也可视作两分句，有的句首部分也可视为主语从句。不过，这种分析歧异同样适用于上下句。

还有的句例，首二组合本身在结构上两可：

泄乳交岩脉，悬流揭浪标。(《次同冠峡》)

"泄乳"既可以视为动宾，也可以视为定中。但难得的是，对句"悬流"同样如此。

首二话题当然也可以是名词：

郡楼何处望，陇笛此时听。(《和崔舍人咏月二十韵》)

五营兵转肃，千里地还方。(《送李尚书赴襄阳八韵》)

艳色宁相妒，嘉名偶自同。(《木芙蓉》)

贵相山瞻峻，清文玉绝瑕。(《杜相公太清宫十六韵》)

这几例的述题部分，结构也完全一致。其中后三例结构尤显复杂。

此外还有介(/次动)宾句。介(/次动)宾结构有在句首的：

在功诚可尚,于道讵为华。(《杜相公太清宫十六韵》)

也有在三、四字的:

> 夫族迎魂去,官官会葬归。(《梁国惠康公主挽歌》其二)
> 讵可持筹算,谁能以理言。(《和侯协律咏笋》)
> 人犹恋德泣,马亦别群鸣。(《次石头驿》)

不过有一例:

> 沟声通苑急,柳色压城匀。(《和席八十二韵》)

虽然在结构上相似,但末字还是分析为补语较妥。

再看兼语句。兼语成分在三、四字:

> 不见红毯上,那论綵索飞。(《寒食直归遇雨》)
> 控带荆门远,飘浮汉水长。(《送李尚书赴襄阳八韵》)
> 萍盖污池净,藤笼老树新。(《闲游二首》其二)

此外还有动词(含状动/主—动—)接三字宾语,宾语包括各种结构:

> 共矜初听早,谁贵后闻频。(《早春雪中闻莺》)
> 始讶妨人路,还惊入药园。(《和侯协律咏笋》)
> 地失嘉禾处,风存蟋蟀辞。(《奉使常山次太原》)

后三动宾结构,四、五字本身又是动宾组合:

芳意饶呈瑞,寒光助照人。(《春雪间早梅》)

中心语句由连绵词和介宾结构组合作定语(杜诗、白诗中未见):

皎洁当天月,葳蕤捧日霞。(《杜相公太清宫十六韵》)

在杜诗和白诗中屡见的一四式、四一式句,在韩诗对偶句中各有两例:

净堪分顾兔,细得数飘萍。(《和崔舍人咏月二十韵》)
见墙生菌遍,忧麦作蛾飞。(《雨中寄张博士籍侯主簿喜》)

秋江官渡晚,寒木古祠空。(《木芙蓉》)
纶綍谋猷盛,丹青步武亲。(《和席八十二韵》)

三二式也有两例:

官随名共美,花与思俱新。(《和席八十二韵》)
事随忧共减,诗与酒俱还。(《和仆射相公朝回见寄》)

使令句为对有一例:

　　谁令香满座,独使净无尘。(《春雪间早梅》)

　　后三中两分,在韩诗中也可见到:

　　比心明可烛,拂面爱还吹。(《喜雪献裴尚书》)
　　长河晴散雾,列宿曙分萤。(《和崔舍人咏月二十韵》)
　　林乌鸣讶客,岸竹长遮邻。(《闲游二首》其二)
　　礼乐追尊盛,乾坤降福遐。(《杜相公太清宫十六韵》)
　　紫极观忘倦,青词奏不哗。(同上)
　　褒味陈奚取,名香荐孔嘉。(同上)

其中如"岸竹"句,"长"读去声,其后断,谓其生长而遮挡。"乾
坤"句"遐福"虽有出典,但也应在"降福"断。"褒味"两句,则必
须在第三字断。
　　也有一些句子可归入三分句:

　　履弊行偏冷,门扃卧更羸。(《喜雪献裴尚书》)
　　遍阶怜可掬,满树戏成摇。(《春雪》)
　　妇懦咨聊拣,儿痴谒尽觅。(《和侯协律咏笋》)

　　以上列举的各种句式,包括各种相对复杂的结构,杜诗、白诗
中出现的情况几乎都遇到了。但无论哪种句式,包括只有个别句
例的,上下句都对得严谨工整,表明诗人对各种句子结构都有清
楚了解,辨析直至每一字节和单字;在正确传达语意、不出现病句
的同时,又能够保证对句结构完全一致,从而形成对偶。其他常
用句式,当然更不在话下。这也在一定程度上,解释了韩诗五律

为什么很少出现失对的原因。

不过,在此我们也见识到韩诗的语言特点。有意思的是,有一些诗句使用成语,乃至诗人自己的"造语",颇显特殊或生硬,但从对偶角度看却往往无懈可击。因此,完全可以设想,诗人在写作中有可能为满足对偶要求,宁肯在句子的通顺和美感上做一点牺牲:

> 深窥沙可数,静榜水无摇。(《叉鱼招张功曹》)
>
> 旱气期销荡,阴官想骏奔。(《郴州乞雨》)
>
> 为祥秎大熟,匝泽荷平施。(《喜雪献裴尚书》)
>
> 聚庭看岳耸,扫路见云披。(同上)
>
> 灶静愁烟绝,丝繁念鬓衰。(同上)
>
> 弄闲时细转,争急忽惊飘。(《春雪》)
>
> 深潜如避逐,远去若追奔。(《和侯协律咏笋》)
>
> 对日犹分势,腾天渐吐灵。(《和崔舍人咏月二十韵》)
>
> 逐吹能争密,排枝巧妒新。(《春雪间早梅》)
>
> 那是俱疑似,须知两逼真。(同上)
>
> 先期迎献岁,更伴占兹辰。(同上)
>
> 带涩先迎气,侵寒已报人。(《早春雪中闻莺》)
>
> 牖光窥寂寞,砧影伴娉婷。(《和崔舍人咏月二十韵》)
>
> 风台观混漾,冰砌步青荧。(同上)
>
> 郡城朝解缆,江岸暮依村。(《晚泊江口》)
>
> 寄托惟朝菌,依投绝暮禽。(《枯树》)
>
> 雨惯曾无节,雷频自失威。(《雨中寄张博士籍侯主簿喜》)
>
> 四真皆齿列,二圣亦肩差。(《杜相公太清宫十六韵》)

以上句例,有的上下句均有出典,或合于某种习惯表达,如"销荡"对"骏奔","岳耸"对"云披","齿列"对"肩差",在组织对偶时诗人只对字词有适当调整。另有一些句例,其中可能有一句合于习惯表达,或有出典,而另一句则可能诗人有意出新,或想表达某种特殊感受,但也可能是一时思窘,因而用语便有些生硬。如"沙可数"对"水无摇","先期"对"更伴","带涩"对"侵寒","雨惯"对"雷频"。当然,也有上下句同时采用某种句式变化的,如用连绵词作动词宾语("牖光"二句、"风台"二句)。

综上可见,从总体上看,韩愈五律具有结构谨严、对偶工整的特点,很少有失对。但另一方面,相比于白居易诗,采用新句式和句式变化也较少。当然,也有一些两字和三字组合,给人留下深刻印象。这可能是韩诗个人特点的体现,但也有可能是因为其作品总量较小,影响到其表达的丰富性。

白居易七言诗特殊句式探考

明胡震亨《唐音癸签》说:"五字句以上二下三为脉,七字句以上四下三为脉,其恒也。有变五字句上三下二者(如元微之'庾公楼怅望,巴子国生涯',孟郊'藏千寻布水,出十八高僧'之类),变七字句上三下四者(若韩退之'落以斧引以墨徽',又'虽欲悔舌不可扪'之类),皆謇吃不足多学。"①

实际上,早期五言诗造语质拙,如《古诗十九首》有"出郭门直视",《古诗为焦仲卿妻作》有"恐此事非奇""寻遣丞请还",就已经有不合于上二下三的句式。七言诗在唐以前创作数量有限,学者所追溯的变格最早至韩愈。不过,相比于五言诗,节点变化在七言诗中带来的效果更引人注目,到宋代已有"折句""折腰句"之称②。七言诗提供的句式变化的可能性也更多一些。白居易七言诗中的特殊句式,与其五言诗情况类似,很大一部分都与节点的变动有关。只是前人对此句式的调查尚不够全面,也很少涉及白

---

① 胡震亨:《唐音癸签》卷四,上海:古典文学出版社 1957 年,第 26 页。
② 胡仔《苕溪渔隐丛话》前集卷三六:"俗谓之折句。"北京:人民文学出版社 1984 年,第 241 页。元韦居安《梅磵诗话》卷上:"七言律诗有上三下四格,谓之折腰句。"引白居易《答客问杭州》诗"大屋檐多装雁齿,小航船亦画龙头"。收入丁福保编:《历代诗话续编》,北京:中华书局 1983 年,第 545 页。

居易诗作①。

一、主要节点变化

七言诗以上四下三为基本格式,因此四、五字之间是其主要节点。在白居易七言诗中,由这一主要节点的移动带来了多种句式变化,不仅限于"上三下四"一种形式。

1. 使用多字词

导致上四下三节点发生变动的一个主要原因,就是在节点位置上使用三字或三字以上的多字词,包括数量词,名词附加方位词、时间词等形式。例如:

尔来一百九十载,天下至今歌舞之。(《七德舞》0123)②

唯向深宫望明月,东西四五百回圆。(《上阳白发人》0129)

染为红线红于蓝,织作披香殿上毯。(《红线毯》0151)

愿赐东西府御史,愿颁左右台起居。(《紫毫笔》0164)

西自黄河东至淮,绿影一千三百里。(《隋堤柳》0165)

---

① 清贺裳《载酒园诗话》卷一黄白山评:"折腰体法,本出唐人。"引"斑竹冈连山雨暗,枇杷门向楚天秋""木奴花映桐庐县,青雀舟随白鹭涛"二例,应属三一三式。见郭绍虞编选:《清诗话续编》,上海:上海古籍出版社1983年,第237页。蒋绍愚《唐诗语言研究》在胡震亨所举例外,又补充韩愈《送区弘》、刘禹锡《和乐天斋戒月满》、韩偓《安贫》各一例。北京:语文出版社2008年,第139页。

② 以下引白居易诗,均据谢思炜:《白居易诗集校注》,北京:中华书局2006年。并加注该书作品编号,不再另外出注。

王夫子,送君为一尉,东南<u>三千五百</u>里。(《王夫子》0578)

自言本是京城女,家在<u>虾蟆</u>陵下住。(《琵琶引》0599)

*莫悲<u>金谷园</u>中月,莫叹<u>天津桥</u>上春。①(《和友人洛中春感》0620)

*帆开<u>青草</u>湖中去,衣湿<u>黄梅</u>雨里行。(《送客之湖南》0943)

*莫怪气粗言语大,新排<u>十五</u>卷诗成。(《编集拙诗成一十五卷因题卷末》1000)

*欲问<u>参同契</u>中事,更期何日得从容。(《寻郭道士不遇》1013)

*何处<u>琵琶</u>弦似语,谁家<u>呙堕髻</u>如云。(《寄微之》1056)

*闻君泽畔伤春草,忆在<u>天门街</u>里时。(《江边草》1127)

*第三松树非<u>华表</u>,那得<u>辽东鹤</u>下来。(《吴七郎中山人待制班中偶赠绝句》1202)

*肠断青天望明月,别来<u>三十六</u>回圆。(《三年别》1198)

*且向<u>钱塘</u>湖上去,冷吟闲醉二三年。(《舟中晚起》1319)

*偷将<u>虚白堂</u>前鹤,失却<u>樟亭驿</u>后梅。(《花楼望雪命宴赋诗》1335)

*瞿昙弟子君知否,恐是<u>天魔女</u>化身。(《题孤山寺山石榴花示诸僧众》1349)

*闇诵<u>黄庭经</u>在口,闲携<u>青竹杖</u>随身。(《独行》1350)

*挥鞭<u>二十</u>年前别,命驾三千里外来。(《醉中酬殷协

---

① 加 * 号表示近体,下同。

律》1361)

　*一种<u>钱塘江畔</u>女,著红骑马是何人。(《代卖薪女赠诸妓》1375)

　*晨光出照屋梁明,初打<u>开门鼓</u>一声。(《早兴》1393)

　*慢牵好向湖心去,恰似<u>菱花镜</u>上行。(《湖上招客送春泛舟》1395)

　一年<u>三百六十</u>日,花能几日供攀折。(《和雨中花》1472)

　*归来<u>虚白堂</u>中梦,合眼先应到越州。(《答微之上船后留别》1516)

　*去我<u>三千六百</u>里,得君<u>二十五篇</u>诗。(《张十八员外以新诗二十五首见寄》1520)

　*秋思冬愁春怅望,大都<u>不称意时</u>多。(《急乐世辞》1552)

　*料君即却归朝去,不见<u>银泥衫</u>故时。(《看常州柘枝赠贾使君》1562)

　*若不<u>九重中</u>掌事,即须<u>千里外</u>抛身。(《岁暮寄微之三首》1655)

　*绿浪<u>东西南北</u>水,红栏<u>三百九十</u>桥。(《正月三日闲行》1657)

　*朝从<u>思益峰</u>游后,晚到<u>楞伽寺</u>歇时。(《自思益寺次楞伽寺作》1690)

　*何似<u>府寮京令</u>外,别教<u>三十六峰</u>迎。(《送河南尹冯学士赴任》1828)

　*君知<u>天地中</u>宽窄,雕鹗鸾凰各自飞。(《对酒五首》1876)

　*伴我<u>绿槐阴</u>下歇,向君<u>红旆影</u>前行。(《陕府王大夫相

迎偶赠》1920）

*君乞曹州刺史替，我抛刑部侍郎归。（《答崔十八见寄》1923）

*归来未及问生涯，先问江南物在耶。（《问江南物》1926）

*犹被分司官系绊，送君不得过甘泉。（《酬别微之》2010）

*不思朱雀街东鼓，不忆青龙寺后钟。（《新雪二首》2046）

*为问魏王堤岸下，何如同德寺门前。（《水堂醉卧问杜三十一》2080）

毛诗三百篇后得，文选六十卷中无。（《偶以拙诗数首寄呈裴侍郎》2197）

*静逢竺寺猿偷橘，闲看苏家女采莲。（《送姚杭州赴任因思旧游二首》2344）

*遥见人家花便入，不论贵贱与亲疏。（《又题一绝》2390）

*君到嵩阳吟此句，与教三十六峰知。（《送嵩客》2562）

*路傍凡草荣遭遇，曾得七香车辗来。（《石上苔》2622）

*世间老苦人何限，不放君闲奈我何。（《心重答身》2628）

*莫言杨柳枝空老，直至樱桃树已枯。（《宴后题府中水堂赠卢尹中丞》2697）

*为报江山风月知，至今白使君犹在。（《送王卿使君赴任苏州》2720）

明显可见,由于使用这些三字或三字以上词语,无法在原来的诗句节点上读断,节点不能不后移。如果该词语组合一直延长到句末("去我三千六百里""朝从思益峰游后"),则很难找到明显的节点。在这种情况下,节点可以视为被覆盖了。其中有很多例句,同时还涉及跨字节结构:由于多字词延伸到后三字,所以跨了两个字节。

其中有些专名或词组,是有领属或其他关系的定中式,如"思益峰""楞伽寺""曹州刺史""刑部侍郎"。词组内的衔接点也恰好在诗句节点上,因此节点似乎没有移动。与之类似,一些数量词形式("一千三百里""三百六十日")似乎也可在节点上读断。但对照处在同一位置上的其他三字词,如"分司官""天魔女""琵琶弦""白使君",数量词如"三十六峰""四五百回"等,节点是明显后移的。有些词组本来就是临时组合,如"开门鼓""人家花",但点断后句子都无法成立。由此来看,这些三字和三字以上词组仍应视为一个完整单位,当它们占据此位置时,诗句节点可以视为被覆盖或弱化。前人在讨论"上三下四"变化时,大多忽略了以上这些句式。除了因为节点覆盖不如节点移动感觉明显外,也因为这些变化格式往往并非"上三",而是仍保留了二、三字之间的次要节点,可以笼统地归入"上二",次要节点在一定程度上起到替代被覆盖的主要节点的作用。

当然,三字词或三字结构大多是可以析分的。在可析分的情况下,有些句子也可以被分析为话题句或分句关系。例如:

*紫垣南北|厅曾对,沧海东西|郡又邻。(《岁暮寄微之三首》1655)

*终身胶漆|心应在,半路云泥|迹不同。(《庐山草堂夜

雨独宿》1072）

　　*不知灵药|根成狗,怪得时闻吠夜声。(《和郭使君题枸杞》1722)

　　*烟吐白龙|头宛转,扇开青雉|尾参差。(《和集贤刘学士早朝作》1817)

　　*始觉琵琶|弦莽卤,方知吉了|舌参差。(《双鹦鹉》1833)

　　*每到集贤|坊北过,不曾一度不低眉。(《过裴令公宅二绝句》2634)

　　*若道归仁|滩更好,主人何故别三年。(《赠思黯》2646)

根据对诗句的不同分析,这些词语在节点处或可读断或可不断。在这种情况下,这些诗句可以被视为句式变动的模糊形式。

2. 使用两字组合

汉语双音词和两字词组的组合形式,包括并列、定中、状中、动宾、动补、主谓式,以及不成词的介宾式。两字组合在句中须首先结合,如果恰好在诗句节点上使用两字组合,同样会迫使节点移动。白居易七言诗中也有不少这种例子。

　　a. 定中式

　　*争得遣君诗不苦,黄河岸上白头人。(《别陕州王司马》1921)

　　*百岁无多时壮健,一春能几日晴明。(《对酒五首》1879)

b. 状中式

劝君且**强笑**一面,劝君复**强饮**一杯。(《短歌行》0575)

＊自入台来见面稀,班中遥**得**揖容辉。(《曲江夜归闻元八见访》0847)

＊何处更能分道路,此时兼**不认**池台。(《花楼望雪命宴赋诗》1335)

＊欲送残春招酒伴,客中谁**最有**风情。(《湖上招客送春泛舟》1395)

娉娉似**不任**罗绮,顾听乐悬行复止。(《霓裳羽衣歌》1406)

＊大屋檐多**装**雁齿,小航船亦**画**龙头。(《答客问杭州》1627)

＊自觉欢情随日减,苏州心**不及**杭州。(《岁暮寄微之三首》1653)

＊可惜当时好风景,吴王应**不解**吟诗。(《重答和刘和州》1670)

＊多种少栽皆有意,大都少**校不如**多。(《问移竹》1967)

＊村人都**不知**时事,犹自呼为处士庄。(《过温尚书旧庄》1992)

＊不准拟身年六十,上山仍**未要**人扶。(《不准拟二首》2067)

＊岂料汝先为异物,常忧吾**不见**成人。(《哭崔儿》2071)

＊所嗟非独君如此,自古才难共命争。(《和梦得》2220)

＊少时犹**不忧**生计,老后谁**能惜**酒钱。(《与梦得沽酒闲饮且约后期》2523)

* 明日放归归去后,世间应<u>不要</u>春风。(《别柳枝》2565)

* 从此始<u>堪为</u>弟子,竺乾师事古先生。(《斋戒》2577)

* 一月三回寒食会,春光应<u>不负</u>今年。(《赠举之仆射》2630)

    * 君年<u>殊未</u>及悬车,未合将闲逐老夫。(《杨六尚书频寄新诗》2641)

c. 动宾式

    * 不用更<u>教诗</u>过好,折君官职是声名。(《赠杨秘书巨源》0841)

    * 闷发每吟诗引兴,兴来兼<u>著酒</u>开颜。(《自咏》1391)
欲散重<u>拈花</u>细看,争知明日无风雨。(《花前叹》1413)

    * 瀛女偷<u>乘凤</u>去时,洞中潜歇弄琼枝。(《酬严给事》1790)

    * 对此欲<u>留君</u>便宿,诗情酒分合相亲。(《雪夜喜李郎中见访兼酬所赠》1980)

    * 我有一言君记取,世间自<u>取苦</u>人多。(《感兴二首》2302)

    * 园荒唯有薪堪采,门冷兼<u>无雀</u>可罗。(《与梦得偶同到敦诗宅感而题壁》2446)

    * 头风若<u>见诗</u>应愈,齿折仍夸啸不妨。(《就暖偶酌戏诸诗酒旧侣》2566)

    * 厨冷难<u>留</u>乌止屋,门闲可与雀张罗。(《酬梦得贫居咏怀见赠》2571)

    * 从我到君十一尹,相看自<u>置</u>府来无。(《宴后题府中水

堂赠卢尹中丞》2697）

d. 动补式

墓中下涸二重泉，当时自以为深固。（《草茫茫》0166）

＊应似东宫白赞善，被人还唤作朝官。（《白牡丹》0844）

＊自知清冷似冬凌，每被人呼作律僧。（《醉后戏题》1138）

＊羡君犹梦见兄弟，我到天明睡亦无。（《赴杭州重宿榛华驿》1306）

＊暂来不宿归州去，应被山呼作俗人。（《予以长庆二年冬十月到杭州》1378）

＊不独年催身亦变，校书郎变作尚书。（《和微之任校书郎日过三乡》2048）

＊言者不知知者默，此语吾闻于老君。（《读老子》2298）

＊初时被目为迁叟，近日蒙呼作隐人。（《迁叟》2442）

＊久将时背成遗老，多被人呼作散仙。（《雪夜小饮赠梦得》2711）

＊世间尽不关吾事，天下无亲于我身。（《读道德经》2792）

e. 介宾式

仍恐儿孙忘使君，生男多以阳为字。（《道州民》0137）

太宗常以人为镜，鉴古鉴今不鉴容。（《百炼镜》0144）

＊贫友远劳君寄附，病妻亲为我裁缝。（《元九以绿丝布

白轻裼见寄》1005）

　　*此时独<u>与君</u>为伴，马上青袍唯两人。（《朝回和元少尹绝句》1213）

　　*昏昏老<u>与病</u>相和，感物思君叹复歌。（《早春忆微之》1535）

　　*夜栖少<u>共鸡</u>争树，晓浴先饶凤占池。（《送鹤与裴相临别赠诗》1826）

　　公心不以贵隔我，我散唯<u>将闲</u>伴公。（《和裴令公一日日一年年杂言见赠》2286）

　　*吾师道<u>与佛</u>相应，念念无为法法能。（《赠草堂宗密上人》2221）

　　*其馀便<u>被春</u>收拾，不作闲游即醉眠。（《白发》2543）

　　*厨冷难留乌止屋，门闲可<u>与雀</u>张罗。（《酬梦得贫居咏怀见赠》2571）

　　*眼昏久<u>被书</u>料理，肺渴多<u>因酒</u>损伤。（《对镜偶吟赠张道士抱元》2580）

　　*多中更<u>被愁</u>牵引，少处兼<u>遭病</u>折磨。（《春晚咏怀赠皇甫朗之》2591）

介宾式通常用来修饰其后的动词结构，以上例句中还包括"以……为……"结构、表被动的被字句等。动宾式在四、五字位置上要么修饰其后主要动词，要么接另一分句，也有的作定语，或本身为兼语成分。其他两字组合也大多被嵌入上一级结构中。因此在这些句式中，节点可能移动到不同位置。在打破上四下三格式后，除了有一部分变成上三下四式外，还有很大一部分变换为其他形式。有些句子甚至找不出明显的节点，如"对此欲留君便宿""世间自取苦人多""相看自置府来无""吾师道与佛相应"。它们只是在被写入七言句时勉强获得了诗句形式,而七言句原有的字节和节点同时也被废除或覆盖了。其中还有几例,可以被视为二三二式:

    *昏昏│老与病│相和,感物思君叹复歌。(《早春忆微之》1535)

    *百岁│无多时│壮健,一春│能几日│晴明。(《对酒五首》1879)

    *少时│犹不忧│生计,老后│谁能惜│酒钱。(《与梦得沽酒闲饮且约后期》2523)

    *眼昏│久被书│料理,肺渴│多因酒│损伤。(《对镜偶吟赠张道士抱元》2580)

此外,还有不属于以上两字组合形式,用中间三字作状语或宾语的例子:

    *莫嗟│一日日│催人,且贵│一年年│入手。(《苏州李中丞以元日郡斋感怀诗寄微之及予》1528)

    *遇酒逢花还且醉,若论│惆怅事│何穷。(《曲江有感》1780)

同样具有二三二的格式。这样,以语义为支撑,这些诗句开始形成新的节点。它们不理会七言诗的原有字节,其语义结构与原有诗歌字节分划不合,当然也就不再继续支持这种字节结构和诗歌韵律。其中上下句结构一致的几例,节奏改变的效果尤为明显。

如果再重复几联，扩展至全篇，大概就会在七言诗中形成一种新的节奏。不过，汉语单字本来多可独立，除联绵词和某些专有名词外，很少有完全不能析分的。因此，以上其他各种句式也都能够以某种方式读出一定的节奏感，并栖身于保持固有节奏的七言诗整篇之中。

3. 后四字介宾结构

这是一种比较明显的上三下四句式。七言动补句的补语原来一般在后三字，有时也使用介词。如果用介词引入后三字作补语，则介词与其前单音动词结合紧密，不改变上四下三结构（"汉兵屯在轮台北"）。以下句子有所不同：上三是动宾结构，后四字使用介宾结构作补语；或者上三是名词作主语，下四是三字介宾结构接动词、形容词：

> *已收身|向园林下，犹寄名|于禄仕间。（《洛下闲居寄山南令狐相公》2443）
>
> *学调气|从衰中健，不用心|来闹处闲。（《咏怀寄皇甫朗之》2521）
>
> *已将心|出浮云外，犹寄形|于逆旅中。（《老病幽独偶吟所怀》2607）
>
> *久寄形|于朱紫内，渐抽身|入蕙荷中。（《偶吟》2710）
>
> *近有人|从海上回，海山深处见楼台。（《客有说》2745）
>
> *不分气|从歌里发，无明心|向酒中生。（《元和十二年淮寇未平诏停岁仗》0954）

*唯留花│向楼前著,故故抛愁与后人。(《题东楼前李使君所种樱桃花》1152)

新戒珠│从衣里得,初心莲│向火中生。(《吹笙内人出家》外 007)

第二例下句"来"字属下,上下句均应分析为分句关系,是又一变例。

4. 助词、连词结构

这种情况是在第五字使用助词、连词,所连接的前后部分构成句子的同一成分。这样,原来的节点就在一定程度上被弱化。杜甫七律中有:

独立缥缈之飞楼。(《白帝城最高楼》)

古体中有:

貌得山僧及童子。(《奉先刘少府新画山水障歌》)

白居易七言诗中这种句式的使用频次大幅增加,古体、近体中都有,《新乐府》组诗中尤为常见:

一从胡曲相参错,不辨兴衰与哀乐。(《法曲歌》0124)

介公鄅公为国宾,周武隋文之子孙。(《二王后》0125)

古人有言天下者,非是一人之天下。(同上)

备威仪,助郊祭,高祖太宗之遗制。(同上)

惯听梨园歌管声，不识<u>旗枪与弓箭</u>。(《新丰折臂翁》0131)

始自<u>两河及三辅</u>，蝗食如蚕飞似雨。(《捕蝗》0134)

德宗按图自定计，非关<u>将略与庙谋</u>。(《城盐州》0136)

愿为颜氏段氏碑，雕镂<u>太尉与太师</u>。(《青石》0145)

左右欢呼何翕习，皆尊<u>德广之所及</u>。(《骠国乐》0147)

遂使<u>王公与卿士</u>，游花冠盖日相望。(《牡丹芳》0150)

缭绫缭绫何所似，不似<u>罗绡与纨绮</u>。(《缭绫》0153)

合阙将军呼万岁，捧授<u>金银与缣彩</u>。(《阴山道》0156)

盐商妇，多金帛，不事<u>田农与蚕绩</u>。(《盐商妇》0160)

<u>丰凶水旱与疾疫</u>，乡里皆言龙所为。(《黑潭龙》0168)

<u>厉王胡亥之末年</u>，群臣有利君无利。(《采诗官》0172)

未如<u>生别之为难</u>，苦在心兮酸在肝。(《生离别》0576)

命苟未来且求食，官无<u>高卑及远迩</u>。(《王夫子》0578)

<u>二贾二张与余弟</u>，驱车逦迤来相继。(《醉后走笔酬刘五主簿长句之赠》0581)

唯有<u>潜离与暗别</u>，彼此甘心无后期。(《潜别离》0596)

岂无<u>山歌与村笛</u>，呕哑嘲哳难为听。(《琵琶引》0597)

因命<u>染人与针女</u>，先制两裘赠二君。(《醉后狂言酬赠萧殷二协律》0602)

谁道使君不解歌，听唱<u>黄鸡与白日</u>。(《醉歌》0603)

＊赠君一法决狐疑，不用<u>钻龟与祝蓍</u>。(《放言五首》0889)

＊无论<u>海角与天涯</u>，大抵心安即是家。(《种桃杏》1112)

＊但道吾庐心便足，敢辞<u>泷隘与嚣尘</u>。(《卜居》1221)

＊萧飒<u>凉风与衰鬓</u>，谁教计会一时秋。(《立秋日登乐游

园》1234）

＊莫怪殷勤醉相忆，曾陪<u>西省与南宫</u>。（《钱湖州以箬下酒李苏州以五酘酒相次寄到》1334）

自量<u>气力与心情</u>，三五年间犹得在。（《就花枝》1436）

请看<u>韦孔与钱崔</u>，半月之间四人死。（《和自劝二首》1471）

＊一生<u>休戚与穷通</u>，处处相随事事同。（《醉封诗筒寄微之》1526）

＊已留旧政布中和，又付<u>新词与艳歌</u>。（《闻歌妓唱严郎中诗》1550）

＊当家美事堆身上，何啻<u>林宗与细侯</u>。（《赠楚州郭使君》1721）

＊谁引相公开口笑，不逢<u>白监与刘郎</u>。（《早春同刘郎中寄宣武令狐相公》1756）

＊何事同生壬子岁，老于<u>崔相及刘郎</u>。（《花前有感兼呈崔相公刘郎中》1782）

＊不见<u>山苗与林叶</u>，迎春先绿亦先枯。（《代梦得吟》1811）

＊为忆<u>娃宫与虎丘</u>，玩君新作不能休。（《重答汝州李六使君》1837）

＊身心安处为吾土，岂限<u>长安与洛阳</u>。（《吾土》2060）

＊借问<u>江湖与海水</u>，何似<u>君情与妾心</u>。（《浪淘沙词六首》2295）

＊诗酒放狂犹得在，莫欺<u>白叟与刘君</u>。（《同梦得酬牛相公》2470）

＊<u>荣枯忧喜与彭殇</u>，都似人间戏一场。（《老病相仍以诗

自解》2586）

　　*料得此身终老处，只应<u>林下与滩头</u>。（《池畔逐凉》2734）

　　*可惜<u>风情与心力</u>，五年抛掷在黔中。（《寄黔州马常侍》2778）

也有的连词在第四字：

　　*木雁一篇须记取，致身<u>才与不才</u>间。（《偶作》2469）

以上用"与""及"等连词连接的应为名词成分。如果是动宾、主谓等结构，则使用"复""兼"等字：

　　*可惜济时心力在，放教<u>临水复登山</u>。（《春来频与李二十宾客郭外同游》2399）
　　*岂独<u>爱民兼爱客</u>，不唯<u>能饮又能文</u>。（《得杨湖州书颇夸抚民接宾》2533）
　　*渐恐<u>耳聋兼眼暗</u>，听泉看石不分明。（《老题石泉》2719）

5. 五二式

　　句子的前五字是一个完整结构，充当某一句子成分。杜甫七律中有一例"者"字结构作主语：

　　　　<u>杖藜叹世者</u>谁子。（《白帝城最高楼》）

白居易诗中的变化更多一些：

a. 前五字主语

　　<u>第一第二弦</u>索索，秋风拂松疏韵落；<u>第三第四弦</u>泠泠，夜鹤忆子笼中鸣。(《五弦弹》0139)

　　<u>蛮子导从者</u>谁何，摩挲俗羽双隈伽。(《蛮子朝》0140)

　　*<u>净名居士经</u>三卷，<u>荣启先生琴</u>一张。(《东院》1325)

　　*不知明日休官后，<u>逐我东山去</u>是谁。(《醉戏诸妓》1544)

　　*<u>龙门翠黛眉</u>相对，<u>伊水黄金线</u>一条。(《五凤楼晚望》1899)

　　*<u>世间认得身</u>人少，今我虽愚亦庶几。(《履道西门二首》2709)

第二例上下句也可在第四字后点断，分析为话题句。第三例下句是从句作主语。第四例两句也可分析为话题句，以前两字为话题，全句也可归入二五式或二三二式。最后一例上句是从句作话题，"身"即自身。后两字主谓结构作述题，全句意为世间能够认识自身的人很少。

b. 前四字主语第五字谓语

这样前五字构成主谓结构，后两字可能是另一分句或其他成分：

　　*春生何处暗周游，<u>海角天涯遍</u>始休。(《浔阳春三首》1014)

　　*<u>绿醅新酎尝</u>初醉，<u>黄纸除书到</u>不知。(《早饮醉中除河

南尹敕到》2063）

　　*尚平婚嫁了无累,冯翊符章封却还。(《咏怀》2378)

c.前五字是分句

后两字是另一分句:

　　*忽见紫桐花怅望,下邽明日是清明。(《寒食江畔》0959)

　　*邹生枚叟非无兴,唯待梁王召即来。(《酬令公雪中见赠》2440)

　　除五二式外,还有一些句子可归入六一式。如前引两字结构中:

　　*我有一言君记取,世间自取苦人多。(《感兴二首》2302)

"世间认得身人少"句,也可分析为六一式。均为主谓结构,"世间"可分析为状语。前引多字词部分还有:

　　唯向深宫望明月,东西四五百回圆。(《上阳白发人》0129)

　　*曾于太白峰前往,数到仙游寺里来。(《送王十八归山寄题仙游寺》0711)

　　*昔为白面书郎去,今作苍须赞善来。(《重过秘书旧房因题长句》0811)

则前六字是状语,修饰其后动词。

二、次要节点变化

七言诗除了由四、五字之间的主要节点形成"上四下三"格式外,还有一个二、三字之间的次要节点,将上四切分为二二。不过,这个节点一向允许有各种变化,除二二之外,还有三一、一三、一二一等形式。白居易七言诗也利用了这些变化形式。

1. 三一式

前四字采用三一式,是二二之外最常见的一种变化,全句因此成为三一三式。不过,三一三中还包含各种不同形式。

a. 主动宾式

在三一三式中最常见。如李颀《听董大弹胡笳兼寄语弄房给事》:

> 长安城连东掖垣,凤凰池对青琐门。

白居易七言诗中这种句式很多:

> 清平官持赤藤杖,大军将系金呿嗟。(《蛮子朝》0140)
> 牡丹芳,牡丹芳,黄金蕊绽红玉房。(《牡丹芳》0150)
> 把花掩泪无人见,绿芜墙绕青苔院。(《陵园妾》0159)
> 九华帐深夜悄悄,反魂香降夫人魂。(《李夫人》0158)
> *香积筵承紫泥诏,昭阳歌唱碧云词。(《广宣上人以应制诗见示》0810)

*白花浪溅头陀寺，红叶林笼鹦鹉洲。(《卢侍御与崔评事为予于黄鹤楼致宴》0877)

*江柳影寒新雨地，塞鸿声急欲霜天。(《赠江客》1063)

*蕃草席铺枫叶岸，竹枝歌送菊花杯。(《九日题涂溪》1121)

*桑落气薰珠翠暖，柘枝声引管弦高。(《房家夜宴喜雪赠主人》1165)

*从此浔阳风月夜，崔公楼替庾公楼。(《题崔使君新楼》1053)

*独坐黄昏谁是伴，紫薇花对紫微郎。(《紫薇花》1219)

*黄麻敕胜长生箓，白纻词嫌内景篇。(《见于给事暇日上直寄南省诸郎官诗因以戏赠》1225)

*紫粉笔含尖火焰，红燕脂染小莲花。(《题灵隐寺红辛夷花戏酬光上人》1343)

*长洲草接松江岸，曲水花连镜湖口。(《苏州李中丞以元日郡斋感怀诗寄微之及予》1528)

*越调管吹留客曲，吴吟诗送暖寒杯。(《戏和贾常州醉中二绝句》1652)

*自叹花时北窗下，蒲黄酒对病眠人。(《夜闻贾常州崔湖州茶山境会》1663)

*槐花雨润新秋地，桐叶风翻欲夜天。(《秘省后厅》1731)

*百千家似围棋局，十二街如种菜畦。(《登观音台望城》1737)

*篇数虽同光价异，十鱼目换十骊珠。(《昨以拙诗十首寄西川杜相公》1835)

＊细看便是华严偈,方便风开智慧花。(《僧院花》1881)

＊大红旆引碧幢旌,新拜将军指点行。(《送徐州高仆射赴镇》1890)

＊宿客不来嫌冷落,一樽酒对一张琴。(《期宿客不至》1966)

＊还似今朝歌酒席,白头翁入少年场。(《重阳席上赋白菊》1968)

＊杨柳花飘新白雪,樱桃子缀小红珠。(《酬舒三员外见赠长句》2211)

＊春谷鸟啼桃李院,络丝虫怨凤凰楼。(《同诸客题于家公主旧宅》2244)

＊何似东都正二月,黄金枝映洛阳桥。(《杨柳枝词八首》2285)

＊珠颗泪沾金捍拨,红妆弟子不胜情。(《代琵琶弟子谢女师曹供奉》2321)

＊烦虑渐销虚白长,一年心胜一年心。(《老来生计》2394)

＊上客新从左辅回,高阳兴助洛阳才。(《喜梦得自冯翊归洛》2428)

＊帝城花笑长斋客,二十年来负早春。(《早春持斋答皇甫十见赠》2494)

＊背壁灯残经宿焰,开箱衣带隔年香。(《早夏晓兴赠梦得》2506)

＊白蘋洲上春传语,柳使君输杨使君。(《得杨湖州书颇夸抚民接宾》2533)

＊千年鼠化白蝙蝠,黑洞深藏避网罗。(《洞中蝙蝠》

2625）

　　＊无情水任方圆器,不系舟随去住风。(《偶吟》2710)

　　＊张道士输白道士,一杯沆瀣便逍遥。(《病中数会张道士》2713)

　　＊野枣花含新蜜气,山禽语带破袍声。(《歇马重吟》外015)

也可能第四字是副词或连词,动宾成分在后三字:

　　＊得水鱼还动鳞鬐,乘轩鹤亦长精神。(《初加朝散大夫又转上柱国》1232)

　　＊欲界凡夫何足道,四禅天始免风灾。(《答闲上人来问因何风疾》2556)

有的句子首三字还包含了其他成分:

　　＊假使明朝深一尺,亦无人到兔园中。(《过裴令公宅二绝句》2635)

除首字用连词外,"无人到"应分析为兼语句。

　　七言诗主谓句中,主语以两字和四字为多。诗人可能有意要突破这一点,所以使用了比较多的三字主语。除此之外,这种三一三句式还有当句为对的效果。以上例句中有不少颇能显示诗人匠心,如"黄金蕊"对"红玉房","绿芜墙"对"青苔院","白头翁"对"少年场"等。除了形成对偶外,诗人还会有意在前三、后三中安排某部分重复,如"十鱼目"与"十骊珠","紫薇花"与"紫微郎","柳使君"与"杨使君","张道士"与"白道士",乃至全部重复:"一年心胜一年心。"这些设计都使得这种句式具有一种特殊的艺术效果。

b. 主动补式

即后三字是补语。杜甫七律有:

披香殿广十丈馀,红线织成可殿铺。(《红线毯》0151)

献纳司存雨露边。(《赠献纳使起居田舍人澄》)
渔人网集澄潭下。(《野老》)

白居易七言诗有:

披香殿广十丈馀,红线织成可殿铺。(《红线毯》0151)
官满更归何处去,香炉峰在宅门前。(《寄李相公崔侍郎钱舍人》0947)
*青衫脱早差三日,白发生迟较九年。(《酬元郎中同制加朝散大夫书怀见赠》1228)
*到岸请君回首望,蓬莱宫在海中央。(《西湖晚归回望孤山寺》1354)
*回首却归朝市去,一稊米落太仓中。(《登灵应台北望》1738)
*千首诗堆青玉案,十分酒写白金盃。(《问少年》2320)
*琵琶师在九重城,忽得书来喜且惊。(《代琵琶弟子谢女师曹供奉》2321)
*红叶树飘风起后,白须人立月明中。(《杪秋独夜》2530)

第三例是一个变例,三、四字本身是动补结构,再接补语。也可以将首三字分析为主谓结构作话题。

也可能前四字是三一结构的主语,补语是后两字:

* 巫女庙花红<u>似粉</u>,昭君村柳翠<u>于眉</u>。(《题峡中石上》1101)

c. 状中式

即前三字作状语,四是动词:

一日日知<u>添</u>老病,一年年觉<u>惜</u>重阳。(《九日宴集醉题郡楼兼呈周殷二判官》1404)

* 一年年觉<u>此</u>身衰,一日日知<u>前</u>事非。(《将归渭村先寄舍弟》2376)

* 小酌酒巡<u>销</u>永夜,大开口笑<u>送</u>残年。(《雪夜小饮赠梦得》2711)

另外还有一种常见形式,前四字是三一结构词组作状语,其中四通常是时间、处所词:

<u>梨花园中</u>册作妃,<u>金鸡障下</u>养为儿。(《胡旋女》0130)

<u>昭阳殿里</u>恩爱绝,<u>蓬莱宫中</u>日月长。(《长恨歌》0593)

* <u>三声猿后</u>垂乡泪,<u>一叶舟中</u>载病身。(《舟夜赠内》0837)

* <u>柳初变后</u>条犹重,<u>花未开前</u>枝已稠。(《认春戏呈冯少尹李郎中陈主簿》2808)

用例极多,也有一些变例,如前三也可以是主谓结构短语。此不尽列。

d. 中心语句

前四字为三一结构,可以是专有名词加方位处所词,修饰后三字中心语。杜甫七律有:

> 第五桥东流恨水,皇陂岸北结愁亭。(《题郑十八著作主人》)

白居易七言诗中有:

> *愁见舟行风又起,白头浪里白头人。(《临江送夏瞻》0692)
>
> *百牢关外夜行客,三殿角头宵直人。(《夜深行》0762)
>
> *靖安宅里当窗柳,望驿台前扑地花。(《望驿台》0763)
>
> *回看深浦停舟处,芦荻花中一点灯。(《浦中夜泊》0876)
>
> *天台岭上凌霜树,司马厅前委地丛。(《厅前桂》0948)
>
> *若为此路今重过,十五年前旧板桥。(《板桥路》1281)
>
> *黄梅县边黄梅雨,白头浪里白头翁。(《九江北岸遇风雨》1318)
>
> *他生莫忘今朝会,虚白亭中法乐时。(《内道场永讙上人就郡见访》1383)
>
> 欧冶子死千年后,精灵暗授张鸦九。(《鸦九剑》0171)

最后一例是主谓结构句子接时间词。也有表示时间的数量词修饰中心语：

> *四十九年身老日，一百五夜月明天。(《寒食夜》1161)

还有由两个并列成分构成的：

> 虚白亭前湖水畔，前后只应三度按。(《霓裳羽衣歌》1406)
>
> *沧浪峡水子陵滩，路远江深欲去难。(《家园三绝》2391)

e. 分句关系

分句可能是前三后四，第四字是动词，带宾语构成后一分句；也可能是前四后三，第四字是前三的谓语：

> 陂湖绿爱白鸥飞，滩水清怜红鲤肥。(《醉后走笔酬刘五主簿长句之赠》0581)
>
> *祥鳣降伴趋庭鲤，贺燕飞和出谷莺。(《和杨郎中贺杨仆射致仕后》1733)
>
> 太常部伎有等级，堂上者坐堂下立。(《立部伎》0127)
>
> 文帝却之不肯乘，千里马去汉道兴。穆王得之不为戒，八骏驹来周室坏。(《八骏图》0148)
>
> 卫公宅静闭东院，西明寺深开北廊。(《牡丹芳》0150)
>
> 新丰树老笼明月，长生殿暗锁黄昏。(《江南遇天宝乐叟》0579)
>
> 鸳鸯瓦冷霜华重，翡翠衾寒谁与共。(《长恨歌》0593)

*荣枯事过都成梦,忧喜心忘便是禅。(《寄李相公崔侍郎钱舍人》0947)

*红蜡烛移桃叶起,紫罗衫动柘枝来。(《柘枝妓》1551)

*阖闾城碧铺秋草,乌鹊桥红带夕阳。(《登阊门闲望》1628)

*玳瑁床空收枕席,琵琶弦断倚屏帏。(《和杨师皋伤小姬英英》1910)

*婚嫁累轻何怕老,饥寒心惯不忧贫。(《戊申岁暮咏怀三首》1914)

*小青水动桃根起,嫩绿醅浮竹叶新。(《日高卧》2047)

*荣先生老何妨乐,楚接舆歌未必狂。(《吾土》2060)

*依仁台废悲风晚,履信池荒宿草春。(《自问》2240)

*一泊沙来一泊去,一重浪灭一重生。(《浪淘沙词六首》2292)

*韦荆南去留春服,王侍中来乞酒钱。(《偶吟》2363)

*金屑醅浓吴米酿,银泥衫稳越娃裁。(《刘苏州寄酿酒糯米》2369)

*碧毡帐暖梅花湿,红燎炉香竹叶春。(《洛下雪中频与刘李二宾客宴集》2488)

*兜率寺高宜望月,嘉陵江近好游春。(《寒食日寄杨东川》2501)

*别境客稀知不易,能诗人少咏应难。(《晚池泛舟遇景成咏赠吕处士》2604)

*诚知乐世声声乐,老病人听未免愁。(《乐世》2648)

*新酒客来方宴饮,旧堂主在重欢娱。(《宴后题府中水堂》2697)

第四字也可能是助词或连词：

＊乖龙藏在牛领中,雷击龙<u>来</u>牛柱死。(《偶然二首》0986)

＊纵有旧游君莫忆,尘心起<u>即</u>堕人间。(《冯阁老处见与严郎中酬和诗》1224)

＊篮舁出<u>即</u>忘归舍,柴户昏犹未掩关。(《偶作》2469)

2. 一三式

全句构成一三三式。凡上四下三格式中,首字可单独析分的,大多可归入一三三式。一既可以是名词性的,作主语或话题;也可以是动词、形容词,甚至介词、副词。杜甫七律有：

<u>病</u>从深酌道吾真。(《赤甲》)
<u>语</u>不惊人死不休。(《江上值水如海势聊短述》)

白居易七言诗有：

<u>民</u>到于今受其赐,欲说使君先下泪。(《道州民》0137)
<u>毫</u>虽轻,功甚重,管勒工名充岁贡。(《紫毫笔》0164)
<u>日</u>射血珠将滴地,风翻火焰欲烧人。(《山石榴寄元九》0590)
<u>钗</u>留一股合一扇,钗擘黄金合分钿。(《长恨歌》0593)
<u>我</u>从去年辞帝京,谪居卧病浔阳城。(《琵琶引》0599)
＊<u>江</u>从巴峡初成字,猿过巫阳始断肠。(《送萧处士游黔

南》1134）

鹦为能言长翦翅,<u>龟</u>缘难死久搘床。(《寄微之》1136)

*<u>瓮</u>揭闻时香酷烈,<u>瓶</u>封贮后味甘辛。(《咏家酝十韵》1873)

*<u>名</u>为公器无多取,<u>利</u>是身灾合少求。(《感兴二首》2301)

*<u>虫</u>全性命缘无毒,<u>木</u>尽天年为不材。(《闲卧有所思二首》2306)

以上例句首字是名词,其后的三三之间,或是状动关系,或是分句关系。

<u>养</u>无所用土非宜,每岁死伤十六七。(《阴山道》0157)

<u>生</u>不辞巢不别群,何苦声声啼到晓。(《山鹧鸪》0587)

*<u>病</u>不出门无限时,今朝强出与谁期。(《病起》1030)

*<u>香</u>连翠叶真堪画,<u>红</u>透青笼实可怜。(《重寄荔枝与杨使君》1125)

*<u>转</u>于文墨须留意,<u>贵</u>向烟霄早致身。(《喜敏中及第》1253)

*<u>贫</u>泥客路粘难出,<u>愁</u>锁乡心擘不开。(《醉别程秀才》2234)

*<u>老</u>自退闲非世弃,<u>贫</u>蒙强健是天怜。(《偶吟》2306)

*<u>行</u>无筋力寻山水,<u>坐</u>少精神听管弦。(《病后寒食》2585)

以上例句首字是动词、形容词,有些也可视为用如名词。

　　＊自笑形骸纤组绶，将何言语掌丝纶。(《登龙尾道南望忆庐山旧隐》1223)

　　＊不饮一杯听一曲，将何安慰老心情。(《南园试小乐》1850)

以上首字是介词、副词。不过，在以上几类例句中，二、三字之间往往仍可读断，形成一三三式的特殊性因此并不明显。倒是有前四字是一三结构的专有名词，只有归入一三三式一种可能：

　　＊南龙兴寺春晴后，缓步徐吟绕四廊。(《南龙兴寺残雪》2093)

3. 一二一式

在二、三字位置上使用双音词或两字组合，即形成一二一式。其中又包括：

a. 联绵词和双音词

　　＊黄夹缬林寒有叶，碧琉璃水净无风。(《泛太湖书寄微之》1646)

　　＊就荷叶上苞鱼鲊，当石渠中浸酒瓶。(《桥亭卯饮》2033)

　　＊自去年来多事故，从今日去少交亲。(《对酒劝令公开春游宴》2445)

b. 状中式

潭上架屋官立祠,龙<u>不能</u>神人神之。(《黑潭龙》0168)

*才应<u>行</u>到千峰里,只校来迟半日间。(《雨中赴刘十九二林之期》1047)

尚<u>不能</u>忧眼下身,因何更算人间事。(《答崔宾客晦叔十二月四日见寄》)1451)

<u>生何足</u>养稊著论,途何足泣杨涟而。(《和酬郑侍御东阳春闷放怀》1469)

*夜长似岁欢宜尽,醉<u>未如</u>泥饮莫休。(《夜宴惜别》2058)

*官<u>初</u>罢后归来夜,天<u>欲</u>明前睡觉时。(《睡觉偶吟》2214)

*心<u>未</u>曾求过分事,身<u>常少</u>有不安时。(《自问此心呈诸老伴》2787)

c. 动宾式

*移他到此须为主,不别<u>花</u>人莫使看。(《戏题卢秘书新移蔷薇》0864)

*猿<u>攀树</u>立啼何苦,雁<u>点湖</u>飞渡亦难。(《题岳阳楼》1098)

*从<u>哭李</u>来伤道气,自<u>亡元</u>后减诗情。(《予与故刑部李侍郎早结道友》1259)

*小园新种红樱树,闲<u>绕花</u>行便当游。(《酬韩侍郎张博士雨后游曲江见寄》1262)

*犬<u>上阶</u>眠知地湿,鸟<u>临窗</u>语报天晴。(《早兴》1393)

*不<u>教才</u>展休明代,为<u>罚诗</u>争造化功。(《答刘和州》

1617）

　　＊唯憎小吏樽前报，道去衙时水五筒。(《偶饮》1641)

　　＊但拂衣行莫回顾，的无官职趁人来。(《百日假满》1686）

　　＊落花如雪鬓如霜，醉把花看益自伤。(《花前有感呈崔相公刘郎中》1782)

　　＊虫声冬思苦于秋，不解愁人闻亦愁。(《冬夜闻虫》1832)

　　＊更登楼望尤堪重，千万人家无一茎。(《和令狐相公新于郡内栽竹百竿》1836)

　　＊随富随贫且欢乐，不开口笑是痴人。(《对酒五首》1877)

　　＊未裹头前倾一盏，何如冲雪趁朝人。(《日高卧》2047)

　　＊自请假来多少日，五旬光景似须臾。(《酬舒三员外见赠长句》2211)

　　＊莫言罗带春无主，自置楼来属白家。(《宅西有流水》2465)

　　＊未悟病时须去病，已知空后莫依空。(《送李滁州》2475)

　　＊与君别有相知分，同置身于木雁间。(《咏怀寄皇甫朗之》2521)

　　＊假使明朝深一尺，亦无人到兔园中。(《过裴令公宅二绝句》2635)

　　＊自中风来三历闰，从悬车后几逢春。(《咏身》2790)

第六例上下两句都是兼语句。

d. 动补式

无人惊处野禽下,新<u>睡觉</u>时幽草香。(《池上夜境》1502)

*老<u>校于</u>君合先退,明年半百又加三。(《除夜寄微之》1527)

*亦应不得多年听,未<u>教成</u>时已白头。(《伊州》1785)

*自静其心延寿命,无<u>求于</u>物长精神。(《不出门》1946)

*假使如今不是梦,能<u>长于</u>梦几多时。(《疑梦二首》2057)

*君应怪我朝朝饮,不说<u>向</u>君君不知。(《家酿新熟每尝辄醉》2267)

*不知待得心期否,老<u>校于</u>君六七年。(《以诗代书酬慕巢尚书见寄》2726)

e. 主谓式

*闻<u>客病</u>时惭体健,见<u>人忙</u>处觉身闲。(《偶作》2469)

f. 介宾式

*愿<u>将花</u>赠天台女,留取刘郎到夜归。(《县南花下醉中留刘五》0636)

*不争荣耀任沉沦,日<u>与时</u>疏共道亲。(《闲意》1036)

*未容寄<u>与</u>微之去,已<u>被人</u>传到越州。(《写新诗寄微之》1707)

*谁道洛中多逸客,不<u>将书</u>唤不曾来。(《戏招诸客》

2199）

 ＊疑因星陨空中落,叹被泥埋涧底沉。(《问支琴石》
2215)

 ＊免将妾换惭来处,试使奴牵欲上时。(《公垂尚书以白
马见寄》2545)

 ＊眠随老减嫌长夜,体待阳舒望早春。(《岁暮病怀赠梦
得》2569)

 半与尔充衣食费,半与吾供酒肉钱。(《达哉乐天行》
2693)

 ＊君因风送入青云,我被人驱向鸭群。(《鹅赠鹤》2741)

 ＊俸随日计钱盈贯,禄逐年支粟满困。(《狂吟七言十四
韵》2763)

以上第四字是时间方位处所词的,一般也可视为三一三式。首字
是名词、代词的,也可视为一三三式。一二一式就整句言,可以被
归入一三三式或三一三式。这是因为次要节点被两字组合覆盖
后,有向前或向后移动两种可能,在语义分析和阅读感觉上也往
往是两可的。

 除以上各式之外,还有前四字是数量词形式的,同样对节点
形成覆盖。如果是数量词三加名词(时间、方位)一形式,则亦可
视为三一式:

 更从赵璧艺成来,二十五弦不如五。(《五弦弹》0139)
 四荒八极踏欲遍,三十二蹄无歇时。(《八骏图》0148)
 二千里别谢交游,三十韵诗慰行役。(《醉后走笔酬刘五
主簿长句之赠》0581)

　　*十一月中长至夜,三千里外远行人。(《冬至宿杨梅馆》0691)

　　*三千里外卧江州,十五年前哭老刘。(《梦亡友刘太白同游章敬寺》1031)

　　*二三月里饶春睡,七八年来不早朝。(《喜与杨六侍郎同宿》2406)

　　除以上主要节点和次要节点上的句式变化外,白居易七言诗中还有两种比较常见的跨字节结构:一种是动词前的跨字节介宾结构,另一种是动词后的跨字节补语结构。有两个为人熟知的例子:

　　家在虾蟆陵下住。(《琵琶引》0599)
　　山在虚无缥缈间。(《长恨歌》0593)

　　其中的跨字节结构都跨越了不止一个字节,介词或动词所带宾语占了四字甚至五字。它们充分利用了七言诗的长度,方便诗人表情达意,同时读起来又十分自然流畅,可能是因为很接近自然语言的缘故。这种跨字节结构的内部节点与诗句原有节点重合,因此并没有造成节点的移动。但由于该结构须首先结合,具有整体性,所以对诗歌节奏也会产生某种影响。其中有些例句还使用了前面所说的多字词,因此会同时涉及节点变动问题。

　　另外,在杜甫七律中首先得到运用的各种形式的中心语句,在白居易七言诗中也大量出现,并有新的变化。以上仅涉及了其中一种情况。篇幅所限,将留待以后专文讨论。

参考文献

北京书同文数字化技术有限公司编:《古籍汉字字频统计》,北京:
    商务印书馆 2008 年;

曹道衡:《关于乐府民歌的产生和写定》,《文史知识》1994 年第
    9 期;

曹广顺:《近代汉语助词》,北京:语文出版社 1995 年;

曹寅等编校:《全唐诗》,上海:上海古籍出版社影印 1986 年;

陈宝勤:《试论汉语词头"阿"的产生与发展》,《古汉语研究》2004
    年第 1 期;

陈本益:《汉语诗歌的节奏》,重庆:重庆大学出版社 2013 年(1994
    年文津出版社初版);

陈仅:《竹林答问》,载郭绍虞编选:《清诗话续编》,上海:上海古籍
    出版社 1983 年;

陈鹏:《中国婚姻史稿》,北京:中华书局 1990 年;

陈廷焯:《白雨斋词话》,载唐圭璋编:《词话丛编》,北京:中华书局
    1986 年;

程际盛:《骈字分笺》,《丛书集成初编》本,北京:中华书局 1985 年;

程湘清:《魏晋南北朝汉语研究》,济南:山东教育出版社 1988 年;

程湘清:《先秦双音词研究》,载程湘清主编:《先秦汉语研究》,济
    南:山东教育出版社 1992 年;

程湘清:《〈论衡〉复音词研究》,载程湘清主编:《两汉汉语研究》,
　济南:山东教育出版社 1992 年;

邓思颖:《形式汉语句法学》,上海:上海教育出版社 2010 年;

丁福林:《鲍照研究》,南京:凤凰出版社 2009 年;

丁喜霞:《中古常用并列双音词的成词和演变研究》,北京:语文出
　版社 2006 年;

董诰等编校:《全唐文》,北京:中华书局影印 1983 年;

董琦琦:《启示与体验:柯尔律治艺术理论的神性维度》,北京:光
　明日报出版社 2010 年;

董秀芳:《词汇化:汉语双音词的衍生和发展》,北京:商务印书馆
　2011 年;

杜甫:《宋本杜工部集》,《续古逸丛书》影印,北京:商务印书馆
　1957 年;

杜佑:《通典》,北京:中华书局 1989 年;

端木三:《汉语的节奏》,《当代语言学》2000 年第 4 期;

端木三:《重音理论及汉语重音现象》,《当代语言学》2014 年第
　3 期;

San Duanmu(端木三):"A Corpus Study of Chinese Regulated
　Verse: Phrasal Stress and the Analysis of Variability". *Phonology*
　21(2004),1.

范继淹:《论介词短语"在+处所"》,《语言研究》1982 年第 1 期;

方东树:《昭昧詹言》,北京:人民文学出版社 2006 年;

方以智:《通雅》,影印《四库全书》本,台北:台湾商务印书馆
　1984 年;

费诺罗萨(Ernest Fenollosa):《作为诗歌手段的中国文字》,赵毅衡
　译,《诗探索》1994 年第 3 期;

冯班:《钝吟杂录》,北京:中华书局 2013 年;

冯胜利:《论汉语的"自然音步"》,《中国语文》1998 年第 1 期;

冯胜利:《汉语韵律诗体学论稿》,北京:商务印书馆 2015 年;

高娟、刘家真:《中国大陆地区古籍数字化问题及对策》,《中国图书馆学报》2013 年第 4 期;

高名凯:《汉语语法论》,上海:开明书店 1948 年;修订本,北京:科学出版社 1957 年;

高名凯、石安石:《语言学概论》,北京:中华书局 1963 年;

高友工:《中国语言文字对诗歌的影响》,收入《美典:中国文学研究论集》,北京:生活·读书·新知三联书店 2008 年;

高友工、梅祖麟:《唐诗的魅力》,李世耀译,上海:上海古籍出版社 1989 年;

《"古诗计算机辅助研究系统及应用"鉴定意见》,《语言文字应用》2000 年第 2 期;

古直:《汉诗研究:焦仲卿妻诗辨证》,载北京大学中国文学史教研室选注:《两汉文学史参考资料》,北京:中华书局 1963 年;

关毅、王晓龙、张凯:《现代汉语计算语言模型中语言单位的频度—频级关系》,《中文信息学报》1999 年第 2 期;

管燮初:《〈左传〉句法研究》,合肥:安徽教育出版社 1994 年;

郭珑:《〈文选·赋〉联绵词研究》,成都:巴蜀书社 2006 年;

郭茂倩:《乐府诗集》,北京:中华书局 1979 年;

郭绍虞辑:《宋诗话辑佚》,北京:中华书局 1980 年;

郭锡良:《先秦汉语构词法的发展》,载《第一届国际先秦汉语语法研讨会论文集》,长沙:岳麓书社 1994 年;

郭锡良:《关于系词"是"产生时代和来源论争的几点认识》,收入《汉语史论集》,北京:商务印书馆 1997 年;

韩礼德(M. A. K. Halliday)、哈桑(Ruqaiya Hasan):《英语的衔接》(*Cohesion in English*),张德禄等译,北京:外语教学与研究出版社 2007 年;

何乐士:《先秦"动·之·名"双宾式中的"之"是否等于"其"》,《中国语文》1980 年第 4 期;

何乐士:《〈左传〉的单句和复句初探》,载程湘清主编:《先秦汉语研究》,济南:山东教育出版社 1992 年;

何文焕辑:《历代诗话》,北京:中华书局 1981 年;

洪亮吉:《北江诗话》,北京:人民文学出版社 1983 年;

洪迈:《容斋随笔》,上海:上海古籍出版社 1978 年;

胡敕瑞:《〈论衡〉与东汉佛典词语比较研究》,成都:巴蜀书社 2002 年;

胡良:《〈楚辞〉叠音构词探析》,《成都大学学报》2010 年第 4 期;

胡明扬:《说"词语"》,《语言文字应用》1999 年第 3 期;

胡适:《跋张为骐论〈孔雀东南飞〉》,收入《胡适古典文学研究论集》,上海:上海古籍出版社 1988 年;

胡应麟:《诗薮》,北京:中华书局 1958 年;

胡仔:《苕溪渔隐丛话》,北京:人民文学出版社 1984 年;

胡震亨:《唐音癸签》,上海:古典文学出版社 1957 年;

华兹华斯(William Wordsworth):《抒情歌谣集一八〇〇年版序言》,曹葆华译,收入伍蠡甫主编:《西方文论选》,上海:上海译文出版社 1979 年;

黄昌宁、李涓子:《语料库语言学》,北京:商务印书馆 2002 年;

黄彻:《䂬溪诗话》,载丁福保辑:《历代诗话续编》,北京:中华书局 1983 年;

黄侃:《文心雕龙札记》,北京:中华书局 1962 年;

黄庭坚:《豫章黄先生文集》,《四部丛刊》本,上海:涵芬楼;

郑永晓整理:《黄庭坚全集辑校编年》,南昌:江西人民出版社
　　2008 年;

黄文璋:《莎士比亚新诗真伪之鉴定》,《中国统计》1999 年第
　　7 期;

黄轶球译:《金云翘传》,北京:人民文学出版社 1959 年;

黄震云、韩宏韬:《〈古诗十九首〉引〈诗〉考论》,《诗经研究丛刊》
　　第 10 辑(2006 年);

黄正德:《中文的两种及物动词和两种不及物动词》,收入《第二届
　　世界华语文教学研讨会论文集》,台北:世界华文出版社
　　1990 年;

黄正德(C. T. James Huang)等著:《汉语句法学》,张和友译,北
　　京:世界图书出版公司 2013 年;

季忠平:《中古汉语语典词研究》,上海:学林出版社 2013 年;

贾爱媛:《〈诗经〉〈楚辞〉连绵词考论》,《青海师范大学学报》2011
　　年第 3 期;

姜望琪:《汉语的"句子"与英语的 sentence》,收入杨自俭主编:
　　《汉英语比较与翻译》第 6 辑,上海:上海外语教育出版社
　　2006 年;

蒋洪新:《庞德的文学批评理论》,《外国文学研究》1999 年第 3
　　期等;

蒋绍愚:《古汉语词汇纲要》,北京:商务印书馆 2005 年;

蒋绍愚:《唐诗语言研究》,北京:语文出版社 2008 年;

蒋宗许:《再说词尾"自"和"复"》等,《中国语文》1996 年第 4 期;

皎然著、李壮鹰校注:《诗式校注》,北京:人民文学出版社
　　2003 年;

经本植:《中国古典诗歌写作学》,北京:语文出版社 1999 年;

黎锦熙:《新著国语文法》,上海:商务印书馆 1932 年(1924 年初版);长沙:湖南教育出版社 2007 年;

黎靖德编:《朱子语类》,北京:中华书局 1986 年;

李炳海:《古诗十九首写作年代考》,《东北师范大学学报》1987 年第 1 期;

李昉等编:《文苑英华》,北京:中华书局影印 1966 年;

李海霞:《〈诗经〉和〈楚辞〉连绵词的比较》,《浙江大学学报》1999 年第 3 期;

李逵六:《德语文体学》,北京:外语教学与研究出版社 2004 年;

李临定:《现代汉语句型》,北京:商务印书馆 1986 年;

李明杰、俞优优:《中文古籍数字化的主体构成及协作机制初探》,《图书与情报》2010 年第 1 期;

李维琦:《〈雅〉〈颂〉中的语法歧义》,《湖南师院学报》1982 年第 2 期;

李详:《李审言文集》,南京:江苏古籍出版社 1989 年;

梁启超:《中国之美文及其历史》,上海:中华书局 1936 年初版;收入《梁启超古典文学论著》,上海:上海书店出版社 2013 年;

林庚:《关于新诗形式的问题和建议》,《新建设》1957 年第 5 期;

林庚:《五七言和它的三字尾》,《文学评论》1959 年第 2 期;

林庚:《唐诗的语言》,收入《唐诗综论》,北京:人民文学出版社 1987 年;

林继中辑:《杜诗赵次公先后解辑校》,上海:上海古籍出版社 1994 年;

林玉山:《试论高名凯的语法思想》,《福建师大学报福清分校学报》2005 年第 4 期;

刘攽:《中山诗话》,载何文焕辑:《历代诗话》,北京:中华书局
　　1981 年;

刘景春:《古代汉语宾词省略歧义现象研究》,《佳木斯教育学院学
　　报》1993 年第 3 期;

刘开瑛:《中文文本自动分词和标注》,北京:商务印书馆 2000 年;

刘琳校注:《华阳国志校注》,成都:巴蜀书社 1984 年;

刘瑞明:《〈世说新语〉中的词尾"自"和"复"》,《中国语文》1989
　　年第 3 期;

刘瑞明:《关于"自"的再讨论》,《中国语文》1995 年第 6 期;

刘熙载:《艺概》,上海:上海古籍出版社 1978 年;

刘埙:《隐居通议》,《丛书集成初编》本,北京:中华书局 1985 年;

陆侃如:《〈孔雀东南飞〉考证》,收入《陆侃如古典文学论文集》,
　　上海:上海古籍出版社 1987 年;

陆侃如、冯沅君:《中国诗史》,北京:作家出版社 1956 年;

陆游:《老学庵笔记》,北京:中华书局 1979 年;

陆增祥:《八琼室金石补正》,北京:文物出版社 1985 年影印;

逯钦立:《先秦汉魏晋南北朝诗》,北京:中华书局 1983 年;

逯钦立:《汉诗别录》,收入:《汉魏六朝文学论集》,西安:陕西人民
　　出版社 1984 年;

罗大经:《鹤林玉露》,北京:中华书局 1983 年;

罗凤珠:《试论引用资讯科技作为诗学研究辅助工具的发展方向
　　与建构方法》,载罗凤珠主编:《语言,文学与资讯》,新竹:清华
　　大学出版社 2005 年;

吕莉:《"白雪"入歌源流考》,《外国文学评论》2006 年第 4 期;

吕叔湘:《从主语宾语的分别谈国语句子的分析》,收入《汉语语法
　　论文集》,北京:科学出版社 1955 年;

吕叔湘:《漫谈语法研究》,《中国语文》1978 年第 1 期;

吕叔湘:《汉语语法分析问题》,北京:商务印书馆 1979 年;

吕叔湘:《单音形容词用法研究》,收入《汉语语法论文集》,北京:
　商务印书馆 1984 年;

马其昶校注:《韩昌黎文集校注》,上海:上海古籍出版社 1986 年;

马赛尔·马尔丹(Marcel Martin):《电影语言》,何振淦译,北京:中
　国电影出版社 1980 年;

冒春荣:《葚原诗说》,郭绍虞编选:《清诗话续编》,上海:上海古籍
　出版社 1983 年;

梅新林:《杜诗伪王注新考》,《杜甫研究学刊》1995 年第 2 期;

梅祖麟:《现代汉语完成貌句式和词尾的来源》,《语言研究》1981
　年第 1 期;

梅祖麟:《关于近代汉语指代词》,收入《梅祖麟语言学论文集》,商
　务印书馆 2000 年;

莫砺锋:《杜诗"伪苏注"研究》,《文学遗产》1999 年第 1 期;

木斋:《从语汇语句角度考量古诗十九首与建安诗歌》,《山西大学
　学报》2009 年第 1 期;

木斋:《古诗十九首与建安诗歌研究》,北京:人民出版社 2009 年;

潘文国、黄月圆、杨素英:《当前的汉语构词法研究》,收入江蓝生、
　侯精一主编:《汉语现状与历史的研究》,北京:中国社会科学出
　版社 1999 年;

蒲立本(Edwin G. Pulleyblank):《古汉语语法纲要》,孙景涛译,北
　京:语文出版社 2006 年(英文版 1995 年);

浦起龙:《读杜心解》,北京:中华书局 1961 年;

祁峰:《单音节形容词和名词组合的选择机制》,《长春师范学院学
　报》2009 年第 3 期;

启功:《诗文声律论稿》,北京:中华书局 1977 年;

钱锺书:《宋诗选注》,北京:人民文学出版社 1979 年;

钱锺书:《谈艺录》,北京:中华书局 1984 年;

钱仲联集释:《韩昌黎诗系年集释》,上海:上海古籍出版社 1984 年;

钱宗武:《今文〈尚书〉词汇研究》,开封:河南大学出版社 2012 年;

邱冰:《中古汉语词汇复音化的多视角研究》,南京:南京大学出版社 2012 年;

仇兆鳌:《杜诗详注》,北京:中华书局 1979 年;

屈承熹:《历史语法学理论与汉语历史语法》,北京:北京语言学院出版社 1993 年;

屈承熹:《汉语篇章语法》,潘文国等译,北京:北京语言大学出版社 2006 年;

屈菡:《古籍数字化将走向规范化》,《中国文化报》2012 年 5 月 23 日;

任继愈主编:《中国佛教史》第一卷,北京:中国社会科学出版社 1981 年;

任渊:《山谷内集诗注》,《丛书集成初编》本,北京:中华书局 1985 年;

任远:《古代词藻成语典故之总集——〈佩文韵府〉》,《辞书研究》1985 年第 6 期;

邵敬敏:《歧义分化方法探讨》,《语言教学与研究》1991 年第 1 期;

施兵:《主语隐现度跨语言研究》,《现代语文》2010 年第 8 期;

施补华:《岘佣说诗》,载丁福保辑:《清诗话》,上海:上海古籍出版社 1978 年;

施鸿保:《读杜诗说》,上海:上海古籍出版社 1983 年;

石毓智:《汉语语法》,北京:商务印书馆 2010 年;

松浦友久:《中国诗歌原理》,孙昌武等译,沈阳:辽宁教育出版社
　　1990 年;

松浦友久:《节奏的美学——日中诗歌论》,石观海等译,沈阳:辽
　　宁大学出版社 1995 年;

宋祁:《景文集》,《丛书集成初编》本,北京:中华书局 1985 年;

宋祁:《宋景文公笔记》,《丛书集成初编》本,北京:中华书局
　　1985 年;

隋树森:《古诗十九首集释》,上海:中华书局 1936 年;北京:中华
　　书局 1955 年;

孙大雨:《诗歌底格律》,《复旦学报》1956 年第 2 期、1957 年第
　　1 期;

孙力平:《〈左传〉中的组合歧义及几种歧义格式》,收入郭锡良主
　　编:《古汉语语法论集》,北京:语文出版社 1998 年;

孙锡信:《汉语历史语法要略》,上海:复旦大学出版社 1992 年;

唐钰明:《汉魏六朝被动句式略论》等,《中国语文》1987 年第
　　3 期;

唐钰明:《中古"是"字判断句述要》,《中国语文》1992 年第 5 期;

唐钰明:《古汉语语法研究中的"变换"问题》,《中国语文》1995 年
　　第 3 期;

唐正大:《类指性、话题性与汉语主语从句》,《汉藏语学报》第 7 期
　　(2015);

唐子恒:《汉大赋联绵词研究》,《山东大学学报》2002 年第 1 期;

汪师韩:《诗学纂闻》,载丁福保辑:《清诗话》,上海:上海古籍出版
　　社 1978 年;

王观国：《学林》，北京：中华书局 1988 年；

王洪君：《从字和字组看词和短语——也谈汉语中词的划分标准》，《中国语文》1994 年第 2 期；

王洪君：《试论汉语的节奏类型——松紧型》，《语言科学》2004 年第 3 期；

王洪君：《基于单字的现代汉语词法研究》，北京：商务印书馆 2011 年；

王建新：《计算机语料库的建设与应用》，北京：清华大学出版社 2005 年；

王力：《中国语法理论》，北京：中华书局 1954 年（1944 年商务印书馆初版）；

王力：《汉语史稿》，北京：中华书局 1980 年（1957 年初版）；

王力：《汉语语法史》，北京：商务印书馆 1989 年；

王力：《语言与文学》，收入《王力论学新著》，南宁：广西人民出版社 1983 年；

王力：《汉语诗律学》，上海：上海教育出版社 2002 年（1957 年新知识出版社初版）；

王利器校注：《文镜秘府论校注》，北京：中国社会科学出版社 1983 年；

王美雨：《〈韩昌黎文集〉新词新语考究》，山东大学硕士论文 2005 年；

王培基：《文学作品中语言变异现象的调查与简析》，《青海社会科学》2004 年第 4 期；

王若江：《〈文选〉联绵词的语义问题》，《传统文化与现代化》1996 年第 3 期；

王世贞：《艺苑卮言》，载丁福保辑：《历代诗话续编》，北京：中华书

局 1983 年;

王嗣奭:《杜臆》,上海:上海古籍出版社 1983 年;

王文融编著:《法语文体学教程》,北京:北京大学出版社 1996 年;

王湘云:《英语诗歌文体学研究》,济南:山东大学出版社 2010 年;

王秀丽:《金文叠音词语探析》,《江汉考古》2010 年第 4 期;

王绪霞:《是乐府民歌还是文人古诗——〈孔雀东南飞〉辨难》,
　　《河南师范大学学报》1993 年第 2 期;

王洋、刘宇凡、陈清华:《汉语言文学作品中词频的 Zipf 分布》,《北
　　京师范大学学报》(自然科学版)2009 年第 4 期;

王锳:《诗词曲语辞例释》(第二次增订),北京:中华书局 2005 年
　　(1986 年初版);

王应奎:《柳南随笔》,北京:中华书局 1983 年;

王应麟:《困学纪闻》,上海:上海古籍出版社 2008 年;

王云路:《中古汉语词汇史》,北京:商务印书馆 2010 年;

王云路:《中古诗歌语言研究》,西安:世界图书出版公司 2014 年;

王佐良、丁往道主编:《英语文体学引论》,北京:外语教学与研究
　　出版社 1987 年;

韦绚:《刘宾客嘉话录》,《丛书集成初编》本,北京:中华书局
　　1985 年;

魏庆之:《诗人玉屑》,北京:中华书局 1961 年;

翁方纲:《石洲诗话》,载郭绍虞编选:《清诗话续编》,上海:上海古
　　籍出版社 1983 年;

吴曾:《能改斋漫录》,上海:上海古籍出版社 1979 年;

吴沆:《环溪诗话》,北京:中华书局 1988 年(与《冷斋夜话》《风月
　　堂诗话》合刊);

吴乔:《围炉诗话》,载郭绍虞辑:《清诗话续编》,上海:上海古籍出

版社 1983 年；

吴聿：《观林诗话》，载丁福保辑：《历代诗话续编》，北京：中华书局
　1983 年；

伍宗文：《先秦复音词研究》，成都：巴蜀书社 2001 年；

向熹：《〈诗经〉里的复音词》，《语言学论丛》（北京大学中文系）第
　6 辑（1980 年）；

向熹：《诗经语言研究》，成都：四川人民出版社 1987 年；

向熹：《〈诗经〉语文论集》，成都：四川民族出版社 2002 年；

萧涤非：《汉魏六朝乐府文学史》，北京：人民文学出版社 1984 年
　（1935 年初版）；

萧统编、李善等注：《六臣注文选》，《四部丛刊》影印宋建州刊本，
　上海：涵芬楼；

萧统编、李善注：《文选》，北京：中华书局影印 1977 年；

谢榛：《四溟诗话》，载丁福保辑：《历代诗话续编》，北京：中华书局
　1983 年；

邢福义等：《汉语句法机制验察》，北京：生活·读书·新知三联书
　店 2004 年；

熊仲儒：《当代语法学教程》，北京：北京大学出版社 2013 年；

徐复：《从语言上推测〈孔雀东南飞〉一诗的写作年代》，《学术月
　刊》1958 年第 2 期；

徐烈炯、刘丹青：《话题的结构与功能》，上海：上海教育出版社
　2007 年增订版（初版 1998 年）；

徐通锵：《“字”和汉语语义句法的生成机制》，《语言文字应用》
　1999 年第 1 期；

徐通锵：《汉语结构的基本原理——字本位和语言研究》，青岛：中
　国海洋大学出版社 2005 年；

许顗：《彦周诗话》，载何文焕辑：《历代诗话》，北京：中华书局
　　1981年；

亚里士多德：《诗学》，罗念生译，北京：人民文学出版社1982年；

燕卜荪（William Empson）：《朦胧的七种类型》，周邦宪等译，杭州：
　　中国美术学院出版社1996年；

杨伯峻：《文言语法》，北京：大众出版社1955年；北京：中华书局
　　2016年；

杨伯峻：《"不～不～"语句型分析》，收入《杨伯峻学术论文集》，
　　长沙：岳麓书社1984年；

杨伯峻、何乐士：《古汉语语法及其发展》，北京：语文出版社
　　1992年；

杨经华：《杜诗"伪苏注"产生时间、地域新考》，《图书馆理论与实
　　践》2010年第4期；

杨经华、周裕锴：《杜诗"伪苏注"与宋文化关系管窥》，《四川师范
　　大学学报》2010年第4期；

杨堃：《葛兰言研究导论》，收入《社会学与民俗学》，成都：四川民
　　族出版社1997年；

杨万里：《诚斋诗话》，载丁福保辑：《历代诗话续编》，北京：中华书
　　局1983年；

杨荫浏：《语言音乐学初探》，收入《语言与音乐》，北京：人民音乐
　　出版社1983年；

叶适：《习学记言序目》，北京：中华书局1977年；

叶维廉：《比较诗学》，台北：东大图书公司1983年；

叶维廉：《中国诗学》，北京：生活·读书·新知三联书店1992年；

叶燮：《原诗》，北京：人民文学出版社1979年；

易闻晓：《中国诗句法论》，济南：齐鲁书社2006年；

于在照:《越南文学史》,广州:世界图书出版广东有限公司
　2014 年;

俞士汶、胡俊峰:《唐宋诗之词汇自动分析及应用》,《语言暨语言
　学》(台北中研院)第四卷第三期(2003 年 7 月);

虞世南:《北堂书钞》,北京:中国书店影印 1988 年;

喻守真:《唐诗三百首详析》,北京:中华书局 1985 年;

袁济喜:《说诗者不以文害辞不以辞害志——木斋先生〈古诗十九
　首〉主要作者为曹植说商兑》,《中国文化研究》2013 年第 4 期;

袁枚:《随园诗话》,北京:人民文学出版社 1982 年;

袁毓林:《〈话题的结构与功能〉评述》,《当代语言学》2003 年第
　1 期;

曾立英:《作格研究述评》,《现代外语》2007 年第 4 期;

曾立英:《现代汉语作格现象研究》,北京:中央民族大学出版社
　2009 年;

詹锳:《文心雕龙义证》,上海:上海古籍出版社 1989 年;

张斌:《汉语语法学》,上海:上海教育出版社 1998 年;

张伯江、方梅:《汉语功能语法研究》,南昌:江西教育出版社
　1996 年;

张德禄:《语篇衔接中的形式与意义》,《外国语》2005 年第 5 期;

张京楣:《基于统计方法的文本风格分析研究》,山东大学博士学
　位论文 2012 年;

张景祥等:《唐诗字频熵分析与通俗性定级》,《科技资讯》2009 年
　第 6 期;

张为骐:《〈孔雀东南飞〉时代祛疑》《〈孔雀东南飞〉年代的讨论》,
　《国学月报》第 2 卷第 11、12 期;

张相:《诗词曲语辞汇释》,上海:中华书局 1954 年(1953 年初

版）；

张玉书等编：《佩文韵府》，上海：上海古籍书店影印万有文库本
　　1983 年；

张豫峰：《光杆动词句的考察》，《汉语学习》1996 年第 3 期；

张志公：《汉语语法常识》，北京：中国青年出版社 1953 年；

章培恒：《关于〈古诗为焦仲卿妻作〉的形成过程与写作年代》，
　　《复旦学报》2005 年第 1 期；

赵克勤：《古代汉语词汇学》，北京：商务印书馆 1994 年；

赵毅衡：《意象派与中国古典诗歌》，《外国文学研究》1979 年第
　　4 期；

赵毅衡：《说复义——中西诗学比较举隅》，《学习与思考》1981 年
　　第 2 期；

赵毅衡：《新批评——一种独特的形式主义文论》，北京：中国社会
　　科学出版社 1986 年；

赵元任：《汉语词的概念及其结构和节奏》，收入袁毓林主编：《中
　　国现代语言学的开拓和发展——赵元任语言学论文选》，北京：
　　清华大学出版社 1992 年；

Chao, Yuen Ren（赵元任）：*A Grammar of Spoken Chinese*, Berkeley
　　and Los Angeles：University of California Press, 1968. 吕叔湘译：
　　《汉语口语语法》，北京：商务印书馆 2001 年；

赵仲才：《诗词写作概论》，上海：上海古籍出版社 2002 年；

钟嵘著、陈延杰注：《诗品注》，北京：人民文学出版社 1980 年；

周采泉：《杜集书录》，上海：上海古籍出版社 1986 年；

周发祥：《海外诗歌意象研究述评》，《中国诗学》第五辑，南京：南
　　京大学出版社 1997 年；

周法高：《中国古代语法·构词编》，台北：中研院历史语言研究所

1962 年；

周俊勋：《魏晋南北朝志怪小说词汇研究》，成都：巴蜀书社 2007 年；

周俊勋：《中古汉语词汇研究纲要》，成都：巴蜀书社 2009 年；

朱德熙：《现代汉语语法研究》，北京：商务印书馆 1980 年；

朱德熙：《语法讲义》，北京：商务印书馆 1982 年；

朱德熙：《现代汉语语法研究的对象是什么?》，《中国语文》1987 年第 5 期；

朱德熙：《汉语句法里的歧义现象》，收入《朱德熙文选》，北京：北京大学出版社 2010 年；

朱光潜：《中国诗的节奏与声韵的分析——论顿》，收入《朱光潜美学文学论文选集》，长沙：湖南人民出版社 1980 年；

朱广祁：《诗经双音词论稿》，郑州：河南人民出版社 1985 年；

朱茂汉：《名词前缀"阿"和"老"的发展》，《安徽师范大学学报》1983 年第 4 期；

朱彝尊：《曝书亭集》，《四部丛刊初编》本，上海：涵芬楼；

朱自清：《古诗十九首述》，收入《古诗歌笺释三种》，上海：上海古籍出版社 1981 年；

邹韶华：《语用频率效应研究》，北京：商务印书馆 2001 年；

Fillmore, Charles J. 著、胡明扬译：《"格"辨》("The Case for Case")，《外国语言学》编辑部编：《语言学译丛》第二辑，北京：中国社会科学出版社 1980 年；

Hanks, Patrick: *Lexical Analysis: Norms and Exploitations*. Cambridge, Massachusetts: The MIT Press, 2013.

Li, Charles N. (李讷)& Sandra A. Thompson: "Subject and Topic:

A New Typology of Language". In Charles N. Li (ed.)：*Subject and Topic*, New York：Academic Press,1976.

Liddell, Henry George and Robert Scott：A *Greek-English Lexicon*. New York, Harper, 1878.

Louw, Bill："Irony in the Text or Insincerity in the Write? —The Diagnostic Potential of Semantic Prosodies". In Mona Baker, Gill Francis, and Elena Tognini-Bonelli(eds.), *Text and Technology：In honour of John Sinclair*. John Benjamins, 1993.

Watson, Burton(华兹生)：*Chinese Lyricism*, New York：Columbia University Press, 1971.

BNC (British National Corpus) 英语国家语料库

www. britannica. com 在线版《不列颠百科全书》

www. oed. com 在线版《牛津英语词典》

www. opensourceshakespeare. org 开放莎士比亚网站